**HEYNE ‹**

W0027076

# T. S. ORGEL

## DAS ERBE VON BERUN

Originalausgabe

WILHELM HEYNE VERLAG
MÜNCHEN

*Für unsere Deutschlehrer.*
*Die guten und … die anderen.*

Verlagsgruppe Random House FSC® N001967
Das für dieses Buch verwendete FSC®-zertifizierte
Papier *Super Snowbright* liefert
Hellefoss AS, Hokksund, Norwegen.

Originalausgabe 11/2015
Redaktion: Catherine Beck
Copyright © 2015 by Tom & Stephan Orgel
Copyright © 2015 dieser Ausgabe
by Wilhelm Heyne Verlag, München,
in der Verlagsgruppe Random House GmbH
Printed in Germany
Umschlagillustration: Franz Vohwinkel
Karte: Andreas Hancock
Umschlaggestaltung: Stardust, München
Satz: KompetenzCenter, Mönchengladbach
Druck und Bindung: CPI books GmbH, Leck

ISBN: 978-3-453-31688-1

www.blausteinkriege.de

# INHALT

»Was verheißt die despotische Macht?
Oft den Untergang des Despoten und immer
den seiner Nachkommen.«
*Claude-Adrien Helvetius (1715 – 1771)*

# PROLOG

## FÄDEN

Lebrec kauerte hinter dem Stamm des Waldriesen und wartete auf den Tod. Der Regen prasselte auf die fleischigen, dunkelgrünen Blätter des Dickichts, das den gewaltigen Baum umgab. Der würzige Geruch des Waldbodens, der Duft von verborgenen Blüten, von Fäulnis, Schimmel und Harz hing schwer in der Luft und überdeckte beinahe den metallischen Gestank des Bluts. Das Wasser rann in schmalen Bächen die rissige Rinde herab, durchtränkte sein Hemd und sorgte dafür, dass sich die Blutflecke ausbreiteten und den hellblauen Stoff langsam violett färbten. Es war jedoch nicht sein Blut, sondern das seines Bruders. Batizor lag neben ihm an den Stamm gelehnt im schwarzen Schlamm, und in seinen offenen Augen sammelte sich das Regenwasser, ehe es wie Tränen über seine Wangen rann und in die Pfütze unter ihm tropfte. Der Blutschwall aus seiner Halswunde war inzwischen zu einem dünnen Rinnsal geworden, und sein Brustkorb bewegte sich nicht mehr. Lebrec wagte es nicht, ihn zu berühren. Batizor mochte tot sein, doch sein Geist war sicher noch da, und Lebrec hatte nicht vor, sich von ihm verhexen zu lassen.

Er schielte nach oben. Der feine, blausilberne Faden hing noch immer über ihnen, sichtbar nur wegen der Regentropfen, die an ihm schimmerten – und den Blutstropfen dazwischen. Vielleicht war es auch die bittere Ironie, die ihm die Tränen in die Augen trieb. Batizor, dessen Talent dafür gesorgt hatte, dass sie das Dickicht des Waldes ungehindert durchqueren konnten, war gestorben, weil er den Fangfaden von Ralld-Spinnen übersehen und sich daran den Hals aufgeschlitzt hatte. Schon bald würden die Ralld kommen, handlange schwarze Spinnentiere in glänzenden schwarzblauen Panzern. Sie würden sich in das Fleisch seines Bruders graben, und während der Körper langsam erkaltete, würden die Insekten ihre Eier darin ablegen und ein neues Nest gründen. Ralld waren die Totengräber dieses Waldes – und wie so viele Kreaturen aus den Sümpfen des Macouban überließen sie den Tod nicht dem Zufall, sondern sorgten selbst dafür, dass es immer reichlich davon gab.

Er durfte hier nicht sitzen bleiben. Doch wohin sollte er jetzt fliehen? Um ihn herum ragten die gewaltigen Stämme der Waldriesen auf. Ein Gewirr aus Luftwurzeln verwandelte den sumpfigen Boden in jede Richtung in ein Labyrinth, und das dichte Blätterdach tauchte alles in ewiges Halbdunkel. Dunstfetzen hingen wie Nebel im Geäst und ließen das Licht noch unwirklicher erscheinen. Lebrec strengte sich an, über dem monotonen Rauschen des Regens irgendwas zu hören, doch der Wald blieb so still, wie der Regenwald des Macouban es eben war. Nein, stiller. Zu still. Noch jemand war hier draußen. Waren seine Verfolger so nahe?

Schließlich gelang es Lebrec, die Starre abzuschütteln.

Schniefend schob er sich die langen schwarzen Haare aus dem Gesicht und band sein goldgelbes Kopftuch neu. Es wies ihn als Läufer seines Dorfs aus, als Boten und Blausteinsammler, und Lebrec wäre genauso wenig auf den Gedanken gekommen, das auffällige Tuch abzulegen, wie er eines seiner Beine abgelegt hätte. Er war Läufer, und laufen würde er. Auch wenn es jetzt, ohne Batizors Talent, weitaus schwieriger werden würde.

Er zog das geschwungene Messer aus dem Gürtel und fischte mit dessen Hilfe das lederne Band aus Batizors Kragen, peinlich darauf bedacht, den Toten keinesfalls zu berühren. Schließlich griff die Klinge, und er durchtrennte den nassen Riemen mit einem kräftigen Ruck, um den Anhänger aus dem blutigen Hemd zu ziehen. Auf keinen Fall würde er zulassen, dass Batizors Amulett hier zurückblieb und am Ende in die Hände jener fiel, die ihn verfolgten. Er wischte eine blutige Schliere von dem blauen, reich mit Ornamenten beschnitzten Stein. Dann verknotete er den Riemen wieder und hängte sich das Stück Blaustein um den Hals.

»Verzeih mir, Bruder«, murmelte er. »Das Meer wird dich holen, und ich werde ein Feuer für deinen Geist anzünden, damit du den Weg nach Hause findest. Wir werden auf dich warten. Aber jetzt kann ich das nicht. Ich muss nach Tiburone. Ich muss den Fürsten warnen. Wer sollte es sonst tun? Das verstehst du doch?«

Der Tote antwortete nicht.

Ein Krachen im Unterholz ließ Lebrec zusammenfahren. Irgendwo zu seiner Rechten flatterte einer der smaragdgrünen Tauvögel auf und stieg schimpfend in die Kronen der mächtigen Baumriesen. Wieder krachte etwas, und dieses

Mal erkannte Lebrec das Geräusch: Eine eiserne Klinge mähte sich durch das Unterholz. Er wirbelte herum. Seine bloßen Füße glitten im schmierigen Morast aus, doch er fing sich und rannte los, weiter auf dem kaum sichtbaren Pfad, dem sie zuvor schon durch das Unterholz gefolgt waren. Dornige Ranken griffen jetzt nach seinen Beinen, zerrten am dünnen blauen Stoff seiner Hose. Das großblättrige Unterholz würde ihn verbergen, wenn er nur weit genug hineinlief. Vielleicht …

Ein kaltes Prickeln zog über seinen Rücken und richtete die Härchen in seinem Nacken auf. Ohne nachzudenken, ließ er sich fallen. Kaum eine Armlänge über ihm flimmerte etwas in der Luft und pflügte eine Schneise von beinahe zwei Schritt Breite durch das Gestrüpp. Blätter, abgeschnittene Zweige und Äste prasselten auf ihn nieder, und nur eine Handbreit vor seinem Gesicht fiel die Hälfte eines großen Leguans in den Schlamm. Lebrec rollte sich zur Seite, kam auf Ellbogen und Knie auf und kroch ins Unterholz rechts des Pfads. So schnell es das Dickicht erlaubte, zwängte er sich durch Ranken und Gestrüpp, ohne auf die Dornen zu achten, die ihm die Haut aufrissen.

Von irgendwo hinter ihm, dort, wo Batizor lag, drangen die Geräusche von Stiefeln in Schlamm zu ihm. Abermals kribbelte seine Haut, und ein zweiter Energiestoß zerfetzte das Gestrüpp weiter den Weg hinab. Es bestätigte nur, was er befürchtet hatte: Zu seinen Verfolgern, allesamt Rotkittel in den Rüstungen Beruns, gehörte mindestens einer der Begabten. Der lange Hakennasige, wenn er sich nicht täuschte. Er war am besten zu Fuß und hatte das Talent, die Luft in eine Klinge zu verwandeln.

Lebrec verzog das Gesicht. Der Hakennasige musste

Blaustein verwenden, um sein schändliches Talent zu nutzen, und das in Mengen, mit denen Lebrec und selbst Batizor das nie gewagt hätten. Es würde den Mann unweigerlich umbringen. Aber nicht heute und nicht morgen, und dann war es für Lebrec zu spät.

Hastig robbte er weiter und stieß sich beinahe den Schädel an, als plötzlich der moosbedeckte Stamm eines gestürzten Urwaldriesen vor ihm im Unterholz auftauchte. Frustriert starrte er das faulende Hindernis an. Für einen Moment spielte er mit dem Gedanken, über den Stamm zu klettern, um etwas Solides zwischen sich und die schneidende Luft des Hakennasigen zu bekommen. Doch dann erstarrte er. Ein kaum merkliches Flirren hing in der Luft, nur eine Armlänge vor ihm, so als zertrenne etwas den unablässig rauschenden Regen. Ralld-Fangfäden. Aufstehen war vielleicht nicht die beste Idee.

Ein leises Scharren ließ ihn nach oben schauen. Auf dem Stamm konnte er die Umrisse zweier Männer erkennen, beide in eisernen Rüstungen und mit den roten Wämsern, die er so verabscheute. Nur das Dickicht der fleischigen Blätter über ihm verhinderte, dass sie ihn sahen. Ein dritter Windstoß fuhr in das Gestrüpp hinter ihm und ließ Holz, zerfetzte Blätter und Schlamm auf ihn niederregnen. Und in diesem Moment wurde Lebrec klar, dass ihn die Rotkittel in eine Falle gelockt hatten. Sie verfolgten ihn nicht, sondern wussten recht genau, wo er war – und sie hatten ihn in die Enge getrieben. Aber wie …?

Ein schwarzes Insekt von der Größe seines Daumens schwirrte in der Luft herum, kaum einen Schritt entfernt. Es schien auf der Stelle zu stehen und den kleinen Mann unverwandt anzusehen. Natürlich. Lebrec kannte jede Art von Käfer, die dieser Wald zu bieten hatte, aber ein Tier wie dieses hatte er bislang nur zweimal gesehen, beide Male auf dem Gewand eines der Begabten des Feindes.

Als hätte das Insekt seine Gedanken erkannt, schoss es nach oben aus dem Dickicht und stieß ein gellendes Zirpen aus. Die beiden Männer auf dem Stamm hielten inne und blickten herab.

»Da ist er!«, rief einer in diesen harten, polternden Lauten ihrer Sprache.

Leise zischend fuhr Lebrec zurück, gerade als einer der beiden auf ihn herabsprang und in einem Schauer aus Blut beinahe entzweigeschnitten wurde, noch bevor er den Boden erreichte. Der Jagdfaden eines weiteren Ralld-Nests über Lebrecs Kopf zerteilte den Mann fast bis zum Bauch, bevor er mit dem eisernen Panzer hängen blieb. Der Faden riss, und der Söldner kippte unter gellenden Schreien zur Seite, wo er in einen weiteren Faden fiel, der ihm den Kopf von den Schultern trennte.

Der zweite Rotkittel über ihm war langsamer gewesen, was ihm das Leben gerettet hatte. Unsicher starrte er auf die Reste seines Kumpans und dann auf Lebrec. Ohne Zeit zu verschwenden, sprang der Läufer auf und rammte sein Messer hinter dem Beinschutz in die Wade des Söldners. Jetzt schrie auch dieser Mann, stolperte rückwärts, verlor auf der schmierigen Rinde des umgestürzten Baumriesen das Gleichgewicht und fiel rückwärts auf der anderen Seite des Stamms hinab. Lebrec umklammerte das Messer, so fest er konnte, und wurde vom Gewicht des Fallenden in die Höhe gerissen, hinauf auf den Baum, wo er bäuchlings liegen blieb. Platschend schlug unter ihm der Gepanzerte in den Morast.

Der Läufer sah sich um. Etwas weiter entfernt kletterten

zwei Männer gerade auf den gewaltigen Stamm. Hinter ihm hatten zwei andere gepanzerte Rotkittel den Pfad erreicht, den er eben erst verlassen hatte, und dort, wo sein Bruder liegen musste, standen die beiden Begabten mit zwei weiteren Söldnern.

Der Hakennasige deutete auf ihn. Fluchend rollte sich Lebrec über den Stamm und ließ sich fallen, gerade als die Stelle, an der er eben noch gelegen hatte, in einem Schauer aus Moosfetzen und fauligen Holzsplittern explodierte. Hockend landete Lebrec auf dem Söldner, der halb im Morast versunken war und ihn mit verzerrtem Gesicht anstarrte. Ohne Zeit zu verlieren, rammte er dem Mann die nackte Ferse ins Gesicht und fühlte die Nase brechen. Der Kopf des Kerls sackte zurück und klatschte in die schlierig schillernde Sumpfbrühe. Mit einem gegurgelten Fluch versuchte der Mann, ihn zu erwischen, und Lebrec trat ein zweites und drittes Mal zu, so lange, bis der Kopf schließlich unter Wasser geriet. Während die Finger des Kerls in verzweifelter Gegenwehr an seinem Bein kratzten, entwich die letzte Luft aus dem Hals des Rotkittels. Schließlich zitterte der Mann und erschlaffte.

Angewidert starrte Lebrec auf das schwarze Wasser, das vom Todeskampf zu einem widerlich gelben Schaum aufgewühlt war. Die Blasen platzten leise und verströmten einen durchdringenden Gestank. So weit er sehen konnte, erstreckte sich die schillernde Fläche zwischen den Stämmen der Bäume in die Ferne, nur durchbrochen von Inseln aus scharfkantigem Gras und den überwucherten Resten gestürzter Waldriesen. Es war ein trostloser Anblick, aber zum ersten Mal seit Beginn ihrer Flucht vor beinahe zwei Tagen fühlte Lebrec so etwas wie Hoffnung.

Fieberhaft durchsuchte er den Schal, den er als Gürtel trug, fingerte schließlich ein Blausteinfragment von der Größe eines Daumennagels heraus und schob es sich in den Mund. Er biss zu, kaute und schmeckte die Bitterkeit der harzigen Kristalle. Sofort erfüllte ein taubes Gefühl seinen Mund, und eine vertraute Kälte breitete sich in ihm aus und stach in seinen Schläfen, so wie damals, als er in den weit entfernten Bergen Wasser direkt aus der Quelle unter den Schneefeldern getrunken hatte. Prickelnd stellten sich die Haare auf seinen Armen auf, und er keuchte unwillkürlich. Selbst die Luft, die er in seine Lungen sog, schien jetzt kälter zu sein. Der Gestank des Sumpfs bohrte sich mit plötzlicher Wucht in seine Nase, legte sich auf seine Zunge und ließ ihn würgen, und das Grün des Urwalds brannte plötzlich in seinen Augen. Lebrec schüttelte den Kopf und rang um sein Gleichgewicht.

Schließlich sah er auf den Söldner unter sich, dessen Kopf inzwischen tiefer im Wasser lag. Die Brühe hatte seinen halb geöffneten Mund gefüllt, doch er rührte sich nicht. Lebrec leckte sich über das taube Zahnfleisch, dann zog er das Messer aus dem Gürtel des Toten, stand auf und machte einen vorsichtigen Schritt auf das ölig-schlierige Wasser. Es trug sein Gewicht, und der kleine Läufer grinste. Batizor hatte sich durch Unterholz bewegen können, doch sein eigenes Talent war das Wasser. Er sah auf seinen Unterarm, von dem der Regen jetzt abprallte, ohne die Haut überhaupt zu erreichen, dann hinunter auf seine Füße, die nur schwache Vertiefungen in der Oberfläche des Sumpfs hinterließen. Abermals leckte er sich über das Zahnfleisch. Vorsichtig machte er einen Schritt, dann noch einen, und dann war er auf dem Weg hinaus in den schillernden Sumpf, hinter dem sich irgendwo in der Ferne das Meer verbarg. Hätte er das erst erreicht, ging es immer nach Westen und nach Süden, bis er die Wildnis verlassen und das Macouban warnen konnte, vor der Armee aus Berun, die ihm folgte, ohne dass irgendjemand etwas davon ahnte. Er hatte es geschafft. Niemand konnte ihn jetzt noch auf...

Ein heftiger Schlag traf sein Schienbein und ließ ihn nach vorn stürzen, wo der Sumpf ihn federnd auffing. Stechender Schmerz folgte. Stöhnend hob Lebrec den Kopf und starrte auf sein Bein, in dem er weißlich den Knochen schimmern sah. Dicht über dem Sumpfwasser erstreckte sich ein weiterer Ralld-Faden, an dem jetzt Reste seiner Hose und sein Blut hingen. Seine Konzentration flackerte, und mit einem heißen Aufwallen von Angst fühlte er, wie die bislang beinahe feste Oberfläche des Wassers unter ihm nachgab. Der Sumpf zog ihn in seine Umarmung.

# MESSER

.

So, da wären wir.« Der Kriegsknecht deutete auf einige schlicht gemauerte Gebäude. Ohne weiter auf den Mann zu achten, der ihm folgte, nahm er seine beiden Eimer auf und schlenderte grußlos über den sandigen Hof in Richtung eines niedrigen, lang gestreckten Nebengebäudes davon. Aus dem Schornstein quoll weißer Rauch. Der Mann würdigte die Unfreundlichkeit des Kriegsknechts keiner Regung. Stattdessen sah er sich wortlos auf dem beinahe quadratischen Hof des Kastells um. Wie die meisten der Grenzkastelle am östlichen Rand Beruns war Arneck ein schmuckloser, grob quadratischer Bau, aufgemauert aus Bruchstein und umgeben von einem steilwandigen Graben. Wie bei den meisten Anlagen dieser Art so weit in der östlichen Ebene war er wasserlos und felsig. Niedrige, geduckt wirkende Türme mit hölzernen Schindeldächern bildeten die Ecken des Quadrats, zwei weitere erhoben sich über den Toren, die nach Osten und Westen führten. Sie markierten den Grenzübergang des berunischen Reichs, auch wenn es etwas seltsam wirkte, wenn man bedachte, dass es hier keinerlei Grenzwall oder sonstige Markierung abseits des Kastells gab. Der Theorie nach lag im Westen das großartige berunische Kaiserreich und östlich von hier das wilde Königreich Kolno. Tatsächlich erstreckte sich in alle vier Himmelsrichtungen bis zum Horizont eine endlos wirkende Grassteppe, die sich um keine Grenzen scherte und bemerkenswert frei von landschaftlichen Merkmalen war. Arneck war ein staubiger Ort, der nur existierte, weil hier eine der wenigen Handelsstraßen zwischen Berun und dem Kolno entlangführte und auf den Karten beider Reiche nun mal ein Punkt existieren musste, an dem das eine aufhörte und das andere begann. Einen halben Tag östlich von hier lag eine ziemlich ähnliche Grenzstation der kolnorischen Truppen. Zwischen hier und dort erstreckte sich Niemandsland. Wie auch in jede andere Richtung, wenn man ehrlich war. Kein Mensch wohnte freiwillig hier.

Im Inneren der Mauern drängte sich ein knappes Dutzend grasgedeckter Häuser aus demselben rötlichen Bruchstein. Baracken für die hier stationierten Kriegsknechte, Stallungen, Speicher, ein Gästehaus für die Besatzungen der hier passierenden Handelszüge, eine Taverne, eine Schmiede und andere Versorgungseinrichtungen, die man hier draußen brauchte, um über die langen, trockenen Sommer und die ebenso langen, eisigen Winter zu kommen. Vor dem östlichen Tor, durch das der Mann gerade gekommen war, duckte sich eine kleine Anzahl niedriger Behausungen, die Winterlager einiger Viehhirten, Jäger und einer Handvoll anderer, die hier draußen gestrandet waren und wohl nicht wussten, wohin sie noch gehen sollten. Vermutlich auch die Unterkünfte der Familien einiger der Kriegsknechte, denn wie überall in Berun war es den Angehörigen verboten, innerhalb des Kastells zu wohnen. Was vor den Mauern geschah, wurde stillschweigend toleriert.

Wie es aussah, gab es zurzeit nicht viele Besucher. Lediglich ein abgedeckter Wagen voller Kisten stand im Schatten einer der Außenmauern, Pferde waren nirgendwo zu sehen, und nur eine Handvoll Männer ging innerhalb des Kastellhofs ihrer Arbeit nach. Alle trugen die rostroten Hosen, Hemden und Wämser der Truppen Beruns – Rüstungsteile schienen jedoch keine Pflicht zu sein. Dem Anschein nach nahm man es hier draußen mit der Disziplin nicht ganz so genau wie anderswo. Lediglich die beiden Männer am Tor hatten die vollständige Rüstung der Beruner Kriegsknechte angelegt, aber wesentlich wachsamer hatten sie auch nicht gewirkt. Zumindest hatten sie für den einsamen Fremden und seinen zerknitterten Passierschein kaum mehr als einen gelangweilten Blick übrig gehabt, bevor sie ihn ins Innere des Kastells gewinkt hatten.

Der Fremde wirkte nicht sonderlich imposant. Er war eine hagere, etwas gebeugte Gestalt, über deren schmalen Schultern ein abgeschabter dunkler Staubmantel hing. Dünne Beine ragten darunter hervor. Sie steckten in staubigen Hosen und ausgetretenen Schnabelschuhen und verliehen ihm das Aussehen eines großen, missmutigen Schreitvogels. Die spitze Nase, die zwischen dunklen, fettsträhnigen Haaren hervorschaute, machte es nicht besser.

Der vogelhafte Mann band sein dürres Maultier an einen der Geländerpfosten am Vordach der Schmiede, schöpfte einen Eimer Wasser aus einem nahen Bottich und stellte ihn vor seinen langohrigen Begleiter. Dann streckte er den Kopf durch das offene Tor und nickte dem untersetzten Schmied zu. »Die Reisenden zum Gruß, Meister«, sagte er und klopfte mit einer silbernen Münze gegen den Torpfosten. »Mein Muli hat ein lockeres Eisen, denke ich. Könnten Sie mal danach sehen?«

Der Schmied sah auf, seine Augen wanderten zu der Münze, und er wischte sich mit dem Ärmel über den Mund, bevor er nickte. »Nach dem Essen«, brummte er.

Der Vogelhafte schüttelte den Kopf und wirkte ein wenig enttäuscht. »Jetzt. Wenn Sie die Münze ganz haben wollen. Ich möchte heute noch ein ganzes Stück weiter kommen.«

Der Schmied runzelte die Stirn. Seine Augen ruckten wieder zur Münze, auf der gut sichtbar der berunische Adler prangte. Dann zuckte er mit der Schulter und nickte. »Lassen Sie's hier.«

»Das hatte ich vor.« Der Fremde legte die Münze auf ein Fass an der Tür. »Taugt das Essen in eurer Schänke etwas?«

»Es ist besser, als hungrig zu bleiben.« Der Schmied legte den Hammer beiseite und wischte sich die Hände an einem Tuch im Gürtel ab. »Die Auswahl ist hier nicht so groß. Ein Rat: Nehmen Sie nicht den Eintopf.«

Der Fremde nickte. Seine langen dürren Finger tippten neben die Münze, dann verließ er die Werkstatt und marschierte auf die Schänke zu.

Man hatte vor dem Eingang einige roh gezimmerte Bänke und Tische aufgestellt, und der Vogelmann setzte sich in die Sonne, faltete die Hände und schloss halb die Augen. Reglos wartete er, bis sich ein Schatten zwischen ihn und die frühherbstliche Sonne schob, bevor er die Lider hob. Eine ältere Frau stand vor ihm, nicht sonderlich attraktiv, doch der Vogelmann beurteilte Menschen nicht nach ihrem Äußeren. »Die Reisenden zum Gruß«, sagte er leise. »Ich habe gehört, der Eintopf sei zu empfehlen.«

Die Frau sah ihn für einen Moment misstrauisch an, doch das schmale Gesicht des Fremden zeigte nichts als Aufrichtigkeit. Schließlich zuckte sie mit den Schultern und nickte.

»Ihr habt Bier?«

Die Frau nickte erneut. »Ich braue es selbst.«

Der Vogelmann lächelte schmal. »Ich freue mich darauf«, sagte er. »Dann einen Eintopf und ein Bier, bitte.« Er schielte an der Alten vorbei nach der Sonne. »Sie wissen, wo ich die anderen Männer in diesem Kastell finde? Meister Barnard Lisst, den Schreiber, zum Beispiel?«

Die Frau sog an einer Lücke in ihrem Gebiss, dann sah sie über den Hof und nickte in Richtung eines der Türme.

»Da kommt er gerade«, stellte sie fest.

Der Vogelmann folgte ihrem Blick und lächelte erneut. »Das trifft sich hervorragend. Richten Sie ihm bitte aus, dass ich ihn sprechen möchte, und bringen ihm ebenfalls ein Bier. Das geht auf mich.« Er legte einige Kupfermünzen auf den Tisch, die schneller in der Schürze der Wirtin verschwanden, als sie auf dem Tisch gelandet waren. Dann passte die Alte den sich jetzt nähernden Mann ab und wechselte einige Worte mit ihm, wobei sie in Richtung des Fremden nickte, bevor sie sich wieder nach drinnen verzog.

Der Vogelmann faltete erneut seine dürren Finger auf der Tischplatte und musterte den Mann mit einem schmalen Lächeln. Barnard Lisst war untersetzt, mit offenem Gesicht und Tintenflecken an Fingern und Hemd. Obwohl er vermutlich die dreißig Jahre noch nicht erreicht hatte, war deutlich zu sehen, dass sich seine rötlich braunen Haare bereits auf dem Rückzug befanden, was er mit Öl und einem strengen Scheitel zu kaschieren versuchte. Lisst erwiderte den Blick des Fremden verwundert, bevor er an den Tisch trat. »Sie wollten mich sprechen …?«

»Messer«, sagte der Vogelmann.

Die Verwirrung des Rundlichen nahm zu, und der Fremde nickte entschuldigend, was ihn noch vogelhafter erscheinen ließ. »Meister Messer«, wiederholte er.

»Messer? Sie sind …?«

»Ein Bote. Im Moment. Ich habe vor Jahren als Feldscher gedient. Daher der Name. Ich habe mich an ihn gewöhnt.« Er deutete auf die Bank auf der anderen Seite seines Tischs. »Es trifft sich gut, dass Sie gerade Zeit haben, Meister Lisst. Ich habe Ihnen eine Nachricht zu überbringen.«

»Eine Nachricht?« Der Schreiber ließ sich auf die Bank fallen. »Für mich? Von wem?«

»Dazu komme ich gleich. Ah, danke Euch, gute Frau.« Messer nahm von der zurückgekehrten Wirtin zwei Tonkrüge entgegen, schob einen davon dem Schreiber über den Tisch und zog die Schale mit Eintopf heran, um den Inhalt interessiert zu mustern. Die Schüssel war gefüllt mit einer sämigen grauen Masse, in der weißliche Klumpen und einige braune Fäden an die Oberfläche dümpelten und träge wieder in der Tiefe verschwanden. Abermals das vogelhafte Nicken, dann griff Meister Messer zum Löffel und schob sich eine Kostprobe in den Mund. Er hob die dünnen Brauen, riss ein Stück des ebenfalls grauen Brots ab und schob es dem Eintopf hinterher. »Ah«, stellte er fest. »Lokale Spezialitäten. Immer wieder ein Erlebnis.« Erneut nahm er einen Löffel voll, wiegte den Kopf, dann sah er den Schreiber an.

»Ich habe eine Nachricht für einen Barnard Lisst, stationiert in Arneck«, wiederholte er.

Der Schreiber beobachtete mit unergründlichem Gesichtsausdruck, wie sich der Vogelmann durch den Eintopf löffelte, bevor er sich mit einem leisen Kopfschütteln von dem Anblick losriss. »Das bin ich, ja.«

»Ich muss das überprüfen«, stellte Messer fest. »Geboren und aufgewachsen in Berun, also der Hauptstadt selbst. Im Gelldern-Viertel, als Sohn der freien Marktständerin Gund Lisst.«

Der Schreiber nickte verwirrt. »Was ...?«

Messer hob die Hand. »Vater Marek Lisst, Beruf ...«

Der Schreiber sah ihn verwirrt an. »Das ist nicht richtig. Ich kenne keinen Marek. Mein Vater war ... Nun, meine Mutter war nicht verehelicht, als ich geboren wurde. Sie trägt immer noch den Namen ihrer Eltern.«

Wieder hielt das schmale Lächeln auf Messers Gesicht Einzug, und sein Kopf zuckte in der Karikatur eines Nickens erneut vor und zurück. »Danke. Das war die Bestätigung, die ich wollte.« Er griff in seinen Mantel, zog einen mehrfach gefalteten und versiegelten Bogen Pergament hervor und legte ihn auf den Tisch. »Ihr Vater war ein Beruner Edelmann. So sagte mir Ihre Mutter jedenfalls. Interessant. Sie haben weder ihre Haar- noch ihre Augenfarbe.«

Der Schreiber sah Messer jetzt misstrauisch an. »Meine Mutter hat mit Ihnen darüber gesprochen?«

»Ausführlich. Eine sympathische, hilfsbereite Dame, die viel zu lange keinen Besuch von ihrem Sohn hatte.«

Lisst schnaubte. »Das klingt nicht so, als hätten Sie sie jemals getroffen, Meister Messer. Was wollen Sie von mir?«

Messer zuckte mit den Schultern. Das dünne Lächeln war noch da. »Nichts. Ich muss nur wirklich sichergehen, dass meine Botschaften auch die richtigen Personen erreichen.

Entschuldigen Sie bitte diese kleine Finte.« Er schob dem Schreiber den Brief zu und widmete sich abermals seinem Eintopf. Als Lisst, noch immer misstrauisch, nach dem Brief griff, deutete Messer mit seinem Löffel auf den Ärmel des Schreibers. »Sie haben ein Talent, Meister Lisst, richtig?«

Die Hand des Schreibers erstarrte in der Luft, und er sah sich unwillkürlich um. Erst als er niemanden in Hörweite entdecken konnte, bewegte er sich wieder. »Was soll diese Frage?«

Messer winkte mit dem Löffel ab. »Nicht so wichtig. Es hat mich nur interessiert. In der Tinte an Ihrem Ärmel scheint mir Blaustein zu sein, und mir fällt nur ein Grund ein, warum das so sein könnte.«

Der Schreiber starrte argwöhnisch auf die Flecken an seinen Händen. »Und wenn es so wäre?«, murmelte er.

Messer zuckte mit den Schultern. »Dann wäre es so. Ich denke nicht, dass das hier draußen, so weitab der Hauptstadt, jemanden interessiert. Und falls es Sie beruhigt – Sie sind nicht der Einzige hier.« Messer drehte einen Ring an seiner knochigen Linken, bis ein kleiner blauer Stein darauf sichtbar wurde, den er bis jetzt in der Handfläche verborgen gehalten hatte. »Es ist nur persönliche Neugier. Mein Talent ermöglicht es mir, dafür zu sorgen, dass andere keine Schmerzen empfinden. Deshalb bin ich einst Feldscher und Knochenrichter geworden. Es schien mir eine logische Wahl zu sein. Seitdem versuche ich, anhand der Professionen anderer ihr Talent herauszufinden. Nennen Sie es eine Art Passion. Bei Ihnen bin ich mir aber noch unschlüssig.«

Lisst leckte sich über die Lippen. Dann nahm er einen tiefen Schluck von seinem Bier und sah sich abermals um. »Nichts Großartiges«, murmelte er schließlich. »Mein Gedächtnis ist ungewöhnlich. Ich merke mir, was immer ich lese oder aufschreibe. Wort für Wort.«

Messer zog beide Augenbrauen hoch. »Das passt. Beeindruckend. Wenn man bedenkt, was man mit diesem Talent woanders als hier anfangen könnte. Sie würden es weit bringen, Meister Lisst.«

Der Schreiber zuckte mit den Schultern und senkte geschmeichelt den Kopf. »Meine Dienstzeit hier ist bald vorbei. Ich denke, ich werde nach Berun zurückkehren und sehen, was ich daraus machen kann.«

Messer legte den Löffel in die mittlerweile leere Schale, nahm einen tiefen Zug aus seinem Krug und seufzte zufrieden. »Ein guter Plan. Es ist immer gut, Pläne für die Zukunft zu haben.« Er deutete auf den Brief unter Lissts Fingern. »Dann will ich Sie mal nicht länger von Ihrer Botschaft abhalten. Wenn Sie entschuldigen, ich werde kurz nachsehen, wie weit der Schmied mit meinem Reittier ist. Genießen Sie die letzten Sonnenstrahlen. Es wird bald kalt werden.« Er erhob sich von der Bank und klopfte Lisst freundschaftlich auf den Rücken, als er sich an ihm vorbei in Richtung der Schmiede schob. Die fingerlange, kaum sichtbare Nadel aus Blaustein in seiner Hand glitt beinahe widerstandslos zwischen die Nackenwirbel des Schreibers. Nur für einen Lidschlag glomm sie in der Sonne bläulich auf, dann verschwand sie vollständig unter der Haut. Lisst zuckte nicht einmal. Messer hatte nicht gelogen, was sein Talent anging. Gemächlich ging er in Richtung Schmiede und wechselte einige Worte mit dem Handwerker, der noch immer mit dem Hufeisen seines Maultiers beschäftigt war.

Als er wieder an den Tisch kam, saß der Schreiber reglos über seinen Brief gebeugt. Er war blass, und eine Vielzahl kleiner, glitzernder Schweißperlen hatte sich auf seiner Stirn und seinen Schläfen gebildet. Messer beugte sich vor, die Augen scheinbar auf das Schreiben geheftet, das vor Lisst auf dem Tisch lag. »Die eigentliche Nachricht, Meister Lisst«, raunte er dicht neben dem Ohr des Schreibers, »ist, dass man herausgefunden hat, wer Ihr Vater ist. Ich gratuliere – wie es aussieht, sind Sie ein Prinz. Zumindest ein Bastardprinz, einer aus einer ganzen Reihe. Der alte Löwe von Berun war ... umtriebiger, als gemeinhin bekannt ist. Das Schlechte daran ist, dass unsere Kaiserliche Hoheit, die Reisenden mögen ihn bewahren, lieber ein Einzelkind ist, als Bastardgeschwister anzuerkennen, um sein Erbe zu teilen. Also hat man mich geschickt, um das den Betreffenden möglichst schmerzfrei nahezubringen. Es tut mir wirklich leid. Aber das Leben ist nicht gerecht.« Mitfühlend tätschelte er Lisst die Schulter und richtete sich auf.

Die Wirtin sah ihn fragend an, und Messer zuckte mit den Schultern. Er nickte in Richtung des stoßweise atmenden Mannes. »Es scheinen schlechte Nachrichten gewesen zu sein«, sagte er. »Vielleicht bringen Sie ihm noch ein Bier auf meine Kosten. Ich mag es nicht, schlechte Nachrichten zu überbringen.« Er verzog das Gesicht. »Aber einer muss es wohl tun.« Seufzend drückte er der Wirtin noch eine Münze in die Hand und ließ sich den Weg zum Abort weisen. Ohne Hast erledigte er sein Geschäft, bevor er zur Schmiede zurückschlenderte und sein Maultier abholte. Der Schreiber saß noch immer am Tisch, als Messer das Osttor in Richtung des Kolno passierte. Erst eine kleine Weile später fiel er nach vorn und schlug mit dem Kopf auf die Tischplatte.

Auf dem halben Weg zum kolnorischen Grenzkastell verließ der Vogelmann die Handelsstraße und schlug einen Weg über die staubige Grasebene ein, der ihn in einem großen Bogen, außerhalb der Sichtweite von Arneck, zurück nach Westen führte. Weitere Arbeit wartete in Berun auf ihn, Arbeit von der Art, die ihn nach Arneck und zu Barnard Lisst gebracht hatte.

»Sieh an«, sagte er nach einer Weile zu seinem Maultier. »Der Schmied hatte recht, was den Eintopf anging. Wer hätte das gedacht?«

# 1

## BERUN

Die Stadt erstreckte sich um die lang gezogene Bucht herum, eingebettet zwischen sanften, mit Pinienwäldern überzogenen Hügelketten auf der einen und den schroffen Felsen der Steilküste auf der anderen Seite. Auf der Spitze thronte uneinnehmbar die Kaiserfestung. Ein Ehrfurcht gebietendes Gebilde aus Mauern, Toren und massiven Türmen, die sich weit über den Dächern der Stadt in den grauen Herbsthimmel hineinstreckten. Darunter fielen terrassenartig die Dächer der Altstadt ab, deren Plätze und Gassen durch steile Treppen miteinander verbunden waren und für Fremde ein undurchdringliches Labyrinth aus Stein bildeten. Ein Haus drängte sich an das nächste, bis ganz hinunter zum Hafen, in dem Boote und Schiffe aus aller Herren Länder auf den Wellen schaukelten.

Schon an normalen Tagen waren Beruns Gassen völlig überfüllt, doch heute schienen sie aus allen Nähten zu platzen. Trotz des andauernden Regens hatten unzählige Händler ihre Stände zu Füßen der Kaiserfestung aufgebaut, und ein steter Strom aus Pferden und Menschen wälzte sich vom Haufen aus entlang der Tempelstraße auf den großen Marktplatz zu. Aus allen Teilen des Reichs waren sie angereist. Bauern aus Doring, die zu Fuß die gefährliche Reise entlang der Küste auf sich genommen hatten, Priester aus Starnim, heilige Männer aus den Orden der Sucher, Schausteller, Artisten, ehrbare Handwerker und unehrliche Bettler. Und natürlich all jene Gestalten, die auf unauffälligere Art ihren Lebensunterhalt erwarben und von Menschenmassen wie dieser geradezu magisch angezogen wurden.

Viele von ihnen kannte Sara mit Namen. Dammer und Thurwieser zum Beispiel, die die Gassen rund um den Heumarkt für sich beanspruchten und dort schon seit dem frühen Morgen unachtsame Reisende um die Geldbeutel erleichterten. Oder die alte Sumpfhaag, die den Leichtgläubigen ihr Schicksal aus der Hand las. Und natürlich Heygl und Scheel Einohr, die ältesten Söhne von Feyst, dem fetten Wirt des *Roten Bären*. Scheel war der Schlimmste seiner Brut. Ein zäher, dünner Kerl mit scharfer Klinge und einem fiebrigen Glanz in den Augen. Er hatte dafür Sorge zu tragen, dass die Straßenkinder ihre Arbeit zuverlässig verrichteten und keins von ihnen sich auch nur eine einzige der ergaunerten Münzen selbst unter den Nagel riss.

Scheel hasste jeden Menschen auf der Welt, aber auf Sara hatte er es ganz besonders abgesehen. Sie war eine Metis aus dem Süden des Macouban, und allein die dunkle Färbung ihrer Haut reichte aus, um sie zum Ziel seiner Verachtung zu machen. Noch viel weniger gefiel ihm allerdings, dass sein Vater sie brauchte, mehr noch als ihn. Denn Sara besaß das, was die Beruner das Schandmal nannten und sie selbst einen Fluch. Für Feyst waren ihre Fähigkeiten dagegen ein wahrer Segen. Nur deshalb hatte er sie von der

Straße aufgesammelt und ihr zu Essen und ein Dach über dem Kopf gegeben. Es hatte sich für ihn ausgezahlt. Wenn es hart auf hart käme und er sich zwischen einem seiner eigenen Söhne oder Sara entscheiden müsste, hatte er mal gesagt, dann würde er ganz sicher seinen Sohn opfern, denn er hatte ja ohnehin schon mehr als genug. Diese Worte hatten ihr Leben nicht gerade leichter gemacht. Scheel hatte es bislang zwar nicht gewagt, ernsthaft Hand an sie zu legen, aber sie wollte es auch nicht darauf ankommen lassen. Es schien besser, ihm aus dem Weg zu gehen, wann immer es möglich war.

Ganz besonders an einem Tag wie heute. Sie öffnete die Hand und blickte auf die Kupfermünzen hinab, die sie für sich abgezweigt hatte. Wenn Scheel sie damit erwischte, würde er wohl jede Zurückhaltung aufgeben. Für so einen Diebstahl, wie er es nannte, hatte nämlich auch sein Vater kein Verständnis. Der hatte mal eines der Kinder, einen stotternden Jungen, der auf den Namen Schiefer hörte, dabei erwischt, wie er eine Handvoll Münzen unter einem Stein im Keller versteckte. Er hatte sie alle zusammenrufen lassen und Schiefer so heftig mit seinem Stock verprügelt, bis der winselnd und blutend zusammengebrochen war. Dann hatte er gewartet, bis sich Schiefer aufgerappelt hatte, und weiter auf ihn eingeprügelt. Als er fertig war, konnte der Junge nicht mehr richtig laufen. Seitdem saß er mit einem dümmlichen Grinsen auf dem Untermarkt und bettelte dort für den Wirt und seine Familie.

Es hatte wieder zu regnen begonnen, und die Straße verwandelte sich unter den Füßen der Marktbesucher langsam in einen Sumpf aus Schlamm und Dreck. In ihrer Heimat hatte Sara das Gefühl des Regens auf ihrer Haut geliebt.

Doch dort war er auch warm und weich gewesen, während er in Berun immer nur die Kälte des Nordens mit sich brachte.

Zitternd zog sie den Kopf zwischen die Schultern und stapfte die Straße hinab auf die finstere Fassade des Flammenschwertordens zu. Ein Ehrfurcht gebietendes Gebäude, dessen Glockenturm wie ein mahnender Zeigefinger in den schmutziggrauen Herbsthimmel ragte und der den Schauplatz des heutigen Spektakels darstellte. Sie kam an einem rauchenden Herdfeuer vorbei und stieß auf Flynn Hasenfuß, der mit großen, hungrigen Augen zu den Bucheckernfladen hinaufblickte, die im heißen Fett einer Eisenpfanne vor sich hinbrutzelten. Der Duft des frisch gebackenen Teigs ließ ihr das Wasser im Mund zusammenlaufen, und das schmerzhafte Ziehen im Magen erinnerte sie daran, dass sie heute noch nichts gegessen hatte.

»Scheel sucht nach dir«, sagte Flynn, während er seinen hungrigen Blick auf die Münzen in ihrer Hand richtete. Er war eines der zahlreichen Waisenkinder, die Feyst bei sich aufgenommen hatte. Ein dürrer Junge von vielleicht zehn oder zwölf Sommern, der eine schnelle Auffassungsgabe besaß und noch schnellere Beine – die hatten ihm auch seinen Beinamen eingebracht. »Er sagt, dass es wichtig ist und dass er dich unbedingt sehen will.«

Sara schnaufte. Natürlich ließ Feyst nach ihr suchen. Ein Tag wie heute war wie geschaffen für seine Art von Geschäften. Er musste schon sehr betrunken sein, um diese Gelegenheit nicht beim Schopf zu packen. Dennoch war sie fest entschlossen, sich nicht von ihrem Vorhaben abbringen zu lassen. Nicht heute, verdammt.

»Wir sollen alle nach dir suchen.« Flynn trat von einem

Fuß auf den anderen, schniefte und warf einen Blick über die Schulter. »Du weißt, was passiert, wenn wir dich nicht zu ihm bringen.«

Sie verzog das Gesicht. Sie konnte sich nur zu gut vorstellen, wie der alte Fettsack schimpfend und fluchend durch das Wirtshaus tobte und nach allen Seiten Schläge mit seinem Stock austeilte. Selbst die eigenen Söhne fürchteten ihn, wenn er einen seiner unkontrollierbaren Wutausbrüche bekam. Um die tat es ihr zwar nicht leid, aber um Flynn schon. Der Junge war einer der wenigen Menschen, denen es egal war, ob sie verflucht war oder nicht. Vielleicht war er auch noch zu jung, um zu begreifen, was das bedeutete, aber zumindest akzeptierte er sie so, wie sie war – und dafür sollte er nicht auch noch bestraft werden. Nachdenklich kaute sie auf ihrer Unterlippe herum. »Also gut, ich komme mit dir.« Sie schnipste eine ihrer Münzen in die Luft. »Aber zuerst besorgen wir uns etwas zu essen und schauen das Spektakel an. Einverstanden?«

Flynns Blick folgte der Bahn der Münze und wanderte dann zurück zu den Teigfladen in der Pfanne. Mit dem Ärmel wischte er sich den Rotz von der Oberlippe und grinste.

»Vier Kupfer«, sagte der Mann an der Feuerstelle. Er war groß und fett, und ein dichter Pelz aus schwarzen Haaren bedeckte seine Unterarme. Mit seinem schweren Holzlöffel fischte er einen Fladen aus der Pfanne. »Wenn du überhaupt so viel dabeihast. Ansonsten verpiss dich. Deine dunkle Haut vergrault mir die Kundschaft.«

»Vier?«, fragte Sara. »Seit wann kannst du für einen Haufen verbrannten Teig so viel verlangen?«

»Seitdem die Leute so viel dafür bezahlen.« Der Bäcker

wies mit dem Löffel die Straße hinab. »Schau dich mal um. Der Markt ist voll mit hungrigen Reisenden, die jeden Preis für meine Fladen bezahlen würden. Aber ich bin ein anständiger Mann und verlange nur vier.« Nach kurzem Zögern streckte er die entsprechende Zahl Finger in die Luft, und Sara vermutete, dass er nur nicht mehr verlangte, weil er nicht weiter zählen konnte. Sie hielt ihm ihre drei Münzen unter die Nase. »Wie viel bekomme ich hierfür?«

»Dafür kannst du zusehen, wie ich mit den Teigresten meine Schweine füttere.«

»Ich habe aber nicht mehr.«

Der Bäcker grunzte und musterte sie von Kopf bis Fuß. Ein lüsternes Glitzern trat in seine Augen. »Du kannst vielleicht auch noch auf andere Art bezahlen. Aber so, wie du aussiehst, schuldest du mir danach immer noch deine drei Kupferstücke.«

Sara warf ihm einen finsteren Blick zu. »Und weißt du, was du mich kannst?«, zischte sie.

Der Bäcker lachte und schüttelte den Kopf. »Ich habe es mir gerade anders überlegt. An einer wie dir hätte ich mir ohnehin nicht die Hände schmutzig gemacht.« Er hob den Holzlöffel. »Und jetzt mach, dass du davonkommst, oder ich geb dir hiermit eins drüber, du Metisschlampe.«

»Halt den Mund!«, rief Flynn und hob einen Stein von der Straße auf. Zornig baute er sich vor Sara auf und funkelte den Bäcker an. »Sonst bekommst du es mit mir zu tun!«

Der Bäcker lachte noch lauter. »Schaut euch das an, der kleine Ritter nimmt seine Metisschlampe in Schutz. Ich werde dir zeigen, was mit kleinen Rittern geschieht, die in den Krieg ziehen …« Der Holzlöffel fuhr herab und hätte

Flynn hart getroffen, wenn nicht eine Hand dazwischengefahren wäre und dem Mann die Waffe entrissen hätte.

»Genug«, rief eine tiefe, raue Stimme. Sie gehörte einem stämmigen Glatzkopf, nicht sehr groß, mit einem harten Gesicht, das von tiefen Furchen durchzogen war. Seine platte Nase sah aus, als wäre sie in ein paar Faustkämpfe zu viel geraten, seine Ohren standen ab wie Blumenkohlblätter. Sara kam dieses Gesicht bekannt vor. Sie konnte sich ziemlich gut an Gesichter erinnern – vor allem, wenn sie so hässlich waren wie dieses.

»Wenn ihr euch gegenseitig umbringen wollt«, sagte der Glatzkopf, »dann trefft euch draußen auf dem Richtfeld. Innerhalb der Stadtmauern ist es verboten, die Schwerter zu ziehen.«

»Die was?« Der Bäcker glotzte ihn mit großen Augen an. Flynn lachte.

»Das gilt auch für dich, Junge. Lass den Stein fallen!« Der Glatzkopf funkelte ihn finster an und gab dann dem Bäcker seinen Löffel zurück. »Einen Fladen für mich, zwei für den kleinen Ritter und seine Dame, und die Reste für deine Schweine.«

Der Bäcker wurde knallrot und blies die Backen auf. »Was fällt dir ein? Warum sollte ich das tun? Warum sollte ich die Metisschlampe und das Bettlerkind bedienen?«

»Weil du mit einem Mann redest, der das Recht besitzt, innerhalb der Stadtmauern die Waffe zu ziehen.« Der Glatzkopf schlug seinen Umhang zurück und legte die Hand auf den Griff eines langen Schwerts. Es war eine schlichte Klinge ohne Verzierungen. Eine Klinge, die für den Kampf geschmiedet war und nicht für Prahlerei.

Der Bäcker riss die Augen auf und verneigte sich eilig.

»Ich konnte doch nicht ahnen, dass Ihr … Ich wusste doch nicht, Herr …«

»Jetzt weißt du es.« Der Glatzkopf zog einen Geldbeutel hervor und warf ihm eine Handvoll Kupferstücke vor die Füße. »Wenn ich du wäre, würde ich jetzt die besten Fladen backen, die ich zustande bringen kann. Und zwar schnell. Ich habe nicht viel Zeit.«

Flynn stopfte sich seinen Fladen fast ganz in den Mund. Sara zwang sich, das Knurren ihres Magens zu ignorieren. Sie war es nicht gewohnt, dass ihr in dieser Stadt etwas geschenkt wurde, und schon gar nicht von einem Fremden. Misstrauisch beäugte sie den Glatzkopf. »Was verlangt Ihr dafür, Herr?«

»Dass ihr es esst.« Der Glatzkopf verzog keine Miene. »Was denn sonst? Außerdem kannst du dir die Anrede sparen. Ich gehöre nicht zum Adel.« Er biss in seinen Fladen und wandte sich zum Gehen.

Sara runzelte die Stirn. »Aber Ihr gebt ihnen Befehle.«

Der Glatzkopf blieb stehen. Der Ausdruck seines zerschundenen Gesichts änderte sich nicht. »Wie kommst du darauf?«

»Weil Ihr der Puppenspieler seid.« Sie nickte in Richtung des Ordenshauses der Flammen. »Ich habe Euch auf der Bühne gesehen. Ihr sagt den Adligen dort oben, welche Rolle sie zu spielen haben, nicht wahr?«

»Eine interessante Feststellung.« Der Glatzkopf wischte sich mit dem Ärmel über den Mund. »Wenn ich der Puppenspieler sein soll, wer sind dann deiner Meinung nach die Marionetten?«

Sara dachte darüber nach. »Da wäre zunächst mal der

Richter. Das ist der hagere Mann mit dem stechenden Blick. Wenn er auf der Bühne steht, trägt er eine rote Robe mit dem Bild einer brennenden Klinge. Außerdem der Weise. Das ist der Mann mit den schlohweißen Haaren und dem dicken Bauch. Er hätte vermutlich eine Menge kluger Dinge zu sagen, aber keiner hört ihm zu, weil er schon alt ist und sich kein Gehör mehr verschaffen kann. Dann fehlen noch der Herrscher, die Edelleute, der Henker. Der Narr, der Wahnsinnige und das Hofvolk.« Konzentriert zählte sie die Marionetten an ihren Fingern ab. »Und natürlich der Hauptdarsteller. Manchmal sind es gleich mehrere, aber nur selten Heldenfiguren. Denn meistens führen sie ein Lehrstück auf, fast nie eine Komödie. Obwohl ich die am liebsten sehe.«

Der Glatzkopf lachte. »Wirklich ein interessanter Vergleich. Ich kann sie beinahe vor mir sehen, so wie du sie beschrieben hast. Ein Haufen aufgeblasener Schauspieler, die alle nur versuchen, sich im besten Licht darzustellen. Als gäbe es nichts Wichtigeres auf der Welt als diese Bühne. Nur leider ist das alles kein Spiel, und ich habe meine Zweifel, dass das Publikum die richtigen Lehren daraus zieht.« Er spuckte auf den Boden und zuckte mit den Schultern. »Mein Name ist übrigens Henrey Thoren. Meinetwegen kannst du mich auch ›Puppenspieler‹ nennen. Die Geschichten schreibt allerdings ein anderer.«


Der Platz vor dem Ordenshaus der Flammen war eine Masse aus schiebenden und drückenden Leibern. Edelleute und Bauern standen dort Schulter an Schulter, begierig darauf, so nah wie möglich an den Rand der Bühne zu gelangen, um den besten Blick auf das anstehende Spektakel zu erhaschen.

Geschickt drückte sich Sara durch das Gedränge, Flynn fest an der Hand, damit er von der Menge nicht davongerissen wurde. Es schien Stunden zu dauern, bis sie endlich durch das schlimmste Gedränge hindurch waren. Entlang der uralten Tempelmauer war eine Handvoll Marktstände aufgebaut. In einem unbeobachteten Augenblick schlüpften sie an den Stadtwächtern vorbei, und Sara kletterte eine der wackligen Konstruktionen hinauf auf das Dach. Als sie einigermaßen sicher saß, streckte sie die Hand aus und zog Flynn zu sich nach oben. Einer der Wächter rief ihnen noch etwas hinterher, doch seine Worte wurden von den lautstarken Trommelschlägen übertönt, die das Eintreffen der Schauspieler ankündigten.

Es war ein beeindruckender Auftritt aus Reichtum und Macht. Stadtvogt Johen ad Rincks kam zuerst, in einer goldenen Prunkrüstung mit einem fellbesetzten roten Umhang um die Schultern und der eisernen Krone des Reichsverwesers auf dem Kopf. Der Stellvertreter des Kaisers war an diesem Tag eine Ehrfurcht gebietende Erscheinung. Groß und muskelbepackt, trotz seines fortgeschrittenen Alters, und auf dem Schlachtfeld wohl noch immer ein gefürchteter Gegner.

Ihm folgte Patriarch Veit ad Gillis in seiner strahlend weißen Robe aus Samt. Seine Schritte wirkten unsicher und müde, und er stützte sich schwer auf seinen runenverzierten Amtsstab. Zwei Akolyten halfen ihm die Stufen zur Bühne hinauf und führten ihn zu seinem Platz.

Direkt danach kamen die Edelleute, dann die Ritter und Knappen und schließlich die Abordnungen der Räte und Gilden in ihren jeweiligen Standesfarben.

In einigem Abstand folgte am Ende der Prozession der

Henker mit seinen Knechten. War Johen ad Rincks schon groß, so konnte man diesen Mann als Riesen bezeichnen. Er überragte seine Begleiter um mehr als einen Kopf, und seine bloßen Arme hatten den Umfang von Baumstämmen. Sein Gesicht hielt er unter einer langen Kapuze verborgen, die ebenso schwarz war wie das gigantische Schwert, das er über der Schulter trug. Als er mit schweren Schritten die Stufen zur Bühne hinaufschritt, wich der Lärm auf dem Platz für einen Augenblick ehrfürchtiger Stille.

Gebannt beobachtete Sara seinen Auftritt und übersah beinahe den Puppenspieler, der nur wenige Schritte hinter ihm folgte und sich mit ausdrucksloser Miene am äußersten Rand der Bühne positionierte, die Arme vor der Brust verschränkt. Seine Augen huschten über den Platz, schienen jede Bewegung der lärmenden Menge aufzunehmen und zu bewerten.

»Da kommt der Ordensfürst!« Aufgeregt deutete Flynn nach unten und brach damit den Bann.

»Ist kaum zu übersehen«, murmelte Sara. »Seine blasse Haut leuchtet ja bis hierher.«

Flynn kicherte. »Scheel Einohr hat ihn mal einen Fischmenschen genannt.«

Er wollte noch etwas hinzufügen, doch Sara hielt ihm den Mund zu. »Sei still! Für solche Worte schneiden sie dir die Zunge aus dem Mund.«

Flynn grinste und streckte die Zunge heraus. »Dafür müssen sie Flynn Hasenfuß erst mal kriegen. Außerdem plappere ich bloß nach, was andere Leute im Suff von sich geben.«

Großmeister Cajetan ad Hedin hatte tatsächlich etwas von einer Kreatur aus dem Meer. Ungewöhnlich schlank und feingliedrig und im Gesicht vollständig unbehaart, hatte er große dunkle Augen und einen eiskalten, stechenden Blick. Er trug einen silbernen Schuppenpanzer und darüber eine blutrote Robe, auf der das Zeichen des Flammenden Schwerts prangte. Kaum jemand hatte ihn je ohne seine Rüstung gesehen, und hinter vorgehaltener Hand murmelte man, dass er darin auch badete und schlief. »Vielleicht ist er mit ihr verwachsen«, sagte Flynn. »Wie eine Schildkröte, verstehst du? Sie werden ihn eines Tages herausschneiden müssen, so wie den fetten Torl, als er in die Regentonne gefallen ist.«

Der Ordensfürst rückte mit einem Schwarm schwer gepanzerter Ordensritter an. Allesamt hochgewachsen, in glänzende Plattenrüstungen gehüllt und mit Schwertern und Spießen bewaffnet, bildeten sie einen Kreis aus Stahl um die Bühne, die ausdruckslosen Gesichter nach außen auf die wartende Menge gerichtet. Aus den vorderen Reihen wurden Unmutsrufe von Zuschauern laut, die sich um ihre guten Plätze betrogen fühlten, doch die Besonneneren unter ihnen wichen respektvoll zurück.

Schweigend trat Cajetan ad Hedin auf die Bühne, kniete nieder und senkte das Haupt zum Gebet. Viele Bürger taten es ihm nach, und während der Regen in dünnen Fäden vom Himmel fiel, legte sich eine erwartungsvolle Stille über den Platz. Die Zeit verstrich. Über ihren Köpfen krächzte ein einsamer Rabe.

Dann, endlich, setzte eine Trommel ein, und ein Ruck ging durch die Menge. Alle Augen richteten sich auf den Eingang zur Büßergasse. An deren Ende erschien ruckelnd und knarrend ein altersschwacher Pferdekarren. Seine Räder versanken im aufgeweichten Boden, doch keiner der

Zuschauer half oder wagte es auch nur, dem Karren zu nahe zu kommen. Jeder wusste, dass er verflucht war. Verflucht wie der altersschwache Gaul, der ihn zog, wie der Wagenlenker, der mit tief ins Gesicht gezogener Kapuze nebenher stapfte, und vor allem wie die Last, die er transportierte. Mit hängendem Kopf hockte er auf der Ladefläche, die zerschundenen Arme und Beine in Ketten geschlagen und die Hände zum Gebet gefaltet. Sara und Flynn hielten den Atem an und verfolgten seinen Weg mit fasziniertem Entsetzen.

»Das ist Friedmann Gorten«, raunte Flynn. Seine Augen leuchteten. »Der Bannwart des Hauses Born.«

Sara nickte. Die Gortens waren eine uralte berunische Familie, die dem Haus ad Born vor Urzeiten die Treue geschworen hatte. Soweit man sich zurückerinnern konnte, hatten sie schon immer die Aufsicht über die Ländereien der Grafschaft gehabt. Der Mann, der dort unten auf dem Karren hockte, galt als gerecht und zuverlässig. Ein Mann des Volkes, hieß es, der immer gewissenhaft seine Arbeit erledigt hatte. Was für eine Art Lehrstück würde das werden, einen gerechten Mann zu verurteilen?

Ächzend kam der Karren vor der Bühne zum Stehen, und der Wagenlenker stieß seinen Passagier grob mit dem Knüppel an. Friedmann Gorten erwachte aus seiner Starre, schüttelte den Kopf und kauerte sich zusammen, die Arme eng um die verschorften Knie geschlungen. Auf einen Befehl des Puppenspielers hin packten ihn zwei Henkersknechte unter den Achseln und schleiften ihn die Stufen hinauf und vor die Füße des Ordensfürsten.

Cajetan ad Hedin legte die weiß behandschuhte Linke auf seinen Kopf. Klar und deutlich hallte seine Stimme über den Platz. »Friedmann Gorten, verstehst du, warum man dich hierher gebracht hat? Gestehst du deine Taten? Bereust du deine Sünden?«

Mal nickte Friedmann, mal schüttelte er den Kopf, dann wieder stieß er wimmernd Worte aus, die niemand verstand. Es war ohnehin nicht wichtig, das Urteil war längst gefällt.

Cajetan ad Hedin erhob die Stimme. »Friedmann Gorten, Bannwart des Hauses Born. Du wirst beschuldigt, die Hand gegen deinen eigenen Herrn erhoben zu haben, der nach dem Willen der Reisenden und dem Recht des Kaisers über dir stand, dem du zu dienen und zu gehorchen geschworen hast. Friedmann Gorten, im Angesicht von Orden, Herrscher und Volk spreche ich dich des Mordes an Graf Rikkert ad Born schuldig. Für das Leben, das du genommen hast, sollst du deines geben. Blut muss mit Blut vergolten werden. Im Namen der Reisenden, im Namen des Einen, der einst gelobt hat, Recht und Gerechtigkeit im Reich zu bewahren, im Namen des Kaisers von Berun verurteile ich dich zum Tod durch das Schwert.«

Ein Stöhnen lief durch die Menge, vereinzelte Rufe wurden laut. Es war nicht zu erkennen, ob sie Zustimmung oder Ablehnung ausdrücken sollten, aber der Ordensfürst ließ sich dadurch nicht irritieren und trat mit gefalteten Händen zur Seite. Auf ein Zeichen von Thoren hin schleiften die Henkersknechte den Verurteilten zur Mitte der Bühne, wo sie ihn erneut auf die Knie zwangen und seinen Kopf nach vorn drückten. Der Regen prasselte jetzt stärker vom Himmel, und Sara schlang fröstelnd die Arme um ihren Körper.

Der Henker trat vor und hob seine schwarze Klinge weit über den Kopf.

»Blut für Blut.« Eine schrille Stimme übertönte die Rufe der Menge und das Prasseln des Regens. Fabin ad Born schob sich durch die Reihen der Adligen, stieß Männer und Frauen beiseite und blieb keuchend und mit knallrotem Kopf vor dem Henker stehen. »Ich fordere mein Recht!«

Der Sohn des getöteten Grafen war ein fetter junger Mann mit aufgedunsenem Gesicht. Er schwankte leicht, als wäre er betrunken. Anklagend richtete er den Zeigefinger auf Friedmann. »Er hat ihn abgeschlachtet wie ein Schwein. Ich habe es mit eigenen Augen ansehen müssen. Mein Vater war unbewaffnet und wehrlos!«

»Und außerdem steckte sein Schwanz in Friedmanns Frau«, murmelte Flynn, »und sie ließ das nicht freiwillig geschehen.«

»Er war ein elender Drecksack.« Sara ballte die Hände zu Fäusten. Heiße Wut kochte in ihr hoch. »Friedmann hat getan, was jeder anständige Mann in so einer Situation getan hätte.«

»Er hätte es richtig machen sollen.« Flynns schmale Schultern zuckten nach oben. »Dann würde er heute nicht da oben knien. Er hat den Vater getötet, aber den Sohn am Leben gelassen. Ich an seiner Stelle hätte allen beiden meinen Dolch zwischen die Rippen gerammt und sie danach den Schweinen zum Fraß vorgeworfen.« Er machte eine anschauliche Armbewegung, die ihn um ein Haar vom Dach geworfen hätte.

Sara zog ihn am Hemd zurück in die Waagerechte. »Du hättest dich eher selbst umgebracht, du Dummkopf. Außerdem hat der Sohn nichts getan. Er ist nicht schuld an den Sünden seines Vaters.«

»Und was nützt das Friedmann jetzt, hä?«

Thoren trat vor und legte die Hand auf den Griff seines Schwerts. »Ihr bekommt Euer Recht, Graf Born. Was wollt ihr noch?«

Fabin ad Born starrte ihn mit blutunterlaufenen Augen an. Er zitterte, wich aber nicht zurück. »Rikkert war mein Vater, und ich fordere das Recht, den Verurteilten eigenhändig hinzurichten.« Er wandte sich zu den versammelten Adligen um, dann zu Cajetan. »Es steht mir zu. Oder etwa nicht?«

Thoren schnaubte, doch der Ordensfürst neigte den Kopf. »Es ist Euer Recht, Graf Born.«

»Dann gebt mir die Klinge.« Fabin streckte die Hand nach dem Richtschwert aus.

Der Henker blickte zu dem jungen Mann hinab, dann auf Thoren, der nur mit den Schultern zuckte. Widerstrebend übergab er das Schwert an den Adligen.

Fabin nickte und schlurfte mit zusammengebissenen Zähnen auf den Verurteilten zu, leckte sich die Lippen und hob das Schwert über den Kopf. Seine Arme zitterten unter dem Gewicht der mächtigen Waffe. »Ich übe Rache im Namen meines Vaters. Das hier soll allen eine Warnung sein, die es wagen, ihre Hand gegen einen ad Born zu erheben.«

Das Schwert fuhr herab. Der Schlag war ungezielt und schwach und Fabin betrunken oder viel zu aufgebracht. Vielleicht hätte es dennoch ausgereicht, um den Bannwart zu töten, wenn der arme Mann nicht ausgerechnet in diesem Augenblick aus seiner Lethargie erwacht wäre und sich gegen den Griff seiner Wächter gestemmt hätte. Statt in den Hals schlug die Klinge gegen seinen Schädel, rutschte seitlich ab und polterte harmlos auf die Bretter des Holzbodens. Blut spritzte, und Friedmann bäumte sich auf und schrie wie am Spieß. Sehr zum Unmut des Publikums, das diese Zurschaustellung von Unfähigkeit mit Schmährufen und gereckten Fäusten belohnte. Flynn lachte, und Sara gab ihm einen Klaps auf den Hinterkopf.

»Haltet ihn fest, ihr Hunde!«, brüllte Fabin mit hochrotem Kopf. Er stellte das Schwert mit der Spitze nach unten auf dem Boden ab, wischte zuerst die rechte, dann die linke Hand am Wams ab und holte erneut aus. Die Henkerknechte zerrten den schreienden Bannwart in die Höhe, und der junge Graf schlug zu. Diesmal deutlich stärker, doch Friedmann wand sich zur Seite, sodass die Klinge tief in seine Schulter schnitt. Bis die Henkersknechte ihn diesmal wieder in ihre Gewalt bekommen hatten, waren sie bereits von Kopf bis Fuß in Blut gebadet. Aus der Zuschauermenge drangen wütende Rufe hervor. Fäuste wurden geschüttelt, faules Obst und Gemüse auf die Bühne geschleudert, und Fabin wurde von einem Stein am Oberschenkel getroffen. Brüllend riss er die Klinge in die Höhe und hackte auf den Bannwart ein wie ein Schlachter auf ein totes Stück Vieh. Nur dass sein Opfer noch am Leben war und nicht aufhörte zu schreien.

Der Regen aus Steinen und faulem Obst verstärkte sich, und die Zuschauermenge drängte nach vorn gegen die Wand aus stählernen Rüstungen. Ritter zogen ihre Schwerter, und Heetleute brüllten Befehle. Flynn ballte die Hände zu Fäusten und stimmte in das Gebrüll mit ein. »Tötet ihn! Tötet das Schwein!« Sara wusste nicht, ob er Friedmann meinte oder den jungen Grafen.

Endlich erbarmte sich der Henker und entriss dem wütenden Grafen das Schwert. Mit zwei schnellen Schritten war er beim Bannwart. Eine seiner riesigen Hände packte zu, zog grob seinen Kopf zurück. Die andere mit dem Schwert schlug zu. Friedmann riss schützend den Arm vor das Gesicht, doch die schwarze Klinge durchschlug mühelos den Knochen und danach seinen Hals.

Mit einem dumpfen Geräusch landete der Kopf auf den Brettern. Geistesgegenwärtig beugte sich einer der Henkersknechte hinab, packte ihn beim Schopf und streckte ihn in die Höhe.

»Den Reisenden sei Dank«, seufzte Sara, »es ist vorbei.«

»Sie hätten den Grafen gleich mit köpfen sollen«, sagte Flynn, während sie sich vom Marktplatz entfernten. Er machte eine Geste, die wohl einen Schwertstreich andeuten sollte. »Und alle anderen dort oben gleich mit.«

»Halt den Mund«, zischte Sara. Sie erinnerte sich an die Worte des Glatzkopfs. *Ich habe meine Zweifel, dass das Volk die richtigen Lehren daraus zieht.* Da war etwas Wahres dran. Aber vielleicht zog das Volk ja doch die richtigen Lehren. Vermutlich nur nicht die, die der Adel gern hätte.

Flynn boxte ihr in die Seite. »Du bist zu weich, Schwesterherz. Du hast den Blick abgewandt, als der Fettsack auf ihn eingehackt hat. Ich habe es genau gesehen.«

»Wenn du es so genau gesehen hast, dann konntest du die Hinrichtung ja auch nicht mitverfolgen.«

Flynn dachte darüber nach und zog eine Schnute. »Konnte ich wohl«, sagte er und sprang davon.

Sara folgte ihm schweigend.


Das Wirtshaus unter dem Zeichen des *Roten Bären* stand in der Gerbergasse, keinen Steinwurf vom Handelshafen entfernt. Der allgegenwärtige Uringestank hielt die Stadtsoldaten fern, und die zahlreichen vorbeieilenden Boten und Arbeiter sorgten für einen steten Fluss an Gästen und Informationen. Ein äußerst lohnenswerter Standort für einen Wirt, der nicht viel Wert auf Sauberkeit, dafür aber auf leicht verdientes Geld legte.

Die Witterung hatte dem hölzernen Abbild des Namensgebers bereits arg zugesetzt. Schramm, der zweitjüngste von Feysts Söhnen, lehnte unter dem Schild im Türrahmen und hielt Wache. »Wird aber auch Zeit«, sagte er, während er provozierend langsam zur Seite trat. Er nickte in den stickigen Raum hinein. »Er erwartet euch dort drüben.«

Als Erstes erkannte Sara die massigen Umrisse von Bedbur im Dämmerlicht. Der kolnorische Barbar, der mit seinem räudigen Wolfsfell, dem zotteligen Bart und den behaarten Pranken wie ein Monster aus einer uralten Sage wirkte, hockte gemeinsam mit Feyst und einem Fremden am Tisch vor der Feuerstelle. Der Wirt saß am Kopfende. Ein fettbäuchiger alter Mann, der seine Haare offen trug wie ein Adliger und die Hände mit goldenen Ringen schmückte. Als er Sara und Flynn erkannte, winkte er sie heran. »Was hat euch so lange aufgehalten?«

»Die Hinrichtung, Herr.« Flynn sprang vor und führte mit seinem imaginären Schwert einen Streich gegen das Spanferkel, das über der Feuerstelle vor sich hinbrutzelte. »Der fette Grafensohn hat den Bannwart abgestochen wie eine Sau, und das Volk hätte beinahe den Aufstand geprobt.«

Feyst lachte und versetzte ihm eine schallende Ohrfeige. Dann packte er Flynn grob am Kragen und zog ihn dicht zu sich heran. »Wenn das Volk den Aufstand probt, sollt ihr ihm nicht hinterherlaufen. Ihr sollt zu mir kommen, so wie ich es befohlen habe.« Er gab dem Jungen eine weitere Ohrfeige. »Ihr habt eurem Vater zu gehorchen, verstanden?«

»Es ist meine Schuld«, sagte Sara, ehe er ein drittes Mal zuschlagen konnte. Ihre Kehle fühlte sich so trocken an, dass das Sprechen beinahe wehtat. »Er wollte mich zu dir bringen, aber ich habe ihn überredet, zur Hinrichtung zu gehen.«

Feyst schaute sie an. Sie konnte die Wut in seinem Innern beinahe spüren. Er war ein jähzorniger Mann, ein Mann, der niemals vergaß. Sie senkte den Kopf, bis sie nur noch seine beringten Hände sah, die zitternd auf der Tischplatte lagen. Es hieß, dass jeder dieser Ringe irgendwann einmal einem Edelmann gehört hatte, der von Feyst eigenhändig totgeschlagen worden war. In solchen Augenblicken war sie sicher, dass die Gerüchte stimmten.

Feyst ballte die Hände zu Fäusten, doch er schlug nicht zu. Stattdessen lachte er und zeigte ein Gebiss voller schwarzer Zahnstümpfe. »Setz dem Jungen keine Flöhe ins Ohr, mein Kind. Er wird noch oft genug in seinem Leben einer Hinrichtung beiwohnen können. Vielleicht irgendwann sogar seiner eigenen, wenn er weiterhin so dumm ist. Was wirklich zählt, ist Gehorsam. Dem Vater gegenüber und der Familie.« Er hob eine Augenbraue. »Du bist doch gehorsam, nicht wahr?«

Im Gastraum war kein Laut zu vernehmen. Sara hörte das Zischen des Fetts, das aus dem Spanferkel tropfte, und das leise Knacken der Holzscheite. Sie war zornig und hilflos zugleich. *Du bist nicht mein Vater. Du wirst es niemals sein. Wenn ich könnte, würde ich dir die hässliche Visage einschlagen und das Dach über dem Kopf anzünden.*

Feyst legte die Hand auf die Brust und seufzte. »Ernähre

48

ich euch nicht? Gebe ich euch kein Dach über dem Kopf? Verschaffe ich euch nicht ehrliche Arbeit, damit ihr über die Runden kommt? Schenke ich euch nicht meine bedingungslose Liebe? Wie viel mehr muss ich tun, um euren Respekt zu erlangen?«

Feyst war auch ein Mann, der sich gern reden hörte, und Sara war sich nicht sicher, welche dieser zwei Eigenschaften schlimmer war. »Aber ihr seid ja letztendlich doch noch meinem Befehl gefolgt. Das ist das Wichtigste.« Er drückte Sara einen Becher Wein in die Hand und streichelte Flynn über den Schopf. Dann deutete er mit dem Kinn zu dem Fremden, der mit ihm am Tisch saß. Der Mann wirkte hart und fremdländisch. Er hatte einen grauen Vollbart und wässrige Augen. Unter seinem Umhang aus grober Wolle trug er einen nietenbeschlagenen Lederpanzer und am Gürtel einen schweren Dolch. »Ich möchte dir einen Freund vorstellen, Sara. Er heißt Tilmann und ist ein Mann von edlem Blut. Das hat er mir jedenfalls erzählt.« Feyst lachte und schien sich nicht im Geringsten daran zu stören, dass keiner in sein Lachen einfiel. »Tilmann, das ist Sara, die junge Frau, von der ich Euch erzählt habe.«

Tilmann nickte und musterte Sara von oben bis unten. »Nicht sehr beeindruckend.« Seine Stimme klang rau und dunkel, die Worte irgendwie falsch betont.

»Was habt Ihr erwartet? Eine Priesterin in weißen Roben? Ein altes Weib mit Körperbemalung und spitz gefeilten Zähnen? Sie ist, was sie ist, ich gebe Euch mein Wort darauf.«

»Was auch immer.« Tilmann machte eine wegwerfende Handbewegung. »Solange sie ihren Zweck erfüllt.«

»Das wird sie ganz sicher, Hoheit.« Feyst deutete eine

Verbeugung an. »Unser hochherrschaftlicher Freund ist vor Kurzem erst in unserer schönen Stadt eingetroffen«, sagte er an Sara gewandt. »Um Geschäfte mit ihren ehrenwerten Bürgern zu machen. Doch sein Glaube an das Gute im Menschen wurde bitter enttäuscht. Er ist den betrügerischen Machenschaften eines Händlers zum Opfer gefallen und hat eine Menge Gold verloren. Wie wir selbst aus leidvoller Erfahrung wissen, mahlen die Mühlen in Berun langsam, und nur für den, der den Müller kennt. Doch mein Freund muss morgen früh zurück in seine ferne Heimat reisen. Ohne sein Geld, dafür aber mit einem schlechten Bild von unserer Stadt.«

*Das rührt mich zu Tränen.* Sara nippte an ihrem Wein. Er schmeckte scheußlich, aber besser als alles andere, was der fette Wirt je an seine Gäste ausgeschenkt hatte. Sie zog die Augenbrauen zusammen.

Feyst rieb sich die beringten Hände. »Aus diesem Grund hat Tilmann mich gebeten, ihm bei der Lösung seines Problems behilflich zu sein. Der Hurensohn, um den es geht, ist äußerst misstrauisch. Es ist nicht leicht, an ihn heranzukommen, und deshalb benötige ich jemanden mit deinen besonderen Fähigkeiten.« Er musterte sie kritisch. »Was ist? Fürchtest du dich, sie einzusetzen? Die Ordensdiener haben heute Besseres zu tun, als nach jemandem wie dir Ausschau zu halten. Die Stadt ist voller Menschen aus aller Welt. Dir kann nichts geschehen. Also was ist? Kann ich auf dich vertrauen?«

Sara senkte den Kopf.

»Ich kann auf dich vertrauen, ich weiß es.« Feyst packte Flynn am Arm. »Der Junge vertraut auf dich. Er möchte nicht, dass du mich enttäuschst. Verstehst du mich?«

»Ich verstehe dich.« Sara presste die Lippen zusammen und nickte.

Sara drückte sich in die Schatten an der Hauswand und beobachtete die drei Männer. Drei dunkle Silhouetten, die sich schwach gegen das schmutzige Grau des Abendhimmels abhoben. Sie trugen schwere Lederstiefel und Wollumhänge, deren Kapuzen sie gegen den Regen tief in die Gesichter gezogen hatten. Sie bewegten sich auf eine selbstbewusste, unbekümmerte Art, auf die sich Krieger bewegten, oder zumindest Männer, die wenig Furcht kannten. Sara ahnte, warum gerade sie für diese Aufgabe ausgesucht worden war. Kaum jemandem sonst wäre es gelungen, sich den dreien unbemerkt zu nähern, und selbst für sie würde es nicht leicht werden. Aber leicht war es noch nie gewesen.

Sie zog sich tiefer in die Schatten zurück und wartete. Als die Männer sich näherten, klimperte es leise unter den Umhängen. Der Mittlere hatte das Gesicht dem Linken zugewandt, einem hoch aufgeschossenen blonden Kerl, schlank und mit federnden Schritten. Der Rechte fluchte leise, während sein Blick über die dunklen Hauseingänge schweifte. Genau an der Stelle, an der sie sich zusammengekauert hatte, hielt er inne. Für einen kurzen Augenblick glaubte sie, dass er nicht so unbekümmert war, wie es den Anschein hatte. Dass er seine Umgebung sehr genau beobachtete, vielleicht sogar nach ihr suchte. Dann drehte er den Kopf zu den anderen herum, grummelte etwas in seinen Bart und spuckte geräuschvoll aus.

»Und ich sag noch, lass dich nicht erwischen, Antorff«, stieß der Hochaufgeschossene prustend aus. Er hatte ein unangenehmes Krächzen in der Stimme. »Was hat ihr Mann dazu gesagt?«

Sara überlegte, ob sie einfach hocken bleiben und abwarten sollte, bis die Männer verschwunden waren. Sie hatte das ungute Gefühl, dass irgendetwas nicht stimmte. Es war nicht nur ein einsamer Händler, wie Feyst behauptet hatte, sondern gleich drei ziemlich kräftig wirkende Männer. Sie konnte behaupten, dass es keine Möglichkeit gegeben hatte, sich ihnen unbemerkt zu nähern. Oder dass irgendetwas Unvorhergesehenes dazwischengekommen war.

Sie kaute auf ihrer Unterlippe und warf einen Blick über die Schulter. Nein, so einfach würde es ihr der Wirt nicht machen. Sicher hatte er irgendwo einen Beobachtungsposten aufgestellt. Einen Bettler oder Hausierer, der die Augen für ihn offen hielt und Bericht erstattete, sobald sie sich aus dem Staub machen würde. Ob Feyst sich ihr gegenüber dann noch zurückhalten würde, war mehr als fraglich. Wahrscheinlich würde er sie sehr blutig bestrafen und Flynn gleich mit dazu. Ihr Verlust würde schwer für ihn wiegen, aber lange nicht so schwer wie die Kränkung seines Stolzes.

*Scheiße,* dachte sie und atmete tief durch. Sie schloss die Augen, atmete langsam aus und spürte, wie die Kälte kam. Eine Kälte, die anders war als das, was Nässe und Dunkelheit hervorriefen. Diese Art Kälte schien tief aus ihrem Inneren zu kommen, aus einer winzigen, dunklen Ecke ihres Selbst. Ein Schauer durchfuhr sie, und sie schlang die Arme um ihren Körper.

Dann war es vorbei. Sie stieß sich von der Mauer ab und lief den drei Männern hinterher. Der aufgeweichte Boden schluckte das Geräusch ihrer bloßen Füße, und der Lärm, den die Männer verursachten, tat sein Übriges. Mit konzentriert zusammengepressten Lippen huschte sie näher, fiel in den Takt ihrer Schritte ein und wartete auf die passende Gelegenheit.

Sie bogen jetzt in die Fischmarktgasse ein, die um diese Tageszeit fast menschenleer war. Ein paar Händler waren noch dabei, ihre Waren auf Karren zu verladen, zwei ältliche Marktfrauen unterhielten sich über die Hinrichtung. Ein Pferdekarren holperte vorüber und verspritzte Schlamm und Unrat auf die Umstehenden. Fluchend pressten sich die drei Männer gegen die nächste Hauswand und ließen das Gefährt vorüberrollen. Sara war jetzt so dicht hinter ihnen, dass ihr der muffige Gestank ihrer Wollmäntel in der Nase kitzelte. Sie roch Nässe und Schweiß und etwas Öliges, das sie nicht identifizieren konnte. Sie stand jetzt nur noch eine Handbreit hinter dem Rücken des Mittleren. Er war etwas kleiner als seine beiden Begleiter, dafür aber massiger und breiter. Ihre Hand tastete nach der schmalen, scharfen Messerklinge, die sie unter dem Wams verborgen hielt. Der Hirschhorngriff fühlte sich vertraut und beruhigend an, als sie das Messer hervorzog und noch einmal tief durchatmete. Dann streckte sie die linke Hand aus. Die Finger fuhren sanft über den groben Mantelstoff, wanderten unendlich langsam vorwärts, unter dem Arm des Mannes hindurch, berührten schließlich das kalte Leder seines Gürtels. Behutsam tastete sie sich weiter voran, bis sie gegen die lederne Schlaufe des Geldbeutels stieß.

»Wie lange müssen wir den Scheiß noch machen?«, knurrte der Bärtige mit schwerem dumresischen Akzent. Er schniefte und wischte sich über den tropfenden Oberlippenbart. »Wir holen uns hier noch den Tod.«

»So lange, wie du dafür bezahlt wirst, Antorff«, krächzte der Hochaufgeschossene.

Antorff spuckte auf den Boden und schüttelte den Kopf. »Die kommen nicht, Hilger. Nicht bei diesem Scheißwetter.«

Die Messerklinge zuckte vor. Mit einem einzigen sauberen Schnitt durchtrennte sie die Lederschlaufe, und der Beutel fiel wie ein reifer Apfel in Saras Hand.

Sie lächelte und trat einen Schritt zurück. So weit, so gut …

»Sie kommen«, sagte der Mittlere und rückte seinen Gürtel zurecht. »Ich weiß es.«

Sara riss die Augen auf.

Die Stimme! Sie kannte sie. Das war die Stimme des Puppenspielers, der auf dem Marktplatz die Bucheckernfladen mit ihr und Flynn geteilt hatte. Wie war noch sein Name gewesen? Henrey Thoren, wenn sie sich richtig erinnerte. Sie presste ihre Beute an die Brust und schloss die Augen.

Das Gewicht des Geldbeutels war schon erstaunlich. Wenn Feyst es sich hätte einfach machen wollen, hätte er Sara das Gold stehlen lassen und sich damit begnügt. Doch Saras Auftrag war gar nicht, dass sie unbemerkt entkam. Im Gegenteil: Feyst wollte, dass die Männer sie entdeckten und ihr hinterherliefen. Was das bedeutete, konnte sie sich bildhaft vorstellen. Sie hatte es sich zwar zur Angewohnheit gemacht, nicht so genau zuzuhören, wenn Feyst seine Aufträge erteilte – je weniger sie wusste, desto besser –, aber in diesem Fall konnte sie es einfach nicht mit ihrem Gewissen vereinbaren, den Mann in eine Falle zu locken. Er hatte sich ihr und Flynn gegenüber freundlich verhalten, einfach so und ohne eine Gegenleistung dafür zu verlangen. Es war nicht gerecht, dass so jemand dem Wirt und seiner Bande zum Opfer fiel.

Sie nagte an ihrer Unterlippe. Tief in sich fühlte sie zum ersten Mal seit langer Zeit wieder so etwas wie Schuldbewusstsein aufkeimen. War sie wirklich so tief gesunken, dass sie Recht mit Unrecht vergalt?

»Ach, scheiß drauf«, sagte sie und öffnete die Augen.

Der Mann fuhr herum, und die Kapuze rutschte von seinem Kopf und enthüllte die Glatze und das zerschlagene Gesicht des Puppenspielers. Seine beiden Begleiter stolperten rückwärts und glotzten sie an wie einen bösen Geist. Sara spannte sich. Wenn sie jetzt losrannte, würde sie den Männern noch entkommen. Sie musste einfach nur die Beine in die Hand nehmen und …

»Was tust du hier?« Thorens Hand fuhr an den Griff seines Schwerts. Er runzelte die Stirn. »Sara?«

Sie nickte. Er hatte sie wiedererkannt – und sich sogar an ihren Namen erinnert. Es gab wenige, die sich die Mühe machten. »Ihr seid in Gefahr, Thoren.« Ihre Stimme war kaum mehr als ein Krächzen. Sie räusperte sich. »Ich will Euch warnen.«

Thoren schien darüber nachzudenken. Sein Blick fiel auf den Geldbeutel in ihrer Hand, und seine Augenbraue zuckte in die Höhe. »Vor Taschendieben, nehme ich an?«

Sara schnaubte. »Die sind Euer geringstes Problem. Einige wirklich üble Männer wollen Euch an den Kragen, und ich sollte Euch zu ihnen locken. Hiermit.« Sie streckte ihm den Beutel entgegen. »Aber Ihr wart heute auf dem Marktplatz gut zu mir und Flynn, und deshalb kann ich das nicht zulassen. Ihr solltet nicht in diesen Gassen herumlaufen, wenn Euch Euer Leben lieb ist.«

»Was habe ich gesagt?« Der Hochaufgeschossene verzog das Gesicht zu einem breiten Grinsen.

»Sie haben ein Mädchen geschickt«, knurrte der Bärtige. Wie sein Begleiter hielt er die Hand nun unter dem Mantel verborgen.

»Haltet den Mund«, sagte Thoren. »Ich muss nachdenken.« Er musterte Sara unter zusammengezogenen Augenbrauen. Es folgte eine lange Pause, in der der Hochaufgeschossene weiter grinste, der Bärtige vor sich hingrummelte und der Puppenspieler Sara stumm anstarrte.

»Wohin solltest du uns locken?«, fragte er dann.

»Das Gerberviertel.« Sie deutete über die Schulter.

Thoren nickte und musterte den Geldbeutel in seiner Hand. »Was sagst du dazu, Hilger?«

»Mir soll es recht sein«, sagte der Hochaufgeschossene grinsend.

»Obwohl der Gestank dort unerträglich ist.« Antorff spuckte auf den Boden.

Thoren nickte. »Das Gerberviertel also.«

»Ja.« Sara nickte. Als sie die Blicke der Männer bemerkte, beschlich sie das ungute Gefühl, dass die drei sich nicht besonders vor der Gefahr fürchteten, sondern im Gegenteil ganz wild darauf waren, sich mitten hineinzubegeben. Jetzt fragte sie sich zum ersten Mal, ob es klug gewesen war, sich mit ihnen einzulassen.

»Also gut.« Thoren wog den Geldbeutel in der Hand, dann warf er ihn Sara zu. »Wenn sie uns im Gerberviertel auflauern wollen, dann sollten wir sie nicht warten lassen, oder? Bring uns dorthin, Mädchen.«

# 2

## WEIN, WEIB UND ÄRGER

Wer hätte das gedacht?«, stellte Danil fest, und ein spöttisches Grinsen zuckte um seine Mundwinkel. »Marten ad Sussetz hat es endlich geschafft. Seine Wettfreude hat ihn am Kragen, und er hat sich nicht herausreden können.« Er befreite seine Hand aus den Röcken des Mädchens auf seinem Schoß und griff nach dem Weinkrug zwischen ihnen.

Marten sah seinen Freund düster an und hielt ihm den Becher hin. »Ich verstehe nicht, was daran so amüsant ist.« Er stürzte den Wein hinunter und strich sich eine widerspenstige kastanienbraune Strähne aus den Augen. Dann hielt er Danil mit vorwurfsvoller Miene erneut den Becher hin. »Schenk nach. Im Grunde ist das doch deine Schuld.«

»Was? Meine?« Der Blonde sah ihn getroffen an, schaute zu dem Mädchen hinauf und blieb mit dem Blick in ihrem Dekolleté hängen. Zugegeben, dort gab es einiges zu sehen, vor allem, da das wenigste davon verborgen und vermutlich noch weniger unerkundet war.

Allerdings war das Mädchen für Martens Geschmack

eine Spur zu stark gepudert. Man sagte, dass der bläuliche Staub auf den Brüsten der Dirne eine ganze Reihe Männer vollkommen berauschen konnte, doch Marten hatte bisher noch nicht viel davon gemerkt. Was allerdings auch daran liegen mochte, dass er in solchen Momenten ohnehin selten nüchtern war. Er seufzte, griff über den Tisch und schenkte sich selbst nach. »Natürlich deine. Wessen sonst? Wer hat mich denn in dieses Rattenloch geschleppt? Wer hat denn gesagt: Marten, ich schwöre dir, nirgendwo in der gesamten Unterstadt wird um mehr Geld gespielt, nirgendwo kann ein Mann reicher werden als an Dreiauges Tischen, es sei denn, er vergreift sich an den Truhen des Kaisers selbst?«

Danil hob das Gesicht aus dem Busen des kichernden Mädchens. »Oder man arbeitet tatsächlich etwas, hatte ich gesagt. Aber habe ich etwa gelogen? Nirgendwo sind die Wetteinsätze höher.«

Marten verzog das Gesicht und nippte düster an seinem Becher. »Nur reich geworden bin ich nicht. Ich wollte Schulden loswerden, nicht mehr anhäufen.«

Danil hob eine Braue. »Das habe ich nie behauptet, dass du so reich wirst, oder? Ich habe dir nur gesagt, wo das Geld ist. Das wolltest du. Ich dachte, du hast einen Plan, wie du da auch rankommst.«

Der andere schnaubte. »Seit wann verschwende ich meine Zeit mit Plänen? Ich brauche keine Pläne, ich habe Glück!«

»Hat man gemerkt.« Danil kratzte sich den Nacken. »Es war bescheuert, den Einsatz zu verdoppeln. Drei Mal. Ich hatte dir abgeraten, du erinnerst dich?«

Marten seufzte. »Du hast ja recht. Ich bin nur so verdammt angepisst, einem Drecksack wie Feyst Dreiauge Geld zu schulden.«

»Kann ich verstehen.« Danil griff sich ein Stück Brot vom Tisch und schob Marten den Rest zu. »Aber sieh's doch mal so: Es sind nur zweihundert Silberadler. Deine Familie wird das verkraften.«

Marten schnaubte und sah sich um. Die *Veycarische Jungfrau* war zu dieser fortgeschrittenen Stunde wie üblich gut besucht, wenn auch noch nicht so überfüllt, wie sie es am späten Abend sein würde. Die *Jungfrau* war eine der billigen Hafentavernen in unmittelbarer Nähe der Docks, und bereits ihr Name war ein Witz. Wenn man den Seeleuten glaubte, hatte man die beste Chance, in Veycari eine Jungfrau zu finden, wenn man sich unter Hühnern und Enten umsah. Sehr jungen Hühnern und Enten. Marten mochte dieses Loch hier. Zugegeben, das Bier war sauer, der Wein wässrig, aber dafür waren die Mädchen freizügig, und niemand stellte unangenehme Fragen.

Letzteres war wohl der Hauptgrund, warum die meisten der Gäste hierherkamen. In den Gassen Beruns gab es das geflügelte Wort »Was in der *Jungfrau* passiert, bleibt in der *Jungfrau*«.

Marten runzelte die Stirn. Wenn man genauer über diesen Satz nachdachte – wollte man darüber eigentlich nicht genauer darüber nachdenken.

Auf der anderen Seite des Raums begannen jetzt die Spielleute, ihre Instrumente zu stimmen. *Nein,* verbesserte sich Marten gleich darauf im Stillen. Das war vermutlich ihre Interpretation von Gowan na Shanes »Manarischer Junge«. Entweder hatten die Musiker noch nicht genug getrunken oder Marten. Er verzog das Gesicht, nahm einen tiefen Schluck und sog tief die stickige Luft ein, die schon jetzt beißend nach heißem Wachs, altem Schweiß, Rauch,

Braten, Fisch, vergossenem Branntwein und ungezügelter Fleischeslust roch. Irgendwann gesellte sich meist noch Blut dazu, wenn es zum üblichen Handgemenge des Abends kam. Das hier entsprach ziemlich genau seiner Vorstellung von einer gelungenen Abendunterhaltung. Dass es heute ein wenig länger dauerte, bis die richtige Stimmung aufkam, lag wahrscheinlich daran, dass heute nur wenige Schiffe im Hafen eingelaufen waren und außerdem kalter Regen in Schleiern über der Stadt hing. Die Einzigen, die sich an einem solchen Tag draußen herumtrieben, waren Büttel, Prediger oder Bettler. Nicht dass man sie bei Nacht gut auseinanderhalten konnte.

Johlen brandète auf und übertönte das Gekratze der Musiker für einen Moment. Zwei der größten Tische der *Jungfrau* waren heute von den Seeleuten eines kleineren veycarischen Handelsfahrers besetzt. Es waren sehnige, olivhäutige Männer von der anderen Seite der Inneren See, die schnell sprachen und noch schneller tranken. Einer von ihnen war auf die Tischplatte geklettert. Er schwankte wie in heftigem Seegang, hielt seinen Krug hoch über den Kopf gestreckt und brüllte etwas, das wohl einen Trinkspruch darstellte, denn die übrigen Männer fielen ein und leerten ihre Becher, während ihr Wortführer das Gleichgewicht verlor und vom Tisch fiel. Das wiederum sorgte für Erheiterung an einem der Nebentische, an dem eine Handvoll hochgewachsener, bärtiger Kriegsknechte saß. Ihre Waffen und grauen Augen verrieten sie als Männer des Nordens, Dumrese vielleicht, oder Skellvar. Ein ganzer Schwarm Mädchen war zwischen und auf ihnen verteilt, ein sicheres Zeichen dafür, dass sie mit einem Haufen Geld um sich warfen. An einem anderen Tag hätte Marten versucht, an diesen Tisch zu kommen. Dann hätten sie wahrscheinlich umsonst gesoffen und im Falle einer Schlägerei Rückendeckung gehabt.

Er sah sich weiter um. Geeignete Kandidaten für eine Schlägerei waren reichlich vorhanden. Die üblichen Stammgäste, die meisten von ihnen standfeste Trinker, wichen kaum einem Handgemenge aus, solange die Chance bestand, dabei den einen oder anderen Geldbeutel oder Goldzahn zu finden. Nach reiflicher Abwägung kam Marten jedoch zu dem Schluss, dass die wahrscheinlichsten Kandidaten für die heutige Prügelei die hässlichen Kerle am entfernten Ende der Theke waren, fünf Männer in schweren, gut gepflegten Harnischen. Sie trugen die Schwerter von Rittern, und die Pelzverbrämungen an ihren Hemden und Waffenröcken sahen verdächtig nach der Armee des Kolno aus. Doch da der Kaiser kaum Ritter des östlichen Nachbarn in den Mauern der Hauptstadt dulden würde, war es wahrscheinlicher, dass sie Söldner waren. Auf jeden Fall ließen die übrigen Gäste gehörigen Abstand zu den Kolnorern. Das würde nicht so bleiben, wenn es noch voller wurde, und Marten fragte sich kurz, ob Dresow Spaltlippe schon da war. Der Schauermann nahm normalerweise Wetten an, und Rejna, die korpulente Wirtin der *Jungfrau*, ließ ihm das durchgehen, sofern sie ihren Anteil bekam. Wie von allem, was in der *Jungfrau* passierte, von den Einnahmen der Mädchen über das, was an den Würfeltischen gewonnen wurde, bis zu den Drogen in den Hinterzimmern. Rejna machte keine Verluste, und ihre Knechte, die Ausschank, Türen, Dirnen und Gäste gleichermaßen im Blick ihrer eng stehenden Augen behielten, sorgten dafür, dass es so blieb.

Die Wirtin fing Martens Blick auf, und erst als sie ihm zuzwinkerte, wurde ihm klar, dass er sie angestarrt hatte. Er schenkte ihr ein gequältes Lächeln und verfluchte sich im Stillen für seine Unaufmerksamkeit. Rejna war dafür bekannt, gelegentlich einem Gast seine Zeche zu erlassen, wenn er sich … anderweitig erkenntlich zeigte. Allerdings hieß es, dass das ein Angebot war, das man nicht ablehnen durfte, und Marten erinnerte sich mit Schaudern an den Ausdruck auf den Gesichtern der Männer, denen Rejnas Gunst bereits zuteilgeworden war. Schnell verbarg er das Gesicht hinter seinem Becher. »Du hast gut reden«, murmelte er. »Zweihundert Silberadler sind mehr als ein halbes Jahr in Sold! Mehr, als die meisten hier in zwei Jahren sehen. Außer dem Gecken dort hinten. Der verhurt das vermutlich bis Ende der Woche.«

Er nickte in Richtung Treppe. Ein nach Art der Veycari in schreienden Farben gekleideter Geck stolperte gerade mit einer Dirne an jedem Arm zu den Gasträumen hinauf. Zwei Bewaffnete folgten ihm, wobei sie argwöhnisch den Gastraum beobachteten.

»Novenischer Drecksack«, murmelte Danil. »Kommen hierher, werfen mit ihrem Geld um sich, übervorteilen uns und schnappen uns die besten Mädchen weg.«

»He!« Die Dirne auf Danils Schoß boxte ihm gegen die Brust und sah ihn empört an.

Der Blonde grinste sie an. »Nicht dich natürlich. Du hast aber auch Geschmack, meine Süße!« Er drehte sich wieder zu Marten um. »Zweihundert Adler sind vielleicht viel für andere. Aber für dich? Du kannst doch einfach deine Mutter fragen. Die Summe ist für deine Familie doch kein Problem.«

»Mutter?« Marten schnaubte erneut. »Vergiss es. Du weißt genau, was sie über Leute denkt, die ihr Geld beim Würfeln verspielen. Kannst du dir vorstellen, was ich mir anhören müsste? Sie würde mir den Unterhalt streichen. Und das wäre erst der Anfang.«

Danil zuckte mit den Schultern. »Du musst ihr ja nicht erzählen, wofür.«

»Selbst wenn mir etwas einfallen würde, das sie als Erklärung akzeptiert – sie könnte mir das Geld gar nicht geben.« Marten starrte finster vor sich hin. »Falls du es vergessen hast – Hardrad ist aus dem Osten zurück. Er hat seine Hand so fest auf unserer Geldtruhe, dass das Holz knirscht.«

Danil nickte mitleidig. »Und ich nehme an, deinen lieben Bruder direkt nach Geld zu fragen geht gar nicht.«

»Dem müsste ich nachweisen, dass meine Stiefel durchgelaufen sind, bevor er mir Geld für neue gestattet«, murmelte Marten. »Wenn das überhaupt geht, dann ist er noch steifer geworden und benimmt sich wie ein Zucht- und Quartiermeister zusammen. Bei den Gruben – ich musste die Zulassung zum Schwertmann schon deshalb endlich erwerben, weil er mir sonst den Zugang zu Mutters Geld vollständig versperrt hätte. Marten ad Sussetz, verdammt dazu, wie ein gewöhnlicher Mann zu arbeiten, nur weil sein Bruder widersinnigen Wert auf Ehre, Fleiß und Tugend legt.« Er lachte freudlos auf. »Der Geizhals sitzt auf jeder Münze seines Erbes.«

»Nicht gerade ritterlich«, sagte Danil mitfühlend.

Marten zog eine verächtliche Miene. »Eben ein verschissener Ordensritter. Was erwartest du? Sparsamkeit, Verzicht, Tugendhaftigkeit, Ruhm und Ehre und all dieses Zeug, ja.

Aber Barmherzigkeit und Freigebigkeit sind keine der Tugenden, denen die Ritter der flammenden Klinge folgen sollen. Es ist schon schlimm genug, dass der kleine Bruder es nicht wert war, in seine und Vaters Fußstapfen zu treten. Dass ich es mit Müh und Not zum Schwertmann schaffe …«

»Fußtritte nicht zu vergessen«, warf Danil ein.

Marten ignorierte ihn. »… und keine Lust habe, Ordensritter zu werden, wie es die ach so heilige Familientradition verlangt. Wenn er erfahren würde, dass ich lasterhaft sein Geld verspiele, würde er mich persönlich aus der Stadt werfen.« Er seufzte. »Und vermutlich würde ihm das auch gelingen. Zumindest wird er nicht müde zu erzählen, wie er quasi eigenhändig einen Aufstand im Osten niedergeschlagen hat. Hat vom Kaiser ein verdammtes Lehen dafür bekommen!«

»Bescheidenheit gehört wohl auch nicht zu seinen Tugenden«, stellte Danil fest.

Marten schüttelte den Kopf. »Nicht, wenn es um seine Verdienste und die Ehre des Hauses geht. Hardrad hat Ambitionen. Große Ambitionen. Er hat Marusch verkündet, dass er ihr eine Partie aus einem der höchsten Häuser verschafft hat, um das Haus ad Sussetz noch näher in den Kreis um den Thron zu bringen.«

»Er hat? Wen denn?«

»Keine Ahnung. Er ist das Oberhaupt des Hauses. Und er ist nicht der Meinung, dass das mich, seinen missratenen Bruder, irgendwas angeht. Bei den Reisenden, unser Schwesterherz ist erst dreizehn!«

»Alt genug, um versprochen zu werden.«

Marten funkelte Danil böse an. »Jedenfalls bin ich in seinen Augen ein Schandfleck.«

Danil schüttelte den Kopf. »Ihr seid eine seltsame Familie. Du wirst doch jetzt Schwertmann des Kaisers. Einer der Besten des Reichs, keine schwachsinnige Mauerwache! Andere Familien würden sonst was geben, um einen Sohn in die Reihen der Kronritter zu bringen. Also was will er noch?«

»Ich bin eben kein Ordensritter. Und noch schlimmer: Ich bin nicht mal so bescheuert, einer werden zu wollen. Das ist alles, was für ihn zählt, und ich vermute, Mutter sieht das ähnlich, auch wenn sie es nicht sagt.« Marten leerte seinen Becher, hob ihn zu einem spöttischen Gruß und schnarrte in einer leidlich guten Imitation seines Bruders: »Schwertmänner? Pah! Dekoration und Zierrat für einen nutzlosen Gecken, der sich für den Herrn der Welt hält! Kaiser kommen und gehen, Marten! Nur die Reisenden sind ewig. Aber bitte, ehe du in der Gosse landest, versieh deinen Dienst im Palast. So wirst du keinen Ruhm ernten, aber vielleicht kannst du es wenigstens vermeiden, weiterhin eine Enttäuschung zu sein.«

»So schlimm?«, fragte Danil. Er griff nach dem Weinkrug und stellte sichtlich enttäuscht fest, dass sie ihn inzwischen geleert hatten.

»Nach Geld fragen brauche ich ihn jedenfalls nicht. Also, wenn du nicht doch noch was hast, das du mir leihen kannst ...«

Danil unterbrach ihn, indem er die Hand hob. Er drückte dem Mädchen auf seinem Schoß den Krug in die Hand und klopfte ihr aufs Hinterteil. »Geh auffüllen. Mach schon.« Dann steckte er ihr eine Münze in den Ausschnitt, stahl sich einen Kuss und schickte sie mit einem weiteren Klaps in Richtung Theke, bevor er sich zu Marten umdrehte. »Du weißt genau, dass ich das nicht kann. Wir sind nicht Haus Sussetz. Tut mir leid, mein Freund.« Er verzog das Gesicht und senkte die Stimme. »Ich kann dir nur raten – denk über Dreiauges Vorschlag nach. Nur heute Nacht, und du bist deine Schulden los, noch bevor du Schwertmann bist. Denn ich glaube, dann lässt er dich nicht mehr so billig davonkommen.«

»›Denk nach‹ ist gut. Was glaubst du, was ich seit einer Woche mache?«

»Saufen?«, wagte Danil mit einem schiefen Grinsen zu fragen.

»Das auch. Natürlich. Meinst du, das kriege ich nüchtern hin?« Marten fuhr sich mit der Hand über das Gesicht. Dann hob er die Schultern und ließ sie entmutigt fallen. »Die Entscheidung ist doch schon gefallen. Ich hatte nur gehofft, dass du doch noch einen anderen Vorschlag hast.«

»Keinen besseren.« Danil klopfte ihm auf den Rücken. »Weißt du was? Ich komme mit. Dann bekommt er zwei Schwertleute zum Preis von einem, und ich kann ein Auge darauf haben, dass er sein Wort hält. Und dir den Rücken freihalten.«

»Das ist auch das Mindeste«, knurrte Marten. »Du hättest mich wirklich nicht auf die Idee bringen dürfen. Du hast verdammt recht – du wirst mitkommen.« Marten leerte seinen Becher, drehte sich um, um nach dem Mädchen mit dem Wein zu sehen – und runzelte die Stirn. Ein angetrunkener Hafenarbeiter in der Nähe des Einganges wurde grob beiseite gestoßen, doch statt sich zu beschweren, zog er den Kopf ein und gab den Blick auf ein Trio Gepanzerter frei. Die Männer trugen die roten Waffenröcke und schweren, eisengrauen Rüstungen der Ritter des flammenden Schwerts, und zumindest das Gesicht ihres Anführers kannte Marten nur zu gut.

»Oh, verdammt«, brummte er. Geistesgegenwärtig packte er eines der Mädchen, das gerade hüftschwingend in Richtung Tür schweben wollte, und zog sie auf seinen Schoß, um sich hinter ihr zu verbergen. Eine Wolke schweren Blumendufts nahm ihm beinahe den Atem, als sich die Dirne mit einem leisen Quieken auf diese unverhoffte Gelegenheit stürzte und ihm die beinahe entblößten Brüste ins Gesicht drückte. Marten schniefte eine ganze Portion des blauen Pulvers auf ihrem Busen und wurde mit einem scharfen Stechen hinter den Augen belohnt. Keuchend fuhr er zurück, sein Hinterkopf schlug dumpf gegen die Wand, und er unterdrückte einen lauten Fluch.

»Was oh?« Danil nahm den Krug von seiner zurückkehrenden Begleiterin entgegen und schenkte sich nach, bevor er an dem Mädchen vorbei Martens Blick zu folgen versuchte. »Oh. In der Tat. Wo soll das mit der Welt noch hinführen, wenn man nicht mal in so einem Lasterloch vor den feinen Rittern aus der Goldenen Halle sicher ist, frage ich dich.« Er nahm einen tiefen Zug, bevor er ihn an das Mädchen weiterreichte. »Cunrat ad Koredin? Im Ernst? Ich hätte nicht gedacht, dass der steife Arsch überhaupt weiß, dass es diesen Ort hier gibt. Meinst du, er weiß, was er hier soll?«

Marten zog den Kopf ein. »Ich wette, er ist sicher nicht zum Vergnügen hier.«

»Zweihundert Adler?« Danil feixte.

»Du kannst mich mal.«

»Das überlasse ich dem Mädchen.« Danil zwinkerte der Dirne auf Martens Schoß zu. Das Mädchen quittierte es mit einem koketten Kichern und versuchte, Martens Gesicht mit Küssen zu bedecken. Ihr Atem roch nach Wein, Nelken und schlechten Zähnen, was vermutlich die Nelken erklärte.

Angewidert drehte Marten den Kopf weg und schielte unter ihrer Achsel hindurch auf die drei Ritter, deren Panzer so neu waren, dass sie vermutlich noch im ersten Öl der Rüstungsschmiede des Ordens schimmerten. Es hieß, Cunrat ad Koredin sei einer der vielversprechendsten jungen Ordensritter dieses Jahrgangs. Mit Sicherheit war er einer der größten, und Marten fand wieder einmal, dass der kantige Schädel ad Koredins auf seinen massigen Schultern viel zu klein wirkte. Der nach Art des Ordens kurz geschorene Schädel verstärkte diesen Eindruck nur noch. Alles in allem erinnerte ihn das Arschloch so ungemein an seinen eigenen rechtschaffenen Bruder, dass ihm schlecht wurde. Vielleicht lag es am Pulver der Dirne. Marten wusste zwar, dass die Damenwelt des kaiserlichen Hofs den Jungritter anhimmelte und tuschelnd mit dem Reisenden des Kriegs verglich, aber er bevorzugte die gertenschlanken Figuren von Cunrats Schwestern.

»Was meinst du – hat den dein Bruder geschickt?«, raunte Danil. »Den missratenen Sohn nach Hause holen?«

»Schön wär's. Das hieße ja, es will mich jemand lebendig.«

»Hm?«

»Ich fürchte, er ist trotzdem meinetwegen hier«, murmelte Marten, während sie zusahen, wie der linke von Cunrats Begleitern eine der Dirnen vom Schoß eines Händlers zog, um dem verwirrten Freier ins Gesicht zu sehen. Mit einem abfälligen Schnauben wandte sich der Ritter ab. Es war wohl nicht das Gesicht, das er zu sehen gehofft hatte.

Unauffällig sah sich Marten nach seinem Freund um. »Ich muss dir da bei Gelegenheit etwas erzählen«, sagte er leise, befreite seine Linke aus den Röcken des Mädchens und tastete nach dem Schwert, das irgendwo neben seinem Stuhl an der Wand lehnte.

Danil warf ihm einen alarmierten Blick zu. »Was hast du angestellt?«

»Später! Wir sollten gehen.« Marten wehrte die Hand des Mädchens ab, die jetzt das Band seines Hemdkragens aufzunesteln begann. »Nicht jetzt, Kleine. Ich bin grad nicht in Stimmung.«

Die Miene des Mädchens verdüsterte sich, und ihre Stimme wurde deutlich kühler. »Was hältst du mich dann von der Arbeit ab?«, fragte sie brüskiert und machte Anstalten, sich von Martens Schoß zu winden.

»Bleib«, sagte Marten eilig und schenkte ihr ein Lächeln, von dem er hoffte, dass es zumindest so etwas Ähnliches wie gewinnend wirkte. »Zwei Silberadler, wenn du bleibst und tust, was ich dir sage.«

»Zwei Silberadler?« Das Gesicht des Mädchens wurde schlagartig freundlicher.

»Zwei Adler?«, echote Danil ungläubig. »Ich zahle die ganze Zeit, und du hast noch ...«

Marten bleckte die Zähne. »Wir sollten uns jetzt wirklich zurückziehen«, zischte er. Mit einem Blick in das Gesicht des Mädchens – oder das, was er davon an viel zu viel blasser Brust vorbei sehen konnte – fügte er hinzu: »An einen etwas privateren Ort.« Ein zweiter Blick unter ihrer Achsel hindurch zeigte ihm, dass Cunrat bereits deutlich näher gekommen war. »Einen deutlich privateren Ort. Die Alkoven in den hinteren Gemächern. Jetzt.«

»Na, Ihr geht aber ran!« Das Mädchen kicherte und zeigte Marten, dass er mit dem Zustand ihrer Zähne richtig gelegen hatte. Seine Finger fanden endlich seine Schwertscheide. Unauffällig drückte er Danil die Waffe in die Hand und hob das Mädchen auf seine Arme.

Der Blonde wechselte einen Blick mit der Dirne auf seinem Schoß und zuckte mit den Schultern. »Er hat zwei Silber. Und dann lässt er mich den ganzen Abend zahlen«, murrte er leise. »Schöne Freunde habe ich.«

Marten verdrehte die Augen und stand auf, das Gesicht fest ins Dekolleté des Mädchens gedrückt. So unauffällig wie möglich stand er auf und schob sich zwischen den Trinkern hindurch in Richtung der niedrigen Tür, die in die düstereren Bereiche der *Jungfrau* führte. Sie hatten die Pforte beinahe erreicht, als eine herrische Stimme die gedämpfte Stimmung im Schankraum durchschnitt.

»He, ihr! Schwertmann! Bleibt stehen! Wenn ihr so freundlich wärt.« Cunrats wohltönende Stimme.

*Verdammt.* Marten zögerte. Nur ein paar Schritte noch, und sie wären verschwunden gewesen. Woher wusste dieser Klotz, dass sie Schwertmänner waren? Sein Blick fiel auf den Rücken des vor ihm gehenden Danil. Die Rückseite des braunen Waffenrocks zierte das gestickte Wappen des kaiserlichen Regiments, und ihm wurde bewusst, dass auch er den neuen Rock der Schwertmänner der Krone trug. Marten fluchte stumm.

»Zeigt mir Euer Gesicht, Herre«, forderte Cunrat hinter ihm, nicht direkt unfreundlich, doch in einem Ton, der keinen Widerspruch duldete.

Danil sah sich um. »Was bei den Gruben hast du angestellt?«, fragte er abermals.

»Nicht jetzt!« Langsam drehte sich Marten um, während er fieberhaft über einen Ausweg nachdachte.

»Ich wüsste aber gern, warum ich gleich von Flammenschwertern aufgemischt werde«, gab Danil zurück.

»Das Gesicht, Herre«, wiederholte Cunrat. Er und seine Leute schoben sich rüde durch die Gäste, die nicht schnell genug zwischen ihm und Marten verschwanden. »Ist es nicht das, was ich suche, werde ich Euch nicht weiter von Euren Lastern abhalten.« Der Ordensritter musterte die Dirne auf Martens Armen angewidert. »So unangemessen sie auch den Schwertmännern des Kaisers sein mögen.«

Widerstrebend hob Marten das Gesicht aus seinem Versteck. »Du sprichst mit einer Dame und Geschäftsfrau, ad Koredin«, rügte er. »Warum suchst du nach einem Gesicht? Unzufrieden mit deinem eigenen? Kann ich verstehen.«

Ein Schatten zog über die so ebenmäßigen Züge Cunrats. »Marten ad Sussetz! Ich hatte gehofft, Euch nicht an einem Ort wie diesem finden zu müssen«, spie Cunrat beinahe aus.

Marten sah sich kurz um und zuckte mit den Schultern. »Und trotzdem hast du mich hier gesucht. Das war nicht nur 'ne Ausrede, mal herzukommen?« Er schniefte noch etwas blaues Pulver von der Brust unter seiner Nase und grinste. »Am Ende bist du gar ein genauso verdorbener Junge wie wir alle hier, was?« Marten nickte den Hafenarbeitern am Tisch neben ihnen freundlich zu und erntete düstere Blicke, die ganz deutlich verrieten, was die Männer davon hielten, in diese Sache mit hineingezogen zu werden. »Nichts für ungut. So schlecht ist diese Taverne gar nicht. Der Wein ist gut, und wenn man die Leute erst einmal etwas näher kennen…«

»Genug!«, fiel ihm der Ordensritter scharf ins Wort. »Ich möchte nicht wissen, welchen Umgang Ihr hier pflegt oder welche Art Seuchen Ihr von hier aus in die Häuser der Edlen schleppt.«

Marten zwang ein Lächeln in sein Gesicht. »Ich schwöre, was immer du an Seuchen in deinem Haus hast, du hast sie nicht von mir. Aber ich kenne da einen guten Feldscher, der ... Na, egal. Was willst du, Cunrat?«

Der Ritter funkelte ihn düster an. »Ich will, dass Ihr mir nach draußen folgt, Sussetz, wie der Mann von Ehre, der Ihr nicht seid. Wir haben eine Sache zu klären, die nicht für die Ohren dieser Leute bestimmt ist.«

»Und mit klären meinst du, dass du mich aufschlitzen willst«, stellte Marten fest.

Cunrat warf einen Blick in die gespannten Gesichter der Leute um sie herum und wirkte für einen Moment verunsichert. »Warum sollte ich das wollen?«

Marten nickte. »Meine Rede. Warum auch? Abgesehen davon, dass du gerade vor allen Leuten meine Ehre beleidigt hast, indem du sie für nicht existent erklärst, gibt es keinen Grund für uns, etwas vor der Tür zu klären, oder? Und ich bin gewillt, darüber hinwegzusehen.«

Irgendjemand kicherte, verstummte jedoch schnell wieder, als die beiden Begleiter des Ritters grimmig umhersahen. Davon abgesehen war es geradezu hässlich still.

»Du wirst mir folgen«, knurrte Cunrat mit mühsam unterdrückter Wut. Er senkte die Stimme, doch in der Stille des Schankraums hätte er sich das auch sparen können. »Auch dass du Schwertmann des Kaisers bist, wird dich nicht schützen. Du hast die Ehre meiner Schwester befleckt und damit die Ehre meiner Familie.«

Marten sah zu Danil, der ihn mit großen Augen anstarrte. Er hob die Schultern. »Ehrlich – wenn er nichts gesagt hätte, wüsste niemand davon. Zumindest nicht von mir! Er müsste einfach nur den Mund halten, und niemandes Ehre würde zu Schaden ...«

»Nach draußen, Sussetz!«, brüllte Cunrat. »Oder ich erschlage dich hier auf der Stelle!« Sein Panzerhandschuh krampfte sich um den Griff seines Schwerts.

Marten zögerte, dann seufzte er. »Also wenn du darauf bestehst. Dann beeilen wir uns aber. Ich habe heute noch was vor.« Er hielt kurz inne, dann fügte er hinzu: »Fang.«

Er warf das Mädchen in Cunrats Richtung und wirbelte herum. Die Reflexe des Ordensritters waren makellos, sehr zu seinem eigenen Pech. Er fing die junge Dirne auf, die in einem Wust aus fliegenden Röcken und entblößtem Fleisch in seinen Armen landete und sich mit erschrecktem Quieken an seinem Hals festklammerte.

Mit drei schnellen Schritten war Marten bei der kleinen Pforte, riss sie auf und warf sich hindurch, dicht gefolgt von Danil, der die Tür hinter ihnen zuwarf und sich dagegenstemmte. Keinen Augenblick zu früh. Die grob gezimmerte Konstruktion erzitterte unter dem Ansturm eines gepanzerten Körpers auf der anderen Seite und riss den jungen Schwertmann beinahe von den Füßen.

»Und was jetzt?«, rief der Blonde. »Das wird sie nicht lange aufhalten!«

»Das nicht«, stimmte Marten zu. Hektisch sah er sich um. Der düstere Gang hinter der Tür war zu beiden Seiten von niedrigen Verschlägen gesäumt, die mit schmutzigen Sackleinenbahnen nur unzureichend vom Gang abgeteilt waren. Dichter, stinkender Rauch waberte um sie herum

und wallte um die Talglichter, die den Durchgang nur spärlich beleuchteten. Der Rauch drang aus den Nischen hervor
und kroch beißend in die Lungen der beiden jungen Männer. Marten konnte beinahe spüren, wie sich der süßliche
Nebel über sein Gehirn legte. Malhoryn nannte man das
klebrige Gemisch aus Pflanzensäften und Aget, wie man
Blaustein im Süden auch nannte, das hier in den Pfeifen
Dutzender Männer und Frauen schmorte und die Sinne
vernebelte, bis von den Gedanken nur noch ein verstören-
des, aber zumindest farbenfrohes Chaos übrig blieb. Es war
ein billiger Rausch, der Geist und Geldbeutel seiner Anhänger gleichermaßen leerte und Körper und Zähne verfaulen
ließ. Malhoryn war eine Spezialität der *Jungfrau* und bei
den armen Schweinen, die im Hafen oder auf den Schiffen
des Reichs Frondienste leisten mussten, besonders beliebt.
Marten hatte das Zeug probiert. Es war nett, aber es gab
weit Besseres, wenn man es sich leisten konnte.

»Das hier hilft vielleicht.« Marten packte die reglose Gestalt in der nächsten Nische, zerrte sie von ihrem Lager aus
flohverseuchten und wahrscheinlich vollgepissten Stroh-
säcken und wuchtete sie vor die Tür. Der Insasse des nächsten Alkovens folgte. In einem schwachen Protest murmelte
der narbige Seemann irgendetwas Unverständliches, und
Marten schlug ihm kurzerhand den Ellbogen gegen die
Schläfe, bevor er den schlaffen Körper auf den anderen fallen ließ.

Grinsend schüttelte Danil den Kopf und ließ die Tür los,
die unter einem weiteren Hieb erzitterte, sich jedoch lediglich einen Fingerbreit bewegte. Wütendes Brüllen von der
anderen Seite kündete vom Erfolg ihrer Blockade.

»Ja, das könnte funktionieren. Du hast im Ernst mit

Isabel ad Koredin geschlafen?« Danil warf Marten das Schwert zu.

Der verzog das Gesicht. »Auch«, sagte er knapp.

Danil stolperte beinahe, als er abrupt stehen blieb. »Auch? Du hast nicht etwa auch Jaquelyn entehrt? Wie alt ist sie? Fünfzehn?«

Marten verdrehte die Augen und stieß den Freund vorwärts. »Beinahe siebzehn«, gab er zurück. »Hat sie gesagt. Und von entehrt kann gar keine Rede sein. Das hat schon jemand anders besorgt. Und mal ehrlich, wenn man danach geht, wie sie sich angestellt hat, war ich auch nicht der zweite. Nicht dass mir Cunrat das glauben würde.« Er schob Danil vor sich her, den engen Gang entlang. »Jetzt beweg dich schon! Ich habe wirklich kein Interesse daran, diesem Holzkopf zu erklären, dass seine beiden Schwestern nicht die unschuldigen Edelsteine sind, als die sie sich in der Krone des Hauses ad Koredin verkaufen. Diese schmerzliche Erkenntnis darf er ruhig selbst gewinnen.«

»Ich bin zutiefst beleidigt!«, bemerkte Danil mit einem hörbaren Grinsen. »Du hast mir nichts davon erzählt!«

»Ich bin ein Ehrenmann und prahle nicht mit meinen Abenteuern!«

Der Freund lachte auf. »Seit wann das denn?«

»Nicht, wenn der große Bruder in der Stadt ist, um mir das Fell über die Ohren zu ziehen.«

Sie hatten das Ende des Gangs erreicht, und Danil stieß die Tür zum Hinterhof der Taverne auf. Wie bei den meisten Bauten im Hafenviertel befand sich hinter dem Gebäude ein schmaler, düsterer Innenhof, der von hohen Mauern umgeben war und in der Regel dazu genutzt wurde, Waren und Güter zu stapeln, Abfälle zu entsorgen und Schweine und Federvieh zu halten. Im Fall der *Jungfrau* lagerten hier vor allem leere Fässer, die an einer der Mauern aufgestapelt auf den Rücktransport zur Brauerei warteten. Drei schlecht gelaunt wirkende Schweine wühlten grunzend im schwarzen Morast des ungepflasterten Hofs, vermutlich auf der Suche nach saurem Bier, fauligen Gemüseresten oder Erbrochenem. Die Lachen im Morast schimmerten dunkel im trüben Licht einer einsamen Talglaterne unter dem Vordach und wurden vom steten Regen langsam in tückische Teiche verwandelt. Über allem schwebte der beißende Gestank von Urin, der von den Pfützen am Fuß der Mauer zu ihrer Linken aufstieg. Immerhin war das die wichtigste Bestimmung dieses Hofs: ein Ort, an dem sich die Gäste erleichtern konnten. Vor allem wohl, weil eine leere Blase immer noch am besten zu einem weiteren Bier oder Branntwein verlockt.

»Und was jetzt?«

Marten musterte die Mauern, die den trostlosen Platz mehr als zwei Mannlängen hoch umgaben. Am entfernten Ende des Hofs war ein kleines Tor zu erkennen, das auf eine der zahlreichen Liefergassen zwischen den Hinterhöfen hinausführte. Doch Marten und Danil wussten, dass der verlockende Ausgang eine Falle sein würde, denn die Besitzerin der *Jungfrau* hatte geradezu unverschämt viel Geld ausgegeben, um eines der in dieser Gegend der Stadt seltenen Schlösser anbringen zu lassen. Verständlich, wie Marten fand. Hätte sie Zechprellern einen derart einfachen Ausgang offen gelassen, hätte sie das sicher ungleich mehr gekostet. Es war nur ärgerlich, dass es sie mit den Schweinen hier einschloss. Und wie es sich anhörte, kamen noch mehr. Im Inneren der Taverne splitterte Holz, und die lauter werdenden Stimmen ließen kaum Zweifel daran, dass es sich um die Tür handelte, die sie blockiert hatten. Ihre Atempause war vorüber.

»Also?«, hakte Danil nach. »Irgendeine schlaue Idee?«

Marten betrachtete den Stapel der Fässer, der in den nächtlichen Regen aufragte. »Nein. Aber vielleicht eine bescheuerte.«

Danil zuckte mit den Schultern. »Ich mag bescheuerte Ideen, wenn sie von dir kommen. Sind immer noch besser als meine.«

»Natürlich.« Marten trat hinaus in den Regen, wo sein Stiefel sofort knöcheltief einsank. Dann drehte er sich um und sah zum lang gezogenen, niedrigen Vordach über der Tür hinauf. »Was meinst du?«

»Ich bezweifle, dass uns das aushält.« Danil musterte das marode Dach.

»Finden wir's raus.«


Nur wenige Herzschläge später stürmte der erste der Ordensritter aus der Tür. Er deutete auf die Laterne, die einige Schritte weiter in der Dunkelheit des Hofs lag und flackernd im Morast versank, bevor ihre Kerze mit einem letzten Aufflammen verlosch. »Da entlang!« Er stolperte einige Schritte durch den Schlamm, wobei er merklich an Schwung verlor, bevor er strauchelte und zu fluchen begann. Der zweite Ritter folgte etwas vorsichtiger, das Breitschwert gezogen. »Schweine«, knurrte er. »Kein Wunder, dass sie hierher geflohen sind. Ich hab's ja gesagt. Diese Kaiserlichen sind selbst nichts als dumme Schweine.« Er watete hinaus in den Hof.

»Halt dein Maul, Rulf«, grollte Cunrat. Er war in der

Türöffnung stehen geblieben und starrte hinaus in den Regen. »Es geziemt sich nicht, so über die Schwertleute des Kaisers zu reden.« Er spuckte in den Morast. »Auch wenn es auf diese beiden zutrifft. Jans, was könnt ihr sehen?«

Der Ordensritter, der in Richtung Tor gewatet war, hatte das entfernte Ende des Hofs erreicht und rüttelte versuchsweise an der eisenbeschlagenen Pforte. »Verschlossen!«, stellte er unnötigerweise fest.

»Sie sind nicht so dumm, wie ihr denkt«, sagte Cunrat und starrte in den Regen. »Die Fässer. Seht nach.«

»Du meinst, die sind über die Mauer geflohen?« Zweifelnd sah Rulf die schmierige Mauer an.

Cunrat schüttelte den Kopf. »Das wollen sie uns glauben machen. Aber um über diese Mauer zu kommen, müssten sie fliegen können. Ich wette, sie verstecken sich dort und glauben, wir wären dumm genug zu denken, sie hätten so entkommen können.«

»Schweine«, wiederholte Rulf leise, während er in Richtung des hoch aufragenden Stapels watete. Sein Kamerad schloss sich ihm an. Es gab keinen anderen Ort auf dem kleinen Hof, an dem sich Danil und Marten hätten verbergen können.

Cunrat musterte den Schlamm vor der Türschwelle und trat einen angewiderten Schritt nach vorn. »Marten! Marten ad Sussetz! Komm raus und stelle dich wie ein Mann, oder ich schwöre bei den Reisenden, ich werde dich aus deinem Fass zerren und abstechen wie einen Hund!«

Ein Knarren über ihm warnte Cunrat. Er hob den Blick gerade noch rechtzeitig, um Danils schlammverschmierte Stiefelsohlen zu sehen, die direkt auf sein Gesicht zukamen. Eilig riss er den Kopf beiseite und taumelte einen schmatzenden Schritt rückwärts, unter dem Vordach heraus. Marten landete direkt auf seinen Schultern und warf ihn rücklings in den Morast, als er sich abstieß und in den Eingang hechtete, wo ihn Danil bereits erwartete und auffing.

»Fürs erste Mal schon ganz erfolgreich geflogen, oder, Cunrat?« Marten grinste den Ordensritter an, der sich vergeblich aus dem stinkenden Unrat zu befreien versuchte. Die schwere Rüstung zog unerbittlich an dem Gepanzerten und sorgte für hässlich schmatzende Geräusche. »Meine besten Grüße an die Schwestern, ad Koredin!« Er deutete eine Verbeugung an und schlug die Pforte zu.

»Sussetz!« Der wütende Schrei des Ordensritters drang gedämpft durch das dicke Holz.

Kopfschüttelnd legte Danil den schweren Riegel vor. »Deine bescheuerten Ideen«, murmelte er. »Willst du ihn wirklich noch mehr verärgern?«

»Noch mehr?« Marten zog eine Braue hoch und packte den Freund an der Schulter. »Wie kann ich ihn denn noch mehr verärgern? Oder glaubst du, er hätte es sonst bei einer strengen Rede belassen, wenn er mich erwischt hätte?« Er schüttelte den Kopf und zerrte Danil mit, zurück in Richtung Schankraum. »So einer ist nicht zufrieden, bis er einen Ehrenzweikampf bekommt. Und ganz ehrlich – so gut die beiden Damen waren, das sind sie mir dann doch nicht wert. Ich bin nicht der Typ, der sich wegen einer Bettgeschichte schlägt. Oder einer Schreibpultgeschichte, in einem Fall.«

»Schreib…« Danil schüttelte den Kopf. »Zweikämpfe sind per kaiserlichem Dekret verboten«, wandte er ein, doch Marten schnaubte.

»Glaubst du, das würde dieses Rindvieh abhalten? Oder

79

irgendjemand hätte davon erfahren, wenn ich mitgegangen wäre?«

Danil wiegte den Kopf. »Nein. Vermutlich nicht.«

»Und wie groß wären meine Chancen gewesen? Was hättest du auf mich gewettet?« Cunrat galt nicht nur als einer der besten Ritter dieses Jahrgangs, sondern auch als der beste Zweikämpfer. Im Grunde galt er in allem als der Beste.

Danil ersparte sich die Antwort. Stattdessen stieg er über die beiden noch immer am Boden liegenden Berauschten und schob sich an den Resten der Tür vorbei.

Im Schankraum erwartete sie Schweigen.

Marten und Danil fanden alle Augen auf sich gerichtet.

Eilig hob Marten die Hände. »Alles in Ordnung, meine Freunde. Kein Grund zur Aufregung. Wir haben diese ... diese kleine Meinungsverschiedenheit beigelegt. Ohne Blutvergießen«, fügte er eilig hinzu, als die Stille anhielt. »Bei den Reisenden, Leute. Sie sind Ritter des Ordens. Könnten wir die ohne einen Kratzer einfach so hinten im Hof beseitigen? Drei davon? Nein, sie erleichtern sich nur noch eben und sind dann auch gleich wieder da.« Er setzte sein gewinnendstes Lächeln auf.

Die Wirtin musterte sie mit düsterem Gesicht, bevor sie auf den mit Sand bestreuten Boden spuckte und die Schultern hob. »Und wer zahlt mir die Tür?«, verlangte sie zu wissen.

Marten sah auf die Trümmer zu seinen Füßen. »Das ist in der Tat ärgerlich. Aber darf ich anmerken, dass nicht wir sie zerschlagen haben?«

»Dürft Ihr. Aber davon bezahlt sich die Pforte auch nicht.«

Danil verdrehte die Augen. »Ich denke, die Säckel der Orden sind tief genug, um für eine schlecht gezimmerte Tür …«

»Ich schlage vor«, mischte sich Marten eilig ein, »dass wir deine Gäste für den erlittenen Schreck damit entschädigen, dass die nächste Runde Getränke auf uns geht!« Er hatte es laut genug gesagt, um zumindest von den Umstehenden verstanden zu werden. Die meisten hätten sich vermutlich nicht gerade mit Marten gegen die Ordensritter gestellt, aber ihnen war anzusehen, dass sie trotzdem bereit waren, auf ihr Wohl zu trinken, wenn jemand anderes zahlte. Zustimmendes Gemurmel kam auf.

Mit einem schnellen Griff zog Marten die Geldkatze von Danils Gürtel und warf sie der Wirtin zu, bevor der Freund protestieren konnte. Sofort setzten die Gespräche mit einem begeisterten Unterton wieder ein. Rejna warf einen Blick in die Börse und nickte, worauf Marten auch dem Rest verkündete: »Eine Runde Bier für alle! Lasst uns auf das Wohl unserer Ordensritter anstoßen! Lasst die guten Männer, Beschützer des Reichs und überaus geschätzte und beliebte Waffenarme der Reisenden, hochleben! Sie haben es verdient!«

Während sich die Wirtin plötzlich vollauf damit beschäftigt sah, Bierkrüge zu füllen, packte er Danil unauffällig am Ärmel, griff im Vorbeigehen ihre Mäntel von den Stühlen und schob den Verdutzten in Richtung Ausgang. »Was meinst du, wie lange wir noch haben?«

»Keine Ahnung«, murmelte Danil.

»Eben. Ich auch nicht«, gab Marten zurück, sorgsam darauf bedacht, immer weiterzulächeln, während er zwei betrunkenen Seeleuten zunickte, die sich johlend bei den edlen Spendern bedankten. »Und ich habe nicht vor zu warten, um es herauszufinden. Außerdem haben wir noch eine Verabredung. Mann, ich könnte jetzt wirklich noch einen Schluck vertragen.« Mit einem Tätscheln auf den gewaltigen Oberarm des Türstehers schob er sich aus der Eingangstür in den Regen.

Erst zwei verwinkelte Gassen später, tief im dunklen Gewirr der Hütten des Hafenviertels, wurden die beiden jungen Schwertmänner langsamer.

Keuchend lehnte sich Danil an die schmutzige Mauer des Lagerhauses und setzte die Kapuze seines schweren Wollumhangs auf. »Also wenn du mich fragst, dann war das eine etwas unerwartete Abendgestaltung.«

Marten grinste in der Dunkelheit. »Erfrischend«, sagte er leichthin und schloss seinen Schwertgurt, bevor er den Mantel enger um sich zog. »Aber ich hatte tatsächlich nicht damit gerechnet, dass Cunrat mich so schnell aufspürt. Vermutlich hat der nachtragende Drecksack jemanden gekauft.«

Danil warf ihm einen Seitenblick zu. »Du machst ja nicht gerade ein Geheimnis aus deinen Lieblingsorten.« Er wischte sich die nassen Haare aus dem Gesicht. »Wie lange, glaubst du, kannst du ihm so aus dem Weg gehen?«

»Etwas mehr als drei Tage würde schon genügen«, sagte Marten mit einem Schulterzucken.

Danil sah ihn zweifelnd an. »Bist du sicher, dass er sich dann beruhigt hat?«

»Nein, ich bin mir sicher, dass das wesentlich länger dauern wird.« Marten zwinkerte ihm zu. »Aber das Schöne ist: Die kleine Jaquelyn hat mir anvertraut, dass er und seine ganze Einheit nur noch bis Mitte der Woche in der Stadt sein werden. Dann muss das große Rindvieh auf einem Schiff sein, das sie ins Macouban bringt, in die Sternenwacht unten in Gostin. Und Jaquelyn hat angedeutet, dass sie einem weiteren Besuch von mir nicht abgeneigt wäre, solange ihr anstrengender Bruder mit den Wilden im Süden beschäftigt ist. Wenn wir Glück haben, fressen ihn die Sumpfratten oder die Seedrachen oder was die sonst da unten haben. Und selbst wenn nicht – der Dienst in der Sternenwacht geht mindestens über drei Jahre. Bis dahin gibt es längst einen neuen Skandal.«

Danil verdrehte die Augen. »Du hast wirklich mehr Glück als Verstand. Was hast du ihr eigentlich versprochen, dass sie so bereitwillig die Beine für dich breit macht?«

»Versprochen? Ich bin einer der Schwertmänner des Kaisers und habe ein charmantes Gesicht, einen gestählten Körper und unwiderstehlichen Witz. Meinst du nicht, dass das reicht?«

»Bei den Damen des Hauses Koredin? Wohl kaum.«

Marten schniefte beleidigt. »Na gut, vielleicht habe ich ihr auch versprochen, sie das Blausteinzimmer sehen zu lassen, das sie gerade oben im Palast aufbauen. Ich habe ihr erzählt, dass wir als Schwertmänner für die Sicherheit und den Schutz der Baustelle verantwortlich sind. Sie ist ganz wild darauf, wie alle am Hof. Ich denke, bis das fertig ist, gibt es außer dem kaiserlichen Paar ohnehin niemanden, der es noch nicht gesehen hat.«

Der Blonde schüttelte den Kopf, rückte seinen Schwertgurt zurecht, seufzte und stieß sich von der Wand ab. »Also gut, ich denke, es wird Zeit für deine Verabredung. Bist du dir wirklich sicher, dass du das machen willst?«

Marten zuckte mit den Schultern. »Ich bin mir sicher, dass ich meine Finger behalten will. Und wenn mir Dreiaugen-Feyst meine Schulden erlässt, wenn ich bei dieser Sache dabei bin, werde ich kaum so blöd sein und Nein sagen. Warst du es nicht, der mir erklärt hat, dass man zu Feyst nicht Nein sagt? Außerdem ist es ja nicht so, als sollte ich jemanden umbringen. Das war sogar die ausdrückliche Anordnung. Keine Toten.«

»Klar«, sagte Danil, »Tote zahlen ja auch ihre Schulden nicht.«

Marten wandte sich ab und ging schneller. »Eine Abreibung, mehr nicht. Keiner wird erfahren, dass wir zu Dreiauges Schlägern gehört haben, und meine Schulden bei ihm sind beglichen.«

Sie durchquerten eine weitere Gasse, ehe Marten wieder sprach. »Ich frage mich«, murmelte er nachdenklich, »wie viel dieses blöde Schwein Dreiauge schuldet.«

Danil schnaubte sarkastisch. »Ich hörte, weniger als du. Apropos – du schuldest mir jetzt auch noch etwa fünf Adler. Die Börse eben war gut gefüllt!«

Kommentarlos stapfte Marten durch den Schlamm, die Kapuze tief in die Stirn gezogen. »Warum sollte Dreiauge das dann tun? Mir die Schulden für weniger erlassen? Das ergibt keinen Sinn«, sagte er schließlich.

»Wenn man darüber nachdenkt, schon«, wandte Danil ein. »Er sagt damit allen, dass er jederzeit jedem befehlen kann, was immer er will. Und uns gibt er einen Vorgeschmack darauf, was passiert, wenn man seine Schulden nicht zahlt. Das könntest genauso gut du sein, dessen Knochen gleich leiden.«

Marten ließ die Erkenntnis einen langen Moment sacken.

»Tja, dann habe ich wohl Glück, dass ich nicht der andere bin«, stellte er schließlich leise fest.

»Du bist eben ein echtes Glückskind«, sagte Danil hinter ihm, durch das stärker werdende Rauschen des Regens kaum zu hören.

Das trübe Licht des verregneten Tages war schon lange vollständig dem Dunkel der Nacht gewichen. Es war empfindlich kalt geworden, und die meisten Stadtbewohner hatten sich längst in die Sicherheit und Wärme ihrer Behausungen zurückgezogen. Die schlammigen Gassen lagen verlassen vor ihr, aber Sara wusste es besser. Feysts Männer hatten vielleicht nicht die Gabe, die sie besaß, aber sie verstanden sich dennoch darauf, sich in den Schatten so gut wie unsichtbar zu machen. Während sie an den dunklen Häuserfassaden vorbeihuschte, wusste sie, dass unzählige Augenpaare ihren und den Weg der drei Männer beobachteten, die ihr dichtauf folgten.

Als sie in die Steingasse einbog, wurden ihre Schritte langsamer. Sie warf einen Blick über die Schulter und wartete, bis die anderen beinahe heran waren. Dann lief sie vorsichtig weiter. Der Regen hatte wieder eingesetzt, und schwere Tropfen prasselten auf die Schieferdächer der dicht an dicht stehenden Häuser.

Schritte näherten sich platschend von vorn, und Sara spannte den Körper an. Vier Männer hatten sich aus den Hauseingängen gelöst und waren auf die Gasse hinausgetreten. Der mit dem Messer war Dammer und dcr Grauhaarige neben ihm Dornik, der einmal behauptet hatte, in der Schlacht von Lytton an der Seite des alten Kaisers gekämpft zu haben. Die zwei anderen kannte Sara nicht, aber im

Zweifelsfall waren sie keinen Deut mehr wert als ihre Kameraden. Zumindest aber waren sie besser gekleidet und sehr viel besser bewaffnet. Der eine war dunkelhaarig und sehnig, trug ein leichtes Kettenhemd und führte ein langes Schwert an der Seite. Außerdem trug er einen gefütterten Waffenrock mit dem Wappen der Schwertleute des Kaisers, der selbst unter seinem Mantel gut zu erkennen war. Sara runzelte nachdenklich die Stirn. Der andere hatte blonde Haare und ein amüsiertes Lächeln auf den Lippen. Auch er war gut gepanzert, trug ebenfalls einen ganz ähnlichen Waffenrock und das gleiche Schwert.

Dornik nickte Sara kaum merklich zu, dann wandte er sich grinsend an Thoren. »Erinnerst du dich an mich, Drecksack? Vermutlich nicht, aber ich mich dafür umso besser an dich.« Mit der Axt strich er die Haare an der rechten Kopfseite zurück und entblößte eine wulstige Narbe an der Stelle, wo sich früher einmal sein Ohr befunden hatte. »Du schuldest mir noch was, Henrey Thoren, und heute ist der Tag, an dem ich es mir zurückhole.«

Thoren schien von Dorniks Worten nicht besonders beeindruckt zu sein. Er stand völlig ruhig da, die Arme vor der Brust verschränkt, den Kopf leicht gesenkt. Der Hochaufgeschossene stand schräg hinter ihm, das Gesicht zu einem Grinsen verzogen, während der Bärtige mit finsterer Miene zu den dunklen Fenstern der umliegenden Häuser emporstarrte.

»Wegen eines Ohrs?« Thoren lachte kalt. »Dafür veranstaltest du dieses Theater, Dornik? Es war nicht mal halb so schön wie meine eigenen, du solltest dankbar sein, dass ich es dir abgenommen habe.«

Dornik trat einen Schritt näher, die Axt drohend erhoben. »Du jämmerliches Arschloch. Das wirst du mir büßen. Du bist tot. So was von tot.« Seine Begleiter fächerten sich hinter ihm auf. Dammer kam von der linken Seite, der Dunkelhaarige und der Blonde von rechts.

»Letzte Chance, dich zu ergeben.« Thoren schaute den Grauhaarigen gleichgültig an.

Dornik lachte, steckte zwei Finger in den Mund und stieß einen schrillen Pfiff aus.

Aus einem Hauseingang hinter Thoren lösten sich vier weitere Gestalten. Zwei von ihnen trugen kurze Spieße, wie sie bei der Jagd Verwendung fanden, und einer eine geladene Armbrust. Angeführt wurden sie von Schramm, der eine kurze, breite Klinge führte. So viele Männer für einen Überfall. Wenn der Wirt sogar einen seiner eigenen Söhne dafür ausschickte, wollte er wirklich nichts dem Zufall überlassen. Sara wollte wegrennen, aber ihre Beine gehorchten ihr nicht.

»Fick dich, Henrey Thoren«, sagte Schramm und knackte mit den Halswirbeln.

»Fick dich, Henrey Thoren«, sagte Dornik und ließ die Axt um sein Handgelenk kreisen. »Diesmal spielen wir nach unseren Regeln. Zuerst töte ich deine Freunde, dann schneide ich dein rechtes Ohr ab, und zum Schluss schleife ich dich am linken Ohr durch die Straßen.«

»Wie willst du das tun, ohne Beine?« Thoren hatte noch immer nicht die Augen von ihm genommen.

»Immer noch das gleiche selbstgerechte Arschloch, was?« Dornik spuckte auf den Boden und sprang überraschend vor. Seine Axt beschrieb einen blitzenden Bogen und raste auf den Puppenspieler zu.

Sara hatte nicht den Eindruck, als würde sich Thoren

bewegen oder seine Waffe ziehen, doch mit einem Mal schwirrte sein Schwert durch die Luft, und Dornik stolperte an ihm vorbei. Er machte ein paar unsichere Schritte, knickte ein und landete platschend im Dreck. Etwas wirbelte an Saras Ohr vorbei, und der Armbrustschütze stieß ein Röcheln aus und ließ die Waffe fallen. Seine Hände zuckten nach oben und umklammerten seinen Hals, aus dem der Griff eines breiten Dolchs ragte. Im gleichen Augenblick schlugen Thorens Begleiter ihre Umhänge zurück und zogen scharf geschliffene Schwerter darunter hervor. Auf ihren Waffenröcken prangte gut sichtbar das Abbild eines goldenen Löwen, das Wappen des Kaiserlichen Hauses Revin.

Dammer stieß einen Wutschrei aus und stach mit seinem langen Messer auf Thoren ein. Doch der Puppenspieler parierte mit der Breitseite seines Schwerts und ließ die Klinge harmlos daran abgleiten. Er stieß den Schwertknauf hart zurück und schmetterte ihn dem Straßenschläger ins Gesicht. Knochen splitterten, und Dammers Nase zerplatzte wie eine reife Frucht.

Thoren wirbelte die Klinge herum und schlug sie so heftig zwischen Hals und Schlüsselbein in den Körper seines Gegners hinein, dass der rücklings zu Boden geworfen wurde. Dann stellte er ihm den Stiefel auf die Brust und durchbohrte mit einem gezielten Stoß sein Herz.

Ein weiterer Dolch zischte heran und bohrte sich tief in Schramms Oberschenkel. Dem ersten Spießträger stellte sich Thorens hoch aufgeschossener Begleiter entgegen. Schon nach wenigen konzentriert ausgeführten Schwerthieben spaltete er ihm den Schädel.

Antorff wandte sich knurrend dem blonden Schwertmann

zu, der sich vom ersten Schreck erholt hatte und brüllend auf ihn zustürmte. Funkensprühend schlugen die beiden Klingen gegeneinander. Mit einem Grunzen stemmte sich der Bärtige gegen die gegnerische Klinge, und der Schwertmann wich Schritt für Schritt zurück und brach schließlich stöhnend in die Knie. »Wie gefällt dir das, Scheißkerl?« Antorff verzog das Gesicht zu einem hässlichen Grinsen und hob das Schwert zum Schlag. Im gleichen Augenblick zog der Schwertmann ein Messer aus seinem Gürtel und bohrte es Antorff tief in den Bauch. Blut spritzte, und Antorff stieß einen Schrei aus. Sein Schwert fuhr herab, doch der junge Schwertmann wich dem ungezielten Schlag geschickt aus, sprang auf die Füße und schwang seine Klinge in einem niedrigen Bogen. Der Hieb zertrümmerte Antorffs Rippen und ließ ihn gurgelnd zu Boden gehen. Der letzte Hieb zerschmetterte seinen Schädel und verteilte sein Gehirn im Straßenschlamm.

Der Schwertmann stieß einen triumphierenden Schrei aus. Dann schlug ein schwerer Knüppel auf seinem Hinterkopf ein, und die Beine gaben unter ihm nach.

Sara sah auf. Der Hochaufgeschossene zog soeben seine Klinge aus dem Brustkorb des zweiten Spießträgers, und Schramm wälzte sich heulend im Schlamm und umklammerte sein verletztes Bein.

Aus dem Schatten löste sich eine schmale, verwachsene Gestalt und humpelte auf ihn zu. Hager, mit einer langen Hakennase und einem spöttischen Grinsen im Gesicht. Leise kichernd sprang der Mann Schramm auf die Brust, umfasste sein Gesicht mit beiden Händen und gab ihm einen schmatzenden Kuss. »Vielen Dank fürs Halten«, krächzte er und zog das Messer ruckartig aus der Wunde. Der

Schwertkämpfer schrie auf. Der Verwachsene zwinkerte ihm schelmisch zu und warf das Messer spielerisch in die Luft.

»Thoren!«, brüllte Dornik, während er fassungslos auf sein zerschmettertes Bein starrte. »Du hast mir den Fuß abgeschlagen, du verdammter Hurensohn. Dafür wirst du in den Gruben schmoren!«

Thoren trat auf den Grauhaarigen zu und richtete die Schwertspitze gegen seine Brust. »Schon möglich, aber nicht dafür. Du hast jetzt allerdings ein größeres Problem am Hals als nur dein zerschlagenes Bein. Mir hätte keiner eine Träne nachgeweint, aber der Angriff auf zwei Kaiserliche Ritter war nicht sehr klug von dir. Du kannst dir vorstellen, was Seine Hoheit mit so jemandem anstellt. Dagegen war das Spektakel heute auf dem Marktplatz das reinste Kinderspiel.«

»Antorff ist tot«, knurrte der Hochaufgeschossene, den Thoren vorhin Hilger genannt hatte. Sorgfältig wischte er mit einem Tuchfetzen Blut und Schlammreste von seiner Klinge. »Ist ausgeblutet wie eine Sau.«

Thoren nickte. »Dann also Mord.«

Dornik spuckte auf den Boden. »Ich habe keine Angst vor dem Tod.«

»Das glaube ich dir sogar, Dornik. Der Tod ist dein Freund. Aber den Weg dorthin – den solltest du fürchten.« Er wandte sich um, als Dornik nach seiner Axt griff und sich brüllend herumwarf.

Sara riss die Hände hoch, wollte eine Warnung rufen, doch noch ehe sie reagieren konnte, wirbelte Stahl durch die Luft und bohrte sich schmatzend in Dorniks Brust. Sein Brüllen brach ab und verwandelte sich in ein ersticktes

Gurgeln. Er hustete Blut, verdrehte verwundert die Augen und sackte in sich zusammen.

»Verdammt, Jerik«, sagte Thoren und stieß dem Toten mit der Schwertspitze die Waffe aus der schlaffen Hand. »Ich hätte ihn lebend gebraucht.«

»Euch brauchen wir noch viel dringender lebend«, sagte der Verwachsene. »Jedenfalls war das meine unbedachte Vermutung. Außerdem haben wir ja noch den hier.« Kichernd stieß er Schramm die Schuhspitze in die Seite und legte den Kopf schief.

»Alles in allem ist die Sache gar nicht mal so schlecht gelaufen.« Hilger steckte sein Schwert zurück in die Scheide und warf den Umhang darüber. »Bis auf wenige Ausnahmen sind wir alle noch am Leben – und Ihr habt, was Ihr wolltet.«

# 3

## ZWEITE CHANCEN

Marten erwachte davon, dass ihm jemand ins Gesicht schlug. Nicht allzu heftig, aber schmerzhaft genug, um ihn daran zu erinnern, dass es Schläge gewesen waren, die ihn am Ende ins Land der Träume geschickt hatten. Es waren keine schönen Träume gewesen, und ihr Hauptmerkmal war Schmerz. Auch in diesem Traum war er von Schmerzen aufgewacht. Er hatte in einem kleinen, kahlen Raum aus modrigen Backsteinen gelegen. Irgendjemand hatte ihm Mantel, Waffenrock, Gurt und Stiefel abgenommen und ihn nur mit Hose und einem zerrissenen Hemd bekleidet auf dem feuchten Boden liegen gelassen. Die Luft hatte nach Schimmel, Pisse und fauligem Fisch gestunken. Dann hatte sich die Tür geöffnet, und zwei Männer waren hereingekommen. Er erinnerte sich nicht an ihre Gesichter, nur an Stiefel und grobschlächtige Gestalten, eine groß, die andere größer und dünner. An einfache, wollene Kleidung, lederne Westen und hölzerne Knüppel. Da war noch ein dritter Mann gewesen, doch der war nur in der Tür stehen geblieben und hatte eine Blendlaterne auf ihn gerichtet. Wohl, damit die anderen beiden Männer sehen konnten, wohin sie schlugen. Denn das hatten sie sofort und systematisch getan, ohne auch nur ein Wort zu verlieren. Jeden seiner Rufe, jede seiner Fragen hatten sie mit Hieben beantwortet, die dumpf auf seine Brust, den Rücken, die Arme und Schenkel krachten, seine Schultern und seinen Kopf trafen, als er versuchte, von ihnen wegzukommen. Er hatte geflucht, geschrien und schließlich gebettelt wie ein ehrloses Stück Gossendreck. Rotz war ihm aus der Nase gelaufen, um sich mit dem Blut seiner geplatzten Lippe zu vermischen und schließlich von seinem Kinn zu tropfen. Die ganze Zeit über hatten die beiden kein einziges Wort gesprochen, keinen Ton von sich gegeben, außer dem gelegentlichen Keuchen, das mit der Anstrengung kam, die es erforderte, einen gut trainierten Mann weichzuprügeln. Dann war einer der Schläge von seinem Arm abgeglitten und in seinem Gesicht gelandet, und mit einer Explosion aus Farben und Schmerz war der Traum der Dunkelheit gewichen.

Vielleicht war auch nicht alles, an das er sich verschwommen erinnerte, ein Traum gewesen. Zumindest hatte er bisher noch nie so eine Scheiße geträumt. Dinge wie den Schmerz, als der Knüppel seine Rippen knacken ließ. Oder als seine Nase gebrochen war.

Kurz ging ihm der Gedanke durch den Kopf, sich weiter bewusstlos zu stellen, wie es Helden in den raueren Liedern der Bänkelsänger gelegentlich taten, um sich ein Bild von ihrer Lage zu machen und anschließend zu entkommen … doch dann traf ein weiterer Hieb seinen Wangenknochen. Der neuerliche Schmerz durchfuhr sein Nasenbein wie ein Nagel, der durch eines der Löcher bis hinauf in den Scheitel getrieben wurde, und ließ ihn diese Idee vergessen. Stöhnend rang er nach Luft, was mit einem heftigen Stechen in seinen Rippen belohnt wurde.

»Wie es aussieht, ist unser junger Gast erwacht.« Die Stimme des Mannes war leise, wohlklingend und befremdlich ohne Boshaftigkeit. Das war wohl das, was Marten am meisten erschreckte. »Na komm, verschwenden wir keine Zeit damit, weiter vorzugeben, dass du mich nicht hören kannst, Bursche. Wir hatten beide eine lange, harte Nacht, du und ich. Also mach die Augen auf.«

Marten rang mit sich, dann machte er sich an die anstrengende Aufgabe. Es gelang ihm nur halbwegs, denn sein linkes Auge war beinahe vollständig zugeschwollen. Blinzelnd sah er in die Blendlaterne, die vor ihm auf einer abgeschabten Tischplatte stand. Auf dem Tisch lagen einige Bögen Pergament neben einem Fässchen mit Tinte. Ein Zinnbecher stand daneben. Am Rande des scharfen Lichtscheins konnte er zwei Hände sehen, die ohne Hast mit einem dünnen Messer einen Gänsekiel zur Schreibfeder zuschnitten. Das leise Kratzen der scharfen Klinge war für einen Moment das einzige Geräusch. Außerhalb des Lichtscheins herrschte Dunkelheit – die Finsternis eines großen, weitläufigen Raums, der leer genug war, dass das Schaben einen leisen Hall hervorrief. Eine Finsternis, so tief, dass Marten auch nach einigem Zwinkern von der Gestalt hinter der Lampe lediglich Umrisse erahnen konnte. Alles, was er sah, waren diese Hände, die Hände eines Mannes, der harte Arbeit gewohnt war, mit gepflegten Nägeln und einer ganzen Reihe verschiedener Narben, die meisten davon verblasst.

Der beinahe hypnotische Anblick der ruhigen, präzisen

Arbeit dieser Hände ließ Marten einen Schauer über den Rücken laufen. Er versuchte zu schniefen, doch seine Nase war zugeschwollen, weshalb ihm nichts anderes übrig blieb, als den Rotz von seiner Oberlippe an seiner Schulter abzuwischen. Erst jetzt ging ihm auf, dass er auf einem Stuhl saß, die Hände straff auf den Rücken gefesselt. Unauffällig versuchte er, die Füße zu bewegen, und machte die entmutigende Entdeckung, dass ihm irgendjemand die Stiefel genommen und seine Beine an den Stuhl gebunden hatte.

Immer noch blinzelnd wurde er sich bewusst, dass neben ihm, gerade eine Armlänge entfernt, ein weiterer Mann stand. Schmutzstarrende, wollene Hosen, eine lederne Weste, genagelte Stiefel. An diese Stiefel erinnerte er sich. Er sah auf in das grobporige, unrasierte Gesicht eines Kerls, dessen Nase aussah, wie sich Martens eigene anfühlte. Der Grobschlächtige starrte zurück und verzog unwirsch das Gesicht. Er zischte etwas, das wie eine Anweisung klang.

»Was?«, entfuhr es Marten, bevor er es verhindern konnte. Fragend musterte er die hässliche Visage.

Die Geschwindigkeit, mit der sich die Hand des Mannes bewegte, strafte sein plumpes Aussehen Lügen, und die Ohrfeige riss Martens Kopf herum.

»Das reicht«, stellte der Mann hinter der Laterne fest, ohne die Stimme zu heben.

Während Marten versuchte, die aufsteigenden Tränen aus dem Augenwinkel zu zwinkern, schabte das Messer ein letztes Mal über die Spitze der Feder. Dann wurde es mit einem leisen Klacken auf den Tisch gelegt. »Er sagte, du sollst ihn nicht anstarren. Er mag das nicht.« Die Feder wurde in das Tintenfass getaucht. »Ich weiß, er ist ein wenig schwer zu verstehen, wenn man ihn noch nicht lange kennt. Aber dafür kann er nichts. Er hat vor Jahren einmal am Seil getanzt, und auch wenn er das überlebt hat, so hat es ihm doch seine Stimme genommen. Deshalb nennt man ihn für gewöhnlich Flüster.«

Die Feder wurde auf den zuoberst liegenden Bogen Pergament gesetzt und zog mit leisem Schaben einige Zeichen auf die blasse Haut. Wenn Marten sie richtig deutete, war es ein Datum. Er runzelte die Stirn. Ihm fehlte ein ganzer Tag.

Marten leckte sich über die rissigen Lippen und warf einen verstohlenen Blick auf den Becher, bevor er seine Stimme ausprobierte. Sie klang so rau, wie sich sein Hals anfühlte. »Wer seid Ihr? Wo bin ich? Was ist das hier?«

Die Hände auf dem Tisch legten die Feder beiseite. »Dir ist klar, dass das drei der dümmsten Fragen sind, die du in deiner Situation stellen kannst, oder? Je mehr du über uns weißt, desto unwahrscheinlicher wird es, dass du diesen Stuhl lebend verlässt. Also werde ich die zweite Frage übergehen. Auch was die erste angeht, halten wir es knapp. Flüster kennst du bereits. Er ist hier, um mir bei Dingen zur Hand zu gehen. Verschiedensten Dingen, vor allem aber solchen, die Muskeln erfordern. Mich nennt man ...« Der Mann im Schatten zögerte kurz. Dann klopften seine Fingerspitzen leicht auf den Tisch. »Es gibt Leute, die mich den Puppenspieler nennen. Ich mag die Bezeichnung. Bleiben wir dabei. Was die dritte Frage betrifft: Das hier ist eine zweite Chance. Ich bin ein Mann, der an zweite Chancen glaubt, wie dir Flüster bestätigen kann. Und ich möchte, dass du dir genau merkst, was ich gerade gesagt habe. Zwei Chancen. Ich bin kein Drei-Chancen-Mann. Verstanden?«

Marten war versucht, die Zähne zusammenzubeißen, doch dafür schmerzten sie zu sehr. Stattdessen verzog er das

Gesicht. »Ich bin gebührend beeindruckt. Gegenfrage: Habt Ihr eigentlich eine Ahnung, wer ich bin?«

Der Puppenspieler klopfte mit der Spitze seines Zeigefingers auf den Tisch, woraufhin Marten eine weitere Ohrfeige traf.

»Ich habe eine Frage gestellt, und du wirst mir antworten, Marten. Aber um deine Neugier zu befriedigen – ja, wir wissen, wer du bist.« Der Unsichtbare nahm die Feder wieder auf, tauchte sie abermals in die Tinte und begann zu schreiben. »Marten ad Sussetz, Sohn von Dame Kethe Thiemo ad Sussetz, Witwe des Ordensritters Elgast ad Sussetz. Geschwister: ein älterer Bruder, Hardrad ad Sussetz, ebenfalls Ritter im Dienste des Ordens, Schwester Marusch ad Sussetz, noch nicht im ehefähigen Alter. Beschäftigung: seit einer Woche in die Ränge der Schwertmänner am Hofe Seiner Kaiserlichen Hoheit aufgenommen. Du siehst, wir wissen genau, wer du bist, Marten. Um ehrlich zu sein, ist das der Grund, warum du noch lebst. Der Grund für deine zweite Chance.« Die Hände legten die Feder sorgsam beiseite und verschränkten sich. »Das und die leidige Tatsache, dass wir Antworten brauchen. Die du uns geben wirst. Also noch mal: Verstanden?«

Marten räusperte sich. »Ja. Nein«, krächzte er. »Ich verstehe nicht, was Ihr von mir wollt!«

»Antworten, Marten. Antworten, von denen vielleicht die Sicherheit des Reichs abhängt, mit Sicherheit aber dein Leben.«

»Und warum glaubt Ihr, dass ich Euch irgendwas sagen werde?«

Marten konnte sich nicht sicher sein, aber er glaubte, dass der Mann im Dunkeln amüsiert schnaubte.

»Weißt du, meiner Erfahrung nach gibt es zwei Sorten Leute auf dieser Welt. Helden – und Überlebende. Dein Vater zum Beispiel war ein Held. Und er ist ehrenvoll im Dienst seines Kaisers gefallen. Das kannst du natürlich auch tun.« Der Puppenspieler rieb sich gelassen die Handflächen, und Marten konnte Schwielen sehen, die verrieten, dass das die Hände eines Mannes waren, die für einen großen Teil seines Lebens eine Waffe gehalten hatten. »Vielleicht solltest du dir aber im Klaren darüber sein, dass dir Flüster deinen Heldentod nicht gerade leicht machen würde. Er schneidet gern Leute in Scheiben. Allerdings sehr dünne Scheiben. Das dauert eine Weile.«

Martens Blick huschte zu dem Grobschlächtigen, in dessen Gürtel ein langes, abgenutzt aussehendes Schlachtermesser steckte. Die Schneide der schmal geschliffenen Klinge schimmerte im Schein der Laterne nichtsdestotrotz makellos. Er versuchte, ein trotziges Gesicht aufzusetzen, doch im Stillen war ihm klar, dass das mit gesprungener Lippe und zugeschwollenem Auge kaum zu sehen sein würde.

»Ich glaube aber, ich schätze dich richtig ein, Marten«, fuhr der Puppenspieler fort. »Du bist kein Held. Du bist jemand, der überleben möchte und der zu Erstaunlichem fähig ist, um das zu bewerkstelligen. Also müsste es dir leichtfallen, ein paar Fragen zu beantworten und meine Neugier zu befriedigen. Falls dir das an irgendeinem Punkt zu viel sein sollte, kannst du ja immer noch den Heldentod wählen. Also?«

Marten schwieg, aber ihm wurde plötzlich selbst klar, dass dieses Schweigen eher ein Zugeständnis war. Bei den Gruben, er hatte den Drang seines Bruders nach Heldentum nie verstanden, und es sah nicht so aus, als würde sich das in diesem Moment ändern.

»Fangen wir einfach an.« Der Puppenspieler schien sein Schweigen richtig gedeutet zu haben. »Was bringt einen aussichtsreichen Schwertmann des Reichs dazu, sich an einem Mordanschlag auf einen Mann des Kaisers zu beteiligen?«

Etwas Kaltes kroch Martens Rücken hinauf. »Anschlag?«

Die Hände auf dem Tisch zuckten kaum merklich, und die Stimme des Puppenspielers klang eine Spur gereizt. »Antworten hatte ich gesagt, nicht Gegenfragen. Vergisst du das noch einmal, wird dir Flüster einen Finger brechen. Ihr habt einen Hinterhalt gelegt, und du selbst hast einen Ritter des Ordens getötet. Das passiert nicht aus Versehen. Das war geplant. Und meine Aufgabe ist es, herauszufinden, warum. Du wirst mir Antworten geben. Knapp, klar und vollständig. Zweite Chance: Warum?«

Marten verzog das Gesicht. Er überlegte fieberhaft. *Anschlag auf einen Mann des Kaisers? Bei den Gruben, was redet dieser Mann? Wir haben ...* Seine Gedanken überschlugen sich. *Dreiauge! Deshalb hat er Wert darauf gelegt, Schwertmänner für diesen Auftrag zu bekommen, nicht nur gewöhnliche Schläger. Deshalb hat er auf zweihundert Silberadler verzichtet. Dieser Sohn einer einbeinigen Hure hat mich reingelegt! Er ...*

»Also?«

»Schulden«, murmelte Marten. »Spielschulden.«

Der Puppenspieler schien sich vorzulehnen, auch wenn sein Gesicht immer noch nicht in den Lichtkreis der Laterne kam.

»Du verrätst also deinen Kaiser für Spielschulden?«

Hinter Marten schnaubte der Grobschlächtige missbilligend.

Marten schüttelte den Kopf und ignorierte die Schmerzen, die diese einfache Bewegung verursachte. »Nein! Ich schwöre es, bei den Reisenden! Es ging nur darum, einem anderen Schuldner das Fell zu gerben! Ich hatte keine Ahnung…«

»Schuldner von wem?«

Marten leckte sich erneut über die Lippe. »Dreiaugen-Feyst.«

Der Puppenspieler zeigte mit einem Finger auf den Grobschlächtigen.

»Betreibt 'ne Kaschemme im südlichen Hafenviertel. Glücksspiel, Rauschmittel, Dirnen, Faustkämpfe. Die üblichen Sachen halt. Beschäftigt Straßenkinder zum Klauen und hat eigentlich auch sonst in so ziemlich allem die Finger drin. Dünner Kerl, bleich. Man sagt, man kann ihn nicht überraschen. Soll'n Auge im Hinterkopf haben oder so. Deswegen Dreiauge«, flüsterte Flüster.

Der Zeigefinger senkte sich. »Ah ja. Ich erinnere mich. Unangenehme Kreatur. Aber er hat sich bisher immer auf sein Viertel beschränkt. Warum sollte er jetzt plötzlich so etwas tun?«

Es dauerte einen Moment, bis Marten aufging, dass sich diese Frage tatsächlich an ihn richtete. »Ich habe keine Ahnung! Ich kenne den Mann ja kaum! Hört mal, ich war ein paarmal bei ihm, habe ein paar Abende gewürfelt und verloren, ich habe ihm Geld geschuldet, und er hat mir gesagt, wie ich das begleichen kann. Mehr war da nicht!«

»So einfach?«

Marten hustete vorsichtig. »So einfach.«

Der Puppenspieler schien einige Augenblicke zu überlegen. »Nein«, sagte er schließlich. »Ich glaube dir nicht. Ein Schwertmann des Kaisers, der sich aus freien Stücken mit Feyst dem Dreiauge einlässt? Der ohne zu fragen einen wildfremden Mann ermordet, um Spielschulden zu begleichen? Wie viel?«

»Zweihundert Adler«, murmelte Marten.

»Zweihundert?« Diesmal klang der Puppenspieler ungläubig. »Nur zweihundert Adler?«

»Das sind immerhin vier Monatssolde«, sagte Marten trotzig.

Der Puppenspieler schnaubte. »Oder eine der Halsketten deiner Mutter. Du stammst aus einem der niederen Häuser des Hofs. Es wäre dir möglich gewesen, das auch anders zu begleichen, aber du entscheidest dich stattdessen, einen Mann zu töten. Nein.«

Die Schreibhand nahm die Feder wieder auf und notierte den Namen und die Summe, die Marten genannt hatte. Dann zog sie um beide einen Kreis, der den jungen Schwertmann anklagend anstarrte.

»Weißt du, was ich glaube? Ich glaube, du bist nicht so unschuldig, wie du vorgibst. Ich weiß, dass du im Grunde eine Schande für die Schwertleute des Kaisers bist und eine Schande für deine Familie.« Die Hand tippte auf den Stapel Pergamente, und mit einem Mal beschlich Marten das Gefühl, nicht alle davon wären leer. »Und im tiefsten Inneren weißt du das auch. Der zweite Sohn. Der es nicht zum Ritter des Ordens geschafft hat, weil er nicht gut genug war. Weil er zu faul ist und nichts ernst nehmen will. Also hast du dich beim Trinken versucht, beim Glücksspiel, bei der Hurerei. Zwei unerlaubte Duelle in zwei Jahren. Nichts, was einem Schwertmann zu Gesicht steht. Dass du es trotzdem in ihre Ränge geschafft hast, liegt nicht daran, dass du gut bist. Es gibt bessere, und das weißt du. Man nahm dich auf, deinem Vater zuliebe, der eine Legende unter den Rittern des Ordens ist, und deinem Bruder, der seinen Fußstapfen folgt. Das weißt du, und es nagt an dir. So sehr, dass du dein Reich verraten und dich mit Mördern und Verschwörern eingelassen hast, um einen feigen Mord zu begehen!«

»Das ist nicht wahr!«, platzte es aus Marten heraus. »Es ging nie um einen Mord! Niemand sollte sterben!«

»Und doch hat dein Schwert einen Ritter des Ordens durchbohrt!«, bellte der Puppenspieler zurück.

»Es war ein Versehen! Wir hatten keine Ahnung, dass Ordensritter dort sein würden! Dann hätten wir uns doch nie darauf eingelassen!«

»Was glaubtest du denn, wer einen Mann wie diesen bewachen würde?«

Verzweifelt holte Marten Luft. »Welchen Mann? Ich habe keine Ahnung, wer das eigentlich war!«

»Nicht glaubwürdig«, beschied der Puppenspieler knapp. »Wer ist ›wir‹?«

»Was?«

Diesmal hob der verborgene Mann nur den kleinen Finger. Flüster beugte sich so schnell hinab, dass Marten nicht einmal hätte reagieren können, wäre er nicht an den Stuhl gebunden gewesen. Er packte Martens Hand. Nur ein leises Knacken war zu hören, als die Pranken des Grobschlächtigen am kleinen Finger seiner rechten Hand rissen, und der gleißende Schmerz ließ ihn gellend aufschreien.

»Du hörst immer noch nicht zu. Ich stelle die Fragen, du

antwortest. Du sagtest, ›wir‹ hätten uns nie darauf eingelassen.«

Marten zwinkerte die Lichtfunken vor seinen Augen weg und stöhnte: »Danil. Danil ad Corbec. Ein Freund. Er hat mich überhaupt mit Feyst …« Er stockte. Danil hatte tatsächlich als Erster die Idee aufgebracht, Feysts Kaschemme aufzusuchen. Danil hatte ihn an den Würfeltisch gebracht. Und … *Der kleine Drecksack hat den Vorschlag gemacht, Feyst bei einem Auftrag zur Hand zu gehen, um die Schulden loszuwerden!* Jetzt knirschte Marten doch mit den Zähnen, und der Schmerz klärte seinen Kopf. »Danil hat mich mit Feyst bekannt gemacht, und auch, dass wir bei diesem Auftrag mitmachen, war seine Idee. Fragt ihn!«

Der Puppenspieler und sein Handlanger wechselten einen Blick. »Das haben wir bereits«, sagte der Puppenspieler dann, plötzlich wieder ruhig. »Er war … Nun, lass uns sagen, dass er leider wesentlich mehr zum Heldentum geneigt hat als du. Mehr, als ich es mir gewünscht habe. Er wird uns keine weiteren Fragen mehr beantworten.« Er ließ die Worte im Raum stehen, bis sie schließlich Martens Kopf vollständig erreicht hatten. Für einen Moment hatte Marten das kaum zu bändigende Bedürfnis, sofort Wasser zu lassen. Er atmete tief durch, dann noch mal, und unterdrückte das Bedürfnis, ein drittes Mal tief Luft zu holen. »Er …«

»Er ist in diesem Raum«, sagte der Puppenspieler trocken. »Aber das sollte jetzt nicht deine Sorge sein. Du solltest dir vielmehr Gedanken um dich und deinen eigenen Hals machen. Und deine Finger«, fügte er bedeutungsvoll hinzu. »Wie viele Finger braucht es wohl, um noch ein Schwert halten zu können? Ab wann ist man ein nutzloser Krüppel?«

Er ließ seine Worte einen Moment lang wirken. »Wer war noch beteiligt?«

»Ein halbes Dutzend von Dreiauges Männern«, sagte Marten schnell. »Schläger. Und ein Mädchen. Ich… ich kann mich nicht erinnern, wie sie aussah. Danil kennt… kannte sie. Sie sollte das Ziel beobachten, glaube ich. Feyst hat gesagt…« Er stockte, bevor er sich verbesserte: »Danil hat gesagt, Feyst sagte, wir sollten uns um die Leibwächter des Mannes kümmern, den Rest würden seine Leute übernehmen. Ich schwöre bei den Reisenden, Danil hat gesagt, es geht nur um einen Händler, der Schulden bei Dreiauge hat! Von Ordensrittern war nie die Rede!«

»Es war kein einfacher Händler, und es ging nicht um Spielschulden«, entgegnete der Puppenspieler ernst. »Dieser Angriff war ein Anschlag auf das Herz des Reichs.«

»Ich schwöre, ich habe davon nichts gewusst!«, sagte Marten, und ihm ging auf, dass er dabei erschreckend weinerlich klang.

»Schwörst du das beim Leben deiner Schwester?«, fragte sein Gegenüber leise.

»Wa…« Marten schluckte die Frage hinunter, bevor sie seine Lippen ganz verlassen hatte. »Beim Leben meiner Schwester«, sagte er stattdessen tonlos.

»Große Worte. Interessant«, stellte der Puppenspieler fest. Er tauchte die Feder in das Tintenfass, hielt jedoch über dem Pergament inne. »Nehmen wir aber an, ich glaube dir. Dann hättest du noch immer das Problem, dass du an einem Mordanschlag auf die kaiserliche Krone beteiligt warst und noch immer das Blut eines Ritters des Ordens an den Händen hast. Dann bliebe also noch immer die Frage, was wir mit dir tun.« Ein Tropfen dunkler Tinte bildete sich an der Spitze der Feder. »Und das bedeutet Hochverrat. Auf Hochverrat steht Todesstrafe. Hängen, Vierteilen, Ausweiden und Enthauptung, um genau zu sein.«

Marten beobachtete den Tropfen, der langsam anwuchs.

»Das wäre ein unrühmliches Ende des Schwertmannes Marten ad Sussetz. Ich glaube, es gibt einige Leute in dieser Stadt, die sagen würden, sie hätten es kommen sehen. Und es dürfte einige geben, die es vielleicht sogar begrüßen.«

Die Hand des Puppenspielers drehte die Feder und fing den Tropfen so im letzten Moment auf, bevor er fallen und das Pergament ruinieren konnte. Sorgfältig streifte er ihn am Rand des Tintenfasses ab. »Aber das würde auch das Andenken des hochdekorierten Ordensritters Elgast ad Sussetz beflecken. Es würde den Ruf des jungen Ordensritters Hardrad ad Sussetz beschädigen, möglicherweise seinen Aufstieg in den Rängen des Ordens für immer beenden. Es würde den Ruf der Hofdame Kethe Thiemo ad Sussetz für immer beschmutzen – und es würde mit Sicherheit jede Aussicht der jungen Frouwe Marusch für immer ruinieren, eine gute Partie im Umkreis des kaiserlichen Hofs oder auch nur in Berun zu machen. Und dabei sind sie alle loyale Gefolgsleute des Kaisers. Also wollen wir das wirklich?« Die Feder kehrte zum Pergament zurück. »Zweite Möglichkeit: Wir könnten dafür sorgen, dass du verschwindest. Deine Leiche taucht in der Gosse auf, das glücklose Opfer eines Überfalls in einer jener verrohten Ecken unserer Stadt, in denen du dich, wie bekannt ist, nur zu gern herumtreibst. Es gäbe einen kleinen Skandal, aber nichts, was nicht binnen Jahresfrist vergessen wäre. Der Gerechtigkeit wäre Genüge getan und der Ruf deiner Familie weitgehend gewahrt. Das scheint mir eine … ja, Flüster?«

Der Grobschlächtige hatte sich kratzend geräuspert. Marten konnte nicht widerstehen, zu ihm aufzusehen, gerade als Flüster in die Dunkelheit zu ihrer Rechten deutete und etwas krächzte, das Marten beim besten Willen nicht verstand.

Nach kurzem Schweigen seufzte der Puppenspieler. »Unser Freund hier hat recht. Ein toter Schwertmann, das ließe sich so lösen. Aber wir haben immer noch deinen Freund Danil hier. Zwei Schwertmänner? Man würde es untersuchen. Und ich fürchte, bei dieser Untersuchung würde man eure Verbindung zu Feyst Dreiauge entdecken. Und da seine Beteiligung am Mordkomplott eher früher als später bekannt werden wird, wird man auch deine Rolle dabei schließlich entdecken. Dein Tod wäre also sicherlich gnädiger, er würde jedoch nichts am Schicksal deiner Familie ändern. Und auch wenn der Orden ungern einen großartigen Ritter wie deinen Bruder verlieren würde – es bliebe ihm schlicht nichts anderes übrig. Mit einem Hochverräter in der Familie wäre seine Zeit bei den Flammenschwertern der Reisenden vorbei. Eine schwierige Entscheidung also. Was meinst du dazu? Hast du einen Vorschlag, wie wir diese Situation beheben?«

Marten stellte fest, dass er schwitzte, obwohl er seine bloßen Füße vor Kälte kaum noch spürte. *Das soll wohl witzig sein. Ich krümme mich vor Lachen.* »Ihr ... ihr könntet mich gehen lassen. Ich würde niemandem davon erzählen«, sagte er leise. *Natürlich. Unglaublich witzig.*

Der Puppenspieler schnaubte. »Könnte ich das? Wirklich? Ich glaube dir, dass du das ernst meinst. Zumindest in diesem Moment, bis zum nächsten Mal, wenn du dich betrinkst, bis zur nächsten Dirne oder Buhlschaft, die du zu beeindrucken suchst. Oder vielleicht auch, wenn du dir Mühe gibst, bis zum nächsten Mal, wenn du dich bis über den Hals verschuldet hast. Dann würdest du selbst es sein, der sich an den Strick liefert und deine Mutter, deinen Bruder und deine Schwester mit sich in den Untergang reißt.« Bei jeder Nennung unterstrich die Feder einen der Namen, die Martens Familienmitglieder benannten. »Und mich gleich mit, denn man würde mich fragen, warum ich nicht selbst darauf gekommen bin, als ich das Mordkomplott untersucht habe. Nein, Marten. Das ist keine Lösung unseres Problems. In Berun kannst du nicht bleiben.«

Flüster räusperte sich abermals. Auf einen Wink der Feder trat er hinter die Blendlaterne und wechselte einige leise Worte mit dem Puppenspieler, bevor er sich wieder neben Marten aufbaute.

Der Mann im Schatten klopfte nachdenklich mit der Federspitze auf das Pergament, wo er jedes Mal einen kleinen schwarzen Punkt hinterließ. Schließlich schrieb er ein einzelnes Wort auf den Bogen. Macouban?

»Siehst du, Marten, ich täusche mich selten, wenn es um zweite Chancen geht. Flüster hier ist bestrebt, das Beste aus seiner zweiten zu machen, und wie ich sehe, steckt mehr in seinem Kopf, als sein Aussehen vermuten lässt. Vor allem aber ist er gewillt, ihn auch zu benutzen. Du solltest dem Mann dankbar sein.«

Dankbar? Marten verzog das Gesicht und spürte seine Lippe wieder aufreißen. *Dafür, dass er mich beinahe totgeschlagen und mir den Finger gebrochen hat? Es tut mir leid, aber mein Vorrat an Dankbarkeit ist im Moment knapp bemessen.*

»Flüster hat einen Vorschlag, der uns beiden bei unserem Problem helfen könnte. Was hältst du von einer Seereise?«

*Eine Seereise?* Eine wilde, unerwartete Hoffnung keimte in Marten auf. »Ich bin noch nie auf einem Schiff gewesen«, sagte er zögerlich.

»Es wird dir gefallen. Wie mich Flüster gerade erinnert, läuft mit der Flut bei Morgengrauen eine Triare in Richtung Macouban aus, beladen mit Kriegsknechten und Rittern für die Sternenfeste in Gostin. Sie werden die dort stationierten Männer ablösen. Weißt du, ich verabscheue den Gedanken, dass das Kaiserreich Jahre und eine nicht unbeträchtliche Summe in deine Ausbildung zum Schwertmann investiert hat, nur damit du als Leiche endest. Von den Geldern und der Zeit, die das Reich in deinen Bruder investiert hat, nicht zu reden. Nehmen wir also an, du meldest dich freiwillig zum Dienst in der südlichen Provinz. Dann könntest du dem Reich am Ende doch noch nützlich sein und so deine Schuld abarbeiten, ohne mit dieser ganzen unschönen Angelegenheit in Verbindung gebracht zu werden. Was hältst du davon?«

*Was ich davon halte? Habe ich eine andere Wahl?* »Ich … würde das begrüßen. Von ganzem Herzen.«

Der Puppenspieler zog langsam einen akkuraten Strich unter das Wort Macouban auf dem Pergament. Dann hob er einen Finger. »Unter folgenden Bedingungen. Du würdest als Kriegsknecht auf das Schiff gehen. Du würdest nicht über deine Herkunft sprechen und mit niemandem über deine Beweggründe. Du würdest niemanden, ganz besonders nicht deine Familie, davon in Kenntnis setzen.« Er schien zu überlegen. »Ja, das könnte gehen. Ich könnte dich dem Heetmann der Kriegsknechte übergeben lassen, zusammen mit einem Schreiben, dass dich bei Ankunft in Gostin als Schwertmann der Krone ausweist. Man würde dir einen Posten dort zuteilen, auf dem du deine Nützlichkeit unter Beweis stellen könntest. Allerdings wäre deine Dienstzeit dort nicht, wie üblich, auf drei Jahre beschränkt. Du würdest im Macouban verbleiben. Aus freien Stücken. Solltest du die Provinz jemals verlassen, solltest du die Kaiserprovinz oder gar Berun jemals wieder betreten, würden wir es wissen. Wir werden immer wissen, wo du dich aufhältst. Und sei dir gewiss – man würde deine Leiche dann niemals finden.« Die Stimme des Mannes war schärfer geworden. »Hast du das verstanden?«

Ins Macouban verbannt. Auf Lebenszeit in den stinkenden Sümpfen des Südens, am Ende der zivilisierten Welt – oder sogar ein Stück dahinter. Aber bei den Gruben, welche verdammte Wahl hatte er schon? Niedergeschlagen nickte Marten.

»Siehst du, wie ich es gesagt habe. Ich täusche mich selten. Flüster, ich hatte es dir gesagt. Dieser junge Mann ist kein alberner Held. Er ist ein Überlebender.« Der Puppenspieler klang plötzlich zufrieden. »Also gut, dann ist es beschlossen. Wenn du angekommen bist, kannst du deiner Familie schreiben und ihr deine Beweggründe erläutern. Nicht die wahren natürlich. Irgendwas von Dienst am Reich, deine wahre Bestimmung finden, dich nützlich machen, Abenteuerlust – dir wird schon was einfallen. Wie man mir sagte, bist du ja um Ausreden noch nie verlegen gewesen. Und wer weiß, wenn diese Sache hier aufgeklärt und vergessen ist, in einigen Jahren, könnte dich möglicherweise ein Brief erreichen, der dir die Rückkehr nach Berun gestattet. Dieser Brief würde dieses Siegel hier tragen.« Die

Finger des Puppenspielers förderten einen Ring zutage, der im Licht der Laterne matt schimmerte.

Marten erkannte das Wappen darauf, und plötzlich hatte er das Gefühl, sich übergeben zu müssen. Das Siegel des Inneren Ordens, das nur die Protektare der Reisenden führten, eine Gruppe von Männern, die noch über den Rittern standen und nicht einmal dem Kaiser selbst Rechenschaft schuldig waren. Kaiser kamen und gingen, so sagte man in Berun. Die Protektare blieben.

»Dieses Siegel, kein anderes. Verstehen wir uns?«

Marten nickte stumm.

»Gut. Das ist sie, deine zweite Chance, Bursche. Mach etwas daraus. Flüster wird dich zum Hafen bringen und dich mit einem Begleitschreiben dem Heetmann übergeben. Alles Weitere liegt bei ihm. Und bei dir. Ich für meinen Teil hoffe, dass wir uns nie wiedersehen müssen.«

Flüster zog sein Messer und durchtrennte Martens Fußfesseln, bevor er ihn auf die Beine zerrte und aus der kleinen Insel des Lichts in die Dunkelheit zerrte. Der Lichtschein blieb hinter ihm zurück, als Marten seinen Weg in die Verbannung antrat. Das Macouban. Bei den Gruben, vielleicht wäre er tot doch besser dran. Tot wie Danil. Der Gedanke an den Freund ließ ihn würgen. Oder vielleicht war es auch der Gedanke an das, was jetzt aus ihm selbst werden würde.

# 4

## DIE BÖSEN UND DIE NARREN

arum bin ich hier?« Sara wandte sich von der Tür ab, durch die der Riese, den sie Flüster genannt hatten, Marten hinausgeführt hatte. »Warum habt Ihr mich das mit ansehen lassen?«

Thoren blickte von dem Schriftstück auf, das er in Händen hielt. Es schien, als würde er Sara gerade zum ersten Mal wahrnehmen. Er runzelte die Stirn. »Wir wollen, dass du genau siehst, was wir tun.«

Sara dachte darüber nach. Sie musterte die drei Männer. Den Buckligen, der soeben aus den Schatten trat, hatte sie bereits in der Stadt gesehen. Das war der Messerwerfer mit dem irren Kichern gewesen. Er trug jetzt eine Narrenkappe aus bunten Lederflicken, an der drei winzige Glöckchen bimmelten. Grinsend sprang er auf den Tisch und ließ sich im Schneidersitz darauf nieder. Seine Augen leuchteten, als wären sie von einem inneren Feuer erhellt.

Der Nächste lümmelte entspannt zurückgelehnt auf einem Stuhl in der Ecke. Blond und schlank und auf eine gewisse Art gut aussehend. Die Füße hatte er auf einen

Tisch gelegt, auf dem ein halb leerer Weinkrug stand. Er hatte den Becher erhoben und beobachtete sie mit einem amüsierten Lächeln. Thoren hatte ihn diesem Marten gegenüber Danil genannt. Derselbe Mann, den Marten als seinen Freund bezeichnet hatte und der ihm in der Gasse den Knüppel über den Kopf gezogen hatte. Derselbe Mann, von dem der Adlige geglaubt hatte, dass er nun tot wäre.

Sie schaute Thoren an und schnaubte. »Was sollte ich sehen? Dass Ihr auch hier wieder an den Fäden zieht, Puppenspieler?«

»Wie?«, fragte Thoren.

Der Narr auf dem Tisch blickte auf.

»Es ist ein Bühnenstück. Das Ganze hier. Der Überfall in der Gasse. Die Kaiserlichen. Das Verhör von diesem Marten und sein Geständnis. Es ist alles von Anfang an so gelaufen, wie Ihr es wolltet. Ihr seid der Puppenspieler. Ihr sagt den Darstellern, was sie zu tun haben.«

Überrascht starrte Thoren sie an und fuhr sich mit der Hand über die Glatze. »Ein Bühnenstück?«

Der Narr kicherte leise.

»Eine interessante Feststellung. Wenn es nur so einfach wäre. Dann hätte das Ganze einen Anfang und ein Ende, vielleicht sogar eine Moral. Aber in Wirklichkeit ist das nicht so. Die Dinge sind kompliziert.«

»Für mich scheinen sie recht einfach zu sein.« Der Narr legte den Kopf schief. »Das Macouban spielt ein Spiel mit Euch, und Ihr geht darauf ein, Thoren. Ein Spiel mit ungeheuer hohem Einsatz, wie mir scheint. Wann gedachtet Ihr denn, endlich Ernst zu machen? Wenn sie es geschafft haben, Euch aus dem Weg zu schaffen, oder wenn es Fürst Antreno gelungen ist, das Macouban vom Kaiserreich abzuspalten und seinen fetten Hintern auf dem Thron in Tiburone zu platzieren?«

»Hüte deine Zunge, Narr.«

»Wie meinen Augapfel.« Der Narr grinste.

»Wir haben nichts gegen sie in der Hand.« Seufzend warf Thoren das Pergament auf den Tisch. »Gerüchte und Vermutungen. Geständnisse, die das Papier nicht wert sind, auf dem sie geschrieben wurden. Nichts, was ausreicht, um die Reichsfürsten zu überzeugen, gegen sie ins Feld zu ziehen. Verdammt, es reicht ja noch nicht mal aus, um mich selbst zu überzeugen.«

»Ich verstehe ja Eure Bedenken. Ich verstehe sie nur zu gut. Es gefällt mir auch nicht, ohne die Unterstützung der Fürsten zu handeln, aber während wir noch auf ein Zeichen warten, spielen sie nach Belieben Katz und Maus mit uns. Sie können gar nicht anders. Sie sind adlig. Es liegt ihnen im Blut. Wir dürfen nicht zulassen, dass sie weiter ungestraft an den Fäden ziehen. Wir müssen zuschlagen, bevor sie es tun.«

Thoren schüttelte den Kopf. »Das ist kein Turnier, von dem wir hier reden. Eine falsche Entscheidung, und wir entfachen einen Krieg, den wir nicht beherrschen können. Kaiser Harand hätte die Fürsten noch mit Worten auf seine Seite ziehen können, aber die Zeiten haben sich geändert. Das Macouban hat viele lohnenswerte Handelsverbindungen. Welcher Fürst würde denn darauf verzichten und freiwillig mit einem Kaiser wie Edrik ins Feld ziehen, wenn er keine Beweise für einen Verrat sieht? Falls es überhaupt Beweise gibt ...«

Danil nippte an seinem Wein. »Dann wollt Ihr Euch also zurücklehnen und abwarten?«

»Ich brauche Gewissheit. Das ist alles.« Thoren fuhr sich

mit der Hand über die Glatze. »Ich brauche jemanden, der nah genug an das Haus Antreno herankommt. Jemanden, dem es gelingt, mehr über seine nächsten Schritte in Erfahrung zu bringen. Der uns die Gewissheit verschafft...« Er blickte zu Sara. »Ich will, dass du das tust, Sara. Ich will, dass du in die Dienste des Kaiserhauses trittst.«

Für einen Augenblick verstand sie nicht, was Thoren damit meinte. Seine Worte waren so unvorstellbar, dass sich ihre Ohren weigerten, sie zu erfassen. Sie runzelte die Stirn, dann schüttelte sie den Kopf. »Der Kaiser? Ich soll dem Kaiser dienen?«

Thoren nickte. »Tu mir diesen Gefallen, und ich werde auch dir helfen, Sara.«

Erneut schüttelte Sara den Kopf. Sie spürte, wie sie errötete, und trat einen Schritt zurück. »Ich brauche keine Hilfe. Ich komme allein zurecht. Ich bin immer zurechtgekommen, ich diene niemandem.«

»Niemandem?« Danil goss sich neuen Wein in den Becher. »Du hast für Feyst Dreiauge gearbeitet. Du bist eines seiner Sklavenkinder.«

Sara spürte, wie heißer Zorn in ihr aufstieg. »Ich bin kein Sklave. Ich bin frei!«

Danil lachte. »So frei, wie man in Feysts Diensten nur sein kann. Du hast ihn verraten, und dafür wird er dich bestrafen. Er wird dich jagen und finden, wo auch immer du dich versteckst. Und wenn er dich hat, wird er vor all seinen Leuten ein Exempel statuieren. Du weißt das ganz genau, Sara. Jeder kennt die Geschichten.«

Sara schnaufte. Die Wahrheit in Danils Worten war offensichtlich, aber der Trotz ließ sie das nicht offen zugeben. »Ich habe keine Angst. Ich habe meine Fähigkeiten.«

Danil seufzte und lehnte sich in seinen Stuhl zurück. »Ich habe es Euch doch gesagt. Da hätten wir uns auch gleich an den Kaiser wenden können.«

»Sie ist eine Närrin, ohne Frage.« Der Narr schüttelte den Kopf. Die Glöckchen an seiner Kappe bimmelten enttäuscht. »Und damit kenne ich mich aus.«

»Du beugst nicht gern das Knie«, sagte Thoren. Er blickte sie ernst an. »Ich erkenne das an. Aus diesem Grund befehle ich es dir nicht, sondern bitte dich. Tu uns diesen einen Gefallen, und danach kannst du gehen, wohin du willst. Das Kaiserhaus wird dafür sorgen, dass Feyst dich für alle Ewigkeit in Ruhe lässt.« Er lächelte. »Sag zu, und du wirst es nicht bereuen.«

Sara dachte über seine Worte nach. *Das Kaiserhaus wird dafür sorgen, dass Feyst dich für alle Ewigkeit in Ruhe lässt.* Das Angebot klang zu verlockend. Sie wusste, dass sie es annehmen musste. Langsam nickte sie. »Also gut. Diesen einen Gefallen. Danach werde ich aber gehen, wohin ich will.«

»Einverstanden.« Thoren nickte. »Du hast dich richtig entschieden.«

»Wir sind nämlich die Guten.« Danil goss sich neuen Wein in den Becher und prostete ihr zu.

»Manche mögen uns auch für Narren halten.« Jerik legte den Kopf schief und kicherte leise.

»Vielleicht sind wir beides.« Thoren beugte sich über den Tisch und nahm Martens Geständnis in die Hand. Er musterte es mit gerunzelter Stirn. »Eine Handvoll Narren, die Gutes tun. Das klingt tatsächlich nach einem Bühnenstück. Vielleicht sogar nach einer Komödie.« Er warf Danil einen Blick zu und nickte. »Da wäre nur noch eine Sache ...«

Der Blonde nahm die Füße vom Tisch und stellte den Becher ab. Der Narr richtete sich auf und entfaltete seine Beine. Langsam drehte sich Thoren zu Sara um.

Sara hatte das Gefühl, als würde es schlagartig kälter im Raum. Ein eiskalter Schauer fuhr ihr über den Rücken, und die winzigen Härchen an ihren Unterarmen stellten sich auf. Sie fuhr zur Tür herum, doch Danil war schneller. Blitzschnell sprang er auf und hielt sie fest. »Keine Angst«, flüsterte er ihr ins Ohr, doch seine Worte bewirkten das genaue Gegenteil.

Elegant sprang der Narr vom Tisch. Er war nicht viel größer als Sara, und sein Buckel vermittelte den Eindruck, als würde er sich verbeugen. Er baute sich vor ihr auf und lächelte. An seinen Augen erkannte sie, dass dieses Lächeln nicht echt war. Es wirkte so aufgesetzt wie eine Maske. Das Feuer in seinen Augen brannte nun intensiver als zuvor.

Umso überraschter war sie, als er ihr eine Hand auf das Gesicht legte, kalt wie Eis. Sie zuckte zurück, wollte sich losreißen, doch Danil hielt sie unerbittlich fest. »Was tut Ihr? Ihr habt versprochen ...« Ein gleißender Strahl aus Kälte fuhr in ihren Schädel und erstickte jedes weitere Wort. Sie schrie. So laut und schrill, dass der Becher in Danils Hand in tausend Scherben zerplatzte. Oder jedenfalls glaubte sie das. Vielleicht bildete sie es sich auch nur ein. Unzählige Lichtpunkte tanzten vor ihren Augen, ein ganzer Sternenhimmel voll.

Die Hand löste sich von ihrem Gesicht, und der Narr stolperte rückwärts, stieß mit dem Rücken gegen den Tisch. Keuchend tastete er nach dem Weinkrug, riss ihn an sich und trank ihn in einem einzigen, gierigen Zug leer. Dann kicherte er schwach und stützte sich schwer auf die Tischplatte. Er atmete tief durch und nickte. »Sie ist unschuldig. So unschuldig wie ein neugeborenes Lamm.«

»Lass sie los, Danil«, sagte Thoren. Seine Stimme klang besorgt und mitfühlend.

»Was … was habt Ihr getan?« Sara tastete über ihr Gesicht. Deutlich konnte sie den eiskalten Abdruck von Jeriks Fingern darauf spüren.

»Was getan werden musste, Sara. Wir haben dich gewogen, gemessen …«

»… und für verrückt genug befunden.« Der Narr knackte mit den Halswirbeln. Das Grinsen breitete sich über sein gesamtes Gesicht aus, und die Flammen kehrten in seine Augen zurück.

# 5

## ROTKITTEL

Der Wald um Lebrec sah in jede Richtung gleich aus. Gewaltige Urwaldstämme ragten bis weit hinauf in die Regenschleier und verdeckten mit ihren Kronen den größten Teil des dunkelgrauen Himmels. Immerhin standen sie hier weit genug auseinander, dass das großblättrige Unterholz genug Licht bekam, um den Boden bis über Kopfhöhe beinahe vollständig zu überwuchern. Dafür war der Boden dicht über dem allgegenwärtigen Morast weitgehend frei von Bewuchs, wenn man von den fleischigen Stängeln der Büsche und dem Geflecht der Baumwurzeln absah – ein Umstand, der der täglichen Flut geschuldet war. Die Flut, die ihn umbringen konnte oder aber seine Rettung sein würde. Noch war das nicht entschieden. Es kam ganz darauf an, ob Lebrec die Kraft fand, noch einmal auf die Beine zu kommen, noch einmal weiterzuhinken, einen Platz zu finden, der über der Flutlinie lag. Er sah auf sein Bein hinab, dessen schmutziger Verband aus den Resten eines Hosenbeins und bitteren Chelic-Blättern sich bereits wieder blutig färbte. Er hatte die Wunde gewaschen, hatte Mbaldd-

Gift und Chelic-Saft hineingeträufelt und am vergangenen Abend die bläulichen Wundränder mit der glühenden Spitze seines Messers ausgeschnitten, doch nichts davon konnte die Fäulnis, die sich in seinem Schienbein eingenistet hatte, vollständig vertreiben.

Der Sumpf hatte ihm das Leben gerettet, ja. Als er gestürzt war und das Bewusstsein verloren hatte, mussten seine Verfolger zum Schluss gekommen sein, dass er dem tückischen Schlamm des Macouban zum Opfer gefallen war. Keiner von ihnen verfügte über eine Fähigkeit, die es ihnen erlaubt hätte, ihn dort draußen, mehrere Dutzend Schritte von festem Untergrund entfernt, zu untersuchen. Also hatten die Rotkittel ihn liegen gelassen, den Aasfressern und dem Sumpf überlassen. Doch Sumpf bestand vor allem aus Wasser, und das Wasser würde Lebrec nicht verschlingen.

Als er zu sich gekommen war, war es Nacht gewesen, und dennoch war es ihm irgendwie gelungen, festen Grund zu erreichen. Und, was viel erstaunlicher war, die Nacht zu überleben. Oder die folgenden fünf Tage.

Der Schmerz, den Lebrec fühlte, war lediglich dumpf und pochend. Er spürte insgesamt wenig, denn seit jener Nacht war er beinahe ununterbrochen im kalten Schleier des Aget. Batizor und er hatten einen großen Beutel Blaustein beiseitegeschafft, eine Menge, die sie reich gemacht hätte, wenn sie Tiburone damit erreicht und es an die Blausteinhändler verkauft hätten. Unwillkürlich tastete er nach dem Beutel in seinem Gürtel. Noch immer besaß er genug, um dadurch wohlhabend zu werden, doch was nützte es ihm, wenn ihn die Schmerzen und das Fieber hier draußen fraßen? Beinahe mechanisch fingerte er einen weiteren Krümel aus seinem Vorrat und rollte ihn in klammen Fingern.

Irgendwo im Wald flatterte schimpfend ein Fuguar auf, und Lebrec erstarrte. Ein Zufall? Die Späher der Rotkittel waren noch immer irgendwo in diesen Wäldern. Sie nutzten die verborgenen Pfade der Metis, um unbemerkt einen Weg durch den endlosen Dschungel bis nach Tiburone zu finden, geführt von einheimischen Männern wie ihm. Konnten sie ihm erneut so nahe sein? Lebrec schüttelte verärgert den Kopf. Natürlich nicht. Beim letzten Mal hatten sie gewusst, dass er und sein Bruder noch am Leben waren. Beim letzten Mal war es außerdem nicht schwer gewesen, zu ahnen, wohin Batizor und er gewollt hatten. All das galt nicht mehr. Und vor allem – niemand von ihnen konnte dort gehen, wo Lebrec ging. Die meisten seiner Verfolger waren in diesem Wald blind und taub. Sie waren gewöhnliche Soldaten, die durch den Morast wateten, zerbissen von Insekten, geschwächt von Husten und Pilzen und Schwären, die auf ihren Körpern wucherten, und vom Moder, der ihre roten Waffenröcke zerfraß, schneller noch, als der Rost an ihren Rüstungen nagte. Mehr als zwei Dutzend von ihnen waren dem Wald zum Opfer gefallen, noch bevor sie die Wildnis hier im Osten des Macouban auch nur halb durchquert hatten. So wie dieses Land hier für jene sorgte, die hier geboren waren, so ernährte es sich von denen, die hierher kamen, ohne eingeladen zu sein. Wenn die Rotkittel auch nur eine geringe Chance haben wollten, das Macouban von Osten her zu durchqueren, dann mussten sie sich auf den wenigen verschlungenen Pfaden bewegen, die es dort gab. Pfade, an die Lebrec nicht mehr gebunden war, jetzt, da sein Bruder tot war. Jetzt ging er über Wasser, wohin immer er wollte, solange ihn seine Füße trugen. Und das bedeutete wohl, solange er noch Aget hatte und solange der Blaustein nicht seinen Kopf und seine Innereien ausbrannte. Aber das spielte im Grunde keine Rolle. Alles, was zählte, war, dass er durchhielt, dass er bis Tiburone kam und seine Warnung überbrachte. Die Rotkittel waren gefährlich, vielleicht gefährlicher als alles, was das Macouban zu bieten hatte.

Lebrec rieb sich die Augen, hinter denen ein dumpfer Schmerz wühlte, als gruben sich düstere Kreaturen durch seinen Schädel.

Nicht Rotkittel, nein. Diese Männer trugen die Kleider und Rüstungen von Berun, doch irgendetwas stimmte nicht. So sehr Lebrec die Rotkittel Beruns verabscheute, er musste zugeben, jene Männer, denen er vorauseilte, sprachen nicht wie Beruner. Vor allem waren sie rücksichtsloser. Ihre eigenen Toten schienen ihnen ebenso wenig zu bedeuten wie die Toten unter den Läufern, die sie aus den Dörfern auf dem Weg rekrutiert hatten – die meisten mit Geld, manche mit Gewalt. Läufer, zu denen auch Lebrec und sein Bruder gehört hatten. Unerbittlich drängten sie voran, auf Wegen, die nur wenigen bekannt waren, direkt ins Herz des Macouban. Wo immer sie vorbeikamen, taten sie Dinge, die Lebrecs Herz frieren ließen. Und diese Dinge wurden in den Augen der Überlebenden von den Rotkitteln Beruns getan. Hass wucherte, wo immer sie durchkamen, Hass auf die Kriegsknechte und die Ritter von Berun. Niemand außer Lebrec und Batizor ahnte die Wahrheit.

Falsch. Er rieb sich abermals die Augen. Batizor war tot. Er vergaß es nur immer wieder.

Nur noch er selbst wusste es ... wusste, dass diese Rotkittel anders waren. Wenn sie unter sich waren, sprachen sie nicht die Sprache der Rotkittel. Sie hatten mindestens fünf Männer mit Talenten bei sich, etwas, wovon Lebrec bei den Rotkitteln noch nie gehört hatte, und wenn abends Würfel vor ihren Zelten rollten, waren die meisten Münzen, die ihre Besitzer wechselten, keine der Art, die die Beruner nutzten.

Wer immer sie waren, sie waren keine Männer des Kaisers, doch sie zogen eine Brandspur durch das Macouban, die das Feuer des Widerstands gegen den fernen Herrscher entfachte. Und es schien, als gäbe es nur ihn, Lebrec, der um den Brand wusste, den ein anderer legte.

Mit einem unwirschen Kopfschütteln schob sich der kleine Läufer den Agetstein in den Mund und begann zu kauen. Die Kälte des Blausteins durchflutete ihn, verwandelte seinen Magen in Eis, betäubte den wühlenden Schmerz in seinem Kopf und seinem Bein und füllte seine Muskeln mit der Illusion von Stärke. Das Wasser der kommenden Flut würde ihn ein weiteres Stück in Richtung Tiburone tragen. Mit viel Glück und Duambes Wohlwollen konnte er es vielleicht schaffen.

# 6

## KRIEGSKNECHTE

**E**s war beinahe noch tiefste Nacht, als Marten und sein wortkarger Begleiter hinaus auf die Pier traten. Lediglich am östlichen Horizont schimmerte der Himmel in kaum merklich hellerem Blau und ließ die gezahnte Silhouette der dort liegenden Berge erahnen. Die Flut hatte beinahe ihren höchsten Stand erreicht, und das nach Fisch, Moder und Abfällen stinkende Wasser des Hafenbeckens gluckerte dicht unterhalb der Krone der steinernen Mole. Dadurch ragten die dunklen Leiber der hier vertäuten Schiffe wie eine zweite Wand neben ihnen auf. Hier, an den südlichsten Anlegestellen des gewaltigen Hafenbeckens der Kaiserstadt, lagen keine Fischerboote oder Transportkähne, sondern vor allem die massigen Segelschiffe der kaiserlichen Flotte, deren jetzt kahle Masten sich, einem leise knarrenden Wald aus Holz und Tauwerk gleich, den verblassenden Sternen entgegenreckten. Zwei schlanke Duaren lagen zwischen ihnen, kaiserliche Kriegsschiffe, die von, so erzählte man sich, Hunderten von Ruderern über das Meer getrieben wurden, schneller und wendiger als die meisten

Segelschiffe und unabhängig von den Launen der Stürme und Strömungen.

Die Finsternis lag schwer über der Pier, und die wenigen Laternen der Schiffswachen, die kaum mehr als eine Handvoll Schritte erleuchteten, ließen die mondlose Nacht nur noch dunkler erscheinen.

Marten schauderte unwillkürlich, als er das schwarze Wasser betrachtete. Der beinahe kreisrunde Hafen der Kaiserstadt war einzigartig. Konnte man an windstillen Tagen direkt außerhalb der Hafeneinfahrt noch den Meeresgrund erahnen, so blieb das eigentliche Becken auch bei gleißender Sommersonne tiefschwarz und geheimnisvoll, wie ein Loch in den Gebeinen Beruns selbst. Nicht umsonst nannte man das Becken auch den Schacht. Man sagte, was immer hineingeworfen wurde und nicht schwimmen konnte, sinke in lichtlose Tiefen und würde nicht aufhören zu sinken, bis das Ende aller Tage erreicht war. Im Sommer, als er zwölf Jahre alt geworden war, war er mit seinem Bruder hinaus in die Mitte des Hafens gerudert. Sie hatten ein Lot ausgeworfen, doch nach über tausend Schuh Tiefe war ihnen die Schnur ausgegangen, ohne dass das Senkblei den Grund erreicht hatte. Vielleicht stimmte die Legende also. Danach war er nie mehr dort draußen gewesen.

Ein scharfes Wispern ließ Marten aufsehen. Aus der Dunkelheit schoss ein Schwarm Skellinge, die allgegenwärtigen Raubmöwen der Nacht, auf aschgrauen Flügeln heran, angelockt vom schwankenden Lichtschein der Laterne in der Faust von Flüster. Für einen Moment umkreisten sie die beiden Männer, bis ihren gierigen Vogelhirnen klar geworden war, dass hier keine Beute auf sie wartete. Mit enttäuschtem Keckern verschwanden sie wieder über das nächtliche Wasser.

»Ich hasse diese Drecksviecher«, raspelte Flüster.

Marten warf einen Seitenblick auf den hässlich vernarbten Hals des Mannes und konnte ein Schaudern nicht unterdrücken. Es gab wohl wenige Leute, die so nahe dran gewesen waren, Skellingfutter zu werden, wie dieser Mann. Die Galgen der Stadt standen nicht zufällig in Sichtweite des Wassers. Wer nicht genug Geld hatte, um irgendjemanden dafür zu bezahlen, dass seine Leiche noch vor Einbruch der Nacht abgenommen wurde, von dem war am kommenden Morgen kaum mehr als blutige Knochen übrig. Ob toter Fisch, vom Sturm angeschwemmte Muscheln oder der aufgeblähte Kadaver eines Seehunds – die rasiermesserscharfen Zähne der Nachtmöwen beseitigten alles, was im oder nahe am Wasser gestorben war. Und sie hatten den Galgenhügel als ihre rechtmäßige Futterstelle angenommen.

Flüster bemerkte seinen Blick und versetzte ihm einen Stoß, der ihn beinahe ins schwarze Hafenwasser beförderte. »Glotz nicht, beweg dich. Wenn du dein Schiff verpasst, sorg ich selber dafür, dass sie nächste Nacht satt werden.«

Eilig richtete Marten den Blick nach vorn, wo er jetzt eine letzte Laterne am Ende der Pier ausmachen konnte.

Die Umrisse von drei Männern waren im Lichtschein zu sehen, und Flüster hob seine eigene Lampe, um ein Signal zu geben. Ein Flackern der anderen Laterne antwortete ihnen.

»Man erwartet dich.« Flüster zog ein Messer aus dem Gürtel und durchtrennte den Strick, der Martens Hände bis jetzt hinter dem Rücken band, dann hängte er ihm einen groben Segeltuchsack um den Hals. »Deine Besitztümer, Kriegsknecht«, flüsterte er. »Vergiss nicht, wer du bist.«

»Wer ich nicht mehr bin, meinst du wohl.«

Flüster klopfte ihm auf den Rücken, diesmal nicht ganz so grob. »Du hast es erfasst. Tu dir selbst den Gefallen und komm nie zurück.« Er strich mit dem Messer über seine stoppelige Wange, dann lehnte er sich näher heran, und diesmal hatte Marten das sichere Gefühl, dass der Grobschlächtige absichtlich flüsterte. »Denn ich werde auf dich warten.« Flüster richtete sich auf und zeigte ein Grinsen, in dem mehrere Zähne fehlten.

»Ich kann mir Schöneres vorstellen.« Die Ad-Koredin-Schwestern zum Beispiel. Aber wenn Marten ehrlich war, schienen sie ihm in dieser Nacht die Bekanntschaft von Leuten wie Flüster auch nicht wert. »Keine Sorge«, sagte er. »Ich will dir und deiner schönen Narbe keine Konkurrenz machen.« Er rückte den Sack zurecht, beschleunigte seine Schritte und hielt auf die drei Männer zu. Neben ihnen schälte sich jetzt langsam ein klobiges Objekt aus der Dunkelheit, und Marten brauchte noch ein weiteres Dutzend Schritte, bis ihm klar wurde, dass es sich um ein gewaltiges Schiff handelte und nicht um eine Lagerhalle am Ende der Mole.

»Halt«, raspelte Flüster schließlich. Er schob sich an Marten vorbei und ging auf den Anführer der Gruppe zu, der ihn mit einem Nicken und Handschlag begrüßte. *Na großartig. Ich glaube nicht, dass seine Freunde auch meine Freunde sind.* Im Schein der Laterne von Flüster konnte er einen untersetzten, stoppelbärtigen Krieger erkennen, in dessen Gesicht zahlreiche Falten tiefe Schatten hinterließen und ihn vermutlich älter wirken ließen, als er war. Sein schlichter, mehrfach ausgebesserter Panzer wies ihn als Vibel aus, einen der vier Unteranführer in einer Kompanie Kriegsknechte. Flüster legte ihm die Hand auf die Schulter und zog ihn beiseite, doch Marten entging das lederne Geldsäckel nicht, das dabei unauffällig den Besitzer wechselte. Seltsam. Plötzlich wurde er sich der misstrauischen Blicke der anderen beiden Männer bewusst. Einer davon trug die Uniform eines Kriegsknechts, jedoch keine Rüstung. Sein Gesicht ähnelte dem einer Ratte, auch wenn er nur einen vorstehenden Schneidezahn hatte. Der andere schien ihm abhandengekommen zu sein. An seinem Gürtel entdeckte Marten das charakteristische Tintenfass und den Federköcher eines Feldschreibers. Der andere trug die lederne Panzerung eines Seesoldaten, und Marten vermutete, dass der Posten dieses Mannes normalerweise deutlich einsamer war. Er rang sich ein Lächeln ab und nickte den Männern zu, doch nachdem das keine Reaktion hervorrief, zuckte er mit den Schultern, ließ den Sack zu Boden gleiten und musterte den dunklen Rumpf des Schiffs. Nach allem, was er in der Finsternis erkennen konnte, ähnelte es einer Duare, wenn auch einer übergroßen, ungewöhnlich behäbigen. Wenn ihn allerdings das unruhige Laternenlicht nicht täuschte, hatte dieses Schiff nicht zwei, sondern drei Reihen der Auslässe für die Riemen genannten Ruderwerkzeuge. *Wie nennt man diese Klötze noch gleich?* Marten hatte sich nie wirklich für die Flotte des Reichs interessiert. Er war zum Schwertmann ausgebildet worden, und die Schwertmänner der Krone kümmerten sich um die Sicherheit des Kaisers in Berun und der Kronprovinz, nicht auf See. Triare. Natürlich. Marten erinnerte sich dunkel, dass es nur drei dieser Riesen in der Flotte des Reichs gab, jeder besetzt mit über zweihundert freiwilligen, gut bezahlten Ruderern und in der Lage, eine ganze Kompanie samt großer Mengen an Ausrüstung so schnell zu befördern wie kein Schiff sonst. Er musterte das Heck genauer. Keine goldene Farbe an den Schnitzereien. Es war also keines der beiden kaiserlichen Flaggschiffe. Oben an Bord machte er Bewegung aus, hörte das Tappen nackter Füße auf Holz, das leise Knarren steifer Taue, die gelockert oder angezogen wurden. Die Triare wurde zum Auslaufen bereit gemacht.

»He, du. Bursche!«

Marten riss den Blick los und wandte sich zum Vibel um. Flüster war verschwunden, doch der Kriegsknechtsanführer wirkte auch nicht freundlicher.

In seiner Hand entdeckte Marten die beiden Pergamente, die der geheimnisvolle Puppenspieler seinem Gefolgsmann mitgegeben hatte. Eines der Siegel war zerbrochen, wie Marten bemerkte.

»Der Freund eines Freundes«, sagte der Vibel leise und sah nochmals auf den Bogen in seiner Hand, »richtet mir aus, dass du dich den Kriegsknechten der Kaiserlichen Krone anschließen willst, um so weit wie möglich entfernt von hier deinen Teil zur Sicherheit des Reichs beizutragen. Er empfiehlt, deinem Wunsch stattzugeben. Und er hat eine Art, Dinge zu empfehlen, die es schwer macht, sie zu missachten. Außerdem hat er weitere Anordnungen dich betreffend, sobald wir die Sternenfeste erreichen. Geheimnisvoll.« Nachdenklich musterte er das Siegel auf dem Pergament. »Aber kaum ungewöhnlich für den Ort, von dem das hier kommt. Wir werden also mehr erfahren, wenn wir angekommen sind.« Er schob das Pergament unter seinen Harnisch und musterte den jungen Schwertmann von oben bis unten. »Sei's drum. Wenn er sagt, du kannst mit dem Schwert umgehen, glaube ich das. Es ist zumindest ein Anfang. Am Ende machen wir vielleicht einen guten Kriegsknecht aus dir.« Der Vibel bedeutete Marten, sein Gepäck aufzuheben und ihm zu folgen. Dabei reichte er den zweiten Bogen an den Schreiberling weiter. »Du gehörst ab jetzt zur dreiundvierzigsten Kompanie des Reichs. Ich bin Vibel Brender. Du wirst in meiner Quartere stehen. Der Heetmann, der deine Kompanie führt, heißt Santros, und das hier«, er deutete auf den Schreiber, »ist Amric, unser Federkratzer. Er gibt dir gleich eine Liste, unter die du deinen Namen setzt. Falls du nicht schreiben kannst, reicht mir auch ein Abdruck deines Daumens. Ab dann gehört dein Arsch für drei Jahre mir. Zumindest, solange der Heetmann, der Kaiser oder dieser Wisch hier«, er klopfte auf seinen Harnisch, »nichts anderes sagen. Verstanden?«

Marten nickte.

Der Vibel sah ihn an, dann trat er einen so schnellen Schritt an Marten heran, dass dem keine Zeit zu einer Reaktion blieb, bevor die Faust des Mannes seinen Magen traf. »Das heißt ›Ja, Herre‹. Verstanden?«

»Ja, Herre«, würgte Marten hervor und rang verzweifelt nach Luft. *Der Kerl und Flüster verstehen sich bestimmt prächtig.*

Brender wandte sich ab und marschierte die wippende Planke zum Deck hinauf, ohne auf den zusammengekrümmten Marten zu achten, der Mühe hatte, sich auf den Beinen zu halten.

*Was für ein Arschloch!* Keuchend sah Marten zu den beiden anderen Männern auf, konnte jedoch keinerlei Mitgefühl entdecken. »Geht schon«, murmelte er. »Danke, macht euch nicht die Mühe. Alles in Ordnung.« Er rückte sich den Riemen des Tuchsacks auf seiner Schulter zurecht und kämpfte sich die steile Planke nach oben.

»Vorderdeck.«

Marten warf einen verständnislosen Blick auf den Schreiber, der hinter ihm her ging.

»Unsere Kompanie ist im Vorderschiff«, wiederholte Amric und deutete nach links. »Die Mitte ist für die Ladung, und hinten sind die Herre Ritter und sonstigen Ordensdiener untergebracht. Komm.« Der Schreiber schob sich an Marten vorbei und kletterte geübt eine Leiter hinab, die aus einer Luke im vorderen Bereich des Schiffs ragte.

Marten folgte ihm zögerlich. Der Raum unter Deck war möglicherweise geräumig, jedoch vollgestopft mit Männern, die in übereinander aufgespannten Hängematten schnarchten oder sich in den schmalen Gängen dazwischen in ihre Stiefel zwängten. Lediglich zwei Öllampen erhellten den vollgestopften, niedrigen Raum spärlich. Von überall her kamen die Geräusche schlafender oder gerade erwachender Männer, leises Scharren von Sohlen, das Klappern von Gürtelschließen, ein gelegentliches Furzen oder Gähnen, und um alles wehte der ausgeprägte, säuerliche Mief von über einhundert Männern, die sich etwa so viel Platz teilten, wie Marten im Stadthaus seiner Familie allein zur Verfügung stand.

»Folge mir.« Der Schreiber schob sich den schmalen Mittelgang hinab, bis er an einer Trennwand aus rohen Brettern ankam, die das vorderste Ende des Schiffs von diesem Raum abtrennte. Er schob einen Vorhang beiseite und winkte Marten hindurch. Diese Kammer war noch kleiner als die vorherige, jedoch nicht ganz so überfüllt. Lediglich vier Hängematten waren auf der rechten Seite aufgehängt, drei weitere auf der linken. So war sogar noch genug Raum geblieben, um einen Tisch am Boden festzunageln und genug Abstand zum Gepäck an den Wänden zu lassen, wo einige Stühle Platz gefunden hatten. Im Moment war diese Kammer weitgehend leer, sah man von einer leise schnarchenden Gestalt in einer der Hängematten ab.

»Emmert, unser Sprecher der Reisenden.« Amric deutete mit dem Daumen auf die Gestalt und schob einige Pergamentbögen auf dem Tisch zusammen, bevor er den Docht der Öllampe etwas höher zog. »Ich sag's gleich, wie's ist: Erwarte dir keinen geistigen Beistand von ihm. Die Reisenden reden zwar zu ihm, aber er findet, dass es keinen was angeht, was sie zu ihm sagen. Dafür ist er der beste Feldscher, den wir seit einiger Weile hatten. Und wenn du mich fragst, ist das ohnehin mehr wert.« Er schnürte ein Paket Ölhaut auseinander und entnahm ihm ein abgenutztes Buch. Mit geübten Fingern blätterte er die Seiten durch, die vor allem aus unglaublich eng geschriebenen Listen zu bestehen schien. Schließlich erreichte er das Ende einer der Listen und griff nach einer Schreibfeder. »So. Name?«

»Marten. Marten di…«

»Marten«, unterbrach ihn der Schreiber, und seine Feder kratzte über die Seite. »Aus?«

»Berun.« Vielleicht war es tatsächlich besser so. Was hatte der Puppenspieler gesagt? Mit niemandem über seine Beweggründe sprechen? Das würde ihm leichter fallen, wenn niemand genau wusste, wer er war.

»Marten aus Berun. Waffe?«

»Langschwert. Aber ich habe im Moment kein…«

Amric sah nicht auf. »Schwertträger. Na, irgendeine

Klinge wird sich auftreiben lassen. Aber ich sag's, wie's ist: Jeder Trottel kann eine Klinge schwingen. Als Hellebardier würdest du mehr verdienen. Kannst du das auch?« Marten schüttelte den Kopf, und Amric seufzte. »Na gut. Einen halben Silberadler pro Tag. Ausgezahlt wird am Ende des Monats. Den zweihundertsten Teil aller Beute aus erlaubter Plünderung. Erlaubter, merk dir das. Ich sag's, wie's ist: Wen der Heetmann bei nicht erlaubter Plünderung erwischt, der hängt. Hinterbliebene können ...« Marten rieb sich mit dem Handballen die Schläfe. »Ich hatte zwei harte Nächte, und ich kann es mir jetzt ja wohl nicht mehr anders überlegen, oder? Können wir uns den Rest sparen?«, fragte er müde.

Amric sah auf, musterte ihn eingehend, und Marten wurde sich bewusst, dass er wie das alleinige Opfer einer Kneipenschlägerei aussehen musste. »Sauferei und Schlägereien sind ab jetzt auch vorbei, solange der Heetmann nichts anderes sagt, das ist dir klar, oder?«

Marten verzog das geschwollene Gesicht. »Ich glaube, für die nächsten paar Tage hatte ich genug Schläge«, murmelte er und rieb sich die schmerzenden Rippen.

Dem Zucken in Amrics Gesicht nach zu urteilen, stimmte der Schreiber ihm zu. »Gut. Dann brauche ich nur noch deinen Daumenabdruck hier.« Er schob Marten das Tintenfass über den Tisch.

»Ich kann schreiben.«

»Oh? Ein Kriegsknecht, der schreiben kann. Das sieht man nicht oft. Du bist sicher, dass du am richtigen Platz bist?« Amric hob eine Braue.

*Ganz sicher nicht. Der richtige Platz für mich ist in den Reihen der Schwertmänner des Kaisers, oben im Palast, du Arsch. Aber habe ich die Wahl?* Marten grunzte. »Du kannst auch schreiben«, stellte er fest.

»Ganz genau. Deshalb bin ich auch keiner von denen, die sich mit dem Schwert in die erste Reihe stellen, um sich von anderen Trotteln den Schädel spalten zu lassen.« Der Schreiber musterte ihn mit neu erwachtem Interesse. »Ein interessantes Talent. Ich sag's, wie's ist: Lass das besser nicht allzu viele Leute wissen. Du wirst es ohnehin schwer genug haben, wenn die Männer nicht glauben, dass du dich für etwas Besseres hältst.«

»Ich werde es mir merken.«

Amric zuckte mit den Schultern, hielt ihm die Feder hin und schob ihm das Buch zu. Marten setzte seinen Namen hinter die letzte Zeile und sah Amric zu, der seine Signatur einen Moment lang nachdenklich studierte, bevor er die Tinte trocken blies und das Buch schloss. »Wenn du rausgehst, gleich links. Das sind Vibel Brenders Männer. Such dir eine Hängematte aus, halte dich an die Männer neben dir und bleib den Seeleuten aus dem Weg. Und merk dir: Das Vorderschiff ist für unsereins. Auf dem Rest des Schiffs hast du nichts zu suchen, wenn du nicht den Befehl dazu erhältst.« Amric nahm die Feder wieder an sich und bedeutete Marten mit einem Winken, sich zu entfernen.

Der frischgebackene Kriegsknecht starrte den rattengesichtigen Schreiber noch einen Moment lang an, doch der kleine Mann schien ihn bereits vergessen zu haben. Letztlich zuckte Marten mit den Schultern, hob seinen Seesack auf und schob sich durch den Vorhang zurück in die vollgestopfte Unterkunft. *Such dir eine Hängematte. Nichts einfacher als das. Ist ja jede Menge Platz.*

Ein gewaltiger Mann mit dem Körperbau eines Bären

und beinahe ebenso dichter Behaarung auf den Armen und im Gesicht zwängte sich aus einer Lücke zwischen den Schlafgelegenheiten und schob Marten unwirsch beiseite. Marten prallte gegen das Fußende einer Hängematte und bekam beinahe einen Stiefel ins Auge, der plötzlich daraus hervorschoss. »Pass auf, wo du hinrennst, Trottel.«

Der Stiefel zog sich zurück und wurde durch ein Gesicht am anderen Ende der Hängematte ersetzt. Alt und bemerkenswert hager, mit buschigen grauen Augenbrauen, einer beinahe spiegelblanken Glatze und mehr Narben, als ein Gesicht haben sollte. Keine Narben einer Krankheit wie Flecklöchern oder Faulfraß, sondern die Spuren Dutzender Kratzer und Schnittwunden, die mit scharfen Falten um beinahe jeden Fingerbreit der wettergegerbten Haut zu kämpfen schienen.

»So, sind wir fertig mit Anstarren, Junge?« Der Glatzkopf fischte etwas aus seinem Wams, das verdächtig nach einem rotbraunen Herbstblatt aussah, rollte es zwischen drei Fingern zu einem Ball und stopfte es sich unter die Zunge. Dann verzog er das Gesicht und musterte Marten seinerseits eingehend. »Ich bin mir ziemlich sicher, dass ich deine Visage noch nie in der Dreiundvierzigsten gesehen habe. Frischfleisch, hm?«

»Äh«, sagte Marten, doch der narbengesichtige Alte winkte ab.

»Sag nichts. Irgendjemand hat dir nach allen Regeln der Kunst das Fell gegerbt, und du triffst auf einem Landknecht-schiff ein, gerade als es ablegt, um an den feuchten Arsch der Welt zu segeln. Also bist du entweder aus einem Kerkerloch ausgebrochen oder hast ein Mädchen geschwängert, das nicht dein eigenes war, so viel ist sicher.« Der Mann grinste breit und zeigte dabei gelbliche, jedoch erstaunlich vollständige Zahnreihen. Vielleicht war er gar nicht so alt, wie Marten gedacht hatte. »Welche von beiden Geschichten ist näher dran?«

*Beide etwa gleich, schätze ich.* Marten kratzte sich unwillkürlich die Nase und sog scharf die Luft ein, als ihm der Schmerz gleichzeitig durch Nasenbein und Hand fuhr. »Was geht dich das an?« Er sah den Glatzkopf düster an.

Es wirkte nicht so, als ob der daran Anstoß nahm. »Stimmt. Geht mich nichts an. Und jetzt versuchst du, den Konsequenzen zu entrinnen, und willst deshalb Kriegsknecht im Macouban werden? Das nennt man wohl aus dem Nachttopf in die Sickergrube, so viel ist sicher.«

»Was?«

Der Glatzkopf schwang seine Stiefel aus der Hängematte und sah an Marten hinab. »Zumindest siehst du kräftig genug aus, Frischfleisch. Willkommen auf der Fahrt in das, was die Reisenden die Gruben nennen.« Er sprang aus der Hängematte und landete neben Marten, um ihm in die Rippen zu boxen. Marten taumelte keuchend gegen einen der Stützbalken, an denen die Hängematten befestigt waren. Der Kriegsknecht quittierte seine Reaktion mit verwirrtem Gesichtsausdruck. »Was bist du – aus Zuckerwerk?«

»Rippe«, grunzte Marten. »Angebrochen, glaube ich.«

Der Glatzkopf zog die Brauen hoch. »Oh. Ja, das tut weh. Also, wen oder was suchst du?«

»Der Schreiber sagt, ich soll mir eine Hängematte bei Vibel Brenders Männern suchen.«

Das Lächeln des Mannes flackerte. »Bei uns? Na großartig.« Dann jedoch fasste er sich, und sein Lächeln strahlte wieder auf. »Freu mich immer, neue Gesichter zu sehen.

Und gleich wieder zu vergessen. Ich merke mir nie die Namen von Leuten, bevor sie nicht ihr erstes Gefecht bei uns überlebt haben. Bringt meist nichts, so viel ist sicher.« Er klopfte nachlässig mit der Linken gegen seine rechte Schulter. Das war vermutlich der schlampigste Salut, den Marten je gesehen hatte. »Ness.«

Marten sah ihn verwirrt an.

»Ness Rools. Das bin ich. Steh mir nicht in der Schusslinie, und wir kommen gut miteinander aus, Frischfleisch.«

»Schusslinie …?«

Der Glatzkopf schenkte Marten einen Blick, den man im Allgemeinen für geistig Minderbemittelte übrig hatte. »Ness Rools. Habe ich doch gesagt, oder? Bester Bogenschütze der Kriegsknechte Seiner Majestät?«

Er wartete einen Moment, doch als sich Martens verständnisloser Gesichtsausdruck nicht änderte, zog Enttäuschung in seine Miene ein. »Vergiss es. Du bist Frischfleisch. Kannst du ja nicht wissen. Was ist deine Waffe?«

Marten riss sich aus seiner Erstarrung. »Schwert. Wenn ich wählen kann, dann Langschwert und Schild.«

Ness sah ihn mitleidig an. »Ritter-Firlefanz. Da sieht man mal wieder, was die jungen Leute im Kopf haben. Schwert und Schild. Immer nur Schwert und Schild. Das ist das Erste, von dem jeder lernt, wie man daran vorbeikommt. Aber bitte, ist ja nicht meine Fahrt in die Gruben. So, eine Hängematte suchst du.« Er sah sich um, dann deutete er auf eine dunkle Ecke an der Wand. »Dort unten die ist noch frei. Na, eigentlich gehört sie Drenker, aber wie es aussieht, hat er sein Schiff verpasst. Vielleicht ist er tatsächlich schlau geworden und hat beschlossen, endlich mit der Scheiße hier aufzuhören.« Er runzelte die Stirn. »Oder aber er hat wieder beim Würfeln betrogen, und sie haben ihn diesmal erwischt. Klingt mehr nach ihm. Auf jeden Fall ist das jetzt deine, so viel ist sicher. Und ich denke, seine Kiste hast du auch geerbt.« Er trat an den Behälter, der unter den Hängematten am Boden vertäut war. »Sieht so aus, als könntest du's brauchen.« Sein Blick fiel auf Martens rechte Hand und den Lappen, mit dem sie umwickelt war. »Verletzt? Hat sich das der Fleischhauer schon angesehen?«

Martin musterte verwirrt seine Hand. »Der ... wer?«

»Emmert. Der Feldscher.«

Marten schüttelte den Kopf. »Ist nichts. Nur ein gebrochener Finger.«

»Nur ein gebrochener Finger? Junge, deine Finger sind in diesem Gewerbe das Wertvollste, was du hast!« Der Glatzkopf schien kurz über das nachzudenken, was er gerade gesagt hatte. »In Ordnung, vielleicht nicht das Wertvollste, wenn man es genau nimmt. Besonders nicht bei euch Schwertschwingern. Ihr kommt auch mit ein paar weniger aus. Trotzdem, du musst so was behandeln lassen. Sonst kriegst du den Brand, fängst an zu stinken und krepierst, bevor wir Gostin überhaupt erreicht haben. Zeig mal her.« Er packte Martens Hand und zog den Lappen ab, ehe Marten reagieren konnte. »Gebrochen? Pah. Halt still.« Er umklammerte Martens Handgelenk mit erstaunlich festem Griff. »Das sieht nicht gebrochen aus. Ausgerenkt vielleicht.« Er wendete die Hand, musterte sie mit zusammengekniffenen Augen, packte dann blitzschnell den Finger und zerrte daran. Es knackte schmatzend.

Roher Schmerz wallte auf und drohte, Marten die Sicht zu rauben. »Du verdammter Sohn einer schleimläufigen

Hafendirne, du …«, stieß er zwischen zusammengepressten Zähnen hervor, als er dem Glatzkopf seine Hand entriss und sie an die Brust presste. Wasser war ihm in die Augen geschossen.

»Gern geschehen.« Der Glatzköpfige klang ungerührt. »Wenn du so weit bist, komm nach oben. Der Morgen graut, und es gibt Frühstück.« Er klopfte Marten auf die schmerzende Schulter und schob sich hinaus in den Mittelgang, der sich langsam mit griesgrämig aussehenden Kriegsknechten füllte.

Marten starrte dem unerträglich gut gelaunten Glatzkopf nach. Was bei allen Gruben war das für ein Arschloch? *Wo bin ich hier?*

Der Insasse der Hängematte zu seiner Rechten drehte sich um und ließ geräuschvoll einen fahren. Marten trat angewidert zurück und ließ sich in die dunkle Nische der Hängematte sinken. *Außer in meinem persönlichen Albtraum. So viel ist sicher.* Der Platz bis zur Hängematte über ihm war nicht einmal hoch genug, um darin sitzen zu können, also ließ er sich zurücksinken und horchte auf die Stimmen der Kriegsknechte, das Scharren der Stiefel und das Knarren der Schiffsplanken neben seinem Kopf, als sich die Triare jetzt in Bewegung zu setzen schien. Ein tiefes Rumpeln ging durch das dunkle, scharf riechende Holz, und Marten meinte, ein Zittern zu spüren. Er schloss die Augen. Das Schiff bebte tatsächlich. Hinter dem Holz gluckerte es, und von irgendwo aus dem Inneren des Kolosses drang ein einzelner dumpfer Trommelschlag, gefolgt von einem zweiten, dann einem dritten. Es dauerte erstaunlich lange, bis Marten klar wurde, dass diese Schläge nicht aufhören würden, dass sich das Schiff bei jedem Puls mit einem

sanften Ruck vorwärts schob. Jeder Ruck ein Zug der Riemen, die das gewaltige Kriegsschiff aus dem Hafen hinaus
und auf die offene See schoben. Und langsam, Schlag für
Schlag, wurde Marten zum ersten Mal wirklich klar, dass er
sich mit jedem Zug von seinem bisherigen Leben entfernte.
Ihm wurde schlecht.

# 7

## DIE MUTTER DES KAISERS

**W**ovor versteckst du dich, mein hübsches Täubchen?
Hab keine Angst, ich tu dir schon nichts.« Das
weiße Pferd schnaubte und drehte sich im Kreis. Sein Reiter
lächelte breit. Die Zähne bestanden aus purem Gold und
blitzten im Licht der untergehenden Sonne. Mto war einmal
selbst ein Krieger vom Stamm der Khsan gewesen, hochgewachsen und muskulös, mit bronzefarbener Haut und
ebenmäßigen Gesichtszügen. In der rechten Hand hielt er
einen Jagdspieß, in der anderen eine lange geflochtene
Lederpeitsche. Er ließ sie schnalzen. Ein grauenerregendes
Geräusch.

Die Ältesten hatten das Geräusch dieser Peitschen in
ihren Erzählungen beschrieben. Hart und unerbittlich wie
der Tod war es, den es überall dahin brachte, wo es erklang.
Wenn sie davon erzählt hatten, dann hatten sich die Kleins-
ten ängstlich hinter den Rücken ihrer Geschwister verborgen, und die Erwachsenen hatten gelacht.

Jetzt, da Sara das Geräusch zum ersten Mal selbst vernahm, erinnerte sie sich, dass das Lachen damals nicht so

unbeschwert geklungen hatte, wie sie geglaubt hatte. Eher so, als hätten die Erwachsenen sich selbst damit Mut gemacht. Wenn die Sklavenjäger von Tiburone ihre Peitschen singen lassen, dann muss Blut fließen, hatten die Alten geflüstert. Und an diesem Abend war bereits viel Blut geflossen.

Zitternd drückte sich Sara tiefer in das Gebüsch. Es war ein so winziges Versteck, und sie hatte geglaubt, dass Mtos Männer sie schnell finden würden. Mehr als einmal war einer von ihnen nur wenige Schritte an ihr vorbeigelaufen, hatte sie nur um Haaresbreite verfehlt. Doch bislang hatte sie niemand entdecken und an ihren Haaren auf den Platz zerren können. Dorthin, wo bereits all die anderen Dorfbewohner zusammengetrieben worden waren. Erjon und Zane, die grauhaarige Mala, Saras jüngster Bruder Lado und all die anderen.

»Wo ist das Mädchen?«, brüllte Mto über den Platz. Er drückte die Schenkel zusammen, und das Pferd trabte gehorsam auf die verängstigten Dorfbewohner zu. Mto ließ die Spitze seines Spießes kreisen, richtete sie gegen Malas knochige Brust. »Wo ist das Mädchen? Ich weiß, dass sie sich hier irgendwo versteckt, du alte Metishexe. Zeige mir ihr Versteck, und ich lasse dich am Leben.«

Die alte Frau starrte ihn finster an. Das graue Haupt stolz erhoben, das Kinn nach vorn gereckt. »Du bist vor langer Zeit einmal einer von uns gewesen, Mto. Aber du hast dein eigenes Volk verraten. Du hast den Zorn der Ahnen auf dich gezogen.«

»Scheiß auf die Ahnen«, knurrte Mto. »Sie haben keine Macht mehr über mich. Ich bin jetzt ein Beruner, du dummes Weib. Ich bin etwas Besseres als ihr. Besser als ihr

*Dreckfresser in euren elenden Lehmhütten.« Er warf einen Blick nach Westen, wo die Sonne rot glühend hinter den Bergen versank.*

*Die alte Mala lächelte. »Du respektierst die Ahnen nicht mehr, fürchtest dich aber noch immer vor der Nacht. Du weißt, dass die Dunkelheit ihnen gehört und deine Zeit unerbittlich abläuft. Flieh, Mto, solange du noch kannst. Von uns wirst du nichts erfahren.«*

*Mto spuckte auf den Boden. »Ihr verdammten Metis und euer Aberglaube. Die Ahnen machen mir keine Sorgen. Ich habe Angst, dass sich mein Pferd in der Dunkelheit ein Bein bricht. Es ist doppelt so viel wert wie ihr alle zusammen.« Mit zusammengezogenen Augenbrauen studierte er die angstvollen Gesichter der Dorfbewohner. »Also, was ist? Wer will es mir verraten? Fünf silberne Adler und die Freiheit für den, der mir ihr Versteck zeigt.« Die Spitze seines Speers wanderte weiter zu Erjon. »Sag du es mir. Oder du, Zane? Für so viel Gold kannst du dir deinen eigenen Hof kaufen. Mit Ziegen und Hühnern und eigenen Sklaven.«*

*Sara ballte die Hände zu Fäusten. Mto war nur wenige Schritte von ihrem Versteck entfernt. Wenn sie doch nur ein Messer gehabt hätte … Doch sie war keine Kriegerin. Was hätte sie schon gegen so viele Männer ausrichten können? Trotzdem fühlte es sich an, als hätte sie ihr Dorf im Stich gelassen.*

*Mto war die Reihen der Dorfbewohner abgeritten, und seine Miene hatte sich zusehends verfinstert. Missmutig schüttelte er den Kopf. »Keiner, hm? Immer noch die gleichen verstockten Hinterwäldler, die ich hinter mir gelassen habe. Halten zusammen wie Pech und Schwefel, selbst wenn es zu ihrem Nachteil ist.« Er schnaufte, und sein Ge-*

*sicht verzog sich wieder zu seinem goldenen Grinsen. »Was soll's. Ihr werdet mir auch so genügend Münzen einbringen. Die Kinder und Frauen zumindest. Von den Männern vielleicht noch die, die stark genug für die Feldarbeit sind und für die Minen.«*

*»Was ist mit dem Rest?«, fragte einer seiner Männer, ein bärtiger Axtkämpfer mit heller Haut.*

*Mto zuckte mit den Schultern. »Was soll mit denen schon sein?« Damit wandte er sich zur alten Mala um und rammte ihr den Speer tief in die Brust.*

*Malas graue Augen wurden groß. Sie stieß ein überraschtes Röcheln aus, dann hustete sie Blut und sank in sich zusammen. Ruckartig zog Mto den Speer heraus, und sie kippte mit dem Gesicht voran in den Dreck.*

*Die Dorfbewohner schrien, Erjon und Zane sprangen auf, doch die Peitschen und Spieße der Sklavenjäger machten kurzen Prozess mit ihnen.*

*Sara ballte die Hand zur Faust und biss hinein. Tief und fest, damit sie nicht schrie – und damit der Schmerz die Schreie des sterbenden Dorfs übertönte.*

Sara schrak auf, es war stockdunkel um sie herum. Ihre Hand schmerzte, und ihre Lippen fühlten sich trocken und spröde an. Auf ihrer Zunge lag der metallische Geschmack von Blut. Sie lauschte in die Dunkelheit hinein. Es war ungewöhnlich still. Flynns Atem war nicht zu vernehmen, und auch nicht Griets röhrendes Schnarchen und der rasselnde Husten der alten Jochum. Sie hatte den Eindruck, völlig allein im Raum zu sein. Sie tastete über ihr Lager, spürte festes Leinen und frisch aufgeschüttetes Stroh und erinnerte sich endlich wieder, wo sie sich befand. Ihr Leben lang hatte sie sich eine eigene Kammer gewünscht, und nun, da sie in einer lag, fühlte sie sich mit einem Mal einsam.

Als das Rot der aufgehenden Sonne die Konturen schärfte, stand sie auf, trat zum Fenster und sah hinaus über die Dächer der Stadt. Der Stein unter ihren nackten Füßen fühlte sich nass und kalt an. Fröstelnd schlang sie die Arme um den Körper. Die Stadt war gerade erst dabei zu erwachen. Unten am Hafen wurden die ersten Segel gehisst. Eine Handvoll Fischerboote bewegte sich träge auf die mächtige Durchfahrt zu, über der mit weit aufgerissenem Maul der berunische Löwe thronte und in ewiger Wacht auf das schwarze Wasser des Hafenbeckens starrte. Sein bronzenes Fell schimmerte in einem samtigen Orange und ließ das mächtige Wappentier für einige Augenblicke beunruhigend lebendig erscheinen.

Vor dem Westtor und der Silberpforte reihten sich die Fuhrwerke der Händler und Bauern in die Schlange ein, die auf das Signal des Wachhorns warteten. Zum ersten Mal in ihrem Leben wurde Sara bewusst, welche gewaltigen Ausmaße die uralte Kaiserstadt besaß. Von den Hügelketten im Norden bis zu den schimmernden Buchten des Meers im Süden erstreckten sich ihre Ausläufer, so weit das Auge reichte. Obwohl große Teile der Altstadt am Fratres schon seit vielen Jahrzehnten unbewohnt waren und die Mauern der ehemals prachtvollen Paläste und Tempelanlagen schon längst der Bautätigkeit im Westteil der Stadt zum Opfer gefallen waren, bekam sie einen Eindruck, wie mächtig das Reich in früheren Zeiten einmal gewesen sein musste.

Sie strich über den uralten Stein, aus dem der Fensterrahmen errichtet worden war. Auch er stammte aus den Steinbrüchen der Altstadt. Schwach ließen sich noch die Spuren von Mustern und Runen erahnen, die irgendwann einmal in ihn hineingemeißelt worden waren. Sie beugte sich nach vorn und blickte in den weitläufigen Innenhof der Festung hinab, in den nach und nach Bedienstete strömten, um die Waren der Händler in Empfang zu nehmen, die sich mit dem unersättlichen Hunger der Festung ihren Lebensunterhalt verdienten. So viel Nahrung. Mehr als genug, um die Mägen all jener Straßenkinder zu füllen, die sich Menschen wie Feyst unterwerfen mussten, um nicht zu verhungern. Sara dachte an Flynn, der wie ein kleiner Bruder für sie geworden war, und sie nahm sich vor, ihn so bald wie möglich zu sich zu holen.

Danil erwartete sie im Flur. Er hatte das blutige Kettenhemd des Vortags gegen eng anliegende Beinkleider, einen teuer aussehenden, rot gefärbten Überrock und hohe Lederstiefel getauscht. Sein langes blondes Haar hatte er zu einem strengen Pferdeschwanz zusammengebunden. Er sah gut aus, wenn auch die tiefen Ringe unter seinen Augen darauf schließen ließen, dass die frühe Stunde nicht seine bevorzugte Tageszeit war. Er neigte den Kopf und hauchte ihr lächelnd einen Kuss auf den Handrücken.

Sara runzelte die Stirn und wischte sich verlegen die Hand an ihrem Kleid ab.

Danils Lächeln wich einem irritierten Blick und verwandelte sich in ein breites Grinsen. »Dort, wo du herkommst, scheinen höfliche Umgangsformen offenbar nicht an der Tagesordnung zu sein.« Er bot ihr seinen Arm an. »Geleitet man dort, wo du herkommst, wenigstens seine Gäste zum Empfang, oder schlägt man ihnen einfach nur den Schädel ein?«

»Das eine schließt das andere nicht unbedingt aus«, murmelte Sara und legte nach kurzem Zögern die Hand auf seinen Unterarm. »Wohnt Ihr hier im Kaiserpalast, oder prahlt Ihr nur mit fremden Besitztümern?«

»Das eine schließt das andere nicht unbedingt aus.« Danil zwinkerte ihr zu. »Ich bin einer dieser nutzlosen dritten Söhne, die hier am Hof in Heerscharen herumstolzieren. Zu spät geboren für das väterliche Erbe, aber glücklicherweise auch zu spät geboren, um in die Dienste des Ordens gezwungen zu werden. Ich schlage die Zeit mit Lanzenstechen, Würfelspiel und gelegentlichen Scharmützeln tot. Dann und wann schütze ich auch in Thorens Auftrag das Kaiserreich vor fremden Mächten.«

»Aber meistens treibt Ihr Euch mit den Hofdamen herum und schlagt Euch den Bauch an der Tafel des Kaisers voll.«

»Was uns glücklicherweise die Möglichkeit eröffnet, dich unauffällig an eine frühe Mahlzeit kommen zu lassen. Bist du hungrig? Was ist deine bevorzugte Speise? Kalter Braten vom Vorabend? Hafersuppe? Vielleicht erst mal etwas Leichteres. Eier, Fisch, Äpfel ...« Als er ihren erstaunten Seitenblick bemerkte, lachte er. »Ach ja, ich habe vergessen, wo du herkommst. Hier am Hof gibt es alles, was du willst. Von morgens bis abends in unerschöpflichen Mengen. Mehr, als du dir je vorstellen kannst – oder dein Magen verträgt.« Er rieb sich über den Bauch. »Ein Jahr am Kaiserlichen Hof, und sie müssen anfangen, deinen Harnisch vorn auszubeulen. Ohne die vielen Turniere müssten sie mich bald mit einem Flaschenzug auf mein Pferd heben.«

»Sicherlich ein amüsantes Schauspiel ...«

Danil warf ihr einen Seitenblick zu. »Nicht für den Ritter und schon gar nicht für sein Pferd.«

In den weitläufigen Gewölben der Küche herrschte bereits emsiges Gewusel. Dutzende Bedienstete hatten sich um die gewaltigen, aus roten Ziegeln gemauerten Herdstellen versammelt, auf deren Eisenrosten Suppen, Fische und unzählige Arten Fleisch zubereitet wurden. An drei übereinanderliegenden Bratspießen drehten sich knusprige Schweinehälften und Lämmer, und an den zahlreichen Tischen wurde Gemüse zerkleinert, Obst geschält und Brotteig geformt. Saras leerer Magen zog sich bei diesem Anblick so schmerzhaft zusammen, dass ihr beinahe übel wurde.

Danil bewegte sich selbstsicher zwischen den Tischen entlang. Einem vorbeieilenden drallen Dienstmädchen raubte er geschickt einen Becher Wein vom Tablett und gab der entrüstet Dreinblickenden einen Klaps auf den Hintern. Dem Dienstmädchen schien das zu gefallen, denn sie zwinkerte ihm zu, ehe sie hüftenschwingend weiterlief.

Danil grinste. »Für mich heute Morgen nur Wein. Mehr vertrage ich noch nicht. Und für dich?«

»Wachtelomelett mit Zwiebeln und Wildkräutern«, sagte eine tiefe, volltönende Stimme hinter ihnen.

Ein untersetzter, grobschlächtiger Mann mit Lederschürze und einem mächtigen Bart trat zwischen den Tischen hervor. Er deutete eine Verbeugung an, die ihm aufgrund seines gewaltigen Körperumfangs nur teilweise gelang. »Meister Grill. Ich bin der Vibel dieses Heertrosses und achte darauf, dass die Ritter ihre Hände von den Vorräten und den Weibern lassen … Und mit wem habe ich das Vergnügen?«

»Das ist Sara, die Herrin der Gerbergasse.« Danil nippte an seinem Wein und prostete dem Meister zu. »Und dieser freundliche Herr ist Meister Grill, der in seinem früheren Leben Kriegsknecht war und es liebt, andere Leute ungefragt mit seinen alten Geschichten über diese Zeit zu lang-weilen.«

»Bin in Kaiser Harands Heer gegen Lytton und die Wald-menschen marschiert«, brummte Grill nicht ohne Stolz. »War eine verdammte gute Zeit.«

Danil klopfte ihm auf die mächtige Schulter. »Man muss es neidvoll anerkennen, dieser Mann ist ein Meister der Kriegskunst. Er hat den Heertross unübertroffen gut orga-nisiert. Nur war ihm das irgendwann keine Herausforde-rung mehr, und er hat sich ein Schlachtfeld gesucht, das ungleich schwieriger zu beherrschen ist als eine Armee.« Er breitete die Arme aus. »Nun kämpft er jeden Tag Schlach-ten im Namen unseres jungen Kaisers, und soweit ich weiß, hat er noch nie eine einzige verloren.«

»Obwohl es manchmal schon recht knapp war.« Grill warf eine Handvoll duftender Gewürze in eine Eisenpfanne und stellte sie auf den Rost. Er griff nach einem schweren Messer, prüfte mit dem Daumen die Schärfe der Klinge und schnitt mit unglaublicher Geschwindigkeit eine Zwiebel klein. »Kaiser Harand war ein bewundernswerter Mann. Hat zwar gesoffen wie ein Loch, aber sein Geschmack war über jeden Zweifel erhaben. Schlicht wie seine Schlachten, aber ausgesprochen bewundernswert. Nur das beste Fleisch, ein wenig Gemüse und keine Spielereien. Sein Sohn ist da von einem ganz anderen Kaliber. Wenn der auftischen lässt, kann es gar nicht ausgefallen und exquisit genug zugehen. Dabei interessiert ihn nicht mal der Geschmack, sondern einzig und allein das Aussehen. Beeindrucken muss es die Gäste. Überraschen muss es sie. Einen Hirsch soll ich ihnen an die Tafel bringen, aber sein Geweih muss essbar sein. Der Dumresische Eber muss sich als Fisch entpuppen, die

Tiburlarven als süßes Backwerk. Demnächst verlangt er, dass ich ihm Fischeier serviere, wie diesen verdammten Hocoun, oder dass ich ihm sein Abendmahl mit Blattgold verziere ... Ich könnte ihm vermutlich Scheiße servieren, und er würde sie essen, wenn sie nur prachtvoll genug angerichtet ist.« Kopfschüttelnd hob der Koch die Pfanne vom Rost, schob mit dem Messer ein Stück Butter und die Zwiebeln hinein und deutete mit der Klingenspitze auf Danil. »Je hochwohlgeborener, desto barbarischer. Servier ihnen scharfe Gewürze und einen billigen Wein dazu, um den faden Geschmack zu übertünchen, und du hörst ihre Entzückensrufe von hier bis Armitago. Aber am schlimmsten sind die Gäste aus anderen Ländern. Manchmal habe ich den Eindruck, dass sie nur zu uns kommen, um sich die Wänste vollzuschlagen. Wenn sie uns auf dem Schlachtfeld nicht besiegen können, dann fressen sie uns eben die Vorratskammern leer ...«

Danil grinste. »Essen ist die Fortsetzung des Kriegs mit anderen Mitteln.«

Meister Grill nickte. »Erinnert Ihr Euch an die Skellvarer, Danil? Seit zwei Jahrzehnten führen wir Krieg gegen sie, und trotzdem tischen wir vom Feinsten auf, wenn sie unserem Kaiser die Aufwartung machen. Blauvogel und Hornbär, nur um sie zu beeindrucken. Dabei würde ich dieses zähe Fleisch nicht mal an die Trosshunde verfüttern.« Während er mit der einen Hand die Pfanne über den Rost schob, schlug er mit der anderen geschickt ein Dutzend blau gesprenkelter Eier hinein. Er machte eine weite Geste mit dem Arm. »All das, was ihr hier zu Gesicht bekommt, bereiten wir nicht für einen Festtag zu, sondern zu Ehren eines Haufens zerlumpter Nordleute, die in ihrer frostigen Heimat

sonst nur Wurzelbrei und vergammelte Fischreste fressen.«
Er rümpfte die Nase und schüttelte sich. »Könnt Ihr Euch
vorstellen, dass sie die übel schmeckendsten Fische aus dem
Meer ziehen, nur um sie zwei Jahre lang im Sand zu vergraben, bis sie nach Pisse stinken und noch viel übler
schmecken? Ich schwöre es bei meinem Bart. Einen Kessel
voll davon mit dem Katapult in ein feindliches Heerlager
geschleudert, und Ihr habt die Schlacht schon halb gewonnen.«

»Die Macouban sind nicht viel besser«, sagte Danil.
»Ohne dich kränken zu wollen, Sara, aber Insekten und
Würmer gehören nicht auf den Tisch.«

»Da würde das einfache Volk Euch sicherlich beipflich-
ten«, sagte Sara ungerührt. »Aber wenn es ums Überleben
geht, muss man wohl oder übel Kompromisse eingehen.«

»Kompromisse am Tisch wie auf dem Schlachtfeld.« Grill
streute eine Handvoll Wildkräuter über das Omelett. »Essen
ist eben nichts anderes als die Fortsetzung von Krieg mit
anderen Mitteln, da hat Danil schon recht.« Er stellte die
Pfanne auf den Tisch und drückte Sara einen Holzlöffel in
die Hand. Es duftete überwältigend gut, und ihr lief das
Wasser im Mund zusammen. Grill wischte sich die Hände
an der Lederschürze ab. »Wo wir gerade von Krieg reden,
Danil: Mir sind Gerüchte zu Ohren gekommen, dass der
junge Kaiser ein Schiff ausschickt, eine der Triaren. Voller
Ritter und Pferde und Kriegswerkzeug. Vorräte für zwanzig
bis dreißig Tage. Mehr als genug für eine Reise nach Gostin
oder Tiburone.«

»So? Ist Euch das zu Ohren gekommen?« Danil angelte
sich einen Apfel aus einem Korb und roch daran. »Gebt
nicht so viel auf solche Gerüchte, Meister Grill. Das Schiff

könnte jedes Ufer ansteuern. Skellvar liegt im Streit mit uns, und Lytton ist auch nicht gerade gut auf uns zu sprechen. Ihr habt es selbst gesagt.«

»Ha! Gebt mir eine Übersicht über Eure Vorräte und Euer Trossbuch, und ich nenne Euch das Ziel Eurer Reise. Skellvar und Lytton gehören nicht dazu. Ich bin ein einfacher Koch, der vielleicht nicht viel von den Winkelzügen der hohen Herren versteht, aber von der Organisation eines Kriegszugs dafür umso mehr.«

»Und vom Kochen.« Sara leckte sich über die Lippen. »Dieses Omelett ist eines Kaisers wert.«

»Irgendeines sicherlich.« Grill deutete lächelnd eine Verbeugung an. »Dennoch schätze ich mich glücklich, dass es jemand zu sich genommen hat, der meine Kunst zu schätzen weiß.« Er strich sich über den dichten Bart. »Der Fürst des Macouban hatte schon immer Ambitionen. Ein Mann mit großer Weitsicht und dank seiner Verwandtschaft mit dem Kaiserhaus immerhin von edelstem Blut. Der Kaiser ist schwach und weit entfernt. Wann könnte die Zeit günstiger sein, sich aus seiner Umarmung zu befreien? Seine Kaiserinmutter dagegen kennt das Macouban gut genug, um ihm solche Winkelzüge zuzutrauen …«

Danil zog eine Augenbraue in die Höhe. »Sagtet Ihr nicht, dass Ihr nicht viel von Politik versteht, Meister Grill?«

»Gerade gut genug, um mir Gedanken darüber zu machen, ob ich noch ein paar Schwerter mehr schmieden lassen sollte oder nicht. Gerade gut genug, um mich zu fragen, warum Marten ad Sussetz heute nicht an Eurer Seite steht, um mir den teuren Wein wegzusaufen. Ihr zwei seid wie Pech und Schwefel. Wie kommt es, dass Ihr hier seid und Martens Gemächer verlassen und seine Truhen geplündert sind?«

»Politik.« Danil machte eine wegwerfende Handbewegung. »Ehrlich gesagt gibt es nichts Langweiligeres. Wir werden heute noch genug von ihr zu hören bekommen, da müssen wir uns nicht jetzt schon mit solchen Dingen auseinandersetzen.« Er klopfte dem Koch auf die Schulter. »Entschuldigt uns, Meister Grill. Ihr habt sicherlich selbst noch eine Menge zu tun. Eure Armee will beschäftigt werden.«

Meister Grill zuckte mit den mächtigen Schultern. »Jede Armee will beschäftigt sein. Untätigkeit führt zu Verdruss, und Verdruss hat schon so manche Katastrophe hervorgerufen.«

Der Kaisersaal war ein Meer aus Farben, Menschen und Musik, mit hohen, stuckverzierten Decken, mächtigen Marmorsäulen und Wänden, die über und über mit prachtvollen Jagdszenen bemalt waren. Im flackernden Schein der zahlreichen Feuerschalen wirkten die gemalten Tiere und Menschen beinahe lebendig. Der Saal war überfüllt mit teuer gekleideten Menschen, die sich zu beiden Seiten des Mittelgangs in Gruppen zusammengefunden hatten und lautstark debattierten oder unauffällige Verhandlungen führten. Die höchsten Würdenträger des Reichs saßen in schweren, reich beschnitzten Lehnstühlen am Ende der Halle, bewacht von den Kaiserlichen in ihren glänzenden Rüstungen.

Kaiser Edrik Revin ad Berun thronte auf einem goldüberzogenen Sitz über ihnen. Sein Vater war eine Ehrfurcht gebietende Gestalt gewesen. Ein Hüne mit mächtigen Muskeln und einer Mähne aus flammend rotem Haar, die ihm den Beinamen ›Löwe von Berun‹ eingebracht hatte. Der Sohn war das genaue Gegenteil. Nicht sehr groß, mit seinen über dreißig Lebensjahren immer noch von schmächtiger Statur, unrasiert, mit einem betretenen Gesichtsausdruck und dem Ansatz eines Bauchs. Mehr ein Schaf als ein mächtiges Raubtier. Er trug ein blaues Wams aus Seide, einen schlichten Kronreif und einen goldbestickten Umhang, der viel zu groß für seine schmalen Schultern wirkte. Lustlos lümmelte er in seinem Sitz, in der Hand einen Becher Wein, und ließ die Geschehnisse im Saal mit einem abwesenden Gesichtsausdruck an sich vorüberziehen. Selbst der Narr zu seinen Füßen wirkte mit der Flickenkappe und dem Glockenstab noch würdevoller als er.

Auf einem bescheideneren Thron zu seiner Rechten saß die Kaiserinmutter. Eine groß gewachsene, schlanke Frau mit ebenmäßigen Gesichtszügen. Trotz ihres fortgeschrittenen Alters noch immer schön, mit wenigen grauen Strähnen in ihrem langen Haar und einem strengen, würdevollen Blick.

Thoren stand wie ein dunkler Schatten hinter ihr. Die Hand hatte er auf den Griff seines Schwerts gelegt und die Augenbrauen misstrauisch zusammengezogen. Als er Sara bemerkte, nickte er ihr kurz zu und richtete seine Aufmerksamkeit gleich wieder auf die zwei groß gewachsenen Männer, die vor den Kaiser getreten waren.

»Das ist Ansgr Nor«, flüsterte Danil ihr ins Ohr. »Man könnte sagen, dass er eine Art Wolf ist, der sich gern von Lämmern zum Essen einladen lässt. Er ist der Jarl des kolnorischen Königs. Seinem Herrn gehört das Reich, das direkt im Osten an Berun angrenzt. Es heißt, dass die Menschen dort ziemlich wild und unberechenbar sind, aber glücklicherweise so zerstritten, dass sie keine echte Gefahr für uns darstellen. Trotzdem würde ich keinem von denen gern allein im Dunkeln begegnen.«

Der Jarl war ein graubärtiger Hüne mit breiten Schultern, dessen barbarisches Äußeres die Aufmerksamkeit zahlreicher Anwesender auf sich zog. Entgegen der berunischen Etikette trug er ein Kettenhemd und darüber einen schweren Mantel aus Bärenfell. Um den Hals hatte er eine Kette aus massivem Gold gelegt, an der ein Blaustein von der Größe einer geballten Faust hing. Sein Begleiter überragte ihn beinahe um Haupteslänge. Seine nackten Arme waren von schwarzen Zeichnungen überzogen, die sich von den muskulösen Schultern bis hinab zu den Fingern zogen, und seinen schwarzen Bart zierten unzählige dünne Zöpfe, in denen silberne Münzen glitzerten. Den Schädel hatte er bis auf einen Pferdeschwanz am Hinterkopf kahl rasiert. Auch ohne Waffen vermittelte dieser Kolnorer den Eindruck eines gefährlichen Gegners, bei dessen Anblick selbst die Kaiserlichen in ihren glänzenden Rüstungen unruhig mit den Füßen scharrten.

»Das ist Odoin«, flüsterte Danil. »Der gefürchtetste und gewalttätigste Krieger im ganzen Osten. In den Grenzlanden nennen sie ihn den Pfahlmann, weil er dort die Bewohner eines ganzen Dorfs aufgespießt hat. Männer, Frauen und Kinder ohne Unterschied. Nur weil sie dem König nicht die Treue schwören wollten.«

»Was tut so jemand hier in Berun?«, fragte Sara.

»Er ist Ansgrs jüngerer Bruder, und damit fällt ihm in Kolno die Aufgabe des Schildträgers zu. Beim Besuch eines befreundeten Landes nicht unbedingt die beste Wahl, aber man muss wohl mit dem arbeiten, was einem zur Verfügung

steht. Wir können nur hoffen, dass er während seiner Anwesenheit im Reich nicht allzu viel Unheil anrichtet.«

Gähnend hob Kaiser Edrik den Blick. Über sein müdes
Gesicht zuckte ein Lächeln, und er drückte den Rücken
durch. »Ansgr Nor, welche Freude, Euch wiederzusehen.
Tretet näher, Ihr seid sicherlich müde von der Reise.
Wünscht Ihr etwas zu trinken?« Er hob seinen Kelch. »Wein
für meinen Freund aus dem Norden! Gießt ihm ordentlich
ein, denn der Kaiser ist großzügig zu seinen Freunden.«

Ansgr Nor neigte lächelnd das Haupt. »Mein Bruder und
ich überbringen Euch die Grüße unseres Herrn Theoder,
des Königs von Kolno. Er lässt Euch seine Verbundenheit
mit dem Kaiserreich übermitteln und erneuert die unver-
brüchliche Freundschaft, die seit nunmehr einem Dutzend
gesegneten Jahren zwischen unseren Völkern besteht. Möge
das Bündnis, das Euer Vater mit Theoder geschlossen hat,
bis in alle Ewigkeit Bestand haben.«

»Gut gesprochen, Ansgr.« Der Kaiser stemmte sich auf
die Füße und prostete ihm zu. »Auf die Freundschaft unserer Völker!« Er leerte den Kelch in einem Zug, und die anwesenden Würdenträger jubelten ihm zu und tranken ebenfalls. Der Kolnorer nippte lächelnd an seinem Wein und
musterte den Kaiser mit tief liegenden blauen Augen.

»Mögen unsere Freundschaft und der Traubensaft bis
in alle Ewigkeit Bestand haben«, fuhr der Kaiser fort. Er
schwankte, verspritzte Wein über sein Wams und stützte
sich auf dem Kopf des Narren ab. Es entstand eine Pause,
in der sich die Umstehenden unangenehm berührt ansahen.
Jerik rollte mit den Augen und ließ seinen Glockenstab er-
klingen. »Mehr Wein!«

»Gut gesprochen, Narr.« Der Kaiser tätschelte Jerik den

Kopf. »Wir sind hier schließlich zum Feiern da und nicht, um unsere Zungen in ermüdenden Lobgesängen aufzureiben. Wir feiern die Freundschaft zwischen Berun und den bärtigen Riesen aus dem Osten. Habt Ihr mir aus Anlass dieses von den Reisenden gesegneten Tages noch etwas anderes mitgebracht als schöne Worte, Ansgr? Wollt Ihr singen oder tanzen oder sonst irgendwelche Kunststücke vollführen, die uns amüsieren?«

»In der Tat.« Ansgr neigte, noch immer lächelnd, den Kopf. Nichts deutete darauf hin, dass Edriks Worte ihn beleidigt haben könnten. »Ich habe Euch ein Geschenk mitgebracht, Majestät.«

»Ein Geschenk?« Der Kaiser hob eine Augenbraue. »Jetzt sprechen wir dieselbe Sprache, mein Freund. Was habt Ihr für mich? Gold? Schwerter? Das Fell eines Frostbären?«

»Weder noch.« Der Botschafter gab seinem Bruder ein Zeichen, woraufhin dieser den Umhang zurückschlug. Einige der Umstehenden traten unwillkürlich einen Schritt zurück, und in den Reihen der Kaiserlichen schepperte es leise. »Es ist ein Porträt.«

»Ein Porträt.« Der Kaiser blies die Backen auf und ließ sich zurück auf seinen Thron fallen. »Von Eurem König etwa?«

»Von dessen Tochter Ejin.«

»Oh.« Edrik beugte sich interessiert nach vorn und legte den Kopf schief. Das Bild war in einen edlen, goldfarbenen Rahmen eingefasst, und es schien ihm außerordentlich gut zu gefallen. »Sie ist sehr hübsch.« Er warf einen Seitenblick auf seine Mutter. »Oder nicht?«

Die Kaiserinmutter schnaubte. Ihr stechender Blick war weder auf ihren Sohn noch auf das Porträt gerichtet, sondern einzig und allein auf den Kolnorer. »Was ich sehe, gibt sich tatsächlich einen freundlichen Anschein. Aber Bilder können recht weit von der Wahrheit entfernt sein. Eine Täuschung, ein Traum, nichts weiter. Ich kenne einige begabte Künstler, die auf Leinwand selbst einen Aussätzigen in einen König verwandeln könnten.«

»In der Tat.« Ansgr neigte den Kopf. »Aber keinem noch so gesegneten Maler ist es je vergönnt gewesen, Ejins wahre Schönheit auf Leinwand zu bannen. Im wahren Leben ist sie noch ungleich bezaubernder als auf diesem Bild.«

»Warum ist sie dann nicht selbst hergekommen, um uns mit ihrer Schönheit zu verzaubern?«

Der Kolnorer breitete die Arme aus. »Auf Einladung Ihrer Majestät wäre sie auf der Stelle gekommen. Doch sie ist so ein zerbrechliches Ding, kaum der Kinderstube entsprungen. Die Reise an den Kaiserlichen Hof wäre viel zu lang und zu beschwerlich. Es wäre leichtfertig, geradezu unverzeihlich, sie diesen Gefahren auszusetzen, wenn sie nicht vom Herrscher des berunischen Reichs höchstpersönlich eingeladen worden ist.«

»Da habt Ihr es, Mutter.« Der Kaiser griff nach dem Bild und streckte es auf Armeslänge von sich fort. »Wenn sie nur halb so attraktiv ist wie auf diesem Bild, dann wäre sie eines Kaisers würdig.«

»Das kommt ganz auf den Kaiser an«, murmelte der Narr und läutete mit seinem Stock. »Aber sie scheint durchaus ihre Vorzüge zu haben ...«

»Wir danken Euch für dieses Geschenk.« In der Stimme der Kaiserinmutter lag Eis. »Und wir werden über Euer Ansinnen nachdenken. Eine Antwort werden wir Euch in den nächsten Tagen zukommen lassen.«

»Ihr solltet auf jeden Fall darüber nachdenken, Majestät«, sagte der Narr. »Wer weiß, wann sich je wieder eine Frau so bereitwillig für Euch opfert.«

Der Kaiser lachte und versetzte dem Narren einen Tritt in den Hintern, der ihn kopfüber die Treppe hinunterpurzeln ließ. »Der Trottel hat recht. Wir werden uns Gedanken machen.« Er drehte das Bild leicht hin und her und übergab es dann einem Diener. Lächelnd trat er vom Thron herab und legte dem Kolnorer den Arm um die Schultern. Es sah ein wenig komisch aus, denn er reichte dem groß gewachsenen Mann kaum bis ans Kinn. »Aber heute feiern und trinken wir. Vor allem trinken.« Er klatschte in die Hände, und die Musik im Saal wurde lauter. »Währenddessen könnt Ihr mir von den Vorzügen Eurer Prinzessin berichten. Ist sie groß gewachsen? Hat sie spitze Brüste? Ist sie klug?« Er lachte und warf einen Blick auf seine Mutter. »Hoffentlich nicht zu klug. Das gehört sich nämlich nicht für eine Prinzessin.«

Sara spürte Danils Hand auf ihrem Rücken. »Komm.« Er führte sie vor die Stufen zum Thron der Kaiserinmutter und verneigte sich.

Von Nahem waren die Krähenfüße in den Augenwinkeln der Herrscherin deutlich zu erkennen, und ihr Haar sah dünner und grauer aus, als es aus der Ferne den Anschein hatte. Sie wirkte älter, aber auch majestätischer. Als sie Sara erblickte, verlor ihr eisiger Gesichtsausdruck etwas von seiner Härte. »Ist sie das?«

Thoren nickte. »Ja, Majestät.«

Sie musterte Sara abschätzend. »Sie ist hübsch – auf ihre Art. Hübscher, als du sie mir beschrieben hast.«

Thoren zuckte mit den Schultern. »Sie ist eine Metis«, sagte er, als wäre das Erklärung genug.

158

»Es ist sicherlich kein leichtes Leben für sie in Berun.«
Die Kaiserinmutter seufzte. »Haben sie dir genug zu essen
gegeben, Kind? Besitzt du eine Unterkunft?«

Sara nickte schüchtern. »Alles ist wundervoll, Majestät.
Alle waren sehr zuvorkommend zu mir. Ich danke Euch. »

»Danke nicht mir, sondern Henrey. Ohne ihn wäre ich in
diesem Sumpf, der sich Kaiserreich nennt, verloren.« Sie
warf Henrey einen Blick zu und lächelte schwach. »Sag mir,
was hältst du von diesen Kolnorern, Sara?«

»Sie sind groß«, sagte Sara nach einigem Nachdenken.
»Größer als alle Menschen, die ich je gesehen habe. Dort,
wo ich herkomme, sind die Leute viel kleiner und weniger
bärtig. Wenn sie im Osten alle so aussehen, dann muss das
ein ziemlich gefährliches Land sein.«

Die Kaiserin nickte. »Und was meinst du? Ist es wirklich
so?«

Sara zuckte mit den Schultern. »Vielleicht haben sie ja
nur ihre größten und hässlichsten Krieger geschickt, um
den Kaiser zu beeindrucken. Sie zeigen ihm, wie stark sie
sind, und bieten ihm gleichzeitig ein Geschenk an, dem er
nicht widerstehen kann. So hat das Feyst Dreiauge auch
immer gemacht, wenn er Schutzgeld kassieren wollte.«

»Schon möglich«, sagte die Kaiserinmutter. Nichts an
ihrem ausdruckslosen Gesicht ließ auf ihre Gedanken schließen. Sie klopfte mit der Hand sanft auf ihre Armlehne.
»Gesell dich einen Augenblick zu mir, hier zu meiner Rechten. Beobachte genau, was du siehst, aber verhalte dich so
unauffällig wie möglich. Das sollte dir wohl nicht schwer-
fallen. Ich habe gehört, dass das eines deiner herausragends-
ten Talente ist …«

Sara runzelte die Stirn. »Ihr wollt, dass ich …«

»Ich befehle es dir. Denk nicht darüber nach, mein Kind. Es gehört sich nicht, über die Worte einer Kaiserlichen Majestät nachzudenken.« Ann Revin lachte, aber Sara hatte nicht den Eindruck, dass sie einen Scherz gemacht hatte. Zögerlich trat sie auf das Podest und stellte sich neben den Thron.

»Baron Beltran ad Iago aus Gostin im Protektorat Macouban«, kündigte ein Herold einen pausbäckigen Mann an, der sich mit stolz erhobenem Kinn dem Ende der Halle näherte. Sein rotes Seidengewand war mit goldener Stickerei verziert, und die Spitzen seiner Schnabelschuhe bogen sich nach novenischer Mode leicht nach oben. »Es ist mir eine außerordentliche Ehre, Majestät.« Mit einem breiten Lächeln zog er seine sackartige Mütze vom Kopf und verbeugte sich. »Euer Anblick hat seit meinem letzten Besuch in Euren Hallen nichts von seinem Liebreiz verloren.« Er blickte sich um. »Euer Sohn, der Kaiser …?«

»Ist mit seinen Staatsgeschäften ausgelastet«, sagte die Kaiserinmutter. »Ihr müsst heute Abend wohl oder übel mit mir vorliebnehmen, werter Freund. Erzählt mir, wie sieht es in der alten Heimat aus? Blühen die Saetien im Frühjahr immer noch so schön wie früher?«

»Wie jedes Jahr. Beinahe so verlässlich wie der Monsun.« Beltran ließ den Blick über den Saal schweifen. Er machte den Eindruck eines Schauspielers, der die Rolle seines Lebens einstudiert hatte, nur um feststellen zu müssen, dass das Publikum der Premiere ferngeblieben war. Er räusperte sich. »Ich soll Grüße von Eurer Familie ausrichten. Das Haus Armitago vermisst Eure Anwesenheit schmerzlich.«

»Wie reizend.« Die Kaiserinmutter lächelte. »Habt Ihr Nachrichten aus dem Haus? Was ist mit Macario? Wie geht es ihm?«

»Oh.« Beltran machte ein betroffenes Gesicht. »Hat man es Euch denn nicht berichtet? Er ist tot. Ein bedauerlicher Reitunfall im vergangenen Frühjahr ...«

»Das soll vorkommen.« Ann Revin verzog keine Miene. »Ich hoffe, Ihr könnt mir von Acadia bessere Dinge berichten. Lebt sie immer noch in Tares?«

Beltran senkte den Blick. »Es gab ... gewisse Unruhen in der Region. Ihr Landgut wurde von aufständischen Bauern niedergebrannt. Sie konnte aber noch rechtzeitig fliehen und hat sich in Tiburone unter den Schutz des Fürsten begeben. Sehr traurig, die ganze Angelegenheit.«

»Wie traurig, in der Tat. Ich habe davon gehört. Es erschüttert mich vor allem zu hören, dass in erster Linie Bürger des Reichs von den Aufständen betroffen sein sollen. Ist das nicht seltsam? Solche Dinge können sich auf Dauer sehr negativ auf die Beziehungen zwischen unseren beiden Reichen auswirken. Ich hoffe daher, dass Ihr ganz besonders entschieden gegen die Aufständischen vorgegangen seid.«

»Es wurden bereits einige der Rädelsführer gefasst und gehenkt. Dennoch kann man nicht wissen, was diesem störrischen Landvolk als Nächstes durch die Schädel geht.«

»Im Notfall ein Armbrustbolzen, mein Lieber. Zumindest, wenn Ihr rechtzeitig einem drohenden Flächenbrand entgegentreten wollt.«

Beltran neigte den Kopf. »Wir tun alles, was in unserer bescheidenen Macht steht.«

»Das solltet Ihr auch«, sagte die Kaiserinmutter eisig. »Wer weiß, wenn das Volk sich schon nicht mehr kontrollieren lässt, dann ist es nur eine Frage der Zeit, bis sich auch die Ureinwohner erheben. Und die werden sich nicht damit begnügen, berunischen Bürgern das Dach über dem Kopf anzuzünden. Die nehmen sich lieber Eure reichen Städte vor und am Ende noch den Palast des Fürsten.«

Beltran runzelte die Stirn. »Was sollen die Metis mit den Aufständischen zu schaffen haben? Sie sind dumm und unselbstständig, und sie vertrauen auf Aberglaube und Hexerei.«

»Vielleicht haben sie es ja satt, Eure Sklaven zu sein, mein Freund.«

Beltran hob die Hände. »Ihr sprecht von längst überwundenen Zeiten, Majestät. Die Macouban haben der Sklaverei abgeschworen, das war Teil des Vertrags. Was Ihr heute noch an Sklaven in den Straßen unserer Städte seht, sind ausnahmslos jene, die vor über einem Jahrzehnt in Gefangenschaft geraten sind. Menschen, die es gar nicht mehr gewöhnt sind, in Freiheit zu leben. Wenn wir diese Männer und Frauen in die Freiheit entließen, würden sie schlichtweg verhungern. Wir beschützen sie vor sich selbst, man kann es nicht anders ausdrücken.«

Sara sah, wie sich eine dicke Schweißperle die Schläfe des Barons herabschlängelte. Sie spürte heiße Wut in sich aufsteigen und fragte sich, wie er es wagen konnte, die Kaiserinmutter so schamlos anzulügen.

»Vertragstreue ist das, was das Haus Antreno schon immer ausgezeichnet hat«, sagte die Kaiserin.

Beltran ging über diese offensichtliche Spitze mit bemerkenswerter Gefasstheit hinweg. »Seit gut einem Dutzend Jahren findet in Tiburone kein Sklavenmarkt mehr statt. Fürst Antreno steht zu seinem Wort.«

»Ihr lügt«, rief Sara und trat einen Schritt nach vorn. Irgendwer atmete scharf ein, aber sie scherte sich nicht darum. Beltran war ein elender Lügner, und er würde damit nicht durchkommen. Alle Augen wandten sich ihr zu, und sie hob den Kopf und ballte die Hände zu Fäusten.

Eine Hand packte sie am Arm. »Sei still«, zischte Thoren ihr ins Ohr.

»Er lügt.« Sara stemmte sich gegen seinen Griff. »Der Sklavenmarkt wurde niemals ...«

»Sei still, habe ich gesagt. Niemand spricht, wenn es das Kaiserhaus nicht gestattet.« Grob presste Thoren seine Hand auf ihren Mund und zerrte sie zurück.

Beltrans Augen wurden groß, als sich ihre Blicke begegneten. Er zuckte zurück, als wäre er auf eine Schlange getreten. »Wie ... Wer ist das? Was hat das zu bedeuten?«

»Das frage ich Euch«, sagte Ann Revin so ruhig und gelassen, als hätte sie Saras Ausbruch vorhergesehen. »Ihr wirkt erschrocken.«

Beltran wischte sich mit dem Ärmel über die Stirn. »Was hat eine wie sie hier zu suchen? Ich meine, hier an Eurem Hof? Das ist ... das ist ungeheuerlich.«

»Offenbar sogar ungeheuerlicher, als Euch einen Lügner zu nennen.«

Beltran wurde knallrot im Gesicht. Er sog scharf die Luft ein. »Das ist natürlich ebenso ungeheuerlich. Der Kaiser würde so etwas niemals dulden. Ich fordere ...«

»Überlegt Euch genau, was Ihr fordert«, sagte die Kaiserinmutter leise. »Und von wem Ihr es fordert. Diese Metis hat das gleiche Recht wie Ihr, vor dem Thron zu stehen. Sie befindet sich auf Einladung des Kaiserhauses im Palast. Möglicherweise seht Ihr mehr in ihr als andere, aber vielleicht spielt Euch auch nur Eure Fantasie einen Streich. Ihr hattet eine anstrengende Reise und seid müde.« Sie winkte einen Diener heran und ließ dem Baron einen Becher Wein reichen. »Unser roter Aneto ist der beste Wein nördlich des Macouban. Zwar kaum vergleichbar mit dem Tiburoner, den mein Haus an den Hängen des Perdigo anbaut, aber dafür stark wie das Kaiserreich. Er wird Eure Nerven beruhigen. Ihr wisst selbst, dass diese Metis Wilde sind. Dumme und unselbstständige Wilde, die reden, bevor sie nachdenken können.« Sie hob eine Hand, als wollte sie Saras Protest zuvorkommen. »Stellt Euch vor, sie wäre eine Närrin, Baron Beltran. Vielleicht hilft Euch das, über ihre Worte hinwegzusehen.«

»Was fällt dir ein?« Thorens Gesicht war gerötet, seine Hände waren zu Fäusten geballt. »Hat dir die Kaiserinmutter nicht ausdrücklich gesagt, dass du still sein sollst? Nur beobachten! Was ist denn daran so schwer zu verstehen?«

Sie befanden sich in den Kaiserlichen Audienzräumen im Löwenturm, einem mächtigen Koloss, der alle anderen Türme der Festung um ein Vielfaches überragte. Der Raum war schlicht, aber geschmackvoll eingerichtet, und im Kamin prasselte ein Feuer, das angenehme Wärme verbreitete. Ann Revin saß auf einer kleineren, dafür aber um ein Vielfaches bequemer aussehenden Version des Throns im Kaisersaal. Sie trug jetzt ein einfaches Samtkleid und einen silbernen Stirnreif. Eine ihrer Kammerfrauen säuberte mit einem Tuch ihre schlanken Hände, während eine zweite ihr Haar kämmte. Der Platz zu ihrer Linken war leer, aber auf den Stufen hockte mit glänzenden Augen der Narr. Nicht weit entfernt saß Danil an einem Tisch, in der Hand einen neuen Becher Wein.

Sara stand zwischen ihm und dem Puppenspieler, der ruhelos wie eine Raubkatze durch den Raum wanderte. Sie hatte den Blick gesenkt und kämpfte mit Tränen der Wut.

»Es war ein Fehler«, murmelte Thoren und fuhr sich mit der Hand über die Glatze. Er wirkte alt und erschöpft. »Mein Fehler! Ich hätte nicht so leichtfertig sein sollen. Was hast du dir nur dabei gedacht?«

»Ich ... ich habe nicht nachgedacht.«

»Nicht nachgedacht.« Thoren schüttelte den Kopf. »Als wäre mir das nicht schon selbst aufgefallen.«

Sie schaute auf. »Trotz allem ist Beltran ein Lügner«, hörte sie sich sagen. Woher sie den Mut aufbrachte, wusste sie selbst nicht so genau. »Der Sklavenmarkt in Tiburone wurde niemals abgeschafft. Ich weiß es, weil ich ihn selbst gesehen habe. Weil meine Familie dort verkauft wurde.«

Thoren funkelte sie zornig an. »Darum geht es nicht. Jeder Küchenjunge am Kaiserlichen Hof weiß, dass die meisten Familien der Macouban immer noch mit Sklaven handeln. Ich zweifle noch nicht einmal daran, dass die Hälfte unserer eigenen Handelshäuser in Tiburone kräftig daran mitverdient. Du kannst ein Volk nicht in einer Handvoll von Jahren verändern. Die Sklaverei ist Teil ihrer Natur.« Er blieb vor dem Tisch stehen, griff nach Danils Weinbecher und nahm einen tiefen Schluck. »Aber im Grunde ist es mir herzlich egal, ob du diesen Bastard einen Lügner nennst oder von mir aus auch einen Hurenbock. Es geht darum, dass du den Befehl der Kaiserinmutter missachtet hast!«

»Habt Ihr seine Augen gesehen, Henrey?« Die Kaiserinmutter sprach leise, aber durchdringend.

Thoren wandte sich um, den Becher halb zum Mund erhoben.

»Ich meine die Unsicherheit in seinem Blick. Eine Metis am Hof des Kaisers, direkt zu Rechten des Throns, und er hat sie nicht bemerkt. Was mag er sich jetzt wohl denken, der arme Beltran? Ob er sich fragt, wer diese junge Frau sein mag, wie viel sie weiß und wie viel Einfluss sie auf die Mutter des Herrschers hat? Ist sie vielleicht sogar eine Verfluchte?«

Thorens Gesichtsausdruck war schwer zu entziffern. Er senkte den Becher und stellte ihn auf der Tischplatte ab. »Und wenn er es sich fragt?«

»Dann haben wir ihn genau dort, wo wir ihn haben wollen.« Ann Revin lächelte und schickte ihre Kammerfrauen mit einem Wink fort. »Wir wissen doch alle, was im Macouban vor sich geht. Fürst Antreno versucht schon seit längerer Zeit, sich von seinen vertraglichen Pflichten zu lösen. Nachdem die Krieger des Kaiserreichs genügend Blut für ihn vergossen haben und die Gefahr durch das Peynamoun gebannt ist, benötigt er sie nicht mehr länger. Jetzt schielt er lieber nach dem neuen Reichtum und Wohlstand des Novenischen Städtebunds. Und die haben sicherlich auch nichts dagegen, ihren Einflussbereich noch ein weiteres Stück nach Osten auszudehnen. Was läge also näher, als das einfache Volk gegen uns aufzuwiegeln, bis der Hass so groß ist, dass Antreno genügend Rückhalt hat, um seine Pläne in die Tat umzusetzen? So still und leise, dass es kaum einem auffällt und dass weder Kaiser noch die Fürsten einen Anlass sehen, gegen seine Umtriebe vorzugehen – bis es zu spät ist.«

Thoren nickte. »Wenn wir jetzt eine Armee aufstellen würden, hätten wir weniger als die Hälfte der Reichsfürsten auf unserer Seite. Lytton oder Dumrese sind viel zu sehr damit beschäftigt, das Gold zu zählen, das sie durch den Handel mit dem Städtebund verdienen, und das Macouban ist zu weit von ihren eigenen Grenzen entfernt, als dass sein Schicksal sie großartig interessieren würde. Sie würden die Gefahr erst erkennen, wenn die novenischen Söldner schon vor ihren eigenen Stadttoren stehen.«

»So weit darf es nicht kommen.« Ann Revin hatte die Stimme nicht erhoben, aber Sara konnte den Zorn in ihren Augen sehen. »Wenn Beltran glaubt, dass sich die Metis auf unsere Seite geschlagen haben, dann muss er seinem Fürsten so schnell wie möglich eine Nachricht zukommen lassen.«

»Eine Nachricht, die wir unter allen Umständen abfangen müssen.«

»Das wäre ein Beweis.« Die Kaiserinmutter lächelte. »Vielleicht der entscheidende, um die Fürsten endlich dazu zu bringen, ihre Pflicht zu erfüllen und das Kaiserreich zu beschützen. Wer weiß, wenn Antreno genügend Angst vor den Metis bekommt, haben wir möglicherweise bald einen neuen Verbündeten auf unserer Seite ...«

Als Sara den Mund öffnete, warf Thoren ihr einen bösen Blick zu. Hastig biss sie sich auf die Lippe.

Die Kaiserinmutter hob die Hand. »Was wolltest du sagen, Kind?«

»Wenn ... wenn Fürst Antreno die Metis verdächtigt, sich gegen ihn zu verbünden, dann wird er sie hart bestrafen.«

»Da hat sie recht«, meldete sich Danil grinsend zu Wort. »Wenn er sich von ihnen bedroht fühlt, wird er sie womöglich noch zusammentreiben, ihnen Ketten anlegen und sie auf dem Sklavenmarkt in Tiburone verkaufen ...«

Sara warf ihm einen finsteren Blick zu, den der Blonde mit einem Augenzwinkern erwiderte. Der Narr kicherte leise.

»Du hast ein gutes Herz«, sagte die Kaiserinmutter. »Damit ist deinem Volk aber nicht geholfen. Es ist schon viel zu lange in der Sklaverei gefangen, und vielleicht hatte Beltran nicht ganz unrecht, als er sagte, dass sie es gar nicht mehr gewöhnt sind, in Freiheit zu leben. Der Weg in die Freiheit ist nicht mit Pflastersteinen bedeckt, sondern führt durch Dornenhecken. Wenn du ihn gehen willst, wirst du dir die Kleider zerreißen und holst dir unweigerlich ein paar Striemen. Es gehört eine Menge Mut dazu, den ersten Schritt zu wagen.«

»Aus diesem Grund trage ich ein Schwert an meiner Seite«, knurrte Thoren.

»Und ich eine Fackel«, sagte der Narr, in dessen Augen sich die Flammen des Kaminfeuers widerspiegelten.

# 8

## HIMMELSFEUER

flammen schlugen aus dem Feuerloch der Ofeneinfassung, auf der ein riesiger hölzerner Waschzuber stand. Die hochgewachsene junge Frau legte trotzdem noch zwei armlange Scheite nach und steckte den bloßen Arm in den seifigen Inhalt des Bottichs. Das Wasser wurde langsam wärmer, doch es würde noch eine ganze Weile dauern, bis es heiß genug war, um die Wäsche hineinzuwerfen. Sie wischte sich die Hand an der Schürze ab und ging über den Hof zurück zur Werkstatt. Das Feuer in der kleinen Schmiedegrube war deutlich heißer als das unter dem Waschzuber im Hof, und dennoch betätigte sie einige Male den kleinen Blasebalg, bevor sie sich auf ihren Schemel setzte. Ohne hinzusehen, griff sie in eine Kassette, entnahm ihr zwei Goldmünzen und legte sie in einen kleinen Tiegel, der auf der gleißenden Holzkohle stand. Während die Löwen auf den Münzen langsam zu glänzen begannen und sich anschickten, ihre Form zu verlieren und sich in eine goldene Pfütze zu verwandeln, fing die junge Frau eine rehbraune Strähne ihres Haars ein, die sich aus ihrem dicken Zopf gelöst hatte. Sorgfältig steckte sie die Haare mit zwei silbernen Haarnadeln fest. Lose Haare irritierten sie und sorgten dafür, dass ihre Arbeit nicht so perfekt wurde, wie es ihr möglich war. Inakzeptabel.

»Die Reisenden zum Gruß. Erin Weißer?«

Die junge Frau erstarrte für einen Augenblick. Dann prüfte sie den Sitz der letzten Haarnadel und wandte sich um. In der Tür zur Gasse stand eine dunkel gekleidete Gestalt, die vor allem aus einem kurzen, abgeschabten Mantel zu bestehen schien, aus dem oben ein hagerer Kopf mit strähnigem Haar und einer beachtlichen Hakennase heraussah, und unten zwei bemerkenswert dünne Beine in altmodischen Schnabelschuhen. Der Fremde nickte und wirkte für einen Moment wie ein übergroßes schwarzes Huhn.

»Meisterin Erin Weißer?«, erkundigte sich der Vogelmann noch einmal mit leiser, nicht unangenehmer Stimme.

Erin riss den Blick los und nickte.

Der Vogelmann wirkte erfreut. Eine langgliedrige, dünne Hand kroch aus seinem Mantel wie ein fremdartiges Insekt und streckte sich ihr entgegen. »Ich bin erfreut, Meisterin. Ich habe gehört, Sie gehören zu den besten Goldschmieden in diesem Viertel. Was bedeutet, dass Sie wohl zu den besten Goldschmieden im gesamten Reich gehören. Eine beachtliche Leistung für eine Frau.«

Erin runzelte die Stirn und betrachtete die ihr entgegengestreckte Hand. »Wenn man so sagt«, erwiderte sie abweisend. »Sind Sie zu mir gekommen, um mir das zu verkünden, oder kann ich anderweitig helfen?«

Der Vogelmann lächelte und verwandelte die ausgestreckte Hand in eine Geste, die ihre Werkstatt umfasste. »Ich würde gern Ihre Dienste in Anspruch nehmen, wenn es möglich wäre. Natürlich nur, wenn Sie wirklich Meisterin Weißer sind. Ich fürchte, diese Aufgabe könnte für einen Gesellen zu heikel sein.«

Erin trat einen Schritt zurück und verschränkte die Arme. »Um was für einen Auftrag geht es dabei?«

Der Vogelmann griff in seinen Mantel, und die junge Frau spannte sich instinktiv an. Ihre Finger lagen jetzt in der Nähe des eisernen Hammers, der immer auf ihrer Werkbank lag, obwohl er für die Arbeit einer Goldschmiedin viel zu grob war. Aber dieses Werkzeug diente einem anderen Zweck. Es wäre nicht das erste Mal, dass durchreisendes Diebespack versuchte, ihre Werkstatt auszurauben. Goldschmiede galten als wohlhabend, doch während die meisten ihrer Gildengenossen mehrere kräftige Gehilfen beschäftigten, war bekannt, dass Erin allein lebte und meist auch allein arbeitete. Das schien gelegentlich jemanden in Versuchung zu führen – und die meisten davon sahen weniger abgerissen aus als der Vogelmann.

»Sehen Sie her«, sagte der Mann, und seine Hand ruckte aus dem Mantel hervor. Auf seiner Handfläche lag ein blassgelblicher Stein von der Größe einer Pflaume, glatt poliert und durchsichtig genug, um in ihn hineinsehen zu können.

Erin entspannte sich um eine Winzigkeit und sah den Vogelmann fragend an. »Ist das …?«

»Ein Blaustein, richtig.« Der Kopf des Mannes ruckte vor und zurück. »Man sagte mir, er sei wirklich furchtbar schlecht zu verarbeiten. Das ist der Grund, warum ich hierhergekommen bin. Man sagt, Erin Weißer ist in der Lage, dieses Stück in Gold zu fassen. Als Anhänger. Nichts Ausgefallenes, lediglich ein goldenes Band mit diesen Zeichen.«

Er legte einen Streifen Pergament daneben, auf dem sie ein halbes Dutzend geometrischer Zeichen erkennen konnte.

Erin sah ihn misstrauisch an. »Möglich«, sagte sie kühl. »Kommen Sie in zwei Wochen wieder, dann werde ich Zeit haben, Herre…?«

»Messer. Meister Messer«, sagte der Vogelmann. Er trat vor und legte den Blaustein vorsichtig auf ihrer Werkbank ab. Dann zog er vier Goldlöwen aus dem Gürtel und legte sie daneben. »Ich habe keine zwei Wochen Zeit, Meisterin«, sagte er leise. »Zwei dieser Münzen werden Sie als Material benötigen, die anderen beiden gehören Ihnen, wenn Sie sich sofort an die Arbeit machen.«

Die Goldschmiedin bewegte ihre Hand vom Griff des Hammers weg und rieb ihre plötzlich feuchten Handflächen. »Zwei Löwen?«, fragte sie. »Für ein einfaches Goldband?«

Messer legte den Kopf zur Seite. »Für einen sicher gefassten Blaustein, der dabei nicht im Geringsten beschädigt wird. Ich weiß, wie schwer das ist. Er verträgt Hitze und Gold nicht gut. Er verfärbt sich, und das wäre schlecht. Aber ich habe Vertrauen zu Ihnen. Sie wären nicht in den Zunftrat von Berun aufgestiegen, wenn Sie nicht über außergewöhnliche Fähigkeiten verfügen würden. Sehe ich das richtig?«

Erin sah die Münzen nachdenklich an. Ein Goldlöwe allein war so viel wert, wie sie in einem Monat einnahm. Zwei… zwei rechtfertigten wohl, ihre Arbeit für den Grafen ad Raeld um einen Tag zu verschieben. Sie nickte langsam. »Ja, das sehen Sie richtig, Meister Messer.«

Messer lächelte und verneigte sich. »Dann werde ich in zwei Stunden wiederkommen.«

»Beeindruckend. Man sollte meinen, das Arbeiten mit Blaustein liegt Ihnen im Blut, Meisterin.«

Erin zuckte zusammen, doch der Vogelmann schien es nicht zu bemerken. Er trat ans Fenster und hielt den blassen Stein in die Nachmittagssonne. Im selben Augenblick flammte der Stein strahlend blau auf. Ein azurfarbenes Feuer schien ihn zu erfüllen, so intensiv, wie der Himmel über Berun nur an klaren Frühlingstagen leuchtete. Messer drehte den Edelstein bewundernd hin und her. Nicht die kleinste Eintrübung war an ihm zu erkennen, wo ihn die Goldschmiedin mit einem breiten Band umschlossen hatte, und das, obwohl er unverrückbar fest in seiner neuen Fassung saß. »Wunderschön.« Messer nickte sein Vogelnicken und drehte den schillernden Stein in der Sonne. »Der Krone einer Kaiserin würdig, finden Sie nicht auch? Bei einem solchen Anblick ist es beinahe bedauerlich, dass er in dieser Stadt so verpönt ist.« Er seufzte leise und nahm das Schmuckstück aus der Sonne. Sofort verschwand das Blau und machte wieder einem blassen Honigton Platz. »Aber so ist es mit vielen Dingen in Berun, finden Sie nicht, Erin? Manches wirkt unauffällig und blass und keines zweiten Blickes wert. Es sei denn, jemand würde es aus dem Schatten holen, es in Gold fassen und ans Licht der Öffentlichkeit bringen. Dann würde es vielleicht plötzlich in den Augen der Welt der Krone einer Kaiserin würdig sein, nicht wahr?« Er ließ eine feingliedrige Kette in seiner Hand erscheinen und fädelte sie durch die Öse am Goldband des Steins. Noch immer schien er das plötzliche Unbehagen, das über die Goldschmiedin gekommen war, nicht zu bemerken. Er schloss die Kette und wog das Schmuckstück in der Hand. »Eine bemerkenswerte Arbeit, Meisterin Weißer.

Ich finde es immer wieder erstaunlich, wie jemand wie Sie seinen Platz in dieser Stadt findet. Es ist schade, dass sie keine bessere Verwendung für Sie gefunden hat. Ich werde diese Arbeit jedenfalls in Ehren halten.« Sein Kopf ruckte herum, um Erin anzusehen, wodurch der Hammer, der auf seinen Schädel gezielt war, um Haaresbreite an ihm vorbeiflog, durch das offene Fenster verschwand und mit metallenem Klappern über die Straße hüpfte. Eine Zange folgte, und Messers Kopf zuckte erneut zur Seite, um auch diesem Geschoss auszuweichen. Dabei streifte ihn der zweite Hammer, den Erin jetzt in der Faust hielt, an der Wange. Fluchend stolperte er rückwärts.

»Glaubst du, ich wusste nicht, dass er mehr von euch schickt?«, zischte Erin und erwischte den Vogelmann mit einem Rückhandschlag an der Schulter.

Messer wirbelte um die eigene Achse, und als er der jungen Frau wieder das Gesicht zuwandte, lag eine lange, schmale Klinge in seiner Rechten. Er runzelte die Stirn. »Man hat schon einmal nach dir geschickt?«

Erin schnaubte. Mit der behandschuhten Linken zog sie ein rot glühendes Eisen aus der Holzkohle ihres Schmiedefeuers. »Wundert dich das, Mörder? Glaubst du, der, der dich geschickt hat, wäre nicht schon viel früher auf die Idee gekommen, dass er besser täte, die Bastarde seines Vaters nicht am Leben zu lassen?« Sie verzog abfällig den Mund, dann stach sie mit dem Eisen nach Messer und hatte beinahe Erfolg, weil der Vogelmann damit beschäftigt schien, diese neue Nachricht zu verdauen. Erst im letzten Moment konnte er das Eisen beiseite stoßen, und seine Klinge riss Funken aus der glühenden Spitze.

»Der Alte hat seine Bastarde wenigstens nicht gefürchtet.

Er hat sogar dafür gesorgt, dass meinem Antrag auf Zunftbeitritt entsprochen wurde, als es so weit war. Eine Frau als Zunftmeisterin! Dachte, er könnte mich damit ruhigstellen.« Sie deckte Messer mit einem Hagel von Hieben ein, die mit der Kraft und dem Geschick eines Schmiedemeisters geführt wurden. Rauch stieg von einer Ecke des schwarzen Gewands auf, wo das jetzt nur noch düster rot glimmende Eisen ein Loch hineingebrannt hatte. »Und weißt du was, Ratte?« Der Hammerkopf streifte Messers Stirn, und nur weil er sich fallen ließ, entging er dem Schicksal, sein Gehirn quer über den Raum verteilt zu finden. Eilig rollte er beiseite, als Erin nachtrat und ihn erneut nur knapp verfehlte. »Es hat funktioniert. Ich bin zufrieden, glücklich mit meiner Aufgabe. Der Alte und seine Ränke interessieren mich einen Dreck. Ich will sein beschissenes Erbe nicht. Mir reicht meine Werkstatt. Aber sein Sohn? Er kann es einfach nicht lassen!« Die letzten Worte akzentuierte sie mit schnellen Hammerschlägen, die Scharten in den abgelaufenen Dielen hinterließen und Messer in die Flucht trieben wie ein kleines Nagetier. Sie machte einen Schritt vorwärts, um ihm zu folgen, und stellte fest, dass irgendetwas sie zurückhielt. Als sie nach unten sah, entdeckte sie zu ihrer größten Verwirrung das Messer des Vogelmanns, das quer durch ihre Wade und tief in das Bein ihrer Werkbank getrieben war. »Was …?«

Messer robbte noch einen Schritt rückwärts und rollte sich dann auf seine Füße. »Entschuldige«, sagte er und atmete tief durch. »Ein Talent von mir. Keine Schmerzen. Ich finde es ausgesprochen nützlich.« Mit einem schnellen Schritt war er an Erin herangetreten und hatte ihr die Kette mit dem Blaustein über den Kopf geworfen. Ohne innezuhalten, duckte er sich erneut aus ihrer Reichweite und schnippte mit den Fingern.

Erin starrte den Vogelmann verständnislos an, als ihr auffiel, dass der Stein begann, sich an der Kette zu drehen. Mit wachsendem Entsetzen ging ihr auf, dass die Kette ihrerseits anfing, sich um sich selbst zu wickeln. »Was ...?«, wiederholte sie, bevor sie das erkaltende Eisen und den Hammer fallen ließ, um den sich jetzt immer schneller drehenden Anhänger festzuhalten. Eine vergebliche Mühe, wie sich herausstellte, als sich der Blaustein unerbittlich ihrem Griff entwand und unentwegt weiter die Kette verdrillte. Bereits im nächsten Moment begann die Schlinge, sich um ihren Hals zuzuziehen, und die Schmiedin kämpfte mit fliegenden Fingern gegen den metallenen Strang an. Ein Fingernagel brach, dann ein zweiter.

Und dann stand Messer plötzlich dicht vor ihr. »Ich glaube dir das«, sagte er, und es schien beinahe so etwas wie Bedauern in seiner Miene zu liegen. »Und deshalb tut es mir leid.« Er sah nach unten.

Als Erin seinem Blick folgte, entdeckte sie ein zweites Messer, das bis zum Heft in ihrer Brust stak.

»Aber ich bin wie du. Einen einmal angenommenen Auftrag führe ich vollständig und zur vollen Zufriedenheit meiner Kunden aus. Handwerksmeister wie wir leben schließlich von ihrem guten Ruf.« Er sah Erin an und runzelte die Stirn. »Und manchmal sterben wir deshalb eben auch. Da kann man nichts machen.«

Erin starrte ihn verständnislos an. Sie spürte Müdigkeit, die schnell in ihr aufstieg, jedoch keinerlei Schmerz, nicht einmal einen leisen Druck von der Klinge, die in ihrem Herzen stak. »Bin ich ...?«, wollte sie krächzen, doch die Kette um ihren Hals schnürte ihr die Kehle zu, und so bewegten sich ihre Lippen nur lautlos.

»Tot? Ja.« Messer schnippte erneut mit den Fingern, und die Kette löste sich von ihrem Hals und ließ den Blaustein in seine Hand fallen. »Ich habe dir nur den Schmerz genommen. Das war das Mindeste, was ich für dich tun konnte.« Er zog das Messer aus ihrer Brust, und die Goldschmiedin sackte lautlos zusammen. Ihre Augen sahen bereits nichts mehr.

Schniefend zog Messer seine zweite Klinge aus dem Bein der jungen Frau, wischte beide sorgfältig an der Schürze der Toten ab und verschloss dann die Läden und die straßenseitige Tür der Werkstatt. »Hatte ich also doch recht«, murmelte er, als er die Werkstatt in Richtung Hof verließ. »Sie kam mir doch gleich bekannt vor. Der Meister säubert sein Haus. Interessant.« Er rieb sich den Wangenknochen, über dem bereits die Haut anzuschwellen begann. Dann warf er einen Blick in den Kessel an der Rückseite des Hofs, in dem jetzt eine schaumige Brühe dampfte. Nachdenklich musterte er die Flüssigkeit und griff schließlich nach einem hölzernen Schöpflöffel, mit dem er sich aus dem Waschbottich bediente. Nachdenklich wälzte er das seifige Wasser im Mund herum, bevor er schluckte und sich mit dem Ärmel über den Mund wischte. »Interessant. Aber könnte noch einiges an Salz vertragen. Oder überhaupt Würze.« Er warf den Schöpflöffel in den Bottich und verließ den Hof durch die kleine Seitentür.

# 9

## IM KREIS

Es war nicht nur die Aussicht auf eine ungewisse Zukunft, die Übelkeit in Marten hervorrief. Auch wenn die übrigen Männer steif und fest behaupteten, die Innere See sei gerade ungewöhnlich ruhig, brachten das unablässige Schwanken, das monotone Dröhnen der Trommel und das Rucken der Ruderschläge seinen Magen in Wallung.

Und nachdem er sich das erste Mal aus seiner Hängematte heraus übergeben musste, hatten ihn drei der Kriegsknechte mit vereinten Kräften hinauf an die frische Luft gezerrt und über die Reling gehängt. Außerdem hatten sie ihm bei Prügelstrafe verboten, unter Deck zurückzukehren, bevor er sich nicht ausgekotzt habe. Wohl oder übel hatte Marten sein Lager zwischen den Kisten am Fuß des vorderen Masts aufgeschlagen. Immerhin war das Wetter in den vergangenen vier Tagen gnädig mit ihm gewesen. Ein lauer Wind wehte von Süden heran. Das half zwar nicht, sie schneller vorankommen zu lassen, aber auf diese Weise waren die Herbstnächte auf Deck wenigstens erträglich. Vermutlich auch deshalb war Marten nicht der Einzige, der nicht im stickigen Innenraum des Vorderschiffs übernachtete. Wenn die Nacht kam und die Besatzung das Schiff im Windschatten des Ufers verankert hatte, richteten sich gut drei Dutzend der Kriegsknechte mit ihren Decken auf dem Vorschiff ein. Abgesehen vom Kochfeuer der Kompanie und zwei Schiffslaternen, in denen die bläulichen Flammen von Agetsteinfeuern tanzten, war ihnen Feuer verboten, also lagen sie in der Dunkelheit an der Reling, tranken aus Weinschläuchen, kauten fermentierte Sumya-Blätter und unterhielten sich mit gedämpften Stimmen über Dinge, über die Kriegsknechte eben so sprachen. Das vermutete Marten zumindest, denn in den ersten Tagen war seine Erschöpfung von der andauernden Übelkeit zu überwältigend gewesen, als dass er sich mit etwas anderem beschäftigen konnte, als irgendetwas zu sich zu nehmen und die dunkle Silhouette der Steilküste zu betrachten, bis ihn der Schlaf übermannte.

Umso verwunderter war Marten, als er an diesem Morgen aufwachte und feststellte, dass sich das Schiff bereits wieder auf seinem Weg nach Süden befand, ohne dass sein Magen rebellierte. Im Gegenteil, ein Knurren verriet ihm, dass sein Appetit zurückgekehrt war. Grunzend schlug er die Segeltuchbahn beiseite, unter der er sein Lager aufgeschlagen hatte, und blinzelte in die Sonne über der Küstenlinie im Osten. Ein Großteil der Kriegsknechte saß auf dem Vordeck verteilt und löffelte den unvermeidlichen Morgenbrei. Zum ersten Mal seit Beginn der Fahrt übte die zähe, graue Masse eine gewisse Anziehungskraft auf Marten aus. Mit steifen Knochen zog er die Holzschale unter seiner Decke hervor und humpelte in Richtung Kochfeuer.

»Ho! Schaut an, wer von den Toten zurückgekehrt ist.«

Marten hob den Blick und entdeckte den Glatzkopf, der auf einem der vertäuten Kistenstapel saß und ihn mit einem Lederschlauch heranwinkte. Er runzelte die Stirn. Er war sich nicht sicher, ob er wirklich schon erholt genug war, um den seltsamen Alten noch vor dem Frühstück zu ertragen. Andererseits schrie der saure Geschmack in seinem Mund danach, fortgespült zu werden. Also atmete er tief durch und erwiderte den Gruß des Glatzkopfes.

»Komm her, Frischfleisch. Du siehst aus wie *Brundaldeck*, weißt du das?« Der Glatzkopf grinste breit und stieß den Mann neben sich an. »Hast du schon mal wen getroffen, der so lange am Stück kotzen konnte, Rosskopf?«

Der andere Kerl grinste. Er hatte das schüttere graue Haar zu einem fingerdünnen Zopf zusammengebunden. Eine wulstige weiße Narbe zog sich von seiner Nase bis zum rechten Mundwinkel und verlieh ihm ein spöttisches Grinsen. »Näh. Nicht ohne die Hilfe von viel Branntwein und zu fettem Essen.« Genüsslich biss er ein Stück von der fettigen Wurst in seiner Hand, und Marten stellte fest, dass ihm der kleine Finger und ein Stück des Ringfingers an der Rechten fehlten.

Der Glatzkopf nickte. »Die Reisenden haben ihn mit einem großen Talent gesegnet.«

Marten musterte die drei Kriegsknechte. Auf der anderen Seite des Glatzkopfs lehnte ein massiger Klotz von einem Mann, mit kurz gestutztem, rotblondem Haar, ebensolchem Bart und Armen, die Marten so dick erschienen wie seine eigenen Schenkel. Sein Grinsen enthüllte die Tatsache, dass ihm sämtliche Schneidezähne fehlten.

Marten sah zwischen den Männern hin und her, griff dann nach dem Lederschlauch und nahm einen tiefen Zug.

Irgendwie war er verblüfft, dass der Schlauch tatsächlich Wasser enthielt. Langsam spülte er den Mund aus, spuckte über Bord und nahm einen zweiten Schluck, der kühl seine raue Kehle hinabbrann. »Ness, richtig?« Er nahm einen dritten Schluck, bevor der den Sack über Bord warf. »Hör auf, mich Frischfleisch zu nennen.«

Der Glatzkopf sah dem Ledersack nach und zog die borstigen Brauen hoch. »Das war das Wasser des Vibel«, stellte er bedauernd fest. Dann sah er auf. »Wie sollen wir dich denn dann nennen, Junge?«

»Marten«, sagte eine leise Stimme hinter Marten. »Richtig, oder? War das gerade mein Wassersack?«

Martens Gesicht versteinerte. »Ich ...«

»Ich mochte diesen Wassersack«, sagte der Vibel, kratzte sich die grauen Bartstoppeln und sah über die Bordwand in die schäumende Gischt. »Es ist gar nicht so einfach, einen zu finden, der dicht hält.« Er sah auf und deutete mit seiner Breischüssel anklagend auf Marten. »Du schuldest mir einen neuen, Junge. Aber ich freue mich, dass es dir wieder so gut geht, dass du dich gleich mit drei Männern anlegen willst. Das trifft sich. Dann wollen wir doch mal sehen, was du kannst.« Er nickte dem Rosskopf zu. »Holt ihm was zum Anziehen. Wollen wir doch mal sehen, was der Junge kann.«

Marten öffnete den Mund, doch der kühle Blick, den ihm der Vibel zuwarf, sprach eine andere Sprache als seine gelassen wirkenden Worte. Er senkte den Kopf, und der Vibel drückte ihm die Schüssel in die Hand. »Iss, Trottel. Du wirst es brauchen.« Damit wandte sich der Vibel ab und ging über das Deck.

»Tja. ›Trottel‹ ist natürlich auch passend«, sagte Ness

und schniefte. »Du solltest machen, was der Vibel sagt. Trottel.«

Marten biss die Zähne zusammen. Für einen Moment spielte er mit dem Gedanken, die Schüssel ebenfalls über Bord zu werfen. *Aber am Ende ist es auch noch die Lieblingsschüssel des alten Sacks, und ich schulde ihm die auch noch.* Schließlich stellte er das Geschirr sorgsam neben Ness auf die Kiste.

»Er lernt schnell, meint ihr nicht?« Der Rosskopf grinste schief, wischte sich die fettigen Finger an seinem verbeulten Brustharnisch ab und marschierte davon, wohl, um die Attraktion des Morgens anzukündigen.

Marten stellte seine eigene Schüssel neben die des Vibel und sah sich um. Bisher hatte er nicht viel Aufmerksamkeit auf seine Umgebung verwenden können. Erst jetzt wurde ihm bewusst, dass sich zwischen dem Vorderdeck, auf dem sich jetzt immer mehr Kriegsknechte drängten, und dem Rest des riesigen Schiffs ein beeindruckender Berg an Ausrüstung stapelte, der mit Seilen und Netzen gesichert war und beinahe den gesamten Raum rund um den ersten Mast einnahm. Wer in den mittschiffs gelegenen Bereich der Ruderer oder gar ans Heck der schwimmenden Festung wollte, musste sich wohl oder übel seinen Weg an der Reling entlang bahnen. Und noch etwas wurde Marten plötzlich bewusst. Er kannte die Ordensritter, die Passagiere im hinteren Teil dieses Schiffs waren. Bei den Gruben! Cunrat!

Cunrat ad Koredin, der seinen Dienst in der Ordensfestung des Macouban antrat, weit weg von jeder Möglichkeit zur Rache an Marten. Der ebenfalls in die Ordensfestung des Macouban unterwegs ist. Auf demselben Schiff.

Marten rieb sich die Augen. *Das kann nur ein Albtraum sein. So viel Pech hat doch kein Mensch!* Unwillkürlich sah er in Richtung Heck, doch der Berg aus Kisten versperrte ihm jede Sicht. Er leckte sich über die trockenen Lippen. »Ist das nicht verboten?«, fragte er. »Kämpfe auf dem Schiff, meine ich. Wenn ich mich richtig erinnere, dürfen sich nur Ritter in der Öffentlichkeit schlagen.«

Der Glatzkopf und der Rotblonde sahen sich an und zuckten mit den Schultern. »Wenn du's keinem weitersagst – wir werden es niemandem verraten.«

Marten warf ihm einen Seitenblick zu. »Auf diesem Schiff hier gibt es einen ganzen Haufen Ritter. Meint ihr nicht…«

»Keine Sorge, Junge.« Der Glatzkopf schwang sich von seiner Kiste und begann, dahinter herumzusuchen. »Die roten Säcke mischen sich nicht ein, wenn niedere Kriegsknechte wie wir sich schlagen. Ist unter ihrer Würde. Und was sie nicht sehen, um das müssen sie sich nicht kümmern. Ist vielleicht das Beste, was man über sie sagen kann: Sie halten sich immer an das Gesetz, sogar, wenn es umständlich ist.« Er schüttelte den Kopf, als könne er das selbst nicht so recht glauben, dann zog er ein in Segeltuch eingeschlagenes Paket hervor, öffnete es und drückte Marten einen eisernen Brustharnisch in den Arm. »Hier. Den wirst du brauchen. Aber damit du's weißt – das Ausbeulen bezahlst du.«

Marten sah den alten Brustpanzer verwirrt an, als der Rotblonde auch schon von irgendwoher einen fleckigen, wattierten Waffenrock hervorzog, der mehr als nur eine Handvoll Flicken aufwies. »Mehr is nich«, sagte er, durch die fehlenden Zähne recht undeutlich. »Aber mach dir keine Sorgen, im Ausbeulen hab ich Übung. Also keine Scheu, lass dich ordentlich verhaun.« Er grinste breit.

Marten starrte die Männer an. »Ihr habt das schon vorbereitet«, stellte er fest.

Der Glatzkopf rieb sich den Schädel, dann zuckte er mit den Schultern. »Jo. Natürlich. Ist so üblich. Der Heetmann will wissen, was die Neuen können. Und die Männer können ein wenig Abwechslung gebrauchen. Wir dachten nur schon, du hörst nie auf zu kotzen.«

In der Zeit, die es brauchte, um Marten Waffenrock und Harnisch anzulegen, hatten die Kriegsknechte einen halbwegs runden Bereich auf dem Deck freigemacht. Von dieser Arena abgesehen war das Vorschiff inzwischen mit Männern vollgestopft, die in erwartungsvollem Murmeln Münzen tauschten und Wassersäcke herumreichten, die ziemlich wahrscheinlich kein Wasser enthielten.

Wenn sich Marten gefragt hatte, gegen wen er eigentlich kämpfen sollte, so beantwortete sich diese Frage jetzt. Zwei weitere Männer wurden am Rand des Kreises bereit gemacht. Einer war ein Bursche von vielleicht fünfzehn Jahren, hochgewachsen und mit den kräftigen Armen eines Landarbeiters. Er schwang probehalber einen Eichenprügel wie eine Axt und wirkte dabei so nervös, dass Marten im Stillen erwartete, das Holz würde im nächsten Moment aus seinen schweißnassen Fingern gleiten und einem der Zuschauer ein blaues Auge bescheren. Der andere war ein Kerl, der vielleicht fünf oder sechs Jahre älter war als Marten. Er trug einen noch älteren Harnisch, der schon mehr als eine Beule aufwies, und lehnte sich gegen eine mannslange Holzstange, während ihm ein anderer Mann die letzten

Schnallen seiner Rüstung richtete. Marten nickte in seine Richtung und sagte leise: »Der da sieht nicht wie ein neuer Rekrut aus.«

Der Glatzkopf zuckte mit den Schultern. »Er ist neu hier bei uns. Jeder muss da durch.«

Marten rieb sich die Nase, die alles andere als verheilt war. »Und was passiert mit dem, der verliert?«

Der rotblonde Hüne grinste. »Der hat Schmerzen, schätze ich.«

Der Glatzkopf klopfte Marten beruhigend auf die Schulter und drückte ihm ein Rundholz von der ungefähren Länge eines Breitschwerts in die Hand. »Keine Sorge, es hat bisher noch jeder überlebt. Ihr sollt euch nicht umbringen, ihr sollt nur zeigen, was ihr könnt. Jeder von uns will wissen, ob er sich auf euch verlassen kann.«

Marten nickte langsam und musterte das Holz in seiner Hand. Dann sah er auf seine beiden Gegner. »Setzt drei Adler auf mich«, sagte er leise.

Die beiden alten Kriegsknechte sahen sich an. »Ganz schön große Klappe«, bemerkte der Glatzkopf. »Dabei weiß er nicht mal, worum es geht.«

»Worum wird es schon gehen?«, fragte Marten leise. »Ich soll die beiden da schlagen.« Er versuchte die Schultern so gut wie möglich zu lockern.

Die beiden anderen wechselten wieder einen Blick, bevor der Rotblonde mit den Schultern zuckte. »Na, wenn er schon alles weiß ...«

Der andere seufzte und schlug Marten leicht gegen den Hinterkopf. »Hör zu und versuch mal, kein Arschloch zu sein.« Er deutete auf den Heetmann, der jetzt vortrat und sich in die Mitte der kleinen Arena stellte. Er war ein imposanter Mann um die dreißig, mit von Pockennarben übersäten Wangen, doch er trug seine einfache Plattenrüstung mit der Selbstverständlichkeit eines Ordensritters. Einzige Abzeichen seines Rangs waren der rostrote Heetmannsmantel und das Schwert eines Reichsritters. Er hob eine Hand, und das Gemurmel verstummte. »Ihr habt eine Weile darauf warten müssen«, begann er. »Das tut mir leid, aber ihr dürft euch bei Vibel Brenders neuem Mann beschweren.« Er deutete auf Marten. Einzelne Männer johlten, und Marten knirschte mit den Zähnen. »Der Kerl hat einen empfindlichen Magen. Hoffen wir, dass er sich das abgewöhnt, bevor er auf seine erste Leiche kotzt.« Noch mehr Kriegsknechte lachten. Der Heetmann ließ sie einen Moment gewähren, dann hob er wieder die Hand. »Ich mache es also kurz. Ihr wisst, worum es geht.« Er ließ sich ein Stundenglas geben, dessen Sand zum großen Teil bereits abgelaufen war, und stellte es auf ein Fass. Dann holte er ein Geldsäckel aus seinem Gürtel, legte es neben die Sanduhr und sah der Reihe nach die drei Neulinge an. »Es ist im Grunde einfach. Augen und Ohren werden nicht angegriffen. Lasst die anderen am Leben. Wer noch steht, wenn der Sand durchgelaufen ist, hat sich das hier redlich verdient: sechs Silberadler. Fangen wir an.« Er trat mit einer einladenden Geste zurück und setzte sich neben die Sanduhr auf das Fass.

Marten sah den Glatzkopf verwirrt an. »Wie – das ist alles?«

Der alte Kriegsknecht hob die Schultern. »Du weißt doch Bescheid. Zeig, was du kannst.« Er stieß ihn vorwärts, und Marten blieb nichts anderes übrig, als einen großen Schritt in den Ring zu machen. Johlen brandete auf.

Marten hob seinen Prügel in die Ausgangsposition. *Ein Schild wäre jetzt nicht schlecht.* Die beiden anderen liefen in die Mitte des Kreises, doch statt aufeinander einzuschlagen, stellten sie sich Schulter an Schulter. Marten hob eine Braue. *So läuft das also?* Er verzog das Gesicht. *Keine Sorge. Ich werde auch mit euch beiden fertig.* Mit einem schmalen Grinsen winkte er sie heran und erntete verwirrte Blicke von beiden. Die Veränderung im Gesichtsausdruck des Jüngeren warnte ihn gerade noch rechtzeitig. Er wandte sich nach rechts und entging damit nur knapp einem Holzknüppel, der von seinem Brustpanzer abglitt und seinen Ellbogen hart genug streifte, um seine Schwerthand taub werden zu lassen. Sein Holz entglitt den Fingern, und er stolperte zurück, als der Landknecht hinter ihm unter dem Johlen seiner Kumpane zurück an den Rand des Rings trat. »Was bei den Gruben sollte …?« Irgendetwas pfiff, und Marten ließ sich fallen. Eine Holzstange verfehlte seinen Kopf nur um Haaresbreite, drehte eine schmale Schleife und kehrte zurück, nur um mit hohlem Knall auf eine andere Stange zu treffen. Marten wurde an der Schulter gepackt und auf die Füße gerissen. Er starrte in das Gesicht des jüngeren Rekruten und schlug instinktiv danach.

Der Junge zuckte zurück »Was tust du da?«

»Ich verteidige mich, Arschloch!« Marten griff nach der Waffe in der Hand des anderen, doch der zuckte zurück. Seine Miene spiegelte Verwirrung. »Aber ich bin auf deiner Seite!«

Meine Seite? Ein Kriegsknecht tauchte hinter dem Jungen auf, ein kurzes Holz zum Stoß erhoben, und Marten stieß den Jungen beiseite, fing das Holz in der Linken, hebelte es aus der Hand und hieb es dem Angreifer gegen den Schädel. Der Kriegsknecht ging zu Boden, und das Johlen brandete begeistert auf. »Ich bin auf meiner Seite! Warum solltest du auf meiner sein!«, keuchte Marten und versuchte, die Rechte zur Faust zu ballen. Sie gehorchte ihm zögerlich, auch wenn der kleine Finger noch protestierte.

»Das sind die Regeln«, sagte der ältere Rekrut und stellte sich neben ihm auf. »Die gegen uns. Hat dir das keiner gesagt?«

Marten warf einen Blick zu dem Glatzkopf und dem rotblonden Klotz und wurde mit zwei breiten Grinsen belohnt. »Nein.« *Das haben sie wohl vergessen.* Er biss die Zähne zusammen, als ihm der Glatzkopf fröhlich zuwinkte. Dann griff der Alte nach der Breischale neben ihm und warf sie nach Marten.

Dieser riss seinen neuen Knüppel hoch und wehrte das auf seinen Kopf gezielte Geschoss mit Mühe ab. Die Schale verschwand klappernd unter den Füßen der umstehenden Männer, ihr Inhalt jedoch ergoss sich über seine beiden neuen Kampfgefährten. Neuer Jubel brandete auf, als der ältere Rekrut Marten einen düsteren Blick zuwarf. Jetzt lösten sich gleich mehrere Söldner aus dem Ring um sie. Gleich drei, vier, fünf Männer, die mit Knüppeln und Stangen auf sie zukamen und begannen, sie zu umkreisen. Der Erste von ihnen machte einen Ausfall und stocherte mit seiner Stange nach den Beinen des Jungen. Dieser schlug die Stange beiseite, doch im selben Moment wurde Marten klar, dass der Angriff nur eine Finte gewesen war. Eine zweite Stange zischte heran und stach nach dem Gesicht des vorgebeugten Jungen, dessen Bewegung ihn direkt in die Spitze der Waffe trug. Marten trat dem anderen ohne zu zögern in die Kniekehle, und der Junge sackte weg, während die Holzstange harmlos über seinen Kopf zischte. Noch bevor der Angreifer seine Waffe wieder zurückziehen konnte, packte Marten die Stange und stieß sie mit aller Gewalt in Richtung ihres Trägers. Der überraschte Kriegsknecht strauchelte, und das andere Ende seiner Stange bohrte sich in den Oberschenkel eines der Männer hinter ihm. Marten riss die Stange zurück, und der verblüffte Mann stolperte vorwärts und direkt in die Stange des älteren Rekruten, die von unten gegen sein Kinn krachte. Marten schwang die jetzt befreite Stange herum, trieb damit zwei weitere Angreifer zurück und hieb sie so heftig gegen den Schild am Arm eines dritten, dass das Holz in einem Schauer aus Splittern zerbarst.

»Schöner Konter«, stellte der ältere Rekrut fest.

Der Junge rappelte sich auf und sah Marten böse an. »Das tat weh«, maulte er, was ihm spöttische Rufe der Zuschauer bescherte.

Marten zuckte mit den Schultern. »Hätte auch dein Gesicht sein können. Aber stimmt, wäre kein Verlust gewesen.« Marten grinste und betrachtete das übrig gebliebene Stück Holz in seinen Händen. Es hatte jetzt etwa die Länge seines Schwerts. »Dann fangen wir mal an.«

Der ältere Rekrut sah ihn von der Seite an und schüttelte den Kopf. Wenn er etwas sagen wollte, dann blieb ihm jetzt keine Zeit mehr. Gleich drei der Kriegsknechte stürzten sich auf ihn. Zwei drängten ihn mit ihren Stangen zurück, während ein dritter zwischen ihnen hindurch trat, seine Waffe unterlief und mit seinem Knüppel nach ihm schlug. Noch bevor sich der Rekrut zurückziehen konnte, wirbelte der Holzknüppel des Jungen heran und traf den Angreifer mitten auf der Stirn. Der Mann sackte zusammen, und noch ehe die beiden anderen Stangenkämpfer reagieren konnten, tauchte Marten unter ihren Waffen hindurch und schickte sie mit zwei schnellen Hieben seines Holzschwerts zu Boden. Immer noch grinsend drehte er sich um, gerade rechtzeitig, um zu sehen, wie der Junge einen Prügel gegen den Hinterkopf bekam und nach vorn kippte. Bedauernde Ausrufe begleiteten seinen Fall.

Der ältere Rekrut fletschte die Zähne, ließ seine Stange einem der Angreifer gegen das Knie krachen und fauchte Marten an. »Bist du zu dämlich, in Formation zu kämpfen?«

Marten zuckte mit den Schultern und hob den kurzen Knüppel des Kriegsknechts auf, der mit blutiger Nase am Boden saß. »Formation ist für Anfänger. Ich bin ...«

»Ein Idiot. Schon verstanden.« Der Ältere ließ seine Stangenspitze Kreise vor sich beschreiben, um zwei andere Männer auf Abstand zu halten, übersah dabei jedoch einen dritten, der von hinten an ihn herantrat und ihm mit einer Stange die Füße wegschlug. Der Ältere krachte scheppernd auf den Rücken und blieb fluchend liegen, während ihm sein Gegner die Stange auf den Brustpanzer stellte und breit grinste.

Dämliches Fußvolk. Marten ignorierte den Mann und konzentrierte sich lieber darauf, nicht unter dem Ansturm der nächsten zwei Kriegsknechte zu Boden zu gehen. Der erste griff ihn mit einem klassischen Schwertausfall an, den Marten als Finte erkannte. Also trat er direkt in den Angriff hinein und ließ den Knüppel harmlos von seinem Panzer abprallen. Hätte der Kriegsknecht mit einer echten Klinge angegriffen, wäre dieser Konter Selbstmord gewesen. Marten grinste und schlug dem Mann die Stirn ins Gesicht. *Hat niemand gesagt, ich soll so tun, als wären die Klingen echt.* Er drehte sich von der nächsten heranschnellenden Stange weg, griff den Schaft und beförderte den Mann mit einem Tritt in die Zuschauer, wirbelte abermals herum und fing die Stange des nächsten Kriegsknechts mit gekreuzten Knüppeln ab. Mit einer schnellen Drehung ließ er auch diese Stange abgleiten, hieb dem verblüfften Mann seinen längeren Knüppel gegen den Oberarm und rammte ihm den kürzeren am Brustpanzer vorbei in die Rippen. Ächzend ging der Gegner zu Boden. Anerkennende Rufe brandeten auf. Immer noch grinsend drehte er sich zum Heetmann um und warf einen schnellen Blick auf die Sanduhr, in der die letzten Körner nach unten rieselten.

Der Heetmann sah ihn nachdenklich an, dann nickte er kaum merklich.

Martens Lächeln gefror, als alle Kriegsknechte rund um ihn herum plötzlich Knüppel hervorzogen. Der erste flog in Richtung seines Kopfs, und Marten war so überrascht, dass er um ein Haar nicht hätte ausweichen können. Eine Holzschüssel streifte ihn an der Schulter, ein zweiter Knüppel prallte von seinem Rückenpanzer ab. Er wirbelte herum, wehrte mit seinem Holzschwert ein weiteres Geschoss ab, dann streifte ihn ein anderes am Ohr, und plötzlich stand der Rosskopf vor ihm und schmetterte ihm einen Prügel zwei-, dreimal so heftig gegen den Brustpanzer, dass er fast umfiel. Mit Mühe parierte er den nächsten Hieb, fing mit seinem zweiten Knüppel instinktiv einen Tiefstoß ab und stolperte zurück in die Mitte des Kreises. Er schüttelte den Kopf, um das Klingeln aus seinem Ohr zu vertreiben.

»Gar nicht schlecht, Junge«, sagte der Rosskopf anerkennend.

Marten fletschte die Zähne. »Was sollte…«

Der Rosskopf grinste. »Ablenkung.«

Irgendetwas klapperte, und Marten blickte sich gerade rechtzeitig um, um den Glatzkopf zu sehen. Dann bekam er einen Holzeimer direkt ins Gesicht.

Ein Schwall eisiges Wasser riss ihn aus der Dunkelheit und ließ ihn nach Luft schnappen. Salzige Brühe lief ihm in Hals und Nase und ließ ihn würgen. Hustend stemmte er sich auf die Ellbogen und sah in die Gesichter der Kriegsknechte, die über ihm aufragten. Aus irgendeinem Grund wirkten sie schlecht gelaunt.

»Was sollte das? Nennt ihr das einen ehrenvollen Wettkampf?«, knurrte er erstickt. Blut lief ihm aus der Nase in den Mund.

Einer der Kriegsknechte spuckte nur knapp an seinem Ohr vorbei auf die Planken. »Was verstehst du schon davon, hm?« Er wandte sich ab, und einige andere folgten ihm, wobei sie Dinge murmelten, von denen Marten hoffte, er habe sie falsch verstanden.

»Hammer, hilf unserem Helden auf die Beine.« Der Glatzkopf schüttelte traurig den Kopf.

Der rotblonde Hüne packte ihn am Kragen und zerrte ihn auf die Füße. »Ich weiß nicht, warum du dich mit ihm abgibst, Ness«, brummte er dabei. »Der Kerl ist offensichtlich schwer von Begriff.«

»Offensichtlich«, bestätigte der Glatzkopf. »Aber ich langweile mich auf Schiffen, weißt du doch.«

Marten starrte sie düster an.

»Außerdem hat's der Vibel angeordnet.« Der Glatzkopf bemerkte Martens Blick. »Hast du Arschloch eigentlich verstanden, was du gerade gemacht hast?«

Marten schüttelte die Hand des Rotblonden ab und spie Blut aus. »Ich hatte fast gewonnen, bis du mir die Nase gebrochen hast.«

Ness winkte ab. »Einen Scheiß hast du. Du hast beide Kameraden verloren und nicht für einen Augenblick daran gedacht, in Formation zu kämpfen. Du hast nur daran gedacht, uns zu zeigen, was du kannst.«

»Und an das Geld«, warf der Rotblonde ein.

»Und an das Geld. Danke, Hammer. Kurz, du hast so ziemlich alles falsch gemacht, was der Heetmann von euch sehen wollte. Und außerdem hast du dir in der Truppe auch keine Freunde gemacht. Nicht einen. Du hast wirklich eine seltsame Vorstellung von ›gewonnen‹, Junge.« Der Glatzkopf trat beiseite, und Hammer stieß Marten vorwärts bis vor den Heetmann, der noch immer auf dem Fass saß. Neben ihm trat der ältere der Rekruten vor; ein Hinken verriet, dass sein Sturz durchaus schmerzhaft gewesen war. Dahinter stand der Jüngere, einen nassen Lappen auf die Stirn gepresst. Beide vermieden es, Marten anzusehen. Die übrigen Kriegsknechte traten einen Schritt zurück.

Der Heetmann musterte die drei Männer vor sich. »Ein beeindruckender Wurf«, richtete er schließlich das Wort an den Jüngsten.

Der Junge zuckte mit den Schultern und sah auf die baumelnden Stiefel des Heetmanns.

»Du kannst mit einer Axt umgehen, höre ich. Ich nehme an, wenn es eine gewesen wäre, hätte unser Mann kein Gesicht mehr«, sagte der Heetmann.

Der Junge schüttelte zögerlich den Kopf. »Kopf ist kein sicheres Ziel. Ich habe auf die Brust gezielt. Aber der Prügel hatte nicht das richtige Gewicht.«

»Die Brust.« Der Heetmann musterte ihn ausdruckslos, bevor er schließlich nickte. »Dann wäre er wohl genauso tot. Gut gemacht.« Plötzlich hatte er eine Silbermünze in der Hand, die er dem Jungen zuwarf. »Willkommen bei den Schildbrechern.« Er sah den älteren Neuzugang an. »Stangenaxt?«

Der Mann nickte knapp.

»Ich war beeindruckt. Keiner meiner Männer hat sich zurückgehalten, und du hast trotzdem drei auf Abstand halten können. Wenn dir jemand den Rücken freigehalten hätte …« Der Heetmann ließ die Worte in der Luft hängen, bevor er seufzte. »Dein Vibel sagte mir, du hast vorher in der achtundzwanzigsten Kompanie gedient?«

Wieder ein knappes Nicken.

»Heetmann Kalder, wenn ich mich nicht irre?«

»Ja, Herre.«

»Wie geht's dem alten Einohr?«

»Er ist tot, Herre.«

Der Heetmann blinzelte. »Tot?«

»Ein Turrik hat ihn erwischt, Herre. Beim … er war gerade in einem Gebüsch, Herre. Sich erleichtern. Er hat immer etwas länger gebraucht und war wohl unaufmerksam.«

Der Heetmann blinzelte erneut und schüttelte den Kopf, als wollte er ein Bild vertreiben. »Das ist … bedauerlich«, sagte er schließlich. »Und was bringt dich jetzt zu uns?«

Der ältere Kriegsknecht hob die Schultern. »Sein Nachfolger, Herre, und ich kamen nicht gut miteinander aus. Außerdem ist die Achtundzwanzigste auf dem Weg in den Norden. Noch einen Winter dort oben wollte ich meinen Knien nicht antun. Sie mögen die Kälte nicht mehr. Und

Heetmann Kalder hat große Stücke auf Euch gehalten, Herre.«

Der Heetmann nickte. »Ich freue mich, einen Mann wie dich bei uns zu haben. Und keine Sorge, die Schildbrecher werden so schnell nicht Richtung Norden ziehen.« Er klopfte sich auf den Schenkel. »Meine Knie mögen es auch lieber warm. Willkommen bei den Schildbrechern.« Wieder erschien eine Münze in seinen Fingern und flog in Richtung des Kriegsknechts, der sie auffing, ohne hinzusehen. »Und lass dein Bein ansehen. Unser Feldscher ist einer der besten.«

Mit diesen Worten wandte sich der Heetmann Marten zu. »Eine beeindruckende Vorstellung«, sagte er.

Marten straffte die Schultern. »Danke, Herre …«

»Diese Schwerttechniken – Kriegsknechte verwenden sie normalerweise nicht. Das ist Sache der Ordensritter und der Schwertmänner der Krone. Woher hast du das?«

Marten zögerte, und sein Blick huschte zu Vibel Brender, der hinter dem Heetmann stand. Die Worte des Puppenspielers tauchten ungebeten in seinem Kopf auf. *Du wirst niemandem verraten, wer du bist, du wirst mit niemandem über deine Beweggründe sprechen.* »Ich … ich habe lange mit den Knappen trainiert, Herre. Ich wollte einer von ihnen werden.«

»Und?«

Marten senkte den Blick. »Ich war nicht gut genug.«

»Und jetzt glaubst du, dass es wenigstens reicht, um Kriegsknecht zu sein, hm? Wir sind die zweite Wahl.«

»Ich …«

Der Heetmann stand auf und schob den Beutel mit den Silbermünzen in seinen Gürtel. »Falsch«, schnappte er. »Nicht ›ich‹. Leidliche Übung mit dem Schwert mag für einen Schwertmann reichen. Für einen Kriegsknecht in dieser Kompanie braucht es allerdings mehr. Vergiss das ›ich‹. Wir sind eine Einheit. Jeder von uns achtet auf den Mann neben sich. Tun wir das nicht, sind wir alle tot. Wie du gesehen hast. Du hast dich idiotischer benommen, als ich erwartet hatte. So etwas kann ich in meiner Kompanie nicht gebrauchen. Eigentlich sollte ich dich heute Abend an Land setzen lassen.«

Marten sah alarmiert auf und fand das pockennarbige Gesicht des Heetmanns dicht vor seinem. »Du hast Glück. Vibel Brender sagt, dass er dich behalten will. Er sagt, er könne noch einen leidlichen Kriegsknecht aus dir machen.« Er sah verächtlich an Marten hinab, bevor er den behandschuhten Finger hob und ihn Marten unter die Nase hielt. »Ich respektiere Brender, also gebe ich ihm eine Chance. Eine. Ich werde wegen dir keinen einzigen meiner Männer verlieren. Verstanden?« Ohne Martens Antwort abzuwarten, wandte er sich ab und ging über das Deck davon.

Der Vibel warf Marten einen bedeutungsvollen Blick zu. »Enttäusche mich, und ich werfe dich über Bord«, sagte er leise.

»Und du schuldest mir drei Silberadler, Junge«, sagte der Glatzkopf hinter ihm.

Der Vibel sah ihn fragend an, und Marten hob ratlos die Schultern. »Ich weiß nicht, wovon er redet.«

»Er sagte, ich könne auf ihn wetten«, rechtfertigte sich der Glatzkopf.

»Du bist ein Schwachkopf, Ness.« Der Vibel seufzte und bedeutete Marten, ihm zu folgen.

# 10

## EIN FÜRSTLICHES GESCHENK

Stirb!« Der nächste Hieb fegte die Beine unter Sara fort, als wären sie Laub im Herbstwind. Sie schlug hart mit dem Hinterteil auf, und ehe sie wusste, wie ihr geschah, wurde ihr der Stab aus der Hand geschlagen und wirbelte durch die Luft davon.

»Du bist tot«, sagte Thoren und streckte ihr das Ende seiner Waffe entgegen.

Sie schaute böse zu ihm auf und zog sich an dem ausgestreckten Stab in die Höhe. »Ich bin ohnehin schon tot.« Mit schmerzverzerrtem Gesicht humpelte sie ihrer Waffe hinterher. »Was nützt mir dieser verdammte Stock, wenn ich von einem Ritter angegriffen werde? Was ich wirklich brauche, ist ein Schwert.«

»Du bist ein halb verhungertes Mädchen von der Straße, das noch nie in seinem Leben einen Kampf auf Leben und Tod bestritten hat. Wenn dich ein voll gerüsteter Ritter angreift, dann solltest du deine Gabe nutzen und dich aus dem Staub machen, so schnell du kannst. Das, was ich dir hier beibringe, wird dir aufdringliches Gesindel vom Leib halten. Wenn du dich mit Rittern hättest anlegen wollen, dann hättest du schon ein paar Jahre früher mit dem Üben anfangen müssen.« Thoren stützte sich auf seinen Stab und beobachtete mit unbewegtem Gesicht, wie sie ihre Waffe aufhob. »Außerdem würden die Kaiserlichen dich einen Kopf kürzer machen, wenn sie dich mit einem Schwert in der Hand erwischen. Oder habe ich was verpasst, und du bist in der Zwischenzeit adlig geworden?«

»Du bist es doch auch nicht«, knurrte Sara und wandte sich ihm zu.

»Ich bin der Schatten der Kaiserinmutter.« Thoren wirbelte seinen Stab um die Hand und ließ ihn auf Sara niederfahren. Sie schaffte es gerade so, dem Schlag auszuweichen und dabei nicht kopfüber im Schlamm zu landen. Fluchend stolperte sie zwei Schritte rückwärts und schnappte dabei nach Luft. »Bist du bereit?«, fragte Thoren.

»Wenn ich Ja sage, wirfst du mich vermutlich gleich wieder in den Dreck.«

»Vermutlich.« Er machte einen schnellen Schritt nach vorn, aber diesmal hatte Sara den Angriff erwartet und parierte geschickt den ersten Schlag und auch den zweiten, ehe sie der dritte wieder zurück auf den Boden beförderte. Ein weiterer blauer Fleck gesellte sich zu den anderen.

Sie hatte in ihrem ganzen Leben auf der Straße und in Feyst Dreiauges Bande weit weniger Prügel eingesteckt als an diesem einen Nachmittag, und Thoren schien noch lange nicht genug zu haben. Er wirkte so frisch und erholt wie nach einem entspannten Spaziergang durch den Palastpark. Diesmal ließ sie sich besonders viel Zeit, um wieder auf die Füße zu kommen. Vielleicht überlegte es sich Thoren in der Zwischenzeit ja anders und beendete die Übungsstunde.

»Könnt Ihr nicht eine kurze Pause einlegen?«, fragte sie hoffnungsvoll.

»Eine gute Idee«, sagte Thoren, nachdem er sie noch zwei weitere Male über den gesamten Platz gejagt hatte. Er ließ sich von Flüster ein Tuch reichen und tupfte sich das kaum verschwitzte Gesicht ab.

Sara warf den Stab in den Dreck und ließ sich auf die Knie sinken. »Den Reisenden sei Dank.«

Thoren übergab seinen Stab an den schweigsamen Riesen und nickte ihr zu. »Ich werde mir jetzt einen kühlen Schluck Wein genehmigen, und Flüster macht so lange für mich weiter.«

»Das ist nicht Euer Ernst«, rief Sara. Doch als der Schatten des Riesen über sie fiel, wusste sie, dass der schlimmste Teil des Tages gerade erst begonnen hatte. Es gelang ihr gerade noch, zur Seite zu springen, als der Stab genau an der Stelle den Schlamm aufspritzen ließ, an der sie eben noch gekniet hatte.


»Vielleicht hätte ich mich doch lieber von Feyst zu Tode prügeln lassen sollen«, knurrte Sara, während sie an Danils Seite zur Festung zurückhumpelte. Sie hatte das Gefühl, als würde sie nur noch aus blauen Flecken bestehen und dass jeder ihrer Knochen gleich mehrfach gebrochen war. »Das wäre schneller gegangen, und es hätte mir eine Menge Schmerzen erspart.«

Der Blonde grinste sie unverschämt an. »Wenn Flüster eine Sache erledigt, dann erledigt er sie gründlich. Er ist ein echter Fachmann darin, anderen Menschen Schmerzen zuzufügen.«

Sara bewegte die Schulter und verzog das Gesicht. »Das

habe ich bereits bemerkt. Er scheint das wirklich zu lieben.«

Danil schüttelte den Kopf. »Das hatte ich am Anfang auch geglaubt, aber es bereitet ihm überhaupt keine Freude. Er hat nur das Bedürfnis, seine Arbeit so gut wie möglich zu erledigen. Alles, was er nicht zu seiner Zufriedenheit hinbekommt, macht ihn wahnsinnig. Wenn man das nicht weiß, kann dieser Mensch einen wirklich verwirren.«

»Das ist unheimlich.«

»Nicht halb so unheimlich wie der Narr. Auf Flüster kannst du dich wenigstens verlassen. Hier entlang.« Er öffnete ein schmales Gatter und bog schnellen Schrittes in einen verlassenen Pfad zwischen der äußeren und der inneren Festungsmauer ein. Sara hatte Mühe, ihm zu folgen. Ihre Beine brannten wie die Hölle, und darüber hinaus begann sie langsam zu frieren. Sie folgte Danil durch einen langen Säulengang, der im Schatten eines großen, tempelartigen Gebäudes lag. Es musste schon sehr alt sein, denn der Stein, aus dem es gebaut worden war, sah glatt geschliffen und verwittert aus. Im Halbdunkel überkam sie ein seltsames Gefühl der Unruhe. Es war weniger das Gebäude oder die Tatsache, dass sie mit diesem Mann allein in einem verlassenen Teil der Kaiserfestung unterwegs war. Vielmehr war es, als würde irgendwo tief in einer Höhle etwas Unbekanntes auf sie lauern. Irritiert blickte sie über die Schulter.

»Es gibt schlimmere Menschen als Flüster.« Danils Schritte hallten unnatürlich laut auf dem Steinboden wider. Er schien es ebenso wenig zu bemerken wie Saras Unbehagen. Munter plauderte er weiter. »Zumindest ist er berechenbar. Thoren hat ihn vom Galgen gerettet, seitdem folgt er ihm wie ein Hund. Und wie einen Hund muss man so einen

Menschen nur richtig erziehen. Zum Guten oder auch zum Bösen.«

Sara legte den Kopf schief. »Und Ihr seid die Guten?«

Danil warf ihr einen amüsierten Seitenblick zu. »Wir beschützen das Kaiserreich«, erwiderte er, als wäre das Antwort genug. Er blieb vor einer schmalen Pforte stehen und zog einen Schlüssel hervor. »Komm, ich möchte dir etwas zeigen.«

Sara blickte auf die Pforte und hatte das Gefühl, als wäre es besser, sie nicht zu öffnen. Sie konnte nicht so genau sagen, warum. Nur, dass sich dieser Ort seltsam anfühlte. Sie trat einen Schritt zurück.

»Was ist?«

»Nichts. Ich weiß nicht. Es ist kalt.« Sie schlang die Arme um ihren Körper.

»Findest du?« Danil blickte sie fragend an. Dann nahm er seinen Umhang ab und legte ihn ihr um die Schultern. »Es ist ein wenig ungemütlich, das gebe ich zu. Ich vermute, es hat mit diesen alten Steinen zu tun. Besser?«

Sara nickte. »Warum bringt Ihr mich hierher?«

»Was denkst du?«

Sie zog eine Augenbraue in die Höhe. »Angesichts Eures Rufs bin ich mir nicht so sicher.«

Danil stutzte und lachte. »Ist er mir schon so weit vorausgeeilt? Keine Sorge, die meisten Dinge, die man sich über mich erzählt, sind reichlich übertrieben. Ich habe es nicht nötig, eine Frau in so eine finstere Ecke zu locken. Das hat mit Sicherheit noch ein paar Jahrzehnte Zeit. Aber um ehrlich zu sein, möchte ich dich schon ein wenig beeindrucken. Ich finde, du hast dir das nach diesem anstrengenden Tag verdient.« Er streckte die Hand aus und steckte den Schlüssel in das altmodische Türschloss. »Bei diesem Gebäude hier handelt es sich um einen der zahlreichen alten Tempel aus der Vorzeit, in dem irgendeine der zahlreichen Gottheiten angebetet wurde. Ihr Name ist mir nicht bekannt, aber es gab sie damals ja wie Sand am Meer. Der Tempel steht schon seit Ewigkeiten leer und wurde bislang nur als Lagerkammer und Vorratskeller genutzt. Die Mauern sind dick und halten die Hitze draußen, wie du ja bereits bemerkt hast. Gute alte Handwerkskunst.« Er legte die Hand auf die Tür und stieß sie mit sanftem Druck auf.

Sie betraten eine riesenhafte, düstere Halle, in der es unangenehm nach Feuchtigkeit und Moder roch. Die Decke bestand aus uralten geschwärzten Holzbalken, die Wände aus unverputztem Stein mit hohen, schmalen Fensterlöchern, durch die kaum ein Lichtstrahl in das Innere des Tempels fiel. Danil nahm eine Fackel aus einer Wandhalterung und entzündete sie. »Du siehst, es gibt schönere Orte, um eine Frau zu verführen. Die Geschmäcker sind natürlich verschieden, aber ich schätze dich nicht als diese Art von Frau ein.« Er wandte sich um und führte sie durch einen Wald aus Säulen auf das hintere Ende der Halle zu.

Langsam ließ das seltsame Gefühl in Sara nach, und sie konnte wieder freier atmen. Sie folgte Danil zwei Stufen hinauf auf einen Absatz und blieb vor einem hölzernen Baugerüst stehen, an dessen Fuß eine Ansammlung unterschiedlichster Werkzeuge und Baumaterialien aufgehäuft lag. »Hier ist es.« Danil trat einen Schritt zur Seite und hob die Fackel in die Höhe.

Erstaunt blickte sich Sara um. Die Wände waren an dieser Stelle sauber verputzt und großflächig von einer ungleichmäßigen Schicht überzogen. Im Licht der Fackel erstrahlte sie in einem sanften Blau und entpuppte sich bei genauerem Hinsehen als ein Mosaik unzähliger, winziger Steinchen aus einem durchscheinenden Kristall. Eine Vielzahl kunstvoll aneinandergeklebter Plättchen, deren Anordnung mit der Zeit sogar einen Sinn ergab. Striche, Linien und Kreise. Berge, Täler, kleine Gebäude. Sogar winzige Gestalten waren zu erkennen, kunstvoll drapiert mit Feldwerkzeugen oder Waffen. Dahinter Pferde mit Zaumzeug und Fuhrwerken. Ihnen gegenüber weitere Gestalten. Krieger mit Äxten und Schwertern oder Schild und Spieß.

»Die Geschichte des Kaiserreichs.« Danil schwenkte die Fackel über der Szenerie. »Es soll ein Geschenk des Picen von Cortenara an den Kaiser werden. Ein Zimmer, das vollständig aus Blaustein besteht. Das, was du hier siehst, ist erst der Anfang. Wenn es fertig ist, wird es sich über den gesamten Innenraum des Gebäudes erstrecken und die glorreiche Geschichte Beruns darstellen, von seinen frühesten Anfängen bis zu seiner heutigen Pracht. Eingerahmt wird es dann von einer Karte des Reichs zu den Zeiten seiner größten Ausdehnung. Hier liegt Lytton, dort drüben das Macouban, und Berun selbst wird das Zentrum bilden. Direkt unter dem Zeichen des Löwen. Sie haben noch nicht damit angefangen, aber wenn das Wappen fertig ist, wird es die gesamte Stirnseite der Halle einnehmen.«

»Was liegt dort unten?« Sara deutete auf ein seltsam geformtes Stück Land am unteren Rand des Wandbilds.

»Das ist das Peynamoun, das Land der Hexenmeister und Giftmischer. Eine ziemlich finstere Gegend.«

»Es heißt, dass Cajetan ad Hedin von dort unten stammen soll ...«

Danil nickte. »Ich kenne die Gerüchte. Ich glaube aber

nicht, dass etwas dran ist. Nicht einmal das Herz dieses Drecksacks ist so verdorben wie ein Fischmensch. Aber es gibt angenehmere Dinge, als über den Ordensfürsten zu sprechen. Komm.« Er berührte Sara am Arm, und sie verspürte einen sanften Schauer. Vermutlich von der Kälte, aber im Grunde fühlte sich seine Berührung gar nicht so kalt an. Eher angenehm warm.

»Hier drüben entsteht die Schlacht von Fridland, in der Kaiser Harand die aufständischen Bauern von Dumrese besiegt hat. Es gibt sogar ein Theaterstück zu diesen Geschehnissen. Kennst du es?«

Sara schüttelte den Kopf. »Ich habe noch nie ein Theaterstück gesehen.«

»Tatsächlich? Ein Theaterstück ist ein Ereignis, das man unbedingt erlebt haben muss. Gefahr, Drama, Liebe, Leid und Tod.« Danil breitete die Arme aus. »All das spielt sich auf einer winzigen Bühne ab. Es ist, als würdest du es selbst erleben. Nur dass nicht wirklich jemand sterben muss, natürlich. Das unterscheidet es glücklicherweise von dem, was man dem einfachen Volk auf dem Marktplatz bietet. Ein Mensch, der diese Art von Vergnügung nicht kennt, hat kein Leben.«

»Dann muss ich wohl tot sein.«

Danil grinste. »Wir müssen das ändern. Es wird höchste Zeit, dass du nicht nur die Pflichten, sondern auch die angenehmen Seiten des Hoflebens kennenlernst. ›Der Löwe von Berun‹. Ein Stück, das jeder aufrechte Untertan gesehen haben muss.« Er musterte Sara von oben bis unten. »Ich schlage aber vor, dass wir dich dazu standesgemäß einkleiden. Man könnte dich sonst mit einem der Schauspieler verwechseln. Wahrscheinlich mit einem der Barbarendarsteller.«

Sara errötete. Bislang war ihr relativ egal gewesen, wie sie herumlief. Die Kleidung sollte praktisch sein und nicht so schnell reißen. In Danils Gegenwart wurde ihr zum ersten Mal bewusst, wie schäbig sie aussah. Aus irgendeinem Grund störte sie das. »Ich ...« Sie räusperte sich. »Sollte ich nicht wieder zum Stockkampf zurückkehren?«

»Das hat Zeit. Flüster läuft nicht fort. Wenn ihm niemand etwas anderes befiehlt, steht er auch morgen früh noch auf dem Kampfplatz und wartet geduldig auf dich.«

Sie verzog das Gesicht. »Das befürchte ich ja ...«

»Hier steckt ihr also«, ertönte eine tiefe Stimme hinter ihrem Rücken. »Hat Flüster dir denn schon alles beigebracht, was er weiß?«

Sara fuhr herum. Eine wohlbekannte Gestalt trat in den Lichtkreis der Fackel, und auf ihrem Gesicht lag ein Ausdruck, der nicht gerade freundlich wirkte. Der Augenblick der Vertrautheit zwischen ihr und Danil war mit einem Schlag verflogen.

»Thoren!« Danil lachte verlegen. »Wir ...«

Der Puppenspieler hob die Hand und trat an ihnen vorbei auf die Wand zu. »Ihr seid also jetzt zu Lektionen in Geschichte und Weltenkunde übergegangen. Ein löbliches Vorhaben. Schließlich gewinnt man Kriege nicht nur mit dem Schwert, sondern vor allem mit Wissen. Wissen ist Macht, wie es so schön heißt.« Er streckte die Finger aus und fuhr über die Linien, die die Grenze zwischen Berun und dem Macouban markierten. »Das Kaiserreich ist groß und wohlhabend. Es war einst das mächtigste Land der Welt und erstreckt sich noch heute von den Steilküsten Lyttons bis weit hinunter nach Tiburone. So viel Macht hat schon immer Begehrlichkeiten geweckt. Eine ganze Menge

Könige und Stammesfürsten haben es gewagt, sich gegen Berun zu stellen. Bislang ist es aber immer gelungen, ihre Übergriffe abzuwehren. Die Kaiser vergangener Jahrhunderte hatten das noch sehr erfolgreich mit dem Schwert in der Hand geschafft, aber die Zeiten ändern sich. Stadtstaaten wie Lissardo, Armitago und Cortenara, die zu früheren Zeiten noch von Ziegenhaltung und Fischfang lebten, haben sich zu mächtigen Handelsnationen entwickelt. Sie sind in der Lage, Flotten aufzustellen, die zusammengenommen größer wären als unsere eigene. Sie könnten die Meere beherrschen, wenn es ihnen gelingen würde, sich zu einigen.«

»Zum Glück sind sie sich spinnefeind«, sagte Danil. »Sie würden niemals daran denken, sich zusammenzuschließen.«

Thoren hob eine Augenbraue. »Ihr hört ja doch gelegentlich zu, wenn ich Euch etwas beizubringen versuche. Ich bin überrascht. Wisst Ihr denn auch, warum das so ist?«

»Weil sie an die toten Götter glauben und ihre Priester Neid und Zwietracht zwischen den Völkern säen.«

»Neid und Zwietracht.« Thoren hob den Zeigefinger. »Die Reisenden haben gut daran getan, die Götter zu erschlagen. Wir können ihnen nicht dankbar genug sein.« Er wandte sich zu Sara um. »Bist du beeindruckt von diesem Geschenk?«

»Ich weiß nicht.« Sara zuckte mit den Schultern. »Die Bilder sind schön, aber man hätte sie aus echtem Stein meißeln sollen. Ich finde das Blau reichlich geschmacklos.«

Danil grinste. »Geschmacklos gehört in unseren Kreisen eben zum guten Ton.«

»Wie kommt es, dass der Blaustein als etwas so Besonderes angesehen wird?«

»Er ist selten«, sagte Thoren schlicht. »Viel seltener als Gold – und er glitzert. Braucht es noch weitere Gründe, um ihn besitzen zu wollen?«

»Mir fallen keine ein.«

»Da wäre natürlich noch seine berauschende Wirkung.« Danil rieb die Fingerspitzen gegeneinander. »Zu Pulver zermahlen entsteht ein berauschender Stoff, für den manche Menschen sehr empfänglich sind. Bei mir entwickelt er leider kaum mehr Wirkung als ein guter Krug Wein. Ich habe aber von Stämmen im Süden gehört, die sich damit in einen Rauschzustand versetzen, um ihre Hexenkünste ausüben zu können. Die wären sicherlich ganz wild darauf, dieses Zimmer hier zu Pulver verarbeiten zu können.«

»Sie würden morden, um daran zu gelangen.« Schaudernd blickte Thoren zu dem Wandbild hinauf. »Solche Mengen von Blaustein mitten im Kaiserreich machen mir Angst.«

# 11

# TOTENLICHTER

Marten saß auf der Reling, kurz hinter dem Bugspriet der Triare, und sah schweigend in die hereinbrechende Nacht. Das Schiff lag, wie jeden Abend in den letzten eineinhalb Wochen, in Ufernähe vor Anker. Dieses Mal ankerten sie im seichten, glasklaren Wasser vor einem lang gezogenen Sandstrand, auf dem sich die Ruderleute und die Mehrheit der Kriegsknechte gleichermaßen die Beine vertraten, während mehrere Feuer angeschürt wurden, um für das Abendessen zu sorgen. Das Licht der Flammen tanzte über das Dickicht des landeinwärts gelegenen Waldes und tauchte Strand und Wasser in orange tanzendes Licht. Seit sie vor drei Tagen die Ausläufer der Bracceres, der Bergkette, die das Macouban vom Rest Beruns trennte, passiert hatten, hatten sie kaum noch Anzeichen menschlicher Siedlungen gesehen. Gelegentlich, wenn sie während der täglichen Reise einer Landzunge nahe kamen, hatte Marten ein winziges Fischerdorf entdecken können, ein paar schäbige Boote oder eine schmale Rauchfahne, die darauf hindeutete, dass es weiter landeinwärts vielleicht eine Siedlung oder ein

Gehöft gab, doch davon abgesehen schien diese Gegend weitgehend unberührt von jeglicher Zivilisation.

»Das liegt an den Sümpfen«, hatte Ness erklärt. »Die ganze Küste von hier bis fast nach Gostin besteht vor allem aus Sumpf und halb abgesoffenen Wäldern. Salzwasser, Zahnechsen, Schlangen, giftige Frösche, Spinnen, stinkender Schlamm und mehr Mücken, als du dir vorstellen kannst. Am Strand, wenn der Mond wie jetzt nur Niedrigwasser bringt, geht es. Aber bei hoher Flut ist das hier alles weg. Also wohnt kein Mensch hier, dem das Sumpffieber und die Würmer auch nur ein klein wenig vom Hirn übrig gelassen haben.« Der Glatzkopf war einer der wenigen Menschen auf dem Schiff, der nach seinem Testkampf gewillt war, sich mit ihm abzugeben. Im Grunde war Marten das nur recht. Er war Schwertmann, kein Kriegsknecht, und sobald sie in der Sternenfeste angekommen waren, würde seine Reise mit diesen Männern beendet sein. Im Moment reichte es ihm, sich möglichst abseits von den Rittern des Ordens zu halten.

Er sah an das entfernte Ende des Lagers, wo die Knappen der Ordensritter abseits der übrigen Männer bereits ein Zelt aufgestellt und eine gesonderte Feuerstelle eingerichtet hatten, an der jetzt für die fünfzehn Ritter frisch gefangener Fisch gebraten wurde. Im Schein des Feuers war die hoch aufragende Gestalt von Cunrat ad Koredin deutlich zu erkennen, und Marten verzog das Gesicht. Seine Glückssträhne schien nicht abreißen zu wollen. Von allen verdammten Schiffen der kaiserlichen Flotte hatte es ihn ausgerechnet auf das verschlagen, das dieses Arschloch nach Süden brachte. Womit hatte er das nur verdient? Immerhin – die Gepanzerten mischten sich zum Glück nicht unter die

Kriegsknechte, aber er hatte mehr als einmal den Kopf gesenkt, wenn einer der Ritter in seine Richtung gesehen hatte. Außerdem hatte er beschlossen, sich den Bart wachsen zu lassen. Man konnte nie vorsichtig genug sein.

Marten zuckte zusammen, als er direkt neben sich ein Geräusch hörte.

»Fall nicht«, sagte Ness und lehnte sich gegen die Bordwand. »Ich hab gehört, die haben hier Krabben, die einem Mann glatt die Hand abtrennen können.« Er spuckte etwas von dem braunen Blätterbrei in seiner Wange über Bord und sah dem Klumpen nach, der im Dunkel der Bordwand verschwand.

»Is nich das Schlimmste, was diese Gegend zu bieten hat.« Der rotblonde Klotz namens Hammer trat neben ihn, gefolgt von dem Jungen. Neko, wie Marten inzwischen wusste.

»Was macht ihr hier?« Marten sah die drei Kriegsknechte an.

»Wachdienst«, sagte Hammer.

»Die zahlen nicht genug Sold, damit ich freiwillig auf diesem verfluchten Stück Drecksland übernachte, wenn ich nicht muss«, fügte Ness hinzu. »Ich will gar nicht wissen, was unter dem Sand da drüben lebt und nur darauf wartet, dir in den Arsch zu kriechen, wenn du schläfst.«

»Könnt ihr woanders Wache schieben?«, fragte Marten.

»Uh-uh.« Hammer schüttelte den Kopf. »Der Vibel hat gesagt, ganz vorn, und das ist hier.«

»Er sagt es.« Ness spuckte einen zweiten Schwall brauner Brühe über Bord.

»Und ich mache, was sie sagen«, fügte Neko hinzu.

»Besser so, Junge.« Ness nickte.

Marten knirschte mit den Zähnen. »In Ordnung. Dann gehe ich dort rüber.« Er deutete auf die andere Seite des Schiffs und stieß sich von der Reling ab.

»Mach dir keine Mühe«, sagte Ness gleichmütig. »Diese Seite dort muss auch bewacht werden. Man kann nie wissen.«

Marten blieb stehen. »Das ist nicht euer Ernst, oder?«

»Befehl ist Befehl«, sagte Hammer und grinste breit.

Marten ließ den Kopf hängen. »Also gut, was wollt ihr?«, fragte er düster.

»Amric sagt, du kannst lesen.«

»Sagt er das. Warum interessiert euch das? Er kann doch selbst lesen, oder?«

Ness zuckte mit den Schultern. »Schon. Ist nur so, dass wir ihm in dieser Sache nicht trauen. Geht um eine Wette.«

»Eine Wette? Und was ist für mich drin?«

»Drei Silberadler«, gab der Glatzkopf zurück. »Ich erlass dir deine Schulden, wenn du uns eine Frage beantworten kannst.«

Marten sah auf. »Eine Frage nur?«

Die Kriegsknechte zuckten mit den Schultern. »Hammer und der Junge hier sind Zeugen. Ich habe mit Amric gewettet, dass auf dem Löwen in Beruns Hafeneinfahrt nicht steht, dass Berun auf die Gnade vor den Augen der Götter hoffen soll. Ich meine – es ist der verfluchte Löwe von Berun, den die Reisenden dorthin gesetzt haben!«

Marten schnaubte. »Um wie viel hast du gewettet?«

»Acht Adler.«

»Dann bist du um elf ärmer, fürchte ich.« Marten grinste wider Willen. An dem Tag, als sein Bruder und er versucht hatten, die Tiefe des Hafens auszuloten, waren sie zum

Löwen hinübergerudert, der auf seinem Pfeiler hoch über dem Hafen aufragte. Man sagte, dass er die Stadt nie aus den Augen ließ, doch an diesem Tag war Marten aufgefallen, dass die steinernen Augen des mächtigen Tiers nicht auf die Stadt gerichtet waren, sondern fest auf die Fläche des Wassers unter seinen Pfoten. Die Schrift auf dem Sockel war alt, verwittert und kaum groß genug, um sie vom Ufer aus zu erkennen. Die alte Sprache Beruns war nicht Martens Stärke, doch die Worte waren einfach genug gewesen, um sie zu entziffern: »Das Hoffen auf Gnade, Berun, hat die Augen der Götter auf dich gerichtet. Schlafe nie, sieh nach innen.« Er zuckte mit den Schultern. »Das steht dort.« Der letzte Satz lag so tief, dass ihn das Wasser mehr angegriffen hatte als den Rest. Marten hatte ihn erst erkennen können, als ihr Boot im Schatten der Säule schwamm.

Die Kriegsknechte sahen schweigend über das Wasser.

»Brundaldreck«, murrte Ness schließlich.

»Was bedeutet das?« fragte Hammer.

»Das bedeutet, dass ich jetzt Amric Geld schulde«, knurrte Ness, lehnte sich auf die Reling, zog eine Feldflasche hervor und nahm einen tiefen Schluck.

»Ich bin mir nicht sicher, ob ich das richtig verstanden habe«, sagte Marten. Er sah die Flasche in Ness' Hand hoffnungsvoll an, doch der ignorierte ihn und reichte sie an Hammer weiter. »Warum sollten die Reisenden so etwas hinterlassen?«

»Bei den Gruben, sie haben Götter besiegt«, brummte Ness. »Leute wie die können hinterlassen, was immer sie wollen. Vielleicht ist das ein Witz. Wenn ich etwas hinterlassen könnte, das alle Leute als höchste Weisheit verehren, würde ich auch Schwachsinn von mir geben. Leute sind

Idioten. Die meisten verdienen es, dass man sich über sie lustig macht.«

Marten schürzte die Lippen. Das war tatsächlich ein Gedanke, der nicht von der Hand zu weisen war.

Hammer schüttelte den Kopf. »Glaub ich nich'. Die Reisenden sind durch das ganze novenische Land gereist, bis nach Dumrese und von dort ins alte Berun, um die Götter zu erschlagen, nur um dann einen Witz zu hinterlassen, den keiner kapiert, und eine Statue, die verkehrt herum steht?«

Ness zuckte mit den Schultern. »Ich würd's tun.«

»Du bist ja auch ein Arschloch«, gab Hammer zurück.

»Eben.« Ness nickte zustimmend. »Du glaubst doch nicht ernsthaft, dass die Reisenden selbstlos waren? Meiner Erfahrung nach gibt es keine selbstlosen Menschen. Nur Geschichten darüber, und ich wette, dass jemand gut dafür gezahlt hat. Marten, du bist aus Berun. Wie erzählt man diese Geschichte den Kindern in der Hauptstadt?«

Marten verdrehte die Augen. »Gibt es denn mehr als eine Version? Die Reisenden kamen aus dem Süden, um die Götter, die die Menschen schon allzu lange versklavt hielten, zu richten. Sie wanderten von Cortenara aus nach Norden, kamen durch Veycari, durch Armitago und die übrigen Länder, die heute der Novenische Bund sind, und vernichteten auf ihrem Weg jeden Tempel, den sie finden konnten. So gelangten sie bis hinauf nach Skellvar, wo sie endlich ein Schiff fanden, das sie nach Dumrese übersetzte. Von dort reisten sie in das alte Reich, zum Sitz der Götter in Berun. Als die Menschen von Berun die Reisenden kommen sahen, erhoben sie sich gegen die Götter, die daraufhin die alte Stadt zerschlugen. Aber sie konnten den Aufstand nicht aufhalten, sie konnten die Reisenden nicht aufhalten, und als sie das erkannten, flohen sie hinab in ihre Heimstatt in den Gruben im Herzen des Abgrunds. Die Reisenden jedoch folgten ihnen in den Schacht und erschlugen sie samt und sonders. Fünf von ihnen kehrten zurück. Sie erhoben den Anführer des Aufstands zum ersten Kaiser und versprachen, für immer über Berun zu wachen, bevor sie …«

»Jajaja. Ist gut.« Ness winkte ab und seufzte. »Versteht man das in Berun unter Geschichten erzählen? Was immer du für Talente hast – das ist keins davon. Ich habe schon spannendere Verpflegungslisten gehört. Außerdem ist diese Geschichte Grubenscheiße. Der Vibel und ich kommen aus Skellvar, und die Leute dort sind ziemlich sicher, dass die Reisenden nie bei uns gewesen sind.« Er zuckte mit den Schultern. »Bei uns erzählt man sich das Ganze anders. Aber so sind sie, die Bänkelsänger. In der Version der Geschichte, mit der *wir* aufgewachsen sind, stiegen die Reisenden nicht in den Schacht. Den gab es damals noch gar nicht. An seiner Stelle ragte ein hoher Felsen auf, das Schwert der Himmel. Man sagt, der Berg sei höher gewesen als der Fels, auf dem heute die kaiserliche Festung steht. Viel höher, bis hinauf in die Wolken. Kannst du das glauben?« Ness griff die Feldflasche aus Hammers Fingern und trank einen Schluck. »Jedenfalls heißt es, dass dort oben die Festung der Götter stand, so hoch, dass man das ganze alte Reich sehen konnte. Hat den Göttern aber wohl nicht geholfen, denn die Gefahr sahen sie nicht kommen, wie es scheint. In Skellvar erzählt man sich, dass sich die Reisenden bei Nacht in die Hauptstadt schlichen und sich unter die Abertausenden mischten, die hier lebten. Sie suchten nach einem heimlichen Weg in die Festung, und schließlich fanden sie einen Bediensteten, der ihnen für Gold eine Pforte in die Festung öffnete.«

»Die Reisenden besiegten die Götter durch Verrat?«, fragte Neko ungläubig.

Ness zuckte erneut mit den Schultern. »Eine altehrwürdige Tradition in jedem Krieg seit Anbeginn der Zeit, schätze ich. Aber in der Version der Geschichte, die man in Skellvar erzählt, ging es den Reisenden gar nicht darum, die Götter zu töten. Die Legende sagt, dass die Reisenden lediglich etwas suchten, das sie im Besitz der Götter glaubten.«

»Mit anderen Worten«, sagte Marten, »sie wollten etwas stehlen? Was denn?«

Ness grunzte. »Ich habe keine Ahnung. Aber darum geht es ja auch gar nicht. Auf jeden Fall ging wohl irgendwas gewaltig schief, denn in jener Nacht verschwand die Festung der Götter in einem gewaltigen Blitz. Ein Donner rollte über das Land, der bis auf die andere Seite der Inneren See zu hören gewesen sein soll, und ein blaues Feuer ließ fast nur rauchende Ruinen im alten Berun zurück. Als der Morgen anbrach, war der Berg verschwunden, und an seiner Stelle gähnte der Schacht, in den die Fluten des Meeres hinabstürzten. Man sagt, es habe eine Woche gedauert, bis sich das Loch gefüllt hatte. Als die Menschen in die zerstörte Stadt zurückkehrten, fanden sie den Mann vor, der die Reisenden in die Festung gebracht hatte. Wundersamerweise war er unverletzt und erzählte davon, wie die Reisenden die Götter besiegt und die Tempel und Priester der Götter verboten hatten. Die Bewohner des alten Reichs, die noch nie ohne die Führung ihrer Götter gewesen waren, glaubten seinen Worten und machten ihn zu ihrem neuen Anführer, Ulren der Löwe, der erste Kaiser von Berun. Immerhin war er derjenige von ihnen gewesen, der am Sieg der Reisenden beteiligt gewesen war. Außerdem war er der Einzige, der sagte, wie es weitergehen sollte, jetzt, da die Götter verschwunden waren. Und Leute neigen nun mal dazu, so jemandem zu folgen.«

Für eine Weile sagte niemand ein Wort, und die einzigen Geräusche waren das dumpfe Gluckern der Wellen an der Bordwand und die leisen Stimmen, die von den Lagerfeuern am Strand herüberdrangen.

Dann hob Marten den Blick und sah den Glatzkopf an. »Das ist Ketzerei«, sagte er langsam. »Wenn das die Ritter hören, dann …«

Ness winkte ab. »Das ist einfach nur eine Geschichte aus Skellvar. Und ich bin nicht so blöd, sie vor einem der Ritter zu wiederholen. Da könnte ich mich ja gleich dort hineinstürzen.« Er deutete auf das mittlerweile nachtdunkle Meer.

Marten runzelte die Stirn. Licht schimmerte über dem Wasser. Oder besser: im Wasser, gerade so, als würde jemand unter den Wellen mit Dutzenden milchig weiß glühender Laternen vorbeiziehen. »Was ist das?«

»Totenlichter«, stellte Ness fest. »Ich wusste allerdings nicht, dass sie die hier im Süden auch haben.«

»Und was genau ist das?«, fragte Neko.

»Ein schlechtes Omen«, lispelte Hammer. »Ganz schlecht. Jeder, der zur See fährt, fürchtet ihren Anblick.«

Marten betrachtete das leuchtende Wasser nachdenklich. »Warum?«

»Warum wohl heißen sie Totenlichter?«, fragte Ness. »Es heißt, wenn sie auftauchen, kündigen sie den Tod an.«

»Wessen Tod?«

»Wenn du nach den Seeleuten gehst, den von jedem, der sie sieht«, sagte Hammer.

»Was Blödsinn ist. Wenn das stimmen würde, wüsste ja keiner davon.« Ness grinste.

Hammer verzog das Gesicht. »Auf jeden Fall von allem, was da reinfällt. Das sind Krabben. Also eine Art.« Er hob einen wurstartigen Zeigefinger. »Jede so lang wie meine Hand. Tausende davon.«

Marten sah die Kriegsknechte von der Seite an. »Krabben. Und warum leuchten sie?«

Der Glatzkopf zuckte mit den Schultern und schob sich umständlich ein neues Blatt in den Mund. »Sie locken Fische an. Und Vögel.«

»Werden sie nicht gefressen?«, erkundigte sich Neko verwirrt.

Ness nickte. »Doch. Genau deswegen leuchten sie.« Er sah hinauf in das Gewirr der Taue in den Masten. Dann hob er ein längliches Bündel aus schwerem Wachstuch von der Schulter und begann, die gefettete Verschnürung aufzunesteln. Währenddessen deutete er mit dem Kopf auf einen Schwarm Skellinge, der jetzt von Land aus herübergeschwirrt kam und mit singenden Schwingen durch die Taue schwirrte. »Skellinge lieben Totenlichter. Und sie sind schnell genug.«

Gemeinsam sahen sie zu, wie der Schwarm seine Schiffserkundung beendete und mangels lohnender Beute auf das Meer hinaustanzte, direkt auf das milchig schimmernde Wasser zu, das sich jetzt parallel zum Ufer bewegte.

»Ich verstehe immer noch nicht«, sagte Marten.

»Es ist ganz einfach. Die Fische und die Skellinge kommen, um Totenlichter zu fressen. Ein, zwei, ein Dutzend vielleicht. Und die Totenlichter fressen die Fische. Und wenn sie können … Ah.« Er unterbrach sich, als der Knoten endlich nachgab. Sorgsam rollte er das Bündel auf Deck aus und entnahm ihm einen Bogen und ein Bündel Pfeile. »Halt das mal.« Er drückte Neko die Pfeile in die Hand und zog mit geübten Fingern eine geflochtene Sehne auf. Dann knackte er mit den Knöcheln, griff nach einem Pfeil und legte ihn auf. »Wenn sie können«, fuhr er fort, »fressen sie auch die Skellinge.« Die Skellinge hatten inzwischen das Leuchten erreicht und stießen mit heiserem Krächzen auf das Wasser hinab, um mit leuchtenden Funken in den Schnäbeln wieder aufzusteigen.

»Allerdings ist das nicht ganz so einfach. Skellinge fressen so ziemlich alles, egal, ob es Zähne oder Panzer hat oder giftig ist.« Er hob den Bogen und ließ den Pfeil davonschnellen, noch bevor Marten erkennen konnte, dass er auf irgendetwas gezielt hatte. Einer der Skellinge dort draußen zuckte und taumelte in der Luft, und seine Schwinge streifte das leuchtende Wasser. Gleich darauf klatschte er auf die Wellen, als wäre er an einem Hindernis hängen geblieben. Für einen Moment schien das leuchtende Wasser zu kochen, dann glättete sich die Woge, und die große Nachtmöwe war verschwunden. Ness senkte den Bogen. »Die Totenlichter haben ausgesprochen scharfe Scheren. Und sie haben ein Gift, das Fische lähmt, die auch nur einen von ihnen fressen. Sie sind ein wenig wie Kriegsknechte. Kein Vergleich mit den großen Jägern, aber sie sind viele, und wenn einer von ihnen stirbt, ist es meist, damit die anderen leben und zu fressen haben. Mein Rat: Leg dich nicht mit ihnen an.«

»Sie sind nur Futter für alles, was stärker ist als sie«, sagte eine verächtliche Stimme hinter ihnen. Eine Stimme, die Marten nur zu gut kannte. Aus dem Augenwinkel sah er einen rostroten Waffenrock und erstarrte.

Ness dagegen drehte sich mit einem breiten Lächeln um. »Das stimmt«, sagte er gut gelaunt. »Es sind genug für alle da. Aber wenn das große Fressen vorbei ist, sind sie immer noch da. Was man nicht von allen großen Jägern sagen kann.«

Cunrat ad Koredin sah so makellos aus wie immer. Auch in der lauen Abendluft waren sein Waffenrock sorgfältig bis zum Hals geschnürt und Brustpanzer und die Schulterstücke seiner Rüstung ordentlich angelegt. Selbst auf das Kettenhemd hatte er nicht verzichtet. Immerhin hatte er sich jetzt einen kleinen, akkurat gestutzten Kinnbart wachsen lassen. Vielleicht wollte er verwegen wirken. Marten senkte unauffällig den Kopf und kratzte seine eigene, struppig wuchernde Gesichtsbehaarung. Sein Blick fiel auf die Stiefel des Ritters. Ad Koredins Knappe schien alle Hände voll zu tun zu haben, denn das Leder glänzte geradezu unverschämt makellos.

Der Blick des Ordensritters streifte ihn nur kurz. Der bärtige, mit Schorf und blauen Flecken bedeckte Kriegsknecht schien ihn nicht zu interessieren, denn der Blick wanderte weiter und blieb an der weit beeindruckenderen Gestalt Hammers hängen, bevor er sich wieder Ness zuwandte. »Es sind immer die Alten und Schwachen, die zuerst ausgemerzt werden, sagt man.« Er sah hinaus über das Meer. »Ich hatte den Eindruck, du hast den Skelling nur gestreift, alter Mann. Es war wohl Glück, dass er abgestürzt ist.«

Ness' Lächeln flackerte nicht mal für einen Lidschlag. »Manchmal reicht Glück, ja. Besonders in meinem Alter.« Er musterte den Ritter. Dann hielt er ihm den Bogen hin. »Wie sieht es aus, junger Mann? Wollt Ihr Euer Glück versuchen? Vielleicht gelingt Euch ein besserer Schuss.«

Cunrat warf einen abfälligen Blick auf den angebotenen Bogen und strich sich den Kinnbart. »Eine nette Waffe. Aber so altmodisch.« Er winkte einen Pagen heran, der die Ordensritter begleitete. »Geh nach hinten und hol uns zwei Armbrüste.« Er sah hinaus über das leuchtende Meer. »Lass uns die Sache interessant machen, alter Mann. Fünf Adler? Jeder von uns hat zehn Schuss. Wer die meisten Skellinge erwischt, bekommt das Geld.«

Ness sah ebenfalls hinüber, wo die Nachtmöwen nur als unstete Schatten über dem Leuchten zu sehen waren. Er schmatzte. »Ganz schön weit weg. Ein bisschen viel Aufwand für fünf Adler, wenn Ihr mich fragt. Zehn?«

Cunrat setzte zu einer Antwort an, dann überlegte er es sich anders und nickte knapp. »Ich hoffe, du hast zehn Adler, alter Mann.«

Der alte Kriegsknecht griff in seinen Waffenrock und zog ungerührt einen Lederbeutel heraus, der satt klingelte, als er ihn leicht schüttelte. »Dürfte genug sein.«

»Wenn nicht, sammeln wir«, warf Hammer ein. »Is aber nicht nötig.«

Ness nahm die Unterstützung mit einem Nicken zur Kenntnis, legte das Geld auf eine nahe stehende Kiste und sah den Ritter an. »Und Ihr? Geben sie Euch genug Taschengeld?«

Der Ritter verzog den Mund. Dann wandte er sich um und hob die Stimme. »Rulf!«, rief er über das dunkle Deck, und Marten zuckte bei Erwähnung dieses Namens zusammen. »Bring mir zwanzig Adler. Der alte Mann hier will seine dazu legen. Und tritt diesem kleinen Frettchen von Page in den Hintern! Ich brauche die Armbrüste!«

Sie mussten nicht lange warten, bis der Page in Begleitung

eines weiteren Ritters zurückkehrte. Während der Junge dem Ordensritter zwei langschaftige Armbrüste und ein Bündel Bolzen überreichte, legte Rulf einen samtenen Beutel neben die abgeschabte Börse des Kriegsknechts. »Worum geht es?« Er ließ den Blick über die Männer wandern. Marten wandte sich abermals ab und sah interessiert auf das leuchtende Wasser, während er innerlich fluchte. Kein Zweifel, es war derselbe Rulf, den sie in jener chaotischen Nacht im Hof der *Jungfrau* zurückgelassen hatten. Für einen Moment glaubte er, den forschenden Blick des Ritters auf sich zu spüren, dann sagte Ness: »Euer Kamerad hier ist der Meinung, wir sollten ein Wettschießen auf Skellinge veranstalten. Und ich habe nichts dagegen, sein Geld zu nehmen.« Er grinste breit.

Cunrat hatte inzwischen die erste Armbrust überprüft und spannte jetzt mit geübtem Kurbeln den Wurfarm der Waffe. Er kommentierte Ness' Bemerkung lediglich mit einem Schnauben. Dann legte er einen mehr als fingerdicken Bolzen ein, sicherte ihn und hielt dem Kriegsknecht die Armbrust hin. »Hier, alter Mann. Das Beste, was die Waffenschmiede von Deckert in Berun zu bieten hat. Die beste Armbrust des Reichs und dabei schneller geladen als jede andere. Sie sendet einen Bolzen achthundert Schritt weit und durchschlägt noch nach fünfhundert einen Gardeharnisch. Was hältst du davon?«

Ness nahm die Waffe, musterte sie argwöhnisch und schielte probehalber ihren Schaft entlang, bevor er sie an den Ritter zurückreichte. »Nett. Aber ich kann damit nichts anfangen«, sagte er und spuckte über die Reling. »Vielleicht schaffe ich mir so etwas an, wenn ich zu tattrig bin, einen Bogen zu spannen.«

Hammer kicherte leise.

Cunrat ignorierte den Seitenhieb, hob die Waffe und betätigte den Abzugshebel. Krachend schlug die Armbrust aus und schickte den Bolzen davon. Nur einen Wimpernschlag später verwandelte sich einer der Skellinge in eine Wolke von Federn, und das leuchtende Wasser direkt unter ihm begann zu kochen.

Ness nickte, als der Ritter seine Waffe absetzte, um sie neu zu spannen. »Ihr könnt schießen, das muss ich Euch lassen. Hammer hier hätte das Vieh vermutlich nur getroffen, wenn er Euer Spielzeug da geworfen hätte. Und ich hätte geschworen, dass es das Einzige ist, wozu es taugt. Na, so kann man sich täuschen.«

Cunrat reichte die Armbrust an den Knappen weiter und nahm die zweite frisch geladen entgegen. »Willst du reden oder schießen?«

»Ich mache das lange genug«, erwiderte Ness, spannte den Bogen und zielte. »Ich kann beides.« Der Pfeil verließ die Sehne, und ein weiterer Skelling fiel aus der Nachtluft. Ness wandte den Blick vom Meer ab und sah dem Knappen beim Drehen der Spannkurbel zu. »Mich würde das da ja wirklich verrückt machen.«

Inzwischen hatte der Schwarm der Nachtmöwen bemerkt, dass etwas nicht stimmte, und begann, sich weiter vom Ufer zu entfernen.

»Das Einzige, was mich verrückt macht, ist andauerndes Gerede, alter Mann«, sagte der Ritter, legte an und schoss. Das Brodeln des Wassers zeigte einen neuerlichen Treffer an.

Pfeil für Bolzen fielen die nächsten Skellinge aus der Luft, als Ness und Cunrat ihr Schießen fortsetzten. Hammer, Neko und Rulf lehnten sich an die Reling und kommentierten gelegentlich die Treffer, während sich Marten unauffällig hinter den massigen Hammer schob. Besorgt kratzte er sich seinen neu gesprossenen Bart. Es sah nicht so aus, als hätte einer der beiden Ritter ihn erkannt. Und warum auch? Warum sollten sie den Schwertmann Marten hier inmitten der gemeinen Kriegsknechte erwarten? Dennoch, wäre es nicht sinnvoller, sich jetzt zu verdrücken, solange alle beschäftigt waren?

Der metallene Wurfarm der Armbrust krachte erneut, dann begann Ness langsam zu applaudieren.

»Gleichstand«, stellte Cunrat fest. »Es sieht so aus, als müssten wir uns ein anspruchsvolleres Ziel suchen.«

»Wir können es aber auch lassen und uns auf den Gleichstand einigen«, sagte Ness. »Schade um die guten Pfeile.«

Ad Koredin schnaubte und begann, seine Waffe erneut bereit zu machen. »Du fürchtest nur zu verlieren, wenn wir ein schwereres Ziel suchen.«

Ness' Miene erstarrte kurz, bevor sein Lächeln wieder auftaute. Hammer lachte auf. »Das ist den Mund ganz schön voll genommen, der Herr. Man sagt, Ness ist der beste Bogenschütze in der Armee Seiner Kaiserlichen Hoheit.«

»So. Sagt man das.« Rulf musterte den kleinen Kriegsknecht verächtlich. »Das ist aber schon 'ne Weile her, seit man das das letzte Mal gesagt hat, oder? Wie viele Jahre? Sieben? Acht? Zehn? Dann sollte er nicht den Schwanz einziehen. Solange ein Ritter den Wettkampf nicht für beendet erklärt hat, ist er nicht beendet.«

»Na, dann wünsche ich Euch noch viel Spaß. Ich bin fertig für heute. Pfeile sind teuer, und wenn ich noch mehr verbrauche, bringt mir auch diese Wette nichts.« Ness reichte den Bogen an Neko weiter und griff nach seinem Einsatz.

Cunrat war schneller. Die Armbrust krachte auf die Kiste und verdeckte die beiden Geldbeutel. »Das lässt du bleiben.«

Der kleine Kriegsknecht sah auf. »Gleichstand«, sagte er schlicht. »Ich nehme mir nur meinen Einsatz.«

Cunrat schnaubte. »Du gibst auf. Also gehört dein Einsatz mir. Was willst du tun, alter Mann? Dich gegen das Wort eines Ritters stellen?«

Im Gesicht des Glatzköpfigen arbeitete es, dann verzog er den Mund. »Behaltet es«, knurrte er.

Ein Lächeln trat auf Cunrats Gesicht, und Marten traf eine Entscheidung.

»Ich glaube, ich schieße für den alten Mann weiter«, sagte er leise, den Blick noch immer auf den dunkler werdenden Horizont gerichtet. »Wäre doch schade, wenn die Herre Ritter glauben, die Kriegsknechte der Dreiundvierzigsten wären ihnen unterlegen.«

»Der alte Mann hat schon aufgegeben«, gab Cunrat abfällig zurück. »Warum sollte ich mich mit dir messen wollen, Großmaul?«

Ein schwaches Glimmen am Himmel zog Martens Aufmerksamkeit auf sich. Es wirkte beinahe wie zwei Sterne, die sich in gemächlichen Schleifen hoch oben am Nachthimmel umkreisten und dabei in gleichmäßigem Rhythmus aufflammten und schwächer wurden. »Weil du das da nicht triffst.« Er streckte den Arm aus.

Rulf sah nach oben, und auch Hammer legte den Kopf in den Nacken. Er stieß einen leisen Pfiff aus. »Azhdar!«, sagte er. »Heute kommen aber auch die seltsamsten Dinge aus dem Loch gekrochen.«

Cunrat schien Marten von der Seite zu mustern, doch

die Nacht hatte sich beinahe völlig auf sie gesenkt, und er schien sich nicht sicher zu sein. Widerstrebend wandte er sich ab und sah ebenfalls nach oben. »Ein kleines Ziel«, stellte er fest.

Ness schüttelte den Kopf. »Wenn Hammer recht hat, dann ist es nur weit weg. Azhdar sind verdammt große Biester. Ihre Flügel spannen sich beinahe so weit, wie dieses Deck hier breit ist. Zumindest bei denen, die wir oben im Norden haben.«

Hammer nickte. »Ich hab gehört, die im Süden sollen größer sein«, warf er hilfreich ein.

»Und was sind das für Vögel?« Rulf starrte immer noch zu den langsam pulsierenden Lichtpunkten.

»Sturmdrachen«, sagte Ness. »Drachen mit riesigen Schnäbeln, aber keine Vögel. Sie haben Schwingen wie Fledermäuse, und man sagt, sie bringen ihr ganzes Leben in der Luft zu, weil sie zu groß sind, um zu landen.«

Ein gehässiges Grinsen zog auf Cunrats Gesicht. »Dann wollen wir doch mal sehen, ob wir nicht einen davon runterbekommen. Diese Flugdrachen würde ich mir doch zu gern aus der Nähe ansehen.«

Ness schüttelte den Kopf. »Lasst es. Schießt nicht darauf.«

Marten kniff die Augen zusammen. »Keine Sorge, ich weiß, was diese Armbrüste können. Ich kann das Vieh treffen.«

»Nein.« Der Kriegsknecht schüttelte den Kopf und begann, die Sehne seines Bogens zu lösen. »Niemand schießt auf die Azhdar. Es bringt Unglück.«

»Aberglaube«, schnaubte Cunrat. »Ein toter Vogel mehr oder weniger hat keinen Einfluss auf das Schicksal, das uns die Reisenden zugedacht haben.«

»Darauf vielleicht nicht. Aber es gibt auch noch andere Mächte als die Reisenden. Azhdar sind Augen Manars, und er nimmt es übel, wenn man versucht, ihm eines davon auszuschießen.« Ness verstaute seinen Bogen. »Lass ihm das Geld, Marten. Wir schießen nicht auf die dort.«

Die Ritter sahen den alten Kriegsknecht argwöhnisch an.

»Du ziehst Manar den Reisenden vor?«, fragte Cunrat lauernd.

Ness schüttelte den Kopf. »Hab ich nicht gesagt. Aber ich werde mich hüten, jemandem ins Auge zu stechen, den jeder Seemann auf der Inneren See dafür verantwortlich hält, ob uns die Winde gewogen sind oder ein Sturm uns versenkt. Die Reisenden haben damit nichts zu tun.«

»Aberglaube!«, wiederholte Rulf lauter, und Cunrat nickte. »Wir sind Beruner, keine Wilden vom Rand der Welt.«

»Das mag sein«, gab Ness zurück. »Deshalb schießt Marten aber trotzdem nicht. Sicher ist sicher. Verstanden, Junge?«

Marten sah ihn verständnislos an. »Aber …«

Neben ihm schwieg Rulf plötzlich. Es war ein Schweigen, das kaum hätte beredter sein können. »Marten?«, fragte er dann leise. »Marten ad Sussetz?«

Marten biss die Zähne zusammen. Für einen kleinen Moment erwog er tatsächlich zu leugnen. Oder jetzt und hier einfach über Bord zu springen. Er trug keine Rüstung – vermutlich war er schneller an Land als die Ritter, und sobald er erst einmal die Bäume hinter dem Strand erreicht hätte …

»Was ist mit ihm?«, erkundigte sich Cunrat, ohne die Augen von den kreisenden Punkten am Himmel zu nehmen.

»Der Kerl da. Das ist er«, sagte Rulf tonlos und trat einen Schritt zurück.

»Kennt ihr euch?« Neugierig sah Hammer zwischen Rulf und Marten hin und her.

Marten seufzte, wandte den Blick von Ness ab und blickte Cunrat an, der sich jetzt langsam umdrehte. Die Gewissheit kroch in die Augen des Ritters, und Marten konnte sich einer gewissen Genugtuung nicht erwehren. »Kann man sagen. Ich bin recht gut mit seiner Familie bekannt.«

Der darauf folgende Ausdruck war tatsächlich noch besser. Und er veranlasste Hammer dazu, sich seinerseits aufzurichten.

»Ad Sussetz!«, grollte Cunrat, die Armbrust in seiner Hand war vergessen. »Ich fordere dich …«

»Ho! Ho, ho.« Ness hob schnell eine Hand und winkte eilig zwischen Rittern und Kriegsknechten hindurch. »Bevor hier irgendjemand irgendetwas fordert – wir haben schon offene Forderungen. Immer hübsch der Reihe nach, in Ordnung?«

Cunrat riss den Blick von Marten los und sah den glatzköpfigen Kriegsknecht an, als sei der irrsinnig geworden. »Ich bin Ritter des Ordens, und dieser Mann da …« Anklagend deutete er auf Marten, doch Ness fiel ihm ins Wort.

»… ist Kriegsknecht der Krone«, beendete er den Satz des Ritters. »Und als solcher kann man genau genommen gar nichts von ihm fordern. Weil er nichts hat. Sein Arsch gehört seinem Vorgesetzten. Und in Abwesenheit seines Vibel bin das gerade ich.«

Hammer zog die dicken Brauen zusammen und öffnete den Mund, doch Ness winkte ab. »Dienstältester. Nicht jetzt, Hammer.«

Cunrat starrte noch immer auf den alten Kriegsknecht herunter. Seine Augen zuckten zu Marten, und seine Fäuste öffneten und schlossen sich. »Ich fordere Genugtuung von diesem Mann«, knurrte er mühsam beherrscht.

»Tatsache.« Ness' Blick folgte dem Cunrats. »Er ist eine wahre Freude, so viel steht mal fest. Wo er auch hinkommt, macht er sich neue Freunde.« Er wandte sich wieder Cunrat zu. »Und wofür, wenn ich fragen darf?«

»Er hat die Ehre meiner Schwester und meines Hauses beschmutzt.«

»O-ho! Er …« Ness riss die Augen auf, doch schon einen winzigen Moment später fiel die Maske der Verblüffung von ihm ab. »Wieso wundert mich das jetzt nicht?«

»Sie hat mich eingeladen«, murrte Marten trotzig. »Und so viel zu beschmutzen war da nicht mehr.« Im selben Moment, als er den Nachsatz gemurmelt hatte, bereute er ihn auch schon, denn die beiden Ritter spannten sich sichtbar an, und Ness warf ihm erneut einen Blick zu. »Ich meine doch nur, für siebzehn Jahre war sie wirklich erfahren.«

»Siebzehn?« Cunrats Hand fuhr zum Schwert an seiner Seite, und ein leises Scharren kündete an, dass auch Rulf seine Klinge lockerte. »Du hast auch mit Jaquelyn …?«

»Es reicht!«, donnerte Ness in einer Lautstärke, die so wenig zu ihm passte, dass sogar die Ritter innehielten. »Mehr will ich gar nicht wissen.«

»Ich schon«, brummte Hammer. Die anderen ignorierten ihn.

»Ich verbiete, dass du dich mit Rittern des Ordens schlägst, Marten«, fuhr er etwas leiser fort, wobei er Cunrat ansah. »Das Gesetz sagt, Ordensritter, dass es den Truppen von Kaiser und Orden verboten ist, sich in Zweikämpfen zu messen, und ich werde jeden Mann unter meinem Kommando zur Rechenschaft ziehen, der es wagt, sich dem Gesetz zu widersetzen.« Er deutete auf Marten, ohne die Augen von Cunrat zu nehmen. »Ich kann dich aufknüpfen lassen, Junge, damit du's weißt. Und was dich angeht, Ritter, frage ich mich, wer deinem Haus mehr Schaden zufügt, wenn ich dich deshalb vor deinen Heetmann bringen lasse. Es ist mir scheißegal, wer hier wen gevögelt hat. Es geht mich auch nichts an. Aber der Junge gehört zum Trupp meines Vibel, also steht er unter unserem Schutz – so lange, bis der Heetmann etwas anderes entscheidet.«

Cunrat sah aus, als würde er mit sich ringen, den kleinen, alten Kriegsknecht über Bord zu werfen, dann zog er die Oberlippe hoch. »Das wirst du bereuen, kleiner Mann. Niemand stellt sich Cunrat ad Koredin in den Weg, und niemand beschmutzt meine Ehre. Erst recht nicht ein Haufen dreckiger Kriegsknechte.« Er sah auf und funkelte Marten an. »Genieß es, ad Sussetz. Ich weiß nicht, warum du hier bist, was du damit bezweckst, mich zu verfolgen. Aber genieße deine letzten Tage in Begleitung dieses Abschaums. Sobald wir im Hafen anlegen, werde ich dich in Ketten schlagen lassen, und jeden, der sich an deine Seite stellt, mit dir. Es wird mir eine Freude sein, dich zu töten.«

Marten richtete sich auf und funkelte Cunrat an. »Dich verfolgen? Du überschätzt dich, ad Koredin. So wichtig bist du mir nicht. Du willst Genugtuung dafür, dass deine Schwestern auf Männer stehen, die nicht so langweilige Klötze sind wie ihr Bruder? Oder dafür, dass du überall herumerzählst, dass sie leicht zu haben sind?« Hammer fuhr herum, um Marten zu packen, doch der tauchte unter dem Griff des Kriegsknechts hinweg und fügte lauter hinzu:

»Du kannst Genugtuung haben! Dort!« Er deutete auf die fernen Azhdar. »Triff, und ich werde mich dir freiwillig stellen, wenn wir dieses Schiff verlassen haben. Was ist?«

Der Ritter fletschte tatsächlich die Zähne. Dann streckte er die Hand in Richtung des Knappen aus, ohne die Augen von Marten zu wenden. »Das kannst du haben. Armbrust, Bursche.«

Auch Marten streckte die Hand aus und nahm die zweite Armbrust von der Kiste. »Aber wenn ich treffe, hörst du auf, uns auf den Sack zu gehen, ad Koredin«, fügte er hinzu. »Und du wirst anerkennen, dass du unterlegen bist und entschuldigst dich bei den Männern der Dreiundvierzigsten.«

Im Gesicht des Ritters zuckte es gefährlich. »Du bist ein toter Mann, ad Sussetz«, sagte er leise.

Marten hob die Schultern und legte an. »Du wiederholst dich. Der linke ist deiner. Schieß.«

Cunrats Zähne knirschten hörbar. Er überprüfte den Sitz des Bolzens, hob die Armbrust und zielte unter den düsteren Blicken der Kriegsknechte hinauf in den Himmel.

Marten sah am Bolzen auf seiner eigenen Armbrust entlang. Die Mondsichel kroch jetzt hinter den Bäumen im Osten über den Horizont und begann, die Nacht zu erhellen. Das pulsierende Glimmen war kaum noch zu sehen, aber im Widerschein glaubte Marten, die schattenhaften Umrisse der großen Flugwesen mit grotesk großen Köpfen auszumachen.

»Trifft er bei diesem Licht sowieso nicht«, brummte Hammer. »Keine Sorge.«

Mit einem Klacken löste Cunrats Armbrust aus, und der Bolzen schoss hinauf in die Nacht. Marten hielt den Atem an.

Eine winzige Ewigkeit später zuckte der Umriss, und ein hoher, fremdartiger Schrei hallte von fern herüber, als die Kreatur hoch oben kurz ins Trudeln geriet, bevor sie sich wieder fing. Cunrat senkte die Armbrust und starrte Marten an. »Treffer«, stellte er fest.

Marten zog eine Grimasse. Dann sah er ein zweites Mal am Bolzen entlang. Die beiden Punkte waren tatsächlich klein. Ganz sicher kleiner, als sie auf den ersten Blick gewirkt hatten. Er stellte fest, dass seine Hände schwitzten. Gut, er hatte mit diesem Typ Armbrust schon einmal geschossen. Aber wäre ein Probeschuss wirklich zu viel verlangt? Marten spürte die Blicke der anderen auf sich ruhen und schluckte. Dann atmete er tief durch – und betätigte den Abzug. Begleitet von einem metallischen Klacken schoss auch dieser Bolzen in den Himmel davon. Nichts schien zu passieren. Nichts, bis einer der Lichtpunkte plötzlich flackerte und trüber wurde. Scheinbar langsam begann er, aus dem Himmel zu fallen, und erst als er näher kam, wurde Marten klar, welche gigantischen Ausmaße dieses Wesen hatte und wie weit entfernt es gewesen war. Neko, Rulf und der Page stießen fast gleichzeitig einen Laut der Verblüffung aus, und Marten hörte sich selbst pfeifen. Rauschend stürzte der gewaltige Sturmdrache herab und schlug klatschend auf die Wellen, nur wenige Hundert Schritte vom Bug der ankernden Triare entfernt in das flache Wasser der Bucht.

»Und jetzt verschwinde, ad Koredin«, hörte sich Marten selbst sagen. Er ließ die Armbrust auf das Deck fallen. »Das Vorderdeck gehört der Dreiundvierzigsten des Kaisers. Ihr habt hier nichts zu suchen, Ritter.«

Cunrat starrte ihn wortlos an. Dann warf er einen Blick dorthin, wo der riesige dunkle Körper auf dem Wasser trieb. Schließlich stieß er sich von der Reling ab. »Das war es noch nicht, ad Sussetz. Noch lange nicht«, sagte er, packte den Pagen am Kragen und stampfte wütend über das Deck davon.

Rulf schenkte Marten und den drei übrigen Kriegsknechten einen düsteren Blick, bevor er die Armbrust aufhob und Cunrat folgte.

Erst jetzt gestattete sich Marten ein leises Grinsen. »Gut. Das Arschloch wären wir schon mal los.«

»Am Arsch«, murmelte Hammer. »Das kann nicht gut sein.«

»Darauf kannst du wetten. Ich werde nicht dagegenhalten.« Ness' Miene war inzwischen versteinert. Er hängte sich die Bogenhülle über die Schulter und schüttelte den Kopf. Er sah Marten an, und so etwas wie Trauer lag in seinem Blick. »Manar wird das nicht gefallen. Und das kriegen wir mit Sicherheit noch zu spüren.«

Hammer lehnte sich auf die Reling und sagte nichts.

Marten wechselte einen verständnislosen Blick mit Neko, dann sah er hinaus, wo jetzt die leuchtende Spur der Totenlichter die Richtung gewechselt hatte und dorthin zog, wo der dunkle Körper des Azhdars auf dem Wasser lag. Täuschte das Licht, oder bewegte sich die riesige Kreatur noch immer? Er dachte an das Brodeln, das die verletzten Skellinge verschlungen hatte, und schauderte.

# 12

## KLEIDER MACHEN LEUTE

Diesen Teil der Stadt hatte Sara erst ein einziges Mal besucht, und sie hatte alles getan, um nicht aufzufallen. Die Straßen waren hier besonders breit und gepflastert, die Gebäude mehrstöckig und mit kunstvoll bemalten Erkern versehen, aus denen die Bewohner das Treiben unten auf den Straßen beobachteten, sich gegenseitig Grüße zuwarfen und ihren Reichtum zur Schau stellten. Menschen aus den niederen Ständen waren in dieser Gegend selten. Der Großteil wurde schon am Mitteltor von grimmig dreinblickenden Wächtern aufgehalten, und selbst diejenigen, die Botengänge verrichteten oder Waren transportierten, wurden keinen Augenblick aus den Augen gelassen. Auf Sara ruhten eine Menge misstrauischer Blicke, als sie an Danils Arm durch die Straßen ging.

Selbstbewusst steuerte der junge Adlige auf eines dieser Gebäude zu, über dessen Eingang das Symbol einer übergroßen Schere hing. Als sie eintraten, bimmelten Glöckchen, und Sara zuckte erschrocken zusammen. Der Raum war über und über mit Stoffballen und Kleidern angefüllt. Auf einer großen Tischplatte standen unzählige Kästchen mit Garnrollen und Farbstreifen, und daneben lag im Licht einer flackernden Öllampe ein ganzes Arsenal unterschiedlichster Nadeln, Messer und Scheren, sorgfältig nebeneinander aufgereiht wie die Werkzeuge eines Henkermeisters. Flüster hätte sicher seine helle Freude daran gehabt.

»Danil ad Corbec! Es ist mir eine Ehre.« Ein pummeliger Mann trat durch eine Seitentür und huschte diensteifrig auf sie zu. Mit einem breiten Lächeln auf dem pausbäckigen Gesicht ergriff er Danils Hände und schüttelte sie kräftig. »Was darf es denn diesmal sein? Ein neues Wams? Ein Waffenrock für das Turnier oder eine Kuvertüre für Euer Pferd ...?«

»Ein Kleid, Meister Endreiß«, schnitt Danil seinen Wortschwall ab. Er deutete auf Sara, die der Schneider nun zum ersten Mal zu bemerken schien.

Der dicke Mann musterte sie von oben bis unten und hob fragend die Augenbrauen. »Sie?«

»Sara«, sagte Danil. »Meine Nichte. Schneidert ihr etwas Passendes. Nicht zu verspielt, aber attraktiv.«

Meister Endreiß nickte und klemmte die Zungenspitze zwischen die Zähne. Konzentriert trippelte er um Sara herum. »Sie ... ihre Kleidung ist in einem ... bemerkenswerten Zustand. Ich nehme an, dass sie soeben von einer langen, beschwerlichen Reise zurückgekehrt ist? Ist sie überfallen worden? Verfolgt und ausgeraubt und womöglich sogar ...« Er schlug sich die Hand vor den Mund.

»Geht aus, wovon Ihr wollt, Meister Endreiß, aber macht Euch an die Arbeit.«

»Sofort, der Herr.« Der Schneider verbeugte sich und zog eine lange Schnur von seinem Gürtel. Mit einem schnellen

Schritt trat er auf Sara zu und schlang beide Arme um ihre Hüften.

»Was …?« Sara fuhr herum und stieß ihn grob von sich.

Der Schneider stieß einen schrillen Schrei aus, ruderte mit den Armen und landete krachend auf dem Hosenboden. Mit weit aufgerissenen Augen starrte er zu ihr empor.

»Er wollte nur Maß nehmen«, sagte Danil und half dem entsetzten Mann grinsend auf die Beine. »Für die Größe des Kleids.«

»Oh.« Sara wurde knallrot im Gesicht. »Er hätte ja einfach fragen können.«

Beschwichtigend hob der Schneider die Hände. »Keine Sorge, es geht auch so. Ich bin gut im Schätzen. Ich habe ein Auge für solche Dinge.« In sicherem Abstand tänzelte er um Sara herum, spitzte die Lippen und rieb die Fingerspitzen gegeneinander. »Sehr dunkel, das muss man durch gedeckte Farben kaschieren. Deutlich weniger üppig als die anderen Damen … aber das können wir durch die eine oder andere geschickte Raffung ausgleichen. Oben etwas knapper, unten ausladender. Dazwischen eine raffinierte Schnürung. Ja, ich denke, da ist noch etwas zu retten.« Unter Saras kritischem Blick und Danils unverschämten Grinsen zog der Meister nacheinander verschiedene Stoffstreifen aus einem Stapel und hielt sie abwechselnd gegen sein Modell und ins Licht.

»So ein Kleid ist ziemlich unpraktisch«, murmelte Sara, während sie den Schneider keine Sekunde aus den Augen ließ. »Es wird schmutzig, und der Stoff reißt, wenn ich auf Dächer klettere oder rennen muss.«

»In meinen Kleidern rennt man nicht«, rief Meister Endreiß empört. »Man schreitet – wie eine Königin.«

Sara runzelte die Stirn. »Wie schreitet denn eine Königin?«

»Königlich.«

Sara rollte mit den Augen.

Danil grinste. »Wenn du am Hof leben willst, musst du dich daran gewöhnen. Außerdem fällst du dort am wenigsten auf, wenn du dich der Mode anpasst.«

»Indem ich herumlaufe wie ein bunter Hund?«

»Ganz genau. Du wirst dich schon noch daran gewöhnen.«

Meister Endreiß nickte und griff nach einer Schere. Mit der Geschicklichkeit eines Messerkämpfers wirbelte er sie herum und schnitt ein großes Stück aus einer Stoffbahn. Mit theatralischer Geste hielt er es an Saras Schulter. »Ja, ich denke, das passt.« Zufrieden steuerte er den Tisch an, drehte den Docht der Öllampe höher und machte sich an die Arbeit.

Sara blickte ihm misstrauisch hinterher. »Ist es wahr, dass Ihr Eurem Pferd Kleider nähen lasst, Danil?«

Danil räusperte sich. »Eine Kuvertüre – ein Überwurf für das Lanzenstechen. Das sollte schon etwas Besonderes sein. Es ist wie in einem Theaterstück, es gewinnt nicht der, der die meisten Gegner vom Pferd stößt, sondern der, der das Herz des Volkes gewinnt.«

»Aber ein paar Siege schaden auch nicht, nehme ich an?«

Danil machte eine wegwerfende Handbewegung. »Gelegentlich auch so etwas.«

Als sie einige Zeit später auf die Straße traten, bemerkte Sara die Veränderung sofort. Es war nicht so, dass sie keine Blicke mehr auf sich zog, aber sie waren nicht mehr von

Abscheu oder Herablassung geprägt, sondern eher von mildem Interesse und gelegentlich sogar einem Hauch Bewunderung oder Neid. Nervös ließ sie die Finger über den Stoff gleiten. Das Kleid fühlte sich weich und samtig an. So ganz anders als alles, was sie je getragen hatte. Zum Klettern war es ganz sicher nicht geeignet, aber für ein Theaterstück schien es ihr angemessen zu sein.

Sie warf dem Mann an ihrer Seite einen verstohlenen Blick zu. Es gehörte sicherlich nicht zu seinen Aufgaben, sie im Namen des Kaisers zu unterhalten und mit schönen Kleidern zu beschenken. Er machte allerdings auch keine Anstalten, sich ihr unsittlich zu nähern. Ganz im Gegenteil. Er unterhielt sie mit amüsanten Geschichten, erklärte ihr das Leben am Hof und verhielt sich ganz und gar wie ein ehrenhafter Ritter. »Henrey Thoren schien nicht gerade erfreut gewesen zu sein, dass Ihr mir den Blaustein gezeigt habt...«

»Thoren kann manchmal schon ein ziemlicher Langweiler sein. Nimmt seine Aufgabe viel zu ernst. Er versteht nicht, dass andere mehr vom Leben erwarten als er.«

»Es ist aber sicherlich nicht einfach, das Kaiserhaus zu beschützen. Das Reich scheint eine Menge Feinde zu haben.«

»Thoren sieht hinter jeder Ecke einen Feind lauern. Bevor er morgens aufsteht, sucht er als Erstes unter seinem Bett nach versteckten Meuchelmördern.«

Sara lachte. »Was bringt einen Menschen dazu, sich so bedingungslos einer einzigen Sache zu verschreiben? Aus welchem Grund ist er dem Kaiser so ergeben?«

»Nicht dem Kaiser.« Danil beugte sich zu ihr herunter. »Dessen Mutter«, murmelte er ihr ins Ohr.

»Ann Revin?« Sie blieb stehen und schaute ihn mit großen Augen an. »Ihr meint, dass Henrey Thoren und ...«

»Warum denn nicht?« Danil zuckte mit den Schultern. »Kaiser Harand war ja bekanntermaßen kein Kind von Traurigkeit. Er hat zeit seines Lebens nichts anbrennen lassen. Wieso sollte sich seine Frau nicht auch anderweitig umgeschaut haben? Das Reich ist groß, und der Kaiser war viel unterwegs.«

»Das glaube ich nicht. Sie wirkt so ... distanziert.«

Danil grinste. »Ja, vermutlich hast du recht. Ann Revin ist eine Frau mit viel zu vielen Prinzipien. Sie würde sich niemals auf solche Dinge einlassen. Für sie steht das Reich an erster Stelle, und danach kommt lange Zeit nichts. Dieser Umstand könnte allerdings auch erklären, warum Thoren immer so schlecht gelaunt ist.«

Sara verschluckte sich fast vor Lachen und räusperte sich heftig. Es war sicherlich nicht sehr höflich, auf diese Art über die Mutter des Kaisers und ihren Beschützer zu reden. Andererseits schien der Gedanke gar nicht so abwegig zu sein, wie er im ersten Augenblick klang. Erfolglos versuchte sie, einen ernsthaften Gesichtsausdruck aufzusetzen, und blickte angestrengt die Straße hinab.

Als sie die drei Gestalten sah, die sie unter einem Torbogen hervor beobachteten, war ihre gute Laune schlagartig verschwunden. Sie erkannte Feyst Dreiauge nicht gleich wieder, so heruntergekommen wirkte er. Die Haare hingen ihm wirr ins Gesicht, das Hemd fiel offen über den fetten Bauch, und seine Augen waren blutunterlaufen und von dicken Tränensäcken umlagert. Seine zwei ältesten Söhne standen bei ihm und starrten finster zu ihnen herüber.

Saras erste Reaktion war, fortzulaufen oder ihre Fähigkeiten einzusetzen, aber Danil bemerkte ihr Zögern und folgte ihrem entsetzten Blick. Er setzte ein unbekümmertes Lächeln auf, rückte seinen Schwertgurt zurecht und steuerte direkt auf die drei Männer zu. Entgegen aller Vernunft folgte Sara ihm.

Scheels Hand verschwand unter seinen Umhang, doch Feyst hielt ihn zurück. Sein Blick wanderte von Sara zu Danil und dann zu dem Schwert an dessen Gürtel. »Wo ist Schramm?«, knurrte er. »Wo ist mein Sohn?«

Danil zuckte mit den Schultern. »Was kümmert mich das? Wo wird ein Mann wie Schramm wohl zu finden sein, wenn er nicht gerade am nächsten Galgen baumelt?«

Feyst zog ein noch finstereres Gesicht. »Ich hätte wissen müssen, dass du uns hintergehst. Einem Mann aus deinem Stand kann man nicht trauen. Es war dumm von mir, dir Geld zu geben …«

Danil schnaufte und griff an seinen Gürtel. »Wenn es dir nur um das Geld geht, das gebe ich dir gern zurück. Ich habe es ohnehin nicht gebraucht.«

Feyst spuckte angewidert auf den Boden. »Behalte es. Ich werde es mir bei Gelegenheit schon selbst zurückholen. Du wirst es nämlich nicht glauben, aber im Gegensatz zu dir bin ich ein Mann von Ehre.«

»Ein Mörder, Dieb und Menschenhändler?«

Feysts Mundwinkel zuckte nach oben. »Darin unterscheide ich mich wohl kaum vom Adel dieses Landes. Ich betreibe dieses Geschäft lediglich in einem sehr viel kleineren Rahmen als ihr da oben. In einer anderen Sache gibt es aber eine Menge Unterschiede zwischen uns. Ich breche niemals mein Wort. Wenn ich ein Versprechen gebe, dann halte ich es. Egal, was geschieht. Verrat ist schlimmer als der Tod. Verrat ist die Wurzel allen Übels. Es gibt nur eine Sache, die noch verachtenswerter ist. Verrat an der eigenen Familie.« Sein Kopf ruckte zu Sara herum, und seine Augen funkelten voller Hass. »Du hast deine Familie verraten. Ist das der Dank für all die Jahre, in denen wir uns um sie gekümmert haben? Für alles, was wir für dich getan haben? Sag mir, wohin sie meinen Sohn geschleppt haben!«

Saras Herz schlug bis zum Hals, doch sie wich seinem Blick nicht aus. Trotzig reckte sie das Kinn vor. »Schramm ist ein Scheißkerl, das weißt du ganz genau. Er hat uns alle wie Dreck behandelt, besonders Flynn und die anderen Kinder. Ihr habt sie ausgenutzt und missbraucht, wie es euch gefallen hat. Ihr seid nicht besser als die macoubanischen Sklavenhalter, die ihr so verachtet. Und deshalb habe ich euch nie etwas geschuldet, und ich schulde euch auch jetzt nichts.«

»Elendes Miststück«, zischte Feyst und ballte die Hände zu Fäusten. »Du glaubst wohl, dass du etwas Besseres geworden bist, jetzt wo du die Schlampe eines Adligen bist.« Er warf einen verächtlichen Seitenblick auf Danil. »Machst du schon die Beine für ihn breit?«

»Genug jetzt.« Danil legte die Hand auf den Griff seines Schwerts und zog es eine Handbreit heraus. »Hast du nicht gehört, Feyst? Du bist ein Scheißkerl, genauso wie dein Sohn. Also scher dich zurück in das Scheißloch, aus dem du gekrochen bist – und wenn Scheel die Hand auch nur ein kleines Stück unter seinem Mantel hervorzieht, schlage ich sie ihm ab und verfüttere sie an die Hunde des Kaisers …«

Scheel hielt in der Bewegung inne und runzelte die Stirn.

»So ist es brav.« Danil nickte, ohne ihn anzuschauen. »Das Mädchen steht unter dem Schutz des Kaiserhauses.

Wenn ihr ihm auch nur ein Haar krümmt, dann greift ihr den Kaiser persönlich an. Ich schlage also vor, ihr zieht eure Schwänze ein und verzieht euch von der Straße.«

Eine Weile starrten sich die beiden Männer finster an. Schließlich nickte Feyst. »Ich gehe. Aber das letzte Wort ist in dieser Sache noch nicht gesprochen.« Er wies mit dem Zeigefinger auf Sara. »Du schuldest mir etwas, Hexe. Du schuldest mir das Leben meines Sohns. Sollte ihm irgendetwas zugestoßen sein, dann wird dich auch dein Liebhaber nicht beschützen können. Dann komme ich und brenne dir die verfluchte Seele aus dem Leib. Darauf gebe ich dir mein Wort, und das breche ich niemals!« Abrupt wandte er sich um, und die drei Männer stapften davon.

Sara blickte ihnen finster hinterher. »Was sollte das werden, Danil?«, stieß sie durch zusammengebissene Zähne hervor. »Ich bin nicht eine von deinen Hofdamen. Ich wäre allein mit ihm fertiggeworden.«

Danil schob das Schwert zurück in die Scheide und grinste. »Ich weiß. Ich habe ihn ja auch nur vor dir beschützt.«


Es war beinahe schon Nacht, als sie in die Festung zurückkehrten und die Kaiserlichen Audienzräume im Löwenturm betraten.

»Ihr habt euch ganz schön lange Zeit gelassen«, brummte Thoren. Er stand mit gerunzelter Stirn über den großen Tisch gebeugt und machte sich nicht mal die Mühe aufzusehen. »Wo seid ihr gewesen?«

»Wir haben aus Sara eine Dame gemacht.« Danil ließ sich in einen Stuhl fallen und goss sich einen Becher Wein ein.«

»Genau das, was wir am Hof dringend noch gebrauchen können.« Thoren schnaufte. »Ich sehe nicht ein, was das für einen Zweck hätte.«

»Dieser junge Edelmann möchte Sara die Freuden der Theaterkunst näherbringen«, erklärte der Narr, der es sich zu Füßen der Kaiserinmutter auf den Stufen ihres Throns bequem gemacht hatte. »Hat er Euch das nicht erzählt? Und es wird sicherlich nicht die einzige Freude bleiben, die ...«

»Genug!« Danil warf Jerik einen finsteren Blick zu, den der Narr mit einem Grinsen erwiderte.

»Allerdings«, knurrte Thoren und tippte auf die Karte. »Genug von diesem Unsinn. Während ihr euch in der Stadt amüsiert habt, sind wir heute einen bedeutenden Schritt weiter gekommen. Dank der Hilfe unseres närrischen Freunds konnten wir dem gefangen genommenen Verschwörer wichtige Hinweise auf seine Auftraggeber entlocken.«

»Schramm hat sich lange gegen eine Zusammenarbeit gesträubt, aber irgendwann quoll es aus ihm heraus.« Jerik deutete auf sein Hinterteil. »Wie Durchfall – ungewollt, aber unaufhaltsam. Er hat die Verbindungen seines Vaters zu Beltran ad Iago und dem Fürsten von Macouban gestanden.«

»Unser Verdacht hat sich also voll und ganz bestätigt«, sagte Ann Revin. »Fürst Antreno plant im Macouban den Umsturz. Er hat die Aufständischen offenbar selbst aufgewiegelt und will mit ihrer Hilfe unauffällig die Kontrolle über das Fürstentum an sich reißen. Der Mordversuch an Thoren ist Teil dieses Plans gewesen. Beltran ad Iago weiß sehr genau, welche Hebel er in Berun umlegen muss, um uns zu schwächen.«

»Nur was bringt uns das?« Danil schlug die Beine übereinander und nippte am Wein. »Das ist doch nur die Bestätigung von allem, was wir ohnehin schon wussten. Als Beweis für die Fürsten reicht das immer noch nicht aus. Schramm ist ein unbedeutender kleiner Verbrecher. Sein Geständnis ist das Papier nicht wert, auf dem es geschrieben wurde.«

»Dann besorgen wir uns eben ein Papier, das als Beweis ausreichend ist. Ein Papier, das die Handschrift von Beltran ad Iago persönlich trägt ...«

Danil hielt inne, den Becher nur wenige Fingerbreit vom Mund entfernt. »Es gibt also tatsächlich so eine Botschaft?«

Die Kaiserinmutter nickte. »Wie wir gehofft hatten, ist Beltran nervös geworden, als wir die Schiffe losgeschickt und ihn im Thronsaal dann auch noch mit Sara konfrontiert haben. Er will seinen Herrn jetzt zu schnellerem Handeln drängen.«

»Das alles habt Ihr von Schramm erfahren?«, fragte Sara und merkte, wie sich ihr alle Köpfe zuwandten. Verschämt senkte sie den Blick. »Ich meine, woher sollte denn einer wie der so etwas wissen?«

»Das Woher kann uns egal sein.« Die Augen des Narren leuchteten. Er tippte sich mit einem langen Zeigefinger gegen die Stirn. »Wir wissen nur, dass er nicht gelogen hat. Wie dir ja bekannt ist, kann meiner sympathischen Art der Befragung keiner so leicht widerstehen ...«

»Wir haben nicht nur das von ihm erfahren«, sagte Ann Revin, »sondern noch sehr viel mehr. Es scheint ganz so, als wäre Fürst Antreno in seinen Bestrebungen nicht allein. Offenbar gibt es Verhandlungen zwischen ihm und vereinzelten Mitgliedern des Novenischen Städtebunds. Es ist die Rede von gemeinsamen Plänen. Flottenausbau, Aushebung von Truppen, vielleicht sogar Krieg.«

Danil schüttelte überwältigt den Kopf. »Krieg? Ihr meint

doch nicht etwa gegen das Kaiserreich? Warum sollte der Städtebund denn so etwas tun? Was verspricht er sich davon?«

Die Kaiserinmutter hob die Brauen. »Was sich die Menschen zu allen Zeiten von einem Krieg versprechen. Macht, Einfluss, Ruhm. Solche Dinge eben. Berun ist schon lange nicht mehr so stark wie früher, und die Städte haben durch Handel viel Reichtum erworben. Bedauerlicherweise auch ein bisschen zu viel Selbstbewusstsein. Schon seit Längerem nutzen sie die Privilegien, die mein Sohn ihnen leichtsinnig zugestanden hat, schamlos aus. In den letzten Jahren haben sie ihre Grenzen ziemlich oft ausgelotet und inzwischen wohl erkannt, dass Edrik ihnen keinen Einhalt gebietet. Und jetzt wollen sie offenbar mehr ...«

»Aus diesem Grund sind wir heute Abend hier«, sagte Thoren, der sich nun zum ersten Mal umwandte. »Unsere schlimmsten Befürchtungen sind wahr geworden, und es bleibt uns nicht mehr viel Zeit. Was wir bislang für einen beherrschbaren Aufstand im Macouban hielten, wird zu einer Gefahr für das gesamte Kaiserreich. Wir können uns ein Zögern nicht mehr leisten. Wir benötigen so schnell wie möglich stichfeste Beweise für den Kaiser und vor allem für den Fürstenrat. Wir müssen alles daransetzen, Beltran ad Iagos Briefe an uns zu bringen, bevor er sie zurück in das Macouban schmuggeln lässt. Wenn es nötig sein sollte, mit Gewalt.« Er deutete auf den grob skizzierten Plan einer Burg, der vor ihm auf der Tischplatte ausgebreitet lag. »Der Botschafter residiert als Gast in Kastell ad Vares zwei Tagesreisen nordwestlich von hier ...«

»Dessen Besitzer nicht unbedingt als guter Freund des Kaisers bekannt ist«, warf Danil ein.

Thoren nickte. »Das ist leider wahr. Die Burg steht mitten auf einem See und ist beinahe so schwer bewacht wie das Ordenshaus des Flammenschwerts. Ihre Tore schließen jeden Abend zum Sonnenuntergang und öffnen sich erst wieder am nächsten Morgen. Was uns allerdings nichts nützt, denn der Weg vom Seeufer bis vor das Burgtor ist lang. Selbst wenn es einem Angreifer gelingen würde, sich heimlich anzuschleichen, bliebe den Wachen immer noch genügend Zeit, das Fallgitter herunterzulassen. Wenn es erst einmal geschlossen ist, braucht es schon eine Armee mit Belagerungsgerät, um diese Burg einzunehmen.«

»Die wird Euch der Kaiser aber ohne Beweise niemals überlassen. Einmal ganz davon abgesehen, dass er Euch ohne viel Federlesen am nächsten Baum aufknüpfen würde, wenn Ihr in der Burg nichts findet. Habt Ihr daran schon einmal gedacht?« Danil goss sich einen neuen Becher Wein ein und lehnte sich zurück. »Bliebe also nur noch der gute alte Verrat. Ich gehe allerdings davon aus, dass Beltran klug genug ist, alle Wachen aus der eigenen Tasche zu bezahlen. Ihr werdet auf die Schnelle niemanden finden, der Euch freiwillig die Tore öffnet.«

»Ich bin beeindruckt.« Thoren klopfte mit den Knöcheln auf die Tischplatte. »Ihr versteht Euch also doch noch auf mehr als Frauengeschichten und Lanzenstechen. Zumindest die Grundzüge des Kriegshandwerks scheinen Euch vertraut zu sein. Allerdings wisst Ihr nicht genug, denn sonst hättet Ihr Euch denken können, dass für die Armee bereits gesorgt ist. Hilgers Kriegsknechte stehen bereit, um zuzuschlagen, wann immer ich den Befehl dazu gebe.«

Danil zog eine Augenbraue in die Höhe. »O ja, die Schwarzraben. Immer zur Stelle, wenn es irgendwo Blut zu vergießen gibt ... Bliebe aber trotzdem noch die Frage mit dem Tor. Wie wollt Ihr erreichen, dass es offen bleibt, wenn Ihr angreift? Wollt Ihr hineinspazieren und die Wachen daran hindern?«

Thoren lächelte. »Das ist gar keine schlechte Idee. Ich gebe zu, ich hatte bereits einen ähnlichen Gedankengang. Es muss lediglich jemand heimlich in die Burg eindringen und sich darum kümmern, dass das Fallgitter lange genug oben bleibt.« Er wandte sich zu Sara um und blickte ihr direkt in die Augen. »Jemand, der sich unauffällig bewegen kann und von niemandem gesehen wird. Jemand, der dem Kaiserhaus einen Gefallen schuldet. Einen einzigen Gefallen, und danach ist er frei.«

»Wie bitte?« Sara blickte die beiden Männer abwechselnd an. Ein kalter Schauer lief ihr die Wirbelsäule hinab. »Ich soll einfach so in eine schwer bewachte Burg eindringen und die Wachen daran hindern, das Fallgitter herunterzulassen? Meint Ihr etwa das?«

»Ein ganz hervorragender Vorschlag!«, rief der Narr und klatschte sich mit der flachen Hand gegen die Stirn. »Warum sind wir nur nicht schon selbst darauf gekommen? So viel Gerissenheit findet sich nur selten auf einem Fleck.«

»Eine schwer bewachte Burg? Aber wie soll ich das denn anstellen?«

»Sie hat recht«, sagte Danil. Er stellte den Weinbecher scheppernd auf den Tisch. »Das ist viel zu gefährlich. Sara hat ihre Fähigkeit noch lange nicht im Griff. Sie braucht noch eine Menge Zeit. Wir können sie dieser Gefahr nicht aussetzen.«

»Ich denke, das entscheidet sie immer noch selbst«, sagte

Ann Revin ruhig. »Sie weiß selbst am besten, was sie sich zutrauen kann und was nicht. Nicht wahr, Sara?«

»Ich weiß nicht …« Sara blinzelte und wusste nicht, was sie sagen sollte. Einerseits fühlte sie sich überhaupt nicht bereit, so eine Gefahr auf sich zu nehmen, andererseits versetzte es ihr einen Stich, dass Danil sie schon wieder wie ein kleines Mädchen behandelte. Außerdem hatte sie dem Kaiserhaus ja tatsächlich ein Versprechen gegeben. Ratlos blickte sie in die Runde. »Ich weiß es nicht«, murmelte sie. »Ich weiß wirklich nicht, ob ich für so ein Unterfangen schon bereit bin.«

»Ich auch nicht«, brummte Thoren und musterte sie von oben bis unten. »Ich weiß nur eins: Auf keinen Fall in diesem Kleid.«

»Aber …«

»… das Kleid wird sicherlich ihr geringstes Problem sein«, unterbrach sie der Narr und klatschte in die Hände. »Jedenfalls ist es schön, dass wir die Sache so schnell klären konnten.« Er wandte sich zu Ann Revin um und sprach weiter, als wäre die Angelegenheit damit tatsächlich entschieden. »Jetzt, da wir uns der Gefahr für das Reich bewusst sind, sollten wir uns vielleicht auch das Angebot des kolnorischen Königs noch einmal durch den Kopf gehen lassen. Seine Tochter scheint ausgesprochen hübsch zu sein …«

Ann Revin schnaubte. »Hübsch hat noch keine Kriege entschieden.«

»Dafür hat die Prinzessin ja zum Glück ihre Krieger. Unseren Freund Ansgr Nor und diesen Odoin …« Der Narr schüttelte sich. »Vor so viel Hässlichkeit nimmt jeder Feind Reißaus. So einem Monster würde ich nicht gern auf dem

Schlachtfeld gegenüberstehen. Den würde ich doch lieber an meiner Seite wissen – das hätte außerdem den Vorteil, dass ich ihn nicht anschauen müsste.«

Ann Revin nickte. »Ich fühle mich mit einer möglichen Verbindung zwischen Berun und Kolno nicht gut, aber bei den derzeitigen Entwicklungen müssen wir wohl alle Möglichkeiten in Betracht ziehen.«

»Was meint Ihr damit?«, fragte Danil dazwischen. »Sagt bloß, Ihr wollt Euch tatsächlich Prinzessin Ejin anschauen? Habt Ihr vergessen, wessen Tochter sie ist?«

»König Theoder ist ein hinterlistiger Drecksack«, sagte Ann Revin, ohne eine Miene zu verziehen. »Doch darin unterscheidet er sich nicht von unseren eigenen Fürsten. Im Gegensatz zu denen ist er aber deutlich berechenbarer und verfügt über eine Menge starker Krieger, die wir vielleicht schon bald dringend benötigen. Eine Hochzeit könnte für unsere beiden Reiche vorteilhaft sein. Er stellt uns sein Heer zur Verfügung und erhält im Gegenzug die lang ersehnte Legitimation für den kolnorischen Thron, den er, wie Euch ja bekannt ist, mit Gewalt an sich gerissen hat.«

»Mit Gewalt …« Danil verzog das Gesicht, als hätte er auf eine Zitrone gebissen. »Genau das ist es ja, was mir Sorgen macht.«

»Nicht nur Euch. Auch Thoren hat mir seine Bedenken bereits mitgeteilt. Aber ich muss an dieser Stelle dem Narren recht geben. Theoder braucht uns so sehr wie wir vielleicht bald ihn.« Ann Revin saß hoch aufgerichtet auf ihrem Thron. »Um Feuer zu bekämpfen, muss man gelegentlich ein Gegenfeuer legen. Wenn es die Sicherheit des Kaiserreichs verlangt und niemand anderes den Mut besitzt, dann muss eben ich selbst die Fackel entzünden.«

# 13

## SIEBEN LEBEN

Der Umweg hatte Lebrec noch mehr Zeit und Kraft gekostet, als er ohnehin schon gefürchtet hatte. Dabei war das Hindernis nicht groß oder auch nur auffällig. Lediglich ein schlammiger Fluss, der aus dem Dschungel des Inlandes kam, gerade breit genug, um das gegenüberliegende Ufer im Dunst beinahe verschwinden zu lassen. Gesund und ausgeruht hätte er das Wasser in wenigen Hundert Schritten überquert gehabt. Aber er war nicht gesund und ausgeruht. Genau genommen war er noch nie weiter davon entfernt gewesen. Er war übermüdet, er war seit Tagen im beinahe ständigen Agetrausch, der ihn von innen aufzehrte. In den fiebrigen Träumen, die er in den wenigen Pausen hatte, sah er sich selbst als eine Hülle von vertrocknetem, durchscheinendem Pergament, das eine pulsierende Wolke aus Schmerz umschloss und gefüllt war vom blauen Licht des Aget, das immer mehr winzige Löcher in ihn brannte, bis es ihn schließlich zerriss. Seine grauen Fetzen wehten davon, und in diesem Moment erwachte er, zitternd, durstig und mit Kopfschmerzen, die das Wühlen in seinem Bein unbedeutend erscheinen ließen.

Also hatte er sich flussaufwärts geschleppt, immer nur einen oder zwei Schritte vom Ufer entfernt, um sich jederzeit an Land retten zu können, wenn das Aget erneut nachließ und der Fluss versuchte, ihn in seine Umarmung zu ziehen. Einen oder zwei Tage später hatte er diesen Weiler hier gefunden, wenig mehr als eine Handvoll grob zusammengezimmerter Hütten, die auf das sandige Ufer zwischen dem Fluss und dem dahinter aufragenden Dschungel gesetzt worden waren. Sein erster Impuls war es gewesen, auf die Siedlung zuzuhinken und um Hilfe zu rufen. Er hatte ihn unterdrückt. Das war nur sein Körper, der um Hilfe winselte. Lebrec schob sich einen weiteren Brocken Blaustein zwischen die Zähne, um die Schmerzen ein weiteres Mal verstummen zu lassen, und wartete. Es dauerte nicht lange, bis er die erste lebende Seele entdeckte. Es war ein alter Metis mit fahlbrauner Haut, von der Sonne des Macouban in unzählige Falten gelegt. Er trug lediglich eine fadenscheinige Hose und einen Eimer, mit dem er zum Ufer trottete und mühsam Wasser aus dem Fluss schöpfte. Ein großer struppiger Hund begleitete den Alten und schnüffelte im Schlamm nach Fressbarem. Die Szene war beinahe unerträglich friedlich. Vielleicht war es gerade das gewesen, warum Lebrec weiter gewartet hatte, auch nachdem der Alte wieder verschwunden war.

Die Dämmerung war hereingebrochen, und noch immer hatte sich Lebrec nicht bewegt. Zwei schmutzige Brundals, fette, kurzbeinige Hirsche, durchwühlten ausdauernd den Schlamm nach Fressbarem, und der Hund hatte noch eine ganze Weile an einem alten Fischkadaver genagt, bevor er unter eine der Hütten gekrochen war, um dem kommenden Regenschauer zu entgehen. Noch immer hatte sich kein weiteres Leben in der Siedlung gerührt, und jetzt war sich Lebrec sicher, dass etwas nicht stimmte. Ein halbes Dutzend Hütten und nur ein alter Mann? Möglich war es. Aber warum stieg dann bei gleich vier der Häuser Rauch aus den Rauchlöchern?

Inzwischen hatte sich der leichte Regen in einen sturzbachartigen Wolkenbruch verwandelt, der die Sicht auf wenige Schritte schwinden ließ und nahezu jedes andere Geräusch ausschloss. Behutsam stemmte sich Lebrec auf die Füße. Dann schob er ein weiteres Bröckchen Blaustein in den Mund, leckte sich über das wunde Zahnfleisch und schlurfte durch den Regen am Rand der Lichtung entlang. Keiner der Tropfen traf ihn, und die schlammigen Pfützen rund um die Hütten trugen ihn, ohne dass er eine Spur hinterließ. So gelangte er beinahe bis an das erste der Häuser, bevor ein leises Knurren davon kündete, dass der Hund seine Anwesenheit bemerkt hatte. Geduckt schlich das große Tier aus seinem Versteck. Seine Lefzen waren hochgezogen und gaben den Blick auf ein beeindruckendes Gebiss frei, das selbst in der zunehmenden Düsternis gut zu erkennen war. Das Grollen, das aus seinem breiten Brustkorb aufstieg, wurde lauter. Lebrec blieb stehen und legte den Kopf schief. Dann streckte er dem Hund die Hand entgegen, und plötzlich stieg Dunst aus dem nassen Fell des Tiers auf, verdichtete sich zu einem feinen Nebel und wuchs um den Hund herum an. Für einen Moment wirkte es, als würde der fahle Geist des Hundes aus dem Tier heraustreten, dann verwandelte sich das Grollen in ein leises Winseln, als Lebrec weitere Feuchtigkeit aus allen Poren des Hundes sog und ihn rasend schnell auszutrocknen begann. Das große Tier sackte auf die Hinterläufe, rappelte sich wieder auf und drehte sich um. Taumelnd versuchte es, vor Lebrec in die Dunkelheit zu fliehen, doch nach wenigen Schritten brach es zusammen.

Lebrec schwankte ebenfalls, als oben die Tür der Hütte geöffnet wurde und eine Gestalt auf die überdachte Veranda trat. Dieses Mal war es nicht der alte Mann. Dieser Kerl trug einen matt schimmernden Beruner Brustpanzer, Arm- und Beinschienen und einen gefetteten Ledermantel, der ihn vermutlich vor der Nässe schützen sollte. Er hob eine kleine Laterne hoch und starrte in die Dunkelheit, in der irgendwo der Hund fiepende Laute von sich gab. Aus dem Inneren des Hauses rief jemand etwas, und der Gepanzerte antwortete in der gleichen, Lebrec fremden Sprache. Eine weitere Anweisung aus dem Inneren folgte, und der Gepanzerte knurrte unwirsch, bevor er unter dem Dach der Veranda heraustrat und das halbe Dutzend Stufen herabstieg. Schweigend deutete Lebrec auf die schlammige Pfütze vor der untersten Stufe und fühlte die Kälte des Aget durch seine Adern fließen. Das Wasser der Pfütze begann, kleine Blasen zu schlagen, doch in der herankriechenden Dunkelheit und im Prasseln der Regentropfen entging es dem Gepanzerten. Als er seinen Stiefel in die Pfütze setzte, bot ihm die schillernde, brodelnde Fläche nicht den geringsten Widerstand. Er versank in dem verflüssigten Morast unter seiner Sohle, als fiele er in eine verborgene Grube. Die Laterne entglitt seiner rudernden Hand, polterte auf die Treppe und blieb flackernd liegen. Noch bevor auch nur sein erschrockener Ausruf seine Lippen vollständig verlassen hatte, schlug der Schlamm der ehemaligen Pfütze über ihm zusammen. Einen Lidschlag später zeugten nur noch schaumige Blasen von der Stelle, an der der scheinbar feste Boden einen ganzen Krieger verschluckt hatte. Das Brodeln verebbte, und Lebrec atmete rasselnd auf. In diesem Moment zeichnete sich eine zweite Gestalt in der Türöffnung ab. Sie rief etwas, wohl den Namen des soeben Verschwundenen. Dann sah sie sich alarmiert um, trat zurück ins Innere der Hütte und erschien einen Augenblick später mit einer Armbrust und in Begleitung einer dritten Gestalt. Aufgeregt deutete sie auf die einsame Laterne, deren Flamme soeben zischend verlosch. Erst dann bemerkten sie den kleinen Mann, der kaum einige Schritte entfernt im Regen stand. Der Armbrustträger riss seine Waffe hoch, doch Lebrec war schneller. Es bedurfte nur einer Geste, und der Wasservorhang, der vom Dach der Hütte troff, gehorchte seinem stummen Befehl. Er schoss dem Mann mit einer Wucht ins Gesicht, die die Augäpfel bersten ließ, und erтränkte seinen alarmierten Ruf in einem Gurgeln, als er ihm mit Gewalt in den aufgerissenen Mund schoss, seine Zähne ausschlug und seine Lungen mit Wasser füllte. Die Haut auf seinem Gesicht wurde binnen eines Lidschlags zerfetzt, und mit einem hörbaren Knacken brach unmittelbar darauf sein Schädel auf, noch bevor er zu Boden gefallen war. Der zweite Mann war etwas schneller – er warf sich zurück in den Innenraum, als das Wasser in seine Richtung schoss und Splitter aus den Türpfosten riss, wo er gerade noch gestanden hatte. Seltsam abwesend nahm Lebrec die Verwüstung zur Kenntnis. Er wusste schon immer, dass Wasser ihm gehorchte, doch noch nie hatte er so viel davon so unglaublich einfach bewegen können. Andererseits hatte noch nie so viel Aget in seinen Adern gekreist wie in diesem

Augenblick. Es machte den Kopf leicht und sorgte dafür, dass alles, was jetzt geschah, seltsam unwirklich wirkte. Er betrachtete die Wände aus Wasser, die rund um die Hütte vom Dach schossen. Dann ließ er sie mit einem Wink erstarren. Ein weiterer Wink, und hinter dieser Wand begann das Wasser zu steigen, sprudelte aus dem Boden hervor, kroch vom Fluss heran und fiel von oben herab. Rasend schnell stieg der Wasserspiegel hinter der halb durchsichtigen Barriere, erreichte die Veranda, schoss ins Innere des Hauses und stieg unaufhaltsam weiter, stieg, stieg und drückte schließlich von innen die Palmblätter des Dachs nach oben, wo sie in der immer noch ansteigenden Säule aus Wasser wirbelnd aufstiegen. Lebrec nahm kaum wahr, dass er zu zittern begann, doch noch immer hielt er den nassen Käfig um die kleine Hütte aufrecht, so lange, bis er glaubte, zusammenbrechen zu müssen. Erst dann entließ er die Wassermassen, die brausend zu Boden klatschten und sich in gurgelnden Sturzbächen aus den Fenstern und der Türöffnung der Hütte ergossen. Ein Gepanzerter wurde von den Fluten aus der Tür gespült, die weit aufgerissenen Augen blicklos auf Lebrec gerichtet, bevor ihn das Wasser auf den Bauch drehte und mit sich fort in den Fluss riss.

Schwerfällig stieg der kleine Agetsammler die Stufen hinauf, auf denen der Bach jetzt langsam wieder zu einem Rinnsal verebbte, das dem Platzregen angemessen schien. Sein Atem kam inzwischen stoßweise. Im Inneren der Hütte hatte das Wasser ein vollkommenes Chaos hinterlassen. Stühle und ein roh gezimmerter Tisch waren in die Ecken des Raums geschwemmt worden und mit ihnen das Gepäck von fünf oder sechs berunischen Kriegsknechten. Zwei der Männer lagen ebenfalls an der Wand, unter den triefenden

Resten der Einrichtung, die blassblauen Gesichter noch immer verzerrt von ihrem letzten, verzweifelten Ringen um Luft. Unter einem umgekippten Regal entdeckte er die Leiche des alten Mannes, und ein Stich des Bedauerns durchfuhr Lebrec. Er schüttelte es schnell ab. Vermutlich hatte der Alte freiwillig mit den Rotkitteln zusammengearbeitet. Sie bezahlten immerhin gutes Geld. Der dritte Fremde, jener, der sich vor Lebrec ins Innere geflüchtet hatte, hing verheddert in einer der Hängematten. Auch sein Gesicht hatte die wächserne Farbe eines Ertrunkenen, doch jetzt kam es Lebrec bekannt vor. Er hatte mit diesem Mann einmal aus einer Flasche getrunken, vor … Lebrec wusste es nicht mehr. Er hatte keine Ahnung, wie viele Tage vergangen waren. Es spielte auch keine Rolle. Der Mann hier war ein Kundschafter jenes Heers gewesen, das Lebrec noch Tage hinter sich wähnte. Lebrec runzelte die Stirn. Hatte er so viel Zeit verloren? Er sah hinab auf das Gesicht des Mannes, den er selbst mit den Grundzügen der Wildnis im Macouban vertraut gemacht hatte. Tavic? Lebrec glaubte, sich dunkel erinnern zu können, dass das der Name des Mannes gewesen war. Oder irgendetwas ähnlich Klingendes. Nicht dass es eine Rolle spielte. Der Mann war tot und würde niemanden mehr zu einem Dorf führen, damit jene, die ihm folgten, dort mordbrennen und sich an jenen vergehen konnten, die nicht rechtzeitig in die Wälder geflohen waren.

Lebrec lachte humorlos auf. Es war so einfach, Leben auszulöschen. Es war … nein, es war wirklich keine große Sache. Diese Männer waren hierhergekommen, ohne dass das Land sie eingeladen hatte. Sie gehörten nicht hierher, und er half dem Land nur, sich wieder von ihnen zu befreien.

Wenn sie der Macht dieses Landes nichts entgegenzusetzen hatten, der Macht, deren Verkörperung er war, dann waren sie nicht würdig. Und wenn sie unwürdig den Krieg in sein Land trugen, dann hatten sie ihren Tod selbst zu verantworten.

Ein winziger Teil, tief im Inneren Lebrecs, zitterte vor der Ungeheuerlichkeit dieses Gedankens. Doch das Aget glühte in ihm und brannte jenen unnützen, schwachen Teil langsam hinweg. Vielleicht war es falsch, das Aget nicht zu nutzen, es den Fremden zu überlassen, die es mit Geld oder Gewalt holten. Gehörte es nicht rechtmäßig ihnen? Er schüttelte den Kopf, um das Summen loszuwerden, das sich seit einiger Zeit in seinen Ohren festgesetzt hatte.

Steifbeinig sammelte er eine erloschene Laterne auf. Es bedurfte wenig mehr als eines Gedankens, und das Wasser in der Brennkammer des eisernen Schirms verschwand. Ein weiterer Gedanke trocknete Feuerstein und Zunder, und kaum einen Moment später erhellte das flackernde Licht abermals den Innenraum der Hütte. Lebrec hob ein halbes Brot auf, das im Schmutzwasser auf dem Boden lag. Missmutig betrachtete er den vollgesogenen Laib, bevor er ihn mit einem dritten Gedanken trocknete und ein Stück davon abbiss. Nur wie durch eine Wolke nahm er wahr, dass ihm die Zähne schmerzten, als er sich genauer umsah und mit der freien Hand Ausrüstungsgegenstände auf dem Tisch sammelte. Decken, Früchte, ein weiteres Brot, Tonflaschen, deren Inhalt vor allem aus scharfem Branntwein bestand – zügig sortierte er sich durch die Hinterlassenschaft der Toten. Was ihn nicht interessierte, warf er in eine der Ecken, und den Rest auf eine Decke, die er schließlich zusammenband und über die Schulter warf. Ohne auch nur noch einen weiteren Blick auf die Leichen zu verschwenden, trat er schließlich wieder hinaus in den Regen. Für einen Moment musterte er die restlichen Hütten. Lichtschein drang aus den drei größten der übrigen Bauwerke, und er meinte, raues Gelächter durch den Regen zu hören. Vielleicht sollte er auch die übrigen Häuser von ihrem Ungeziefer befreien? Nachdenklich leckte er sich erneut über das Zahnfleisch und schmeckte Blut. Nein. Er würde diesen Krieg führen. Aber es brachte nichts, jetzt die Vorhut umzubringen, so sehr ihn das Aget auch dazu drängte. Das hier waren nur Kundschafter.

Auch wenn sie tot waren, würden mehr kommen. Es war wichtiger, Tiburone zu erreichen. Wenn das Heer des Macouban sich erhoben hatte, dann war es Zeit, diesen Krieg zu führen. Doch das würde nur geschehen, wenn er den Hof des Fürsten vor diesen Männern erreichte.

Er wandte sich ab und ging um die Hütte herum, wo er wie erwartet zwischen den Tragebalken vertäut ein schmales, langes Boot fand. Die Menschen hier waren Bootsmenschen. Sie lebten an, auf und von den Flüssen, die das Land durchzogen wie ein Geflecht aus Adern. Hätte der Feind das Macouban wirklich im Sturm nehmen wollen, hätte er nur mit Booten kommen müssen. Sein Pech.

Lebrec löste die aufgequollene Vertäuung und zog das Boot mühsam ins Wasser, bevor er sein Gepäck hineinwarf und das schlanke Fahrzeug in die Strömung schob. Zwei Schritte, und er konnte sich über die Bordwand ins Innere fallen lassen.

Langsam trieb das schlanke Boot flussabwärts in die grauen Regenschleier der einbrechenden Nacht, während der kleine Agetsammler auf seinem Boden lag und zu zittern begann. Mit letzter Kraft zog er eine der Decken zu sich heran, wickelte sich hinein und fiel in einen unruhigen Schlaf. Der Fluss würde ihn sicher bis zum Meer tragen. Wasser war sein Freund, und jetzt musste er nicht mehr fürchten, beim nächsten Schritt von diesem Freund verraten zu werden. Er musste nur Kräfte sammeln. Dann konnte er es schaffen.

# 14

## CAJETAN AD HEDIN

*Die Wege der Reisenden sind unergründlich.* Wie sehr diese Worte doch zutrafen. Auf das Leben, auf das Sterben, auf die Wunder und Schrecken der Welt und vor allem auf Cajetan ad Hedin. Der hagere Großmeister schüttelte seufzend den Kopf. Es war nun einmal, wie es war. Der Bauer musste die Früchte der Felder auf seinem Buckel schleppen, der Edelmann die Rüstung, und ihm hatten die Reisenden eine ganz eigene Last auferlegt.

Sein Blick fiel auf die grobe Tischplatte, auf der neben einem schlichten Holzkästchen sein Messer lag. Es besaß eine lange, gerade Klinge aus Cortenarastahl. Eintausend Mal gefaltet und der Sage nach in grauer Vorzeit im Blut eines bedauernswerten Drachen gehärtet. Ein Meisterwerk aus ineinander verschlungenen, matt schimmernden Mustern, das von beinahe unerreichbarer Vollkommenheit war. Ganz im Gegensatz zu ihm.

Seufzend ließ er sich auf dem Schemel nieder, legte die Linke neben das Messer auf den Tisch und spreizte die Finger ab. Zuerst den Daumen, dann nacheinander Zeige-,

Mittel-, Ring- und den kleinen Finger. Zum Schluss den sechsten. Ein verkümmertes krummes Ding, das wie ein vertrockneter Zweig vom äußersten Rand seiner Hand abstand. Der Makel. Die Schande. Seine Last.

Er starrte ihn an, als würde er ganz von allein verschwinden, wenn er es nur fest genug wollte. Es half nichts. Es half nie.

Er griff nach dem Weinkrug, füllte seinen Becher randvoll und kippte die schwere Flüssigkeit in einem Zug herunter. Eine angenehme Wärme machte sich in seinem Magen breit. Das machte die Sache zwar nicht besser, aber es bekämpfte den Schmerz. Er füllte nach und trank gierig wie ein Verdurstender. Seufzend schloss er die Augen, sprach ein Gebet, öffnete sie wieder. Dann hob er das Lederband auf, das zusammengerollt neben dem Messer lag, wickelte es stramm um den sechsten Finger und zog so fest zu, dass es schmerzte.

*Vergebt uns unsere Sünden.*

Er schob sich ein Holzstück zwischen die Zähne. Es schmeckte so modrig und alt wie alles in diesem verfluchten, verregneten Land, doch er würde es brauchen. Seine Rechte tastete nach dem Griff des Messers und krampfte sich darum. Behutsam legte er die Klinge an das verkrüppelte Fingerglied und zuckte dennoch kurz zusammen, als er die Kälte des Stahls spürte.

*Wovor fürchtest du dich, wenn der Suchende dich führt?*
*Wovor fürchtest du dich, wenn der Krieger dich schützt?*
*Wovor fürchtest du dich, wenn der Weise dich lehrt?*

Erneut schloss er die Augen, atmete tief durch. Langsam hob er das Messer an.

*Ich fürchte mich nicht.*

*Ich fürchte mich nicht!*

Wie ein Richtschwert fuhr die Klinge herab, durchtrennte Haut, Sehnen und Knorpel wie Butter und bohrte sich tief in die Tischplatte. Der Schmerz brauchte einen Augenblick und traf ihn dann wie ein Hammerschlag. So hart und heftig, dass Cajetan geschrien hätte, wären seine Zähne nicht in das Holzstück vergraben gewesen. Stattdessen winselte und stöhnte er und wiegte sich vor und zurück, während ihm Speichel aus den Mundwinkeln floss und sich mit dem Blut auf dem Tisch vermengte.

*Schmerz und Tod sind unsere Last. Wir tragen sie mit Dankbarkeit, denn die Wege der Reisenden sind unergründlich.* Er weinte, vielleicht lachte er auch. Es machte keinen Unterschied.

Als der Schmerz langsam verebbte, öffnete er den Mund und ließ das Hölzchen auf die Tischplatte fallen. Seine Hände zitterten, als er das Lederband von der Linken wickelte und die Wunde begutachtete. Sie blutete nur schwach, und soweit er es erkennen konnte, war der Schnitt gut platziert. Kaum etwas deutete darauf hin, dass sich an dieser Stelle soeben noch ein sechstes Fingerglied befunden hatte. Alles war nun so, wie es zu sein hatte. Erleichtert atmete er auf.

*Denn es ist würdig und recht.*

Als er die Augen wieder öffnete, stand Grimm in der Tür. Seine massigen Konturen waren hinter dem Schleier aus Tränen und Schmerz nur verschwommen zu erkennen. Cajetan blinzelte und schüttelte den Kopf. »Nicht jetzt, verdammt!« Hastig wickelte er einen Leinenfetzen um die Wunde und zog seinen Lederhandschuh darüber. Das abgetrennte Fingerglied schlug er in ein Tuch und wischte damit über die Tischplatte. Er zögerte kurz, ehe er das Holzkästchen zu sich heranzog und den Deckel aufklappte. Es war zur Hälfte mit Fingern gefüllt. Unzähligen vertrockneten Dingern, die gewisse Ähnlichkeit mit Würmern hatten, die ein Angler für seinen nächsten Fang gesammelt hatte. Er stieß die Luft aus und schüttelte sich. Dann ließ er das Tuch in das Kästchen fallen und klappte energisch den Deckel zu. Stöhnend stemmte er sich in die Höhe und streckte den Rücken durch. »Was ist?«

»Ein Bittsteller, Exzellenz.« Grimm senkte das Haupt so tief, dass die Tonsur auf seinem Hinterkopf zum Vorschein kam. »Ein ehrbarer Bürger, der unbedingt zu Euch vorgelassen werden möchte.«

»Und deshalb störst du mich? Ich sollte dich auspeitschen lassen!«

Grimm senkte den Kopf noch ein Stück tiefer. »Es ist sehr wichtig, Exzellenz. Ich hätte sonst nicht gewagt ...«

Cajetan machte eine wegwerfende Handbewegung. »Ich weiß. Hol ihn herein.«

Der Bittsteller war eine fette und unförmige Gestalt. Er wirkte mehr wie ein Bettler als ein ehrbarer Bürger. Trotz der Kälte schwitzte er wie ein Schwein und drehte seine Filzkappe nervös in den Händen. Im krassen Gegensatz zu seinem sonstigen Äußeren standen seine Haare, die er lang und offen trug wie ein Edelmann, und die zahlreichen goldenen Ringe, die an seinen Wurstfingern steckten. Eine wirklich lächerliche Erscheinung.

Widerwillig streckte Cajetan die Hand aus. Der Fettsack ergriff sie ungelenk und küsste nach einem irritierten Blick auf die Blutflecken den schweren Siegelring. »Ich danke Euch, Hoheit.«

»Exzellenz«, zischte Grimm ihm ins Ohr, und der Fettsack nickte eifrig und wischte sich den Schweiß von der Stirn.

»Exzellenz, ja! Verzeiht.«

Cajetan schenkte ihm einen dieser ausdruckslosen Blicke, die er normalerweise den Gefangenen auf der Streckbank vorbehielt. Bittsteller glaubten immer, dass man sie an der Hand durch die Protokolle des Ordens führen würde. Doch wenn sie erkannten, dass sie allein auf weiter Flur waren und selbst die Initiative ergreifen mussten, verrieten sie mit ihren ersten gestammelten Worten oft schon mehr über die wahren Gründe ihres Kommens, als tausend Drohungen es vermocht hätten.

»Mein Name ist Feyst. Ich bin … ich komme, um Euch zu warnen«, sprudelte es aus dem Fettsack hervor. »Ich führe ein ehrbares Gasthaus am Fuß der Kaiserfestung. Guter, sauberer Wein zu niedrigen Preisen. Ihr wisst schon. Liegt nicht im Magen und macht am nächsten Morgen keinen schweren Kopf. Ihr findet keinen besseren Wein in der ganzen Unterstadt, Exzellenz.«

Cajetan zog eine Augenbraue in die Höhe. »Bist du gekommen, um mir dein Gesöff zu verkaufen?«

Hastig schüttelte der Fettsack den Kopf. »Ich … nein. Ich bin gekommen, um Euch zu warnen, so wie es meine bürgerliche Pflicht ist. Dieses Mädchen … Sara. Sie ist … ich fürchte, dass sie eine Verfluchte ist. Und sie steht in Diensten eines Edlen. Danil ad Corbec ist sein Name. Vielleicht ist sie sogar seine Buhlschaft …« Hilfe suchend blickte er zu Grimm und knetete seine Filzkappe.

Cajetan sagte nichts. Schaute ihn einfach nur ausdruckslos an, ohne eine Miene zu verziehen. Er genoss es beinahe, das fette Schwein zappeln zu sehen.

»Ich will damit nichts Unlauteres behaupten, Exzellenz.«
Die Filzkappe drehte sich schneller. »Aber denkbar wäre es
doch, nicht wahr?«

Cajetan runzelte die Stirn. *Denkbar ist alles und noch
viel mehr, als dein kleines Hirn sich vorstellen kann.* Denkbar ist auch, dass ein Ordensherr sich den sechsten Finger
abschneidet und ein Adliger mit Verfluchten paktiert. Ge-
dankenverloren blickte er aus dem Fenster. Danil ad
Corbec. Dieser Name sagte ihm etwas. Ein leichtfertiger
Lebemann ohne Anstand und Ehre. Wenn ihn nicht alles
täuschte, handelte es sich um einen Günstling der Kaiserinmutter. Vielleicht war er sogar einer ihrer Wasserträger in
den Diensten von Henrey Thoren ... *Wenn es wahr ist, was
dieses Schwein erzählt, dann habe ich möglicherweise einen
echten Trumpf im Ärmel. Eine Möglichkeit, diesem Drecksack einen Schlag zu versetzen, den sie nicht so leicht verdauen wird. Was für eine überaus glückliche Fügung an
diesem ansonsten so elenden Herbstmorgen.*

»Nun, was sagt Ihr?« Feyst blickte ihn erwartungsvoll
an. »Diese Nachricht wird Euch doch sicherlich erschrecken.
Und vielleicht ist sie Euch ja sogar ...«, er zögerte, »... das
eine oder andere Goldstück wert?«

*Ob sie mir etwas wert ist?* Cajetan dachte darüber nach.
*Ein kleines Vermögen ist sie mir wert, wenn sie wahr ist.
Für diese Nachricht würde ich vielleicht sogar einen Finger
opfern, wenn es sein müsste. Nur schade, dass ich ihn mir
bereits abgetrennt habe. Für dich bleibt also leider nichts
mehr übrig, mein Freund.* Er hob die Hand. »Dieses Mädchen ... Sara? Sag mir, woher du sie kennst. Woher weißt
du von ihren Fähigkeiten?«

»Sie stand in meinen Diensten, Herr.«

»Ist das so?« Cajetan drehte die Hand und betrachtete seine Fingerspitzen.

Feyst riss die Augen auf. »Also … nur gelegentlich, meine ich.« Sein Blick wanderte nervös zwischen ihm und Grimm hin und her. Langsam dämmerte es dem Dummkopf wohl, in welches Fahrwasser er sich mit seinen Worten begeben hatte. »Kleine Aufträge, Botengänge, nichts Besonderes. Bis vor Kurzem wusste ich noch nichts von ihrem Fluch, ich schwöre es. Ich bin ein ehrbarer Mann. Konnte ja nicht ahnen, was sie im Stillen für teuflische Dinge treibt. Jedenfalls bis zu dem Augenblick, in dem sie diesem Danil begegnete und ihn verhexte. Sie hat ihn verzaubert und gefügig gemacht!«

»Und dann hat sie dich fettes Schwein in deiner Kuhle liegen gelassen und ist mit dem attraktiven, jungen Geldsack abgehauen. Und jetzt, wo sie fort ist, kommst du zu mir gekrochen, damit ich für dich Rache übe, richtig?« Cajetans Hand schlug hart auf die Tischplatte. »Du hättest dir eher überlegen sollen, mit wem du dich abgibst, Bürger Feyst. Es ist eine Todsünde, sich mit den Verfluchten und ihrer Hexerei einzulassen!« Er nickte Grimm zu, der eine schwere Pranke auf die Schulter des Wirts fallen ließ.

Feyst zuckte zusammen und quiekte wie ein Ferkel auf der Schlachtbank. »Verzeiht mir, Herr!«

»Exzellenz«, raunte Grimm ihm ins Ohr.

»Verzeiht mir, Exzellenz!« Feyst ließ sich ächzend auf die Knie fallen und umklammerte den Saum von Cajetans Robe.

Angewidert trat der Großmeister einen Schritt zurück. »Jener, der auf den Pfaden der Nacht wandelt, wird sich in der Dunkelheit verlieren. Hat man dir das denn nicht stets gepredigt?«

»Vergebt mir«, schluchzte Feyst. »Ich habe gesündigt.«

»Ja, das hast du.« Cajetan hielt den panischen Blick des Wirts mit stechenden Augen gefangen. »Du hast dich an der natürlichen Ordnung der Dinge versündigt und einen Pakt mit Dämonen geschlossen. Dafür wirst du in den Gruben schmoren.«

»Vergebt mir!« Auf allen vieren kroch Feyst näher, doch Grimm zerrte ihn grob zurück. »Soll ich ihn ins Loch werfen?«

Cajetan nickte, doch dann hob er die Hand. »Nein, warte. Ich habe es mir anders überlegt. Ich erkenne aufrichtige Reue in den Worten dieses armen Sünders. Und hat nicht Patriarch Deryn ad Skellvar selbst gesagt, dass wahre Aufrichtigkeit und Reue den Weg zur Unsterblichkeit weisen?«

Grimm zuckte mit den breiten Schultern. »Wenn Skellvar das gesagt hat...«

»Ich denke schon.« Cajetan wandte sich dem Wirt zu. »Grimm wird dir die Beichte abnehmen und dich noch einmal genau über alle Geschehnisse befragen. Vor allem über die Fähigkeiten dieses Mädchens. Wenn er den Eindruck gewinnt, dass du wahre Aufrichtigkeit und Reue zeigst, wird er dich mit meinem Segen ziehen lassen. Falls nicht...«, er wedelte mit der Hand, »nun, dann werden wir uns etwas anderes für dich überlegen müssen.«

Man konnte die Erleichterung auf dem Gesicht des fetten Mannes sehen. Seine Schultern sackten nach vorn, und er atmete hörbar aus. In den nächsten Stunden würde er beichten, wie er noch nie zuvor in seinem jämmerlichen Leben gebeichtet hatte. Er würde sicherlich noch einige Dinge mehr zu erzählen haben, die später von Nutzen für den

Orden sein konnten. Darüber hinaus würde er vielleicht auch die eine oder andere Sache dazuerfinden, aber auch das konnte sich irgendwann noch als nützlich erweisen. Je mehr Wissen er preisgab, desto besser. Danach konnte Grimm diesen elenden Verräter immer noch den Hunden zum Fraß vorwerfen.

Cajetan unterdrückte den Drang, sich die Wunde an der Hand wieder aufzukratzen, und wandte sich um. Letzten Endes war aus diesem elenden Herbsttag ja doch noch etwas Erfreuliches entsprossen. Wer hätte das gedacht?

# 15

## STURM

Das ist vollkommen irrsinnig!«, schrie Marten gegen den stürmischen Wind an. »Warum liegen wir nicht am Ufer und warten, bis das hier vorbei ist?« Keuchend verknotete er eines der Seile, mit denen sie versuchten, die Stapel mit ihrer Ausrüstung auf Deck zu sichern. Der aufgequollene Hanf rutschte durch seine Finger und hinterließ schmerzhafte Fasernadeln in seinen Händen. Unter ihnen schwankte und rollte das Schiff in der immer stärker werdenden Dünung der aufgewühlten See, als von Westen her eine gewaltige schwarze Wolkenwand auf sie zukam. Die Segel der Triare waren gerefft und fest an die Rahen gebunden, und die Seeleute waren fieberhaft damit beschäftigt, alle losen Taue zu befestigen. Aus dem Deck unter ihnen drang gedämpftes Fluchen und das stöhnende Knarren der Riemen, als die Ruderer gegen die auflaufende Flut ankämpften. Irgendjemand hatte beschlossen, das gewaltige Schiff vom Ufer weg in Richtung des heranrollenden Sturms zu bringen.

»Hat keinen Zweck!«, schrie Ness zurück. »Bei so einem

Wetter liegt man entweder in einem geschützten Hafen, oder man ist draußen auf See. Am Ufer bleiben ist das Dümmste, was man machen kann. Hier gibt's keine Bucht, die uns Schutz bietet. Der Sturm würde uns einfach von den Ankern reißen und an den Klippen zerquetschen.« Er stutzte, wischte sich übers Gesicht und schaute in den Himmel, der langsam eine gelblich-grünliche Färbung annahm. »Großartig. Der Regen kommt. Einfach großartig.«

»Halts Maul und zieh!«, bellte der Vibel neben ihnen. Er drückte Marten ein weiteres Seilende in die Hand. »Und du auch. Wir brauchen den Scheiß hier noch!« Er verschwand um den Stapel, um irgendeinen anderen Söldner zusammenzuschreien.

Hammer und Neko tauchten neben Marten auf und packten gleichfalls sein Seil. Gemeinsam zogen sie es ein weiteres Mal um die Kisten, die damit am Mast fixiert wurden.

»Manar«, sagte der Rothaarige düster und spuckte durch seine breite Zahnlücke aus. Der Wind riss den Speichel fort. Fasziniert beobachtete Marten, wie der Fladen einem anderen der Kriegsknechte auf der Rüstung landete.

»Was?«

»Manar ist sauer«, erklärte Hammer und zerrte am knarrenden Seil. »Der Azhdar, den irgend so ein Arschloch vorgestern erschossen hat. Deswegen passiert das hier!«

Gemeinsam verknoteten sie mit Mühe das Seil, während immer mehr schwere Tropfen auf sie einschlugen.

»Fertig!«, schrie Marten schließlich. Er war bis jetzt der Meinung gewesen, sein Magen hätte sich inzwischen an das Auf und Ab der Wellen gewöhnt. Jetzt musste er feststellen, dass er bislang noch gar nichts erlebt hatte. Saurer Speichel

zog seinen Mund zusammen, als er gegen sein Frühstück
ankämpfte. »Können wir jetzt runter?«

Ness schüttelte den Kopf. »Bleibt lieber oben. Das hier
ist noch gar nichts. Das wollt ihr nicht dort unten erleben.
Glaubt mir, es ist besser, hier oben zu sterben, wo ihr
wenigstens seht, was euch umbringt, als dort unten im
Dunkeln«, rief er.

Marten warf Hammer einen Blick zu, doch der große
Kriegsknecht war damit beschäftigt, sich an einem der Taue
festzubinden. Schließlich bemerkte er den Blick des jungen
Mannes und hielt ihm ein Stück Seil hin.

»Festbinden«, sagte er. »Und pass auf, dass du dein
Messer nicht verlierst.«

Marten starrte ihn fragend an.

»Falls das Schiff sinkt«, erklärte Hammer ungerührt.
»Dann willst du nicht hier angebunden sein. Oder dort
unten drin.« Er deutete auf die Luke, die hinab ins Vorschiff
führte.

Weitere Kriegsknechte banden sich auf Deck fest.

Marten runzelte die Stirn. »Ist das nötig?«, rief er gegen
das Tosen an. In diesem Moment schlingerte das Schiff,
bockte, und seine Nase richtete sich von einem Augenblick
auf den anderen steil in den Himmel. Ein Stöhnen fuhr
durch das ganze Schiff, das wie der Schrei eines großen Tiers
klang. Instinktiv verkrallte sich Marten in dem Lastennetz
neben ihm, als der Bug des Schiffs auch schon wieder nach
unten sackte. Marten starrte nach vorn, wo der Himmel
jetzt durch eine Wand aus graugrünem Wasser ersetzt worden war. Noch bevor er Zeit hatte, das aufsteigende Entsetzen wirklich zu spüren, bohrte sich der Bug in den Kamm
der gewaltigen Welle, durchstieß ihn und übergoss das

Deck mit einem Schwall Salzwasser. Der Stoß riss Marten von den Füßen und drohte, seinen Griff am Ladungsnetz zu lösen, als Hammer ihn am Kragen seines Wamses packte und zu sich heranzog. »Festbinden«, wiederholte er eindringlich. »Manar ist wirklich sauer.«

Mit zitternden Fingern band Marten eines der Seile um seinen Leib.

»Auf uns?« Neko spuckte Wasser. Die Gischt der Welle hatte sie alle schlagartig durchnässt. »Warum auf uns? Wir haben seinen Vogel doch nicht erschossen!«

»Azhdar«, rief Hammer zurück. »Keinen Vogel. Aber wir haben Marten und den Ritter nicht davon abgehalten.«

Marten starrte ihn an. Unter ihnen kippte das Schiff ein weiteres Mal nach vorn.

»Wie hätten wir das tun sollen?«, rief Neko aufgebracht. »Er ist ein Ritter! Er ... sie machen, was sie wollen!«

Auf der anderen Seite des Rotblonden zuckte Ness mit den Schultern. »Genau wie die Reisenden. Das ist der Grund, warum ich sie nicht mag!«, schrie er. »Festhalten!«

Das Schiff krachte in die nächste Welle und wurde emporgehoben.

Neko sah ebenfalls so aus, als würde er sich jeden Moment übergeben. »Wer ist dieser Manar überhaupt? Keiner der Reisenden. Sonst hätte ich seinen Namen mit Sicherheit gehört.«

Ness sah in den Himmel, der seine Farbe inzwischen zu Schwefelgelb gewechselt hatte. »Nein!«, rief er zurück. »In Skellvar, wo ich herkomme, ist er wichtiger als die Reisenden. Man sagt: Die Reisenden kommen und gehen wieder. Deswegen sind sie ja die Reisenden. Manar dagegen bleibt. Als sie das erste Mal in die Innere See kamen, da brauchten sie einen einheimischen Führer, weil sie hier ja fremd waren. Sie brauchten jemanden, der diese See hier kennt, vom Eismeer im Norden bis zum Drachenmaul im Süden. Und dieser Führer war Manar. Man könnte sagen, dass er eine Zeit lang selbst ein Reisender war. Der, dem die anderen folgten. Der, der eine Ahnung von diesem Meer hier hat. Nicht so wie die. Festhalten!«

Der Bug rammte eine weitere Welle und erschütterte das gesamte Schiff.

»Und im Gegensatz zu ihnen ist er nie weitergezogen«, fuhr Ness ungerührt fort. »Deswegen sollte man ihn nicht verärgern, wenn man auf der Inneren See reist. Und dazu gehört, dass man nie, nie einen Azhdar tötet.«

»Du bist sicher, dass dieses Wetter daran liegt?« Marten starrte auf die schwarze Wolkenwand, die von Westen heranzurasen schien.

»Ziemlich.« Der alte Kriegsknecht deutete nach oben.

Als Martens Blick seinem Fingerzeig folgte, entdeckte er hoch oben auf den Spitzen der Masten blauviolett züngelnde Flammen, die sich zusehends über die großen Rahen ausbreiteten und anwuchsen.

»Horch!«

Jetzt konnte der junge Schwertmann ein mit Knistern vermischtes Sausen in der Luft hören, dass er bislang für das Pfeifen des Winds in den Tauen über ihnen gehalten hatte. »Was ist das?«

»Manars Feuer!«, rief Ness. »Wenn du einen Beweis dafür brauchst, dass er sauer ist, dann siehst du ihn dort!«

»Und wenn wir Pech haben, sendet er uns einen Blitz hinterher!«, fügte Hammer hinzu.

»Ein Glück, dass keiner von uns Metall an sich hat,

was?«, rief der Rosskopf von der anderen Seite Hammers. Er grinste breit und klopfte sich mit den Knöcheln auf den eisernen Brustharnisch.

»Ich glaube nicht, dass das noch eine Rolle spielt«, rief der Vibel. Auch er stellte sich in den Kreis der Männer um den Mast und band seinen Gürtel an eines der Seile. »Wenn Manar uns tot sehen will, wird das passieren, Eisen oder nicht. Aber es ist besser, mit Waffen und Rüstung zu sterben, als ohne.«

»Sie sind wirklich ein abergläubisches Volk, die Skellvarer!«, rief der Rosskopf in Martens Richtung. »Aber wer weiß, vielleicht haben ihre alten Geschichten ja recht, und wir haben noch ein Leben nach diesem!«

»Eben.« Ness grinste Marten an. »Und in diesem Fall haben wir schon so viele vorgeschickt, dass es besser ist, vorbereitet zu sein. Festhalten.«

Die Männer stemmten sich gegen die nächste Welle, die das riesige Schiff erschütterte. Einer der langen Riemen brach, und seine Splitter flogen in der Gischt über Deck.

»Das ist Irrsinn!«, schrie Neko neben Marten, als das Wasser zwischen ihren Füßen vom Deck strudelte und sich in Sturzbächen hinab auf die Rücken der Ruderer in der Schiffsmitte ergoss. »Wir werden alle absaufen!«

»Möglich«, bestätigte der Vibel. »Oder auch nicht. Mach dir nicht ins Hemd! Schiffe wie das hier sind dafür gebaut, die Innere See auszuhalten.« Er griff in den Kragen seines Waffenrocks und fischte ein Lederband heraus. Am Ende des Bands hing eine blaue Scheibe in der Größe einer Münze, eines Beruner Goldlöwen, in deren Mitte ein Loch gebohrt worden war. Der Rest der leicht durchscheinend wirkenden Scheibe war sorgfältig poliert und mit fremdartigen, schlangenhaften Ornamenten beschnitzt, die sich im Flackern des Feuers Manars zu bewegen schienen.

Martens Augen wurden groß. »Ein Blaustein? Ist das nicht Ketzerei?«

Ness zuckte mit den Schultern. »War es auch, einen Azhdar zu töten. Und das hat dich ja auch nicht interessiert.«

Marten starrte ihn entgeistert an und warf dann einen Blick zu den Rittern auf dem hinteren Deck. Niemand schenkte ihnen Beachtung, und selbst wenn: Im schwindenden Licht und der wehenden Gischt war es vermutlich unmöglich, etwas Genaueres zu erkennen.

Der Vibel hatte von irgendwoher einen Nagel geholt und durch das Loch gefädelt. Jetzt hämmerte er ihn mit entschlossenen Schlägen seines Dolchgriffs gegen den Mast. »Jetzt weiß Manar, dass wir hier sind«, stellte er fest. »Wenn das nicht hilft, sind wir sowieso erledigt.«

Ein Wetterleuchten erhellte für einen langen Moment das Deck und ließ die blaue Scheibe am Mast nahezu aufglühen. Dumpfer Donner rollte über das Meer heran. Marten starrte auf die Fische und Schlangen, die sich auf der Blausteinscheibe zu winden schienen. Dann zerriss ein scharfes Gleißen die hereinbrechende Dunkelheit, und noch während Marten instinktiv zusammenzuckte, folgte das Krachen des Donnerschlags, das beinahe klang, als berste das Schiff unter ihnen.

Neben ihm brüllte Ness in wildem Jubel auf, und Marten starrte ihn entgeistert an. »Es hat nicht uns erwischt!«, schrie der Glatzkopf und bleckte die Zähne zu einem irren Grinsen.

»Kann noch kommen!«, brüllte Hammer zurück und bleckte sein eigenes, lückenhaftes Gebiss.

Ness nickte. »Aber der Erste ist immer der Gefährlichste! Festhalten!«

Das Schiff erreichte das nächste Wellental und rammte den aufragenden Wasserberg vor ihnen, bevor es ächzend begann, auch diesen zu erklimmen. In diesem Moment erschien es Marten, als ende unmittelbar vor ihnen die Welt. Eine Wand von der stumpfen Farbe angelaufenen Silbers erhob sich vor ihnen vom nächsten Wellenkamm bis hinauf in die Wolken, und erst als das Schiff auf diese Wand traf und sie durchstieß, wurde ihm klar, dass es Regen war. Regen, der sie mit der Wucht eines Steinhagels traf, ihre Köpfe und Schultern mit Schlägen eindeckte und sie binnen eines Wimpernschlags gründlicher durchtränkte, als es die Gischt bisher vermocht hatte. Marten krallte sich in das Tau vor ihm und rang in der tobenden Wand aus fallendem Wasser nach Luft. Ein weiterer Blitz durchdrang für einen Augenblick die Schwärze um sie herum und brannte das Bild von monströsen Wellen in Martens Kopf, jede höher als die Triare und so weit der Blick reichte: eine albtraumhafte Landschaft aus schwarz-öligen Hügeln und schroffen Bergen, die sich bewegten wie die Rücken gigantischer Tiere, von denen sich wehende Fetzen weißer Haut lösten. Und in der Tiefe des Tals unter ihnen erhoben sich zwei sanft geschwungene Türme, deren Enden sich ihnen zuzuwenden schienen. Dann brandete der Donner über sie hinweg, und das Bild verschwand.

Marten zwinkerte. *Was ...?*

Für einen Moment drehte der Sturm und trug die dumpfen Schläge der großen Trommel heran, die im Inneren des Schiffs einem Herzen gleich schlug und den Ruderern ihren Takt vorgab. Das Schiff kippte und tauchte hinab in das nächste Wellental. »Festhalten!« Der Ruf des Glatzkopfes klang fern und war vollkommen unnötig. Marten krallte sich so fest wie noch nie in seinem Leben und starrte in die Finsternis. Abermals lief ein Stöhnen durch das Schiff, als es die nächste Woge traf und der nächste Sturzbach das Deck überspülte. Weitere Blitze erhellten die tobende See. Im flackernden Licht entdeckte Marten die beiden Türme wieder. Sie schienen näher als noch vorher, und Marten benötigte einen Moment, um zu erkennen, dass sie parallel zum Schiff durch die Wellen pflügten. Ihre oberen Enden waren seltsam verdickt, und als die Blitzserie schließlich erlosch, hatte er den Eindruck, dass dort in der Dunkelheit ein bläuliches Licht glomm.

Der nächste Blitz war so nah und grell, dass er Marten kurz blendete, während gleichzeitig der Donner auf seine Ohren einprügelte. Irgendetwas stach wie eine glühende Spur in seinen Oberarm, und er hatte das Gefühl, dass ihn jemand in den Magen trat. Jede Faser seines Körpers schien zu vibrieren, und ein seltsames Prickeln ließ Hände und Gesicht brennen. Angestrengt zwinkerte er das Nachleuchten aus den Augen. »Was bei den Reisenden war das jetzt?«

»Was wohl?«, schrie Hammer. »Ein verdammter Blitz hat uns getroffen.« Er deutete nach oben, dann auf den Mast, in dem jetzt ein münzgroßes Loch gähnte, in dem die geschmolzenen Reste eines Nagels glommen. »Du darfst mal raten, warum der Vibel die Tressik-Münze hierher genagelt hat.« Er drehte sich zu den übrigen Kriegsknechten. »Hat jemand noch eine?«

Die anderen schüttelten die Köpfe.

»Na fein«, kommentierte Ness. »Dann sind wir jetzt offiziell im Arsch.«

Ein weiterer Blitzschlag zerriss die Luft, unmittelbar gefolgt von einem Stöhnen, das das gesamte Schiff durchlief, bevor es sich in ein Knirschen und Splittern verwandelte. Taue rissen und peitschten durch die Luft. Eines der Enden verfehlte sein Ohr nur um Haaresbreite.

»Der verschissene Mast ist getroffen!« Ness deutete durch die Regenschleier in die Mitte des Schiffs, wo das obere Ende des Hauptmasts lediglich aus geschwärzten Splittern bestand, von denen der Sturm eine Fahne aus Rauch und Funken riss. Unter anhaltendem Stöhnen geriet der Mast immer mehr in Schräglage. Weitere Taue rissen, dann kippte der größte Teil des mächtigen Baums zur Seite und schlug in einem Schauer aus Seilen, Befestigungen und Segelresten auf der tobenden See auf. Ein Ruck ging durch die Triare, die mit einem Mal gefährlich schräg lag, als der gefällte Mast unerbittlich an ihr zu ziehen begann.

»Bei den verdammten Gruben!« Die Kriegsknechte sahen sich an, bevor sie beinahe gleichzeitig nach ihren Messern griffen und ihre Halteseile durchschnitten.

Ness stieß Marten an. »Worauf wartest du? Wir müssen diesen Scheiß dort hinten von Bord bekommen, sonst zieht er uns runter! Und wenn der Kahn hier absäuft, willst du nicht an Bord sein! Also los!«

Die nächste Woge erwischte das Schiff härter als jede vorangegangene, und nur mit Mühe begann es, schräg den nächsten Wellenberg hinaufzuklettern. Irgendwie gelang es Marten, sein Messer nicht zu verlieren und das zähe, nasse Seil um seinen Leib zu durchtrennen, dann stolperte er rutschend den Kriegsknechten hinterher, die über das zerstörte Deck liefen und begannen, mit Messern, Schwertern und Äxten auf das Gewirr aus Seilen, Tuch und geborstenem

Holz einzuschlagen. Das flackernde Licht des tobenden Gewitters erhellte in kurzen Ausschnitten die Stellen, auf die ihre Werkzeuge trafen. Die nassen Taue gaben viel zu langsam nach, und der Mast zerrte das Schiff unerbittlich weiter in eine bedrohliche Schräglage. Marten fletschte die Zähne und hackte verbissen auf ein beinahe armdickes Tau ein.

»He! Wie wäre es mit ein wenig Hilfe?«

Der Vibel, Hammer und Neko zerrten eine gebrochene Rahe beiseite und stießen sie über Bord.

Ness fluchte und fügte noch lauter hinzu: »Ihr wisst schon, dass ihr in euren schicken Rüstungen als Erste in die Gruben fahrt, wenn dieser Kahn hier untergeht? Verdammte Blechköpfe.« Vom hinteren Ende des Schiffs schwankten jetzt schemenhafte Gestalten über das Deck auf sie zu. Metall glänzte im Widerschein der Blitze.

»Ernsthaft, wenn die Sicherheit des Reichs von denen abhängen würde, wären wir schon überrannt worden. Zwei- oder dreimal«, knurrte der Glatzkopf in Martens Richtung und zerschlug ein weiteres Tau.

Im Flackern des nächsten Blitzes ragte unerwartet ein weiterer Hüne von einem Mann neben den Kriegsknechten auf. Das gleißende Licht hob sein scharf geschnittenes Gesicht hervor, und Marten zuckte unwillkürlich zusammen, als er Cunrat ad Koredin so dicht vor sich sah.

»Aus dem Weg, Mann.« Der Ritter schob ihn beiseite, ohne ihn eines Blickes zu würdigen, hob eine mächtige Axt und ließ sie auf das verknotete Gewirr aus Seilen krachen.

Marten hielt den Kopf unten und rückte von Cunrat ab, um an anderer Stelle an den Seilen zu sägen, während sich weitere Ritter zu ihnen gesellten. Unter ihnen war auch

Rulf, dessen Anblick Ness mit gebleckten Zähnen quittierte. »O ja. Geht euch besser aus dem Weg, Marten. Wir haben dank euch schon genug Pech«, schrie er gegen den Sturm an. »Also tu mir den Gefallen und reiß dich zusammen!« Rulf sah auf, gerade als hinter Marten jemand zu schreien anfing, und seine Augen wurden groß.

Marten drehte sich um. Es war Neko, der sich an der Reling festkrallte und schrie. Abermals kämpfte sich die Triare einen Wellenberg hinauf, dieses Mal mehr schlecht als recht, weil der treibende Mast ihre Fahrt behinderte. Direkt neben ihrer Bordwand aber, kaum fünf Schritte entfernt, ragte ein schlanker, unglaublich langer Hals aus dem Wasser. Sein oberes Ende drehte sich, und in diesem Moment wurde Marten klar, dass er einen Kopf sah, aus dem ihn kleine schwarze Augen anfunkelten. Klein freilich nur, wenn man in Betracht zog, dass der Kopf die Größe eines Heuwagens hatte, an dem auch Augen von der Größe eines Suppentopfs noch klein gewirkt hätten. Nüstern öffneten sich auf seiner Oberseite und stießen einen Schwall nach Fisch stinkender Luft in ihre Richtung, dann öffnete sich ein Maul, weiter und immer weiter, und in dem gähnenden Schlund leuchteten mehrere Reihen dreieckiger, unterarmlanger Zähne. Marten starrte blinzelnd in den sich auftuenden Schlund. Die Zähne leuchteten tatsächlich – in einem kalten, eisig wirkenden Blauweiß, das das gähnende Loch zwischen ihnen nur umso tiefer wirken ließ. Dann stieß der Kopf vor und stülpte sich über Neko. Der Schrei erstickte, als der Kopf nach oben ruckte. Für einen Augenblick ragten die Beine des jungen Kriegsknechts geradezu grotesk in den Himmel, dann schluckte der lange Hals zwei, drei Mal ruckartig, und das Maul klappte zu. Entsetzt starrte Marten auf die Kreatur, von deren Hals Regen und Gischt in Strömen rannen. Das Maul öffnete sich wieder und gab abermals den Blick auf die unheilvoll leuchtenden Zähne frei.

Cunrat war der Erste, der reagierte. »Seedrache!«, brüllte er.

Jetzt kam Bewegung in die Kriegsknechte. »Lornik-Schlange!«, schrie der Vibel. »Macht, dass ihr wegkommt!«

Der Kopf der Kreatur zuckte wieder vor, diesmal auf Hammer hinab. Der massige Kriegsknecht warf sich herum und zog eine Rahe hoch, die er gerade freigeschnitten hatte. Das gesplitterte Ende bohrte sich in die Wange des Wesens, und mit einem schmerzerfüllten Brüllen ruckte der Kopf zurück, wobei er das Holz Hammers Händen entriss.

»Festhalten!«, brüllte Ness.

Marten krallte sich in die Seile vor ihm, als ein Ruck das Schiff durchlief, bevor es zu kippen schien und die Rückseite der Woge hinabstürzte. Wasser schwappte über ihn, drohte, ihn von Bord zu spülen, und wie von fern hörte er die Rufe der Ruderer im Deck unter ihnen.

Er stemmte sich mit den Füßen gegen die Reste der Reling und schnappte nach Luft. Nur zwei Schritte entfernt lag Cunrat, die Fäuste um den Griff seiner Axt gekrampft, deren Blatt er tief in die Decksplanken getrieben hatte. Prustend schüttelte er den Kopf und sah in Martens Richtung. Eilig wandte sich Marten ab. In diesem Moment entdeckte er die Hand, die sich um eine der abgebrochenen Relingstreben krampfte, und über das beinahe ununterbrochene Grummeln des Donners meinte er, jemanden rufen zu hören. Ohne nachzudenken, ließ er die Seile los und rutschte über das Deck, bis er an die Reling krachte, die unter seinem Gewicht nachzugeben schien. Direkt vor seinem Gesicht verloren die Finger den Halt, und Marten warf sich nach vorn, um die Hand zu ergreifen, bevor sie gänzlich verschwand. Er erwischte die Finger, griff mit der anderen Hand nach und bekam ein Handgelenk zu fassen. Der folgende Ruck kugelte ihm beinahe die Schultern aus und riss ihn nach vorn auf den gähnenden Abgrund hinter der Reling zu. Erst im letzten Moment gelang es ihm, sein Bein zwischen die Streben der Bordwand zu stecken und den drohenden Sturz abzufangen. Marten biss die Zähne zusammen und versuchte, den Griff um den Arm nicht zu verlieren. Inzwischen hing er mit dem kompletten Oberkörper aus dem Loch in der Bordwand. Unter ihm kochte das schwarze Wasser am Rumpf der Triare und darüber, im Regen und dem Flackern der Blitze nur undeutlich zu sehen, sah das bleiche Gesicht Rulfs zu ihm auf, Augen und Mund vor Schrecken geweitet. »Lass nicht los!«, kreischte der Ritter.

Marten presste die Kiefer so fest aufeinander, dass er glaubte, seine Zähne splittern zu spüren. Wenn es nach den Kriegsknechten ging, war dieser Mann schuld an ihrer ganzen Situation. Loslassen wäre so einfach. Vielleicht würde es ja reichen. Vielleicht …

Er starrte in Rulfs angstverzerrtes Gesicht. »Halt fest!«, knurrte er zurück und begann zu ziehen. Die zweite Hand des Ritters fand seinen Unterarm, verkrallte sich in seinem Hemd. Das Schiff erreichte die Sohle des Wellentals, und der gepanzerte Körper an seinen Armen schwang an der Bordwand entlang, drehte sich und drohte ein zweites Mal, Marten komplett über Bord zu reißen.

»Verfluchte Scheiße«, knurrte er. »Ich habe keine Ahnung, warum ich das mache. Wirklich nicht.« Rulf schwang weit genug herum, um einen Stiefel auf einen Teil der über Bord hängenden Trümmer zu bekommen. »Na also. Zieh dich …!«

Das Wasser direkt unter dem Ritter explodierte in einer Fontäne aus Gischt, in deren Mitte ein leuchtender Zahnkranz gähnte. Das weit geöffnete Maul stieg hoch und immer höher, und Marten erkannte, wie riesig diese Kreatur wirklich war. Der Ritter musste es in seinen Augen gesehen haben, denn die momentane Erleichterung machte Verwirrung Platz, gerade noch rechtzeitig, bevor die Zahnreihen sein Gesicht passierten. Sein gellender Schrei riss abrupt ab, als sich die Kiefer erst kurz vor Martens Händen mit einem Knirschen schlossen, das sogar über das Toben des Unwetters zu hören war. Für einen unwirklichen Augenblick sahen sich Marten und der gigantische Echsenschädel Auge in Auge gegenüber. Dann fiel die Kreatur zurück, verschwand im Mahlstrom aus Wasser, zerbrochenen Riemen und Mastbaumtrümmern und ließ Marten mit dem abgetrennten Unterarm des Ritters zurück. »Verdammte Grubenscheiße!« Marten starrte in den schwarzen Abgrund und wurde das grausige Gefühl nicht los, dass da etwas zurücksah. Über ihm knarrte es, die Reling ruckte, und endlich riss Marten den Blick los und ließ den Rest des Arms fallen. Erst jetzt wurde ihm klar, dass er noch immer kopfüber an der Außenwand des Schiffs herabhing, nur gehalten von einigen angebrochenen Holzstreben. »O verd…« Fieberhaft suchte er nach einem Halt. Ein Tau des gestürzten Masts baumelte in seine Richtung, und Marten gelang es, das Ende in die Finger zu bekommen, bevor die nächste Welle gegen den Bug schlug und ihn beinahe von seinem unsicheren Halt spülte. Kalte Gischt prügelte auf sein Gesicht ein, drang ihm in Augen, Mund und Nase und versuchte, ihm das Seilende zu entreißen. Nach einer Ewigkeit ging auch diese Welle vorüber. Marten rang hustend nach Luft und blinzelte in das unablässige Flackern des tobenden Gewitters. Über ihm stand die schattenrisshafte Gestalt eines Mannes an der Reling.

»Hilfe«, keuchte er. »Hier! Hol mich rauf!«

»Marten«, rief der Mann zurück. »Marten ad Sussetz?«

Marten schien es, als hätte jemand sein Innerstes urplötzlich mit Eis gefüllt. »Cunrat«, stellte er fest.

Der Ritter ging auf ein Knie, hakte den Arm um eine der Relingstreben und starrte auf ihn herab. »Tatsächlich«, schrie er gegen den Sturm an. »Und da dachte ich doch gerade, die Reisenden wollten meinen Augen einen Streich spielen. Wie es aussieht, habt Ihr Euch das falsche Schiff ausgesucht, um vor mir zu fliehen.« Er sah an Marten vorbei in die Tiefe. »Was ist mit Rulf?«

Marten starrte den Ritter an. »Er ... das Ding hat ihn gefressen. Mach schon, zieh mich rauf!«

»Das ist bedauerlich«, rief Cunrat zurück. »Da sieht man mal, wie ungerecht das Leben ist. Ein ausgezeichneter Ritter wie er endet einfach im Rachen einer Schlange, und jemand wie Ihr, Sussetz, überlebt stattdessen, indem Ihr Euch festklammert wie ein Stück Hundedreck an einem Stiefel. Aber es hat keinen Sinn. Niemand entkommt seinem Schicksal!«

Marten bleckte die Zähne. Seine Arme begannen vor Anstrengung zu zittern. »Schon gut. Zieh mich rauf, dann können wir uns meinetwegen schlagen, wenn das hier vorbei ist.«

Cunrat blinzelte sich den Regen aus den Augen und sah

nachdenklich herab. »Nein«, sagte er dann. »Ich glaube nicht.«

»He, Moment!« Marten wurde klar, dass seine Stimme mindestens so schrill klang wie kurz zuvor die des Kinnbärtigen. »Du bist ein Ritter des Ordens. Du kannst mich nicht einfach so ... ich meine, das wäre unehrenhaft!«

Cunrat sah ihn ernst an. »Das stimmt«, rief er sachlich. »Deshalb werde ich nichts tun. Gar nichts. Ihr seid tief gefallen, Sussetz. Zu tief, um Euch noch zu retten.«

Marten wurde plötzlich klar, dass der Ritter an ihm vorbeisah. Er verdrehte den Kopf, entdeckte den schlanken Hals, der abermals hinter ihm aus dem Wasser ragte, und fand ein dunkles Auge auf sich gerichtet. »Du Arschloch!«, schrie Marten, als sich das Maul öffnete.

»Gute Reise, Sussetz.« Cunrat umklammerte die Reling, als die nächste Welle das Schiff traf. Der Brecher riss an Marten und zerrte seinen Stiefel aus dem trügerischen Halt in den Trümmern. Das bläuliche Gebiss des Seedrachen streifte Marten lediglich, als er im Schwung des Aufpralls hinaus über das schäumende Wasser schwang. Messerscharfe Zähne zerschlitzten seine Hose und zogen glühende Furchen über seinen Oberschenkel, bevor sein eigenes Gewicht den jungen Krieger aus der Reichweite der schuppigen Kiefer trug. Der Kopf ruckte zurück und stieß abermals nach ihm. Das Monstrum hatte nicht vor, die Beute, die direkt vor seiner Nase hing, so leicht aufzugeben. Der leuchtende Zahnkranz raste auf Marten zu, beinahe so weit aufgerissen, wie Marten seine Arme ausbreiten konnte.

Und genau das tat er. Noch bevor ihn das Maul erreichte, ließ er los und fiel mit ausgebreiteten Armen in den schwarzen Mahlstrom aus Wasser und Trümmern tief unter ihm.

# 16

## NICHTS ALS DIE WAHRHEIT

Dick und schwer wie eine Decke hing der Nebel über dem See. Die Burg war kaum mehr als ein Schatten im undurchdringlichen Grau. Sara erkannte die Straße nur anhand der langen Holzpflöcke, die im Abstand weniger Schritte in den aufgeweichten Boden gerammt waren. Irgendwo weiter vorn schnaubte ein Pferd, und jemand hustete unterdrückt. Ihre Hand tastete über den Griff des Messers an ihrem Gürtel. Seine Klinge war kurz. Viel zu kurz, um sich damit gegen ein Schwert oder einen Spieß zur Wehr setzen zu können. Aber das hatte sie ja auch nicht vor. Wenn alles gut lief, würde sie es nicht benutzen müssen. Wenn alles gut lief ...

Eine strohgedeckte Hütte tauchte am Wegrand auf. Eine Frau saß in der Türöffnung und rupfte ein Huhn. Ein dürrer Junge blickte ihr über die Schulter, die Arme vor der schmalen Brust verschränkt und die Augenbrauen konzentriert zusammengezogen. Die Frau erklärte ihm, was sie tat, und der Junge nickte. Er hatte ein ernstes Gesicht und kluge, wache Augen. Er erinnerte Sara an Flynn. Es gefiel ihr nicht, dass er hier war, während ein paar Hundert Schritte hinter ihrem Rücken eine Horde Kriegsknechte auf ihr Zeichen zum Angriff wartete. Wenn es hart auf hart käme, würden die Söldner wohl auch ein Kind nicht verschonen. Andererseits hatte sie es ja selbst in der Hand, dass es nicht zum Schlimmsten kam. Wenn sie ihre Sache gut machte, würde den Dorfbewohnern nichts geschehen. Dann wäre der Spuk so schnell an ihnen vorübergezogen, wie er aus dem Nebel auftauchen würde.

Die Straße verbreiterte sich zu einem aufgeweichten Platz, an dessen Rändern die Umrisse weiterer Hütten zu erkennen waren. Einige Schritte weiter gluckerte das Wasser des Sees. Zwei Männer standen am Ufer Wache, beide mit Lederpanzern und Topfhelmen geschützt und mit Spießen bewaffnet. Vom Gürtel des Älteren baumelte ein Signalhorn herab. Hinter ihren Rücken führte ein künstlich aufgeschütteter Damm auf den See hinaus, wo in einiger Entfernung die Umrisse der Burgmauern in den grauen Himmel ragten.

Der jüngere Wächter nahm einen Schluck aus einem Weinkrug und reichte ihn an den Älteren weiter, der ihn fröstelnd entgegennahm. »Dieser verdammte Nebel jagt mir Schauer über den Rücken. Ist heute so dicht wie schon lange nicht mehr. Bei diesem Wetter sollte ein Mann sich zu Hause im Bett verkriechen, statt hier in der Kälte zu stehen und sich den Tod zu holen.«

Der Jüngere lachte leise. »Hast du Angst, dass dich die Moorgeister holen, alter Mann?«

Der Ältere trank einen Schluck und wischte sich mit dem Handrücken über den grauen Bart. »Du kennst die Geschichten nicht, sonst würdest du dich nicht über mich lustig machen, Bursche.«

»Welche Geschichten denn?«

»Die Seehexen.« Der Ältere deutete in das Schilf, nur ein paar Schritte von der Stelle entfernt, an der Sara durch das Unterholz schlich. »Sie haben früher in diesen Tälern ihr Unwesen getrieben. Wilde Weiber, die Jagd auf Männer wie dich gemacht haben und sie dazu zwangen, ihnen Kinder in die Bäuche zu pflanzen.«

Der Jüngere grinste. »Das würde mir gefallen.«

»Nicht wenn du wüsstest, was sie danach mit ihnen veranstaltet haben. Zuerst wurden die Männer nämlich auf alle erdenklichen Arten gefoltert und dann in einem grausamen Ritual ihren finsteren Göttinnen geopfert und bei lebendigem Leib aufgefressen. Wenn dann ihr Nachwuchs geboren wurde, schauten sie nach, ob es ein Junge oder ein Mädchen geworden ist. Handelte es sich um einen Jungen, dann wurde auch der geopfert. Nur die Mädchen ließen sie am Leben, um ihre widerliche Brut zu vergrößern.«

Der Jüngere schnaubte. »Das hast du dir ausgedacht…«

»Wenn es nur so wäre.« Der Ältere schüttelte seufzend den Kopf. »Als die früheren Herren dieses Land vom Kaiser überschrieben bekamen, um es für ihn urbar zu machen, da beschlossen sie, genau auf diesem See ihre Burg zu errichten. Sie trieben die Hexen in ihren Verstecken auf und machten kurzen Prozess mit ihnen. Die meisten erschlugen sie auf der Stelle, und die Überlebenden nahmen sie gefangen, um an ihnen ein Exempel zu statuieren. Zur Strafe für ihre Untaten brannten sie ihnen die Augen aus und schnitten ihnen Ohren und Nasen ab. Ein Körperteil nach dem nächsten, während die anderen dabei zuschauen mussten. Und dann schleiften sie die Hexen zum See hinunter und ertränkten sie darin.« Der Ältere nahm einen tiefen Schluck aus dem Weinkrug, bevor er fortfuhr. »Kurz bevor ihre Anführerin als Letzte an der Reihe war und man ihr ebenfalls die Zunge herausreißen konnte, stieß die Alte einen fürchterlichen Fluch aus und besiegelte ihn mit ihrem eigenen Blut.« Genüsslich zog der Graubärtige seinen Zeigefinger quer über den Hals. »Mit ihrem Krallenfingernagel hat sie sich selbst die Kehle aufgeschnitten. Von der einen Seite bis ganz zur anderen.«

»Verdammte Scheiße.« Der Jüngere riss die Augen auf und malte das Schutzzeichen der Reisenden in die Luft. »Was hat sie gesagt?«

Der Ältere kniff die Augen zusammen. »Wenn die Nächte länger werden und der Nebel dicht über dem Tal aufzieht, dann sollen sich die Leichen der getöteten Schwestern aus ihrem nassen Grab erheben, um blutige Rache zu nehmen. An diesem Tag soll die Burg für immer im See versinken und alle Bewohner mit sich in die Tiefe reißen.«

»Verdammte Scheiße!« Unbehaglich trat der Jüngere von einem Fuß auf den anderen. »Mit diesen Hexenflüchen ist nicht zu spaßen.«

Der Ältere nickte ernst und warf erneut einen Blick in das Schilf. Diesmal genau auf die Stelle, an der Sara kauerte. Sein Unterkiefer klappte nach unten, und er stieß ein ersticktes Keuchen aus. »Was ... was ist das?«

Sara erstarrte, und der jüngere Wächter machte einen erschrockenen Satz zurück, ruderte mit den Armen und landete mit einem lauten Platscher rücklings im Schlamm.

Der Ältere warf den Kopf in den Nacken und lachte. »Du bist mir vielleicht ein Held. Machst dir vor ein bisschen Nebel und ein paar Märchengeschichten glatt die Hosen nass.«

Fluchend griff der Jüngere in den Schlamm und bewarf den Älteren mit einer Handvoll Dreck, was den aber nur noch lauter lachen ließ. »Ich bin ausgerutscht, Arschloch«, grummelte er und fischte seinen Spieß aus dem Wasser.

Sara stieß einen lautlosen Seufzer aus und huschte an ihm vorbei auf den Damm.

Er war nicht sehr lang. Gerade lang genug, um den Wachen der Burg genügend Zeit zu verschaffen, um das Fallgitter herunterzulassen, wenn ein Angriff drohte. Das Torhaus wirkte ausgesprochen wehrhaft, mit einer Menge Schießscharten und Pechnasen, von denen man spitze, schwere oder brennende Dinge herunterschleudern konnte. Ein weiterer Bewaffneter stand auf seinen Spieß gestützt darunter Wache. Zum Glück hatte er die Augen geschlossen und schien von seiner Umgebung noch weniger mitzubekommen als die beiden Männer am Ufer.

Das Tor stand sperrangelweit offen, und das Fallgitter war hochgezogen. Sara hatte gehofft, dass der Zugang zum Torhaus direkt dahinter liegen würde, doch darin hatte sie sich geirrt. In dem düsteren Tunnel waren keine Durchgänge zu erkennen. Der gepflasterte Weg führte direkt in einen runden Innenhof, in dem es nach Fäulnis und vergammeltem Fisch stank.

Zur Linken befand sich das Haupthaus mit einer offenen Tür, hinter der im Schein eines flackernden Feuers ein untersetzter Mann mit Töpfen und Pfannen hantierte. Sara schob sich näher heran, als von den Pferdeställen auf der anderen Seite ein bedrohliches Knurren erklang. Aus der Dunkelheit löste sich ein schlanker Schatten und kam knurrend näher getrottet. Der Hund war groß und grau, mit einer haarigen Schnauze und langen muskulösen Beinen.

Eines dieser Biester, die von den Adligen für die Wolfsjagd gezüchtet wurden und manchmal auch für die Jagd auf Menschen. In der Mitte des Hofs blieb er stehen, schüttelte den massigen Schädel und fletschte die Zähne.

Der Mann in der Küche unterbrach seine Arbeit und trat durch die Türöffnung nach draußen. Er hatte einen schwarzen Vollbart und dunkle, eng zusammenliegende Augen, die misstrauisch über den Innenhof hinweghuschten. »Was knurrst du schon wieder, du Scheißvieh? Hast du immer noch nicht genug gefressen?« Er hob einen Stein vom Boden auf und warf ihn nach dem Hund, der erschrocken aufjaulte und sich zurück in die Dunkelheit verzog. Sara nutzte die Gelegenheit, um hinter dem Rücken des Mannes durch die Tür zu huschen.

Sie gelangte in eine schlichte Küche, an die sich ein langer, düsterer Flur anschloss. Vorbei an geschlossenen Türen und schmalen Treppen, die in die Tiefe hinunterführten, drang sie weiter in das Innere des Gebäudes vor. Mit jedem Schritt wurde der Fäulnisgestank intensiver. In der Dunkelheit vernahm sie irgendwo einen krächzenden Singsang, der stetig lauter wurde. Vorsichtig schlich sie weiter und stand hinter der nächsten Biegung unverhofft in einem düsteren Gewölbekeller. Er war nur schwach von vereinzelten Feuerschalen erhellt, und das flackernde Licht beschien ein Durcheinander aus Stoffbündeln, Knochenhaufen und seltsamen Gebilden, die mit verkrüppelten Ästen und Schilf zusammengebunden zu sein schienen. Die Wände waren von oben bis unten mit Symbolen und Zeichnungen überzogen, die aussahen, als hätte sie jemand mit bloßen Händen draufgeschmiert. Der Fäulnisgestank war beinahe überwältigend.

In der Mitte hockte mit überkreuzten Beinen eine halb nackte Greisin, der die grauen Haare in wirren Zotteln ins Gesicht hingen. In ihren Händen hielt sie ein Bündel zerzauster Federn, das sie sorgfältig mit einer Federschnur zusammenband.

Sara hatte solche Bündel schon mal gesehen. Die alte Mala hatte sie manchmal angefertigt. Talismane, die ihr halfen, die Gedanken zu ordnen und Kontakt mit den Ahnen aufzunehmen. Es war eine düstere Art von Hexerei, die sie nur selten angewendet hatte, doch es hatte nicht halb so Furcht einflößend und bedrohlich gewirkt wie das, was die Greisin in diesem Keller tat. Was immer sie vorhatte, hinterließ einen bitteren Beigeschmack auf Saras Zunge.

Mit über den Mund gelegter Hand bahnte sie sich einen Weg durch das Durcheinander, sorgfältig darauf bedacht, keine Geräusche zu verursachen. Sie trat über eines der Stoffbündel hinweg und sah, dass es eine vergammelte, fleischige Masse enthielt. Ihr Magen rebellierte, und sie unterdrückte ein zwanghaftes Würgen.

Die Alte hielt inne und sah auf. Mit gerunzelter Stirn blickte sie sich um, dann streckte sie die Nase in die Luft und begann, wie ein Hund zu schnüffeln. Ihre trüben Augen weiteten sich, und sie stieß ein hohes Winseln aus, das langsam an Intensität zunahm und schlagartig in einen schrillen Schrei überging.

Sara fuhr zurück. Ihr Fuß stieß gegen eine flache Holzschale und verschüttete den zähflüssigen Inhalt über den Boden. Sie hörte den Bärtigen in der Küche fluchen. Gleich darauf näherten sich seine schweren Stiefelschritte.

»Sie ist hier«, heulte die Greisin ihm entgegen. Mit beiden Händen presste sie das Federbündel fest gegen ihre magere Brust. Ihr Oberkörper schaukelte ruckartig vor und zurück. »Sie ist gekommen.«

»Wer ist gekommen?« Der Bärtige hielt jetzt einen schweren Knüppel in der Hand und streckte eine flackernde Fackel in die Höhe. Misstrauisch schwenkte er sie im Kreis. »Ich sehe niemanden.«

»Sie ist hier«, krächzte die Greisin. Ihre Augen waren weit aufgerissen, ihr Blick huschte von einem Eck ins nächste.

»Wer, verdammt noch mal?« Der Bärtige senkte die Fackel und schüttelte den Kopf. »Hier ist niemand. Nur du und deine verdammten stinkenden Geister. Sag ihnen, dass sie sich ruhig verhalten sollen, oder ich kümmere mich selbst darum.« Er ging zu einer der Holzkonstruktionen und trat genüsslich mit dem Stiefel darauf.

Das Heulen brach ab, und der Kopf der Greisin ruckte zu ihm herum.

»Jetzt verstehen wir uns, was?« Lachend wandte sich der Bärtige um.

Sara huschte in die andere Richtung davon und ließ den Gestank und die beiden seltsamen Gestalten hinter sich. Sie schlich einen weiteren langen Gang entlang und fand endlich eine Wendeltreppe, die in die Außenmauer der Burg hinaufführte. Ein Stockwerk höher zweigte ein Seitengang nach links ab. Wenn sie sich nicht völlig verirrt hatte, musste er geradewegs auf das Torhaus zuführen. Mit etwas Glück war es um diese Zeit nicht besetzt. Mit etwas Pech dagegen hatte sich die restliche Wachmannschaft dort oben zu einem Würfelspiel versammelt.

Sie hatte Glück.

Der Raum, von dem aus das Fallgitter herabgelassen werden konnte, lag verlassen vor ihr. In einer Ecke war auf den schmutzigen Bodenplatten ein Haufen Stroh mit einer Decke als Bettstatt zurechtgemacht. Daneben stand ein Wasserkrug, und an der Wand lehnte ein Spieß. Vom Torwächter war weit und breit nichts zu sehen. Eine Seite des Raums war vollständig von einer kompliziert wirkenden Konstruktion aus Seilwinden, rostigen Kettengliedern und Gegengewichten beherrscht. Sie stammte offenbar aus einer Zeit, als die Burg noch besser in Schuss gewesen war und neben dem Fallgitter auch noch eine Zugbrücke und andere Verteidigungsmechanismen besessen hatte. Ratlos betrachtete Sara das Durcheinander aus Hebeln und Gegengewichten, mit denen die Vorrichtungen bedient wurden. Der Gedanke, dass eine falsche Bedienung möglicherweise das Fallgitter ungebremst nach unten rasseln ließ und sie zusammen mit den Wächtern im Inneren der Burg einsperrte, war nicht sehr erheiternd. Mit einem Mal kam Sara der Vorschlag, völlig auf sich allein gestellt das Fallgitter blockieren zu wollen, wie die dümmste Idee ihres Lebens vor. Dabei hatte sie in letzter Zeit eine bemerkenswert große Zahl an dummen Ideen gehabt.

Sie warf einen Blick durch die Schießscharte nach draußen. Noch war im Nebel alles ruhig, doch das konnte sich jeden Augenblick ändern. Sie leckte sich über die Lippen und fuhr mit der Hand eines der zahlreichen Seile entlang. Mit etwas Zeit würde sie sicherlich herausfinden, welche davon zum Fallgitter gehörten und wie man es blockieren konnte. Zumindest so lange, bis Thorens Kriegsknechte in das Innere der Burg vorgedrungen waren. Sie zog ihr Messer aus dem Gürtel und machte sich an die Arbeit.

Sie war so konzentriert, dass sie die Schritte erst bemerkte, als sie schon viel zu nah waren. Erschrocken fuhr sie herum und hob das Messer.

»Hier hast du dich also versteckt.« Der Bärtige stand breitbeinig in der Türöffnung, den Knüppel locker in der Hand. Er deutete mit dem Daumen über die Schulter. »Hab deine Fußabdrücke unten bei der Hexe entdeckt. Weiß zwar nicht, wie du es an den Wachen vorbeigeschafft hast, aber jetzt ist erst mal Schluss mit dem Herumgeschleiche.« Er schlug den Knüppel in die offene Handfläche und kam näher.

Dem ersten Hieb konnte Sara noch ausweichen. Als sie vor dem zweiten zurückwich, stolperte sie unglücklich über den Wasserkrug und verlor das Gleichgewicht. Der Knüppel krachte gegen ihre Schulter und dann in ihren Bauch. Keuchend klappte sie zusammen und verlor das Messer aus der Hand. Sie bekam einen Schlag gegen den Kiefer und biss sich fast die Zunge ab.

»Hast du etwa schon genug?«, fragte der Bärtige und krempelte sich die Ärmel hoch. »Dabei habe ich gerade erst angefangen.«

»Wartet!«, nuschelte Sara und hob die Hand. »Ich ... ich muss ...« Sie spuckte Blut aus und winkte ihn näher. Als er sich zu ihr herabbeugte, stieß sie einen Schrei aus und trat ihm hart gegen das Schienbein. Der Bärtige heulte auf und ließ den Knüppel fallen. Mit schmerzverzerrtem Gesicht umklammerte er sein Bein und stieß wütende Flüche aus. Sara warf sich herum und kroch hastig auf ihr Messer zu.

Als sie es beinahe erreicht hatte, fühlte sie, wie der Drecksack sie am Hosenbein packte. Panisch warf sie sich nach vorn und streckte den Arm aus, so weit sie konnte. Sie berührte den Griff des Messers mit den Fingerspitzen, als sie mit einem Ruck zurückgezogen wurde. Sie stieß einen frustrierten Laut aus und trat um sich. Doch diesmal sah ihr Gegner sich besser vor und wich den ziellosen Angriffen mühelos aus.

Ein Signalhorn ertönte vor dem Tor, dann das Poltern von Pferdehufen und gleich darauf das Geräusch von Stahl, der auf Fleisch und Knochen traf. Ein Schrei erklang und brach abrupt wieder ab. Der Bärtige riss die Augen auf. »Was?« Er ließ Saras Bein los und stolperte auf die Schießscharten zu. »Wir werden angegriffen? Das kann nicht wahr sein!« Fluchend fuhr er herum und beugte sich über die Ansammlung aus Hebeln und Seilen. Er griff nach zwei Hebeln gleichzeitig und legte sie grunzend um. Ein Rasseln ertönte, Ketten begannen, sich behäbig aufwärts zu bewegen, dann erklang das Quietschen von Metall, das über Metall schabte, und das Fallgitter bewegte sich behäbig abwärts.

»Scheiße!« Geistesgegenwärtig stürzte sich Sara auf ihr Messer und riss es an sich. Sie rappelte sich auf und stürmte auf den Bärtigen zu.

Sein Kopf fuhr herum. Abwehrend riss er die Hände hoch, doch Sara sprang an ihm vorbei und rammte das Messer tief zwischen zwei schwere Kettenglieder.

»Was tust du da?« Der Bärtige stieß sie grob zur Seite. Er packte das Messer am Griff und zerrte daran. Es knirschte und knackte, aber es gelang ihm nicht, die Klinge wieder hervorzuziehen. Behäbig bewegte sich die Kette weiter nach oben, und das Messer wurde ihm aus den Händen gezogen und verschwand in den Tiefen des Tormechanismus. Für einen kurzen Augenblick geschah nichts, dann fuhr ein sanfter Schauer durch die Konstruktion, und das Fallgitter stoppte in seiner Abwärtsbewegung. Der Bärtige stieß ein Ächzen aus. »Du elende Metisschlampe«, brüllte er und schlug ihr mit der flachen Hand ins Gesicht.

Ihr Kopf wurde herumgerissen, und sie taumelte zurück, während das Blut ihr aus der Nase schoss.

Der Bärtige hielt sie am Kragen fest und stieß sie grob gegen die Wand. »Ich mach dich fertig!« Seine Hände legten sich um ihren Hals und drückten zu. Verzweifelt krallte sie ihre Finger in seine Unterarme und zerrte daran, doch sie bekam keine Luft mehr und war mit ihren Kräften am Ende. Sie trat um sich und bäumte sich auf, doch der Bärtige ließ nicht los und drückte immer fester zu, bis Sterne vor ihren Augen tanzten und ihre Sicht zu verschwimmen begann. Ihr Kopf wurde leichter, ihre Gegenwehr erlahmte. *Ich muss etwas tun, dachte sie noch,* aber dazu fehlte ihr die Kraft. Eine eigenartige Leichtigkeit breitete sich in ihr aus. Sie wusste, dass das kein gutes Zeichen war, aber es war trotzdem einfacher, die Augen zu schließen und nachzugeben. Einfach abzuwarten, bis es vorüber war. Durch halb geschlossene Augenlider sah sie eine verschwommene Gestalt auf sich zukommen. Ein großer Mann mit stolz vorgerecktem Kinn und wallendem Haar. Er lächelte, und Sara nickte ihm grüßend zu. Sie kannte ihn. Jeder Mensch kannte Kazarh, den Anführer der Reisenden, der die Sterbenden auf ihrem letzten Weg begleitete.

Kazarh hob sein Schwert. Die Klinge leuchtete unter dem Sternenhimmel. Er führte sie in einem silbernen Bogen herab, und ein hässliches Knirschen ertönte, als sie auf Widerstand traf. Blut spritzte Sara ins Gesicht, und der

Druck an ihrem Hals ließ schlagartig nach. Sie stürzte nach vorn, schlug mit dem Gesicht hart auf dem Boden auf und schnappte gierig nach Luft. Keuchend lag sie da und versuchte herauszufinden, wo sie sich befand.

Danils Gesicht erschien über ihr, seine Augen blickten sie sorgenvoll an. »Alles in Ordnung?«

Sie glotzte ihn einen Augenblick lang irritiert an und drehte sich dann zu dem Bärtigen um, der mit zerschmettertem Schädel an der Wand lehnte. »Scheiße«, krächzte sie und rieb sich den Hals. »Warum habt ihr nicht auf mein Zeichen gewartet?«

»Wir haben uns Sorgen gemacht.« Danil beugte sich zu dem Toten herab und wischte die blutige Klinge an seinem Hemd sauber. »Du warst viel zu lange fort, und wir dachten, dass wir vielleicht dein Zeichen überhört hätten. Offenbar war das aber nicht der Fall.«

»Ich war noch … beschäftigt.« Sara stöhnte, als sie sich mühsam aufzurichten versuchte. Jeder ihrer Muskeln schmerzte, und ihr Hals brannte wie Feuer. Nun konnte sie sich vorstellen, wie sich Flüster damals gefühlt haben musste, als sie ihn aufgehängt hatten. Sie räusperte sich. »Steh nicht so dumm herum und hilf mir lieber.«

Danil streckte ihr grinsend die Hand entgegen und zog sie auf die Beine. »Ich fasse das als ein ›Danke‹ auf.«

Die Tür war in tausend Splitter zerschlagen, und direkt dahinter lag mit eingeschlagenem Schädel die Leiche eines Wächters. Beltran ad Iago saß zusammengesunken auf einem ausladenden Himmelbett. Splitterfasernackt, zitternd und mit einem Kartoffelsack über dem Kopf. Ohne seine prächtige Kleidung hatte er kaum noch etwas Edles an sich.

Seine Arme waren dünn und faltig, die Beine dicht behaart, und der Bauch hing weiß und schwabbelig über seine Geschlechtsteile herab.

»Hat sich mit einer Sklavin vergnügt, das fette Schwein.« Der Narr hockte sich neben dem Botschafter auf die Bettkante und legte ihm den Arm um die Schulter. Beltran erschauerte unter der Berührung.

»Was … wer seid Ihr? Ich stehe unter dem Schutz des Kaiserhauses!«

Jerik riss die Augen auf und schlug sich die Hand vor den Mund. Hastig schaute er sich um und warf schließlich sogar einen Blick unter das Bett. »Wo? Wo versteckt es sich? Ich kann es nicht sehen. Oder hat es sich etwa die hübsche Sklavin unter den Nagel gerissen? Dann sehen wir es wohl so bald nicht wieder. Sie hat auch ein paar andere Dinge eingepackt, bevor sie gegangen ist. Schmuck, Gold, teure Kleider. Wir haben ihr alles überlassen. Wir haben ohnehin keine Verwendung dafür.«

»Was wollt Ihr dann?«, winselte Beltran. »Ich gebe Euch alles, was ich habe …«

»Die Briefe«, knurrte Thoren. »Wo hast du die Briefe an deinen Herrn versteckt?«

Beltran erstarrte. Sara hörte ihn stoßweise unter dem Sack atmen. »Briefe? Es gibt keine Briefe. Ich bin kein Spion, falls Ihr das denkt. Alles, was ich weiß, steckt in meinem Kopf. Fürst Antreno hat mich nur zum Handeln nach Berun geschickt.«

»Und wir sind nur hierhergekommen, um dich nackt auf deinem Bett sitzen zu sehen«, sagte Jerik. »Hältst du uns wirklich für so dumm?«

Thoren verschränkte die Arme. »Wenn das Wissen nur in

deinem Kopf zu finden ist, dann nehmen wir eben den als Beweis mit.« Er gab Flüster ein Zeichen, und der schweigsame Riese streckte den Arm aus und legte seine Schwertklinge an den Hals des Macoubaners. Beltran stieß ein Gurgeln aus und zog den Kopf zwischen die Schultern.

»Schön stillhalten«, sagte der Narr und tätschelte ihm die Schulter. »Sonst tut es nur unnötig weh.«

»Ich flehe Euch an«, rief Beltran. »Ich habe keine Briefe geschrieben. Ich habe niemals ... Ah!«

Sanft zog Flüster die Klinge über seinen fetten Hals und hinterließ eine dünne, blutige Spur. Sara war beeindruckt. Es gehörte schon eine ganze Menge Kunstfertigkeit dazu, ein Schwert so exakt zu bewegen, ohne ernsthafte Verletzungen hervorzurufen.

»Wartet! Ich habe die Augen offen gehalten. Ein paar Burgen und Mauern begutachtet und nach Schwachstellen gesucht. Informationen gesammelt. Alles, was nützlich sein könnte – aber das tun wir doch alle, nicht wahr?«

Thoren nickte. »Auch Mord?«

»Mord? Nein! Kein Mord!« Beltran schüttelte heftig den Kopf. »So etwas würde ich niemals fertigbringen, ich schwöre es.«

»Wir werden sehen.« Thoren gab Flüster erneut ein Zeichen, und der Riese packte Beltran fest bei den Schultern. Grinsend beugte sich Jerik nach vorn, schob die Hand unter den Kartoffelsack und legte sie dem Macoubaner auf das Gesicht. Beltran schrie und zappelte und quiekte wie ein Schwein, doch Flüster hielt ihn unbarmherzig fest. Als Jerik fertig war, verdrehte er die Augen, bis das Weiße darin zu sehen war. Dann holte er tief Luft, rappelte sich wortlos auf und taumelte zum Schreibtisch hinüber. Er ließ sich davor auf die Knie sinken, tastete die Unterseite der Holzplatte ab und zog nach einer Weile ein eng zusammengerolltes Pergament darunter hervor. Mit einem schwachen Grinsen überreichte er es dem Puppenspieler. »Lasst mich nie wieder in den Kopf dieses perversen Schweins eindringen. Ich flehe Euch an.«

Der Puppenspieler rollte das Pergament auf und überflog die eng geschriebenen Zeilen. Nach einer Weile pfiff er leise durch die Zähne und schaute auf. »Das wird vermutlich gar nicht mehr notwendig sein. Ich denke, wir haben jetzt, was wir suchen.«

Beltran drehte den Kopf in seine Richtung. »Ich... ich verstehe nicht. Was habt Ihr?«

»Den Beweis für Eure Beteiligung an einem Mordkomplott und den Verrat am Kaiser. Ihr habt ihn uns selbst in die Hand gegeben. Ich nehme an, Euch ist bewusst, was das bedeutet...«

Beltran stieß ein schwaches Röcheln aus. »Kein Mord«, hauchte er und schüttelte den Kopf.

»Ihr könnt uns allen die Arbeit erleichtern, wenn Ihr uns gleich verratet, wer außer Fürst Antreno sonst noch daran beteiligt ist. Hat Cortenara etwas damit zu tun, oder vielleicht sogar das Peynamoun?«

Beltran sog geräuschvoll die Luft ein. »Was redet Ihr denn da? Das ist eine Lüge. Hört mir zu!«

Flüster versetzte dem Macoubaner eine Ohrfeige, die stark genug war, um ihn auf den Rücken zu werfen. Stöhnend rollte er sich auf dem Bett herum, bis der Riese ihn unter den Achseln packte und grunzend zurück auf den Hintern setzte.

»Wenn das Klingeln nachgelassen hat, bist du hoffentlich

wieder ganz Ohr«, zischte Jerik. »Die Fragen stellen nämlich wir, und du hörst uns zu.«

»Und dann gibst du uns die richtigen Antworten«, sagte
Thoren. »So einfach ist das.«

»So einfach ist das also.« Die Kaiserinmutter sah stirnrunzelnd auf den Brief hinab und seufzte. »Es ist alles so,
wie wir es befürchtet hatten, und noch viel schlimmer. Fürst
Antreno plant nicht nur den Umsturz im Macouban, sondern auch die endgültige Lossagung vom Kaiserreich und
eine Vereinigung mit dem Städtebund. Diese Neuigkeit
kommt zwar nicht ganz so überraschend, aber dass er dafür so weit gehen würde, ein Mordkomplott gegen die wichtigsten Reichsfürsten zu planen, das hätte ich ihm niemals
zugetraut. Er scheint sich seiner Fähigkeiten sehr sicher zu
sein.«

Thoren nickte düster. »Er weiß zumindest sehr genau,
wen er aus dem Weg schaffen muss, um das Reich zu läh-
men. Beltran ad Iago und seine Spione haben ganze Arbeit
für ihn geleistet.«

Ann Revin hielt den Brief zwischen Daumen und Zeigefinger in die Höhe. »Zum Glück waren sie nicht vorsichtig
genug. Mit diesem Schreiben haben wir endlich etwas in
der Hand, das die Fürsten zum Handeln zwingt.«

»Sie müssen es!«, zischte Jerik aufgebracht. »Dieser
Drecksack Antreno wagt es, das Kaiserreich herauszufordern. Das können wir niemals dulden. Er muss aufgehalten
werden, und zwar so schnell wie möglich.«

»Wie schnell ist es möglich?«, fragte Ann Revin an
Thoren gewandt.

Thoren strich sich nachdenklich über das Kinn. »Die

Schwarzraben stehen jederzeit bereit. Wenn die Fürsten uns die nötigen Mittel zur Verfügung stellen, können wir in kürzester Zeit bis zu zweitausend Mann unter Waffen stellen. Zusammen mit den Rittern der Reichsfürsten wären das vier- bis fünftausend schlachtenerfahrene Krieger.«

»Was ist mit den kaiserlichen Truppen?«

»Sind über das gesamte Reich verstreut und leider in einem jämmerlichen Zustand. Ich schätze aber, dass es uns gelingen kann, bis zum Monatsende dreitausend von ihnen zusammenzuziehen. Mit etwas mehr Zeit vielleicht noch einmal die gleiche Zahl aus dem Grenzland im Osten und Norden. Das sollte ausreichen, um jeder Streitmacht entgegenzutreten, die Fürst Antreno gegen uns aufbieten kann.«

»Es sei denn, der Fürst wird vom Städtebund mit Schiffen unterstützt«, wandte Danil ein. »Dann versenken sie unser Heer auf hoher See, bevor es überhaupt in die Nähe des Hafens von Gostin gelangen kann. Unsere Flotte ist in einem kaum besseren Zustand als die kaiserlichen Truppen, und ich fürchte, dass sie auch den schwierigen Wetterverhältnissen zu dieser Jahreszeit nicht gewachsen sein wird ...«

Ann Revin nickte. »Das hat mich in meinem Entschluss bestärkt, das Angebot der Kolnorer anzunehmen und König Theoders Tochter eine Audienz zu gewähren.«

»Was mir auch jetzt noch nicht gefällt«, knurrte Thoren. »Ein Wolf bleibt auch mit einem Rentierpelz um die Schultern und einer Krone auf dem Kopf immer noch ein Wolf. Ich rate davon ab, sich mit Theoder zu verbünden.«

»Ich weiß deinen Rat zu schätzen, lieber Henrey. Ich denke aber, dass wir in dieser schwierigen Lage keine andere Wahl haben. Manchmal kann man sich seine Freunde nicht aussuchen und muss nehmen, was sich einem anbietet. Der kolnorische König verfügt über eine beträchtliche Zahl von schnellen Segelschiffen, mit denen er ungehindert an der Ostküste an Land gehen kann. Wenn wir schnell handeln wollen, ist das der beste Trumpf, den wir in der Kürze der Zeit aus dem Ärmel zaubern können.«

»Ein Trumpf, den wir unbedingt einsetzen müssen!« Jeriks Augen blitzten.

Ann Revin nickte. »Wir haben uns mit dem kolnorischen Botschafter auf ein erstes Treffen in Confinos geeinigt. Dieser Ort scheint mir für beide Seiten angemessen zu sein. Er liegt direkt an der Grenze zu Kolno und ...«

»Ich werde Euch auf jeden Fall begleiten«, sagte Thoren schnell.

Ann Revin hob die Hand. »Ich möchte nicht, dass wir wertvolle Zeit verlieren, Henrey. Du wirst in der Zwischenzeit die Schwarzraben bewaffnen und die kaiserlichen Truppen zusammenrufen lassen. Bei meiner Rückkehr sollen sie zum Abmarsch bereitstehen. Die dafür notwendigen Befugnisse lasse ich vom Kaiser unterzeichnen.«

»Aber Majestät ...«

»Tu mir den Gefallen, Henrey.« Ann Revin lächelte ihn an. »Ich bitte dich darum.«

Thoren runzelte missmutig die Stirn. »Es gefällt mir nicht, Euch allein reisen zu lassen. Das Grenzland ist gefährlich, und neben Kolno gibt es dort oben an den Rändern der Wälder noch ganz andere Gefahren.«

»Das ist mir bewusst. Aber der Statthalter von Confinos ist ein treuer Waffenbruder meines verstorbenen Gatten, und außerdem wird unser Sohn mir für dieses Vorhaben seine Leibwache zur Verfügung stellen. Für Schutz ist also gesorgt.«

»Außerdem werde ich mit Ann Revin reisen«, sagte der Narr. »Wie Ihr wisst, entscheidet der Kaiser nur selten aus politischen Erwägungen, so wie wir Vernunftmenschen das tun. Vor allem was Frauen angeht, denkt er viel zu sehr mit anderen Körperteilen. Ich weiß zwar nicht, von wem er das hat, aber zumindest legt er großen Wert auf meine persönliche Einschätzung in solchen Dingen. Edrik hat mir daher den Befehl erteilt, die ersten Gespräche mit den kolnorischen Unterhändlern zu führen. In diesem Zusammenhang werde ich gleich auch die allgemeine Lage auskundschaften und der Kaiserinmutter meine Eindrücke vermitteln. Erst wenn alle Bedenken zerstreut sind, werden wir dem Aufeinandertreffen zustimmen.«

»Ich habe trotzdem kein gutes Gefühl dabei.« Thoren verschränkte die Arme vor der Brust. »Irgend etwas ist faul an dieser ganzen Sache.«

# 17

## DIE FLAMME DES ORDENS

Das Ordenshaus war nicht hoch und schlank wie die einstigen Paläste im Nordteil der Stadt. Der ehemalige Tempel ähnelte mehr einer Festung, mit dicken Mauern, schmalen, schmucklosen Fenstern und mehr Schießscharten, als dazu da sein konnten, Licht ins Innere zu lassen. Das robuste Gebäude mitten im Zentrum Beruns wirkte schlicht und zweckmäßig. Vermutlich hatte es der Orden aus diesem Grund zu seinem Hauptsitz gemacht.

Cajetan ad Hedin blickte zur Gewölbedecke hinauf, die halb im Dämmerlicht verborgen lag. Hier und da waren an den Übergängen zu den mächtigen Stützpfeilern noch Reste der Gemälde zu erkennen, die sie einst geschmückt hatten. Der Saum eines Gewands. Ein Fuß und ein Gehstock. Die Krallen eines Fabeltiers. Es musste eine mühselige Angelegenheit gewesen sein, die Decke von den Spuren der toten Götter zu befreien. Soweit Cajetan wusste, waren die Hohepriester gezwungen worden, diese Arbeit mit ihren bloßen Händen zu erledigen, bevor man sie der Reinigung durch das Flammenschwert überantwortet hatte. Kein

Wunder, dass sie sich nicht sonderlich Mühe gegeben hatten.

Auch die zahlreichen Nischen in den Wänden waren von den Erinnerungen an die einstigen Unterdrücker befreit worden, hier war man aber wesentlich sorgfältiger vorgegangen. Die Statuen, die hier gestanden hatten, waren restlos mit Hammer und Meißel entfernt worden. Der letzte Hinweis auf ihre Existenz war ein einsames Gesicht in einer düsteren Nische über dem ehemaligen Altarraum, das nur zu erkennen war, wenn das Licht in einem ganz bestimmten Winkel in den Tempel einfiel. Es war das Gesicht einer Frau mit ebenmäßigen Zügen und großen, klugen Augen, in denen ein trauriger Ausdruck lag. Wenn Cajetan in den frühen Morgenstunden allein in dieser Halle stand und ihren Blick erwiderte, fragte er sich manchmal, ob es eine Bedeutung hatte, dass gerade sie von den Säuberungen verschont geblieben war.

Im Altarraum, wo frühere Menschen die einstigen Bewohner dieses Tempels angebetet hatten, standen nun die steinernen Abbilder der Reisenden. Mogho in seinem vielfarbigen Überwurf, Enurg der Weise, neben ihnen der lebensfrohe Mihg und an ihrer Spitze, mit hoch erhobenem Schwert, der Ahnherr des Flammenschwertordens. Der Vernichter der Götter in seinem nachtschwarzen Panzer aus runengewirktem Skellvarstahl, die Augenbrauen zusammengezogen, das Kinn trotzig nach vorn gereckt und den Blick missbilligend auf den Betrachter gerichtet. Ein beeindruckender Anblick, der mehr als alles andere die Macht des Ordens im Reich symbolisierte und der Cajetan auch nach all den Jahren noch einen Schauer der Ehrfurcht über den Rücken laufen ließ. »Kazarh. Die Ewige Flamme.«

»Er sieht aus, als hätte er etwas Schlechtes gegessen«, brummte eine Stimme in seinem Rücken.

Cajetan drehte sich nicht um, denn er war es gewöhnt, dass sich sein Gehilfe lautlos wie ein Fuchs an die Menschen heranschlich. Was im Grunde erstaunlich war, denn der massige Mann schien sich dabei keine sonderliche Mühe zu geben. »Du solltest solche lästerlichen Reden besser unterlassen, Grimm.«

»Wenn Ihr meint, Exzellenz.« Grimm trat neben ihn und erwiderte gelangweilt Kazarhs missbilligenden Blick. Beiläufig wischte er die klobigen Fingerknöchel an seiner Kutte ab und hinterließ mehrere Streifen frischen Bluts. »Für einen Verbrecherkönig, der in der ganzen Stadt für seine Brutalität berüchtigt sein soll, ist dieser Feyst Dreiauge ein erstaunlicher Jammerlappen. Ich habe ihn kaum berührt, und er hat sich schon in die Hosen gepisst. Ich habe Kinder erlebt, die waren standhafter als er.«

»Die schlimmsten Menschenschinder sind oft die größten Feiglinge«, sagte Cajetan. »Sie lassen gern andere für ihre eigenen Unzulänglichkeiten büßen.«

»Dann wird er in nächster Zeit wohl eine Menge aufzuholen haben.« Grimm zog ein Stück Weidenrinde aus der Gürteltasche und steckte es sich in den Mund. »Auf jeden Fall wollte der Drecksack gar nicht mehr mit dem Reden aufhören. Man könnte ganze Bücher mit seinen Geständnissen füllen.«

Cajetan machte eine wegwerfende Handbewegung. »Was hat er über die Frau erzählt?«

»Er ließ sich nicht von seinen bisherigen Worten abbringen. Alles scheint sich so zu verhalten, wie er es Euch erzählt hat. Die Kleine muss ein verfluchtes Wunderkind sein.«

»Verflucht trifft den Kern der Sache möglicherweise ganz genau. Aber kann das sein?« Cajetan blickte zu Kazarhs steinernem Antlitz empor, doch dessen Mund blieb stumm, und seine Augen starrten durch ihn hindurch, als wäre er aus Glas. Der Anführer der Reisenden war noch nie dafür bekannt gewesen, die Fragen der Ordensbesucher zu beantworten. Für solche Dinge war jemand anderes zuständig. Doch dessen Antworten gefielen dem Ordensfürsten nur selten.

Es kostete ihn jedes Mal Überwindung, den letzten Schritt zu tun und die Tür zu öffnen. Unerträgliche Hitze schlug ihm entgegen, und er musste einige Augenblicke warten, bis sich sein Körper daran gewöhnt hatte. Trotz des gewaltigen Kaminfeuers, das am anderen Ende loderte, besaß der Raum etwas Düsteres und Höhlenartiges, dem jede Behaglichkeit fehlte. Behaglichkeit war allerdings auch eines der zahlreichen Dinge, die sein Bewohner aufs Tiefste verabscheute. Cajetans Herzschlag beschleunigte sich, als er über die Schwelle trat.

Naevus saß dicht vor der Feuerstelle in einem hochlehnigen Ledersessel und war unter dem Berg aus dicken Fellen kaum zu erkennen. Leichenblass, kahl und mit großen, vom grauen Star getrübten Augen starrte er blicklos in die Flammen.

Cajetan kniete vor ihm nieder und küsste den Ring an seinem knorrigen Finger. »Erhabener.«

»Cajetan? Mein lieber Cajetan.« Naevus legte ihm die zitternde Hand auf den Kopf und segnete ihn. »Ich habe den Feuerdrachen wiedergesehen. Er ist mir im Schlaf erschienen. Er ist gekommen, um mich zu holen.«

Der Ordensfürst seufzte und verspürte gegen seinen Willen beinahe so etwas wie Mitleid für den Greis. »Es war nur ein Traum, Erhabener. Der Feuerdrache kann Euch nichts anhaben, das wisst Ihr genau. Ihr seid mächtiger als er. Er hat Euch all die Jahre nicht bekommen, es wird ihm auch in Zukunft nicht gelingen.«

Naevus lächelte schwach. »Ich verzeihe dir diese Lüge, denn sie geschah aus Mitgefühl. Ich kann in dein Herz sehen. Es ist voller Güte. Doch ich weiß es besser. Ich habe die Kreatur mit eigenen Augen gesehen, und seine Flammen werden mich verbrennen. Am Ende werden wir alle von unseren Sünden eingeholt, und für mich ist die Zeit bald gekommen. Ich fühle das. Ich fühle es tief hier drin.« Er legte sich die Hand auf die Brust. »Unser Fluch ist eine schwere Bürde. Es ist nicht leicht, sie aufrecht und mit erhobenem Kopf zu tragen. Auch ich bin einige Male seinen elenden Verlockungen erlegen, wie du weißt. Ich habe dafür gebüßt, keine Frage, aber war es wirklich genug? Hat es wirklich gereicht, um meine Seele zu reinigen?«

Mit dem Daumen fuhr sich Cajetan verstohlen über die Stelle, an der sich sein sechster Finger befunden hatte. Sie juckte wieder, und das war kein gutes Zeichen. »Manchmal fürchte ich, dass es niemals genug ist …«

Naevus nickte. »Ich hoffe, dass wenigstens du eines Tages Vergebung findest.« Seufzend schloss er die Augen. Ein uralter Mann, dessen Züge eingefallen und wächsern waren wie die eines Toten. Kein einziges Haar war auf dem unnatürlich großen Schädel zu erkennen. Selbst die Augenbrauen waren verschwunden. Als wäre sein Körper bereits gestorben, und der Geist hätte es nur noch nicht wahrhaben wollen. »Habt Ihr inzwischen eine Spur von Marten?«

Cajetan schüttelte den Kopf. Erst dann fiel ihm auf, dass Naevus seine Geste nicht sehen konnte. »Nein. Es gibt ein paar Gerüchte. Ein Schiff voller Ritter und Kriegsknechte ist in See gestochen, die Laderäume bis unter Deck mit Waffen und Vorräten gefüllt.«

»Macouban?«

»Die Wachablösung für Gostin, ja. Unser Informant nimmt an, dass Marten mitgereist ist. Das wäre naheliegend.«

Naevus zog die Lippen zurück und entblößte einen zahnlosen Mund. »Das ist kein Zufall. Dieser Hurensohn war noch nie ein Mann, der Abenteuern hinterhergerannt ist. Von sich aus würde er niemals aufbrechen. Dieses Vorhaben kann nur einem einzigen Zweck dienen. Er soll nun endgültig unserer Kontrolle entzogen werden.«

»Was sollen wir tun, Erhabener?«

»Tut, was getan werden muss.«

Cajetan zögerte. »Seid Ihr sicher?«

Naevus schnaufte. »Hältst du mich für einen sabbernden Idioten, der nicht mehr deutlich sprechen kann? Meine Zeit ist knapp. Wenn der Feuerdrache mich verschlingt, will ich keine losen Fäden hinterlassen. Das Reich muss beschützt werden. Solange ich noch atme, werde ich dafür kämpfen, dass es in Sicherheit ist. Egal, was es kostet.«

»Vielleicht ist der Preis in diesem Fall zu hoch?«

Naevus' Züge verhärteten sich. »Ich war die Flamme des Ordens, Cajetan. Ich habe das Reich beschützt, als Lytton gewagt hat, sich gegen den Kaiser zu erheben. Ich habe mich gegen die Waldmenschen gestellt, als sie unsere Dörfer in den Grenzlanden überfielen. Ich habe ihre Anführer getötet und sie bis in ihr Heiligstes hinein verfolgt, wo ich ihnen die verdammten Herzen aus den Leibern gebrannt habe. Ich habe meinen Preis gezahlt, und ich habe mich keinen einzigen Augenblick gefragt, ob er zu hoch ist.« Schwer atmend hielt er inne. Eine Zeit lang starrte er blind in die Flammen des Kamins. Schließlich bewegte er die Hand, wie um einen bösen Gedanken zu verscheuchen. »Man hat mir berichtet, dass der Bannwart des Hauses Born hingerichtet worden ist.«

»Ja, Erhabener. Er wurde von Fabin ad Born geköpft.«

»Friedmann Gorten hat die heilige Ordnung der Dinge gestört. Was geschehen ist, war recht.«

»Rikkert ad Born hat Friedmanns Frau vergewaltigt …«

Naevus nickte düster. »Den Verlockungen der Frauen kann ein Mann nur schwer widerstehen. Beinahe genauso schwer wie denen des Fluchs. Vielleicht sind sie beide sogar Teil ein und derselben Sache.«

»Frauen?« Cajetan runzelte die Stirn. »Ihr glaubt, dass die Frau des Amtmanns selbst schuld daran war?«

»Zumindest ganz unschuldig wird sie nicht gewesen sein. Wäre sie sonst als Frau geboren worden? Hatte es nicht seine Gründe, dass Kazarh und Mogho keine Frauen in ihrer Gruppe duldeten? Die Reisenden sind zu fünft aufgebrochen, und zu fünft sind sie den Göttern entgegengetreten.«

»Deryn ad Skellvar berichtete, dass auch eine Frau Teil des Bundes gewesen ist.«

»Unsinn! Frauen, Hexerei, Lüge und Verrat – sie sind niemals Teil der Reisenden gewesen. Skellvar war ein Geschichtenerzähler, der die Wahrheit verdrehte, wie es ihm und seinen Zuhörern gefiel. Wenn ihn jemand dafür bezahlte, verwandelte er in seinen Erzählungen jeden verfetteten Tuchhändler in einen Helden.«

»Skellvar ist nicht der Einzige, der von einer Frau erzählt. In Ketors Aufzeichnungen vom Ende der …«

Naevus schnitt seine Entgegnung mit einer unwirschen Geste ab. »Du scheinst mir heute zu Streit aufgelegt zu sein, Cajetan. So kenne ich dich gar nicht. Ich habe den Eindruck, dass es etwas gibt, das dir auf dem Herzen liegt. Ist das vielleicht der wahre Grund, warum du dir die Mühe gemacht hast, zu mir in mein Grab hinabzusteigen?«

Cajetan zögerte. Er leckte sich mit der Zunge über die Lippen, die mit einem Mal spröde und trocken wirkten. »Ein Verfluchter wurde in der Stadt entdeckt.«

»So?«

»Es ist eine Frau – und sie soll die Gabe der Unsichtbarkeit besitzen.«

»Unsichtbarkeit?« Naevus schnaufte. »So ein Unsinn. Wo soll eine Frau denn gelernt haben, solche Dinge zu beherrschen? Ist sie eine Hocoun? Vielleicht ein Fischmensch?«

Cajetan schüttelte den Kopf. »Nein. Sie ist eine Metis. Sie soll aus den Wäldern südlich von Tiburone stammen. Jedenfalls hat uns das der Mann erzählt, unter dessen Dach sie bis vor Kurzem wohnte.«

»Unsinn!«, sagte Naevus mit Nachdruck. Unwirsch schüttelte er den Kopf. »Kein Mensch besitzt diese Fähigkeiten, und schon gar keine Frau. Das ist einfach nicht möglich. Sie spielt dir etwas vor. Vielleicht ist sie verrückt.«

»Nach allem, was ihr ehemaliger Herr uns erzählt hat, scheint es nicht so zu sein. Sie soll ihre Fähigkeiten bewusst einsetzen können, obwohl uns der Mann versichert hat, dass sie keinen Lehrmeister hatte. Außerdem gibt es noch ein weiteres Indiz für ihr Talent. Sie ist in die Dienste von Henrey Thoren eingetreten.«

Naevus' Kopf ruckte herum. »Dieser elende Kriegshund!« Seine Skelettfinger schossen vor und krallten sich um Cajetans Unterarm. Sie waren fleckig und verkrüppelt und von unzähligen Brandnarben überzogen. *Die Flamme des Ordens*, schoss es Cajetan durch den Kopf. Er unterdrückte den Impuls, seinen Arm zurückzuziehen.

»Wenn Thoren mit in dieser Sache steckt«, krächzte Naevus, »dann muss etwas daran sein. Aber allein die Vorstellung erfüllt mich mit Schrecken. Wann ist es das letzte Mal vorgekommen, dass ein Mensch mit solchen Fähigkeiten in Berun gesehen wurde?«

*Vor einer halben Ewigkeit.* Cajetan blickte auf seinen weißen Handschuh hinab. *Es muss ein ziemlich schöner Frühlingstag gewesen sein, wenn ich mich richtig erinnere. Jedenfalls hatte die Sonne geschienen, und die zwei Menschen, die der Junge einmal seine Eltern genannt hatte, hatten ihn für lächerliche sechs Silberstücke verkauft und an einem finsteren Ort zurückgelassen.*

»Verstehst du überhaupt, was das bedeutet?« Die Skelettfinger bohrten sich tief in Cajetans Haut. »Eine Frau mit dieser Macht wäre gegen die natürliche Ordnung der Dinge. Das hieße, dass die Kräfte der toten Götter immer noch dort draußen lauern. Dass die Auswüchse dieser abscheulichen Macht noch immer die Welt verpesten und danach streben, die Götter wieder zum Leben zu erwecken, damit die sich erneut über uns erheben und uns unterdrücken, uns einfache Menschen mit ihren Lügen und Betrügereien in die Sklaverei zwingen. Damit sie uns foltern und quälen können, wann immer es ihnen gefällt!« Schwer atmend hielt Naevus inne, und der eiserne Griff seiner Finger lockerte sich ein wenig. »Diese Zeiten sind vorbei,

Cajetan. Verstehst du das? Sie werden es auch für immer bleiben. Weil die Reisenden dagegen ausgezogen sind und zwei von ihnen ihr Leben gegeben haben. Weil wir ihr Erbe angetreten haben, Cajetan. Du und ich und der Orden. Nur aus diesem Grund haben die Reisenden uns doch ausgewählt.«

»Meint Ihr nicht, dass sie auch diese Frau ausgewählt haben könnten? Möglicherweise wollten uns die Reisenden mit ihr ein Zeichen senden ...«

»Was soll denn das für ein Zeichen sein? Dass wir unsere Aufgabe so schlecht verrichten, dass eine Frau sie uns abnehmen muss?« Naevus lachte krächzend. »Du bist ein Dummkopf, wenn du das glaubst.«

»Und wenn es so wäre? Sie ist noch jung. Sollten wir nicht versuchen, sie auf den Weg der Reisenden zu führen, so wie Ketor geschrieben hat? Vielleicht kann sie dem Reich auf diese Art dienen?«

Naevus schüttelte den Kopf. »Du bist wirklich unverbesserlich. Du kannst einen Wolf als Welpen vielleicht noch in einen gehorsamen Hund verwandeln, aber dir wird es niemals gelingen, das ausgewachsene Tier unter deine Kontrolle zu bringen. Es wird immer eine reißende Bestie bleiben, so wie es das in der Wildnis gelernt hat. Wenn du glaubst, dass du diese Frau auf den Weg der Reisenden führen kannst, bist du ein Narr. Sie wird niemals in der Lage sein, ihren Fluch zu beherrschen. Eines Tages wird er aus ihr herausbrechen und sie zerstören. Und mit ihr unzählige unschuldige Menschen. Die einzige Gnade, die du ihr schenken kannst, ist die Gnade der Flammenklinge.«

»Bei allem Respekt, Erhabener, aber Ihr lebt abgeschieden von der Welt. Die Dinge am Kaiserhof sind komplexer, als es den Anschein hat. Solange der Kaiser seine Hand schützend über diese Frau hält, können wir es nicht wagen, gegen sie vorzugehen. Außerdem würden wir damit selbst gegen die Ordnung der Reisenden verstoßen.«

»Der Kaiser verstößt gegen die Ordnung, wenn er eine Verfluchte beherbergt!«

»Nicht, wenn er es aus Unwissenheit tut.«

Naevus senkte den Blick und seufzte. »Du hast recht, Cajetan. Die wenige Zeit, die mir noch bleibt, hat mich ungeduldig werden lassen. Doch es darf niemals geschehen, dass diese Frau einen Keil zwischen Orden und Krone schlägt. Orden und Krone sind die Säulen, die das Reich stützen. Wenn der eine Teil Schaden nimmt, wird der andere niemals in der Lage sein, das Dach allein zu halten. Wir müssen in dieser Angelegenheit behutsam vorgehen. Es muss uns gelingen, das Band zwischen ihr und dem Kaiser zu zerschneiden, ohne dass es zu Zwietracht führt.«

»Was schlagt Ihr vor?«

Naevus' tote Augen richteten sich auf Cajetan, ohne dass die wächsernen Züge des Greises seine Gedanken verrieten. »Du bist jetzt die Flamme des Ordens. Du wirst am besten wissen, wie du vorgehen musst. Ich bin nur ein alter Mann, dessen Flamme bereits erlischt. Ich kann dir nur Ratschläge geben, und ich rate dir eines: Kluge Worte und Bedacht können dich in eine günstige Verhandlungsposition bringen, aber wenn du deinem Feind endlich Auge in Auge gegenüberstehst, darfst du nicht zögern. Dann musst du schneller und härter zuschlagen als er.«

# 18

## LISTEN

Du bist doch kein Schwachkopf, Grimm.« Der Vogelmann seufzte und wischte sich die Hände an den Schößen seines Wamses ab. Der massige Mann sah ihn erwartungsvoll an, doch Messer ließ sich Zeit mit seinen nächsten Worten. Stattdessen sah er mit milde enttäuschter Miene über das aus rohen Brettern gezimmerte Geländer der Taverne hinweg in Richtung des Hafens von Berun. Der Anblick war tatsächlich sehenswert, selbst wenn man so viele Häfen beiderseits der Inneren See gesehen hatte wie er. Das Dickicht der Masten wirkte von hier oben beinahe wie ein echter Wald, der auf einer schier endlosen Ansammlung von kleinen, dunklen Inseln stand, die kaum das Wasser des Hafenbeckens sehen ließen. Davor erstreckte sich der bunte Flickenteppich der Warenhausdächer. Ohne jede Ordnung mischten sich hier graue Schieferplatten, rötliche Ziegel und schmutzig braune Holzschindeln, bevor die spitzeren Dächer der eigentlichen Stadthäuser folgten, die links und rechts der gepflasterten Straßen die Hügel der Stadt hinaufkrochen. Eine davon kletterte direkt bis hierher, an dieser

Taverne vorbei, deren Besitzer es für eine gute Idee gehalten hatte, einen Teil des Dachs in eine Art Terrasse zu verwandeln, von der aus man einen ausgezeichneten Ausblick auf die großen Galgenbäume des unteren Richtplatzes hatte. Heute hing an keinem der Gestelle ein Leichnam, und die fernen, winzigen Gestalten einiger Straßenkinder tobten auf der verwaisten Plattform herum. Ungestümes, unbeschwertes Leben, wo sonst allzu oft der Tod eintrat. Selbst wenn durchaus die Chance bestand, dass irgendwann einer von ihnen selbst von einem dieser Richtbäume hängen würde, so konnte es diesen Kindern doch niemand mehr nehmen, dass sie den Platz des Todes für einige Momente in ihre glorreiche Festung verwandelt hatten. Das Leben fand immer einen Weg, auch wenn der Tod es am Ende stets einholte. Es tauchte an anderer Stelle wieder auf, lachte dem Sterben ins Gesicht und machte einfach weiter. Es war schon eine seltsame Sache, dieses Leben. Messer nahm die Klinge neben dem von tiefen Furchen zerkratzten Holzbrett auf und schnitt ohne Hast eine Scheibe von der beinahe schwarzen, steinharten Wurst, die ihm der Wirt als hausgemachte Spezialität verkauft hatte. Er hielt das Rad aus getrocknetem Fleisch unter seine Hakennase und sog schnüffelnd die Luft ein. Die Wurst war geräuchert – allerdings über keinem Holz, das er kannte. Vermutlich hatte der Mann Abfallholz verwendet. Nachdenklich schob er sich das Stück in den Mund und begann zu kauen.

»Bemerkenswertes Aroma«, stellte er schließlich fest und deutete mit der Messerspitze auf die Wurst. »Möchtest du auch ein Stück?«

Grimm sah verwirrt auf das Schneidbrett und schüttelte dann unwirsch den Kopf. »Wie meinst …«

»Wie kommst du also auf die Idee«, unterbrach ihn Messer ungerührt, »du könntest mit mir verhandeln? Du weißt, wer ich bin, du weißt, was ich tue, und du weißt, dass ich niemals, niemals lügen würde.« Er schnitt drei weitere Scheiben Wurst ab und legte sie sorgsam aufgereiht nebeneinander auf das Brett. »Ich habe seit unserem letzten Treffen drei weitere Namen von deiner Liste gestrichen. Erin Weißer, Goldschmiedeviertel Berun. Eine ausgesprochen hübsche Frau. Unerwartet gut mit einem Hammer und bemerkenswert scharfsinnig. Hätte mich beinahe überrascht. Ihr hättet sie auch selbst finden können, wenn ihr euch nur ein wenig Mühe gegeben hättet, aber das ist ja nicht mein Problem.« Er spießte eines der Wursträder auf die Messerspitze und schob es sich in den Mund. »Barnard Lisst, Arneck. Ein weiter Weg. Ich hatte ganz vergessen, wie staubig es im Osten ist. Er hatte übrigens eine erstaunliche Ähnlichkeit mit einem Mann, den wir beide kennen, wusstest du das?« Ein weiteres Stück Wurst landete in seinem Mund und wurde knirschend zermahlen. »Offo ad Melcher, Eklof. Ich fand ihn ... unangenehm. Wäre ich nicht professionell, hätte ich es nach nur einer Stunde in Betracht gezogen, ihn ohne Bezahlung zu beseitigen, nur damit er den Mund hält. Ihr hättet mir trotzdem sagen können, dass er Heetmann im kaiserlichen Heer ist.« Die dritte Scheibe wanderte auf die Messerspitze und von dort in seinen Mund. »Ich stelle es unangenehm oft fest: unvollständige Informationen. Aber vergessen wir das. Erledigt ist erledigt.«

»Es gab einen vierten Namen«, widersprach Grimm düster. Die frühherbstliche Sonne hatte noch immer genügend Kraft und brannte schon seit einiger Zeit unbarmherzig auf seine Tonsur herab. »Du hast deinen Auftrag noch nicht erfüllt.«

Messer zuckte mit den Schultern, was ihn wie eine hässliche Krähe wirken ließ, die ihr Gefieder aufschüttelte. Dann schnitt er ein weiteres Rad Wurst ab und betrachtete es. »Ah ja. Der vierte Name«, stellte er fest. »Marten ad Sussetz. Schwertmann der Krone und selbst ernannter Lebemann. Hier war ich zu spät. Wie man mir glaubhaft versicherte, ist er bei einem Mann namens Feyst in Schuld geraten und hat sich in eine Dummheit gestürzt, die ihm den Hals gekostet hat. Ärgerlich. Für diesen berechne ich nichts.« Er drehte das Stück Wurst mit der Messerspitze um. Dann schnippte er es vom Tisch, legte das Messer auf die Platte und sah Grimm an. »Die zweite Hälfte meines Geldes, bitte.«

Der massige Mann wischte sich erneut den Schweiß von der kahlen Stelle seines Schädels. Er sah dem Wurstrad hinterher, bis es unten in der Gosse verschwunden war. Dann schniefte er. »Nein. Du erhältst die zweite Rate, wenn die Liste vervollständigt ist.«

Messer richtete seine kohlschwarzen Augen auf Grimm. »Sagt wer?«

»Sagt der Mann, der dich bezahlt.« Grimm legte seine klobigen Hände auf den Tisch und lehnte sich in seinem Stuhl zurück. Ein gefährliches Knarren belohnte ihn.

»Und was soll ich seiner Meinung nach dafür anstellen?«

Grimm zuckte mit den Schultern und rieb sich die Tonsur. »Das ist deine Sache, Messer. Aber ich würde damit anfangen, den Scheißer zu suchen, wenn ich du wäre.«

»Ihr wollt ein Stück seiner Leiche?«

»Kaum.« Grimm lächelte und schaffte es tatsächlich, so

auszusehen, als wäre das für ihn eine beachtliche Leistung. »Deine glaubhafte Versicherung scheint nicht viel zu taugen, Messer. Mir wurde wesentlich glaubhafter versichert, dass er ... danach im Hafen gesehen wurde.«

Messer zuckte zusammen. Er bleckte die Zähne. »Nur um sicherzugehen: Er wurde *lebend* im Hafen gesehen?«

Grimm nickte. »Er lebte ganz sicher noch, als sie ihn auf dieses Schiff gebracht haben.«

»Ein Schiff?« Unwillkürlich sah Messer hinab auf den Mastenwald im Hafen. »Wohin?«

Grimm stand auf und sah auf den Vogelmann hinab. »Macouban«, sagte er. »Das Schiff, auf das man ihn gebracht hat, fuhr ins Macouban. Also dort oder irgendwo auf dem Weg, schätze ich.«

Nachdenklich starrte Messer in die Ferne. »Wer hat ihn auf das Schiff gebracht?«

Grimm hatte sich schon zum Gehen gewandt, doch jetzt hielt er noch mal inne. »Ich fürchte, jemand, der von der Liste weiß. Vielleicht solltest du vorsichtig sein.«

Messer riss den Blick vom Hafen los und sah zu Grimm auf. »Jemand anderes weiß von der Liste? Wer?«

Der Massige zuckte mit den Schultern. »Wenn es mich oder dich etwas angeht, werden wir es erfahren.« Er nahm den Rest der schwarzen Wurst vom Schneidbrett und biss ab. Dann stutzte er und hörte auf zu kauen. »Das ... das ist ekelhaft«, stellte er erstaunt fest. Angewidert ließ er den Klumpen Fleisch aus dem Mund fallen.

»Ich weiß. Das Leben ist voller Überraschungen. Faszinierend, nicht?« Messer reinigte die Klinge an seinem Ärmel und nickte sein Vogelnicken. »Also gut. Das Macouban.« Er hielt inne, legte den Kopf schief und sah abermals auf das Meer hinaus, nach Süden. »Ich hasse das Wetter dort unten«, stellte er fest. »Und ich hasse das Land. Ich hasse die Leute. Es scheint mir, als sei alles dort von Irrsinn und Fäulnis befallen.«

# 19

## DER DUFT VON FLIEDER

Das ist nur Unrat!«, sagte eine Stimme weit entfernt.

»Seht die Leiche wenigstens an, Sael«, sagte eine andere Stimme. Eine Frau?

»Wozu? Der sieht nicht so aus, als hätte er irgendetwas von Wert dabei«, murrte die erste Stimme.

»Sael! Es geht nicht darum, ob er etwas dabeihat. Ihr sollt ihn bestatten!«

Der Besitzer der ersten Stimme grunzte ungehalten. »Ich fass den nicht an, Herrin! Vielleicht ist sein Geist noch in ihm und sucht mich heim.«

»Außerdem erledigen das die Krabben und die Skellinge schon«, murrte eine zweite Männerstimme.

»Geister besetzen niemanden, Sael. Das ist Aberglaube. Lass das besser nicht den Herrn hören«, rügte eine zweite Frauenstimme, leiser, aber fester als die erste.

Marten versuchte, etwas zu sagen, und stellte fest, dass er den Mund voller Sand hatte. Er würgte und ließ den Kopf zur Seite rollen, um das Gesicht aus dem Dreck zu bekommen. Irgendetwas in seinem Haar fühlte sich gestört. Es stieß ein leises Zischen aus und kniff ihn schmerzhaft ins linke Ohr. Marten stieß einen Fluch aus, und dieses Mal wurde immerhin ein Stöhnen daraus.

Neben ihm rief einer der Männer irgendetwas in einer Sprache, die er nicht verstand, dann: »Herrin, der hat sich gerade bewegt!«

»Ein Nabil!«, rief der zweite Mann. »Schlag im den Kopf ein, bevor er uns umbringt!«

»Oh, bei den Reisenden!«, stieß die zweite der Frauen aus. »Weg mit der Schaufel, Dwale! Sieht der so aus, als könnte er aufstehen? Helft mir mal.«

Inzwischen war es Marten gelungen, das linke Auge zu öffnen. Verschwommen sah er zwischen den Strähnen seiner Haare hindurch ein paar nackte, graubraune Füße auf sich zukommen. Sie blieben direkt vor ihm stehen, dann packten ihn unsichtbare Hände und drehten ihn auf die Seite. Eine Frau hockte vor ihm, und ihr Gesicht hatte die gleiche Farbe wie die Füße. Ihre Lippen waren schmal und dunkel, ihre Augen beinahe schwarz, und ihr schwarzes Haar war so glatt und glänzend, dass es aussah, als sei sie direkt aus dem Wasser gestiegen. »Er lebt tatsächlich, Herrin«, sagte die Frau, und ihre kleinen, wie Perlen wirkenden Zähne waren so weiß, dass es Marten beinahe in den Augen schmerzte. Der Blick der Augen wanderte von seinem Gesicht weg an seinem Körper entlang, und die Miene der Frau verdüsterte sich. »Grubendreck«, zischte sie.

Hinter ihr ragte eine zweite, verschwommene Frauengestalt auf, die jetzt scharf einatmete. »Das sieht übel aus! Sael, schnell, gib mir ein Stück von dem Seil dort!« Sie hockte sich neben die erste Frau, und Marten wurde undeutlich bewusst, dass diese zweite Frau hellere Haut und rötliches Haar hatte. Außerdem roch sie nach Flieder. Er hustete erneut und schob mit geschwollener Zunge Sand aus dem Mund. Jemand hielt ihm eine Flasche an den Mund. Lauwarmes Wasser spülte ihm Sand und Salz aus den Zähnen und schmeckte besser als alles, woran er sich in diesem Moment erinnern konnte. Hände taten irgendetwas irgendwo an seinem Körper.»Festziehen«, befahl die hellere der beiden Frauen, dann durchfuhr ein gleißender Schmerz sein rechtes Bein, und mit einem gurgelnden Stöhnen bäumte sich Marten auf, riss sich aus dem Griff der Hände los, kippte zur Seite und schlug mit der Wange in feuchtem Sand auf. Einige Schritte vor sich sah er das dunkle, zerfetzte Gewirr von Tauen, Segeltuch und zertrümmertem Takelagenholz, und direkt vor ihm glänzte ein kleines blaues Steinchen im Sand. Er streckte seine Hand danach aus. Dann wurden alle Geräusche undeutlicher, die Dunkelheit holte ihn ein, und der Schmerz verschwand – zusammen mit allem anderen. Nur der Geruch von Flieder blieb zurück.

# 20

## EIN BÜHNENSTÜCK

Das Theater stand am Fuß der Festung im Schatten des großen Hafentors. Ein runder, mehrstöckiger Holzbau, dessen Fassade mit unzähligen bunten Bannern geschmückt worden war. Eine fröhliche Menschenmasse drängte sich vor den Eingängen. Die Besucher aus höheren Ständen trugen ihre beste Festtagskleidung, die Frauen goldbestückte Gewänder aus Samt und Seide, die Männer enge Beinkleider und federgeschmückte Hüte. Aber auch die einfacheren Bürger und selbst die versammelten Bettler, die auf die Freigebigkeit der gut gelaunten Menge hofften, schienen gepflegter zu sein als jeder Mensch, den Sara aus der Unterstadt kannte.

Sie warf einen Seitenblick auf den gut aussehenden, blonden Mann an ihrer Seite. Danils Augen strahlten in einem hellen Blau, und sein Lächeln war breiter denn je. Ein Lächeln, das den meisten Frauen in seiner Umgebung zu gefallen schien, denn nicht wenige warfen ihm verstohlene und manche auch ganz offen aufreizende Blicke zu. Entgegen aller Vernunft verspürte Sara einen Stich Eifersucht.

»Grins nicht so dämlich«, murmelte sie, allerdings so leise, dass Danil es nicht hören konnte.

»Du bist wirklich noch nie dort drin gewesen?«, fragte er, während sie sich auf die geöffneten Tore zubewegten.

Bedauernd zuckte sie mit den Schultern. »Feyst hat nie einen Sinn darin gesehen. Zu viele Wachen, zu viele Möglichkeiten, entdeckt zu werden. Außerdem geben die Leute ihr Geld aus, bevor sie das Theater betreten. Wieso also hineingehen, wenn die Beute draußen bleibt?«

»Von dieser Seite habe ich das noch gar nicht betrachtet. Ein praktisch veranlagter Mann, dieser Feyst. Aber ich rede nicht von der Arbeit, sondern von deiner freien Zeit.«

Sara lachte. »Meine Arbeitszeiten unter Feyst waren etwas anders als am Kaiserlichen Hof. Er hätte mir niemals gestattet, mich irgendwo zu vergnügen. Schon gar nicht von seinem hart erstohlenen Geld.«

Durch die geöffneten Tore konnte sie nun in den gepflasterten Innenhof des Theaters hineinsehen. Kreisrund, mit einer Bühne auf der gegenüberliegenden Seite, kaum eine Armlänge vom Publikum entfernt. Drumherum die überdachten Ränge der Besserbetuchten, die von oben herab mit sicherem Abstand zum gemeinen Volk das Geschehen verfolgen konnten. Instinktiv wollte sie sich der Masse fröhlich lachender Menschen anschließen, die in den Innenhof drängte, doch Danil streckte ihr die Hand entgegen und führte sie zu einem kleinen Nebeneingang, der von Männern der Wache versperrt wurde und in deren blank polierten Rüstungen sich das Licht der Sonne spiegelte.

»Von oben haben wir einen besseren Überblick.«

Sie stiegen eine steile Treppe hinauf, und Sara fiel auf, dass die Plätze mit jedem Stockwerk bequemer wurden und die Kleidung der Besucher noch prachtvoller und bunter. Geistesabwesend strich sie über ihr neues Kleid. Der Stoff fühlte sich weich an und strahlte in einem matten Glanz. Zwischen all den Hofdamen und reichen Bürgerfrauen fiel sie nun kaum mehr auf. Selbst ihre dunklere Hautfarbe schien hier niemanden zu stören. Danil hatte recht behalten. Es war, als hätte das Kleid ihr eine eigene Art von Unsichtbarkeit verliehen. Sie stellte sich dicht an die Brüstung und genoss den Ausblick über das Theaterrund und die wogende Menge bunt gekleideter, lärmender Bürger darin.

Danil stützte die Hände auf das Geländer und atmete tief ein. »Hier oben ist die Luft doch wesentlich besser als dort unten bei den einfachen Leuten.«

»Wie im richtigen Leben, was?« Sara schnaufte und hob eine Augenbraue. »Sie wird aber auch dünner, und die Gefahr, tödlich zu stürzen, nimmt zu ...«

Danil warf ihr einen seltsamen Blick zu und grinste. Er wirkte sogar ein ganz kleines bisschen verlegen. »Das war nur so dahergesagt, ich ... ich wollte dich nur beeindrucken. Ist mir wohl nicht gelungen.«

»Im Gegenteil.«

»Ich hatte nicht vor, dich zu kränken.« Er senkte den Blick und schaute auf seine Schuhe hinab wie ein kleiner Junge, den man beim Fluchen ertappt hatte. »Am Kaiserhof vergisst man manchmal, dass das Leben ein harter Kampf sein kann. Du kommst von der Straße, du kennst das Leben. Ich dagegen bin im Schatten der Kaiserfestung geboren. Dort lernt man andere Dinge. Für viele von uns ist das Leben nur ein Spiel ...« Er blickte auf und wies zur gegenüberliegenden Seite des Theaterrunds. »Siehst du die Ränge dort drüben? Direkt neben der Bühne?«

Sara drehte den Kopf. »Die schlechtesten Plätze? Die, von denen aus man nichts sieht?«

»Genau die. Und trotzdem sind es die teuersten. Weißt du, weshalb?«

Sara schwieg und dachte darüber nach. »Nun, sie ... nein, es scheint keinen Sinn zu ergeben. Ich weiß es nicht.«

»Sie sind so teuer, weil es den Leuten gar nicht darum geht, etwas zu sehen. Sie wollen nur selbst gesehen werden ...« Er runzelte die Stirn und schüttelte den Kopf. »Ich rede eine ganze Menge Unsinn, oder?«

»Ganz genau.« Sara warf ihm einen Seitenblick zu und stellte im Stillen fest, dass er vermutlich das erste Mal, seit sie sich begegnet waren, keinen Unsinn geredet hatte. Vielleicht war hinter der Maske des gut aussehenden Adligen gerade zum ersten Mal der wahre Danil zum Vorschein gekommen. Er gefiel ihr wesentlich besser als der andere. Sie räusperte sich und beugte sich über die Brüstung nach unten. »Ich glaube, es geht los.«

Auf der Bühne war ein grell geschminkter junger Mann aufgetaucht, der edel bestickte Kleidung und auf dem Kopf eine überdimensionierte Krone trug. Mit einem selbstbewussten Lächeln trat er an den Rand der Bühne und reichte einer Zuschauerin eine Rose. Dann zitierte er einige Strophen aus einer uralten Ballade.

Sara schaute zu Danil. »Wer ist das?«

»Erkennst du ihn nicht? Das ist unser vielgeliebter Kaiser.«

»Der Säufer?«

Danil schmunzelte. »Sein Vater Harand. An deinen Manieren müssen wir noch arbeiten, aber ich gebe auch zu, dass hier ein gewisses Maß an künstlerischer Freiheit am Werk ist. Das Stück handelt vom Dumresischen Bauernaufstand.« Er nickte zum rechten Rand der Bühne hinüber, wo hinter einem roten Vorhang ein wahres Ungetüm von einem Kämpfer erschien. Er trug ein zotteliges Fell und eine nagelbewehrte Keule und hatte ziemlich viel Ähnlichkeit mit Feysts kolnorischen Leibwächter Bedbur. Das Publikum bedachte seinen Auftritt mit Schmähungen und bewarf ihn mit faulen Tomaten, woraufhin er einige Zeit brüllend im Kreis tobte und wüste Drohungen ausstieß. Bedbur wäre wohl gleich mitten in die Menge hineingesprungen und hätte dem nächstbesten Werfer den Schädel zertrümmert. Allerdings wäre dann wohl Panik ausgebrochen, und die Garde hätte das Stück vorzeitig beendet.

»Es gefällt mir«, sagte Sara. »Es ist lustig.«

»Lustiger als die wahre Geschichte dahinter. Der Anführer der Aufständischen war ein Bauer aus einem Dorf nahe Dumrese, dessen Grundherr nach der Großen Dürre die Pacht so stark erhöht hatte, dass er alles verlor, was er besaß. Daraufhin hatte er sich mit anderen Bauern zusammengetan und war gegen seinen Herrn ins Feld gezogen. Die ersten Schlachten verliefen so erfolgreich, dass irgendwann Lytton auf die Bauern aufmerksam wurde und sie mit Lügen und falschen Versprechungen dazu brachte, bis vor die Mauern von Dumrese zu ziehen. Die Verrückten hatten tatsächlich geglaubt, dass Lytton ihnen beistehen würde und sie reich machte. Stattdessen kam der Kaiser und spießte ihre Köpfe direkt über dem Stadttor auf. So weit also das, was wirklich geschehen ist. Vom Aussehen her haben sie den Bauern aber ganz gut getroffen.«

»Woher wisst Ihr das?«

»Von Thoren. Er war der Heetmann des kaiserlichen Heers.«

Auf der Bühne kämpfte Kaiser Harand gerade mit dem Bauern um eine attraktive Blondine mit üppigen Brüsten. Das Ziel der männlichen Begierde hatte eine klare, weit tragende Stimme, mit der sie dem Publikum ihr Leid klagte. Offenbar war sie dem Bauern versprochen worden, liebte aber heimlich den Herrscher von Berun. Warum der sich die Angebetete nicht einfach nahm, wie das wohl jeder Kaiser hätte tun können, war Sara zwar nicht ganz klar, aber die Blondine schien nicht auf den Mund gefallen zu sein und wehrte die plumpen Annäherungsversuche des Bauern mit Humor und Schlagfertigkeit ab. Es war zwar eine völlig an den Haaren herbeigezogene Geschichte, aber Sara amüsierte sich prächtig. Mit glänzenden Augen verfolgte sie, wie der Kaiser in ein Boot einstieg, das ein Künstler auf ein großes Holzbrett gemalt hatte, und sich einen Zweikampf mit einer Seeschlange aus Stoff lieferte. Der Bauer beschimpfte derweil weiter das Publikum und bedrängte die Blondine.

Als der Vorhang zur Pause fiel, klatschte sie begeistert mit dem Publikum mit. Freudestrahlend wandte sie sich um und stellte fest, dass Danil wieder ganz dicht bei ihr stand. Er musterte sie mit einem eigentümlichen Lächeln. In der Art, wie er sie ansah, lag etwas, das ihr Herz einen Sprung machen ließ. Schnell senkte sie den Kopf und schaute über die Brüstung nach unten. Hatte der Vorhang sich nicht gerade ein Stück bewegt? War die Pause etwas schon vorüber? Oder hatte sie eben erst begonnen? Warum grinste dieser Drecksack sie eigentlich so unverschämt an? »Ich muss ... äh, das Stück beginnt sicherlich gleich wieder ...«

»Wenn die Glocke läutet.« Danil legte ihr die Hand auf den Rücken und wies mit der anderen in Richtung eines hohen Pfahls am Rand der Bühne. Es fiel ihr schwer, sich zu konzentrieren. Sie spürte die Wärme seine Berührung, sagte irgendetwas Belangloses und war sich mit einem Mal bewusst, dass sie sich wie ein verdammter Trottel verhielt. Sie räusperte sich. Ihre Kehle war furchtbar trocken.

»Wein?«, fragte Danil.

»Äh … was?«

»Du wirkst durstig. Möchtest du etwas trinken?«

Sie errötete und nickte. »Ja, gern.«

»Euer Wunsch ist mir Befehl.« Lächelnd nahm er ihre Hand in seine und hauchte einen Kuss darauf. »Warte hier. Ich hole uns einen Becher.« Mit einem Ruck löste er sich von ihr und wandte sich um. Sara hörte das Geräusch seiner Stiefel auf den Treppenstufen und wagte nicht, ihm hinterherzublicken, aus Angst, dass er sich noch mal umdrehen und sie auslachen würde.

Eine Weile stand sie so an die Brüstung gelehnt und versuchte, ihren Herzschlag zu beruhigen. Dann strich sie sich über das Kleid und atmete tief durch. »Das Stück beginnt gleicht wieder … Etwas Dümmeres ist dir nicht eingefallen?« Seufzend stützte sie sich auf die Brüstung. Wann hatte sie sich eigentlich das letzte Mal so kindisch benommen? Hatte sie sich überhaupt jemals in ihrem Leben so kindisch benommen? Und warum überhaupt? Danil war ein Lebemann und Spieler, und eigentlich auch nicht besonders sympathisch – obwohl er auf seine Art schon ziemlich gut aussah. Sie schüttelte den Kopf. Was für unsinnige Gedanken das waren. Sie musste aufhören, über solche Dinge nachzudenken. Ihr Blick wanderte über die Zuschauermenge hinweg, die sich unten vor der Bühne drängte. Die Menschen wirkten unglaublich ausgelassen und fröhlich. Nirgendwo ein Zeichen von Streitlust oder unterdrückter Wut wie an den Hinrichtungsstätten. Es war eine ungewohnt friedliche Stimmung.

Etwas Blaues blitzte am Rand der Menge auf, blendete Sara für den Bruchteil eines Augenblicks und wanderte dann weiter über die Ränge. Sie kniff die Augen zusammen und verfolgte den Weg des blauen Lichtpunkts, der in einer geraden Linie die Ränge entlangwanderte, als wäre er auf der Suche nach etwas – oder jemandem. Neugierig beugte sie sich über die Brüstung und suchte nach der Quelle des Lichts. Es dauerte eine Weile, bis sie sie in dem Gewimmel ausfindig gemacht hatte. Eine Glasscherbe oder ein Edelstein, in dem sich das Sonnenlicht brach. Der Mann, der sich den Stein vor das Auge hielt, war hochgewachsen und breitschultrig, und er trug das Wappen des Flammenschwertordens auf der Brust. Neben ihm standen zwei Schwertträger und musterten die Umstehenden mit größter Aufmerksamkeit. Ritter des Flammenschwertordens!

Sara fuhr zurück. Instinktiv schloss sie die Augen und suchte nach ihrer Fähigkeit, um sich vor den Ordenshunden zu verbergen. Doch dann erinnerte sie sich daran, dass sie das Wirken von Hexerei erkennen konnten. Sie öffnete die Augen und blickte sich panisch um. Sie musste hier weg.

Sie stolperte rückwärts von der Brüstung fort und stieß beinahe mit einem bärtigen Gildenmeister zusammen, der gerade die Treppe heraufgestiegen kam. Mit einer gemurmelten Entschuldigung wandte sie sich in die andere Richtung um, wo sich die halb gefüllten Sitzbänke bis zum nächsten Treppenaufgang hinzogen. Hastig kletterte sie über die ersten Bänke hinweg. Das Kleid war ihr dabei im Weg und blieb an einem vorstehenden Nagel hängen. Sie riss sich los und rempelte mit dem Ellbogen eine dicke Matrone mit einer Haubenkappe an. »Halt!«, rief ihr jemand hinterher, aber sie beachtete ihn nicht. Mit gesenktem Kopf stolperte sie bis zum äußersten Ende der Bankreihe und erreichte den nächsten Aufgang, an dessen unteren Ende ein weiterer Ordensritter postiert war. Zum Glück schaute er gerade in die andere Richtung. Schnell zog sie den Kopf zurück und lief weiter. Die Ritter hatten inzwischen die oberen Ränge erreicht und arbeiteten sich langsam die Reihen entlang. Vielleicht bildete Sara es sich nur ein, aber eine Frau mit dunklen Haaren und einer ähnlichen Statur wie sie begutachtete sie sehr viel genauer als die anderen. Doch auch wenn sie nicht nach ihr suchten, würde das keinen Unterschied machen. Wenn die Templer eine wie sie in die Hände bekamen, würden sie die Gelegenheit beim Schopf packen und ein Exempel an ihr statuieren. Es war dumm, vor ihnen zu fliehen, aber tödlicher Leichtsinn, es nicht zu tun.

Die Bankreihen zogen sich beinahe endlos hin, und es kostete sie allen Mut, nicht einfach loszurennen. Nach einer gefühlten Ewigkeit erreichte sie endlich den nächsten Aufgang und warf einen Blick hinunter. Diesmal hatte sie mehr Glück. Der Weg war frei.

Kurz entschlossen huschte sie nach unten und mischte sich unter die Menschenmassen. Mit gesenktem Kopf steuerte sie auf den nächstgelegenen Ausgang zu und versuchte dabei, den Eindruck einer schüchternen Hofdienerin zu machen. Wenn sie die Nerven behielt und das Glück auf ihrer Seite war, kam sie vielleicht unbemerkt davon. Nach wem auch immer die Ordensritter Ausschau hielten, sie schienen nicht direkt nach ihr zu suchen. Zumindest suchten sie nicht nach ihr im Kleid einer Hofdame.

Sie hatte schon fast das doppelflüglige Tor erreicht, als sie einige Schritte entfernt Danils Stimme vernahm. Mit klopfendem Herzen blieb sie stehen.

»Ich weiß nicht, wovon Ihr redet«, rief Danil mit Zorn in der Stimme. »Lasst mich gehen, oder Ihr bekommt es mit dem Kaiserhaus zu tun.«

»Ihr wisst es ganz genau«, sagte eine zweite Stimme. Sie klang herrisch und befehlsgewohnt.

Sara genügte ein kurzer Blick, um ihren Besitzer wiederzuerkennen. Der hoch aufgeschossene, hagere Mann in der Rüstung der Ordensritter war unverkennbar Cajetan ad Hedin. Aus der Nähe wirkte er noch beeindruckender, noch gefährlicher als auf dem Marktplatz, überraschenderweise aber auch sehr viel jünger. Gerade mal fünf bis zehn Jahre älter als Danil. Er ließ den kalten Blick über die Zuschauermenge schweifen, und für einen Augenblick glaubte Sara, dass er sie entdeckt hatte. Doch seine Augen wanderten über sie hinweg und wandten sich erneut dem blonden Adligen zu.

»Das Mädchen«, zischte der Ordensfürst. »Sara. Sagt mir, wo ich sie finde. Sie gehört dem Orden.«

Danil lachte. »Ich glaube, das würde sie ganz entschieden anders sehen, wenn sie hier wäre.« Er hob die Hände. »Aber seht Ihr sie irgendwo? In meinen Taschen habe ich sie nicht versteckt, Ihr könnt gern nachschauen.«

»Verkauft mich nicht für dumm, Danil ad Corbec. Wir wissen, dass sie in Eurer Begleitung ist. Wir werden sie ohnehin aufspüren. Ob mit Eurer Hilfe oder ohne.«

»Sie steht unter dem Schutz des Kaiserhauses, Eminenz.«

»Nicht hier. Nicht außerhalb der Festung.«

»Das entscheidet immer noch der Kaiser selbst.« Danil legte die Hand auf den Griff seines Schwerts. »Wenn es ihm gefällt, jagt er Euch und Eure Hunde mit dem Knüppel aus dem Theater.«

»Ihr droht mir?« Cajetan schenkte ihm ein freudloses Lächeln. »Wegen einer Metis? Eines Straßenmädchens?«

Danil schnaufte. »Ich drohe Euch nicht, ich gebe Euch nur einen Rat. Ihr seid dem Kaiserhaus zur Treue verpflichtet und damit dem Adel unterstellt. Was wird wohl geschehen, wenn Thoren erfährt, dass Ihr Euch mir in den Weg gestellt habt? Seid Ihr sicher, dass die Reisenden dann immer noch ihre Hand über Euren Kopf halten?«

»Vielleicht beschützt Euch der Kaiser, vielleicht auch nicht. Wir werden sehen.« Auf Cajetans Gesicht trat nun ein Ausdruck, der Sara einen Schauer über den Rücken jagte. Etwas Hartes und Erbarmungsloses, das irgendwo hinter der Maske der Gleichgültigkeit lauerte, die er sonst immer aufgesetzt hatte. »Aber ein Mann Eures Standes sollte sich viel eher Gedanken um die Ehre seiner Familie machen.«

»Wie meint Ihr das?« Danil runzelte die Stirn.

Cajetan verzog spöttisch die Mundwinkel. »Fragt Ihr Euch denn nicht, was Euer Haus dazu sagt, dass sich sein Sohn mit Huren herumtreibt?«

»Sie ist keine Hure!« Danil trat einen Schritt auf den Ordensfürsten zu.

»Nennt die Hure, wie Ihr wollt. Für Euren Vater und für Euer Haus ist sie nichts anderes.« Cajetan trat nun ebenfalls einen Schritt auf Danil zu und starrte ihm kalt in die

Augen. »Schlimmer noch. Sie ist eine Hure, die unter dem Verdacht der Hexerei steht. Euer Vater ist ein Mann mit großen Ambitionen, und solche Dinge würde er niemals dulden. Was glaubt Ihr, was er tun wird, wenn er es erfährt?«

Danil schnaufte. »Das ist mir egal. Er kann mich ja enterben, wenn es ihm gefällt.«

»Wie selbstlos von Euch.« Cajetan lächelte spöttisch. »Aber wenn es sich erst herumgesprochen hat, wird Euer Erbe das geringste Problem sein. Wenn sich die Gerüchte als wahr herausstellen, wird Euer Vater nicht nur seine Ambitionen begraben, sondern auch um seinen Platz im Fürstenrat fürchten müssen. Ihr solltet wissen, was das für ihn und Eure Familie bedeutet.« Sein Mund verzog sich zu einem spöttischen Grinsen. »Oh, Ihr könntet dem natürlich entgegentreten, indem Ihr Euch den Segen des Kaisers holt und das Mädchen heiratet. Ihr könntet sie ehrbar machen und ihr Euren Namen geben ...«

»Was?« Danil fuhr entsetzt zurück. »Ich ... ich meine ... nein! Sie ist doch nur ...«

»... ein Spiel. Aber ein sehr gefährliches. Sie schadet Euch und der Ehre Eurer Familie.«

»Das meinte ich nicht.« Danil schüttelte den Kopf. »Ich ...«

»Was Ihr meintet oder nicht, spielt keine Rolle – alles, was zählt, ist, wie die Gesellschaft darüber denkt. Was Euer Haus dazu sagt. Wäre sie nur eine beliebige Hure, würde Euer Vater Euch vielleicht gewähren lassen. So etwas gehört in Euren Kreisen ja beinahe schon zum guten Ton. Aber sie ist mehr als das, und diese Tatsache könnt Ihr nicht leugnen.«

Es entstand eine kurze Pause, und Sara legte den Kopf an die Säule. Sie schloss die Augen. »Was ... was soll ich tun?«, hörte sie Danils unsichere Stimme.

»Nichts«, sagte Cajetan. »Geht nach Hause und lasst die Ordensritter ihre Arbeit tun. Euch trifft keine Schuld.«

Eine Hure. Ein Spiel. Sara wusste nicht mehr, wie es ihr gelungen war, dem Theater zu entkommen. Sie hatte sich mit dem Strom treiben lassen und war durch Zufall oder Glück unbehelligt vor den Toren gelandet. Vermutlich hatten die Ordensritter sie nicht erkannt, weil sie nach einer Hure gesucht hatten und nicht wissen konnten, dass die als Hofdame verkleidet war – obwohl das andererseits wohl recht üblich zu sein schien. Sie war sich vage bewusst, dass der Strom der Menschen irgendwann nachgelassen hatte und sie ziellos durch irgendwelche Gassen geirrt war.

Wie konnte sie nur so dumm gewesen sein? Ein Straßenmädchen und ein Adliger. Das war so absurd, dass es aus einem Märchen stammen musste. Sie hätte sich niemals darauf einlassen dürfen. Dabei hatte sie es doch von Anfang an gewusst. Danil hatte sie nicht einmal angelogen oder ihr irgendwelche Dinge versprochen. Er hatte immer schon gesagt, dass das alles für ihn nur ein Spiel war. Das Kaiserreich, seine Arbeit für Thoren und ... sie.

Sara blieb stehen und stützte sich an einer Hauswand ab. Aber wenn sie es vorher schon gewusst hatte, warum tat es dann so verdammt weh? Sie ballte die Hand zur Faust und schlug gegen den kalten Stein. Der Schmerz betäubte für einen Augenblick den Schmerz in ihrem Innern. Elender Drecksack. Eine Marktfrau lief an ihr vorüber, musterte stirnrunzelnd ihr Kleid und ging kopfschüttelnd weiter. Sie spürte eine Träne über ihre Wange laufen und wischte sie wutentbrannt fort. Wie konnte sie nur so gefühlsduselig sein? Sie war doch immer allein zurechtgekommen, hatte niemanden gebraucht, mit dem sie Händchen haltend den Tag überstehen konnte. Sie hatte keinen von Feysts Söhnen an sich herangelassen, weil sie genau wusste, dass die nur mit ihr spielen wollten. Sie hatte auch auf der Straße nicht ihren Körper verkauft wie so viele andere Mädchen in ihrer Lage. Es war einfach nur dumm gewesen, diese Prinzipien aufzugeben. Aber das würde sich ändern. Beim nächsten Mal würde sie stark bleiben. Am besten würde es gar kein nächstes Mal geben!

Aus dem Augenwinkel sah sie eine Bewegung, doch noch ehe sie reagieren konnte, schlang sich ein massiger Arm um ihren Hals und drückte zu. Sie stieß einen Schrei aus, der in einem jämmerlichen Röcheln endete. Metall blitzte auf, und eine Messerklinge legte sich an ihre Kehle. »Sei still«, knurrte eine tiefe Stimme dicht an ihrem Ohr. Ein struppiger Bart kratzte über ihre Wange, und sie roch alten Schweiß und saures Bier. »Sei still, oder ich schlitz dich auf. Von einem Ohr bis rüber zum anderen.« Der Druck der Klinge verstärkte sich, und Sara spürte, wie etwas Warmes und Feuchtes an ihrem Hals hinabzulaufen begann. Sie wurde vorwärts in eine dunkle Seitengasse geschoben und von den Schatten der dicht stehenden Häuser verschluckt. Der Lärm der Straße verblasste, ein paar Schritte weiter war sie mit dem Fremden allein.

»Hier haben wir es ruhiger«, sagte der Mann. Die Worte klangen gebrochen und abgehackt. Die Klinge verschwand von Saras Hals, und etwas Hartes traf sie am Schädel. Vielleicht der Griff des Messers, jedenfalls hart genug, um sie zu Boden zu schleudern. Sie fiel auf den Bauch und schnappte rasselnd nach Luft. Stöhnend kroch sie ein, zwei Fuß weg und fuhr herum.

Sie erkannte den Mann auf den ersten Blick. Das grobschlächtige Äußere, den grauen Vollbart und vor allem die wässrigen Augen. Tilmann Arn, der Mann, in dessen Auftrag sie Thoren überfallen sollten. »Was wollt Ihr?«, krächzte sie, während sie sich in die Höhe stemmte.

Tilmann trat einen Schritt auf sie zu und hob das Messer. »Das fragst du noch, nach allem, was du angerichtet hast? Du hattest einen einfachen Auftrag, aber du hast uns bitter enttäuscht. Dafür wirst du jetzt deine Strafe erhalten.«

Sara sog die Luft ein. Verzweifelt schaute sie sich nach einem Ausweg um. Ihre Gedanken rasten. Sie musste sich etwas überlegen. »Rache also«, sagte sie und machte einen Schritt zurück. »Und wie immer lässt Feyst andere die Drecksarbeit für sich machen, wie?«

Tilmann lachte. »Dieser berunische Jammerlappen? Ich würde keinen Finger für ihn rühren, selbst wenn er mir das gesamte Gold des Kaisers bieten könnte. Er ist ein Schwächling. Genauso erbärmlich und verweichlicht wie das gesamte Land. Wir verwenden ihn für unsere Zwecke, und danach werfen wir ihn fort.«

»Wer ist wir?« Im Grunde interessierte es sie herzlich wenig. Aber sie musste den Mann am Reden halten. Sie versuchte nach den Kräften zu greifen, die sie unter anderen Umständen ganz instinktiv einsetzte. Sie spürte die Kälte, ganz tief in sich, aber ihr Kopf dröhnte, und es fiel ihr unendlich schwer, sich zu konzentrieren. »Cajetan ad Hedin«, riet sie. »Schickt Euch der Ordensherr?«

»Wieder falsch geraten. Dieser selbstgerechte Dummkopf

ist in diesem Spiel nur ein Bauer. Um ihn werden wir uns kümmern, wenn die Zeit gekommen ist. Aber ich muss zugeben, dass er uns bislang recht hilfreich gewesen ist. Beinahe wäre es ihm ja sogar gelungen, dich aus dem Weg zu räumen.« Tilmann beugte den Kopf erst zur einen, dann zur anderen Seite und ließ die Wirbel knacken. »Nur muss dich das nicht mehr interessieren, denn du bist ohnehin bereits tot. Aber falls es dich beruhigt: Du wirst nicht die Einzige bleiben. Die anderen werden dir folgen. Als Nächstes die Kaiserinmutter, wenn sie nicht bereits tot ist.«

Sara spürte, wie ihr Herz einen Schlag aussetzte. Sie konnte nicht glauben, was sie da hörte. Die Kaiserinmutter? Ann Revin? Was faselte dieser Mann? »Um was geht es hier eigentlich?«, fragte sie verwirrt.

»Um mehr, als du dir in deinen kühnsten Träumen vorstellen kannst, mein Kind. Es geht um nichts Geringeres als das Ende eines Zeitalters. Es geht um den Untergang von Berun.«

»Ihr seid verrückt.« Sara schüttelte den Kopf. »Niemand kann das Kaiserreich zerstören.«

»Es hat bereits begonnen«, erwiderte Tilmann ruhig. »Ich gebe zu, der Anfang verlief dank dir ein wenig holprig, aber letzten Endes spielt das keine Rolle. Die anderen Rädchen haben sich gedreht, wie sie sollten. In wenigen Tagen werden die wichtigsten Pfeiler des Reichs gefallen sein, und dann wird niemand mehr den Untergang aufhalten.«

Sara schloss die Augen. Sie spürte, wie die Kälte sie durchflutete und an ihr zu zerren begann, wie die unheimlichen Kräfte ihre Wirkung entfalteten. Gleich, gleich war es so weit ...

Tilmann machte einen schnellen Schritt nach vorn und

stieß sie grob gegen die Hauswand. Sara stöhnte auf, als ihr die Luft aus den Lungen gepresst wurde.

»Nicht so schnell, kleine Metishexe. Glaubst du etwa, ich wäre so dumm, dich deine Hexerei ausüben zu lassen?« Er stand jetzt ganz dicht an sie gedrängt. Sein saurer Atem schlug ihr heiß ins Gesicht. »Wäre doch zu schade, wenn du einfach verschwinden würdest – wo wir doch noch so viel Spaß miteinander haben können, bevor ich dich umbringe.« Er versetzte ihr eine so heftige Ohrfeige, dass ihr Kopf herumgerissen wurde und gegen die Hauswand krachte.

Sie schrie auf, und für einen Augenblick raubte der Schmerz ihr die Sinne. Ihr Schädel dröhnte, und ihre Ohren waren von einem schrillen Pfeifen erfüllt. Sie spürte, wie Tilmanns Hand an ihrem Kleid zu zerren begann, und versuchte, sich loszureißen. Es gelang ihr nur halb. Der Stoff zerriss, und sie stürzte schwer zu Boden. Tilmann knurrte etwas Unverständliches, steckte sein Messer zurück in den Gürtel und warf sich mit seinem ganzen Gewicht auf sie. Ihre Knochen knackten, und sie schrie auf. Verzweifelt versuchte sie, ihrem Gegner das Gesicht zu zerkratzen, aber er lachte heiser und zog den Kopf nur gerade so weit zurück, dass ihre Fingernägel nicht an seine Augen kamen. Mit der linken Hand umfasste er ihren Hals und drückte zu. Gleichzeitig begann er, mit der anderen Hand an seiner Hose herumzunesteln. Sara schnappte verzweifelt nach Luft. Sie umklammerte seine Handgelenke, aber sie hätte genauso gut an zwei Eisenstangen rütteln können. »Wehr dich ruhig«, keuchte Tilmann ihr ins Ohr. »Das macht es nur noch aufregender.« Seine Rechte wanderte zwischen ihre Beine und drückte sie brutal auseinander. Ihre Hände tasteten über den Boden und versuchten, etwas zu greifen zu bekommen, aber alles, was sie fanden, war nasser Dreck. Sie stieß ein verzweifeltes Wimmern aus und versuchte, sich unter ihm wegzudrehen, aber er zog sie an den Resten ihres verfluchten Kleids zurück und zerriss es dabei vollends. »Tut mir leid, aber das brauchst du ja ohnehin nicht mehr.« Er richtete sich über ihr auf und warf den Fetzen lachend zur Seite.

Saras Blick fiel auf den Dolch an seinem Gürtel. Ohne nachzudenken, packte sie zu und zerrte ihn aus der Scheide. Tilmann stieß ein überraschtes Keuchen aus, und seine Hand zuckte vor. Doch Sara war schneller und stach zu, ehe er sie aufhalten konnte. Schmatzend fuhr die Klinge über seine Finger hinweg und bohrte sich tief in seinen Bauch hinein. Tilmann stieß ein Jaulen aus und ließ ihren Hals los. Der zweite Stich traf seinen Arm, und er rollte sich zur Seite und riss die Hände schützend über den Kopf.

»Du willst, dass ich mich wehre?«, schrie Sara und stach ihm in den Oberschenkel. »Wie gefällt dir dann das?« Die Klinge kratzte über Tilmanns Rippen und fuhr in seine Seite. »Was?«, stammelte er und starrte an sich hinab. »Was tust du?« Entsetzt schüttelte er den Kopf und zwinkerte angestrengt. Plötzlich verdrehten sich seine Augen, bis nur noch das Weiße darin zu sehen war. Er runzelte die Stirn, bewegte den Mund, als wollte er noch etwas sagen, und kippte grunzend in den Schlamm.

Sara starrte ihn keuchend an, und als sich ihr Atem einigermaßen beruhigt hatte und die Sterne aufgehört hatten, vor ihren Augen zu tanzen, stieß sie ein hysterisches Lachen aus und ließ den Dolch fallen. Hastig raffte sie die Reste ihres zerrissenen Kleids zusammen und floh aus der Gasse.

Sie wusste nicht, wie sie es überhaupt geschafft hatte, die Stadt zu durchqueren und zurück in die Festung zu gelangen. Das Erste, was sie bewusst wahrnahm, waren die erschrockenen Gesichter einiger Diener, Flüsters besorgt gerunzelte Stirn und Thorens tiefe Stimme, die beruhigend auf sie einredete.

»Bring mich zu dem Ort.« Er packte sie bei den Schultern und sah ihr ernst ins Gesicht.

Entsetzt riss sie die Augen auf und schüttelte den Kopf. »Ich gehe nicht zurück. Niemals!«

»Wir müssen sichergehen. Begreifst du das denn nicht?«

»Sichergehen? Wobei denn? Dass er tot ist?« Schlagartig kam die Erinnerung zurück. Die würgenden Hände des Graubärtigen, sein saurer Atem, die Mordlust in seinen Augen. Das schmatzende Geräusch, mit dem der Dolch in seinen Bauch eingedrungen war. Sie wandte den Kopf ab und versuchte, sich loszureißen, doch Thoren packte nur noch fester zu und schüttelte sie. »Bring mich zu dem Ort!«

»Wieso?«, schrie sie ihn an. »Was hat das denn für einen Sinn?«

Thoren ließ sie los, und sie fiel schluchzend auf die Knie. Langsam wich das Entsetzen aus ihr, und sie blickte zu ihm auf. »Was hat das denn für einen Sinn?«

»Wir werden sehen.« Thoren gab Flüster ein Zeichen, und der schweigsame Riese entzündete eine Laterne und öffnete die Tür.

Es dauerte eine ganze Weile, bis sie die Gasse wiedergefunden hatte. Halb fürchtete sie, halb hoffte sie, dass es ihr vielleicht gar nicht mehr gelang. Immerhin war es dunkel, und sie kannte sich in diesem Teil der Stadt kaum aus. Schließlich erkannte sie aber doch noch einiges wieder und führte die beiden Männer in eine dunkle Gasse hinein.

»Wo ist er?«, fragte Thoren und blickte sich misstrauisch um.

»Er hat hier gelegen.«

»Bist du sicher?«

Sie zuckte mit den Schultern. Wie sollte sie denn sicher sein? Sie konnte ja kaum die Hand vor Augen sehen.

»Es ist die richtige Stelle«, flüsterte Flüster. Er beugte sich nach unten und hob ein blitzendes Stück Metall vom Boden auf. Ein Dolch.

Thoren nahm ihn wortlos entgegen und stapfte tiefer in die Gasse hinein. Er musste nicht lange gehen. Schon wenige Schritte später stießen sie auf Tilmanns zusammengekrümmte Gestalt.

Flüster drehte die Flamme der Laterne ein Stück auf. »Zum Glück ist er in die falsche Richtung gekrochen. Hätte er die andere genommen, wäre er schon längst gefunden worden.«

Thoren nickte und ging neben dem Mann in die Hocke. Er umfasste sein bärtiges Kinn mit Daumen und Zeigefinger und drehte das Gesicht ins Licht. »Sieh mal an, wenn das nicht Tilmann Arn ist. Hätte nicht gedacht, dass ich diesem Gesicht so weit im Süden noch einmal begegnen würde.«

»Man begegnet sich immer zweimal im Leben«, flüsterte Flüster und rieb sich den Hals.

In diesem Augenblick schlug der Graubärtige die Augen auf und schnappte rasselnd nach Luft. Seine Hand streckte sich nach Thorens Arm aus und umklammerte ihn. »Helft mir. Helft mir bitte!«

»Keine Sorge.« Thoren seufzte. »Was ist passiert?«

Tilmann stöhnte und verzog schmerzhaft das Gesicht. »Die Metisschlampe ... Sie ... sie hat mich niedergestochen. Ihr müsst sie finden, ehe sie ...«

»Ehe sie was? Uns von der Verschwörung erzählt?«

Tilmann nickte. Dann runzelte er die Stirn und schüttelte den Kopf. Er versuchte, sich aufzurichten, doch Thoren drückte ihn sanft zurück auf den Boden und gab Flüster ein Zeichen.

Vorsichtig stellte der Riese die Laterne ab und umfasste Tilmanns Schultern. Der Graubärtige stemmte sich dagegen, doch seine Kräfte reichten nicht aus, um sich zu befreien. »Lasst mich los, Ihr verdammten Drecksäcke! Ihr wisst wohl nicht, wer ich bin? Ich stehe unter dem Schutz des Kaiserhauses. Wenn Ihr mir auch nur ein Haar krümmt, seid Ihr tot. Der Kaiser wird Euch rädern lassen!«

»Ich weiß genau, wer Ihr seid, Tilmann Arn. Ihr seid der Neffe des Großherzogs von Lytton und inzwischen sogar ein Graf, wenn ich mich nicht irre. Ihr habt es ganz schön weit gebracht für einen Wegelagerer und Räuberhauptmann. Das wird Euch allerdings nicht viel nützen, wenn Ihr Euch gegen den Kaiser verschwört.« Thoren beugte sich gerade so weit zurück, dass er den Blick auf Sara freigab.

Die Augen des Graubärtigen weiteten sich. Erschrocken keuchte er auf. »Nein!«

»Ihr hättet Euch nicht so lange mit Reden aufhalten und lieber handeln sollen. Aber das war ja noch nie die Stärke von Lytton.« Thoren lächelte schmal. »Ich will mich aber nicht beschweren. Immerhin wissen wir jetzt, wie es wirklich um die Loyalität des Großherzogs bestellt ist.«

Tilmann kniff die Augen zusammen. Sein Blick wanderte

zwischen Thoren und Sara hin und her. Er leckte sich über die Lippen. »Lasst uns wie vernünftige Männer reden, Thoren. Ihr glaubt doch nicht den Lügengeschichten eines Straßenmädchens. Sie gehört zu Feysts Leuten, ihr kann man nicht trauen.«

»Ich traue ihr mehr als Euch, Graf Arn. Zuerst hatte ich Zweifel, aber nachdem ich Euch hier finde, bin ich sicher, dass es wahr ist.«

Tilmann schnaufte. »Na und? Was nützt Euch das? Nichts! Ihr wisst doch überhaupt nichts. Ihr habt keine Beweise. Der Kaiser wird Euch nicht glauben, er wird Euch noch nicht mal zuhören. Euer Wort steht gegen das Wort eines Grafen. Wenn Ihr mich nicht sofort gehen lasst, wird er Eure Ärsche auf Spieße stecken und dabei zuschauen, wie Ihr daran herunterrutscht.« Er stemmte sich erneut gegen Flüsters Griff und sank stöhnend zurück in den Schlamm.

»Ich weiß genug«, sagte Thoren ruhig. »Ich weiß, dass das Mädchen die Wahrheit gesagt hat und dass Ihr plant, Ann Revin zu ermorden. In Confinos oder auf dem Weg dorthin, richtig?« Er schaute einen Augenblick auf den am Boden Liegenden hinab und nickte. »Ich habe recht. Ich sehe es an deinem Blick. Erzähl mir, was ihr vorhabt. Wer steckt noch dahinter?«

Tilmanns Augen verengten sich, und er starrte Thoren hasserfüllt an. Langsam schüttelte er den Kopf. »Von mir erfahrt Ihr nichts. Kein Wort.«

Seufzend richtete sich Thoren auf und streckte den Rücken durch. »Wir sind beide schon zu lange im Geschäft, um zu wissen, dass das nicht stimmt. Irgendwann redet jeder. Manche früher, andere erst später. Bedauerlicherweise haben wir keine Zeit, und unser fähigster Mann in solchen Dingen ist mit der Kaiserinmutter unterwegs. Wir werden also mit den spärlichen Informationen auskommen müssen, die wir haben.«

»Dann lasst mich endlich gehen«, zischte Tilmann. »Der Kaiser ...«

Thoren schnaufte unwirsch. »Ich weiß selbst am besten, dass der Kaiser mir nicht zuhören würde. Deshalb werden wir ihn mit dieser Angelegenheit auch nicht belästigen. Ich habe meine eigenen Leute. Und was dich angeht – es ist schon beängstigend, wie schnell man in Berun Opfer eines tödlichen Raubüberfalls werden kann ... Aber keine Sorge, den Täter haben wir bereits gefasst und werden ihn seiner gerechten Strafe zuführen. Schramm ist sein Name, wenn ich mich nicht irre. Er wird dafür büßen, das verspreche ich dir. Das sind wir einem Grafen aus Lytton doch schuldig, nicht wahr?«

Tilmann runzelte die Stirn. Als er begriff, was Thoren ihm damit sagen wollte, wurden seine Augen groß. Entsetzt schüttelte er den Kopf. »Nein. Wartet, das könnt Ihr nicht tun. Ich habe Geld. Sehr viel Geld!«

»Geld interessiert mich nicht.« Thoren hob Tilmans Dolch gegen das Licht der Laterne und begutachtete ihn.

»Einen Titel. Ländereien! Ich biete Euch den Titel eines Grafen in Lytton. Ihr könnt ihn haben. Die einmalige Gelegenheit, Euren Namen unsterblich zu machen!«

Thoren schüttelte den Kopf. »Es tut mir leid, das besitzt für mich keinen Wert. Nichts davon besitzt für mich einen Wert. Alles, was zählt, ist das Leben der Kaiserinmutter.« Er richtete die Messerklinge gegen Tilmanns Brust, während Flüster den panischen Kolnorer unbarmherzig zu Boden drückte.

»Wartet!«, kreischte Tilmann. »Kolno! Der kolnorische König steckt dahinter!«

»Theoder?« Thoren runzelte die Stirn. »Was sollte sich König Theoder von einem Mord an Ann Revin versprechen? Ich dachte, er will seine Tochter mit ihrem Sohn verheiraten?«

»Ich weiß es nicht. Ich weiß nur, dass der Großherzog mit König Theoder verhandelt hat. Sie haben mich nach Berun geschickt, um Euch aus dem Weg zu schaffen. Mit dem Rest habe ich nichts zu tun.«

Thoren runzelte die Stirn und schien einen Augenblick lang darüber nachzudenken. »Also gut. Ich hatte mir schon gedacht, dass sie dich nicht mit den wirklich wichtigen Dingen betraut haben. Erzähl mir, was du über den Anschlag auf die Kaiserinmutter weißt. Wie lautet der Plan? Wo soll er stattfinden?«

»Ich … ich weiß es nicht. Sie haben mich nicht eingeweiht.«

»Ich glaube dir nicht.« Thoren drückte das Messer gegen Tilmanns Brust. Der Graubärtige riss die Augen auf und schüttelte hektisch den Kopf. »Nein, nein. Ich weiß es wirklich nicht. Ich … Ah!« Die Messerspitze ritzte seine Haut, und dunkles Blut quoll darunter hervor. Er röchelte mitleiderregend und wand sich unter Flüsters Griff. »Ich … ich weiß nur, dass sie von Confinos erzählt haben. Sie haben die Stadt erwähnt und die Brücke. Die Brücke über den Korros. Dort soll es stattfinden. Das ist alles, mehr weiß ich wirklich nicht. Ich schwöre es. Bei meinem Leben!«

Thoren schaute ihn lange nachdenklich an. Schließlich nickte er und seufzte. »Ich glaube dir, Tilmann. Ich glaube dir, dass du nicht mehr weißt.« Er bewegte den Kopf von rechts nach links und lockerte seine Nackenmuskeln.

»Und jetzt?« Tilmann sah ängstlich zu ihm auf. »Was geschieht jetzt mit mir?«

»Was glaubst du wohl? Gehen lassen können wir dich nicht, das weißt du selbst am besten. Du würdest uns doch auf direktem Weg an den Galgen bringen oder zumindest alles nur Erdenkliche unternehmen, um uns aufzuhalten. Du hast es zwar schon zweimal erfolglos versucht, aber beim dritten Mal hättest du vielleicht mehr Erfolg …« Er nickte Flüster zu, und der Riese drückte den Graubärtigen erneut zu Boden.

Tilmanns Augen weiteten sich unnatürlich. »Nein«, hauchte er, und der Klang seiner Stimme versetzte Sara einen Stich ins Herz. Entsetzt wandte sie den Blick ab und schüttelte den Kopf. »Wollt Ihr wirklich … ich meine …«

Thoren schaute zu ihr auf. »Dieser Mann wollte dich vergewaltigen und umbringen, und du hast gehört, was er mit uns anstellen würde, wenn er die Möglichkeit dazu bekäme. Er würde niemals zögern, uns einen Dolch zwischen die Rippen zu jagen. Wir können es nicht wagen, ihn am Leben zu lassen!« Grob packte er sie am Handgelenk und zog sie zu sich nach unten. Dann drückte er ihr den Griff des Messers in die Hand. »Du bist nicht ganz unschuldig an unserer Lage, und deshalb werden wir es gemeinsam tun.«

»Nein«, keuchte Sara und versuchte ihr Handgelenk aus seiner Umklammerung zu lösen.

»Nein«, keuchte Tilmann und streckte die Hand nach ihr aus. »Lass mich am Leben, ich flehe dich an!«

»Du musst an dieser Stelle ansetzen«, flüsterte Flüster. »Zwischen der zweiten und der dritten Rippe. Da geht es ganz leicht und schnell. Dreh die Klinge mit der Breitseite nach oben.«

»Warum tust du es nicht selbst?«, fauchte Sara ihn an. »Du hast doch die meiste Erfahrung in solchen ... Dingen.«

»Weil du es irgendwann selbst erledigen musst«, erwiderte Thoren an Flüsters Stelle. »Du kannst in diesem Spiel der unsichtbare Zuschauer bleiben, der nichts tut, außer zuzuschauen und zu applaudieren, wenn es ihm gefallen hat. Du kannst weiterhin mit gesenktem Kopf vor der Verantwortung davonlaufen. Ich glaube aber nicht, dass es das ist, was du wirklich willst. Als du dich entschieden hattest, uns zu helfen, da habe ich gesehen, dass mehr in dir steckt.« Er hielt ihren Blick gefangen. »Du kannst etwas bewirken, Sara. Du kannst das Kaiserreich retten, und du kannst hier und jetzt dein Schicksal selbst in die Hand nehmen. Doch dazu musst du bereit sein, Opfer zu bringen. Bist du das? Bist du dazu bereit?«

Sara schüttelte entsetzt den Kopf. Sie wollte den Mund öffnen, um den Puppenspieler und sein verdammtes Spiel in die Gruben zu wünschen. Sie wollte das Messer fortwerfen und ihm den Rücken zudrehen. Einfach davonlaufen und nie wieder an diesen verdammten Ort zurückkehren. Sollte Ann Revin doch sterben und ihr Sohn gleich mit. Warum sollte sie denn ihr Leben für ein Land riskieren, das nicht ihre Heimat war? Sollte sich Thoren doch allein darum kümmern. Er war doch schließlich der Schatten der Kaiserinmutter und nicht sie.

Doch dann zögerte sie. Wie oft hatte sie in ihrem Leben schon geglaubt, selbst Entscheidungen treffen zu können? Doch am Ende hatte sie die Verantwortung für ihr Handeln immer nur an andere abgegeben. Sie hatte sich immer stark und unabhängig gefühlt, sich aber immer den Stärkeren gebeugt. Sie hatte ihrem Dorf nicht helfen können und war noch nicht einmal in der Lage gewesen, Flynn zu beschützen. Sie war immer nur geflohen, selbst vor diesem Stück Scheiße, das sie im Straßendreck vergewaltigen wollte. Sie war nie bereit gewesen, die Verantwortung zu übernehmen. Und jetzt ...?

»Bist du bereit, Opfer zu bringen?«, fragte Thoren noch einmal. Er ließ ihr Handgelenk los und blickte sie an.

Sara presste die Lippen aufeinander und nickte.

# 21

## GABEN

Das nächste Mal erwachte Marten vom Geräusch von Wasser, das in ein Gefäß gegossen wurde. Der fremde, süßliche Geruch von ihm unbekannten Gewürzen oder Pflanzen lag in der Luft, und ein warmer Lufthauch strich über sein Gesicht. Vorsichtig kämpfte er die Augen auf, allein das eine Anstrengung, die er nur mit Mühe bewältigte. Er lag in einem Zimmer mit steinernen geweißten Wänden und einer hohen Decke aus dunklem Holz. Von irgendwo außerhalb seines Gesichtsfelds fiel gedämpftes Sonnenlicht in den Raum, und ein fernes, monotones Rauschen lag in der Luft. Möwen schrien, und etwas näher sang ein Vogel, den er vorher noch nie gehört hatte. Vorsichtig schielte Marten an sich hinab. Er lag auf einem schlichten Bett, zugedeckt mit einem Leinentuch und allem Anschein nach nackt. Was er von seinen Armen und seiner Brust sehen konnte, war zerkratzt und von Schorf und Blutergüssen übersät. Wieder plätscherte irgendwo ganz in der Nähe Wasser, und er drehte mühsam den Kopf zur Seite. Neben dem Kopfende des Betts stand ein Tisch unter einem rahmenlosen Fenster, in dem er nur blauen Himmel sehen konnte. Vor dem Tisch stand, den Rücken ihm zugewandt, eine dunkelhäutige Frau mit schwarzem Haar, das ihr in einem kunstvoll geflochtenen Zopf beinahe bis zur Hüfte hing. Sie war rundlich, mit einem üppigen Hinterteil, das sich deutlich durch den dünnen Stoff des Kleids abzeichnete. Mit geübten Handgriffen spülte sie ein Tuch in einer weißen Steingutschüssel, faltete es und legte es auf einen kleinen Stapel weiterer, neben denen Marten aufgewickelte Bandagen und kleine Tiegel entdeckte, wie sie Heiler für ihre Salben und Tinkturen verwendeten. Ein Zinnbecher stand neben der Schüssel, und plötzlich wurde Marten sein trockener Mund nur allzu bewusst.

Er riss den Blick vom Rücken der Fremden los und räusperte sich. Allein das schmerzte schon.

Ohne Hast drehte sich die Frau um und sah ihn an. Nach einem langen Blick lächelte sie, und Marten erinnerte sich an die Perlenzähne im dunklen Gesicht – dem Gesicht vom Strand. Metis. Das Wort tauchte in Martens Kopf auf. Die dunkelhäutigen Bewohner des Macouban wurden Metis genannt. Diese Metis war jung, Anfang, höchstens Mitte zwanzig, und ihre Bekleidung wäre in Berun mehr als nur ein wenig unschicklich gewesen. Der letzte Gedanke schien deutlich auf seinem Gesicht sichtbar gewesen zu sein, denn das Lächeln wurde eine Spur spöttisch, als sie sich vorbeugte, um seine Augen zu betrachten. Martens Blick zuckte unwillkürlich in ihren losen Ausschnitt, und ein mahnender Finger hob sich vor sein Gesicht. In Ordnung, auf jeden Fall war sie kein unreifes Ding mehr.

»Du bist erwacht«, stellte sie fest. »Wir waren nicht sicher, ob das passieren wird. Kannst du sprechen?«

Marten suchte nach seiner Stimme, dann räusperte er sich erneut und krächzte: »Wo bin ich?«

»Also ja.« Die Dunkelhäutige nickte. »Wichtiger ist doch, ob du weißt, wer du bist.« Sie deutete auf ihre Stirn, und erst jetzt fiel Marten auf, dass sein Kopf bandagiert zu sein schien. »Wie heißt du, Seemann?«

Marten runzelte die Stirn. Noch immer fühlten sich seine Gedanken an wie in Watte gepackt. »Marten. Ich ... Marten.«

Die Frau nahm eines der feuchten Tücher und goss eine dampfende Flüssigkeit aus einem Krug neben der Schale darüber. Ein scharfer Geruch erfüllte den Raum. »Dann herzlich willkommen in Duambes Garten, Marten ich Marten.«

»Wo?« Martens Augen folgten ihr, als sie jetzt an das Bett herantrat und das Leinentuch von seinen Beinen hob. Instinktiv ruckten Martens Hände, um seinen Schritt zu verdecken, ohne jedoch wirklich auf ihn zu hören.

Die Dunkelhäutige hob eine Augenbraue. »Im Macouban. Es ist ein wenig spät, um verschämt zu sein. Da ist nichts, was ich nicht schon gesehen hätte. Wir pflegen dich seit mehr als einer Woche. Und jetzt beiß die Zähne zusammen. Das wird ein wenig wehtun.« Sie sah ihn an, und das spöttische Lächeln verschwand. »Um ehrlich zu sein – es wird sogar ziemlich wehtun. Aber entweder das, oder du verlierst das Bein. Und das wäre äußerst schade.« Mit diesen Worten legte sie das dampfende Tuch auf Martens Oberschenkel, und mit einem gleißenden Schmerz versank die Welt.

Marten erwachte ein drittes Mal. Ein Lufthauch durchwehte den Raum, kühlte sein Gesicht und trug den Geruch von

Salzwasser, Tang, Nadelbäumen, Fäulnis und Flieder mit sich. Noch immer lag das monotone Rauschen des fernen Meeres in der Luft, und irgendwo blökte eine Ziege. Marten öffnete die Augen. Das Licht im Zimmer wirkte diesmal rötlich golden. Sonnenuntergangslicht. Er drehte den Kopf zur Seite. In einem gepolsterten Stuhl neben dem Tisch saß eine junge Frau. Allerdings war es nicht die dunkelhäutige Metis. Dieses Mädchen hatte deutlich hellere Haut und das rotbraune Haar einer Berunerin. Außerdem war ihre Bekleidung die einer jungen Dame aus gutem Hause – und damit deutlich züchtiger. Im Moment war sie in ein kleines Büchlein vertieft, und ihre Lippen bewegten sich lautlos mit den Worten eines unbekannten Textes. Das ließ Marten genug Zeit, sie ausgiebig zu betrachten. Sie war sicherlich kaum älter als sechzehn oder siebzehn, hochgewachsen und für Martens Geschmack vielleicht ein wenig zu hager, aber als sie über eine amüsante Stelle in ihrem Text zu stolpern schien und ein Lächeln auf ihr Gesicht zog, musste er zugeben, dass sie durchaus einen gewissen Liebreiz hatte. Dann aber bildete sich eine kleine, senkrechte Falte zwischen ihren Brauen, und sie sah auf, geradeso, als hätte sie gespürt, dass er sie beobachtete.

»Ihr seid wach!« Die Falte verschwand und machte einem breiten Lächeln Platz.

»Sieht so aus.« Marten versuchte zu lächeln, war sich aber nicht sicher, ob es ihm gelang. »Mal wieder. Ich muss wohl nochmals ohnmächtig geworden sein. Wie lange …?«

»Nicht lange. Vielleicht eine oder zwei Stunden.« Sie klappte das Buch zu und legte es auf den Tisch neben die Schüssel. »Xari sagte schon, dass die Tinktur etwas schmerzhaft sein könnte. Dein Name ist Marten, richtig?«

»Etwas?« Marten lachte auf und stellte fest, dass selbst das wehtun konnte. »Ja, ich heiße Marten. Und du?«

Sie senkte den Blick, als ihr auffiel, dass sie ihn anstarrte. Gleichzeitig ging Marten auf, dass er immer noch unbekleidet zu sein schien. Immerhin war das Leintuch wieder über ihn gebreitet. »Emeri.« Sie erhob sich aus dem Stuhl und strich ihr Kleid glatt. »Ich werde schnell gehen und nach der Wundheilerin schicken. Xari wird sich um deine ...«

Marten hob eine Hand. »Warte! Wo bin ich? Das andere Mädchen, die dunkle, sie sagte etwas von ... Dumba ...?«

Emeri blieb stehen, und die kleine Falte kehrte zurück. »Duambes Garten?«

»Ich glaube ja.«

Emeri schüttelte kaum merklich den Kopf. »Vergiss das. Das ist ein Wort der Metis. Lass es lieber niemanden hören. Es ist hier verboten. Du bist im Macouban, im Haus von Imara Antreno. Offiziell heißt dieses Land hier Gut Barradeno.« Sie bemerkte Martens verständnislosen Gesichtsausdruck. »Du bist zum ersten Mal im Macouban?«

Marten nickte. »Es war meine erste Seereise, die mich hierher gebracht hat. Ich war noch nie hier.«

Die junge Frau sah ihn neugierig an. »Du bist kein Seemann?«

Er schüttelte den Kopf. »Ich bin ... auf einer Triare unterwegs gewesen. Aus Berun. Da war ein Sturm. Und riesige Seeschlangen. Ich bin über Bord gegangen. Ich ...« Ein Hustenanfall unterbrach ihn, und das Mädchen schlug sich die Hand vor den Mund.

»Schweig«, sagte sie schnell und griff nach einem Wasserbecher auf dem Tisch. »Erzähl mir das später. Jetzt musst du ruhen. Oloare wird ohnehin böse sein, dass ich dich so angestrengt habe.« Sie führte ihm den Becher an die Lippen.

Gierig trank Marten einige Schlucke. Bereits das war anstrengender, als er es je für möglich gehalten hätte, selbst als Emeri seinen Kopf stützte. Eine Wolke zarten Fliederdufts wehte über ihn hinweg, und plötzlich erinnerte sich Marten.

»Du hast mich gefunden, richtig?«, murmelte er. »Das warst du am Strand?«

Die junge Frau zuckte zurück und warf unwillkürlich einen Blick in Richtung Zimmertür. Dann nickte sie schüchtern. »Aber das darf niemand wissen. Eigentlich ist es mir verboten, hinunter an die Klippen zu gehen.«

Marten hob eine Braue. »Dann bin ich dir besonders dankbar, dass du es getan hast.«

Emeri schien sich mit einem Mal unwohl zu fühlen. »Du kannst deine Dankbarkeit zeigen, indem du das niemandem erzählst«, entgegnete sie. »Man weiß, dass dich Xari und die Männer gefunden haben. Lass es dabei. Bitte.«

Marten hob abwehrend die Finger der Rechten von der Bettdecke. »Keine Sorge. Wie könnte ich meiner Lebensretterin etwas abschlagen?« Er grinste schief. »Außerdem erinnere ich mich ohnehin an nichts.«

Das Lächeln kehrte auf Emeris Gesicht zurück. Sie nickte. »Ich werde Xari zu dir schicken. Sie wird sich um alles kümmern, was du benötigst.« Sie stockte. »Benötigst du noch etwas?«, fügte sie hinzu.

Ein Stechen in Martens Oberschenkel beantwortete ihre Frage. »Antworten, vor allem.« Er sah an sich hinab. »Und eine Hose wäre …«

Emeri nickte eilig. »Ich werde es ausrichten. Beeile dich mit deiner Gesundung. Die Fürstin ist bereits begierig darauf zu erfahren, was dich hierhergebracht hat.« Sie senkte abermals den Blick und ging mit schnellen Schritten zur Tür. »Und ich ebenfalls«, fügte sie hinzu, bevor sie die Tür öffnete und verschwand.

Marten ließ den Kopf zurücksinken und betrachtete die hohe Decke. *Das geht nicht nur euch so.* Er spannte probehalber die Muskeln in seinen Beinen an und sog zischend die Luft ein, als seine Bemühung mit einem scharfen Schmerz im rechten Bein belohnt wurde. Marten biss die Zähne zusammen und richtete sich so weit auf, das er das Tuch über seinem Bein beiseite schieben konnte. Ein zweites Leinen bedeckte den größten Teil des Oberschenkels, verklebt mit etwas, von dem er inständig hoffte, dass es nicht aus seinem Bein stammte.

Versuchsweise zog er an einer Ecke des Leinens. Es brannte wie die ewigen Gruben der Verdammnis.

»Ich würde das lassen, Sabra.«

Marten zuckte zusammen und ließ den Stoff los. In der Tür stand die junge Metis. Ihr Kleid war diesmal etwas züchtiger gewählt, doch ihre rechte Augenbraue war genauso spöttisch hochgezogen wie bei ihrer letzten Begegnung. »Du bist nicht der Schnellste, oder?«

»Mit diesem Bein? Vermutlich nicht.« Marten zog das Laken wieder über sich. »Wer ist Sabra?«

Xari schüttelte sichtlich amüsiert den Kopf. »Das ist unser Wort für Seemann. Menschen, die so dumm sind, dass sie sich aufs Meer hinauswagen. Sabra. Und ich habe nicht dein Bein gemeint. Die Wundheilerin meint, dass es noch lange dauern wird, bis das da wieder so weit genesen ist, dass du ungehindert damit laufen kannst. Aber wenn du es nicht in Ruhe lässt, wirst du es sicherlich nie.«

»Dann bin ich froh, dass ich kein Seemann bin«, gab Marten zurück. »Was ist mit meinem Bein?«

Xari hob die schmalen Schultern und ließ sie wieder fallen. »Die Wundheilerin hatte gehofft, das könntest du ihr sagen. Es sieht aus, als hätte irgendetwas versucht, es abzubeißen. Du kannst von Glück sagen, dass die Heilerin der Fürstin eine der besten des Macouban ist. Andernfalls wärst du bereits tot oder hättest zumindest kein Bein mehr.« Sie trat neben ihn und legte ihm eine kühle schmale Hand auf die Stirn. »Du hast das Fieber überwunden. Und es sieht nicht so aus, als sei es zurückgekehrt. Einen Rat: Lass die Arbeit der Heilerin ihren Gang gehen, bevor du nachsiehst. Sie hat ein Agetnetz eingewoben, und wenn du mehr Glück hast, als Duambe deinesgleichen gewährt, dann wirst du das sogar überleben.«

Marten war sich nicht sicher, ob die junge Frau scherzte. »Sie hat was getan?« Unsicher musterte er sein Bein.

Jetzt wurde auch das Lächeln der Metis spöttisch. »Keine Sorge, Sabra. Du musst keine Angst vor Aget haben. Vor … Blaustein, nennt ihr es, glaube ich. Es wird die Wunde schließen, wo Katgut nicht in der Lage dazu wäre. Du wirst es nicht einmal merken. Es sei denn …« Ihr Lächeln verblasste, und es schien, als wäre ihr soeben etwas eingefallen. »Du hast kein Metis-Blut in dir, oder?«

»Was?« Marten sah sie verständnislos an.

»Du hast kein Talent?«

»Das hat mein Bruder auch immer von mir behauptet, wenn es um Schwertkampf ging.« Marten grinste schwach, bevor er wieder ernst wurde. »Du meinst, ein Talent, mit dem ich Blaustein ...? Nein. Nein, so etwas habe ich nicht. Ich bin vollkommen gewöhnlich. Freier Beruner Bürger, nicht mehr.«

Xari wirkte erleichtert. Zumindest kehrte ihr Lächeln zurück. »Dann wirst du keine Probleme damit haben. Aber wie ich schon gesagt habe – lass die Finger davon, wenn du irgendwann wieder gehen willst.« Sie sah auf ihn herab, und Marten stellte fest, dass sie schwach nach Sandelholz roch. Auf ihren bloßen Unterarmen lag ein kaum merklicher Schweißfilm, und auch aus dieser Nähe wiesen sie kein einziges sichtbares Härchen auf.

Aus irgendeinem Grund hatte er plötzlich den unwiderstehlichen Drang zu schlucken, und ihre dunklen Lippen zuckten. Amüsiert, oder ...?

Xari trat plötzlich einen Schritt zurück. »Ein Bürger?«

Marte zuckte mit einer Schulter. »Bürgerschaft, gutes Haus, Wahlrecht, ja. Warum?«

Statt einer Antwort faltete Xari die Hände vor dem Rock und senkte den Kopf. »Es wird die Fürstin freuen, dass sie ihre wertvolle Heilerin nicht an einen simplen Sabra verschwendet hat. Dann müsst Ihr umso schneller gesunden, denn sie wird alles wissen wollen.«

Marten sah sie verblüfft an. Ihr Wechsel in die Förmlichkeit überrumpelte ihn. »Bleib bitte beim ›Du‹. Ich verdanke dir mein Leben, also stehe ich in deiner Schuld.«

»Es ist meine Aufgabe und mein Platz«, erwiderte sie schnell.

»Was? Dafür zu sorgen, dass ich mich unwohl fühle? Hör auf damit. Wenn man mich förmlich anspricht, habe ich unwillkürlich das Gefühl, ich spreche mit meiner Mutter. Und da ich noch immer keine Hose anhabe, ist das ein wirklich unangenehmes Gefühl.« Nervös strich er die Decke glatt. »Und wo wir gerade dabei sind – ich hätte jetzt wirklich gern meine Hose.«

»Das muss wohl noch etwas warten«, erwiderte Xari leise, und Marten wurde klar, dass sie ihn trotz des gesenkten Kopfes genau beobachtete. Es trug nicht gerade dazu bei, sich wohler zu fühlen. »Erst wenn die Wunden weit genug verheilt sind, dass die Wundheilerin ihre Erlaubnis gibt, könnt Ihr …«

»Kannst du«, korrigierte Marten sie. »Kannst du – was? Hosen anziehen?«

Xaris Kopf ruckte in einer Geste, die Marten als Zustimmung auffasste, und er ließ sich nach hinten sinken. »Na großartig.« Er atmete tief durch. »Also gut, Xari – du bist doch Xari, richtig?«

Die junge Frau nickte.

»Ich habe mich besser gefühlt, als du mich wie einen Sabba oder wie das heißt behandelt hast. Also können wir es dabei belassen? Im Moment ist meine Bürgerschaft von Berun nicht viel wert, und ich bin nicht scharf darauf, mich mit deinem Scheitel zu unterhalten. Ich habe eine Frage.« Er musterte ihren Scheitel. »Wie lange bin ich bereits hier?«

»Seit wir dich gefunden haben, nach dem großen Sturm vor neun Tagen«, sagte Xari. »Du hast acht davon geschlafen.« Die junge Frau sah kurz auf. »Und an dreien war ich nicht sicher, ob du noch lebst. Die Wundheilerin hat es gesagt, also habe ich es geglaubt.«

»Neun Tage …« Marten sah zum Fenster, in dem sich der Himmel langsam orange und rosa verfärbte. »Und … gibt es noch mehr Überlebende?«

Xari schüttelte den Kopf. »Wir fanden den Mast, Takelage und Segeltuch, Trümmer eines Schiffs über den ganzen Strand verteilt. Einige Kisten und Fässer, zerbrochenes Holz. Es ist hier nicht viel angeschwemmt worden, auch keine weiteren Menschen. Vielleicht weiter im Osten, wohin der Sturm gezogen ist. Aber da beginnt der Dschungel und die Küste ...« Unbestimmt zuckte sie mit den Schultern. »Das meiste, was dort angeschwemmt wird, wird nie gefunden.«

Marten nickte. Vielleicht hätte er bestürzt sein sollen, doch er hatte nur das Gesicht von Cunrat ad Koredin vor Augen, und sein Mitleid hielt sich in Grenzen. »Dann kann ich ja froh sein, dass ich mehr Glück hatte als der Rest«, murmelte er.

Die Metis sah ihn seltsam an. »Nicht Glück«, sagte sie leise. »Duambe hat dich gerettet.«

»Duambe? Ich wüsste nicht ...«

Xari legte einen schmalen, scharfkantigen Splitter aus halb durchsichtigem, blauem Stein auf seine Brust.

Marten hob das Steinfragment auf und betrachtete es genauer. Es hatte etwa die Länge seines Daumennagels und war mit seltsamen Ornamenten beschnitzt, die ihn entfernt an sich windende Schlangen erinnerten. Marten runzelte die Stirn. »Was ist das?«

»Aget. Blaustein. Und auf ihm Duambes Schlangen.« Sie sah seinen verständnislosen Gesichtsausdruck und fügte hinzu: »Die Wundheilerin hat es aus deinem Arm geholt.«

»Aus meinem ...?« Marten sah auf seinen Arm hinab. Tatsächlich. Bis jetzt war ihm entgangen, dass auch sein linker Oberarm bandagiert war. Bilder von Gewitter, von flackerndem Wetterleuchten, gleißenden Blitzen, von Manars Feuer und albtraumhaften Wellenbergen schossen ihm durch den Kopf, und er zwinkerte mehrmals, um sie zu vertreiben. »Oh. Ja. Ich glaube nicht, dass das etwas damit zu tun hatte.«

Xari sah ihn seltsam an. »Was du glaubst, spielt keine Rolle. Duambe wollte, dass du lebst. Sonst hättest du die Küste nie erreicht.«

Marten seufzte. »Wer bei den Gruben ist dieser Duambe eigentlich?«

Xari sah ihn verwirrt an, bevor sie langsam nickte. »Natürlich. Du stammst aus Berun. Ihr habt eure Götter getötet.«

»Die Reisenden. Sie haben alle alten Götter getötet«, stellte Marten richtig.

Xari schnaubte belustigt. »Lehrt man euch das? Eure Reisenden waren niemals im Macouban. Welche Götter sie auch immer im Norden getötet haben, Duambe und sein Hof unter den Wellen hatten nie etwas mit dem Norden zu tun. Ihr Heim ist im Süden.« Sie sah ernst auf ihn herab. »Duambe ist der weiße Herr der Tiefe, der Vater der Schlangen. Das Meer gehört ihm, weshalb wir nicht so töricht sind, es zu befahren.«

»Duambe ist ein Gott?«

Xari schnaubte erneut. »Du bist scharfsinnig, Sabra. Er ist der Gott, der das Macouban aus den Wellen hob, damit wir es bewohnen. Er hat die Väter der Menschen dieses Landes erschaffen, und seine Diener wachen über seinen Garten.«

Marten hob befremdet die Brauen. »Das ist nett von ihnen. Aber ich glaube nicht an Götter. Die Reisenden haben uns gelehrt ...«

»Es spielt keine Rolle.« Xari nahm den Blausteinsplitter

von Martens Brust und legte ihn zurück auf den Tisch. »Denn es scheint, dass er an dich glaubt.«

»Ein schlauer Mann, dieser Duambe, das muss ich ihm lassen.«

In diesem Moment öffnete sich die Tür, und Xari senkte eilig wieder den Kopf.

Eine hochgewachsene, hagere Frau trat ein und warf der Metis einen scharfen Blick zu. Überhaupt wirkte an ihr alles scharfkantig und steif: Ihr makellos faltenfreies Kleid aus einem schimmernden hellblauen Stoff, ihre stocksteife Haltung, ihre hochgesteckte Frisur, ihr seltsam graues, verschlossenes Gesicht mit den großen, tiefschwarzen Augen, ihr schmaler, beinahe lippenloser Mund. »Duambe? Was plappert dieses närrische Ding hier nur wieder?«, fragte sie, und selbst ihre Stimme wirkte kantig. Sie war leise, beinahe tonlos, und jede Silbe war präzise gesetzt.

»Nicht sie«, hörte sich Marten sagen. »Unter dem Fenster haben sich vorhin zwei Männer gestritten, und jemand erwähnte diesen Namen. Ich fragte mich, ob es der Hausherr hier sein könnte?«

Der scharfe Blick wanderte von Xari zu ihm. »Unsinn«, stellte sie fest, und Marten hoffte, dass niemand bemerkt hatte, wie er zusammengezuckt war. »Du befindest dich im Haus des Fürsten Antreno. Duambe ist nichts als ein Aberglaube der Eingeborenen, ein leerer Schatten aus der Zeit vor den Reisenden. Beachtet dieses Geschwätz nicht weiter. Es dauert, so etwas aus den dicken Schädeln der Hiesigen zu bekommen. Wie lange ist er schon wach?«

Marten schluckte. »Nicht lange. Gerade erst aufgewacht, Dame …?«

Die hagere Frau schüttelte den Kopf. »Ich bin keine

Dame. Nenn mich Oloare. Ich bin die Wundheilerin dieses Hauses und kümmere mich um deine Verwundungen.«

»Ich danke …«

»Du hast mir nicht zu danken«, unterbrach ihn die Frau ein zweites Mal und schlug ohne das geringste Zögern das Laken beiseite, das Marten bedeckte. »Dame Emeri hat mich damit beauftragt. Es ist meine Aufgabe, und ich erfülle sie.«

»Er ist ein Bürger Beruns«, sagte die junge Metis leise.

»Ist das so?« Oloare sah nicht einmal auf. Ihre langen, schmalen Finger huschten über Martens verklebten Oberschenkel, zupften hier, zogen dort und lösten den Verband beinahe ohne dass er etwas davon spürte. »Dann war meine Zeit vielleicht nicht vollkommen verschwendet.«

Marten fühlte, wie ihm die Hitze ins Gesicht stieg. »Keine Sorge. Meine Familie wird Ihre Rechnung zu gegebener Zeit begleichen.«

»Begleiche das mit dem Haus Antreno«, entgegnete die Wundheilerin ungerührt. »Ich arbeite für das Haus, nicht für dich.« Wie zur Verdeutlichung ihrer Worte bohrte sie ihren Zeigefinger in die jetzt offen liegende Wunde.

Marten entfuhr ein kurzer Schrei, den er in einen längeren Fluch umwandelte. »Was bei den Gruben war das?«, presste er schließlich durch zusammengebissene Zähne hervor.

Die Heilerin schenkte ihm einen kühlen Blick. »Das war ein gutes Zeichen. Du spürst das Fleisch wieder. Bemerkenswert. Um ehrlich zu sein, war das nicht unbedingt zu erwarten.« Sie stach ein zweites Mal mit dem Finger in die Wunde.

Dieses Mal war Marten vorbereitet und grunzte nur.

»Gut, gut«, stellte Oloare fest. »Keine Fäulnis zu erkennen, keine Entzündung oder Anzeichen von Fieber. Dein Fleisch nimmt das Agetnetz gut auf. Wenn es dabei bleibt, wirst du dein Bein behalten und sogar damit gehen können. Das heißt, sofern du kein Talent nutzt.«

Marten schnaubte. »Wie mir schon mehrfach versichert wurde, verfüge ich über keines«, stellte er trocken fest.

»Das dachte ich mir schon«, sagte Oloare noch trockener. »Solltest du dennoch eines an dir entdecken, wird es das Netz aus deinem Bein brennen. Und das wäre kein schöner Anblick.«

Marten betrachtete es misstrauisch. »Aber wenn Ihr Euch nicht sicher wart, dass ich über kein Talent verfüge, und es so gefährlich wäre, dieses Zeug in mir zu haben, wenn es so wäre – warum habt Ihr es dann getan? Ich meine, das in mein Bein hineingetan?«

Oloare hob die Schultern und ließ sie wieder fallen. »Entweder das, oder du wärst bereits tot. Dein Fleisch würde faulen, und niemand könnte ein Bein so weit oben abnehmen. Das war kein hohes Risiko, allenfalls eine Frage des Nutzens. Aber das Haus Antreno hat bestimmt, dass du leben sollst, und es ist meine Aufgabe, dafür zu sorgen, dass es so ist. Ob es so bleibt, liegt jetzt in deinen Händen. Das ist alles. Also gut«, sie streckte die Hand zur Seite, und Xari legte unaufgefordert ein Tuch in ihre Finger. Sorgsam reinigte sie ihre Hand und ließ das Tuch fallen. »Xari, versorge diese Wunde, wie ich es dir aufgetragen habe, und kümmere dich darum, dass dieser junge Mann auf die Beine kommt. Unsere Fürstin wird ihn so bald wie möglich sehen wollen. Sie wird entscheiden, was mit ihm geschieht.« Sie sah Marten ein letztes Mal ins Gesicht und verließ dann hoch aufgerichtet den Raum.

Marten atmete vorsichtig aus. »Eine reizende Dame«, murmelte er. »Wirklich.«

»Sie ist keine Dame«, warf Xari ein. Sie öffnete einen Salbentopf auf dem Tisch, und ein durchdringender Geruch erfüllte den Raum.

Marten schnaubte erneut. »Tatsächlich. Das wäre mir jetzt nicht aufgefallen.«

# 22

## RACHEGEDANKEN

Das Geklapper aus der Küche drang nur gedämpft zu Danil herüber. Eine Handvoll übermüdeter Bediensteter bereitete an den Öfen die Mahlzeiten für den nächsten Morgen vor, und zwei zerlumpte Kinder kehrten am anderen Ende des Gewölbekellers mit viel zu großen Reisigbesen den Dreck von den Fliesen.

»Liebeskummer«, sagte Meister Grill, »ist der schlimmste von allen.« Er nahm einen Schluck aus der Flasche und drückte sie dem zusammengesunkenen Adligen in die Hand. Dann trat er zu einem großen Wasserfass und öffnete den Deckel. »Ich hatte vier Ehefrauen, und der Verlust jeder einzelnen hat mir das Herz gebrochen.«

»Was ist geschehen?«, fragte Danil leise. Er räusperte sich. Der Wein brannte wie Feuer in seiner Kehle. Es war ein Geschenk aus dem Kolno, und Grill hatte erzählt, dass er aus Rüben hergestellt wurde. Wie genau das vonstattenging, konnte er zwar nicht erklären, aber es musste wohl finstere Magie im Spiel gewesen sein, denn dieser Branntwein schmeckte wie Galle und trieb einem die Tränen in die

Augen. Wahrscheinlich hatte ursprünglich jemand vorgehabt, den Kaiser damit zu vergiften, und jetzt traf es eben ihn. Irgendwie hatte er es ja auch verdient.

»Was geschehen ist?« Nachdenklich blickte Grill auf die dunkle Wasseroberfläche im Inneren des Fasses hinab, auf der sich hin und wieder winzige Luftbläschen zeigten. Er krempelte sich die Ärmel hoch und zuckte mit den Schultern. »Das Heer ist weitergezogen, und ich habe die Frauen in ihren Dörfern zurückgelassen. Wahrscheinlich ist es auf lange Sicht das Beste für sie gewesen. Der Tross ist keine Heimat für Frauen. Jedenfalls nicht für die ehrbaren, mit denen du eine Familie gründen und Kinder großziehen willst.« Blitzschnell stieß er seine Hand ins Wasser und zog sie wieder heraus. Die Kreatur, die er Danil grinsend unter die Nase streckte, ähnelte einer Spinne in einem Panzer aus Horn und Stacheln. Ihre verwachsenen Beine zuckten und zappelten, und die zu messerscharfen Klingen verformten vorderen Extremitäten stachen zornig ins Leere. Winzige Äuglein starrten Danil voller Hass entgegen. »Das ist das Los der Drittgeborenen, mein Freund. Wir sind Krieger. Männer, die in Rüstungen geboren wurden und in Rüstungen sterben werden. Unser Leben gehört allein dem Kaiser, den Huren und dem billigen Wein. Wir haben nichts, was wir einer ehrbaren Frau bieten könnten. Keine Titel, keine Ländereien, kein Haus mit Herd und Bett. Alles, was uns bevorsteht, ist ein Leben voller Gewalt, bangem Hoffen und einem grausamen Tod auf irgendeinem verschissenen Schlachtfeld. Darin unterscheiden wir uns gar nicht so sehr von diesem hässlichen Kameraden hier.« Schnell warf Grill das Tier in einen Kessel mit siedendem Wasser und sah zu, wie es zischend und blubbernd um sich schlug, bis die mörderische Hitze es endlich erlöst hatte. Dann zog er es mit einem Haken wieder heraus und warf es auf die Arbeitsplatte. Mit einem scharfen Messer schnitt er zwischen oberem und unterem Panzer entlang und hob dann das Oberteil ab. Vorsichtig löste er stinkende Innereien und Kiemen heraus und ließ sie auf den Boden fallen. Danil nahm einen weiteren Schluck aus der Flasche und verzog das Gesicht.

»Und wenn ein Mann doch auf eine ehrbare Frau trifft, die klug ist und liebevoll und selbstbewusst? Der Titel und Ländereien egal sind und die abgebrüht genug ist, um mit dir über irgendwelche verschissenen Schlachtfelder zu reiten?«

Das weiße Fleisch aus Panzer und Beinen zerschnitt Grill in große Stücke, warf sie zusammen mit Knoblauch, Olivenöl und Kräutern in eine Schüssel und rührte alles kräftig durch. Nachdenklich kratzte er sich am Bart. »Wenn es tatsächlich eine Frau geben sollte, die aus so einem Monster einen anständigen Mann macht, der zu etwas anderem nütze ist als zum Töten, dann wäre er ein Dummkopf, wenn er sie so einfach ziehe ließe.« Er musterte Danil nachdenklich. »Aber er hat es bereits getan, oder?«

Danil nickte. »Weil er Angst um seinen Ruf hatte, oder vielleicht aus Angst vor der Verantwortung … oder weil es dann vorbei sein könnte mit den Huren und dem billigen Wein.«

»Ihr seid ein Dummkopf, Danil. Mit ehrbaren Frauen spielt man nicht.« Seufzend nahm Grill ihm die Flasche aus der Hand, goss den Inhalt großzügig über das Fleisch und rührte kräftig durch. Er kostete einen Löffel und verzog das Gesicht. »Andererseits lassen sich manche Dinge wohl nicht zum Besseren ändern, egal, wie sehr man sich bemüht. Mit manchen davon muss sich zum Glück nur der Kaiser mit seinen Gästen herumschlagen – und die haben ohnehin keinen Geschmack.«

Der Weg hinauf zum Westturm kam Danil wie eine Ewigkeit vor. Jeder Schritt fiel ihm schwerer als der vorhergehende. Wenn ihm mal jemand gesagt hätte, dass die Angst vor einer Frau seine Beine so weich machen würde, hätte er ihn ausgelacht. Und jetzt hatte er sogar schwitzige Hände, und sein Herz klopfte ihm bis zum Hals.

Sara hockte auf dem Fenstersims, den Rücken an den Rahmen gelehnt und die Knie bis unters Kinn gezogen. Zum ersten Mal fielen ihm die kunstvollen Steinmetzarbeiten auf, die den Fensterrahmen verzierten. Runeninschriften, um die sich kunstvoll die Blätter von Weinreben rankten und die junge Frau einrahmten wie das Gemälde eines alten Meisters. Die Sonne beschien ihr zerschundenes Gesicht, das selbst in diesem Zustand noch eine fremdartige Schönheit ausstrahlte, die er noch nie zuvor an einer Frau erblickt hatte. Das Kleid hatte sie gegen ihre alte Straßenkleidung ausgetauscht. Ein oft geflicktes Leinenhemd und eine einfache Hose, unter der ihre bloßen Füße hervorschauten.

Sie hatte den Blick in die Ferne gerichtet und schien ihn überhaupt nicht zu bemerken. Er blieb in der Mitte des Raums stehen. »Ein schöner Morgen. Ich hätte nicht gedacht, dass wir vor dem Winter noch so einen sonnigen Tag erleben würden.«

»Ich hätte nicht gedacht, dass ich überhaupt noch einen Tag erleben würde.« Sie sah ihn nicht an.

Danil nickte. »Ich bin froh, dass es dir gut geht.«

»Kleinigkeit.« Sie verschränkte die Arme vor der Brust.

»Ich bin es gewöhnt, dass man nicht sehr sanft mit mir umgeht. Unser Stand weiß schließlich, wo er hingehört. Wir können froh sein, wenn uns der Adel überhaupt wahrnimmt. Da ist es doch schon fast eine Ehre, von einem Edelmann überfallen zu werden.«

»Ich … es tut mir leid.«

Sie schnaufte. »Es muss dir nicht leidtun. Es ist doch alles nur ein Spiel. Du hast es selbst gesagt. Ich hätte mich ja nicht darauf einlassen müssen.«

»Das war kein Spiel, Sara. Ich meine … ich hatte das bis zu diesem Zeitpunkt selbst nicht begriffen. Ich dachte es – am Anfang. Weil ich nie etwas anderes gekannt habe.« Er seufzte. »Ich bin so erzogen worden, als Drittgeborener. Ich hatte nie für irgendetwas Verantwortung übernehmen müssen. Ich habe immer nur das gemacht, wozu ich Lust hatte. Nichts, was ich gesagt oder getan habe, hatte jemals irgendwelche ernsthaften Konsequenzen. Noch nicht einmal die Arbeit für Thoren. Jeder beliebige Schwertträger hätte meine Aufgaben übernehmen können. Ich habe mir einfach keine Gedanken gemacht …«

»Ich dafür umso mehr.« Sie wandte ihm jetzt zum ersten Mal den Blick zu. Es schmerzte ihn, zu sehen, wie zerschlagen ihr Gesicht war. Ihre Wange war geschwollen und verfärbt, an ihrer Schläfe prangte eine unförmige Beule, und dort, wo Tilmanns Finger zugedrückt hatten, war ihr Hals von Blutergüssen übersät. »Das alles hier ist ein großes Bühnenstück, in dem jeder die Rolle übernimmt, die er verdient. Du und ich und selbst Cajetan ad Hedin. Wir hatten unsere Auftritte und das Glück, sogar ein bis zwei Textzeilen aufsagen zu dürfen. Vielleicht hat das Publikum sogar höflich applaudiert.« Sie strich sich über die verfärbte

Wange. »Du hast deine Rolle gut gespielt, Danil. Du hast alles so gemacht, wie dein Stand es von dir verlangt hat. Ich bin stolz auf dich.«

Danil machte einen Schritt auf sie zu. »Ich wollte das nicht. Ich wollte nicht, dass es so endet.«

Sie hob die Hand. »Dich trifft keine Schuld, Danil. Niemanden von uns trifft irgendeine Schuld. Nicht mich, nicht dich oder den Ordensfürsten, und vielleicht noch nicht einmal Tilmann Arn. Wir haben doch alle nur das getan, was in diesem Spiel von uns verlangt wurde. Wenn du nach anderen Regeln spielen willst, dann müsstest du bereit sein, Opfer zu bringen. Ich kann verstehen, dass du das nicht willst. Ich an deiner Stelle würde es auch nicht tun. Du hättest viel zu viel dabei zu verlieren.«

»Ich bin jetzt bereit dazu!«

Sie schüttelte den Kopf. »Ich habe mich entschieden. Ich werde alles dafür tun, dass dieses Bühnenstück ein Erfolg wird, und ich werde keine Ablenkung mehr dulden. Ich reite mit Thoren und seinen Kriegsknechten nach Osten, der Kaiserinmutter hinterher. Zum Glück konnte Tilmann Arn seinen dämlichen Mund nicht halten und hat mir verraten, dass sie das eigentliche Ziel der Verschwörung ist. Und wenn man es aus diesem Blickwinkel betrachtet, war die ganze Sache am Ende ein echter Glücksfall für uns und das Kaiserreich. Es wird möglicherweise zu einer Schlacht kommen, und vielleicht werden wir dabei getötet, aber wir werden alles tun, was in unserer Macht steht, um Ann Revin zu beschützen.«

Danil riss die Augen auf. »Wieso weiß ich nichts davon?«

Sie sah ihn mit einem rätselhaften Blick an. »Weil du die Bühne bereits verlassen hast, du Dummkopf. Für dich ist dieses Spiel vorbei.« Sie sprang vom Fenstersims und lief an ihm vorbei, ohne ihn eines weiteren Blickes zu würdigen. Zaghaft streckte er die Hand nach ihr aus, doch noch ehe er den Mut gefunden hatte, sie aufzuhalten, war sie an ihm vorüber und durch die Tür verschwunden. Mit hängenden Schultern stand er da, bis das Geräusch ihrer bloßen Füße auf dem Stein verklungen war.

Das war es dann also. Das Spiel war vorbei, und es gab noch nicht einmal Applaus. Er war nicht der strahlende Held der Geschichte und Sara nicht die Belohnung, die ihm für seine Heldentaten winkte. Stattdessen war er bloß der dämliche Hanswurst, über den die Leute lachten, und das Einzige, was er dafür bekam, war eine Flasche Wein, der aus verdammten Rüben gebrannt worden war. Er starrte auf die Flasche hinab, die wie von Zauberhand wieder in seiner Hand erschienen war, und schüttelte verzweifelt den Kopf. Dabei war doch alles so gut gelaufen, oder etwa nicht? Es war alles so gewesen, wie es sein sollte – bis zu diesem unseligen Augenblick, als Cajetan ad Hedin auf der Bühne erschienen war und ihn mit einem einzigen Feder-strich aus dem Stück gestrichen hatte. Dieser verdammte Drecksack! Erneut starrte er auf die Flasche hinab und dachte kurz darüber nach, sie gegen die Wand zu schleudern. Doch dann überlegte er es sich anders und nahm einen tie-fen Schluck.


Die brennende Flüssigkeit war das Einzige, was ihm in den folgenden Stunden durch den Kopf ging. Sie – und hin und wieder die Wut über sich selbst und diesen elenden Ordens-fürsten, der ihm die ganze Sache eingebrockt hatte. Wenn Cajetan ad Hedin nicht gewesen wäre ...

Vage war er sich bewusst, dass er weiter getrunken hatte und durch irgendwelche verschissenen Gassen getorkelt war. Menschen waren an ihm vorübergeströmt, Türen hatten sich geöffnet und wieder geschlossen, und Weinkrüge waren vor ihm aufgetaucht und so schnell wieder verschwunden, dass er es gar nicht richtig mitbekam. Eine ganze Menge Flüssigkeit war seine Kehle hinuntergeflossen, und am Ende war er wieder durch die Gassen gewankt und hatte sein Schicksal verflucht. »Verdammter Cajetan. Scheißverdammter Ordensfürst!« Er bemerkte, wie die Menschen um ihn herum zusammenzuckten und ihn erschrocken anstarrten. Wütend packte er den nächsten dieser glotzenden Drecksäcke am Kragen und drückte ihn gegen eine Hauswand. »Ich bin kein Statist!«, brüllte er, während die Augen des Mannes immer größer wurden. »Ich bin der verdammte Held dieser Geschichte. Niemand streicht mich ungestraft aus dem Stück heraus.« Er ließ den Mann los und tätschelte ihm die Wange. »Du musst Opfer bringen, wenn du eine größere Rolle spielen willst. Verstehst du das?«

Der Mann nickte eilig, und Danil schickte ihn fort. Er hoffte, dass wenigstens dieser Statist seine Lektion gelernt hatte, bevor es zu spät für ihn war. Er nahm einen Schluck aus seiner Flasche und spürte, wie die Flüssigkeit brennend heiß seine Kehle hinablief. Dann kehrte die Wut zurück, und er ballte die Hand zur Faust und hieb auf das kalte Gemäuer ein. »Ihr wollt, dass ich über mich hinauswachse? Ihr wollt, dass ich etwas Großes leiste? Das könnt ihr haben. Ich zeige euch, was es heißt, ein großer Schauspieler zu sein. Ich führe euch das verdammt noch mal größte Bühnenstück vor, das ihr je gesehen habt!«

Er stellte fest, dass sein Weg vor einem gewaltigen Tor endete, dessen Oberfläche mit einem rotgolden glänzenden Blech beschlagen war. Das grelle Licht blendete ihn, und das brachte ihn nur noch mehr auf. Alles glänzte und glitzerte, aber unter der Oberfläche stank es nach Verwesung. Wie er das alles hasste. Er trank die Flasche leer und ließ sie achtlos in den Dreck fallen. Der Wein brannte in seiner Speiseröhre und wirbelte durch seinen Kopf. Er machte ihn mutig und brachte seine Faust dazu, ganz von allein gegen das billige Blech zu hämmern.

Nach einer ganzen Weile öffnete sich eine mannshohe Pforte, und ein Mann in einer schlichten, braunen Kutte trat ihm entgegen. Er war nicht sehr groß, aber stämmig gebaut. Hatte mehr von einem Bauern als von einem Diener des Flammenschwertordens. Er schien vom Auftreten des Adligen nicht besonders beeindruckt zu sein. Eher gelangweilt.

»Ich bin kein Statist«, knurrte Danil ihn an.

»Wenn Ihr meint.« Der Bauer zuckte mit den Schultern und machte keinerlei Anstalten zu fragen, was er denn stattdessen sei oder was er im Ordenshaus wolle.

Danil richtete sich so gerade auf, wie es ihm in seinem Zustand möglich war, und stieß dem Bauern den Zeigefinger gegen die Brust. »Mein Name ist Danil ad Corbec, Schwertträger Ihrer Kaiserlichen Majestät und Beschützer der Kaiserinmutter. Ich komme mit einer wichtigen Botschaft und wünsche, unverzüglich zu Cajetan ad Hedin vorgelassen zu werden. Sagt ihm, dass es um dieses Mädchen geht. Um Sara.«

Der Bauer musterte ihn einen Augenblick lang mit seinen ausdruckslosen toten Augen und nickte dann. Er streckte ihm eine von Schwielen und Hornhaut überzogene Handfläche entgegen. »Euer Schwert bitte.«

Im Innern des Ordenshauses war es dunkel und still, und die plötzliche Kälte ließ Danil frösteln. Für einen kurzen Augenblick hörte der Wein auf zu wirken, und er nahm mit aller Deutlichkeit die Augen der Reisenden wahr, die von ihrem erhöhten Standpunkt im Altarraum auf ihn herabblickten. *Was tue ich eigentlich hier?*, schoss es ihm durch den vernebelten Kopf, als der Bauer eine Fackel aus einer Halterung in der Wand zog und eine niedrige Seitentür aufstieß.

»Hier entlang, Herre.«

Durch einen kahlen Gang folgte er dem Diener in die Tiefen des Ordenshauses hinein. Nichts erinnerte hier mehr an die Pracht und den Reichtum, den das Gebäude von außen vermittelte. Alles war schlicht und zweckmäßig wie in einem Amtshaus und von einer beinahe bedrückenden Enge und Düsternis. In den Räumlichkeiten des Ordensfürsten sah es nicht viel besser aus. Unverputzte Wände, schmale Fenster, durch die kaum Licht hereinfiel, eine Handvoll eisenbeschlagener Holztruhen und ein Schreibpult, auf dem ein aufgeschlagenes Buch lag.

Cajetan ad Hedin saß an einem Tisch, der bis auf ein langes, schlankes Messer, ein Leinentuch und ein schmuckloses Holzkästchen vollkommen leer war. Der Bauer beugte sich zu ihm herab und flüsterte ihm etwas ins Ohr.

Cajetan nickte und legte das Messer quer vor sich in die Mitte des Tischs. Dann faltete er das Leinentuch zusammen und blickte Danil erwartungsvoll an. »Nun?«

Für einen kurzen Augenblick wusste Danil nicht mehr, weshalb er eigentlich hergekommen war oder was er sagen wollte. Alles, was er sich in seinem vernebelten Hirn für diesen Augenblick zurechtgelegt hatte, verpuffte unter dem lauernden Reptilienblick des Ordensfürsten.

»Eure Botschaft«, zischte der Bauer ihm ins Ohr. »Sagt, was Ihr Seiner Exzellenz sagen wolltet, Herre.« Er sprach das »Herre« so geringschätzig und voller Abscheu aus, dass sich Danil zurückhalten musste, um den unverschämten Kerl nicht am Kragen zu packen und mit dem Gesicht voran auf die Tischplatte zu schmettern. Er trat ganz dicht an den Tisch heran und blickte voller Verachtung auf den Ordensherrn herab. »Das Mädchen«, begann er so leise, dass sich der Ordensfürst nach vorn beugen musste, um ihn zu verstehen. »Sara. Sie ist keine ...« Seine Stimme brach, und er räusperte sich. Cajetan verzog das hagere Gesicht und rümpfte die Nase. Offenbar behagte ihm der Geruch des Rübenweins nicht, und das verstärkte die Wut in Danils Kopf nur noch mehr. Er zog die Lippen hoch und bleckte die Zähne. »Sie ist keine Hure ...«, zischte er.

Cajetan sagte nichts. Sprach kein Wort, musterte ihn nur. Gerade so, als wäre er ein dreibeiniger Straßenköter, den er in die Gosse treten konnte, wenn er ihm zu lange vor den Füßen herumhumpelte. Das war das Schlimmste daran. Dass dieser Mann ihn nicht nur dazu gebracht hatte, den einzigen Menschen zu verleugnen, der ihm je irgendetwas bedeutet hatte, sondern dass es ihm scheinbar auch völlig egal war. Dass ihm Sara egal war und Danil und das, was er ihnen angetan hatte. Unbändige Wut kochte in ihm hoch, und er ballte die Hände zu Fäusten. Ein stilles Eck seines benebelten Hirns wusste zwar, dass ein Teil davon in erster Linie ihm selbst galt, aber darauf wollte er sich jetzt nicht einlassen. Es war viel einfacher, den Zorn auf diesen hochnäsigen Scheißkerl zu konzentrieren, der ihn viel mehr verdiente als er. »Was glotzt du so blöd? Glaubst du, ich wäre ein Hund? Ein scheiß verkrüppelter Straßenköter? Glaubst du das?« Er stützte die Hände auf der Tischplatte ab, damit sie nicht zitterten. »Was glaubst du eigentlich, wen du vor dir hast?«

Der Bauer trat von der Seite her auf ihn zu, doch Cajetan ad Hedin hob die Hand. Ruhig legte er die Fingerspitzen gegeneinander und bedachte Danil mit einem spöttischen Blick.

»Einen Feigling«, sagte er, ohne die Stimme zu heben.

Danil erstarrte. Schlagartig ließ das Zittern nach und wich einer eisigen Kälte. Er blinzelte und schüttelte den Kopf. »Wie bitte?«

»Ich habe einen Feigling vor mir. Einen elenden kleinen Feigling, der für sein Scheitern immer nur andere verantwortlich macht, aber nie sich selbst. Das wolltet Ihr doch hören, Danil ad Corbec. Die Wahrheit. Oder etwa nicht?«

Danil starrte auf den Tisch hinab. Sein Körper fühlte sich taub an, so als wäre er soeben in einen eiskalten Fluss geworfen worden. Er sah das Messer in der Mitte der Tischplatte liegen. Sah die zahlreichen winzigen Schnitte im Holz, die den Eindruck erweckten, als hätte Meister Grill Gemüse darauf klein gehackt. Er runzelte die Stirn. »Was hast du gesagt?«

Mit aller Kraft warf er sich nach vorn. Mit der linken Hand packte er den Ordensfürsten an der Kutte und zerrte ihn brutal zu sich heran, während seine Rechte nach dem Messergriff angelte. Cajetan stieß einen Wutschrei aus und fuhr zurück, doch Danil hielt ihn unbarmherzig fest. Er musste beinahe lachen, als er zum ersten Mal einen überraschten Ausdruck in dem blassen Gesicht sah. Seine Finger schlossen sich um den Griff des Messers, und die Klinge schoss beinahe von selbst nach vorn. Sie bohrte sich mit einem schmatzenden Geräusch in den Bauch des Ordensfürsten, kam wieder zum Vorschein und stach ein zweites Mal zu. »Du nennst mich nicht Feigling!«, kreischte er und spürte, wie jemand an seinem Handgelenk zerrte. Doch seine Wut war so groß, dass er gegen allen Widerstand noch ein weiteres Mal zustoßen konnte. Das Blut spritzte in einer hohen Fontäne über den Tisch, und er wusste, dass er den Scheißkerl tödlich getroffen hatte. Er lachte und leistete keinen Widerstand mehr, als der Bauer ihn schnaubend von seinem Opfer herunterzerrte und ihm die Klinge entwand. Etwas Schweres, Hartes prallte gegen seine Schläfe. Er schüttelte den Kopf und vernahm ein Röcheln, das von Cajetan stammen konnte oder auch von ihm selbst. Unzählige weitere Schläge prasselten auf ihn ein, dann wurde ihm schwarz vor Augen.

Als er irgendwann aus seiner Ohnmacht erwachte, war er beinahe überrascht. In seiner Schläfe hämmerte es, als hätte ein Schmied sie sich als Amboss ausgesucht, und er hatte die Befürchtung, dass sein Kopf jeden Augenblick platzen würde. Trotzdem hatte er die Hoffnung, dass alles nur ein Traum gewesen war. Vielleicht war er nur betrunken eingeschlafen und hatte sich die Geschehnisse in seiner Fantasie ausgemalt. Vorsichtig tastete er über die Schläfe und zuckte zusammen, als er die verschorfte Stelle fand, von der der Schmerz ausging. Zumindest dieser Teil war kein Traum gewesen. Er richtete sich auf, und ein Blick auf seine Umgebung zeigte ihm, dass auch am Rest seiner umnebelten Erinnerungen etwas dran gewesen sein musste.

Das spärliche Licht, das durch Ritzen in der Tür hereinfiel, beschien eine winzige Zelle, deren Boden mit vergammeltem Stroh bedeckt war und von deren feuchter Decke
ein ganzes Arsenal rostiger Ketten baumelte. Es stank nach
Pisse, Schimmel und Schlimmerem.

Danil hustete, und sein Magen krampfte sich schmerzhaft
zusammen. Er leckte sich mit der Zunge über die aufge-
sprungenen Lippen. Wie lange hatte er schon hier gelegen?
Stöhnend versuchte er aufzustehen, aber seine Beine gaben
unter ihm nach. Nach einer Weile gelang es ihm, sich auf
alle viere aufzurichten und zu dem Eimer hinüberzukriechen,
der neben die Tür gestellt worden war. Er schien zur Hälfte
mit Wasser oder etwas Ähnlichem gefüllt zu sein, und auf
seiner Oberfläche schwammen dunkle Brocken, von denen
er lieber nicht so genau wissen wollte, woraus sie bestanden.
Trotzdem formte er seine Hände zu einer Schale und
schöpfte etwas Flüssigkeit heraus, die er gierig trank. Er
würgte und spuckte Galle, aber die Brühe war immer noch
besser, als zu verdursten. Gierig trank er noch mal und ließ
sich zurück auf den kalten Stein sinken.

Das nächste Mal erwachte er von dem schabenden Geräusch, mit dem sich in der Zellentür eine kleine Luke öffnete. Er stemmte sich auf die Unterarme und schaute zu der
Öffnung hoch. »Wo…«, krächzte er und wurde von einem
erneuten Hustenanfall durchgeschüttelt. Als er sich halbwegs gefasst hatte, war die Luke bereits wieder zu.

Eine ganze Weile lang tat sich gar nichts mehr, und die
Stunden vergingen ohne irgendwelche Veränderungen. Vielleicht waren es auch Tage oder sogar Wochen. In seinem
Zustand fiel es ihm schwer, einzuschätzen, wie viel Zeit
wirklich vergangen war. Mehrmals hatte er den Eindruck,

dass er durch die Luke hindurch beobachtet wurde, und einmal bildete er sich sogar ein, dass jemand in seiner Zelle stand und auf ihn herunterblickte, aber es konnte sich auch nur um einen Traum gehandelt haben.

Im Grunde war es ihm egal. Sollten sie ihn ruhig anglotzen wie ein exotisches Tier in einem Jahrmarktskäfig. Es machte ihm nichts mehr aus. Nichts machte ihm noch etwas aus. Es konnte ohnehin nicht schlimmer kommen. Er hatte Sara verloren und seine Ehre, von seinem Leben gar nicht erst zu reden. Falls Thoren wusste, wo er sich jetzt befand, würde er keinen Finger mehr für ihn rühren, und seine Familie hatte ihn vermutlich schon aus ihrem Stammbaum entfernt. Er hatte sein Leben so gründlich verwirkt, wie es eigentlich gar nicht mehr ging. Er konnte allerhöchstens noch auf einen schnellen Tod hoffen, aber selbst der würde ihm wohl nicht mehr vergönnt sein. Bei dem Gedanken an die bevorstehende Tortur krampfte sich sein Magen erneut zusammen, und er wünschte sich doch zumindest noch einen letzten Rübenwein.

Das Klappern von Schlüsseln ließ ihn zusammenfahren. Mit einem Krachen wurde die Zellentür aufgestoßen, und das flackernde Licht einer Fackel bohrte sich in seine Augen.

»Endlich ist der Scheißkerl wach«, brummte eine Stimme mit leicht dumresischem Klang. »Dachte schon, er will sein eigenes Ende verschlafen.«

Zwei kräftige Männer betraten die Zelle. Beide trugen einfache Leinenkittel und schwere Lederschürzen, wie sie von Fleischermeistern bei der Arbeit verwendet wurden. Der Dumreser blieb mit erhobener Fackel in der Tür stehen, während der andere, ein freundlich dreinblickender

Kerl mit dichtem, schwarzem Bart, ihm rostige Hand- und Fußfesseln anlegte und ihn unsanft auf den Gang hinausschob. Auf Danils Frage, wohin sie ihn bringen würden, legte er den Zeigefinger an die Lippen. »Keine Fragen. Für Fragen sind hier andere zuständig.« Der Dumreser grinste und ging mit der Fackel voran.

Natürlich gab es Gerüchte über die weitverzweigten Kellergewölbe unterhalb des Flammenschwertordens, und die Verliese, in denen unzählige verzweifelte Seelen auf ihre Erlösung hofften. Aber die Wirklichkeit übertraf Danils schlimmste Vorstellungen um Längen. Die Keller mussten unglaublich alt und verwinkelt sein. Unzählige Seitengänge zweigten in die Dunkelheit ab. Schmale und breite Treppen wanden sich in die Höhe oder hinab in noch tiefere Stockwerke, und auf jeder Seite des moosüberwachsenen Ganges befanden sich unzählige Zellen und Kammern, die mit fingerdicken Eisenstangen oder schweren, beschlagenen Türen versperrt waren. Hinter manchen war es dunkel und totenstill, hier und da erklang ein Schluchzen oder leises Weinen, und gelegentlich ertönte ein verzweifelter Schrei, der Danil das Blut in den Adern gefrieren ließ. Aber das Schlimmste von allem war das Geräusch, das klang, als hätte ein Koch ein schönes Stück Hammel auf den Grill geworfen, untermalt von schrillem Kreischen und dem Duft frisch gebratenen Fleischs, der in Danil Hunger und Ekel zugleich auslöste.

»Kotz mir bloß nicht über die Stiefel«, brummte der Bärtige, während er geduldig darauf wartete, dass der Dumreser eine weitere Eisentür aufschloss. »Die sind beinahe noch nagelneu. Hab sie von einem lissardischen Wanderprediger, der seine Füße nicht mehr braucht.« Er hob das Bein und drehte den Stiefel lächelnd hin und her. »Diese Wanderprediger verstehen sich auf solche Dinge. Dürfen keine wertvollen Besitztümer haben bis auf ihre Stiefel. Das nenn ich einen sehr lobenswerten Charakterzug. Schon mein Vater hat gesagt, dass man den Charakter eines Mannes am besten an seinen Stiefeln erkennt.«

Der Dumreser wandte sich um. »Und was sagen diese Stiefel jetzt über dich aus?«

»Dass ich ein verdammter Drecksack bin, der anderen die Besitztümer klaut.« Der Bärtige grinste und deutete auf Danils bloße Füße. »Aber immer noch besser, als überhaupt keinen Charakter zu besitzen.«

Der Dumreser nickte und stieß die Tür auf. »Nach Euch, Herre. Fühlt Euch ganz wie zu Hause.«

Es war einer dieser Räume, über dessen Zweck keinerlei Zweifel bestanden. Ein hölzernes Gerüst mit einer Seilwinde am Fußende, ein sargähnlicher Behälter mit langen Nägeln auf der Innenseite, ein Kohlebecken mit Zangen und Stäben, deren Spitzen in einem unheimlichen Rot glommen, ein kleiner Galgen und ein gewöhnlicher Pranger. In der Mitte stand Cajetan ad Hedins stämmiger Gehilfe und verfolgte mit teilnahmslosem Blick, wie die beiden Männer Danil sorgfältig mit Händen und Füßen an die Wand ketteten. Der junge Adlige hätte erwartet, dass der Ordensdiener ihn hasserfüllt anstarren oder mit Beschimpfungen und Flüchen überziehen würde, aber diese leeren, toten Augen ließen ihm erst recht einen eisigen Schauer über den Rücken fahren. Trotz der Hitze im Raum begann er vor Kälte unkontrolliert zu zittern.

Regungslos wartete der Diener, bis die Männer mit ihrer Arbeit fertig waren. Dann trat er zu einem Tisch, auf dem eine Ansammlung verschiedenartigster Messer aufgereiht lag, und nahm eines davon in die Hand. »Für die Hinrichtung eines Mörders gibt es unterschiedlichste, genau vorgeschriebene Verfahren«, sagte er, während er die Klinge im Schein des Kohlebeckens begutachtete. »Das Ehrenvollste ist das Köpfen, wie Ihr es kürzlich auf dem Marktplatz verfolgen durftet. Friedmann Gorten hatte äußerst viel Glück, dass er auf diese Art gerichtet wurde. Sie ist verhältnismäßig schnell und schmerzlos – jedenfalls, wenn sie von einem Meister durchgeführt wird.« Er legte die Klinge zurück auf den Tisch und hob eine Zange auf, an deren Kopf zusätzlich spitze Dornen angebracht worden waren. Danil spürte, wie sich ihm die Kehle zuschnürte.

»Bei weniger Glücklichen dauert die Prozedur etwas länger. Das reicht von einfacher Folter, Kienspänen unter den Fingernägeln, Zähne ziehen, Strecken und Blenden, bis hin zu den unangenehmeren Dingen wie Ausweiden, Kochen oder Häuten. Solche Dinge eben. Der menschlichen Fantasie sind in dieser Hinsicht kaum Grenzen gesetzt. Der feige Mord am Herrn des Flammenschwertordens?« Der Ordensdiener blickte nachdenklich auf die Zange. »Was denkt Ihr? Das Brechen jedes Knochens mit einem Hammer und anschließendes Flechten auf ein Rad? Eventuell noch den Bauch aufschneiden und Eure Gedärme auf einen Stab wickeln, damit die Skellinge daran herumpicken können, während Ihr zuschaut?« Er wandte sich um und blickte Danil direkt in die Augen. »Ehrlich gesagt weiß ich es nicht, denn noch nie hat es ein denkendes Wesen gewagt, so eine ungeheuerliche Tat zu vollbringen. Allein die Vorstellung ist zu abwegig, als dass sich je ein Mann Gedanken über eine angemessene Strafe gemacht hätte.« Er seufzte und warf die Zange zurück auf den Tisch. »Aber warum langweile ich uns mit irgendwelchen rechtlichen Vorschriften? All diese Dinge wären doch nur von Belang, wenn wir vorhätten, Euch der Kaiserlichen Gerichtsbarkeit zu überantworten. Ihr habt Euch aber sicherlich schon gedacht, dass wir Euch nicht so schnell mit dem Tod davonkommen lassen.« Er lächelte matt und ohne jede Freundlichkeit.

Danil stieß ein dumpfes Röcheln aus. Die Übelkeit übermannte ihn so heftig, dass er beinahe wieder ohnmächtig wurde. Sein Atem ging stoßweise, und sein Herzschlag dröhnte lautstark in seinen Ohren. Verzweifelt stemmte er sich gegen die Ketten. In diesem Augenblick hätte er nie geglaubt, dass es noch schlimmer für ihn kommen würde. Was hätte es denn noch Schlimmeres geben können als ein endloses, grausames Sterben in diesen elenden Gruben?

Dass es aber tatsächlich noch etwas Schlimmeres gab, begriff er in dem Augenblick, in dem er die Schritte von der Tür her vernahm. Aus dem Augenwinkel sah er, wie die beiden Fleischergehilfen sich ehrfürchtig verneigten, als eine hagere, hoch aufgeschossene Gestalt an ihnen vorüberschritt und vor Danil stehen blieb. Der Mann sah noch blasser aus als an dem Tag, als Danil ihn zum letzten Mal gesehen hatte. Sein Gesicht wirkte ausgemergelt und verhärmt, die Augen lagen tief in ihren Höhlen und waren von dunklen Schatten umrahmt. Eine schwere Traurigkeit lag darin. »Wir müssen uns unterhalten«, sagte Ordensfürst Cajetan ad Hedin.

Danil spürte, wie ihn das Entsetzen zu überwältigen drohte.

# 23

## EINER VON DEINER ART

Marten trat vorsichtig auf und biss die Zähne zusammen, als sich seine Oberschenkelmuskeln stechend beschwerten. Drei Tage war es her, dass ihn die Heilerin das erste Mal hatte aufstehen lassen, doch er fühlte sich noch immer entsetzlich schwach, und die nur langsam verheilende Wunde in seinem Bein protestierte bei jedem Schritt. Dennoch musste er sich bewegen. Würde er noch länger liegen, hatte Oloare ohne merkliche Regung festgestellt, würden die zerstörten Muskeln vielleicht nie wieder ihre Arbeit aufnehmen. Und was sie betraf, so würde sie nur ungern ihre Zeit und Aufmerksamkeit umsonst investiert sehen.

Also lief Marten. Oder schleppte sich vielmehr vorwärts, Schritt für Schritt. Ein weiterer Stich fuhr durch sein Bein, als er für einen kurzen Augenblick sein Körpergewicht darauf verlagerte, dann war der nächste Schritt geschafft. Immerhin waren es vor allem die ersten Schritte nach dem Aufstehen, die die schlimmsten Schmerzen verursachten. Normalerweise wurde es mit jedem Schritt ein wenig besser. Noch drei weitere, und der Schemel am anderen Ende des Zimmers war erreicht. Es war erstaunlich, wie anstrengend eine solch kurze Strecke sein konnte. Er hatte kaum die Hälfte der Entfernung vom Bett zur Wand zurückgelegt, doch bereits jetzt klebte ihm der hauchdünne Stoff seiner Hose an den Beinen, und der Schweiß rann ihm in Perlen über den bloßen Oberkörper. Zugegeben, es war heiß. Und stickig. Vor vier Tagen hatte der Regen eingesetzt und fiel seitdem fast ununterbrochen in Sturzbächen vom weit vorgezogenen Dach. Eigentlich hatte er angenommen, dass die drückende Hitze nachlassen würde, jetzt, da Wolken die Sonne verbargen, doch sie hatte sich lediglich in eine brütende, drückende Schwüle verwandelt, die nur in den frühen Morgenstunden vorübergehend nachließ. Inzwischen verstand Marten die leichten schimmernden Stoffe, die hier selbst die Sklaven trugen. Anders waren die Hitze und die Feuchtigkeit kaum zu ertragen. Wenn er Xari richtig verstanden hatte, dann wurde das Garn dafür von irgendwelchen Insekten gemacht. So wie Wespen ihre Nester aus Papier erschufen oder Spinnen ihre Netze. Er hatte es nicht ganz verstanden, aber wenn er ehrlich war, interessierte es ihn auch nicht genug. Es reichte, dass der Stoff kühlte und nicht an seinem Hintern verfaulte, wie es Leinen oder Wolle vermutlich tun würden. Oh, und es zeichnete die Körperformen der weiblichen Bediensteten ausgesprochen angenehm nach, selbst wenn ihre Gewänder weit und fließend geschnitten waren. Angenehm wohlgerundete Figuren, wie ihm nicht entgangen war. Die einzigen Ausnahmen bisher waren Xari sowie Emeri und die Heilerin gewesen, die strenger geschnittene Kleider nach berunischem Vorbild trugen. Aber Erstere war ein wenig zu üppig für seinen Geschmack, die anderen beiden schlicht zu knochig, und überdies war Oloare mit einer Laune gesegnet, mit der man vermutlich Stein schneiden konnte.

Marten grunzte, als er seinen nächsten Schritt machte.

»Das sieht doch schon ganz gut aus.«

Er hatte nicht gehört, dass sich die Tür geöffnet hatte, und zuckte zusammen, was genügte, um ihn straucheln zu lassen. Dann war Xari an seiner Seite und schlang sich seinen Arm um die Schulter. »Vorsicht, Sabra. Es wäre ungünstig, wenn du deine Wunden gerade jetzt aufreißt.«

Marten atmete tief durch. »So? Wieso das?«

»Weil es dann schwer wäre, dich der Fürstin Antreno vorzuführen«, sagte Xari, und ein kaum merkliches, spöttisches Lächeln schien in ihren Mundwinkeln zu liegen. Sicher war er sich allerdings nicht. Die Metis war deutlich zurückhaltender geworden, seit Oloare anerkannt hatte, dass er mehr als ein einfacher Seemann war. Auch Sabra nannte sie ihn nur noch in den seltenen Momenten, an denen sie allein waren, denn seit feststand, dass er sich auf dem Weg der Genesung befand, überließ man ihn die meiste Zeit sich selbst. Und wenn er Besuch bekam, dann meist von der Heilerin mit einer Dienerin im Schlepptau oder von Emeri und der jungen Metis zusammen. Es schickte sich wohl auch hier im Süden nicht, junge Frauen allein in der Gesellschaft eines jungen Mannes zu lassen, selbst wenn der nicht einmal aus dem Bett kam. Wobei – vermutlich war das Bett ja das Problem. Wie üblich. Marten stellte fest, dass er von hier aus einen nicht unangenehmen Blickwinkel hatte, was den losen Ausschnitt der Metis anging.

»Besonders weil du dich auf dem besten Weg zur Genesung zu befinden scheinst.« Dieses Mal war er sich sicher, dass da ein Lächeln war, und es war definitiv ein spöttisches.

Geschickt wand sich Xari unter seinem Arm hervor und schob ihn die letzten zwei Schritte bis zum Schemel. Dann hob sie einen Stapel Kleidung auf, den sie neben die Tür gelegt hatte. »Du solltest dich waschen und anziehen, Sabra. Man erwartet, dass ich dich zum Mittagsmahl an den Tisch der Fürstin bringe.« Sie brachte einen Krug frisches Wasser und stellte ihn neben den Kleidungsstapel auf dem Tisch, bevor sie sich neben der Tür aufstellte.

Marten betrachtete den Wasserkrug und die Kleidung. »Das ist wirklich notwendig? Ich bin mir nicht sicher, dass ich schon so weit ...«

»Keine Sorge. Die Fürstin ist heute in bester Stimmung, und es ist nicht weit von hier. Außerdem hat Emeri ihr so viel von dir erzählt, dass sie wirklich langsam ungeduldig wird, ihren ungewöhnlichen Gast endlich kennenzulernen und seine ungewöhnliche Geschichte zu erfahren.«

Marten seufzte. »Also gut. Bekomme ich ein wenig Hilfe?«

Xaris Lächeln verbreiterte sich eine Spur, bevor sie die Augen senkte. »Das wäre unschicklich, oder?«

Beinahe wäre es Marten entgangen, aber sie schien ihn erneut durch den Vorhang von schwarzen Haaren vor ihrem Gesicht zu beobachten. »Oder hast du dir auch noch den Arm gebrochen?«

»Jetzt wo du es sagst – ich habe da so einen Schmerz.« Er massierte sich den Oberarm, und Xari zog eine Augenbraue hoch.

»Kann ich mir vorstellen. Und nicht nur im Arm. Beeile dich. Ich warte vor der Tür.« Sie schob sich aus dem Raum, ohne die Augen von ihm zu wenden, bis die Tür geschlossen war.

Marten sah die geschlossene Tür noch einen langen Moment an, bevor er schließlich den Kopf schüttelte und sich der Waschschüssel zuwandte.

Die neuen Kleider waren, vorsichtig ausgedrückt, ungewohnt. Neben einer weiten Hose in dunklem Blau, die aus demselben Material gefertigt war wie sein bisheriges Beinkleid, gehörte diesmal auch eine Art lockeres, hellblaues Hemd dazu sowie seltsame Sandalen, die aus Stoff und Stroh bestanden. Für jemanden, der es gewohnt war, beinahe ausschließlich maßgefertigte Stiefel und den Waffenrock eines Schwertmanns zu tragen, war diese Bekleidung seltsam. Ganz zu schweigen davon, dass sich Marten darin unbehaglich nackt fühlte. Zugegeben, unbehaglich war nicht die Kleidung selbst, die sich in der zunehmenden Schwüle des Tages angenehm kühl anfühlte, sondern der Gedanke, in diesem Aufzug einer Fürstin Gesellschaft bei einer Mahlzeit leisten zu müssen. Vielleicht hätte ein Schwertgurt dazu beigetragen, sein Unwohlsein zu mindern, doch eine Klinge hatte man ihm in den vergangenen Tagen nur einmal gereicht – und die war zum Stutzen seines Bartes gewesen und von den Dienern gleich wieder entfernt worden. Nachdenklich musterte er sich in der Spiegelung der Waschschüssel und kratzte seinen inzwischen wieder nachwachsenden Bart. Wie schlimm konnte es schon werden?

Marten atmete tief durch, wandte sich ab und hinkte vorsichtig zur Tür. Noch immer schoss mit jedem Schritt eine kleine Flamme durch sein Bein, doch aus irgendeinem Grund konnte er sich nicht mehr richtig darauf konzentrieren.

Xari stand auf dem Gang direkt gegenüber der Tür und hatte den Kopf gesenkt. Marten öffnete schon den Mund für eine Bemerkung, als er den Mann neben ihr wahrnahm. Er war hochgewachsen, hatte die typische fahlbraune Haut der Metis und trug einen fremdartigen, blau bemalten Brustpanzer über seiner weiten Kleidung. Sein langes schwarzes Haar war so streng zurückgebunden, dass es die Haut auf seiner Stirn und seinen Wangenknochen straff zu ziehen schien, und seine Linke ruhte auf dem Heft eines seltsam gebogenen Schwerts an seinem Gürtel. Also schloss Marten den Mund wieder und begnügte sich mit einem vorsichtigen Nicken. Der Wächter musterte ihn mit unverhohlener Abscheu, und Marten zuckte unter der beinahe spürbaren Feindseligkeit zusammen. Für einen Moment starrte Marten den Mann an, unsicher, ob er sich im nächsten Moment würde verteidigen müssen. Doch der Wächter hielt nur seinen Blick fest, ohne einen Muskel zu bewegen. Schließlich war es Marten, der zuerst den Blickkontakt brach. Mit einem Kopfschütteln sah er Xari an. »Wie lange steht der schon hier?«

Die Metis reagierte lediglich mit einem kleinen Nicken. »Folge mir«, sagte sie schlicht und drückte Marten einen Spazierstock in die Hand. Erst als sie einige Schritte gegangen waren, sprach sie weiter. »Dein Zimmer wird bewacht, seit du zum ersten Mal das Bett verlassen hast.«

Marten runzelte die Stirn. »Ich denke, ich bin Gast hier?«

»Du bist unbekannt hier«, erwiderte Xari. »Wir wissen nichts über dich. Wir wissen nicht, ob du eine Gefahr darstellst, also geht man im Haus des Fürsten sicher.«

»Verstehe.« Marten blieb stehen, lehnte sich für einen Augenblick gegen die Wand und bemühte sich, wieder zu Atem zu kommen. »Ihr traut mir nicht.« Er betrachtete den Spazierstock. Es war ein altes Stück aus dunklem Holz, abgegriffen und mit einem angelaufenen Silberknauf, dessen Machart es ziemlich eindeutig als berunische Handarbeit verriet.

Xari hielt ebenfalls an. »Um genau zu sein – niemand hier traut einem von deiner Art.«

Marten fühlte sich, als hätte ihm jemand einen Eimer kaltes Wasser über den Rücken gegossen. »Warum bei den Gruben sollten sie meiner Art nicht trauen? Ihr wisst doch gar nicht, was so meine Art ist. Ich war noch nicht mal hier!«

»Würde das einen Unterschied machen?« Marten sah sie so verwirrt an, dass ein Lächeln auf Xaris Gesicht kroch. »Es geht nicht um dich. Du bist ein Mann aus Berun, das kann jeder sehen. Und die roten Waffenröcke der Ordensritter sind hier nicht gerade beliebt.«

Die Verwirrung wich nicht aus Martens Gesicht. »Ich hatte doch gar keinen Ordens-Waffenrock an?«

Xari schnaubte. »Die Kriegsknechte des Reichs sind nicht beliebter. Wo einer von ihnen auftaucht, folgen mehr, und bald ist niemand mehr Herr in seinem eigenen Haus. Ohne das Wort der Fürstin hätte man dich den Skellingen überlassen. Und viele finden immer noch, dass man das sollte. Berun liebt uns nicht, und die meisten hier erwidern das mit gleicher Münze.«

»Dann bin ich also tatsächlich ein Gefangener?«

Xari wandte die Augen ab. »Das wird die Fürstin entscheiden.«

Marten nickte nachdenklich, dann straffte er die Schultern. »Und was ist, wenn sie nicht in meinem Sinn entscheidet?«

Das Gesicht der Metis war dieses Mal nicht zu lesen. »Sorg besser dafür, dass sie es tut. Bist du so weit?«

# 24

## DIE BRÜCKE ÜBER DEN KORROS

Die Reise in den Norden war anstrengend und mühsam gewesen. Den ganzen Ritt über hatte Sara mit ihrem störrischen Pferd zu kämpfen gehabt, das offenbar sehr genau merkte, wann es einen unerfahrenen Reiter auf seinem Rücken trug. Es hatte jede Gelegenheit genutzt, sie das spüren zu lassen. Sein Name war Joring, was im Berunischen so etwas wie ›Sanftmut‹ bedeutete und dem Namensgeber dieses Untiers einen Ehrenplatz auf Saras Hassliste gleich hinter Feyst Dreiauge und Danil bescherte. Doch selbst Joring schien von der Schönheit der Landschaft, auf die sie nun hinunterblickten, ganz hingerissen zu sein. Zum ersten Mal seit vier Tagen kaute er friedlich auf einem Grasbüschel herum, statt nach Saras Füßen zu schnappen oder sie mit einer unerwarteten Bewegung aus dem Sattel zu werfen. Seufzend streckte Sara den verkrampften Rücken durch, stemmte die Hand in die Hüfte und ließ den Blick über die Szenerie gleiten.

Die sanften Hügelketten, die hier die Grenze des berunischen Reichs zu Kolno markierten, waren schon beinahe vollständig von den goldbraunen Farben des Herbsts überzogen und strahlten im Licht der tief stehenden Sonne in einem matten Glanz. Dieser idyllische Streifen Land zwischen den undurchdringlichen Wäldern des Nordens, den zerklüfteten, schneebedeckten Bergen Kolnos und den Trockengebieten der berunischen Tiefebene schien wirklich der perfekte Ort für das erste Aufeinandertreffen von Kaiserinmutter und König Theoders Tochter zu sein. Das winzige Städtchen am Ufer des Korros war zwar nicht besonders eindrucksvoll oder herrschaftlich, aber es besaß eine Eigenschaft, die ihm eine besondere strategische und symbolische Bedeutung verlieh: die einzige Steinbrücke zwischen den westlichen Waldlanden und der Sturmbucht weit unten im Osten und damit für Kolno der wichtigste Zugang zum Reich.

»Ein großartiges Stück altkaiserlicher Steinmetzkunst«, krächzte Hilger, während er sich im Sattel aufrichtete und die Augen mit der Hand gegen die Sonne beschirmte. »Ich bin ehrlich beeindruckt.«

»Zu viel Steinmetzkunst für meinen Geschmack«, knurrte Thoren. »Als das Kaiserreich noch stark und kampfbereit war, konnte man so was noch praktisch nennen, aber mit diesem Nachbarn gefällt mir die Brücke immer weniger. Die Holzbrücken im Osten sind vielleicht weniger majestätisch, aber dafür kannst du sie im Notfall mit einer Fackel und einer scharf geschliffenen Axt beseitigen. Um dieses Ungetüm dort unten zu sichern, braucht es schon eine ganze Armee.«

»Confinos ist doch gut bewacht, oder nicht? Wie viel Mann sind im Kastell stationiert? Dreihundert? Vierhundert?«

»Einhundertundzwanzig. Gerade genug, um die Händler in Schach zu halten und gelegentliche Überfälle der verrückten Waldmenschen abzuwehren. Der Kaiser gibt sein Gold lieber für Feste aus als für den Unterhalt abgelegener Garnisonen. Würde Ann Revin das Kastell nicht aus eigener Tasche bezahlen, wäre es schon längst verfallen.«

»Hm.« Hilger ließ sich zurück in den Sattel sinken. »Dann sind sie der Kaiserinmutter zumindest treu ergeben ...«

»Wenn ihnen kein anderer noch mehr bezahlt, vielleicht.« Thoren wies über die Dächer der Häuser auf das Flussufer. »Wenn ich Ann Revin überfallen wollte, dann würde ich das genau an diesem Ort tun. Eine breite, stabile Brücke, unzureichende Bewachung und eine Stadtmauer, die den Namen nicht verdient. Die Kaiserlichen sind müde von der langen Reise und noch dazu in bester Feierlaune. An Theoders Stelle würde ich die morgigen Feiern nutzen, um zuzuschlagen.«

»Morgen schon?« Hilger warf einen Blick über die Schulter und runzelte die Stirn. »Wir sind gerade mal vier Dutzend Reiter. Der Rest des Haufens braucht noch mindestens drei Tage, bis er zu uns aufgeschlossen hat.«

»Dann müssen vier Dutzend eben reichen.«

»Um sich von einer Übermacht abschlachten zu lassen? Bei allem Respekt für die Kaiserinmutter, aber für kein Gold der Welt würde ich auf diesem Präsentierteller mein Leben für sie riskieren. Lasst uns diese ganze Prinzessinnensache abblasen und Ann Revin zurück nach Berun bringen, solange es noch geht.«

»Du weißt, dass sie das nicht kann.«

»Und wir können sie hier nicht beschützen.«

»Was, wenn es deine eigene Stadt wäre, die du dort unten verteidigen müsstest, Hilger?«

Der Hochaufgeschossene kratzte sich am Kopf. »Dann vielleicht schon.«

»Dann betrachte das als mein Angebot. Graf Ulin ist alt und hat keine Söhne. Die Stadt fällt nach seinem Tod zurück an den Kaiser. Sie benötigt bald einen neuen Herrn.«

»Meine eigene … Stadt?« Hilger runzelte die Stirn und legte die Hand schützend über die Augen. »Hm.«

»Und der dazugehörige Titel.«

»Ein Titel und eine Stadt …« Nachdenklich kaute Hilger auf seiner Wange herum. »Meine eigene Stadt also. Und diese Wilden wagen es tatsächlich, sie anzugreifen? Was glauben die eigentlich, wer ich bin?« Ruckartig wandte er sich im Sattel um. »Männer, wir kehren nach Hause zurück!«

»Nach Hause?«, fragte einer der Kriegsknechte verwirrt.

»Spreche ich etwa undeutlich?« Hilger zog sein Schwert aus der Scheide und wies mit der Spitze ins Tal hinab. »Nach Confinos natürlich. In meine eigene verdammte Stadt!«


Die anbrechende Nacht hatte das letzte Licht des Tages bereits vertrieben, als sie endlich durch die Stadttore von Confinos ritten. Ein idyllischer Ort mit weiß getünchten Häusern, roten Schieferdächern und gepflasterten Gassen. Die Menschen waren gut genährt und ordentlich gekleidet. Nur die Stadtmauer schien vom Wohlstand der Stadt nicht viel abbekommen zu haben. Von Nahem sah sie noch niedriger und bröckeliger aus als aus der Entfernung, und das altersschwache Tor schien gerade mal geeignet, um die zahlreich herumlaufenden Ziegen vom Streunen abzuhalten. Hilger betrachtete sie traurig und seufzte. »Wenigstens steht sie noch.«

»Mit ein wenig Farbe lässt sich sicherlich etwas draus machen.« Thoren lenkte sein Pferd an ihm vorbei und ritt die Straße hinauf.

Auf halbem Weg zum Kastell kam ihnen eine prunkvolle Reisekutsche entgegen. Die Fahrer trugen das Wappen des Kaiserhauses auf der Brust und machten nicht den Eindruck, als wollten sie ihre Fahrt für eine Gruppe Reiter unterbrechen. »Aus dem Weg«, brüllte einer der Männer, ein bulliger Schwertträger mit einem buschigen Schnauzer. »Im Namen des Kaisers!«

»Gleichfalls«, rief Thoren und lenkte sein Pferd mitten auf die Straße, sodass der Fahrer heftig an den Zügeln zerren musste, um das Gefährt rechtzeitig zum Stehen zu bringen.

»Was wollt ihr, Kriegsknechte?« Mit misstrauisch zusammengezogenen Augenbrauen musterte der Schnurrbartträger Thoren, Sara und die Reiter in ihrem Rücken. »Wir besitzen das Straßenrecht des Kaisers.«

»Und wir besitzen Waffen«, krächzte Hilger und grinste.

»Warum haltet ihr an?«, ertönte eine schlecht gelaunt klingende Stimme aus dem Innern des Wagens. »Macht, dass ihr weiterkommt!«

Thoren zog die Augenbrauen hoch. Bedächtig ritt er an dem Wagenlenker vorbei und ließ sein Pferd neben dem Fenster des Gespanns anhalten. Er zog sein Schwert aus der Scheide und lupfte mit der Spitze den samtenen Vorhang. Der Schnurrbart fuhr zornig auf, aber der Blick des Puppenspielers ließ ihn zurück auf seinen Platz sinken. Thoren zog den Vorhang noch ein Stück höher. »Wen haben wir denn da? Den Kaiser höchstpersönlich, oder zumindest seine bessere Hälfte. Ich wusste doch gleich, dass ich diesen Wagen irgendwoher kenne, Freund Jerik.«

»Was?« Der Hofnarr des Kaisers streckte den dünnen Hals aus dem Fenster und blickte sich um. Sein Blick fiel erst auf Thoren, dann auf Sara. Schlagartig wurden seine Augen groß. »Sie ... Ihr? Ihr seid hier?«

»Überrascht Euch das?«

Jerik zog eine Grimasse. »Ein wenig schon. Ich hätte nicht gedacht, dass Ihr uns hier in die Provinz folgt. Ist Eure Sehnsucht so groß geworden, dass Ihr es nicht einen Tag länger ohne mich aushalten könnt?«

»Ein Höflichkeitsbesuch, alter Freund. Wir wollten uns mit eigenen Augen von Eurem Wohlergehen und der Schönheit der kolnorischen Prinzessin überzeugen.«

Der Narr schnaufte. »Sie gehört dem Kaiser. Sucht Euch gefälligst eine eigene Braut.«

Thoren nickte. »Und was macht Ihr hier draußen auf der Straße? Wolltet Ihr etwa abreisen, bevor die Festlichkeiten begonnen haben?«

Jerik machte eine wegwerfende Handbewegung. »Die Vorbereitungen sind abgeschlossen, und meine Arbeit hier ist getan. Ich reise zurück an den Hof, um dem Kaiser Bericht zu erstatten.«

»Mitten in der Nacht?«

»Warum nicht? Je eher ich hier wegkomme, desto besser. Die Friedfertigkeit dieser Menschen macht mich krank. Ich vermisse die Intrigen und Streitereien am Hof.«

Thoren rieb sich die Nasenwurzel. »Ich kann nicht zulassen, dass Ihr jetzt noch abreist. Die Straßen sind gefährlich und unsicher. Eure beiden Begleiter werden Euch kaum beschützen können, wenn Ihr von einer Bande Räuber überfallen werdet. Oder glaubt Ihr etwa, das kaiserliche Zeichen würde heutzutage noch jemanden abschrecken?« Er gab Flüster ein Zeichen. Der riesige Mann lenkte sein Pferd auf die andere Seite des Wagens und streckte die Hand durch das Fenster. Ohne eine Miene zu verziehen, packte er den erschrocken aufschreienden Narren am Kragen, zog ihn mühelos zu sich heraus und setzte ihn vor sich aufs Pferd.

»Der Kaiser wird davon erfahren«, kreischte Jerik und wand sich erfolglos in Flüsters Griff. »Ihr könnt mich nicht festsetzen wie einen gewöhnlichen Strolch!«

Thoren nickte. »Wir werden es selbst dem Kaiser berichten. Er wird froh sein, seinen liebsten Trottel in Sicherheit zu wissen.« Er lenkte sein Pferd zurück auf die Straße und gab ihm die Sporen. »Wenn es denn noch so etwas wie Sicherheit gibt ...«

Das Kastell sah im Innern kaum besser aus, als der erste Blick von außen befürchten ließ. Die Mauern waren zerfallen und bröckelig, und das Holz der Wehrgänge wirkte alt und wurmstichig. Sie hatten sich im Rittersaal zusammengefunden, dem einzigen Raum in der gesamten Anlage, der offenbar noch instand gehalten wurde. Der Graf, ein Greis mit schlohweißem Haar, das ihm in fettigen Strähnen über den Rücken hing, war über Thorens Erscheinen nicht besonders erfreut. Auf seinem rechten Auge lag ein grauer Schleier, und er neigte den Kopf leicht zur Seite, um seinen Gesprächspartner besser sehen zu können. »Für den Schutz der Kaiserinmutter ist gesorgt. Meine Männer sind erfahrene Kämpfer. Viele von ihnen haben in Manrese gekämpft, Spieß an Spieß mit Fürst Skora und dem Eichenbund.«

»Wie viele Jahrhunderte ist das her?«, knurrte Thoren. »Es erstaunt mich, dass sie noch am Leben sind …«

Ulin funkelte ihn böse an. »Die Menschen im Norden sind zäh. Das Alter spielt für uns keine Rolle. Wenn es hart auf hart kommt, steht jeder seinen Mann und verteidigt das Reich gegen alle Gefahren.« Er klopfte mit einer altersfleckigen Hand auf das Breitschwert, das auf seinen Knien lag. »Ich selbst übe immer noch jeden Morgen den Weg der Klinge. Ich weiß, wie ich ein Schwert führen muss. Ich brauche keine Kriegsknechte und Söldner, hinter denen ich mich verstecken kann.« Er neigte den Kopf in Richtung der Kaiserinmutter, die auf dem Stuhl neben ihm saß. »Ich habe dem Haus Revin die Treue geschworen, und diesen Schwur werde ich einhalten bis zu meinem Tod.«

Ann Revin legte ihm die Hand auf den Arm. »Ich weiß Eure Treue zu schätzen, mein lieber Ulin, und die Eurer tapferen Männer auch. Aber es schadet nicht, über ein paar weitere Klingen zu verfügen. Nur zur Sicherheit.«

Der Graf schnaubte, aber der Blick aus seinem verbliebenen Auge wurde eine Spur milder. »Vielleicht habt Ihr recht, Majestät. Ein paar Hilfstruppen zur Unterstützung der Flanken können wirklich nicht schaden. Ich werde sie im Kastell unterbringen, wo sie keinen Schaden anrichten können.« Er richtete den Zeigefinger auf Thoren. »Ich will diese Herumtreiber aber nicht in der Stadt oder in der Nähe der Brücke sehen. Sie verängstigen nur die Bürger und brüskieren am Ende noch unsere kolnorischen Gäste.«

Thoren schüttelte den Kopf. »Das ist zu gefährlich. Ihr müsst dieses Aufeinandertreffen absagen, Ann.«

Die Kaiserinmutter erwiderte seinen Blick und zeigte den Hauch eines Lächelns. »Deine Sorge rührt mich, Thoren, aber sie basiert auf Vermutungen und Gerüchten. Die Kolnorer wären ein zu wertvoller Verbündeter für uns. Wenn wir Theoders Tochter auf diese Art zurückweisen, verärgern wir sie nur und verspielen so möglicherweise eine einmalige Gelegenheit.«

»Sie sind keine Verbündeten. Sie sind unsere Feinde!«

Graf Ulin beugte sich nach vorn. »Welche Beweise habt Ihr denn? Das Gestammel eines Sterbenden? Die Worte eines ... Mädchens?«

Thoren funkelte ihn böse an. »Sara ist über alle Zweifel erhaben.«

»Na und wenn schon.« Ulin machte eine wegwerfende Handbewegung. »Wir können uns nicht auf Gerüchte verlassen. Diese Sache ist zu wichtig, als dass wir sie mit unbedachten Schritten gefährden. Für Kaiser Edrik ist dieses Treffen von höchster Wichtigkeit.«

»Graf Ulin hat recht«, mischte sich Jerik in die Diskussion ein. »Die Kolnorer sind nicht dumm. Nur ein Narr würde es wagen, die Mutter des Kaisers auf seinem eigenen Land zu bedrohen.«

Thoren warf ihm einen Seitenblick zu. »Dann sollten wir anstelle der Kolnorer vielleicht besser dich im Auge behalten ...«

»Was wollt Ihr damit sagen?«

»Dass du uns von Anfang an zu diesem Treffen geraten hast. Und nun, da es stattfinden soll, reist du mitten in der Nacht klammheimlich wieder ab.«

Jerik holte tief Luft und plusterte sich auf. »Wollt Ihr meine Loyalität zum Kaiser infrage stellen? Ich habe nur getan, was er mir befohlen hat! Ich habe mich um die Vorbereitungen gekümmert und Gespräche mit den Unterhändlern geführt. Damit ist meine Arbeit in Confinos erledigt. Für den Rest sind jetzt größere Narren zuständig als ich. Und wo wir schon die ganze Zeit von ihnen reden …« Anklagend richtete er den Zeigefinger auf den Puppenspieler. »Wer sagt denn, dass Tilmann Arn Euch nicht ganz gewaltig an der Nase herumgeführt hat? Hat schön von der eigentlichen Gefahr abgelenkt, indem er Euch eingeredet hat, dass Kolno der wahre Gegner ist. Und während Ihr wie ein aufgescheuchtes Huhn nach Confinos gerannt kommt, planen seine Mitverschwörer in Berun ein Attentat auf den Kaiser höchstpersönlich!«

»Pah«, knurrte Thoren. »Tilmann Arn wäre niemals klug genug für so etwas. Vor allem nicht in der Situation, in der er sich befand. Mein gesunder Menschenverstand sagt mir, dass er nicht gelogen hat.«

Jerik grinste nur. »Auf Euren gesunden Menschenverstand ist ja immer Verlass, wie? Ihr hättet mich bei diesem Verhör dabei haben müssen. Ich hätte die Wahrheit schon aus seinem Schädel herausgequetscht. Aber es ist nun mal zu spät, und wir sind genauso schlau wie vorher.«

Thoren starrte ihn finster an. »Die Frage ist, wer hier eigentlich die Wahrheit sagt«, knurrte er und erweckte dabei den Eindruck, Jerik mit bloßen Händen erwürgen zu wollen.

»Genug«, sagte Ann Revin. Ruhig blickte sie vom einen zum anderen. »Es hat keinen Zweck, sich darüber zu streiten. Wir können dieses Aufeinandertreffen nicht ablehnen, egal, was geschieht. Aber wir sollten alle nötigen Vorsichtsmaßnahmen ergreifen.«

Ulin neigte den Kopf in ihre Richtung. »Ich werde sämtliche verfügbaren Männer in Alarmbereitschaft versetzen und alle Mauern bemannen lassen, Majestät. Hilgers Schwarzraben erlaube ich den Zutritt zum Kastell und zur Stadt, aber im Umkreis der Brücke werden meine eigenen Ritter für Sicherheit sorgen.«

Ann Revin tätschelte ihm den Arm. »Ich danke Euch, Graf Ulin, das ist alles, was ich von Euch verlange.« Sie warf einen nachdenklichen Seitenblick auf Thoren und runzelte die Stirn. »Und... vielleicht solltet Ihr der Allererste sein, der unseren kolnorischen Gast auf der Brücke empfängt.«

Graf Ulin zog erstaunt die Augenbrauen hoch und lächelte dann breit. »Ich danke Euch für diese Ehre«, sagte er und deutete umständlich eine Verbeugung an. »Ich werde Euch nicht enttäuschen. Das wird für uns alle ganz sicher ein unvergesslicher Tag!«

# 25

## DER DUFT VON ROSEN

**M**arten hatte tatsächlich noch drei weitere Pausen benötigt, bis sie schließlich den Audienzraum der Fürstin erreichten.

Er war ... bemerkenswert. Nicht einmal die kaiserliche Festung in Berun verfügte über einen derartigen Raum. Andererseits – er war hier im exotischen Macouban. Was für seine Augen fantastisch wirkte, konnte für die Menschen, die hier lebten, vollkommen normal sein. Was wusste er schon?

Trotzdem stolperte er zu einem Halt und sah sich mit offenem Mund um. Der Raum selbst war nicht sonderlich groß. Das Stadthaus seiner eigenen Familie verfügte über eine größere Haupthalle. Doch wo in Berun kalter Stein vorherrschte, der von Wandteppichen verhüllt wurde, bestand dieser gesamte Raum aus dunklem, seidig schimmerndem Holz. Die hohe Decke wurde von Reihen schlanker, polierter Holzsäulen gehalten. Der ebenfalls polierte Boden bestand aus dem aufwendigsten Mosaik, das Marten bisher gesehen hatte – und der Kaiserliche Palast verfügte über einige beeindruckende Mosaikböden. Allerdings keine, die derart fremdartige, verschlungene Muster aufwiesen. Das wohl Bemerkenswerteste an diesem Raum aber war, dass eine seiner Wände komplett fehlte. Die fehlende Wand war durch leichte, beinahe durchsichtige Vorhänge ersetzt, die den Blick auf einen sattgrünen Garten kaum verhüllten. Ein gelegentlicher Luftzug bauschte die Stoffbahnen und trug den schweren, süßen Geruch von Rosen und nasser Erde herein. Regen rauschte auf den Garten herab, doch trotzdem konnte Marten gelbe und rot schillernde Vögel sehen, die sich unter den breiten Blättern der Bäume und Sträucher bewegten. Einzelne fremdartige Rufe drangen von draußen herein, und das Rauschen akzentuierte die angenehme Stille hier drin zusätzlich. Ein katzenartiges Tier von der Größe eines Jagdhunds wand sich durch eine Lücke in den Vorhängen, schüttelte die Nässe aus seinem staubfarbenen Fell und glitt mit leisem Tappen durch den Raum zu einer Gruppe von Lehnstühlen auf der anderen Seite. Dort entdeckte Marten jetzt zwei Frauen in weißen Gewändern.

»Marten!« Emeri sah auf, und ihr Gesicht strahlte. Sie tätschelte das Katzenwesen, erhob sich und eilte durch den Raum auf ihn zu. »Du hast es tatsächlich geschafft, hierher zu kommen.« Die junge Frau trug dieses Mal ein besonders züchtig hochgeschlossenes Kleid nach der neuesten Beruner Mode, auch wenn es dank des einheimischen Seidenstoffs noch immer gewagter wirkte als alles, was man bei Hofe trug. Zumindest zu offiziellen Anlässen. Es gab durchaus andere Gelegenheiten.

Marten räusperte sich und sah in das strahlende Gesicht Emeris hinunter. »Xari hat mir ja keine andere Wahl gelassen.«

Die beiden Frauen tauschten ein amüsiertes Lächeln, dann ergriff Emeri seinen Arm und führte ihn vorsichtig durch den Raum auf die Sitzgruppe zu.

Erst jetzt nahm Marten die ältere Dame richtig wahr, die reglos und hoch aufgerichtet in einem der Lehnstühle saß. Sie schien außerordentlich groß zu sein, größer noch als Emeri, hatte ein ebenmäßiges, scharf geschnittenes Gesicht, und ihr Haar war so hell, dass es im gedämpften Licht des Raumes beinahe weiß wirkte. Auch ihre Haut war so hell, dass man sie für eine Statue hätte halten können, hätte sie in diesem Moment nicht ihren Becher an die Lippen geführt, um daraus zu nippen. Ein ebenfalls hochgeschlossenes Kleid in einem Schnitt, der in der Kaiserstadt seit wohl zwei Jahrzehnten nicht mehr der Mode entsprochen hätte, und dezenter Schmuck aus Silber und Perlen vervollständigten das Bild einer aristokratischen Dame, die direkt aus einem der abgelegeneren Flügel des kaiserlichen Palasts hätte stammen können.

Erst als sie die Sitzgruppe beinahe erreicht hatten, wandte die Frau ihnen das Gesicht zu, so plötzlich, dass Marten unwillkürlich stockte. Ihre Nasenflügel blähten sich, als sie ihnen erschrocken entgegensah. »Ihr!«

»Ich?« Marten warf Emeri einen verwirrten Blick zu, doch die junge Frau schien genauso überrascht zu sein wie er selbst. Bevor er sich jedoch zu irgendeiner Reaktion entschließen konnte, hatte sich die große Frau aus ihrem Stuhl erhoben und starrte ihn durchdringend an. Erst jetzt fielen Marten ihre Augen auf. Sie waren ebenfalls weiß, allerdings milchig – Augen, die ihre Sehkraft wohl schon lange verloren hatten.

»Was tut Ihr hier?« Die Worte klangen beinahe anklagend.

Emeri trat rasch vor und verneigte sich vor ihr. »Du hast ihn eingeladen, dir heute seine Aufwartung zu machen!« Sie sah Marten unsicher an, bevor sie weitersprach. »Fürstin Imara Antreno, Herrin über dieses Haus und über das gesamte Macouban. Von Gnaden unseres Kaisers, selbstverständlich.«

Marten war sich noch immer nicht sicher, wie er reagieren sollte. Eine Verbeugung wurde ja wohl kaum gesehen. Emeri jedoch sprach schnell weiter. »Mutter, das ist Marten ad Berun, der Schiffbrüchige, den ... Xari und die Agetsucher am Tag nach dem Sturm unten am Strand fanden.«

Die Fürstin starrte Marten noch immer an, und für einen Moment hatte er das Gefühl, als würden diese blinden Augen ihn genau sehen können. Die Nasenflügel der Fürstin bebten noch immer, gerade so, als würde die blasse Frau Witterung aufnehmen wie ein Bluthund. Er räusperte sich. »Ich ...«

»Schweigt«, fiel ihm die Fürstin ins Wort. »Emeri, warum hast du mir nicht gesagt, dass dieser Mann dem Haus ad Berun entstammt?«

Die junge Frau senkte noch weiter den Kopf, als würde sie jeden Augenblick einen vollendeten Wutausbruch erwarten. »Ich war mir nicht bewusst, dass das wichtig wäre, Mutter«, sagte sie entschuldigend.

»Nicht wichtig? Wir beherbergen einen verwundeten Gast, der aus dem Haus des Kaisers stammt, und du findest es nicht wichtig, mich darüber zu unterrichten?«

Erst jetzt begann sich Martens Verwirrung zu lichten. Er räusperte sich erneut. »Entschuldigt, Fürstin, aber hier liegt sicherlich eine Verwechslung vor«, warf er ein, bevor Emeri antworten konnte. »Ich stamme aus Berun, aber nicht aus dem Haus ad Berun.«

Das weiße Starren der Fürstin wandte sich wieder ihm zu. Sie schnaubte. »Ich weiß doch, wen ich vor mir habe. Ihr seid ein Spross des Löwen. Ich mag blind sein, doch meine übrigen Sinne trügen mich nicht.«

Martens Worte kamen beherrschter, als er erwartet hätte. »In diesem Fall täuscht Ihr Euch, Fürstin. Ich weiß, aus welchem Haus ich stamme, und so gern ich es für mich in Anspruch nehmen würde, es ist nicht das Haus des Kaisers.«

»Und welches Haus sollte das dann sein?«, fragte die Fürstin scharf.

»Ich bezweifle, dass sein Name Euch etwas sagt. Das Haus meines Vaters ist angesehen, doch ich glaube nicht, dass man es hier im Süden kennt. Die Geschäfte unserer Familie waren schon immer mehr nach Norden und Osten gerichtet«, sagte Marten, jetzt eine Spur ungehalten.

Die blinden Augen sahen ihn unverwandt an, und Marten stellte fest, dass die Fürstin tatsächlich groß genug war, um auf ihn herabzusehen. »Welches Haus also?«

Marten warf Emeri einen ratlosen Blick zu und versuchte unauffällig, das Gewicht von seinem bereits zitternden Bein zu verlagern. Dann seufzte er. »Ad Sussetz, Fürstin. Ich stamme aus dem Haus ad Sussetz. Aber ich verstehe immer noch nicht…«

»Ad Sussetz?« Die Fürstin sog noch ein letztes Mal die Luft ein, dann neigte sie den Kopf eine Spur zur Seite, und plötzlich war ihr Gesicht eine Maske der höflichen Aufmerksamkeit. »Entschuldigt, junger Mann, aber als Ihr den Raum betreten habt, hatte ich für einen Moment das Gefühl, Ihr wärt ein anderer. Aber das ist selbstverständlich nicht möglich. Manchmal vergesse ich mein Alter. Es ist einsam genug hier, um sich der Illusion hinzugeben, die Zeit da draußen stehe still.« Sie lächelte und deutete in Richtung der Lehnstühle. »Und es ist unhöflich von mir, Euch mit Eurer Verwundung stehen zu lassen. Setzt Euch, Marten ad Sussetz. Erweist einer alten Frau die Ehre und schenkt uns ein wenig von Eurer Zeit, um meine Neugier zu befriedigen.«

Marten neigte gehorsam den Kopf. Dann wurde ihm klar, dass diese Geste bei einer Blinden kaum ankommen würde, und er räusperte sich. »Ich habe zu danken, dass Ihr mich empfangt, Fürstin. Immerhin genieße ich Eure Gastfreundschaft und die Dienste Eurer Heilerin schon viel zu lange, ohne Euch meine Aufwartung gemacht zu haben. Ich bitte also um Entschuldigung.«

Das Lächeln der Fürstin verbreitete sich um eine Spur, und dieses Mal wirkte es sogar echt. »Mir scheint, meine Tochter hatte tatsächlich recht. Eure Sprache ist nicht die eines gewöhnlichen Seemanns. Am Ende seid Ihr tatsächlich ein Edelmann.« Sie tätschelte die Lehne ihres Stuhls. »Setzt Euch schon, Marten ad Sussetz. Xari, bring Wein und Früchte für unseren Gast.«

Marten ließ sich dankbar auf den angebotenen Stuhl sinken und musterte verstohlen die Früchte in der Schale, die Xari jetzt neben ihn auf den Tisch stellte. Vorsichtig entnahm er ihr eine rot-gelbe, die ihn entfernt an einen verformten Apfel erinnerte, und roch daran.

»Eine Caluarro«, sagte die Fürstin. Marten sah verwirrt auf.

»Diese Frucht nennt man Caluarro«, erklärte sie. »Ihr Geruch ist unverwechselbar. Fruchtig, ein wenig süß wie wilder Honig, leicht säuerlich wie unreife Äpfel und mit einer Spur Pferd. Glücklicherweise ist das Letztere nicht im Geschmack enthalten.« Sie musste Martens ratlosen Gesichtsausdruck ahnen, denn sie lachte auf. »Na macht schon. Beißt hinein. Es lohnt sich. Habe ich recht? Wie gesagt, ich habe zwar mein Augenlicht eingebüßt, doch meine Nase verrät mir, was in diesem Raum passiert. Der Duft der Caluarro war unverwechselbar, als Ihr sie in die Hand genommen habt. Jedes Ding hat seinen eigenen Duft, ob eine Frucht, ein Mensch, ein nasser Sequira.« Sie beugte sich ein wenig vor und kraulte das Tier, das sich zu ihren Füßen hingesetzt hatte und sich genüsslich an das Bein ihres Stuhls drückte. Erst jetzt bemerkte Marten, dass die Katze ein Halsband aus hellem Leder trug, in das eine ganze Handvoll bläulicher und honigfarbener Steine eingearbeitet war. »Sogar das Wachs auf dem Tisch, der Wein in meinem Becher, die Rosen dort draußen oder die Vorhänge, die den Duft von Regen und nasser Gartenerde mildern. Und jeder Geruch hat seinen eigenen Platz.« Mit einer eleganten Geste umfasste sie den gesamten Raum und sah Marten direkt an. »Aber Ihr, Marten, zeigt mir, dass ich mich nicht zu sehr darauf verlassen sollte. Dennoch, Euer Geruch kommt mir bekannt vor. Haus ad Sussetz, sagtet Ihr?«

Ihre Frage überrumpelte Marten, der gerade auf einem Bissen der fremdartigen Frucht herumkaute, also nickte er lediglich.

Emeri, die ihm jetzt gegenübersaß, warf ihm einen amüsierten Blick zu. »Er bestätigt das, Mutter«, sagte sie.

Marten schaffte es endlich zu schlucken und räusperte sich erneut. »Ja. Meine Familie steht seit Generationen im Dienst des kaiserlichen Hofs beziehungsweise der Orden der Reisenden. Mein Vater war der Ordensritter Elgast ad Sussetz, der ...« Er geriet ins Stocken. Die ältere Frau saß kerzengerade in ihrem Stuhl, die Katze zu ihren Füßen vergessen. »Was ist?«

Die Fürstin sog tief die Luft ein und nickte dann langsam. »Ad Sussetz. Ich erinnere mich jetzt. Ihr seid verwandt mit Kethe ad Thiemo.« Die Worte der Fürstin waren eine simple Feststellung.

Marten starrte sie an. »Ihr kennt meine Mutter?«

Für einen Moment reagierte die blinde Fürstin nicht. Dann ordnete sich die Dame kaum merklich, und ihr mildes Lächeln kehrte zurück. »Wisst Ihr, Marten ad Sussetz, hier im Macouban glauben viele der Einheimischen an eine Art Vorhersehung. Rückschrittlich vor den Augen der Reisenden, ich weiß. Aber in Momenten wie diesem könnte man beinahe gewillt sein, darin etwas Wahres zu sehen.«

»Ich ...« Marten sah zwischen ihr und der erstaunten Emeri hin und her.

»Andererseits«, warf die Fürstin ein, »wirklich verwunderlich ist es nicht. Was immer an diesem Strand landet, findet früher oder später den Weg zu diesem Ort hier. Immerhin *ist* mein Mann der Gebieter über diese Provinz. Und ich habe Eure Mutter kennengelernt, so wie Emeri vielleicht bald zwei Dutzend anderer junger Damen in Berun kennenlernen wird. Ihr aus Berun mögt uns für provinziell halten, doch ich war nicht immer blind und nicht immer an diesen Hof gebunden. Auch hier im Macouban war es, wie zu meiner Jugend in vielen Provinzen, üblich, dass jedes Haus, das etwas auf sich hielt, seine Töchter für einige Zeit in die Hauptstadt schickte. Um uns den richtigen höfischen Umgang beizubringen, wie es hieß. Aber es schadete auch nichts, wenn man bei dieser Gelegenheit den richtigen Heiratskandidaten fand. Gibt es diese Sitte inzwischen nicht mehr?«

Marten zögerte. Jetzt, wo die Fürstin es sagte ... Ein, zwei Mal war er bereits von der einen oder anderen Provinzjungfer selbst als Kandidat auserkoren worden. Er konnte nicht behaupten, das nicht zu seinem Vorteil verwendet zu haben. »Ja, ich denke, diese Sitte gibt es noch. Ich meine, ich habe davon gehört, auch wenn ich mich selten am höfischen Treiben beteiligt habe.«

Im selben Moment, als diese Worte seinen Mund verlassen hatten, wurde das Lächeln der Fürstin um eine Spur schmaler, und eine winzige Falte tauchte zwischen ihren Brauen auf. »Tatsächlich. Nun, das ist schade. Informationen über den Zustand des Hofs wären mir sehr willkommen, junger Mann.« Marten fing den warnenden Blick der jungen Metis hinter der Fürstin auf. *Sorge besser dafür, dass sie in deinem Sinn entscheidet.* Er atmete tief durch. »Ich stehe in Eurer Schuld, Fürstin. Natürlich werde ich Euch so weit helfen, wie es in meiner Macht steht. Aber die Angelegenheiten des Hofs gehörten nicht zu meinen Aufgaben. Sonst wäre ich kaum hier.«

Die Fürstin legte den Kopf leicht zur Seite. »Soweit ich weiß, gehören auch wir hier zu den Angelegenheiten des Hofs, auch wenn wir weit genug entfernt sein mögen, um gelegentlich in Vergessenheit zu geraten.«

»So habe ich das nicht gemeint«, versuchte Marten zu schlichten, doch die Fürstin winkte ab, und dieses Mal schien eine echte Spur Erheiterung in ihrem Lächeln zu liegen.

»Natürlich nicht. Aber dieses Landgut hier liegt abseits,

und ich nehme nur noch selten die Strapazen einer Reise nach Tiburone oder Gostin auf mich. Man mag dort mehr über das Reich erfahren, doch mir bekommt das Klima dort nicht.« Sie nahm ihren Weinbecher vom Tisch und drehte ihn versonnen zwischen den Fingern. »Wisst Ihr, gelegentlich vermisse ich die klare, frische Luft der Hauptstadt im Norden.«

In Marten flackerte die Erinnerung an Hitze und Gestank in den engen Gassen Beruns auf, wenn im Sommer oft wochenlang der Seewind ausblieb. Entweder war die Fürstin älter, als sie aussah, oder Berun hatte vor seiner Geburt anderes Wetter gehabt. Schweigend nippte er an seinem eigenen Wein. Er war süß und überraschend kühl.

»Der Sommer, in dem wir nach Berun reisen durften, um dem Kaiser vorgestellt zu werden, war vielleicht die ereignisreichste Zeit in meinem Leben.« Der Blick der Fürstin war durch die Vorhänge hinaus in den Garten gewandert, und Marten bemerkte, dass sich Emeri in ihrem Stuhl vorgelehnt hatte. Die Fürstin schien wohl nicht oft über ihre Vergangenheit zu sprechen. »Viele von uns sind schon Wochen oder gar Monate im Voraus angereist, um Berun und die Gepflogenheiten im Zentrum des Reichs kennenzulernen«, fuhr sie leise fort. »Wir verbrachten die Zeit gemeinsam mit den jungen Damen der Beruner Häuser. Kethe ad Thiemo gehörte dazu. Zu dieser Zeit war sie bereits einem Ordensritter namens Elgast ad Sussetz versprochen. Ihr seht also, der Zufall ist nicht so groß, wie er scheinen mag.«

Die Fürstin trank einen Schluck, doch Marten entging nicht, dass ihre Hand leicht zitterte.

»Martens Mutter und du, ihr seid also gemeinsam dem Kaiser vorgestellt worden?«, fragte Emeri atemlos.

Die Fürstin neigte den Kopf. »Zusammen mit drei Dutzend anderen jungen Damen, wie es Sitte ist, ja. Wenn ich mich recht erinnere, war der Löwe von Berun ein imposanter Mann. Vielleicht nicht sonderlich groß; ich habe ihn jedenfalls überragt.« Sie schmunzelte bei der Erinnerung. »Er mochte das übrigens nicht. Frauen, die kleiner waren als er selbst, waren wohl eher sein Fall. Rundere Frauen. Eure Mutter zum Beispiel, Marten, bekam deutlich mehr von seiner Aufmerksamkeit, und ich vermute, Xari hätte sofort zu seinen Favoritinnen gezählt. Nichtsdestotrotz war er charmant und sehr beeindruckend. Ein muskulöser Ritter in roter und goldener Rüstung, mit wildem Haar im Braunrot reifer Kastanien. Ich denke, man hat ihn deshalb den Löwen genannt, aber wie ich hörte, ist er diesem Beinamen mehr als gerecht geworden. Wie auch immer. Wenn Euer Name ad Sussetz lautet, Marten, und Kethe Eure Mutter ist, entnehme ich dem, dass sie dem Ritter ad Sussetz angetraut wurde. Sagt mir – ist sie noch am Leben?«

Marten nickte, bevor er an die Augen der Fürstin dachte. »Ja, ist sie. Meine Mutter ist noch immer bei bester Gesundheit, aber mein Vater ist in der Schlacht von Borowa gegen die Waldmenschen gefallen.«

»Das tut mir leid zu hören. Ich bin ihm einige Male begegnet. Er war ein … pflichtbewusster Ritter. Und Ihr folgt seinem Vorbild?«

Marten schnaubte. »Nein. Mein Bruder tut das. Ich bin lediglich ein …« Er stockte und nahm einen weiteren Schluck Wein, um die Pause zu überbrücken. »… ein Kriegsknecht im Dienste des Kaisers.«

»Ein Kriegsknecht.« Die Fürstin rümpfte kaum merklich die Nase. »Ich hätte zumindest gedacht, jemand von Eurer

Herkunft würde sich den kaiserlichen Garden anschließen.«

Marten sah über den Tisch zu Emeri. »Nein«, wiederholte er. »Die Schwertleute des Kaisers verlassen die Kronprovinz nur, wenn sie den Kaiser selbst oder seine Familie begleiten. Ich ... wollte mehr sehen. Die äußeren Provinzen bereisen. Das Macouban. Der Weg als Kriegsknecht erschien mir dafür der einfachste.«

Die Fürstin hob eine schmale Hand. »Der Kaiser hat jetzt Familie?«

Der plötzliche Richtungswechsel ihres Gesprächs verwirrte Marten. »Er ... Nein, der Kaiser ist noch immer unvermählt, und soweit ich weiß, hat er auch keine Kinder anerkannt.«

»Sind denn welche bekannt?«

Marten zuckte mit den Schultern. »Nicht dass ich wüsste. Der Kaiser macht sich nicht viel aus Mätressen, sagt man. Soweit mir bekannt ist, besteht die kaiserliche Familie aus dem jungen Löwen, der Kaiserinmutter und einer Handvoll Verwandter dritten und vierten Grades.«

Die Fürstin schien in die Ferne zu sehen und dem Regen im Garten zu lauschen. »Was ist mit den anderen Kindern des alten Löwen?«, fragte sie leise.

»Die Geschwister des Kaisers sind tot.«

»Ich weiß«, gab die Fürstin zurück. »Wir leben nicht so weit abseits der Welt, dass wir das nicht gehört hätten. Ich meine illegitime Kinder des alten Kaisers. Was immer man über den jungen Löwen sagt, sein Vater war Mätressen keineswegs abgeneigt.«

»Ill...« Marten warf Emeri einen peinlich berührten Blick zu. »Das ist nichts, worüber man bei Hofe spricht.«

Die Fürstin machte ein leises Geräusch, das Marten für ein spöttisches Schnauben gehalten hätte, hätte es nicht so wenig zu ihrem Gesicht gepasst. »Zu meiner Zeit war das alles, worüber man bei Hofe sprach. Also gut, Ihr seid also Kriegsknecht geworden, um das Macouban zu besuchen. Hat Euch das hier an Land gespült?«

»Das, und ein Sturm, der uns auf dem Weg nach Gostin eingeholt hat.«

Die Fürstin nickte. »Die Zeit der Stürme hat in diesem Jahr früher als sonst begonnen. Die Azhdar sind aufgeregt.«

Marten zuckte bei diesem Wort zusammen und versuchte, das Bild des sterbenden Sturmdrachen zu verdrängen, der in den leuchtenden Fluten versank.

Die Fürstin schien seine Reaktion irgendwie bemerkt zu haben, denn sie wandte ihm ihre blinden Augen zu, und Marten setzte schnell ein Lächeln auf und nippte an seinem Becher. »Wir haben zwei gesehen«, stellte er fest. »Beeindruckende Wesen. Die Seeleute erzählen, sie seien die Augen eines Gottes.«

Emeri schnaubte, und der Zug um den Mund der Fürstin wurde eine winzige Spur härter. »Die Eingeborenen hier behaupten Ähnliches. Ich glaube nicht, dass daran etwas Wahres ist. Schließlich haben uns die Reisenden von den Göttern befreit, richtig? Der Rest ist Aberglaube.«

»Ein verbreiteter Aberglaube?« Unwillkürlich sah Marten zu Xari, die hinter der Fürstin stand. Ihr Gesicht glich einer ausdruckslosen Maske.

Emeri nickte. »Viele der ungebildeten Metis, vor allem diejenigen, die in den entlegeneren Dörfern oder in den Wasserzonen wohnen, haben sich einen Götterglauben bewahrt. Sie glauben an Duambe und seinen Hof unter den Wellen.«

Marten zog die Braue hoch. »Unter den Wellen? Ich dachte, die Götter wohnten in den Himmeln?«

»Und wie sollten sie sich dort festhalten?«, fragte Emeri. »Nein, die Götter des Macouban wohnen am Grund des Meeres, und Duambes Seedrachen herrschen über die Wogen, während seine Schwester Oyambe und ihre Sturmdrachen den Himmel darüber regieren.« Sie lächelte. »Das ist zumindest das, was die Metis glauben. Interessant, nicht wahr?«

Marten zuckte mit den Schultern. »Ich denke, das Macouban ist eine Provinz des Reichs mit einer eigenen Ordensfestung? Wie sollte sich dann so offen der alte Aberglaube erhalten?«

Die Fürstin neigte den Kopf. »Man sagt, die Reisenden waren nie hier, auf unserem Flecken Erde. Und auch wenn: Die Festung hat nur wenige Ritter, das Macouban ist groß, und die meisten der Gläubigen arbeiten als Sklaven auf den Feldern. Den Feldern, die die Städte und die Festung mit Nahrung versorgen und deren Früchte bis auf die Märkte in Berun gebracht werden.«

Martens andere Augenbraue wanderte ebenfalls nach oben. »Oh«, sagte er. »Ah.«

Die Fürstin lächelte. »Es scheint, die Orden sind bereit, darüber hinwegzusehen, solange unsere Felder genug für die Küchen Beruns liefern. Wie auch immer. Ihr wart dabei, uns zu erzählen, wie Euer Schiff sank, Marten.«

»Ich bin mir nicht sicher, dass es gesunken ist«, sagte Marten nachdenklich. »Ich bin über Bord gegangen, während diese Seeschlangen uns angriffen. Ich weiß nicht …«

»Seeschlangen?« Emeri lehnte sich vor. »Du hast sie gesehen? Bitte, Marten, erzähl uns alles davon!«

Marten war sich beinahe sicher, dass ihre Wangen plötzlich vor Begeisterung errötet waren. »Na ja, ich …«

»Später«, fiel ihm die Fürstin ins Wort. »Emeri, du wirst dich gedulden müssen. Wir wollen die Genesung unseres Gastes nicht unnötig belasten.« Sie wandte sich Marten zu, während ihre Finger die Katze am Hals krauten. »Was Ihr sagen wolltet, Marten: Es ist also möglich, dass Euer Schiff nicht gesunken ist?«

Marten zuckte mit den Schultern. »Vermutlich. Als ich ins Wasser fiel, hatten wir einen Mast verloren. Ich habe keine Ahnung, was das einem Schiff inmitten eines Sturms ausmacht, aber Xari sagte, es wäre bisher nicht viel mehr als dieser Mast gefunden worden.« Er runzelte die Stirn. »Und wenn es nicht gesunken ist?«

Die Fürstin neigte den Kopf, ohne den blinden Blick von ihm zu nehmen. »Um das herauszufinden, müsstet Ihr nach Gostin. Die Frage ist …«

»Ich glaube nicht, dass er schon so weit genesen ist, dass er die Reise nach Gostin antreten sollte, Mutter«, warf Emeri bemerkenswert eilig ein.

Die Fürstin nickte. »Natürlich. Ich könnte Euch freilich einen Wagen zur Verfügung stellen.«

»So kurz vor dem Neujahrsfest, Mutter?« Emeri bemerkte Martens Gesichtsausdruck. »Hier im Macouban begehen wir den Jahresbeginn mit dem Herbstneumond.«

Die Fürstin runzelte die Stirn. »Du hast recht«, sagte sie, bevor sie sich Marten zuwandte. »Das Wiedererscheinen der Mondsichel ist der wichtigste Festtag der Metis, und wir können sie kaum dazu bringen, an diesem Tag oder den vorhergehenden überhaupt zu arbeiten. Ich könnte keinen meiner Sklaven dazu bewegen, Euch zu dieser Zeit in die Stadt zu bringen, und dadurch …«

Sie unterbrach sich und hob den Kopf, um an ihm vorbeizusehen. Einer der Wächter hatte den Saal betreten, verneigte sich jetzt tief vor der Fürstin und verharrte so, bis ihn die Dame mit einem irritierten Gesichtsausdruck heranwinkte. Der Mann warf einen Seitenblick auf Marten, bevor er mit leisen und schnellen Worten in einer Sprache, die Marten unbekannt war, auf die Fürstin einredete. Was immer er sagte, ließ die Miene der Fürstin versteinern. Marten warf Emeri einen fragenden Blick zu, doch auch die junge Frau schien ratlos zu sein. Der Wächter endete, und die Fürstin gab einen knappen Befehl in derselben fremdartigen Sprache, woraufhin er davoneilte. Dann wandte sie sich zu Marten um, ihr Lächeln war verschwunden. »Was wisst Ihr über eine Invasion Beruns, Marten?«

Marten starrte die Fürstin verwirrt an. »Eine … Ich habe keine Ahnung! Wo sollte Berun einfallen?«

»Hier«, entgegnete die Fürstin knapp.

»Im Macouban?« Marten zwinkerte. »Wieso sollte Berun im Macouban einmarschieren? Ihr gehört doch bereits zum Kaiserreich!«

Der Blick der milchigen Augen bohrte sich in Marten. »So ist es. Also wieso sollten sie?«

Auch Emeri war Marten keine Hilfe, und so zuckte er schließlich ratlos mit den Schultern. »Ich habe nicht die geringste Ahnung. Warum fragt Ihr?«

Der Blick der Fürstin hielt noch einen Augenblick länger an, ihre Nasenflügel blähten sich erneut. Dann senkte sie leicht den Kopf. »Na gut, ich weiß, dass Ihr die Wahrheit sagt. Es tut mir leid, aber meine Aufmerksamkeit wird jetzt woanders benötigt. Ihr bleibt vorerst mein Gast, Marten ad Sussetz, und wir werden dieses Gespräch zu gegebener Zeit fortsetzen. Oloare wird sich inzwischen weiter um Eure Wunde kümmern und mich über den Fortschritt Eurer Genesung unterrichten.« Sie erhob sich, und Marten blieb wenig anderes übrig, als ihrem Beispiel zu folgen. »Emeri wird Euch zurück in Eure Unterkunft begleiten. Ich rate Euch jedoch, das Haus nicht ohne Begleitung zu verlassen. Das Macouban ist gefährlich. Das gilt besonders jetzt, in den Tagen der Toten. Ich könnte es vor Eurer Mutter nicht verantworten, wenn Euch etwas zustieße. Wenn Ihr mich jetzt entschuldigen würdet?«

# 26

## EIN PERFEKTER TAG

Es war ein ungewöhnlich milder Herbstmorgen, und die Sonne schien warm auf die Köpfe der Zuschauer herab, die sich entlang der Häuser, an den Fenstern und auf den Dächern drängten, um einen Blick auf den Prunkzug zu erhaschen, der sich schwerfällig durch Confinos Gassen schob. An der Spitze ritten in strahlenden Rüstungen die Männer der Kaiserlichen Leibgarde. Gleich dahinter kam auf einem weißen Schimmel die Kaiserinmutter, in einem goldbestickten Kleid und mit blausteinbesetztem Stirnreif auf dem Kopf. Als die Menge ihre hochgewachsene, schlanke Gestalt unter dem Löwenbanner entdeckte, brach sie in begeisterten Jubel aus und drängte mit aller Macht nach vorn. Junge Mädchen streuten lachend Blumen, Hände streckten sich nach den Zipfeln des kaiserlichen Umhangs aus, und kleine Kinder sprangen freudestrahlend dem Tross hinterher. Eine Mutter streckte Ann Revin ihr Neugeborenes entgegen und wäre dabei fast unter die Hufe von Graf Ulin ad Confinos' Pferd geraten, der mit stolzgeschwellter Brust neben ihr ritt und mit erhobener Hand und einem senilen

Grinsen die Huldigungen und Beifallsrufe entgegennahm, als gälten sie ihm ganz allein. In seiner grellbunten Kleidung unterschied er sich kaum vom Narren, der mit einem selten missmutigen Gesichtsausdruck auf einem Maultier hinter ihnen hertrabte. Dicht gefolgt von Ann Revins Kammerfrauen, dem Heer der Hofschranzen, städtischen Würdenträgern und jedem, der genug Geld oder Einfluss besaß, um im Schatten der Kaiserinmutter mitlaufen zu dürfen.

Der Blick des Puppenspielers schweifte finster über die sorglose Zuschauermenge, suchte die Dächer ab und musterte kritisch die altersschwachen Tore, durch die sie kamen. Tore, die er nach Saras Eindruck wohl lieber geschlossen sähe und von seinen eigenen Männern bewacht. Seine Hand ruhte auf dem Griff seines Schwerts, und sein Gesichtsausdruck wirkte angespannt und nachdenklich.

Sie ritten durch drei oder vier dieser Torbögen, und hinter jedem erwartete sie eine noch größere Masse feiernder Reichsbürger, die sich für dieses einmalige Ereignis in ihre schönste Festtagskleidung geworfen hatten. Das Getöse steigerte sich ins Unermessliche, als sie schließlich auf den Harandsplatz einbogen, auf dem an normalen Tagen Händler und Bauern ihren Markt abhielten. Jetzt waren die Stände beiseite geräumt worden, um Platz für die Menschenmassen zu schaffen, in deren Mitte nur noch eine schmale Gasse frei blieb. Am Ende der Gasse ragten die zwei massigen Türme der Kolnobrücke auf. Das Prunktor war speerangelweit geöffnet und gab den Blick auf den geschwungenen Bogen der alten Kaiserbrücke frei. Zu beiden Seiten hatten sich Frühaufsteher die besten Plätze gesichert, waren todesmutig auf Fahnenmasten, Brückengeländer und sogar auf die bronzenen Torflügel selbst geklettert, um einen besseren Blick auf das Geschehen zu haben. Die sichtlich überforderten Wachen schienen schon vor längerer Zeit aufgegeben zu haben, sie von ihren erhöhten Sitzplätzen fortzujagen, und Sara bedachte den Anblick mit einem flauen Gefühl im Magen.

Die Kolnorer hatten sich in beträchtlicher Zahl am anderen Ende der Brücke eingefunden. In ihrer groben Kleidung und mit den fellbesetzten Umhängen und Kopfbedeckungen wirkten sie wie ein Haufen von Bettlern und Bauern, die an den Toren Beruns um Obdach bitten wollten. Die Sonne war gerade erst in vollem Umfang hinter dem Horizont erschienen und tauchte die Landschaft in ein unwirkliches Rot. Das Ufer des Flusses lag noch im dichten Nebel, und über den Wipfeln des nahen Walds lag eine tiefe Ruhe.

Als sich die kaiserliche Abordnung vollständig auf dem Harandsplatz eingefunden hatte und es weder Vor noch Zurück gab, verbrachten sie eine längere Zeit mit ungeduldigem Warten, während Boten zwischen den beiden Lagern hin und her eilten und Grüße austauschten. Es war eine ermüdende Angelegenheit, die sich auf sämtliche Anwesenden übertrug.

Endlich, als Sara es kaum noch aushielt, löste sich eine Gruppe aus dem Lager der Kolnorer, und die Menge brach in erleichterte Jubelrufe aus. Sara blinzelte, während sie versuchte, mehr zu erkennen. Es war eine größere Zahl breit gebauter, bärtiger Männer, die einen Wagen mit dem Wappen des Königs begleiteten, der von zwei schweren Kaltblütern gezogen wurde. Beinahe alle trugen schwere Lederpanzer und Kettenhemden, waren aber bis auf die Dolche am Gürtel unbewaffnet. In gemächlichem Tempo überquerten sie den Handelsplatz auf der anderen Seite des Korros und hielten auf das Nordende der Brücke zu. Ein Ruck ging durch die kaiserliche Prozession, und auf ein Zeichen von Graf Ulin hin setzte sich nun auch die Abordnung der Kaiserinmutter in Bewegung.

»So weit, so gut«, flüsterte Flüster an Saras Seite.

Nachdenklich schaute sie zu ihm auf. Sie konnte nicht viel Gutes am Anblick dieser schwer gerüsteten Männer finden, selbst wenn sie unbewaffnet waren. Sie hatte ein ungutes Gefühl im Bauch, und das würde wohl erst wieder verschwinden, wenn das ganze Theater vorüber war. Zusammen mit der Kaiserinmutter und dem restlichen Hofstaat blieb sie unter dem Torbogen am Südende der Brücke zurück, während Ulin in Begleitung seiner Diener und engsten Vertrauten mit stolzgeschwellter Brust auf die Kolnorer zumarschierte. In der Mitte der Brücke blieb er stehen und breitete die Arme aus. »Willkommen im Kaiserreich!«, hörte Sara ihn rufen, als wäre er der Herrscher höchstpersönlich.

Odoin Nor, der die Kolnorer Abordnung angeführt hatte, blieb ebenfalls stehen und streckte eine Hand zum Wagen hoch, dessen einziger Passagier sich nun mit der Anmut einer Seiltänzerin erhob. Die kolnorische Prinzessin war eine hochgewachsene Frau mit blondem Haar, das ihr frei über die Schultern fiel. Sie trug ein langes weißes Kleid, und der beinahe faustgroße Blaustein, der an einer Kette um ihren schlanken Hals hing, funkelte in der Sonne. Sanft legte sie ihre Hand in Odoins haarige Pranke und glitt ohne Zuhilfenahme der Stufen vom Wagen herab.

Graf Ulin trat auf sie zu und verneigte sich. Der Wind trug einige Wortfetzen herüber, die darauf schließen ließen, dass sich der alte Mann in der Rolle des Vermittlers sichtlich gefiel. Er nickte viel und machte ausschweifende Gesten, während Odoin finster abwartete und Prinzessin Ejin scheu den Kopf gesenkt hielt. So ging es noch eine ganze Weile weiter, bis sich Ulin endlich tief verneigte und ihr dabei die Hand entgegenstreckte.

Ejin trat einen zögerlichen Schritt auf ihn zu. Ihre Konturen verschwammen, und mit einem Mal hielt sie ein langes Schwert mit schön geschwungener, dünner Klinge in der Hand. Mit einer eleganten Bewegung schwang sie es herum und zog die Klinge quer über Ulins faltigen Hals. Der Graf verharrte noch immer in seiner Verbeugung, als das Blut aus dem Schnitt zu spritzen begann und die Prinzessin den Kopf hob und lächelte.

Im gleichen Augenblick sprangen die Kolnorer zum Wagen und zogen Schwerter, Äxte und Schilde daraus hervor. Odoin Nor riss seinen Dolch aus dem Gürtel und rammte ihn in die Hinterhand eines der Zugpferde hinein. Das gewaltige Tier bäumte sich wiehernd auf und machte einen Satz nach vorn, und noch ehe die Leibwache des Grafen begriff, was vor sich ging, donnerte ein panischer Berg aus Fleisch, Muskelmasse und etlichen Zentnern Fuhrwerk über sie hinweg und schlug eine tiefe Schneise in die Reihen der Wartenden. Dann waren die Kolnorer heran. Eine von Ulins Dienerinnen stieß einen spitzen Schrei aus, der von einem gezielten Schlag mit einem kolnorischen Streitkolben abgeschnitten wurde. Einem Schwertträger gelang es gerade noch, seine Waffe halb aus der Scheide zu ziehen, als er von einem mächtigen Axthieb beinahe in zwei Hälften zerteilt wurde. Den Nächsten packte Odoin Nor am Kragen und schleuderte ihn brüllend über das Brückengeländer ins Wasser.

Der letzte Schwertträger überwand seine Überraschung und stellte sich den anrückenden Gegnern todesmutig in den Weg. Doch bevor er auch nur ein paar verzweifelte Schläge austeilen konnte, hatten sie bereits kurzen Prozess mit ihm gemacht. Zuerst drängte ihn einer mit dem Schild zurück, dann schlug ein anderer ihm eine Kerbe in den Helm. Der Dritte erwischte ihn am Bein, und als der Schwertträger schreiend zu Boden ging, zertrümmerte der Vierte ihm den Schädel. Von irgendwoher ertönte das Klagen eines Signalhorns, und in die Menge am Nordufer des Korros kam Bewegung. Zuerst vereinzelte, dann immer mehr Kolnorer rissen Waffen unter ihrer Kleidung hervor und stürmten brüllend auf die Brücke zu.

Sara stellte sich auf die Zehenspitzen, um etwas erkennen zu können. Sie sah, wie das Pferdefuhrwerk über die Brücke heranpreschte, mit einem Rad gegen einen Torflügel krachte, herumgeschleudert wurde und sich überschlug. Die Pferde wurden von den Beinen gerissen, rutschten kreischend und um sich tretend über das Pflaster und begruben etliche unglückliche Zuschauer unter ihren massigen Leibern.

Dann brach Chaos aus, und die Stadtbewohner wandten sich panisch zur Flucht. Sara hörte jemanden ihren Namen rufen und drehte sich um, doch sie wurde angerempelt und stieß gegen einen fetten Mann, der sie mit weit aufgerissenen Augen anstarrte, um sie im nächsten Augenblick grob zur Seite zu stoßen und davonzurennen. Sie wurde herumgerissen, geriet ins Straucheln und konnte sich gerade noch an irgendeinem Kleidungsstück festhalten. Eine Faust fuhr auf sie zu und erwischte sie am Kinn. Benommen taumelte sie rückwärts, stieß mit dem Hinterkopf gegen eine Mauer und rang verzweifelt nach Luft. Mit der Hand tastete sie über ihr Haar und spürte, dass ihr Kopf ganz klebrig war. Wie betäubt sah sie zu, wie die Menschen um sie herum sich gegenseitig über den Haufen rannten, um von der Brücke fortzukommen, während Ritter in glänzenden Rüstungen in die entgegengesetzte Richtung drängten und die Unentschiedenen in dem dichten Gedränge zu Boden gingen und zertrampelt wurden.

»Schließt das Tor!«, kreischte ganz in der Nähe jemand mit sich überschlagender Stimme. Doch dazu war es längst zu spät. Selbst wenn die Wachen in der Lage gewesen wären, die schweren Torflügel noch zu bewegen, wären sie gegen den Strom der Menschen nicht mehr angekommen. »Schützt die Kaiserinmutter!«, brüllte ein anderer, und Sara wurde beinahe von einem Wächter über den Haufen gerannt, der schwertschwingend an ihr vorbeistürmte. Sie dachte noch, dass sie sich ihm doch anschließen sollte, um Ann Revin beizustehen, doch dann sah sie, wie der Wächter seine Waffe auf eine im Weg stehende Dienstmagd niederfahren ließ, gleich darauf über einen am Boden liegenden Mann im Gewand eines Adligen hinwegtrampelte und dann in einer Seitengasse verschwand. Andere Wächter drängten ihm nach, und die Furcht in ihren Augen übertrug sich wie eine Welle auf die letzten Standhaften und trieb auch sie in die Flucht.

Ein Ritter der Kaiserlichen Leibgarde taumelte mit blutverschmierter Rüstung auf Sara zu. Halb erwartete sie, dass er sie angreifen würde, doch dann sah sie, dass die Hälfte seines Schädels fehlte und sein Blick glasig war. Mit dumpfem Scheppern prallte er neben ihr gegen die Mauer und sank zu Boden.

Sara zwinkerte und versuchte, die Benommenheit abzuschütteln. Sie machte ein paar unsichere Schritte, hörte ein Grunzen in ihrem Rücken und fuhr herum. Voller Entsetzen starrte sie in das bärtige Gesicht eines Kolnorers, der aussah, als hätte man ihn mit einem stumpfen Messer aus einem Holzklotz geschnitzt. Der Kolnorer grinste böse und hob eine nagelbewehrte Keule. Doch bevor er zuschlagen konnte, spaltete ihn eine gewaltige schwarze Schwertklinge von der Schulter bis fast hinunter zum Gürtel. »Komm«, flüsterte Flüster und stieg über den zuckenden Leichnam hinweg. Undeutlich bekam Sara noch mit, wie sie hinter dem Riesen herstolperte, teils von ihm geschubst, teils getragen wurde, und wie die Schreie und das Waffengeklirr in ihrem Rücken langsam verebbten. Sie fragte sich, ob die Kaiserinmutter noch am Leben war und ob es noch jemanden gab, der sie beschützte. Ob es überhaupt noch jemanden gab, der zwischen Berun und den Barbaren stand.

# 27

## GOSTIN

Ihr habt euer Leben Seiner Majestät, dem hochwohlgeborenen Kaiser von Berun verschworen«, stellte Fürst Antreno fest. Seine Stimme hallte über den Innenhof der Festung von Gostin. Die versammelten Kriegsknechte sahen zu dem kleinen, braun gebrannten Mann in der beinahe zu groß wirkenden, altertümlichen Rüstung auf. Der Herr der Reichsfestung hatte die Neuankömmlinge in den Exerzierhof der Kaserne befohlen und Aufstellung nehmen lassen. Die nachmittägliche Sonne beleuchtete ihn dramatisch und zwang die Männer außerdem, die Augen zusammenzukneifen, wenn sie ihn dort oben auf der Mauer erkennen wollten. Es war der erste offizielle Appell, seit sich die vom Sturm schwer beschädigte Triare vor beinahe zwei Wochen in den Hafen von Gostin geschleppt hatte. Neben dem Mast hatten sie mehr als dreißig Ruderer und beinahe ebenso viele Kriegsknechte verloren. Eine Handvoll weiterer war seitdem dem Fieber und ihren Verwundungen erlegen, und dem Hörensagen nach hatten auch die Ritter des Ordens zwei Männer verloren. Selbst jetzt noch trugen einige der Kriegsknechte Schienen oder Verbände, die von ihrem Kampf gegen See und Seedrachen zeugten. Ness kratzte sich die verschorfte Wunde am Hals und sah sich unauffällig um.

Auf der Ringmauer zu ihrer Rechten standen einige Dutzend der bereits hier stationierten Kriegsknechte, vermutlich, um die neuen Truppen zu begutachten und für den passenden Applaus für ihren Dienstherrn zu sorgen. Ness war allerdings nicht entgangen, dass eine ganze Reihe von ihnen Armbrüste bei sich hatten. Gespannte Armbrüste. Nachdenklich kaute er auf seiner Oberlippe, und der Rosskopf folgte seinem Blick. »Wirkt, als würden sie uns nicht ganz trauen«, murmelte er.

Ness nickte unauffällig. »Bisschen viel Misstrauen den eigenen Leuten gegenüber«, murmelte er.

Hammer brummte. »Ich hab schon in 'nem Kerker gesessen, in dem die Wachen schlechter bewaffnet waren.«

»In jedem Fall aber nehmt ihr seinen Sold«, fuhr der Fürst nach einer Kunstpause fort. »Guten Sold? Vielleicht. Das kommt darauf an, wie viel ihr gewohnt seid. Und wohl auch, was ihr dafür tun sollt. Was euch vermutlich nicht klar ist: Ihr seid hier am Ende des Reichs angekommen. Einem Ende, das unserem Kaiser schon seit einigen Jahren lediglich eine Handvoll Kriegsknechte zum Eintreiben seiner Steuern wert ist. Nicht mehr. Keine Flotte, um den novenischen Piraten Einhalt zu gebieten, keine Männer oder Gelder, um die Wälder zu roden, die Sümpfe trockenzulegen oder auch nur die Festung zu reparieren. Der Handel leidet, und die Einheimischen, die Metis, sind aufsässig wie schon seit Jahrzehnten nicht mehr. Und das ist ein Problem. Ich bin für die Männer in dieser Festung und für die Bürger dieser Stadt verantwortlich. Meine Familie gehört zu den ältesten Familien des Macouban. Wir leben bereits hier, seit das Macouban sich selbst unter den Schutz der berunischen Krone gestellt hat und über all die Jahrzehnte, bis zum Tod des alten Löwen, fanden unsere Sorgen immer Gehör.« Er hielt inne und schaute über die Stadt, die er von seinem erhöhten Standpunkt aus unter sich ausgebreitet sehen musste, bevor er sich den Kriegsknechten wieder zuwandte. »Nicht mehr. Berun hat seinen Glanz verloren, und von seinem Erbe ist nicht mehr viel geblieben. Nicht genug für alle. Nicht genug für uns. Der Handel leidet, die Abgaben an die Krone fallen uns von Jahr zu Jahr schwerer, und die Einheimischen sind nur noch mit Mühe zur Arbeit zu bewegen, während die Gelder und Truppen aus Berun von Jahr zu Jahr knapper werden. Selbst den Sold für euch, die Kriegsknechte, die der Kaiser uns sendet, muss das Macouban selbst tragen. Das Problem ist: Dient Gostin weiter einem Kaiser, der uns vergessen zu haben scheint, versinkt das Macouban im Chaos, während aufständische Bauern, Sklaven und Bürger sich gegenseitig erschlagen und die Gesetzlosen unsere Dörfer plündern. Ganz zu schweigen von den Fürsten der novenischen Städte oder des Kolno, die nur darauf lauern, dass unsere Schwäche, die Schwäche des Kaisers, offenkundig wird.« Er seufzte. Dann zog er sein Schwert und betrachtete die Klinge, die in der Sonne glänzte. Schließlich hob er die Stimme. »Das kann ich nicht zulassen. Und daher sehe ich nur eine Möglichkeit.« Er deutete mit der Waffe auf die unter ihm versammelten Männer. »Ich mache euch ein Angebot. Ich verdopple den Sold eines jeden Mannes, der mir und dem Macouban einen Gefolgschaftseid leistet.« Er hob die Hand, um das aufkommende Gemurmel zu unterbinden. »Es ist ein Angebot. Es steht euch frei, es anzunehmen. Jeder, der es tut, steht ab sofort in meinen Diensten und im Dienst des Macouban – nicht mehr im Dienst von Berun. Das Kaiserreich hat uns seinen Schutz entzogen. Das bedeutet, dass es von nun an wieder unsere eigene Aufgabe ist, dieses Land hier zu sichern. Dass es in *meiner* Verantwortung liegt, für den Schutz meiner Untertanen zu sorgen. Und das bringt mich zu euch. Ihr seid Kriegsknechte. Berun schuldet wahrscheinlich den meisten von euch mehr, als ihr selbst der Krone schuldet, und ich weiß, dass einige von euch schon früher unzufrieden waren, als das Reich noch stark war. Unter euch sind Männer, die sich Kaiser Edrik schon einmal entgegengestellt haben, ob im Aufstand von Dumrese oder dem von Namiest.«

»Und wir wissen alle, wie gut das gelaufen ist«, murmelte Ness. Er nahm einen Schluck aus seiner Feldflasche und bot sie dem Rosskopf an.

Oben sprach Fürst Antreno weiter: »Dieser Kaiser ist schwach! Er ist das Erbe nicht wert, das ihm zugefallen ist. Er ist eure Gefolgschaft nicht wert, genauso wenig, wie er es wert ist, sich Kaiser über das Macouban zu nennen. Jeder weiß das. Dennoch kämpft ihr heute für Berun, obwohl ihr wisst, dass niemand es euch dankt. Ihr wisst, dass ihr niemals vollwertige Bürger des Reichs werdet, weil man dort einfache Männer wie euch nicht schätzt. Dort vielleicht nicht. Hier, das verspreche ich euch, ist es anders. Jeder Mann, der sich für das Macouban entscheidet, erhält, wenn er es wünscht, das Bürgerrecht in einer Stadt des Macouban. Niemand muss also weiterhin für fremde Erde kämpfen. Ihr habt hier die Gelegenheit, eure eigenen Herren zu werden. Denkt darüber nach!« Er stellte das blanke Schwert vor sich ab und stützte sich darauf, während er auf die Männer hinuntersah. »Aber überlegt schnell«, fügte er leiser, jedoch nicht weniger eindringlich hinzu. »Meine Geduld und meine Zeit sind begrenzt.«

Inzwischen war Unruhe unter den Kriegsknechten aufgekommen. Überall war ein leises Raunen zu hören, als sich die Männer unsicher umsahen. Auch die Kriegsknechte um Vibel Brender sahen sich an.

»Was meint ihr?«, murmelte Ness.

»Nichts«, gab der Vibel zurück, der mit zusammengekniffenen Augen die Männer oben auf der Mauer musterte.

»Nichts?«, fragte der Rosskopf neben ihm. Er zupfte nervös an dem dünnen Pferdeschwanz, der über seine Schulter hing. »Doppelter Sold ist ein Angebot. Besonders, wenn das Geld ohnehin aus seiner Kasse kommt. Und es ist ja nicht so, als hätten wir hier noch viel zu suchen, seit der Junge über Bord gegangen ist.«

»Außerdem kann ich mich nicht erinnern, dass wir dem Kaiser irgendetwas geschworen haben«, brummte ein schlecht rasierter Kriegsknecht, der ganz in der Nähe stand. Seine rechte Gesichtshälfte war von einem fleckigen Verband bedeckt, der nicht verbergen konnte, dass die darunterliegende Augenhöhle leer war. »Genau genommen habe ich seine hochwohlgeborene Majestät noch nicht mal persönlich zu Gesicht bekommen.«

»Du hast nichts verpasst«, sagte Ness. »Aber ganz im Ernst: Mein Leben für diesen Kaiser? Das war noch nie das, was ich damit anstellen wollte.«

»Nein«, gab der Vibel zu, ohne seinen Blick von dem Fürsten zu nehmen. »Aber wir haben dem Heetmann Gefolgschaft geschworen. Ich schätze, es ist seine Entscheidung.«

»Ehrlich?« Hammer sah ihn verblüfft an. »Wir denken über das Angebot nach?«

»Ich bin noch unentschlossen«, sagte der Vibel und nickte hinauf zu den Männern auf der Wehrmauer. »Ich weiß nicht, ob wir wirklich eine Wahl haben.«

In diesem Moment trat Heetmann Santros vor. Er verschränkte die Arme vor der Brust. »Was ist mit denen, die sich entscheiden, Euch den Eid nicht zu schwören?«

Das Murmeln verstummte.

Fürst Antreno sah auf den Heetmann herab. »Für Männer, die nicht für die Sache des Macouban stehen, ist hier kein Platz«, sagte er knapp.

Santros nickte bedächtig. »Und was, wenn dem Kaiser daraufhin einfällt, dass er doch noch immer Interesse an seinen Ländereien hier hat?«

Der Fürst schnaubte. »Der Kaiser hatte noch nie Land im Macouban, auch wenn er es vergessen haben mag. Meine Vorfahren waren es, die sich unter seinen Schutz gestellt haben. Das ist ein Unterschied!«

»Das mag sein. Doch das war vor Generationen, und ich bezweifle, dass sich Seine Majestät noch an diesen Unterschied erinnert.«

»Vielleicht ist es dann an der Zeit, dass ihn jemand daran erinnert.«

Jetzt war es der Heetmann, der schnaubte. »Und wir sollen in diesem Fall unseren Kopf für Euch hinhalten und uns allein mit Berun anlegen? Das klingt mir nicht nach einem vielversprechenden Plan.« Er schüttelte den Kopf. »Bei allem Respekt, Fürst Antreno, und bei allem Verständ-

435

nis für Eure Lage, aber ich werde mich nicht gegen Berun wenden. Das bedeutet Krieg – und es ist nicht unser Krieg. Außerdem erscheint er mir nicht Erfolg versprechend genug, um ihn zu unserem zu machen. Die Dreiundvierzigste wird sich Euch nicht anschließen.«

Der Fürst starrte auf den Heetmann hinunter. Schließlich sog er die Luft zwischen den Zähnen ein. »Euer letztes Wort, Heetmann?«

Santros spuckte auf den sandigen Boden des Hofs. »Mein letztes Wort. Bei allem Respekt. Der Kaiser ist unser Dienstherr, Eurer ebenso wie meiner. Es steht uns nicht zu, ihn infrage zu stellen, und das, was Ihr vorschlagt, ist Hochverrat. Ich kann das nicht dulden.«

Der Fürst runzelte die Stirn. »Ich hatte gehofft, Ihr würdet Euch anders entscheiden, Heetmann. Aber gut.« Er hob die Hand. Zwei Armbrüste krachten, und zwei Bolzen schlugen in Santros ein, einer in seinem Brustkorb, der andere traf seinen Kopf und riss den Heetmann zur Seite wie eine Strohpuppe. Unter den Kriegsknechten wurden erschrockene Rufe im Hof laut, Hände griffen nach Waffen.

»Halt!«, bellte Vibel Brender und hob die Hand. Seine Männer hatten ebenfalls bereits ihre Waffen halb gezogen und eine Verteidigungsformation eingenommen, doch sie zögerten, als ihnen klar wurde, dass die Kriegsknechte auf der Mauer jetzt alle Armbrüste in den Händen hielten.

»Halt!«, donnerte auch der Fürst über den aufkommenden Tumult und riss beschwörend die Hände in die Höhe. »Halt! Ich bitte euch, macht jetzt keinen Fehler.«

»Es war so klar«, zischte Ness aus dem Mundwinkel. Er stieß sein Seitschwert zurück in die Scheide und verschränkte die Arme vor der Brust. Der Rosskopf zog zustimmend eine Braue hoch.

»Früher Vogel wird von der Katze gefressen«, murmelte Hammer.

Nach und nach drang die Erkenntnis auch zu den übrigen Kriegsknechten im Hof durch, und das Murren wich gespannter Stille. Schließlich senkte der Fürst wieder die Arme. »Wie ich sagte: Jeder von euch entscheidet für sich allein. Der Heetmann war ein aufrechter Mann, doch er hat sich ganz klar entschieden. Nicht nur gegen unsere Sache, was sein gutes Recht war, sondern für einen Kaiser, der hier ab jetzt nichts mehr gilt, weil auch wir ihm nichts mehr gelten. Das machte ihn zum ranghöchsten Feind – und wir dulden keinen Fuß des Feindes mehr auf unserem Boden! Es war nicht geplant, dass das hier so endet, doch uns läuft die Zeit davon. Ich kann jede Klinge brauchen, die sich uns anschließt. Denn es ist kein Hochverrat – wir nehmen lediglich unser Recht wahr, auf den Schutz des Kaisers zu verzichten. Einen Schutz, den wir ab jetzt wieder selbst in die Hand nehmen. Ich wollte, dass ihr Mann für Mann begutachtet und ausgewählt werdet; dass ein jeder von euch die Chance bekommt, sich für unsere Sache zu entscheiden, doch für Feinheiten ist jetzt keine Zeit mehr. Wir brauchen eure Entscheidung jetzt. Jetzt ist der Zeitpunkt zu überlegen, was ihr dem Thron in Berun schuldig seid. Ich gebe euch allen bis Sonnenaufgang, um eine eigene Wahl zu treffen! Geht in eure Quartiere zurück. Morgen früh will ich wissen, was ihr zu tun gedenkt.«

»Die Katze ist wohl vorerst satt«, murmelte der Rosskopf.

»Katzen töten auch zum Spaß«, gab Ness düster zu bedenken.

# 28

## ES WIRD REGEN GEBEN

Weit in der Ferne, am östlichen Horizont, türmten sich drohende Wolkenberge bis in den Himmel. Regenschleier verbargen das Land, das sich unter dieser schwarzen Decke duckte, und Messer hatte das Gefühl, die sturmgepeitschten Wellen bis hierher sehen zu können, obwohl das natürlich unmöglich war. Das Wasser in der Bucht von Gostin dagegen lag beinahe spiegelglatt im nachmittäglichen Sonnenlicht. Das Riff nördlich von hier brach die raueren Wogen der offenen See und schirmte eine glitzernde, smaragdgrüne und azurblaue Fläche ab, so klar, dass er auf dem Grund des Hafenbeckens Schwärme von Fischen und die Überreste einer längst versunkenen Duare ausmachen konnte.

Außer ihm hatte auf dem Schiff niemand die Muße, die Aussicht zu genießen. Messer war der einzige Passagier an Bord, und die etwa zwei Dutzend Mann Besatzung des kleinen Botenseglers hatte im Moment genug zu tun, das Schiff in Richtung der steinernen Anlegestege zu rudern. Dunstschwaden trieben auf dem stillen Wasser und vermischten sich mit den Wolken, die an den Wipfeln des dampfenden Dschungels klebten. Messer sog die drückend schwüle Luft durch die Nase und verzog das Gesicht. Seit er vor etwa sieben Jahren das letzte Mal hier gewesen war, schien der Wald ein weiteres Stück über die gewaltigen Mauern gekrochen zu sein, die die scheinbar planlos zusammengewürfelte Stadt einschlossen. Grün umgab beinahe jedes der steinernen Kuppeldächer Gostins, verkrustete seine Wände und wucherte an der Handvoll schlanker Türme hinauf, die die Kuppeln überragten. Es hieß, die Kuppeldächer stammten noch aus der Zeit des alten Reichs, bevor die Reisenden Berun aus dem Chaos gehoben und den ersten Kaiser eingesetzt hatten. Aber selbst wenn das stimmte, war ihnen wohl kaum noch ein weiteres Jahrhundert vergönnt. Unterhalb der Kuppeln duckten sich die hölzernen Bauten in der Bauart der Metis, aus denen Gostin inzwischen zu einem großen Teil bestand. Über ihnen dagegen erhob sich die Sternenfeste, die sich an die zerklüfteten Flanken der Kalksteinfelsen schmiegte. Mehrere schmale Wasserfälle stürzten von dort oben herab bis in die Stadt und zeugten von der bereits angebrochenen Regenzeit. Von hier unten wirkten die weißen Wälle und Kuppeln der Festung majestätisch, doch Messer wusste, dass auch sie schon lange dem Verfall preisgegeben waren. Die Sternenfeste war alt. Vermutlich älter als das Kaiserreich, doch ihre Bauart entsprach nichts von dem, was in Berun noch aus der Zeit vor den Reisenden übrig war. Vielleicht gab es Leute, die wussten, woher sie stammte. Messer gehörte nicht zu ihnen. Jedenfalls konnte die alte Festung vermutlich zwei- oder dreitausend Männer unter Waffen fassen, doch bei seinem letzten Besuch hier waren es gerade mal vielleicht vierhundert gewesen, und es war unwahrscheinlich, dass das Kaiserreich seinen südlichsten Außenposten inzwischen aufgestockt hatte. Messer hatte wichtigere Befestigungen gesehen, die ebenfalls keinen Nachschub an Männern erhielten, obwohl sie es nötiger hatten als Gostin.

Er riss den Blick los, betrachtete den Hafen genauer und runzelte die Stirn. Gut, Gostin lag fernab von den großen Zentren des Handels in der Inneren See. Es war kaum mehr als ein Militärhafen, in dem auch Handelsfahrer gelegentlich Schutz und einen schnellen Umsatz suchten, wenn sie das oft stürmische Wetter dazu zwang. Der eigentliche Handel des Macouban lief über die alte Provinzhauptstadt Tiburone. Trotzdem war selbst für Gostin bemerkenswert wenig los. Eine Handvoll Fischerboote lag im Hafen, vermutlich die einheimische Fangflotte. Dazu kam ein einsamer Handelsfahrer nach antrenarischer Bauart, ein alter, klobiger veycarischer Zweimaster, ein weiterer Botensegler, eine der beiden hier stationierten Duaren, die den Patrouillendienst des Reichs versahen und, etwas abseits vertäut, eine Triare. Nachdenklich kratzte er sich an der Nase. Das gewaltige Kriegsschiff sah mitgenommen aus. Der Hauptmast und ein Großteil der Reling fehlten, und der zerschundene Rumpf schien sich an die Kaimauer zu lehnen. Lange, parallele Kratzer hatten Splitter aus der Bordwand gerissen und schimmerten hell in der Nachmittagssonne. Das war es allerdings nicht, was Messer misstrauisch gemacht hatte. Unfälle passierten, und in den Stürmen hier im Süden wirkte vermutlich auch eine Triare nur wie ein Bastkorb. Wesentlich interessanter war die Frage, warum niemand zu sehen war, der irgendwelche Reparaturarbeiten ausführte. Lediglich zwei rot gerüstete Wachen standen auf der Kaimauer im Schatten des Riesen und sahen argwöhnisch herüber.

Der Schnellsegler glitt inzwischen an einen Liegeplatz zwischen dem Handelsfahrer und dem anderen Boten, und die Ruder auf Hafenseite wurden eingezogen, bevor das Schiff schabend am Kai anstieß. Barfüßige Matrosen sprangen an Land und vertäuten es mit geübten Handgriffen, während Messer sein Bündel aufhob und über die Schulter hängte. Mit einem knappen, vogelhaften Nicken verabschiedete sich Messer ein letztes Mal vom Kapitän des Botenschiffs, dann balancierte er über die inzwischen ausgelegte Planke an Land und gestattete sich ein Durchatmen. Er bereute es sofort. So sehr er sich wieder an Land gewünscht hatte, der stickige Geruch des Macouban schlug ihm hier mit voller Wucht entgegen, und sein Gestank nach Feuchtigkeit, Hitze, Fäulnis und Verfall wurde noch ergänzt durch das markante Hafenaroma von Salzwasser, Algen, fremdartigen Gewürzen, Pech und totem Fisch. Einige gelangweilte Hafenarbeiter kamen über die Mole angeschlendert; keiner von ihnen schien es eilig zu haben, der Besatzung des Schnellseglers zur Hand zu gehen. Messers Unbehagen vertiefte sich. Zugegeben, Gostin war ein verschlafenes Drecksnest am Ende der Welt, und die stickigschwüle Gewitterluft reizte auch nicht gerade dazu, sich schneller als unbedingt nötig zu bewegen, aber trotzdem war es seltsam ruhig hier. Langsam ging er auf das landwärtige Ende des Landungsstegs zu. Eine Abordnung von drei Kriegsknechten verstellte ihm gemächlich den Weg und wartete darauf, dass er sie erreichte. Also blieb er stehen, fischte etwas Dörrobst aus einer Manteltasche und kaute nachdenklich darauf herum, während er die Stadt nochmals musterte. Nein, sie war nicht ausgestorben, wie er kurz vermutet hatte. Hier und dort waren Menschen in den Gassen zu sehen, Mägde hängten Wäsche auf flachen Dächern auf, Sklaven trugen irgendwelche Lasten von einem Ort zum anderen, Hunde lungerten im Schatten von Hausecken, und kleine Schwärme flinker weißer Vögel huschten zwischen den Dächern herum. Gostin wirkte friedlich. Vielleicht war es das, was Messer beunruhigte. Er war bisher zweimal in Gostin gewesen, und beide Male war »friedlich« kein Wort gewesen, das man für diese Stadt verwendet hätte. Das hier war der entfernteste Hafen des Reichs. Für gewöhnlich konnte man an solchen Orten kaum einen Fuß ausstrecken, ohne einen Schmuggler oder ein anderes zwielichtiges Subjekt zu treten. Wenn die Raubtiere einem solchen Ort fernblieben, musste man vorsichtig sein. Schritte näherten sich, und Messer riss seinen Blick beinahe bedauernd von dem Panorama los und wandte sich den beiden Kriegsknechten zu, die sich schließlich dazu durchgerungen hatten, ihm entgegenzukommen. Er setzte sein gewinnendstes Lächeln auf. »Ich kann euch helfen?«

Der größere der beiden Männer zog die Oberlippe hoch und entblößte beinahe schwarze Zahnruinen. »Du kannst damit anfangen, uns zu verraten, wer du bist und was du hier machst.«

Messer richtete seinen Blick auf ihn und legte den Kopf schief. »Messer«, sagte er. »Meister Messer. So nennt man mich. Und ich vertrete mir die Beine. Auf festem Grund, wohlgemerkt. Diese ganze Seefahrerei bekommt mir nicht.«

Der Mann runzelte die Stirn. »Nein, ich meine, was willst du hier?«

»Ah. Etwas zu trinken wäre jetzt genau richtig. Könntet

ihr mir den Weg zu einer guten Taverne weisen?« Messer sah in die verständnislosen Mienen der Männer und seufzte. »Im Grunde tut es eine ganz beliebige. Diese Botensegler haben heutzutage keinerlei Wein an Bord. Könnt ihr euch das vorstellen?«

Der kleinere Kriegsknecht sammelte sich als Erster. Seine Hand lag jetzt bedrohlich auf dem Griff seines kurzen Schwerts. »Ich würde sagen, du verrätst uns jetzt sofort, warum du hier in Gostin bist, wenn wir dich nicht hier und jetzt abstechen sollen. Allein schon für dein großes Maul, mein Freund.«

Messer setzte eine ehrlich empörte Miene auf und schniefte. »Warum sagt ihr das nicht gleich? Ich bin wirklich kein Freund von ungenauen Aussagen. Das führt zu viel zu viel Verwirrung.« Der kleinere Kriegsknecht setzte jetzt tatsächlich dazu an, seine Klinge zu ziehen, und Messer fügte eilig hinzu: »Ich suche einen Mann. Einen bestimmten. Ich glaube sogar, er ist Kriegsknecht, also ist es möglich, dass ihr ihn kennt. Ich soll ihm eine Nachricht überbringen.«

Der Kleinere hielt inne und sah zu seinem faulzahnigen Partner. »Du bist ein Bote? Du siehst nicht aus wie ein Bote«, stellte er fest.

Messer sah an sich hinunter und zuckte mit den Schultern. »Das könnt ihr sehen? Ich war mir nicht bewusst, dass Boten hier im Süden inzwischen ein besonderes Aussehen haben müssen.«

»Ich mag den Kerl nicht, Tarek«, stellte der Faulzahnige fest.

»Und ich mag deine Zähne nicht«, sagte Messer. »Das ist aber nichts Persönliches. Ich war Feldscher, und ein Gebiss wie deines – das muss doch wehtun.«

Der Faulzahnige fuhr herum und starrte Messer mit offenem Mund an.

Messer nickte wie ein Mann, der seine Vermutung bestätigt fand. »Aber ich denke, wer hier was mag, ist nicht von Belang. Ich suche einen Kriegsknecht namens Marten. Er müsste damit hier angekommen sein.« Mit einem Kopfnicken deutete er hinüber zu der angeschlagenen Triare. »Irgendwas um die fünfundzwanzig Winter, kräftiger Kerl, rostbraunes Haar, nicht besonders groß, dafür ziemlich gesunde Zähne. Wisst ihr vielleicht, wo ich ihn finden kann?«

Die beiden Männer wechselten erneut einen Blick, und der Faulzahnige leckte sich nervös über die Lippen. »Auf der Triare, sagst du?«, fragte der Kleinere.

»Hat man mir gesagt, ja.« Messer nickte.

»Muss ja 'ne ziemlich wichtige Nachricht sein, wenn du ihm hinterhergefahren bist. Die sind ja selbst kaum zwei Wochen hier.«

Messer zuckte mit den Schultern. »Ich bin nur der Bote. Man sagt mir, wo ich hin soll, und ich fahre dorthin und liefere meine Botschaft ab. Das ist alles. Also, wo finde ich ihn am wahrscheinlichsten?«

»Die Neuen sind oben in der Festung«, sagte der Kleinere zögerlich. »Worum geht's denn?«

Messer sah ihn vorwurfsvoll an. »Was wäre ich denn für ein Bote, wenn ich die Nachrichten irgendwelchen Wildfremden erzählen würde? Nichts für ungut.« Er rückte das Bündel auf seiner Schulter zurecht und wollte sich schon an den beiden vorbeischieben, als der Faulzahnige eine Hand hob und sie Messer auf die Brust legte. »He. Wir sind noch nich fertig mit dir!«

Messer betrachtete die Hand auf seiner Brust, bevor er

den Blick an dem dazugehörigen Arm entlangwandern ließ und schließlich dem Kriegsknecht ins Gesicht sah. »Was kann ich noch für dich tun?«, erkundigte er sich betont freundlich. »Außer deinen Arm abnehmen, wen du ihn nicht gleich entfernst?«

Faulzahn starrte ihn düster an. »Du drohst mir?«

Gleichmütig erwiderte Messer seinen Blick. »Es ist ein Angebot. Ich habe doch gesagt: Ich war Feldscher. Ich kann dir den Arm abnehmen, wenn du willst«, sagte er vollkommen ernst. »Siehst du das Schiff dort hinten? Das, mit dem ich gekommen bin? Es wird mit der nächsten Flut wieder ablegen, an Bord die Nachrichten aus diesem stinkenden Drecksnest für den Rest der Welt, und wenn es nach mir geht, auch mich. Ich will keinen Tag länger als notwendig in diesem Abbild der ewig fauligen Gruben bleiben. Aber dafür muss ich diesen Burschen finden. Also wenn du mir nicht helfen kannst, geh mir aus dem Weg.«

Messer war immer lauter geworden, und bereits nach der Hälfte seiner Ansprache hatte der Faulzahnige seinen Arm weggenommen. Jetzt wechselten die beiden Kriegsknechte erneut einen Blick, und der Kleinere leckte sich nervös über die Lippen. »Eine Botschaft für einen der Neuen, sagst du?«, fragte er. »In Ordnung. Gunfar hier wird dich hoch in die Festung bringen.«

»Werde ich? Wieso das denn?« Der Faulzahnige starrte seinen kleineren Kumpanen düster an.

»Weil ich es sage. Willst du streiten?«

»Leck mich, Tarek«, knurrte Gunfar, bevor er Messer ansah. Er schnaufte. »Folge mir«, sagte er und marschierte die nächstgelegene Gasse hinein. »Bleib nicht zurück. Wenn du hier verloren gehst, lass ich dich suchen und aufhängen.«

445

Gunfar der Faulzahnige legte ein ordentliches Tempo vor, und Messer geriet in der schwülen Luft bald ins Schwitzen, als sie zwischen den Häusern eine enge Steintreppe hinaufstiegen. Je weiter sie sich vom Hafen entfernten, desto mehr Menschen begegneten sie. Die meisten waren dunkelhäutige Metis, doch ein guter Teil der besser gekleideten Einwohner stammten wohl aus dem Kaiserreich selbst. Mehr als einer schenkte ihnen misstrauische Seitenblicke, aber das war Messer gewohnt. Von einem kleinen Platz aus warf er einen Blick zurück und entdeckte erstmals die Rotkittel, die auf den Dächern rund um den Hafen postiert waren. Zugegeben, nur drei oder vier – aber was sollten sie überhaupt dort?

Als sie schließlich die Festungsanlage erreichten, troff der Schweiß an Messers Rücken hinab. Gunfars Kondition war allerdings nicht besser, denn er hechelte beinahe wie ein Hund, und sein stinkender Atem blieb vor Messer in der Luft hängen. Das Nebentor in den schattigen Innenhof, an dem die Treppe schließlich endete, wurde von zwei weiteren Rotkitteln bewacht, die Messer misstrauisch beäugten. »Wer ist das?«, fragte einer von ihnen heiser.

Messer horchte auf. Der Mann hatte einen schweren Akzent, den man in Berun nicht oft hörte. Veycari? Oder Cortenara? Auf jeden Fall eines der südlichen Länder des Novenischen Bundes. Messer musterte den Kerl genauer. Tatsächlich hatte sein Gesicht die charakteristischen Züge der Südnovenischen, und außerdem trug er einen dieser lächerlichen Spitzbärte. Diese Leute waren im Heer des Kaisers eher selten. Allerdings wohl nicht hier. Auch das Kinn des zweiten Wächters zierte ein ähnlicher Bart. Wenn man dabei von Zierde sprechen konnte.

»Was glotzt du so?«, fuhr ihn der erste Wächter an, und Messer senkte den Blick.

Gunfar winkte ab. »Der Kerl ist mit dem zweiten Botensegler reingekommen. Er sucht einen der Neuen. Dachte, es schadet nicht, ihn schnell vorzulassen. Desto eher ist der komische Vogel wieder weg.«

Messer nickte sein Vogelnicken, als ihn die Wächter ein zweites Mal begutachteten.

»Noch ein Botensegler? Erst kommt wochenlang keiner, und dann zwei in zwei Tagen?«, brummte der linke der Torwächter.

Der Rechte kratzte sich den speckigen Nacken. Schließlich zuckte er mit den gepanzerten Schultern. »Kann uns doch egal sein. Die Neuen sind in den Ostbarracken. Beeil dich besser. Der Fürst will sie heute einschwören.«

Messer sah Gunfar fragend an. »Erst heute? Ich denke, die Triare ist schon seit zwei Wochen hier?« Ihm entging nicht der scharfe Blick, den Gunfar mit den Torwächtern wechselte, bevor er antwortete. »Die Heetleute hier sehen sich die Männer erst an, bevor sie ihren Eid auf die Fahne von Gostin ablegen dürfen. Wir wollen nicht jeden hier haben.«

»Das habe ich bemerkt«, murmelte Messer und folgte dem Faulzahnigen. »Aber das hier ist doch eine Festung des Reichs. Was gibt es da zu wählen, wenn der Kaiser Kriegsknechte schickt?«

»Seit wann dienen alle Kriegsknechte dem Kaiser?«, murmelte Gunfar düster.

# 29

## DAS BEGLEICHEN VON SCHULDEN

Was ist vorhin eigentlich passiert?«, fragte Marten verwirrt. Er saß auf dem einzigen Stuhl in seiner Unterkunft und rieb sich den Oberschenkel, der noch immer vor Anstrengung zitterte. »Habe ich etwas falsch gemacht? Etwas Falsches gesagt?«

Emeri warf einen Blick hinaus auf den Gang, bevor sie die Tür schloss und sich dagegen lehnte. Ihre Wangen waren vor Aufregung gerötet, und sie schien mit sich zu ringen, bevor sie antwortete: »Nein. Es war nichts, was du gesagt hast. Es war die Botschaft, die die Fürstin bekommen hat. Ein Heer ist gesichtet worden. Es hat ein Dorf angegriffen, nur eine Tagesreise von hier entfernt.«

Marten runzelte die Stirn. »Ein Heer? Was für ein Heer? Wir sind mitten im Macouban, wenn ich es richtig verstanden habe. Befindet ihr euch im Krieg?«

»Die Flüchtlinge berichten, dass die Angreifer die Farben Beruns tragen.« Emeri sah ihn unter langen Wimpern eindringlich an. »Daher die Frage der Fürstin, was du über die Pläne Beruns weißt.«

»Was? Berun? Ich ... das ist doch blödsinnig! Warum sollte Berun seine eigene Provinz angreifen?«

»Protektorat«, korrigierte Emeri automatisch, doch Marten wischte den Einwurf mit einer Geste beiseite.

»Protektorat, Provinz, was auch immer. Jedenfalls ist Berun doch schon seit mehr als vier Generationen hier. Es gibt keinen Grund, gegen das Volk des Macouban ...«, er stockte. »Gibt es einen?«, fragte er vorsichtiger.

»Berun findet immer Gründe, seine Kriegsknechte durch das Macouban patrouillieren zu lassen«, sagte Emeri. »Und es gibt immer Menschen, denen das nicht gefällt. Aber es war bisher nie ein Grund, ein Heer über unsere Dörfer herfallen zu lassen! Also weißt du etwas darüber?«

Ratlos zuckte Marten mit den Schultern. »Ich habe es doch schon gesagt: Ich habe keine Ahnung! Ich sollte in Gostin stationiert werden, und nach allem, was ich bislang wusste, ist es hier tausendfach wahrscheinlicher, durch Ungeziefer, Krankheiten oder Langeweile zu sterben als durch Waffengewalt!«

Die Fürstentochter sah ihn befremdet an. Dann jedoch seufzte sie und nickte. »Die Fürstin weiß, dass du keine Ahnung davon hast. Sonst wärst du nicht in diesem Zimmer.«

»Woher will sie das wissen?«, gab Marten ein wenig beleidigt zurück.

»Sie hat eine gewisse Nase für solche Dinge.« Emeri schmunzelte, wurde jedoch sofort wieder ernst. »Niemand belügt Imara, ohne dass sie es bemerken würde. Lügen haben einen ganz eigenen Geruch, sagt sie. Wie sonst sollte sie das Gut des Fürsten verwalten?« Sie seufzte. »Das hat dir das Leben gerettet, weißt du? Natürlich glaube ich ihr.

Wo immer du auch herkommst, du hast zumindest von diesem Überfall keine Ahnung. Ich wollte es nur noch mal von dir selbst hören.« Sie stieß sich von der Tür ab, trat zu Marten und hockte sich vor ihm nieder, um ihm in die Augen zu sehen. »Darf ich dich um etwas bitten?«

Ihr Fliederduft stieg Marten in die Nase, und er schluckte. »Ich schulde dir mein Leben, schon vergessen? Natürlich. Was immer ich tun kann.«

Emeri lächelte. »Mutter ist die Vertreterin des Fürsten. Und ich weiß, wie sie denkt. Sie wird den Berunern entgegenreisen und mit ihren Anführern verhandeln. Sie sieht das als ihre Pflicht dem Macouban und dem Kaiser gegenüber.« Emeri sah Martens Gesichtsausdruck und fügte hinzu: »Nicht Kaiser Edrik, seinem Vater gegenüber. Sie hat ihn immer respektiert. Fürst Antreno kann unmöglich hier sein, bevor diese Truppen uns erreichen, also wird sie sich nicht davon abhalten lassen, diese Aufgabe selbst zu übernehmen.«

Das Zittern in Martens Bein hörte langsam auf, und er konzentrierte sich etwas weniger auf Emeris Lippen und ein wenig mehr auf ihre Worte. »Was genau hat das mit mir zu tun?«

»Mutter glaubt, sie kennt Berun. Doch es ist dreißig Jahre her, dass sie dort war, und seitdem hatten wir nur wenig Kontakt zum Herzen des Reichs, wenn man von den Kriegsknechten in Gostin absieht. Sie kannte den alten Kaiser, ja, doch Edrik ist ihr unbekannt. Du bist berunischer Soldat. Du kennst das Heer Beruns. Und du hast uns kennengelernt und weißt, dass wir zu Berun stehen. Dass es keinen Grund gibt, unsere Loyalität dem Kaiser gegenüber anzuzweifeln, keinen Grund, uns anzugreifen. Bitte begleite sie morgen, damit sie nichts Dummes tut. Es steht zu viel auf dem Spiel, um ihren Stolz über Krieg oder Frieden im Macouban entscheiden zu lassen.«

»Ich …«

»Und«, fügte Emeri leiser hinzu, bevor Marten seinen Einwurf beenden konnte. »Es geht um meine Mutter, verstehst du? Ich fürchte, dass etwas Schreckliches passiert. Und ich weiß niemanden, der es verhindern könnte. Außer dir.«

»Ich …«, wiederholte Marten. »Ich habe keine Ahnung, was ich daran ändern könnte.« Er senkte den Blick auf die blassen Mädchenhände, die auf seinem Knie lagen. Schließlich hob er den Blick wieder. »Aber ich schulde euch etwas. Natürlich werde ich deine Mutter begleiten und tun, was in meiner Macht steht. Auch wenn es nicht viel ist.«

»Ich danke dir!« Emeri sprang so stürmisch auf, dass Marten nicht mal eine Chance gehabt hätte, ihrem Kuss auszuweichen, wenn er es gewollt hätte. Es war kein besonders langer oder gar sinnlicher Kuss. Das Mädchen presste ihm lediglich kurz die vollen Lippen direkt auf den Mund, dann wirbelte sie errötend herum und stürmte aus dem Zimmer. Doch es genügte, um Marten benommener zurückzulassen, als das einigen seiner wilderen Eroberungen gelungen war. So blieb er noch eine Weile auf seinem Stuhl sitzen und starrte verwirrt die offene Tür an.

Schließlich löste sich Marten aus seiner Erstarrung, blinzelte mehrmals und atmete tief durch. Er als Vermittler zwischen Berun und der Fürstin des Macouban? Was bei den Reisenden hatte ihn da geritten? Ein Bild von Emeris seidenem Kleid, das ihre gertenschlanke Figur nur zu deutlich abzeichnete, schlich sich ungebeten vor sein geistiges Auge, und er schüttelte den Kopf. War es nicht genau das gewesen, was ihn hierhergebracht hatte?

»Schlag es dir aus dem Kopf und behalt die Hosen oben, Marten«, murmelte er sich selbst zu.

»Das ist etwas, worüber man reden könnte.«

Die Stimme ließ ihn zusammenzucken, und ein scharfer Schmerz durchfuhr sein Bein.

»Na, mach langsam, Sabra. Du solltest dein Bein noch schonen.« Xari stand in der noch immer offenen Tür, und für einen Augenblick spielte ein spöttisches Lächeln um ihre Mundwinkel. Dann sah auch sie den Gang vor dem Zimmer in beide Richtungen entlang, bevor sie eintrat und die Tür hinter sich schloss. Als sie sich umwandte, war der Spott aus ihren Zügen verschwunden. »Verschwinde, Sabra!«, sagte sie eindringlich.

Marten starrte sie an. »So plötzlich? Und ich dachte, da könnte etwas zwischen uns werden.« Er versuchte ein Grinsen, und die Züge der Metis wurden tatsächlich etwas weicher. Zumindest glaubte er das.

»Zwischen einem Bürger von Berun und einer Metis? Du liest entschieden zu viele der romantischen Balladen, die Emeri so schätzt.« Der leise Spott war auf jeden Fall in ihre Stimme zurückgekehrt. »Lass uns ein andermal darüber reden. Jetzt musst du tatsächlich verschwinden.«

»Aber – wieso?«

Xari verdrehte die Augen. »Hast du nur auf Emeris Titten gestarrt, Sabra, oder hast du vielleicht auch zugehört? Beruner haben ein Dorf hier in der Nähe angegriffen. Nah genug, um hier einige Diener zu haben, die dort Verwandte haben. Oder hatten, wenn die Gerüchte zutreffen.

Du bist Beruner, so viel weiß hier jeder. Glaubst du ernsthaft, du wirst die kommende Nacht überleben? Wen sollte die Fürstin vor deine Tür stellen, um dich zu bewachen? Eine der Wachen, deren Familie vielleicht gerade abgeschlachtet worden ist?«

»He! Damit habe ich doch überhaupt nichts zu tun! Ich kann mich ja kaum bewegen!«

Die Metis schnaubte humorlos. »Meinst du, das wird irgendjemanden interessieren? Verlass Barradeno. Geh nach Tiburone und versuche den Fürsten zu finden. Dort bist du sicher. Die Stadt hat eine berunische Garnison; viele Bürger des Kaiserreichs leben dort. Hier? Es gibt genug Menschen, die heute Nacht keine Hemmungen haben werden, einen Beruner Soldaten in Stücke zu hauen, schuldig oder nicht.«

Marten sah Xari ungläubig an. »Die Bediensteten hier würden sich allen Ernstes an einem unschuldigen Gast der Fürstin vergreifen?«

»Normalerweise nicht. Aber das Volk des Macouban ist unruhig. Berun ist vielen schon lange verhasst.« Verbittert sah sie aus dem Fenster. »Und wie es aussieht, haben sie jetzt einen Vorwand. Die Fürstin sieht es nicht. Sie mag ungewöhnliche Fähigkeiten haben, doch in die Gesichter ihrer Dienerschaft kann sie nicht sehen, sonst wüsste sie es. Und ausgerechnet jetzt … Das Jahr stirbt in diesen Nächten, und die üblichen Regeln sind in dieser Zeit im Macouban ausgesetzt.« Xari wandte sich um, trat näher an ihn heran und hockte sich zu ihm herunter. Der Sandelholzduft ihrer Haut verwirrte ihn beinahe mehr als Emeris Mund. »Alle Regeln«, sagte sie leise. Sie hockte sich vor ihn, so wie es Emeri nur kurz zuvor getan hatte, nur lag ihre Hand deutlich weiter oben und lenkte Marten ab. »Verschwinde, Marten.«

Er schluckte, bevor er zögerlich den Kopf schüttelte. »Ich habe Emeri bereits versprochen, ihrer Mutter morgen beizustehen, wenn sie mit den Berunern verhandelt.«

Die Metis schnaubte spöttisch. »Hast du. Denk doch mal nach, Sabra!« Sie tippte ihm an die Stirn. »Wenn Berun den Fürsten in die Hand bekommen will – wie wird ihnen das am leichtesten gelingen?«

Marten starrte sie an. »Indem ... sie die Fürstin und seine Tochter in ihre Gewalt bringen? Aber ich verstehe nicht ganz. Warum sollten sie ...?«

»Ich verrate dir jetzt ein Geheimnis«, sagte Xari leise. »Fürst Antreno will sich vom Kaiser lossagen. Das ist beschlossene Sache und schon lange geplant. Man flüstert, er habe neue Freunde gefunden. Wie es aussieht, hat der Kaiser davon gehört und beschlossen, uns zurück in den Schoß des Reichs zu holen, ob wir wollen oder nicht. Und einen Mann packt man noch immer am besten bei seinen Eiern, oder nicht? Die des Fürsten liegen bei seiner Frau und seiner Tochter. Nimmt Berun ihm die, ist sein Griff nach der Freiheit vorbei, bevor er begonnen hat.«

Marten zog die Brauen zusammen. »Aber ... warum erzählst du mir das?«, fragte er stockend. »Du bist doch eine ... eine von ihnen. Den Metis. Und ich bin ein Soldat des Kaisers.«

Xari lächelte geheimnisvoll. »Du denkst immer noch nicht nach, Sabra. Was werden diese Berunier mit einem Gast der Fürstin machen, der sich auch noch auf ihre Seite stellt, hm?«

»Ich gehöre einem der Häuser an, die dem Hof des Kaisers nahestehen ...«

»Bist du wichtig?«, unterbrach Xari ihn.

»Was?«

»Bist du wichtig genug, um am Leben gelassen zu werden? Oder kann man dich verschwinden lassen? Wer weiß denn schon, wer du bist? Oder dass du hier bist? Zwei Frauen, denen mit Sicherheit niemand zuhört, wenn sie erst in der Hand des Feindes sind? Ein paar Metis, mit denen niemand reden wird?« Die Metis sah ihn eindringlich an. »Wer weiß denn, dass du am Leben bist, Sabra? Bist du für die Welt nicht ohnehin schon tot?«

Marten öffnete den Mund, um ihn für einen viel zu langen Moment offen stehen zu lassen. »Und warum warnst du mich?«, brachte er schließlich hervor.

Xari beugte sich näher an ihn heran. Es sah nicht aus, als trüge sie inzwischen mehr unter ihrem Kleid. »Weil ich dich tot nicht gebrauchen kann«, sagte sie leise. »Ich habe dich gefunden, gerettet und Tage damit zugebracht, dich zu den Lebenden zurückzuholen. Du schuldest mir dein Leben, Sabra. Und der erste Schritt dazu, deine Schuld zu begleichen, ist, dass du am Leben bleibst. Ich gehe davon aus, dass du deine Schulden bezahlst.« Ihre Hand streifte seinen Schritt, bewegte sich jedoch weiter und tippte leicht auf sein Bein.

Marten stellte fest, dass er schon wieder einen trockenen Mund hatte, und schluckte erneut. »Wie stellst du dir vor, dass ich verschwinde?« Er sah auf sein Bein hinab. »Ich schaffe es ja kaum bis zum anderen Ende dieses Hauses.«

Xari sah auf. »Das ist tatsächlich ein Problem.« Mit einem Zwinkern holte sie ein kleines, silbernes Fläschchen aus den Falten ihres Kleids. »Aber das kleinste, das wir haben. Trink das hier. Es ist dazu da, Schmerz zu betäuben. Aber Vorsicht – es ist stark. Du könntest dir die Hand abtrennen und es nicht einmal bemerken. Und benutze es nicht zu oft hintereinander, sonst kann es passieren, dass diese Taubheit nicht mehr weicht.« Marten zog den kleinen Korken aus dem Fläschchen und roch daran. Ein bitterer, säuerlicher Geruch stieg auf und biss unangenehm in seine Nase. Unschlüssig setzte er an zu trinken, doch Xari verdrehte die Augen und hielt seine Hand zurück. »Nicht jetzt! Und nicht so viel. Drei Tropfen, nicht mehr. Mehr bringt dich um. Und nimm erst wieder davon, wenn der Schmerz zurückkommt. Warte, bis es dunkel ist. Deine Wachen werden ihre Posten verlassen, um zum Neujahrsfest meines Volkes zu gehen. Dann solltest du bereit sein zu verschwinden. Schnell, denn das wird auch der Moment sein, auf den jeder, der dich beseitigen will, warten wird.«

Marten sah sie blass an und verkorkte das Fläschchen wieder. »Woher hast du das?«, fragte er leise.

»Frauensache.« Xari grinste schelmisch. »Ich habe es Oloare entwendet. Sie gibt es Frauen während der Geburt, um die Schmerzen zu nehmen.« Sie runzelte die Stirn. »Vielleicht nimmst du auch besser nur zwei Tropfen. Es hat keinen Wert, wenn du deine Beine so wenig spürst, dass du nicht mehr laufen kannst. Denk einfach daran, dass dieses Mittel deine Wunde nicht heilt, sondern nur dafür sorgt, dass du sie für eine Weile nicht fühlst. Also übertreib es nicht. Geh aus deinem Zimmer nach links, den Gang hinunter, die Treppe hinab und halte dich ab dann immer rechts, bis du die Küche erreichst. Dort gibt es eine Tür, die zu den Ställen führt.« Sie unterbrach sich und sah Marten an. »Du kannst reiten, oder?«

Marten nickte unsicher.

»Gut. Wenn die Nacht gekommen ist, wirst du dort ein

gesatteltes Pferd finden. Nimm es, verlasse den Hof und bleibe ab dann immer auf dem breitesten Weg. Er wird dich direkt nach Tiburone führen. Verstanden?«

Wieder nickte Marten. »Und was ist mit dir?«

»Was sollte mit mir sein? Ich bin eine von ihnen, eine Metis. Ich interessiere niemanden.« Xari stand auf, und diesmal tätschelte sie dabei tatsächlich Martens Schritt. Sie quittierte sein Zusammenzucken mit einem breiteren Grinsen, beugte sich vor, und ihr Sandelholzduft hüllte ihn ein, als sie dicht an seinem Ohr flüsterte: »Keine Sorge, niemand wird mich belästigen, wenn ich es nicht will. Und was dich angeht – du wirst deine Chance bekommen, deine Schuld zu begleichen.«

Bevor Marten wusste, was er tat, griff er nach ihrem Nacken und versuchte, ihren Mund auf seinen zu ziehen, doch sie entwand sich ihm spielend leicht und trat zurück. Ihre Augen funkelten. »Aber nicht jetzt. Sorge zuerst dafür, dass du die Nacht überlebst. Wir werden uns wiedersehen, Sabra.« Mit diesen Worten verschwand sie aus der Tür und ließ Marten atemlos, verwirrt und mit vor Härte schmerzendem Glied zurück.

Es dauerte erstaunlich lange, bis ihr Duft verweht war und der junge Schwertmann zitternd durchatmete. »Was bei den Gruben …?«

Marten starrte das Fläschchen in seiner Hand an. Schließlich hob er den Blick und sah aus dem Fenster, durch das das Licht des späten Nachmittags hereinfiel. Dieses Land war wirklich und wahrhaftig interessant.

# 30

## DAS WAR ERST DER ANFANG

Ihr feigen Schweine!«, krächzte Hilger und stieß einen Wächter so grob an, dass der klappernd gegen seinen Nebenmann krachte und ihn von den Füßen riss. Die anderen sprangen hastig zur Seite und bemühten sich, möglichst unauffällig auszusehen. Selbst Sara senkte den Kopf und blickte betreten zu Boden. »Rennt vor einem Haufen Fellträger davon! Thoren sollte jeden von euch elenden Feiglingen an den Zinnen aufknüpfen. Er würde das auch tun, wenn wir genug Seile zur Verfügung hätten. Ihr hättet die Brücke halten können, wenn ihr nicht gerannt wärt wie die Hasen, ihr feigen Hosenscheißer!« Er wandte sich zu Flüster um, der mit finsterer Miene hinter ihm stand. »Wie viele Männer kannst du gleichzeitig an einem Strick aufknüpfen, Flüster? Zwei? Oder drei?« Er winkte ab und musterte die Männer einen nach dem anderen. »Wisst ihr, wie viele tapfere Männer wegen euch feigen Hunden ihr Leben gelassen haben? Wie viele Häuser wegen euch brennen? Wie viele Frauen vergewaltigt werden und mit ansehen müssen, wie ihre Kinder erschlagen werden? Ihr habt Glück, dass wir uns jetzt um andere Dinge kümmern müssen. Wir müssen uns nämlich Gedanken darüber machen, wie wir eure wertlosen Ärsche retten können.« Schwer atmend rückte Hilger seinen Waffengurt gerade, wandte sich um und stiefelte davon.

Flüster blieb noch einen Augenblick länger stehen. »Drei«, sagte er leise. »Drei Männer kann ich gleichzeitig an einem Strick aufhängen.«

Sara seufzte. Die Kolnorer hatten die Ritter des Kaisers durch ihre schiere Überzahl überrannt, gerade mal eine Handvoll war übrig geblieben. Die Tapferen oder Dummen unter ihnen, die die Flucht der Kaiserinmutter mit ihrem Leben gedeckt hatten, waren sämtlich erschlagen und ihrer Waffen und Rüstungen beraubt worden. Ihre Köpfe hatten die Kolnorer entlang des Flussufers auf eine lange Reihe von Pfählen aufgespießt. Allen voran Ulin ad Confinos' weißhaarigen Schädel, dessen überraschter Gesichtsausdruck selbst jetzt und auf diese Entfernung noch zu erahnen war. Sara kannte sich in diesen Dingen nicht aus, aber gegen die unglaubliche Zahl der Angreifer schienen die bislang sicher geglaubten Mauern des Kastells nicht hoch genug zu sein. Nachdem in der Stadt der Rausch des Mordens und Plünderns verflogen war, hatten sich die Kolnorer nach und nach rund um die Festungsmauern herum eingefunden und ihre Banner aufgepflanzt. Hilflos mussten die Verteidiger mit ansehen, wie die übrig gebliebenen Einwohner zusammengetrieben und vor ihren Augen erschlagen wurden. Sara konnte die Angst der Männer in ihrem Rücken förmlich riechen. Etliche von ihnen hatten Familien in der Stadt, aber niemand verspürte das Bedürfnis, ihnen beistehen zu wollen. Alles, was Sara in ihren Augen sah, war die Angst um ihr eigenes Leben.

»Sie kommen«, knurrte Thoren, der das Gemetzel von den Zinnen des Kastells herab mit bewegungsloser Miene verfolgt hatte. Sein Oberkörper war beinahe vollständig in einen tiefschwarz gefärbten Plattenpanzer gehüllt, und selbst seine Arme und Hände steckten in schwarzem Eisen. Nur den Beinschutz hatte er weggelassen, um nach Art der Kriegsknechte besser zu Fuß kämpfen zu können. »Was machen die Befestigungen, Hilger?«

»Sie stehen noch«, sagte der Heetmann der Kriegsknechte. Er wischte sich mit dem Ärmel über die Stirn. »Wir haben sie verstärken lassen, so gut es eben geht. Das Tor ist die Schwachstelle. Es ist alt und spröde und hält nicht lange stand. Die meisten Bogenschützen haben wir im Torhaus positioniert und ein paar Kessel mit kochendem Öl hinaufgebracht. Ein oder zwei Angriffe werden wir wohl abwehren können. Jedenfalls wenn die Wachen uns unterstützen.« Er nickte zu den verängstigten Männern, die immer noch mit betretenen Mienen unten im Burghof standen und auf ihre Füße starrten.

»Immerhin habt Ihr sie so weit, dass sie Euch nun mehr fürchten als den Feind«, sagte die Kaiserinmutter und trat neben ihnen an die Zinnen. »Das sollte sie für eine Weile bei Laune halten.«

Hilger grinste. »Solange sie nicht auf die Idee kommen, mich umzubringen oder sich beim Feind freizukaufen …«

Ann Revin seufzte. »Vor diesem Feind kann sich niemand freikaufen. Selbst wenn die Kolnorer den Männern ihr Wort geben würden, wäre es keinen Rattenschiss wert.«

»Hoffen wir, dass ihnen das auch bewusst ist, Majestät.«

Ann Revin nickte und wandte sich zu Sara um. »Ich kann nicht behaupten, glücklich darüber zu sein, dass du recht behalten hast. Aber ich danke dir trotzdem. Du hast mir das Leben gerettet. Ohne dich wäre das Kaiserreich vielleicht schon jetzt am Ende. Wenn wir das hier überleben sollten, bin ich dir zu ewigem Dank verpflichtet.«

Sara errötete und wusste nicht, was sie darauf antworten sollte. Vermutlich erwartete die Kaiserinmutter aber auch keine Antwort von ihr. Der Anblick der Kriegermassen, die vor den Mauern des Kastells aufmarschierten, ließ darauf schließen, dass es mit dem Überleben nicht lange so weitergehen würde. Eine große Zahl schwer bewaffneter Kolnorer hatte sich am Hang unterhalb des Tors versammelt und war dabei, unordentliche schildbewehrte Haufen zu bilden. Standarten wurden gehisst, grobe Gebilde aus Knochen und Stahl mit furchterregenden Zeichnungen. Hörner bliesen und Trommeln wurden geschlagen. Noch immer strömten weitere Krieger aus den Wäldern auf der gegenüberliegenden Seite des Flusses und marschierten über die Brücke und zwischen den brennenden Häusern der Stadt hindurch auf das Kastell zu. Sara konnte hören, wie ihre schweren Stiefel einen gleichmäßigen Takt schlugen und ihre Waffen mit dumpfem Scheppern gegen die Vorderseiten ihrer Schilde schlugen. Hinter ihnen rollten in gemächlicherem Tempo schwere Fuhrwerke heran. Auf ihren Ladeflächen stapelten sich Berge von Holz, Seilen, Leitern und Stangen.

»Belagerungsgerät«, sagte Thoren. »Eine ganze Menge davon. Dann können wir wohl davon ausgehen, dass es sich bei diesem Überfall nicht um ein diplomatisches Missverständnis gehandelt hat, sondern um ein von langer Hand vorbereitetes Unternehmen.« Er legte Jerik eine gepanzerte Hand auf die Schulter, und der Narr verzog unwirsch das Gesicht.

»Ich hatte unrecht und Ihr hattet recht, Thoren. Seid Ihr nun glücklich? Ich hoffe, dass Ihr mir jetzt wenigstens glaubt, dass ich mit dem Ganzen nichts zu tun hatte. Würde ich sonst mit Euch hier oben stehen?«

»Vermutlich nicht. Aber man weiß ja nie, was euch Narren so alles Spaß macht.«

»Eine andere Art Spaß. Die Art, die keine Speere beinhaltet, die in meinen Eingeweiden herumstochern wollen.«

»Noch ist es nicht so weit«, sagte Thoren und warf einen grimmigen Blick nach unten. »Ansgr Nor steht vor dem Tor und möchte mit uns reden.«

»Offenbar scheint der Jarl des kolnorischen Königs nicht so ganz mit der Reihenfolge diplomatischer Bemühungen vertraut zu sein«, sagte Ann Revin. »Er zieht es offenbar vor, erst zu kämpfen und dann zu reden. Wir müssen es ihm aber nachsehen. Es ist nicht leicht, in diesen kalten Ländern im Osten so etwas wie Zivilisation zu erlernen. Hören wir uns also an, was er zu sagen hat.« Sie legte Thoren sanft die Hand auf den Arm. »Ich kann doch auf Euch zählen?«

Thoren nickte. »Mein Leben gehört Euch, Majestät.«

Ansgr Nor kam in Begleitung seines Bruders Odoin und der Prinzessin, der man nicht ansah, dass sie vor Kurzem noch einem Dutzend Menschen das Leben genommen hatte. Lächelnd blickte der kolnorische Botschafter zu den Zinnen hinauf und neigte das Haupt. »Mein Bruder und ich überbringen Euch erneut die Grüße unseres Herrn Theoder, des Königs von Kolno. Entschuldigt das unbeherrschte Auftreten meiner Männer, aber sie sind es nicht gewohnt, in einem zivilisierten Rahmen miteinander zu reden. Kämpfen und saufen, das ist die einzige Sprache, die sie verstehen. Kein Sinn für Kultur und Bildung.«

»Ich habe mir unser Wiedersehen auch ein wenig anders vorgestellt«, sagte Ann Revin. »Aber man kann nicht immer das haben, was man sich wünscht. Als Kaiserinmutter ist mir das nur allzu sehr bewusst.« Sie nickte zu der lächelnden Frau an Ansgrs Seite hinunter. »Ist sie das wirklich? Ist das die Tochter eures Königs?«

»Eine echte Schönheit, nicht wahr? Und ein richtiger Wildfang noch dazu. Leider versteht sie die Sprache Beruns noch nicht richtig und war erschrocken, als sie auf der Brücke diesem alten Mann begegnete. Sie nahm fälschlicherweise an, dass es sich bei diesem Greis um den Kaiser handele, und wurde etwas ungehalten. Ein dummes Missverständnis …«

»Das zum Tod unzähliger Reichsbürger geführt hat.« Ann Revin zuckte mit den Schultern. »Ein verzeihliches Versehen. Ich möchte mir den Schreck dieser zarten Pflanze gar nicht ausmalen. Ich kann mir aber vorstellen, dass sie von meinem Sohn ganz angetan sein wird. Die beiden scheinen wie füreinander geschaffen zu sein. Beide etwas impulsiv und vielleicht auch keine großen Denker. Edrik weiß es zu schätzen, wenn seine Frauen nicht besonders klug sind. Lasst uns also den ganzen Ärger vergessen und gemeinsam ein neues Zeitalter des Friedens einläuten. Warum kommt ihr nicht herauf und besprecht mit uns die Details der Hochzeit, während sich in der Zwischenzeit eure Männer auf die andere Seite des Flusses zurückziehen?«

Ansgr Nor schenkte ihr ein schmales Lächeln. »Wieso öffnet Ihr nicht die Tore und kommt zu uns herab, Majestät?«

»Weil die Tore schon ein wenig eingerostet sind«, sagte Thoren und trat neben die Kaiserinmutter. »Im Gegensatz zu unseren Schwertern übrigens, die noch recht gut geschliffen sind.«

Ansgr schnaufte und verzog das Gesicht. »Henrey Thoren. Wieso sehe ich eigentlich immer dann Euer Gesicht, wenn eine Menge Blut geflossen ist? Seid Ihr des Tötens nicht irgendwann einmal überdrüssig?«

»Vermutlich genauso wenig wie Ihr, Ansgr Nor. Es ist schwer, einem alten Hund noch einmal neue Tricks beizubringen. Ihr habt das Handwerk des Herrschermords ja auch noch nicht aufgegeben.«

»Wir hatten niemals vor, die Kaiserinmutter zu töten. Wir sind keine Barbaren, auch wenn Ihr das denkt. Ann Revin wäre eine ehrenhafte Geisel für unseren König geworden. Wenn alles nach Plan gelaufen wäre, hätte es nur wenige Tote gegeben. Eine Handvoll Wächter vielleicht. Ein paar Ritter, die glauben, ihre Ehre und die des Kaiserreichs verteidigen zu müssen. Der Rest hätte sich schnell ergeben und wäre verschont worden.«

»So wie die Frauen und Kinder dieser Stadt?«

Ansgr Nor zuckte mit den Schultern. »Die Krieger sind zornig, wer kann ihnen das verdenken? Ihr habt sie um einen leichten Sieg gebracht und zwingt sie nun, sich mit Euch zu befassen, statt weiter in Richtung Süden zu marschieren, wo Ruhm und Gold auf sie warten.« Er machte eine ausschweifende Geste. »Das, was Ihr hier seht, ist erst der Anfang. König Theoder hat die Stämme des Ostens vereint. Die Alewaren und die Gelyrer und all die anderen, die sich bislang in ermüdenden Geplänkeln gegenseitig kleingehalten haben. Gemeinsam werden wir uns das zurückholen, was dem Recht nach schon immer uns gehört hat und uns vom Kaiserreich gestohlen wurde. Dies ist mein

Angebot.« Er wandte sich an die Bewaffneten, die das Gespräch nervös von den Mauern herab verfolgten. »Öffnet die Tore und liefert uns die Mutter Eures Kaisers aus. Dann werden wir Euch verschonen und in Frieden ziehen lassen. Widersetzt Euch, und ich schwöre bei den Göttern, dass Eure Köpfe morgen früh neben den anderen dort unten auf den Pfählen verfaulen.«

Er wartete einige Augenblicke und ließ seine Worte wirken. Sara konnte die Angst in ihrem Rücken beinahe körperlich spüren. Sie waren keine Kriegsknechte wie Hilgers Männer. Das Kämpfen lag ihnen nicht im Blut. Die meisten waren einfache Leute vom Land, die in der Armee des Kaisers ein sicheres Auskommen gesucht hatten. Viele von ihnen waren vermutlich niemals im Leben in ernsthafte Kämpfe verwickelt gewesen. Das Leben in den Grenzregionen war zwar rau, aber bis auf gelegentliche Überfälle und Scharmützel hatte es bislang nicht viel gegeben, vor dem sie sich fürchten mussten. Die Aussicht, für die Mutter des fernen Kaisers zu sterben, und wenn es noch so ehrenvoll war, würde wohl keinem von ihnen besonders prickelnd erscheinen.

Doch Hilger hatte ganze Arbeit geleistet, und die Männer senkten vor seinem strengen Blick die Augen. Was hatten sie auch für eine Wahl? Jetzt sterben, oder das Sterben noch ein wenig hinauszögern in der Hoffnung, dass Verstärkung kam und sie retten würde. Vielleicht war Letzteres das kleinere Übel.

Ansgr Nor seufzte. »Ihr glaubt, dass der Kaiser Euch retten wird oder dass Ihr Euch ins Landesinnere flüchten könnt. Aber da irrt Ihr Euch.« Langsam hob er den Arm, und hinter ihm ertönte das Klagen eines Signalhorns, dem nach kurzer Zeit in der Ferne ein zweites antwortete.

»Seht euch das an!« Einer der Wächter wies aufgeregt in Richtung der Hügelkette, die das Tal im Westen umschloss.

Sara folgte dem ausgestreckten Zeigefinger und sah eine einsame Standarte hinter dem Kamm auftauchen. Ihr folgte eine weitere und dann noch eine und dahinter die hoch aufgerichteten Spitzen von Spießen. Unzähligen Spießen. Sie runzelte die Stirn. Konnten Hilgers Kriegsknechte schon so weit gekommen sein?

»Das sind Lyttons Krieger«, murmelte Thoren. »Ich hätte nicht gedacht, dass diese Feiglinge es wagen, sich noch mal offen gegen den Kaiser zu stellen. Theoders Argumente müssen sehr überzeugend gewesen sein, dass sie für ihn sogar in den Krieg ziehen. Langsam fange ich an, mir echte Sorgen zu machen.«

»Erzählt mir nicht, dass wir nicht schon schlimmere Situationen überstanden hätten«, krächzte Hilger. »Erinnert Ihr Euch noch an Dumrese, als die Aufständischen den Ausfall gegen unsere Versorgungstruppen unternommen haben?«

»Das waren Bauern, und sie hatten keine Anführer, die ihnen gesagt haben, was sie tun sollten.«

»Das ist manchmal besser, als einen überheblichen alten Mann zum Anführer zu haben, der sich für einen Gott hält.«

Thoren strich sich übers Kinn. »Ansgr hat leider allen Grund, überheblich zu sein. In seinem Rücken steht ein ganzes verdammtes Heer, während wir auf einem zerfallenen Steinhaufen sitzen.«

»Da hört Ihr es!« Jerik trat nervös von einem Bein aufs andere. »Selbstverständlich steht es außer Frage, das Leben der Kaiserinmutter mit unserem eigenen zu beschützen, aber trotzdem sollten wir keine voreiligen Schritte unternehmen. Lasst mich zu dem Kolnorer runtergehen und mit ihm unter vier Augen reden. Denkt daran, dass ich das Ohr des Kaisers habe. Er wird auf mich hören. Vielleicht kann ich ihn von einem lohnenswerten Handel überzeugen und bei der Gelegenheit herausfinden, was er wirklich vorhat.«

Ann Revin lächelte ihn an. »Mein lieber Jerik, du bist ein tapferer Narr, und ich weiß zu schätzen, dass du deinen Fehler wiedergutmachen willst. Aber dieser Gefahr kann ich dich nicht aussetzen.«

»Ich liebe die Gefahr, und für das Wohl des Kaiserreichs ist mir kein Opfer zu groß. Außerdem würde doch niemand einem Narren ein Haar krümmen.«

Thoren wischte den Einwand mit einer Handbewegung beiseite. »Du wirst schon früh genug die Gelegenheit bekommen, dich zu opfern. Da bin ich mir ganz sicher. Spätestens dann, wenn die Wilden versuchen, diese Mauern hier einzureißen.«

»Wie lautet also Eure Antwort?«, rief Ansgr Nor von unten herauf. Die Siegesgewissheit in seiner Stimme war kaum zu überhören. »Hilger, Ihr scheint ja der Anführer dieser Kriegsknechte zu sein. Ihr seid es, der über das Leben eurer Männer entscheiden muss. Überlegt Euch genau, wem Ihr dienen wollt. Wollt Ihr mit Thoren und der Kaiserinmutter untergehen oder mit uns gutes Geld verdienen? Ihr habt die Wahl.«

»Ich bin kein Mann großer Worte.« Hilger strich sich über das Kinn. »Ich habe für Henrey Thoren und Kaiser Harand eine ganze Menge Dinge getan, auf die ich nicht besonders stolz bin. Habe für ihr Geld so ziemlich alles gemacht, was sich ein Mensch vorstellen kann und auch einiges Unvorstellbares. Habe mir eigentlich nie so recht Gedanken darüber gemacht. In erster Linie ging es mir dabei wohl um das viele Gold, das sich dabei verdienen ließ. Gold bedeutete mir immer alles. Nun ja, aber selbst ein Mann wie ich wird älter und dabei manchmal auch weiser. Heute mache ich mir schon so meine Gedanken …« Er trat zwischen den Zinnen auf die Mauer und blickte nachdenklich auf Ansgr Nor herab. »Dein König hat sicherlich einige verdammt gute Gründe für seinen Feldzug. Er hat sicherlich auch genügend Gold, um einen Mann wie mich glücklich zu machen. Alles schön und gut, aber heute weiß ich, warum ich wirklich für Thoren kämpfe. Nicht für das Gold, sondern weil der alte Drecksack so etwas wie Ehre im Leib hat. Henrey Thoren ist nicht so ein beschissener Kriecher wie Ihr. Er leckt dem Kaiser nicht die Hände ab wie ein Hund seinem Herrn. Wisst Ihr was, Ansgr Nor? Ich pisse auf Euch und Euer Angebot. Und zwar im wahrsten Sinn des Wortes.« Damit zog er seine Hose herunter und erleichterte sich in einem weiten Strahl von der Mauer herab.

Lachen ertönte aus den Reihen seiner Kriegsknechte, und die Männer rissen ihre Waffen in die Höhe, johlten und brachen in vielstimmiges Bellen und Knurren aus. Das war genau die Art von Antwort, die solchen Männern gefiel. Selbst der eine oder andere Wächter verzog das Gesicht zu einem schmalen Grinsen und rückte die Schultern gerade, weil es vielleicht nicht gerade die klügste Entgegnung war, aber genau die, die sie dem Kolnorer im Stillen auch gern gegeben hätten.

Ansgr Nor stieß einen Fluch aus und riss sein Schwert aus der Scheide. »Ihr habt es nicht anders gewollt! Wir werden diese Burg in Schutt und Asche legen und eure Köpfe auf Spieße stecken. Aber aus deinem Schädel werde ich mir einen Spucknapf fertigen lassen, Hilger. Das schwöre ich bei allen Göttern!« Zornrot im Gesicht wandte er sich um und marschierte in Begleitung seines Bruders zurück zu seinem Heer. Nur Ejin blieb noch einen Augenblick stehen, blickte mit einem seltsam verträumten Blick zur Mauer hinauf und lächelte.

Sara hatte in ihrem ganzen Leben noch nie eine Schlacht erlebt, höchstens aus den Liedern der Alten davon gehört. Meistens ging es darin um zwei prachtvoll gerüstete Ritterheere, die sich auf offenem Feld gegenüberstanden, Fahnen schwenkten und ihre stolzesten Ritter zu Zweikämpfen herausforderten, über die später in den Gasthäusern die Barden singen konnten. Am Ende wurde manchmal auch kurz gekämpft und es gab ein wenig Leid, aber noch viel mehr ehrenhaftes Verhalten und großzügige Gesten.

Den Kolnorern schien diese Art der Kriegsführung unbekannt zu sein. Das lag zum einen wohl daran, dass sie nicht auf einem offenen Schlachtfeld kämpften, sondern in voller Rüstung einen Hang hinauf gegen eine befestigte Mauer anrennen mussten, und zum anderen an der Tatsache, dass eine echte Schlacht etwas völlig anderes war, als die Barden einem weismachen wollten.

Zunächst einmal wurden keine Botschaften ausgetauscht und die Gespräche hatten sich sehr in Grenzen gehalten, wenn man mal von diesem Wortwechsel absah, der damit endete, dass Hilger von der Burgmauer hinab auf Ansgr Nor gepisst hatte. Große Lust auf ein Duell für die Barden schien auch niemand zu haben. Die Kolnorer übersprangen diesen Punkt, indem sie brüllend und mit erhobenen Schilden den Hang heraufstürmten und dabei die Verteidiger mit einem Regen aus Pfeilen und Bolzen eindeckten.

Die meisten Geschosse gingen ins Leere und prallten gegen Mauern oder landeten harmlos im Hof der Festung. Gerade mal ein oder zwei fanden ihr Ziel. Einer der Wächter wurde am Arm erwischt und ein anderer mitten ins Auge getroffen, als er im falschen Augenblick hinter den Zinnen hervorschaute. Das war zum Glück der einzige Schaden, den der Pfeilregen anrichten konnte, aber er verschaffte den Angreifern genügend Zeit, um sich am Fuß der Mauer in Stellung zu bringen.

»Haltet sie auf!«, krähte Hilger und schleuderte einen Steinbrocken von der Größe eines Menschenkopfs in die Tiefe. Er erwischte einen Kolnorer an der Schulter, der gerade eine Wand aus Weidengeflecht aufrichten wollte, und der Mann stürzte schwer auf den Rücken und rutschte mit dem Kopf voran wie ein Bladikkäfer zurück ins Tal. Weitere Steine prasselten herab, und die Bolzen der Armbrustschützen rissen große Lücken in die Reihen der Angreifer. Dennoch gelang es einigen von ihnen, Leitern an die Mauern zu setzen und daran emporzuklettern. Die meisten Leitern wurden wieder umgestoßen, doch an einer Stelle ganz in der Nähe gelang es einem besonders mutigen oder lebensmüden Kolnorer, dem steten Regen aus Bolzen und Steinen zu entgehen und bis ganz nach oben auf die Zinnen zu gelangen, wo er die Verteidiger mit einer langen, scharf geschliffenen Axt in Schach zu halten versuchte.

»Wir haben Glück«, flüsterte Flüster, der mit gezogenem Schwert neben Sara stand und das Geschehen mit gerunzelter Stirn beobachtete.

»Glück?«, fragte Sara, während sie zusah, wie ein Wächter mit gespaltenem Schädel zu Boden ging und hinter dem ersten Kolnorer ein zweiter am oberen Ende der Leiter erschien. Ihre Hände schwitzten so sehr, dass sie ihr Schwert mit beiden Händen umklammert hielt. Glück sah doch bedeutend anders aus als das Gemetzel, das sich ihnen hier bot.

»Die Kolnorer verstehen nichts von Belagerungen. Sind furchtlose Kämpfer, aber greifen an wie ausgehungerte Tiere.« Flüster deutete nach unten, wo eine weitere Leiter unter der Last der an ihr heraufkletternden Männer krachend zusammenbrach. »Die Kriegsmeister des Kaisers bauen Leitern so dick wie Baumstämme, die jeder Axt widerstehen. Wenn sie erst mal aufrecht an der Mauer stehen, dann treiben sie Haken in das Gestein und binden sie daran fest, sodass kein Mensch sie mehr umstoßen kann. Die Kolnorer tun das nicht, und deshalb haben wir Glück.«

Den Axtkämpfer scherte es offenbar nicht besonders, dass er mit seiner nur provisorisch zusammengebundenen Leiter das kürzere Los gezogen hatte, denn er hatte bereits einen großen Kreis um sich freigehauen, und hinter seinem Rücken erklommen mehr und mehr Kolnorer den Wehrgang.

»Ich kümmere mich darum«, sagte Flüster im gleichen Ton, in dem er wohl auch einen zum Tode Verurteilten auf den Richtplatz brachte. Sara dachte kurz daran, ihm zu folgen, aber sie würde dem Riesen wohl nur im Weg stehen. Sie stieß einen lautlosen Fluch aus. Thoren hätte ihr verdammt noch mal beibringen sollen, wie man mit dem Schwert kämpfte.

Die Leiter schlug mit einem hohlen Krachen gegen die Brüstung, ein grob aus zwei Baumstämmen zusammengezimmertes Ungetüm, bei dem sich die Kolnorer noch nicht einmal die Mühe gemacht hatten, die Rinde zu entfernen. Hier und da ragten sogar noch kleine Äste hervor, an denen vereinzelte Blätter hingen.

»Wir haben Glück«, zischte Sara zwischen zusammengebissenen Zähnen.

Ein Kriegsknecht stemmte sich mit einer Stange gegen die Leiter, um sie zurückzustoßen, während ein zweiter mit einem Speer in die Tiefe stocherte. Von irgendwoher zischte ein Pfeil heran und bohrte sich in seinen Hals. Gurgelnd stolperte er rückwärts, während sich an der obersten Leitersprosse bereits eine haarige Hand zeigte, der keuchend ein Kolnorer mit einem breiten, hässlich geschwungenen Schwert folgte. Der andere Kriegsknecht gab sein Vorhaben auf, die Leiter zurück in die Tiefe stoßen zu wollen, und zog hastig sein Schwert. Die Klinge verfehlte den Kolnorer um Haaresbreite und traf klirrend den Stein.

Der Kolnorer wuchtete sich vollständig über die Brüstung und warf sich mit einem Brüllen auf den Kriegsknecht. In einem Durcheinander aus schlagenden und tretenden Körperteilen gingen die beiden Männer zu Boden, rollten quer über den Wehrgang und stürzten schreiend in den Innenhof.

Der Nächste am oberen Ende der Leiter war ein junger Kerl mit einer Holzfälleraxt und weit aufgerissenen Augen. Er schien kaum älter als Sara zu sein und schaute sich um, als wäre er in diesem Augenblick lieber zu Hause. Vielleicht auf dem Hof seiner Eltern, wo er dem Vater dabei half, den Pflug über die Felder zu ziehen oder die Schafe auf die Weide zu treiben. Stattdessen befand er sich auf der Mauer eines hart umkämpften Kastells irgendwo im Hinterland und stach mit einem langen Messer auf Sara ein. Sie befanden sich jetzt völlig allein auf diesem Stück des Wehrgangs, und es gab niemanden, der sich zwischen sie stellen und ihnen das Töten abnehmen konnte. Unsicher umkreisten sie sich, schlugen Finten und stocherten mit ihren Waffen Löcher in die Luft.

»Ich will dich nicht umbringen«, presste Sara keuchend hervor.

Der junge Kolnorer knurrte etwas in seiner Sprache. Vermutlich etwas Ähnliches wie sie, aber da keiner die Sprache des anderen verstand, stachen sie weiter aufeinander ein.

Mit einem Schrei sprang der Kolnorer vor und schwang seine Axt. Die Waffe fuhr über Saras Unterarm, und sie hörte das Reißen des Stoffs und spürte, wie die Klinge ihre Haut zerschnitt. Sie schrie auf, stolperte hastig zurück. Mit einem schnellen Hieb gelang es ihr, den jungen Mann am Ohr zu verletzen, aber das bewirkte nicht viel, außer dass er dadurch Zeit fand, sich auf sie zu werfen und das Handgelenk ihres Schwertarms zu ergreifen. Sie versetzte ihm einen heftigen Tritt gegen das Schienbein, doch er drückte ihren Arm hart nach hinten. Wie zwei betrunkene Tänzer schwankten sie herum, bis der Schmerz beinahe übermächtig wurde, das Schwert ihren Fingern entglitt und klirrend zu Boden fiel. Mit einem triumphierenden Schrei schubste der Kolnorer sie von sich, und sie stieß schmerzhaft mit dem Hinterkopf gegen die Zinnen. Für einen Augenblick wurde ihr schwarz vor Augen, und eine eisige Kälte schoss durch ihren Körper.

Der Kolnorer schnaufte und warf einen schnellen Blick über die Schulter. Wahrscheinlich in der Hoffnung, dass über die Leiter bald Verstärkung anrücken würde. Als er sich Sara erneut zuwandte, erkannte sie an seinen Augen, dass er sie nicht mehr sah.

Während er sich panisch nach allen Seiten umblickte, beugte sie sich schnell nach unten und hob ihr Schwert auf. Ohne nachzudenken, rammte sie es ihm tief in den Bauch.

Der Kolnorer stieß ein überraschtes Schnaufen aus und starrte mit weit aufgerissenen Augen an sich hinab.

Während sie die Klinge zurückzog und ein zweites Mal zustieß, versuchte sie, sich Tilmann Arn vorzustellen, der gerade versuchte, sie zu vergewaltigen. Es gelang ihr nicht, denn der Kolnorer sah in diesem Augenblick noch etliche Jahre jünger aus als zuvor, und auf sein Gesicht trat ein Ausdruck, als hätte ein Freund ihn beim Würfelspiel betrogen.

Das Blut quoll in Strömen aus seinem offenen Bauch, und noch immer tat der junge Kolnorer nichts anderes als entsetzt an sich herabzublicken. Sara stieß einen Schrei aus und stach ein drittes Mal zu. Endlich verschwand der Ausdruck auf seinem Gesicht, und er sackte in sich zusammen. Ihr Magen krampfte sich zusammen. Sie würgte und erbrach sich lauthals auf die Steinplatten. Keuchend schnappte sie nach Luft und wischte sich mit dem Ärmel über den Mund.

»Cortenara-Entleibung«, erklang Flüsters leise Stimme hinter ihrem Rücken. Stirnrunzelnd trat der Riese an ihr vorbei und blickte auf den ausblutenden Kolnorer herab. »Der Tod tritt durch den Blutverlust recht schnell ein, und durch den Schock verspürt der Verurteilte kaum Schmerzen. Es gibt zuverlässigere Methoden, einen Menschen umzubringen, aber für den Anfang ist das gar nicht mal übel.«

»Was?« Sara sah zu ihm auf und stellte fest, dass der Riese seine Worte ganz ernst gemeint hatte. Sie spürte, wie sich ihr Magen erneut zusammenzukrampfen begann. »Ich bin froh, dass es deine Zustimmung findet, Flüster.«

Der Riese nickte.

Die Schlacht war so schnell vorüber, wie sie begonnen hatte. Nachdem die letzten Leitern zerbrochen und die meisten Pfeile verschossen waren, hatten die Angreifer ihre Toten zurückgelassen und sich bis zum Stadtrand zurückgezogen, wo Hilfstruppen bereits dabei waren, aus Holzstämmen und Weidengeflecht Barrikaden zu errichten.

Oben auf der Mauer machten sich die Kriegsknechte daran, für Ordnung zu sorgen. Die Überreste der Sturmleitern wurden zerstört, Verwundete versorgt und die unzähligen Toten aus dem Weg geräumt. Sara schaute zu, wie zwei Kriegsknechte einen erstochenen Kolnorer an Armen und Beinen packten und lachend über die Brüstung hievten, wo er einige Augenblicke hängen blieb, bis einer der Männer ihm einen kräftigen Tritt verpasste, der ihn wie eine Lumpenpuppe in die Tiefe stürzen ließ. Ein Stadtwächter kam an ihr vorübergestolpert, das Gesicht blutverschmiert, die Augen vor Entsetzen weit aufgerissen, als befände er sich immer noch in der Schlacht. Unermüdlich wiederholte er ein einzelnes Wort, das Sara nicht verstand, und schlug sich gelegentlich die Hand vor den Mund.

Müde blickte sie zu Flüster auf. »Haben wir es geschafft?«

Der schweigsame Riese schüttelte den Kopf. Sein Zeigefinger wies zur anderen Seite des Flusses hinüber. »Das war erst der Anfang.«

Schildbrecher.

Ness nippte an seiner Feldflasche und verzog das Gesicht.

»Also, was jetzt? Denken wir über das Angebot von Antreno nach?«

Vibel Brender legte den Kopf schief. »Ich habe darüber nachgedacht«, stellte er fest. Er zog seinen Schleifstein mit gleichmäßigen, langen Strichen über die Klinge seines alten Schwerts.

Für etwa vier oder fünf Züge des Schleifsteins warteten die übrigen Männer darauf, dass er weitersprach, bevor sich der Rosskopf erbarmte und die Frage stellte, die im Raum stand: »Und? Wie entscheiden wir uns?«

Endlich hob der Vibel den Kopf und sah seine Männer an. Neunzehn Männer, ihn selbst nicht eingerechnet, saßen in dem langen, niedrigen Saal, der darauf ausgelegt war, eine Quartere Männer zu beherbergen. Die Wände waren aus uralten Ziegeln gefügt und lediglich von einigen schmalen, schießschartenartigen Fenstern durchbrochen, die wenig Licht einließen und für einen leichten Luftzug sorgten. Außerdem machten sie den Raum zu einer idealen Arrestzelle, denn sie waren zu schmal, um auch nur ein Bein hinauszustrecken. In ihrer kurzen Zeit in der Festung hatte Brender mindestens ein Dutzend weiterer Räume wie diesen gesehen, und es gab mehr als ein derartiges Mannschaftsgebäude in der Festung. Dieser Raum war ihnen als Quartier zugewiesen worden – und jetzt ihr Gefängnis.

Der große Sturm war seit etwa zwei Wochen vorbei, und noch immer trugen einige der Männer Verbände oder Schienen, wo Trümmer Wunden gerissen oder verrutschende Lasten Knochen gebrochen hatten. Sechs Männer fehlten ganz – über Bord gegangen oder von den verdammten Seedrachen verschlungen. Und damit war sein Trupp noch gut dran. Vibel Hartwigs Trupp hatte zwölf Männer verloren –

Hartwig eingeschlossen, und auch die anderen Trupps hatten Verluste zu beklagen. Von den hundert Kriegsknechten der 43. waren nur noch achtundsechzig übrig, als sich der Sturm gelegt hatte, und der Feldscher war ziemlich sicher, dass es noch weniger werden würden, bevor der Mond wieder sichtbar wurde.

Als der Vibel endlich sprach, sah er nicht Ness, Hammer oder den Rosskopf an, sondern den Rest von ihnen. »Antreno überlässt nichts dem Zufall. Ich habe mich gefragt, warum die Triare nicht repariert wird. Ich weiß nicht, wer von euch es bemerkt hat.« Zwei oder drei Männer hoben die Hand, die übrigen sahen sich fragend um.

»Und wo ist die Mannschaft des Schiffs, wenn sie es nicht reparieren? Ich habe seit Tagen keinen von ihnen gesehen.« Der Vibel stand auf. »Habt ihr andere Schiffe gesehen, die in den Hafen eingelaufen sind, seit wir hier sind? Da draußen sind ein paar wirklich widerliche Stürme unterwegs, aber bis auf die beiden Duaren und ein paar Fischerboote, die regelmäßig aus dem Hafen auslaufen und zurückkehren, hat kein einziges hier Schutz gesucht. Keines, außer diesen zwei novenischen Seglern, die sich seitdem ebenfalls nicht bewegt haben.« Er trat an eines der schmalen Fenster, durch das der warme Wind hereinstrich und den Geruch des Meeres mit sich trug. Von hier konnte man ungehindert bis auf den Grund des Hafenbeckens sehen, bis hinaus zur dunklen Linie der riesigen eisernen Kette, die sich unter der Oberfläche vor der Hafeneinfahrt spannte.

»Gestern und heute sind zwei Botensegler eingetroffen«, warf der Rosskopf ein. Gereizt kratzte er irgendwelche Muster in die Holzplatte der grob gezimmerten Tafel.

Der Vibel nickte. »Ich denke, das ist der Grund, warum

er seinen Plan geändert hat. Warum er heute dieses Theater mit Santros inszeniert hat. Was immer er erfahren hat – es hat mit diesen Botenseglern zu tun. Das dürften die letzten für einige Wochen gewesen sein, wenn ich das Wetter in dieser Gegend richtig verstehe. Niemand wird kommen, bis die Zeit der Stürme vorbei ist.«

»Ich hasse Stürme«, brummte Ness.

»Ich habe das Gefühl, dass es in diesem Jahr hier besonders stürmisch wird«, sagte der Vibel leise. Er drehte sich um und hob die leere Linke. »Was meint ihr – wenn sich Antreno und mit ihm das gesamte Macouban vom Kaiser losgesagt haben – was wird mit Männern passieren, die sich wie der Heetmann entscheiden, keinen Eid auf den Fürsten und seine Fahne zu leisten? Was wären diese Männer?«

Die Kriegsknechte schwiegen.

»Ein Risiko?«, fragte Hammer.

»Tot«, schlug Ness vor und prostete ihm zu.

Die übrigen Männer wurden unruhig, und der Rosskopf fasste das Gemurmel zusammen: »Du schlägst also vor, dass wir das Angebot annehmen und uns diesem Fürsten verpflichten?«

Der Vibel zuckte mit den Schultern und steckte sein Schwert ein. »Ich schlage gar nichts vor. Euch ist klar, dass es durchaus sein kann, dass ihr dafür hängt? Wer Antreno den Eid schwört, begeht in den Augen der Krone von Berun Hochverrat. Nein, ich sage nur, dass Santero vielleicht sein Maul nicht aufmachen und Kaisertreue hätte schwören sollen, bevor keiner von uns weiß, was hier tatsächlich gespielt wird.«

»Ich will verdammt sein, wenn die Novenischen nicht ihre Finger im Spiel haben«, nuschelte Hammer düster. Er stapelte Tontöpfe voller eingelegtem Gemüse und Salzfleisch zu einer beeindruckenden Pyramide auf dem Tisch.

Der Rosskopf verzog das Gesicht. »Wie kommst du auf Novenische?«

Hammer zuckte mit den Schultern. »Weil die sich draußen im Gang auf Veycari unterhalten haben.«

Ness warf dem Rothaarigen einen scharfen Blick zu. »Du kannst Veycari? Du kannst doch noch nicht mal deinen Namen auf einen Bogen Papier malen.«

»Du doch auch nicht.« Hammer zuckte abermals mit den Schultern. »Ich hatte mal 'ne Geliebte, die aus Veycari kam. 'ne Grubenhexe im Bett. Und eigentlich auch sonst überall. Aber sie hat pausenlos geredet. Immer nur geredet, solange sie nicht geschlafen hat oder den Mund voll hatte.« Er grinste zahnlos. »Jedenfalls ließ sich's nicht vermeiden, genau zu wissen, wie einer aus Veycari klingt, auch wenn ich nich' viel verstehe.«

Der Vibel hatte bei Hammers Worten die Stirn gerunzelt. »Veycari? Sicher?«

Hammer kratzte sich den Nacken. »Sicher. Und mehr als drei oder vier. Ist das wichtig?«

»Ich glaube nicht, dass das Heer des Kaisers viel mehr Kriegsknechte von dort hat.« Der Rosskopf und der Vibel wechselten einen nachdenklichen Blick.

Ness senkte die Flasche, bevor sie seine Lippen erreicht hatte. »Ich glaube nicht, dass ich überhaupt schon viel mehr Leute von dort kennengelernt habe«, sagte er langsam.

»Veycari ist nur eine kurze Überfahrt von hier entfernt«, gab der Rosskopf zu bedenken. »Ist kein Wunder, dass es hier mehr davon gibt als sonst in Berun. Besonders wenn Antreno neue Verbündete sucht.«

Der Vibel verzog das Gesicht. »Sie sind nicht einfach nur hier. Sie tragen die Rüstung des Reichs.«

»Und was bedeutet das jetzt?«, fragte einer der Kriegsknechte.

Der Vibel atmete tief durch. »Das bedeutet, dass dieses Mal jeder von euch selbst entscheiden muss. Es gibt keine richtige …«

Ness winkte ab. »Du klingst schon wie der Heetmann. Das haben wir nicht zum ersten Mal durch. In Dumrese gab's auch keine richtige Seite. Trotzdem standen die Schildbrecher am Ende auf der falschen. Scheiße, deswegen haben wir dich ja zum Vibel gemacht, oder? Einem müssen wir ja die Schuld geben können, wenn es wieder in die Hose geht. Also komm schon – was tun wir?«

Sein Vibel starrte ihn düster an. »Hört auf mit dem Scheiß. Es gibt keine Schildbrecher mehr.«

»Hm-hm.« Der glatzköpfige Bogenschütze nickte spöttisch. »Und wieso befolgen wir dann immer noch Thorens Befehle?«

»Heetmann Thoren lebt noch? Hätte ich nicht gedacht.«

Die leisen Worte von der Tür her ließen Ness erstarren. Langsam drehte er sich um. In der Tür stand eine Figur, die auf den ersten Blick wirkte wie ein missmutiger, zerfledderter Schreitvogel. Als die Figur alle Blicke auf sich gerichtet fühlte, nickte sie mehrmals. »Sieh an, sieh an. Das ist mal eine wirkliche Überraschung. Und es gibt nicht mehr viel, was mich noch überrascht.«

»Messer?«, zischte Hammer nach einem langen, seltsam frostigen Augenblick.

»Messer!«, rief Ness fröhlich. Er sprang auf und schlug

der Gestalt dorthin, wo er eine ihrer Schultern vermutete. »Ich hab mich schon gefragt, ob du noch lebst!«

»Was will'n das Arschloch hier?«, knurrte der Rosskopf düster. Er warf dem Vibel einen Blick zu.

Die Kiefer des Vibel mahlten sichtbar. »Das kann jetzt nur ein schlechtes Omen sein«, knurrte er schließlich. »Ich hätte wissen können, dass du in dieser Sache hier drinsteckst. Scheiße zieht dich ja magisch an.«

Messer schüttelte die Haarsträhnen aus dem Gesicht und schenkte dem Vibel einen gekränkten Blick, bevor er mit den Schultern zuckte. »Ich stecke in überhaupt nichts drin. Das ist nur Zufall, Brender.«

»Es gibt keine Zufälle«, grollte Hammer, doch Messer schnaubte abfällig.

»Bist du auf deine alten Tage noch abergläubisch geworden, Dicker? Ich bin hier, weil ich einen Mann suche.« Der Vogelmann sah sich im Raum um und runzelte die Stirn.

»Was willst du?«, fragte der Vibel scharf.

Messer winkte ab. »Ich werde euch nicht weiter belästigen. Ich suche einen Jungen, keinen von euch alten Männern, Brender. Und dann will ich so schnell wie möglich aus diesem Grubenpfuhl, bevor mir Würmer aus der Nase wachsen.«

»Einen Jungen? Du warst ja schon immer ein seltsamer Vogel, Messer, aber das ist nun wirklich unappetitlich.« Der Rosskopf grinste breit, und einige der übrigen Männer brachen in höhnisches Gelächter aus. Wenige allerdings. Die meisten sahen den zerfledderten Mann lediglich misstrauisch an.

Messer seufzte. »Ich nehme nicht an, dass ich so viel Glück habe und ihr mir sagen könnt, wo der ist, den ich suche? Marten ad Sussetz? Schwertmann aus Berun? Etwas größer als Ness, wesentlich attraktiver, kräftig, kastanienbraunes Haar?«

Der Rosskopf musterte Messer argwöhnisch. »Marten? Ein Schwertmann?«

»Das würde zumindest seinen Umgang mit der Klinge erklären«, warf Ness ein.

Der Vibel sah seine beiden Männer düster an. Dann nickte er. »Er ist uns bekannt, ja. Was willst du von ihm?«

Messer schniefte. Ohne auf die neugierigen Blicke der versammelten Kriegsknechte zu achten, stakste er zu dem Tisch, an dem der Vibel, Hammer und der Rosskopf saßen und musterte das Essen in den Schüsseln wie ein Aasfresser ein reichlich gedecktes Schlachtfeld. »Ich soll ihm eine Botschaft überbringen. Wo ist er?« Er pickte sich ein Tontöpfchen vom Tisch und hängte seine Nase darüber. »Eingelegter Fisch?«

Brender starrte ihn finster an. »Du bist jetzt ein Bote? Warum glaube ich nicht, dass du plötzlich einer ehrlichen Arbeit nachgehst?«

Messer sah auf und wirkte milde beleidigt. »Vielleicht, weil du grundsätzlich von dir auf andere schließt, Brender?« Er hielt Ness den Topf hin. »Taugt der was?«

Der alte Bogenschütze warf einen Blick auf den Fischtopf und rümpfte die Nase. »Ich habe mich noch nicht dazu durchringen können, damit Selbstmord zu begehen. Vibel, kann uns doch egal sein, womit Messer sein Geld verdient. Der Junge ist ohnehin …«

»Was für eine Botschaft?«, unterbrach Brender ihn.

Messer seufzte und ließ den Blick über die versammelten Kriegsknechte streichen. »Was wäre ich für ein Bote, wenn ich einfach jedem …«

»Ein schlauer, der genau weiß, wann er es nicht auf die Spitze treiben sollte, Schlachter.« Der Vibel stand auf und legte den Schleifstein auf den Tisch. Neben ihm hatte der Rosskopf seine Hände auf seine Klingen gelegt, und Hammer schob langsam seinen Schemel nach hinten. »Ness, tritt einen Schritt zurück.«

Der Schütze verdrehte die Augen. »Meinst du nicht, dass du ein winzig kleines bisschen übertreibst, Vibel?«

Brender verzog den Mund. »Wir wissen alle, welche Art von Botschaften der Kerl überbringt, Ness. Und ich glaube, daran hat sich nichts geändert. Richtig, Messer?«

Der Vogelmann zuckte mit den Schultern. »Es gab eine Zeit, als ihr meine Dienste geschätzt habt«, sagte er, und es klang beinahe etwas traurig.

»Das war, bevor du die Schildbrecher verraten hast, Nachtkrähe«, spuckte der Rosskopf aus.

Messer schnaubte verächtlich. »Die Schildbrecher waren bereits gestorben, als ich gegangen bin. Wir haben damals auf den Falschen gesetzt. So was passiert.«

»Wir sind noch immer da«, erwiderte Ness nüchtern. »Im Gegensatz zu einigen, die sich Schildbrecher nannten. Sie können uns alles nehmen, aber nicht …«

Messer winkte ab. »Sie können dir sogar den Himmel nehmen, Ness. Zwei Jahre im lichtlosen Fuchsbau schaffen das spielend. Danach machst du alles, um ihn zurückzubekommen. Also macht mich nicht dafür verantwortlich. Ich habe mir nach der Schlacht von Fridland einen neuen Dienstherrn gesucht, so wie ihr auch. Ein Mann muss schließlich essen.« Messer nahm einen Löffel vom Tisch, steckte ihn in den Fischtopf und probierte. Versonnen schmatzte er. »Bitter«, stellte er schließlich fest. »Ich bin nicht sicher, ob das so sein sollte.« Er sah den Vibel an. »Wie so vieles im Leben. Also gut, ich habe das Gefühl, dass ihr den Mann kennt, den ich suche. Wenn ihr mir also den Weg weisen könntet, dann bin schneller weg, als ihr euch vorstellen könnt.«

»Nach Fridland haben wir eine ziemlich gut Ahnung davon, wie schnell das ist«, brummte Hammer. »Glaubst du wirklich, dass ich von allen Leuten ausgerechnet dich an einen Mann verweisen würde, ohne zu wissen, was du von ihm willst?«

Messer warf Hammer einen düsteren Blick zu. »Kommt schon. Wir arbeiten alle für Berun, und ihr habt sicherlich Besseres zu tun, als euch wegen eines davongelaufenen Schwertmanns mit mir zu streiten.«

Ness kicherte. »Eigentlich nicht«, sagte er und warf dem Vibel einen Blick zu. »Aber der Bursche, den du suchst, liegt auf dem Grund der Inneren See. Oder in den Mägen von Fischen und Krabben. Wenn ihn die Seeschlangen nicht gefressen haben, heißt das.« Er hob die Schultern und ließ sie wieder fallen. »Du hast die Triare gesehen. Der Junge ist in die Gruben gefahren. Und das gefällt uns so wenig wie dir.«

»Das glaube ich kaum. Man bezahlt mich gut dafür, ihn zu finden«, gab Messer zurück.

Ness zuckte mit den Schultern. »Thoren hätte uns auch gut dafür bezahlt, auf ihn aufzupassen. Manchmal verliert man eben, und manchmal gewinnen die anderen. So ist das nun mal.«

Messer starrte einen Augenblick vor sich hin. »Ihr seid sicher?«

»Wir würden nicht mehr hier sitzen und über Antrenos

albernes Angebot nachdenken, wenn es so wäre. Dann hätten wir noch eine Aufgabe«, sagte der Rosskopf.

»Thoren hat euch beauftragt, diesen Burschen zu bewachen?« Messers Frage klang nach einer schlichten Feststellung.

»Ich denke, das geht dich einen Scheißdreck an, Messer, aber ja. Ich vermute, vor Leuten wie dir. Aber er war ganz gut darin, sich selbst umzubringen.«

»Thoren hat euch nicht geschickt, um euch um Antreno zu kümmern, sondern nur, um Ammen für einen verzogenen Adelsbalg zu spielen?« Der Vogelmann starrte den Vibel an. Dann schniefte er, schüttelte sich wie eine nasse Krähe und sah sich um. »Na gut. Dann halte ich euch nicht länger von euren sicherlich wichtigen Aufgaben und Entscheidungen ab. Ich bin dann mal raus.« Er nickte den ratlosen Gesichtern der übrigen Kriegsknechte zu. »Hat mich gefreut, euch zu sehen.« Er öffnete die Tür, dann jedoch hielt er inne und legte den Kopf schief. »Nein. Eigentlich nicht. Es gibt Dinge, die sollten begraben bleiben. Und Leute. Das sollte man nicht unterschätzen.«

# 31

## KÖNIGLICHES BLUT

Dass sie durch das Tor gebrochen waren, konnte Sara nicht nur am Krachen des spröden Holzes erkennen, sondern auch an den entsetzten Gesichtern der Männer um sie herum.

Drei Tage waren die Kolnorer nun schon auf das Kastell eingestürmt. Drei Tage lang hatten die Verteidiger sie ein ums andere Mal zurückschlagen können.

Die Angreifer hatten alles versucht. Sie hatten Brand-pfeile auf die Dächer geschossen, um sie zu entzünden, waren bei Nacht einzeln über die Mauern geklettert und bei Tag von allen Seiten gekommen. Sogar einen Katapult hatten sie herangekarrt. Ein schwerfälliges Ungetüm aus geschwärztem Holz, das Steinbrocken von der Größe von Schweinen gegen die Mauern schleuderte und dem es doch nicht gelungen war, eine Bresche zu schlagen. Jeden An-griff hatten die Kriegsknechte mit dem Mut der Verzweif-lung abgewehrt, und der Graben am Fuß der Festung war beinahe schon zur Hälfte mit den verstümmelten und zer-hackten Leibern der Barbaren angefüllt. Doch auch unter

486

den Verteidigern hatte der Tod schon reiche Ernte eingefahren.

Ein Großteil der unerfahrenen Wächter und viele von Hilgers Kriegsknechten waren nicht mehr am Leben, und unter den Übriggebliebenen gab es keinen Mann und keine Frau, die nicht mindestens eine Handvoll Blutergüsse und Schnittwunden vorweisen konnten.

Saras Körper fühlte sich an, als hätte man ihn ein halbes Jahr lang über ein Waschbrett gezogen. Er war so zerschlagen und voller Verletzungen, dass sie sich nicht einmal setzen konnte, ohne vor Schmerzen aufzuschreien. Selbst ihre Handflächen waren aufgerieben vom Leder des Schwertgriffs, der inzwischen mit ihr verwachsen zu sein schien. Sie konnte sich kaum noch an das Gesicht des jungen Mannes erinnern, den sie zuerst erstochen hatte. Vor drei Tagen hatte sie noch geglaubt, dass sie den Blick aus seinen sterbenden Augen ihr Lebtag nicht mehr vergessen würde, doch in der Zwischenzeit hatte sie auf so viele namenlose Gesichter eingeschlagen, dass sie allesamt zu einer einzigen grausamen Maske des Todes verschmolzen waren.

Zumindest musste sie es nun nicht mehr allein mit einem Gegner aufnehmen. Thoren hatte Flüster befohlen, ihr nicht mehr von der Seite zu weichen, und der schweigsame Riese gehorchte dieser Anordnung mit größter Gewissenhaftigkeit. Wie er überhaupt alles mit größter Gewissenhaftigkeit erledigte. Vor allem das Töten. Wenn er mit konzentriert zusammengezogenen Brauen und zwischen die Zähne geklemmter Zungenspitze sein Schwert schwang, war es, als würde ein Gigant aus den alten Geschichten auf das Schlachtfeld treten. Im Laufe des Tages hatte seine dunkle Klinge mehr Blut geleckt als jede andere in diesem Kastell.

Doch jetzt hatte das alles keinen Sinn mehr. Jetzt, da das Tor mit einem lauten Krachen zersplitterte und der hässliche Widderkopf des kolnorischen Rammbocks in den Hof hineinstarrte, kurz bevor er sich wieder zurückzog, um einem Strom brüllender und schwertschwingender Barbaren Einlass zu gewähren, hatte nichts mehr einen Sinn.

Die vordersten Angreifer wurden noch von einer Salve Armbrustbolzen niedergemäht, doch die nachrückenden Krieger stießen ihre sterbenden Kameraden in den Schlamm und trampelten achtlos über sie hinweg, bis der halbe Innenhof von ihnen wimmelte. Eine unaufhaltsame Flut aus Speeren, Äxten und Schilden.

Sara sah, wie eine Gruppe todesmutiger Kriegsknechte ihre Spieße senkte und sich den Angreifern entgegenstemmte. Sie hatten sich kaum aufgestellt, als sie schon von der heranstürmenden Meute überrannt wurden. Männer wurden aufgespießt, zwei, drei hintereinander, wie Bratvögel auf dem Grill, und dann standen sie so dicht gedrängt, dass für die Sterbenden kein Platz mehr zum Umfallen war. Währenddessen hackten unablässig Äxte und Schwerter auf sie ein, um Platz für die nachrückenden Krieger zu schaffen. Kurz schien es, als würde der Angriff ins Stocken geraten, doch dann ließen die ersten Verteidiger ihre Waffen fallen, brachen aus dem Verbund aus und suchten über Treppen und Leitern ihr Heil in der Flucht auf die Wehrmauern. Schließlich brach der Damm, und es gab kein Halten mehr. Wem es nicht rechtzeitig gelang, sich auf die Mauern zu flüchten, der wurde davongefegt wie ein Blatt im Herbstwind. Wie von Sinnen hackten die Kolnorer auf das übrig gebliebene Häuflein Verteidiger ein. Zerschlugen Arme und Beine und Köpfe und interessierten sich kaum dafür, ob das zerhackte Stück Fleisch noch lebte oder bereits tot war.

Mit hoch erhobenen Schilden drängten sie die Treppen hinauf, um auch den Widerstand auf den Wehrgängen zu brechen. Die Mauerstücke rechts und links des Tors hatten sie beinahe schon eingenommen, während andere sich nun systematisch zu den dahinter liegenden Bereichen vorkämpften.

Mit hoch erhobenen Schilden und grimmig zusammengebissenen Zähnen kämpften sie sich die Treppen hinauf, während die am oberen Ende versammelten Kriegsknechte sie mit Pfeilen beschossen und mit Spießen auf sie einstachen.

Sara hörte das Keuchen und Brüllen und spürte die Angst der Anwesenden, während ein Mauerstück nach dem nächsten unter dem Ansturm der Kolnorer fiel und die Männer schreiend in die Tiefe gestoßen wurden.

Das war wohl einer dieser Augenblicke, in denen ein mutiger Anführer das Schwert heben und mit Gebrüll auf die Angreifer zustürmen sollte, damit die Angst von den Männern abfiel und das Kampfglück sich im letzten Augenblick noch zu ihren Gunsten wenden konnte. Stattdessen wich Sara wie all die anderen zurück, als die ersten Kolnorer am oberen Ende der Treppe auftauchten, mit weit aufgerissenen Augen und blutigen Gesichtern, wie Dämonen aus den Gruben, die gekommen waren, um sie mit Haut und Haaren zu verschlingen.

Flüster war der Erste, der sich aus der Erstarrung löste. Sein Schwert beschrieb einen weiten Bogen, zertrümmerte einen Schild und fegte zwei Angreifer gleichzeitig von der Treppe. Noch während die Männer schreiend in die Tiefe stürzten, stürmte ein breitschultriger Barbar mit kunstvoll geflochtenen Bartzöpfen nach vorn und attackierte den schweigsamen Riesen mit seinem Streithammer. Ein anderer drängte sich an den Kämpfenden vorbei und hackte mit einem klobigen Breitschwert auf Sara ein.

Sara wich im letzten Augenblick zur Seite aus, und die Klinge schnitt eine blutige Spur über den Arm ihres Nebenmanns und verhedderte sich in seinem Schwertgehänge. Sara nutzte die Gelegenheit und stach zu. Ihr Schwert zuckte nach vorn, kratzte über Leder und Kettengeflecht und bohrte sich tief in weiches Fleisch. Blut spritzte, und sie hörte ein ersticktes Gurgeln, dann schlug ein Schildrand hart gegen ihren Kiefer, und ein greller Lichtblitz zuckte durch ihren Kopf. Sie wurde zur Seite gestoßen, hielt sich irgendwo fest und riss einen Kriegsknecht, der gerade zum Angriff übergehen wollte, mit sich zu Boden. Ein Stiefel trat schmerzhaft auf ihre Finger. Sie schrie auf, rollte sich zur Seite und kroch auf allen vieren zwischen den Füßen davon. Um sie herum schlugen klirrend Waffen aufeinander, Menschen brüllten, Blut floss in Strömen. Stiefel traten auf sie ein, stießen in ihre Seite und schubsten sie herum wie einen lästigen Straßenköter unter der Festtafel. Bald wusste sie nicht mehr, wo oben und unten war. Sie keuchte und spuckte Blut und kroch orientierungslos weiter. Ein blutüberströmter Krieger stürzte neben ihr zu Boden. Sein Gesicht schlug hart auf dem Stein auf, und die weit aufgerissenen Augen starrten Sara einen Moment lang erstaunt an, ehe sie sich verdrehten und blicklos wurden. Dann traf sie etwas Hartes am Oberschenkel, und sie rollte herum und hackte mit dem Schwert danach, bevor sie darüber nachdenken konnte, dass es sich auch um das Bein eines Kriegsknechts handeln konnte. Halb blind kroch sie über eine Leiche hinweg, der die Innereien aus dem Bauch hingen, tastete sich voran und griff ins Leere. Einen Augenblick lang war sie sich sicher, dass sie nun ebenfalls in den Innenhof stürzen würde, wie so viele unglückliche Kämpfer vor ihr. Doch dann griff eine riesige Pranke nach ihrem Kragen und zerrte sie mühelos in die Höhe.

»Geht es dir gut?«, hörte sie Flüsters leise Stimme durch das Brummen in ihrem Schädel.

»Es ...«, krächzte sie und spuckte einen Klumpen geronnenen Bluts aus. »Es ging mir nie besser.«

Flüster runzelte die Stirn und klemmte die Zungenspitze zwischen die Zähne. »Du sagst das, aber meinst das Gegenteil«, entschied er schließlich, und als sie nickte, zog ein stolzes Lächeln über sein grobschlächtiges Gesicht.

»Jetzt lass mich bitte runter. Und diesmal meine ich es auch so, wie ich es sage«, fügte sie hinzu, als sie sein Zögern bemerkte. Sie schaute sich um.

Überall lagen Tote. Der gesamte Mauerabschnitt bis hinunter zum Fuß der Treppe war mit Toten und Sterbenden übersät. Überall lagen zerbrochene Waffen und Schilde, und der Stein war von einer zähen Schicht halb geronnenen Bluts bedeckt. Gerade einmal drei Kriegsknechte standen noch mit ihnen auf dem Mauerstück, und einer von ihnen starrte verständnislos auf den Stumpf, an dem sich eben noch seine Hand befunden hatte. Auf den übrigen Mauerstücken und unten auf dem Hof ging das Gemetzel unvermindert weiter, und von Hilgers Fußtruppen war weit und breit nichts zu sehen. Das Kastell war so gut wie verloren.

»Wir sind verloren«, murmelte der Mann, dem sie die Hand abgehackt hatten, überflüssigerweise.

»Halt dein Maul«, zischte Sara und warf ihm einen bösen Blick zu, obwohl sie im Grunde nicht anders dachte als er. Panisch schaute sie sich um. »Was ist mit dem Bergfried?« Sie deutete auf das andere Ende der Festung, wo zwischen Wirtschaftsgebäuden der wuchtige Wohnturm des Grafen in den Himmel ragte.

Der Handlose schüttelte den Kopf. »Wir schaffen es niemals dorthin.«

»Vielleicht sind die Obstgärten noch sicher«, sagte ein anderer Kriegsknecht. »Es gibt einen versteckten Zugang. Aber selbst wenn wir hinübergelangen, werden sie uns nicht mehr in den Wohnturm lassen. Wenn sie klug sind, haben sie schon längst die Treppen abgerissen und die Zugänge verbarrikadiert.«

»Was ist denn die Alternative?«, fragte Sara.

»Dass wir sterben«, sagte Flüster und nickte zum Fuß der Treppe hinab. »Wenn die Nächsten kommen.«

Sara rannte den Kriegsknechten hinterher durch eine Reihe von schmalen Gängen, die sie in die Obstgärten des Kastells führten. Die Reihen Schatten spendender Bäume lagen friedlich vor ihnen, und für einen kurzen Augenblick fühlte sich Sara sicher. Ein kühler Wind blies durch die Äste und ließ sie leise rauschen.

Im Zentrum der Anlage war ein kleiner Platz freigehalten worden, in dessen Mitte ein idyllischer Springbrunnen vor sich hin plätscherte. Auf seinem Rand lag Ejin, die kolnorische Prinzessin. Mit ihrer schlanken Hand zog sie kleine Kreise durch das kühle Wasser, und als die Kriegsknechte keuchend vor ihr stehen blieben, blickte sie lächelnd auf. »Wir bekommen Besuch, Geliebter.«

Odoin Nor löste sich mit finsterem Blick aus den Schatten der Bäume und trat vor den Brunnen. In der Rechten trug er eine gewaltige Kriegsaxt und in der Linken einen Rundschild mit dem Wappen des Königs von Kolno. Er knurrte etwas in seiner Sprache und spuckte aus. Ejin warf den Kopf zurück und lachte lieblich.

»Verdammte Hexe«, knurrte einer der Kriegsknechte und nickte seinen Kameraden zu. Die drei Männer strebten auseinander und griffen Odoin von drei Seiten an.

Der mit dem Breitschwert zuerst. Scheppernd schlug seine Waffe auf den Rundschild des Kolnorers. Odoin wedelte den Schlag fort wie eine lästige Fliege, dann machte er einen langen Schritt zur Seite, und seine Axt fuhr auf den zweiten Angreifer herab. Der Kriegsknecht konnte gerade noch sein Schwert in die Höhe reißen, aber der Hieb war so mächtig, dass er ihn rücklings zu Boden warf. Mit überraschender Leichtfüßigkeit fuhr Odoin herum und schlug in schneller Folge auf den dritten Angreifer ein. Schon sein dritter Hieb spaltete den Schild des Kriegsknechts und brach ihm den Arm. Blitzschnell sprang Odoin nach vorn und schlug ihm eine tiefe Delle in den Helm.

Noch während sein Gegner stöhnend zu Boden ging, war er bereits wieder beim ersten Kriegsknecht, wehrte dessen verzweifelten Schwerthieb ab und rammte ihm den oberen Rand seines Schilds ins Gesicht. Ein Knacken ertönte, und Blut spritzte, als die Nase des Kriegsknechts zerplatzte. Odoins Axt wirbelte herum, beschrieb einen tiefen Bogen und zertrümmerte mühelos die Beine seines Gegners. Mit einem Schritt war Odoin zurück bei dem am Boden Liegenden und spaltete mit einem gezielten Hieb seinen Brustkorb.

Jauchzend sprang die kolnorische Prinzessin auf, trat an den Hünen heran und legte ihm zärtlich eine Hand auf die Schulter. Sie stellte sich auf die Zehenspitzen und gab ihm einen Kuss auf die blutverspritzte Wange. Dann wandte sie sich um und musterte Sara und Flüster, als hätte sie die beiden jetzt zum ersten Mal bemerkt. Sie legte den Kopf schief und lächelte Sara an. »Bist du ebenfalls gekommen, um uns aufzuhalten?«

»Nicht, wenn es nicht unbedingt sein muss.« Sara wischte sich mit dem Handrücken über die blutige Nase.

Ejins Lächeln wurde noch eine Spur breiter. »Wir sind gekommen, um Ann Revin ad Berun zu töten. Seid ihr hier, um ihr Leben zu verteidigen?«

Sara warf einen Blick auf die erschlagenen Kriegsknechte. »Spielt das noch irgendeine Rolle?«

»Es würde eurem Tod eine gewisse Bedeutung verleihen. In meinem Heimatland singen die Barden Lieder über meine Taten. Sie könnten auch deinen Namen erwähnen.«

»Dann ist das heute wohl der schönste Tag in meinem Leben.«

Ejin lachte und zupfte an ihrer Halskette. Ein etwa taubeneigroßer Blaustein kam zum Vorschein, und sie hielt ihn sich vor das Auge. »Eine Göttergesegnete, wie aufregend. Dann bist du also tatsächlich dieses Mädchen, von dem sie sich erzählen. Sara, nicht wahr?«

Sara schwieg. Was sollte sie dazu auch sagen.

»Ja, du bist es. Ich erkenne es in deinen Augen. Dann sind wir also Schwestern, du und ich. So wie alle Göttergesegneten Geschwister sind. Uns beide vereint ein unsichtbares Band.«

»Ich sehe nicht viel, was uns verbindet.« Sara schniefte

und wog ihr Schwert in der Hand. »Du kämpfst für Kolno und versuchst, die Kaiserinmutter zu ermorden. Ich kämpfe für Berun und versuche, das zu verhindern.«

»Ich vergaß. Du hast einen Eid geschworen, wie man mir berichtet hat. Es ist deine heilige Pflicht, das zu beschützen, was dich verachtet.« Ejin spazierte zu einem der getöteten Kriegsknechte, blickte mit einem nachdenklichen Gesichtsausdruck auf ihn hinab und stieß ihm dann sanft mit dem Fuß in die Seite. »Die Ungläubigen, die behaupten, dass ihre Ahnen die Götter getötet haben. Eine lächerliche Vorstellung, wenn man sieht, dass wir beide hier beisammenstehen. Zwei Kinder der Götter.« Sie streckte sich anmutig wie eine Katze und drehte sich zu Sara um. »Ist es nicht jammerschade, dass zwei so vollkommene Kreaturen wie wir gegeneinander kämpfen müssen?«

Sara warf ihr einen finsteren Blick zu. »Keiner hat gesagt, dass wir kämpfen müssen. Du musst einfach nur deinen Arsch aus der Festung herausbewegen und über die Brücke zurück nach Hause gehen.«

Ejin seufzte. »Das kann ich nicht. Genauso wenig wie du. Es ist jammerschade, aber es scheint wohl von den Göttern so vorherbestimmt zu sein.« Sie breitete die Arme aus. »An diesem Ort, zwischen all dem Tod und Chaos. Zwei von den Göttern Geküsste, zwei Kreaturen des Kriegs. Hier wird es sich entscheiden. Ist das nicht romantisch?«

Sara schnaufte. »Du hörst dich selbst ziemlich gern reden. Alles in allem scheinst du tatsächlich die perfekte Braut für unseren Kaiser zu sein.«

Ejin zuckte mit den Schultern. »Ihr Beruner seid so fantasielos. So wenig poetisch. Ich bemühe mich doch nur, deinem Tod einen tieferen Sinn zu verleihen, wenn du schon keine Götter hast, die auf der anderen Seite auf dich warten.« Ein Windstoß bauschte ihr Gewand auf, und dann hatte sie plötzlich ein langes, dünnes Schwert in der Hand. Hüftenschwingend bewegte sie sich auf Sara zu. Sara biss die Zähne zusammen und konzentrierte sich auf die Kräfte in ihrem Innern, während Flüster wortlos sein Schwert hob und den Blick auf Odoin Nor richtete.

Sara griff nach ihrer Kraft und spürte, wie die Kälte sie überspülte. Sie sah, wie sich Ejins Augen weiteten, als sie langsam mit ihrer Umgebung verschmolz. *Such mich, Miststück.* Mit einem Satz nach vorn stach sie zu. Ihre Klinge fuhr auf Ejin zu, direkt auf ihren ungeschützten Bauch. Im letzten Moment wich die Kolnorerin zur Seite aus. Oder vielmehr stand sie im einen Augenblick noch an der richtigen Stelle und im nächsten einen Schritt weiter links. Ihre dünne Schwertklinge beschrieb einen Bogen und schnitt eine blutige Spur über Saras Arm.

Elegant tänzelte sie einige Schritte fort und drehte sich langsam im Kreis. »Unsichtbarkeit ... Eine bemerkenswerte Fähigkeit. Und das ganz ohne einen Lehrmeister. Ich bin beeindruckt.«

»Ich gebe mir alle Mühe«, knurrte Sara.

Ejins Kopf ruckte herum, ihre Gestalt verzerrte sich, und im nächsten Augenblick stand sie wieder dicht vor ihr und ließ das Schwert auf sie niederfahren. Sara riss die Waffe hoch, und die Klingen trafen klirrend aufeinander. Geschickt wich Sara zur Seite aus und holte tief Luft.

Ejins Augen zuckten nach rechts, genau in die entgegengesetzte Richtung. »Ich habe noch nie gegen einen Unsichtbaren gekämpft. Es ist aufregend. Wie lange kannst du deine Fähigkeiten kontrollieren?« Sie drehte sich im Kreis, während ihr Schwert träge Achten vor ihrem Körper beschrieb.

»Lange genug.«

Wieder verzerrte sich Ejins Gestalt, und ihre Klinge fuhr genau an der Stelle nieder, wo Sara bis eben noch gestanden hatte. Doch diesmal hatte sie den Angriff erwartet und war einen Schritt zurückgewichen. Sie schlug zu und erwischte die Prinzessin an der Schulter. Oder jedenfalls dachte sie das, denn die dünne Schwertklinge war im letzten Augenblick zur Stelle und lenkte den Schlag geschickt ins Leere ab. Sara stolperte an Ejin vorbei. Die dünne Klinge blitzte auf und schnitt eine rote Linie über ihren Oberschenkel. Blut spritzte, und sie stürzte auf die Knie. Sie spürte, wie sich die Schwertspitze sanft in ihren Rücken bohrte, und schloss die Augen.

»Du kämpfst mit zu viel Ungeduld«, sagte Ejin. »Wichtiger als ein starker Hieb ist ein sicherer Stand.« Der Druck der Schwertspitze verschwand, und die Prinzessin bewegte sich leichtfüßig von Sara fort. »Ich bewundere Mut und Stärke, aber noch mehr weiß ich eine kluge Kampfweise zu schätzen.« Sie wandte sich zu Flüster und Odoin um, die am anderen Ende des Platzes einen verbissenen Zweikampf führten, und verfolgte die beiden mit verträumtem Blick. »Dein riesenhafter Freund ist wirklich geschickt mit dem Schwert. Er ist meinem Geliebten ein ebenbürtiger Gegner. Schweiß, Blut und Tod. Gibt es etwas Schöneres als so einen Anblick?«

*Wenn du endlich die Klappe halten würdest, wäre das eine wirklich schöne Sache.* Sara umklammerte den Griff ihres Schwerts und holte tief Luft. Diese selbstverliebte

Kolnoschlampe war nicht der erste Mensch, dem sein eigenes Gerede zum Verhängnis geworden ist. Sie verlagerte ihr Gewicht auf das vordere Bein, und als die Waffen von Flüster und Odoin klirrend aufeinanderprallten, spannte sie alle Muskeln an und sprang.

Ihre Klinge funkelte in der Luft, als sie auf Ejins Rücken zufuhr, und diesmal gab es keinen Zweifel, dass sie ihr Ziel treffen würde. Sie erwischte Ejin am Schulterblatt und hörte den Stoff ihres Gewands reißen, doch die Konturen ihrer Gegnerin verschwammen, und die Klinge prallte hart auf den Boden und schleuderte Kieselsteine durch die Luft. Die Wucht des Aufpralls riss Sara fast das Schwert aus den Händen, und sie schrie laut auf, als der Schmerz durch ihre Schultern schoss.

Ejin berührte vorsichtig die Stelle, an der sie getroffen worden war. Als sie die Finger zurückzog, klebte frisches Blut daran. Sie leckte mit der Zungenspitze darüber und runzelte die Stirn. »Genug gespielt«, zischte sie, und ihr Schwert schoss ansatzlos auf Sara zu. Sara riss ihre Waffe in die Höhe und parierte den Schlag mit knapper Not. Es gelang ihr gerade so, auch den nächsten und übernächsten Schlag abzuwehren.

Immer schneller ließ die Prinzessin ihre Klinge kreisen und von allen Seiten auf Sara zuschießen. Alles, was ihr übrig blieb, war, die eigene Klinge dagegenzuhalten, Schritt für Schritt zurückzuweichen und auf ein Wunder zu hoffen. Stattdessen wurde sie mit jedem Augenblick langsamer und müder. Ihre Muskeln schrien bei jeder Bewegung, und ihre Lungen pumpten wie ein Blasebalg, während die verdammte Prinzessin kaum schneller atmete als nach einem erfrischenden Morgenspaziergang durch den Park.

Sie versuchte eine letzte, verzweifelte Finte, senkte im letzten Augenblick die Schwertspitze und stach nach Ejins Fuß. Doch die Prinzessin ließ die Klinge mühelos an ihrer eigenen Waffe abrutschen und gegen die Parierstange prallen. Mit einer geschickten Drehung hebelte sie das Schwert aus Saras kraftlosen Händen und ließ es mit einem trockenen Klirren in den Staub fallen. Sie lachte hell und zog das Schwert mit der Rückhand über Saras Gesicht.

Sara spürte, wie sie mühelos durch ihre Wange schnitt, das Fleisch auseinanderklaffte und ihr Mund sich mit dem Geschmack von Eisen füllte.

Dann kam der Schmerz. Er schoss wie ein Pfeil durch ihre Wange und mitten in ihren Schädel hinein und explodierte in einem gleißenden Licht vor ihren Augen.

Es folgte ein Aufschlag, der ihr die Luft aus den Lungen presste. Verwirrt stellte sie fest, dass sie auf dem Rücken lag. Sie blinzelte und schüttelte den Kopf, schnappte nach Luft und verschluckte sich an ihrem eigenen Blut.

»Du warst kein besonders würdiger Gegner.« Ejin stand direkt über ihr und hielt die Schwertspitze direkt auf ihre Kehle gerichtet. Eine Spur Enttäuschung schwang in ihrer Stimme mit. »Die Geschichtenerzähler werden wohl kaum etwas Interessantes über diesen Kampf zu berichten haben. Ich denke, ich bereite dem Ganzen an dieser Stelle ein Ende und wende mich bedeutenderen Aufgaben zu.«

Sie hob das Schwert über den Kopf. Für einen winzigen Augenblick schweiften ihre Augen zur Seite und wurden schlagartig groß. Sie stieß einen Schrei aus, und ihre Konturen verschwammen.

# 32

## ALLES HAT SEINE ORDNUNG

Messer schüttelte den Kopf. »Nein, ich habe leider kein Glück gehabt«, erklärte er dem Faulzahnigen. »Wie's aussieht, bin ich zu spät gekommen. Das Meer hat den Kerl geholt. Und wo der jetzt ist, braucht er meine Botschaft wohl nicht.«

Der Faulzahnige saugte an einem Eckzahnstummel und schmatzte. »Scheiß Meer«, stellte er fest. »Würden mich keine zehn Goldlöwen drauf bringen. Einmal und nie wieder.«

»Die Überfahrt aus Cortenara so beschissen gewesen?«

Der Faulzahnige sah ihn von der Seite an. »Cortenara?« Er spuckte aus. »Fick dich. Mit diesen Bastarden will ich nichts zu tun haben.«

Messer zuckte mit den Schultern. »Mein Fehler. Ich kann die Aussprache von euch Südländern so schwer auseinanderhalten. Für mich klingt ihr alle gleich.«

Faulzahn verzog das Gesicht. »Gunfar ist ein veycarischer Name. Gunfar si Rotego. Ich verstehe nicht, wie man das verwechseln kann.«

»Und ich verstehe nicht, wie man das auseinanderhalten kann. Für mich klingt das eindeutig cortenarisch. Aber was weiß ich schon. Na gut, machen wir, dass wir zum Hafen kommen. Es gibt noch mehr Botschaften zu überbringen.«

Messer schulterte sein Bündel und folgte Gunfar, der mit verkniffener Miene in Richtung des äußeren Burghofs marschierte. Dann fiel sein Blick auf eines der altehrwürdigen steinernen Kuppelgebäude. Der Putz der Mauern war fleckig und bröckelte stellenweise bereits, Kletterpflanzen klammerten sich an seiner Fassade fest, und in den schmalen Gassen zu beiden Seiten stapelte sich Unrat. Über dem verwitterten Portal prangte ein gewaltiges Schwert, dessen alte Klinge mit goldenen Flammen verziert war. Das Zeichen des Kriegsordens der Reisenden war das Einzige, das an diesem Gebäude halbwegs gepflegt aussah, doch Messer kam nicht umhin zu bemerken, dass immerhin zwei der Flammen fehlten. Er runzelte die Stirn und hielt an. »Das Ordenshaus sieht aus, als hätte es bessere Tage gesehen. Ist da überhaupt jemand zu Hause?«

Gunfar sah über die Schulter, setzte dazu an, erneut auszuspucken, überlegte es sich jedoch anders. »Wir sind in Berun. Warum sollte das nicht so sein?«

»Hier ist vieles anders, als man es in Berun gewohnt ist«, gab Messer zurück. »Spricht etwas dagegen, wenn ich den Reisenden meine Aufwartung mache, bevor ich mich wieder aufs Meer begebe?«

Gunfar stockte. Dann zuckte er mit den Schultern. »Tu, was du nicht lassen kannst. Aber schnell.«

Messer nickte. Er drückte gegen einen der heruntergekommenen Torflügel, der überraschend leise aufschwang. Kühle Luft schlug ihm aus dem dunklen Innenraum entgegen.

Nur eine Handvoll kleiner, vergitterter Fenster hoch über seinem Kopf ließ ein wenig Licht herein. Ein schwerer, süßlicher Geruch hing in der toten Luft und deutete darauf hin, dass hier bis vor nicht allzu langer Zeit noch Duftkerzen gebrannt haben mussten. Im hinteren Bereich der kreisrunden Halle unter der Kuppel stak ein weiteres großes Schwert im steinernen Altarblock. Bläuliche Flammen züngelten auf der blanken Klinge und tanzten einen stummen Tanz im schwachen Luftzug des offenen Portals. Messer nickte dem Faulzahnigen zu und betrat die Ordenshalle. »Hallo? Die Reisenden zum Gruß!« seine Stimme hallte im hohen Gewölbe wider, und auch seine Schritte klangen unnatürlich laut, doch niemand antwortete ihm. Messer runzelte die Stirn und warf Gunfar, der am Tor stehen geblieben war, einen Blick zu. »Ist das normal?«

Gunfar zuckte mit den Schultern. »Keine Ahnung. Ich bin nicht oft hier. Nur wenn ich muss.«

Über diesen offenkundigen Mangel an geistiger Hingabe schüttelte Messer leise den Kopf und ging weiter in die Halle hinein. »Hallo. Hier ist jemand, der Erfrischung und Reinigung des Geists für seine Reise sucht!«

Noch immer reagierte niemand. Das war ungewöhnlich. Es war Vorschrift jedes Ordenshauses, dass zu jeder Zeit zumindest ein Diener und ein Ritter zum Dienst und zur Bewachung der Halle anwesend sein mussten. Doch hier sahen nur die Statuen der Reisenden stumm auf ihn herab, missbilligend, wie es Messer schien. Aber das schienen sie ja immer zu tun. Er ignorierte die steinerne Hoffart und sah sich nach der Nebentür um, die in die privaten Bereiche des Hauses führen musste. Die Tür war verschlossen, und die Fackel daneben war heruntergebrannt. Messer berührte den erloschenen Kopf. Kalt. Diese Fackel war nicht eben erst ausgegangen. Auch das entsprach nicht den Vorschriften des Ordens. Sein Unbehagen vergrößerte sich. Nachdenklich kratzte er sich die Nase. Er hatte darauf gehofft, sich reinigen zu können, aber daraus wurde wohl nichts. Seufzend wandte er sich ab und kehrte zum Eingang und Gunfar zurück. »Ist das Ordenshaus normalerweise auch so schlecht besucht?«

Der Faulzahnige zuckte erneut mit den Schultern. »Keine Ahnung. Ich bin noch nicht lange hier. Können wir gehen?«

Messer wiegte den Kopf. »Wenn ich richtig informiert bin, sind in dieser Stadt dreißig Ritter stationiert. Es sieht nicht so aus, als seien sie hier untergebracht. Bevor ich fahre, würde ich mich gern mit einem davon unterhalten. Wo kann ich sie finden?«

Gunfar öffnete den Mund, doch Messer kam ihm zuvor. »Keine Ahnung?«

Der Faulzahnige starrte ihn an, dann nickte er zögerlich. Messer seufzte und nickte. »Aus irgendeinem Grund hatte ich mir das schon gedacht. Und wer hat eine Ahnung?«

»Keine Ahnung.« Gunfar zuckte erneut mit den Schultern. »Bist du hier fertig? Ich muss dich wieder runter zu deinem Schiff bringen.«

»Musst du. So. Dann ist es bedauerlich, dass sich meine Pläne geändert haben.« Traurig schüttelte Messer den Kopf und sah sich in der verlassenen Gasse um. »Na gut. Weißt du was? In dieser Festung herrscht eine Schlampigkeit, die man in Berun nicht dulden würde. Ich kann Schlampigkeit nicht ausstehen. Sie kostet früher oder später jemanden das Leben.«

»Was kümmert's dich?« Der Faulzahnige packte Messer

an der Schulter und schob ihn auf die Gasse. »Beweg deinen Arsch, ich hab nicht den ganzen Tag Zeit.«

Messer seufzte. »Was ich aber noch weniger ausstehen kann als Schlampigkeit, ist, wenn Dinge offensichtlich verheimlicht werden. Das und dumme Menschen, denen das egal ist. Sie sind eine Gefahr für sich selbst, für andere und letztendlich für die Sicherheit unseres großartigen Reichs. Denn Dummheit führt zu Selbstüberschätzung, und Selbstüberschätzung führt zu Rebellion. Und wohin das führt, weiß niemand.«

Er griff in die Tasche seines Mantels und holte eine kleine silberne Schnupfpulverdose hervor. Vorsichtig klopfte er sich ein Häufchen bläuliches Pulver auf den Handrücken.

Gunfar sah ihn argwöhnisch an. »Was ist das?«

»Es hilft mir beim Denken. Zum Beispiel, wenn ich schwierige Entscheidungen treffen muss.« Mit einem heftigen Zug sog Messer das Pulver durch ein Nasenloch und verzog das Gesicht, als ihm der Blaustein kalt in die Schläfen stach. »Wobei es vor allem für dich schwierig wird.« Er drehte sich um und packte mit gespreizter Hand Gunfars Stirn, bevor der reagieren konnte. »Aber zumindest nicht schmerzhaft. Falls dich das beruhigt.«

Gunfar wand sich unter der Berührung, dann jedoch erstarrte er, und seine Gesichtszüge erschlafften, bis seine Augenlider zu hängen begannen und auch Kiefer und Lippe herabhingen. »Ich glaube ja, dass Gedanken auch nur so etwas wie Schmerzen sind, die einem im Kopf herumgeistern und auf dumme Ideen bringen. Du wirst also die Befreiung von dieser Art von Schmerzen vermutlich als erfrischende Abwechslung empfinden.« Er sah Gunfar an, dann legte er den Kopf zur Seite und fügte hinzu: »Na gut, vielleicht ist die Abwechslung gar nicht so groß wie bei anderen Menschen. Wie auch immer.« Aus einer Tasche an seinem Gürtel zog er eine feine, bläuliche Nadel von der Länge eines kleinen Fingers und trat näher an den Faulzahnigen heran. »Weißt du, ich bin kein netter Mensch. War ich nie. Manche Menschen halten mich für einen Unhold, und ich kann ihnen da nicht widersprechen. Jeder muss sich seine eigene Meinung bilden, sagte der Heetmann immer. Halt still.« Er drehte den Kopf des willenlosen Mannes zur Seite und stach die Nadel hinter dem Ohr des Faulzahnigen in dessen Kopf, so tief, dass sie bald fast vollständig in dessen Schädel verschwunden war. Dann tupfte er einen einsamen Blutstropfen weg, ließ Gunfar los und trat zurück. Der Faulzahnige blieb reglos stehen. Er schwankte lediglich ein wenig vor und zurück. »So, du wirst tun, was ich dir sage, wenn ich es dir sage. Wenn du dich nicht ganz dumm anstellst, könntest du unser kleines Geheimnis sogar überleben. Nicht wesentlich dümmer, als du es ohnehin schon warst.« Er tippte mit einem langen, dürren Zeigefinger gegen die Stirn des Mannes. Die Lider des Faulzahnigen flatterten, als er rückwärts kippte und zu Boden plumpste. Dann sah er Messer verwirrt an. »Was …?«

»Du bist gestolpert«, sagte Messer. »Also, ihr kommt aus Cortenara, richtig?«

Gunfar nickte verwirrt.

»Wie viele?«

»Etwa zweihundert«, antwortete Gunfar schleppend.

»Zweihundert, hm? Und warum behauptest du, dass du aus Veycari bist?«

Der Faulzahnige zuckte ungelenk mit den Schultern. »Weil unser Heetmann es gesagt hat.«

»Davon bin ich ausgegangen. Du siehst mir aus wie jemand, der nur macht, was sein Heetmann sagt. Aber warum hat er es gesagt?«

»Der Fürst wollte Söldner aus Veycari.« Das rechte Augenlid Gunfars zuckte unkontrolliert.

»Das klingt sinnvoll. Wozu?«

Ein erneutes Schulterzucken. »Er hatte zu wenig Männer. Sollte nicht auffallen.«

Messer kratzte sich am Kopf. »Warum sollte es nicht auffallen? Hätte er nicht in Berun Bescheid geben können, wenn ihm Männer fehlen? Warum tragt ihr die Rüstungen Beruns?«

»Berun ist hier nicht mehr erwünscht. Antreno sucht nach neuen Bundesgenossen.«

»Und die hat er in Veycari gesucht und in Cortenara gefunden. Ohne es zu wissen.« Messer verzog den Mund. »Interessant. Ich nehme an, auch die übrigen Kriegsknechte aus Berun bezahlt er selbst, um sich ihre Loyalität zu sichern. Was passiert mit den Neuen? Und was mit den Rittern? Ich glaube nicht, dass sie sich so einfach für seine Sache begeistern, oder?«

Das Zucken in Gunfars Augenwinkel wurde stärker. Schweiß lief ihm über das Gesicht und in den Kragen. »Wer nicht für Antreno ist, verschwindet. Die Ritter sind tot. Sie sind nicht zu kaufen, und sie sind nicht bereit, Antreno zu unterstützen.«

»Auch die Neuen?«

»Die sollen hängen, wenn die Botensegler abgelegt haben.« murmelte Gunfar monoton.

»Wo sind sie bis dahin?«

»Kerker. Wo sonst?«

»Natürlich. Wo sonst.« Messer schniefte erneut. Er ging um Gunfar herum, warf einen Blick aus dem Portal hinaus auf die menschenleere Gasse und wandte sich schließlich dem immer noch am Boden Sitzenden zu. »Zusammengefasst: Antreno will sich von Berun lösen, ohne dass Berun das merkt. Dafür hat er ein Bündnis mit Veycari geschlossen, doch irgendjemand schickt ihm stattdessen Söldner aus Cortenara. Und er hat die Einzigen, die denen im Weg stehen könnten, die Ordensritter, beseitigt oder ins Loch geworfen?« Er fasste nach der kaum sichtbaren Nadel hinter Gunfars Ohr und justierte deren Sitz um eine Winzigkeit. Das Zucken im Gesicht des Faulzahnigen ließ nach. »Muss schon sagen, er ist ein ganz begabter Umstürzler, euer Fürst. Und wer hat jetzt tatsächlich das Sagen?«

Das Zucken in Gunfars Gesicht nahm sofort wieder zu.

»Keine Ahnung?« Der Vogelmann tätschelte ihm die Wange. »Keine Sorge, hatte ich auch nicht wirklich erwartet. Ich werde mir einfach jemanden suchen, der mehr Ahnung hat als du. Denn wenn ich nach Berun komme, bin ich der, dem Fragen gestellt werden, und ich will nicht derjenige sein, der dann keine Antworten hat.«

Er sah auf Gunfar hinab, der mit offenem Mund und leicht flackernden Augen zu ihm hinaufstarrte. Dann packte er den Kriegsknecht und zog ihn auf die Füße. »Und du kannst dich inzwischen nützlich machen. Geh zum Hafen und sage auf dem Schiff Bescheid, dass ich noch ein wenig hierbleiben werde. Oder warte ...« Er hob eine Hand und sah sich um. Dann fingerte er einen halben Bogen Pergament aus seinem Mantel, holte einen Kohlestift und ein Stück Siegelwachs hervor und kritzelte einige Zeilen, bevor er den Brief faltete. Schließlich zog er die Kette mit dem Ring aus seinem Kragen, versiegelte das Schreiben und setzte einen Namen auf die Vorderseite. »Hier. Gib das den Männern auf dem Botensegler. Sag ihnen, sie sollen nicht auf mich warten.« Er erhob sich und drückte Gunfar das Schreiben in die Hand. »Falls jemand nach mir fragt, es hat alles seine Ordnung. Ich verlasse die Stadt. Nur nicht per Schiff.« Messer klopfte dem Kriegsknecht auf die Schulter und schob ihn zum Tor des Ordenshauses hinaus. »Huschhusch, mach dich nützlich. Meister Messer muss sich ein paar neue Freunde suchen.« Er sah Gunfar nach, bis jener wankend um die nächste Ecke verschwunden war, dann kratzte er sich nochmals die Nase und machte sich auf den Weg zurück ins Innere der Festung.

# 33

## SCHEIDEWEG

Marten hatte am Fenster gewartet, bis auch der letzte Schimmer der Sonne am westlichen Horizont der Nacht gewichen war und die Dunkelheit die Landschaft beinahe gänzlich verschlungen hatte. Die mondlose Nacht wurde jetzt nur noch von einem brillanten Sternenhimmel spärlich erleuchtet, und einige wenige Fackeln tauchten kleine Bereiche des unter ihm liegenden Hofs in unstet flackerndes Licht. Als sich die Dämmerung über das Gut gesenkt hatte, hatte Marten eine ganze Reihe stummer Gestalten sehen können, die, mal einzeln, mal in kleinen Gruppen, den Hof verlassen hatten, um in Richtung des fernen Waldrands zu ziehen. Soweit er es erkennen konnte, waren es beinahe ausschließlich dunkelhäutige Metis gewesen. Es schien gerade so, als würden die Bediensteten das fürstliche Landgut verlassen, und Marten fragte sich, ob sie vor den nahenden Truppen Beruns flüchteten. War es ihnen zu verdenken? Wenn der Kaiser, aus welchen Gründen auch immer, einen Feldzug gegen das Macouban begonnen hatte – wer konnte schon gegen das Heer Beruns bestehen, das seit mehr als zweihundert Jahren beständig die Grenzen des Kaiserreichs erweitert hatte. Die Löwen von Berun waren noch immer siegreich gewesen, wenn sie ihre Häupter erhoben hatten. Konnte er tatsächlich vermitteln, wenn Edrik es sich in den Kopf gesetzt hatte, die Herrschaft des Fürstenhauses Antreno zu beenden? Oder war es idiotisch, sich einzumischen, wie Emeri es sich von ihm zu erhoffen schien? Hatte Xari recht? Lag sein Heil in einer raschen Flucht nach Tiburone oder gar Gostin, in denen genügend echte Reichsbürger wohnten, um unter ihnen sicher zu sein? Er massierte sich den dumpf pochenden Oberschenkel und betrachtete das Fläschchen, das ihm die Metis überlassen hatte. Er schuldete zwei Frauen sein Leben, und beide erwarteten, dass er seine Schuld beglich. Die eine, indem er sich einmischte, die andere, indem er es unterließ. Entsprach er der einen, würde er sich sicherlich mächtige Verbündete sichern, wenn er im Macouban Fuß zu fassen versuchte. Oder er würde mit ihrer Familie untergehen – was ziemlich wahrscheinlich klang, wenn Xari richtig lag. Im anderen Fall würde er sein Leben retten. Oder sich mächtige Feinde schaffen, wenn die Fürstin es tatsächlich schaffte, das Problem auch ohne ihn zu lösen. Unschlüssig kratzte er sich das unrasierte Kinn. Feinde waren das Letzte, was er jetzt brauchen konnte. Allerdings – tot zu sein, weil er sich auf die falsche Seite stellte, rangierte ebenfalls ziemlich weit oben. Frauen. Warum begannen seine Probleme immer mit Frauen?

Marten starrte noch immer unschlüssig aus dem Fenster, als er eine weitere Gruppe entdeckte, die aus dem Hauptgebäude des Gutshauses trat und den Weg durch den Garten in Richtung des Ufers einschlug. Ein halbes Dutzend bulliger Männer mit Fackeln hatten sich um zwei in Weiß gekleidete Gestalten geschart. Marten zwinkerte. Die beiden waren ungewöhnlich groß, eine von ihnen überragte sogar die Männer noch, und beide waren weitaus schlanker als ihre Wächter. Der Gang der größeren und die Art, wie sie sich auf die kleinere stützte, ließ wenig Raum für Zweifel. Fürstin Imara und ihre Tochter brachen dort unten zu einem nächtlichen Spaziergang auf, und sie bewegten sich in dieselbe Richtung wie die Prozession der Gestalten zuvor. Drei Männer, die selbst im unsteten Licht der Fackeln zu den gewaltigsten gehörten, die Marten hier im Macouban bislang gesehen hatte, folgten ihnen. Alle drei waren schwer mit verschnürten Bündeln, Tragegestellen und Kisten beladen.

»Was bei den Gruben…?« Marten starrte der Gruppe hinterher, bis sie im Obstgarten verschwunden war, hinter dem sich die steil abfallende Küste befand. Unterhalb dieses Abschnitts lag eine kleine Bucht, in der an einem Steg drei oder vier Boote des Guts vertäut lagen. Hatte die Fürstin etwa vor, ihr Gut in aller Heimlichkeit zu verlassen? Das würde die Flucht der übrigen Gestalten erklären. Aber warum dann Emeris Bitte? Und warum bei den Reisenden hatte ihm niemand Bescheid gesagt? Marten runzelte die Stirn. Er betrachtete zum vielleicht zwanzigsten Mal Xaris Fläschchen. Hatte das tatsächlich niemand?

Marten gab sich einen Ruck. Vorsichtig entfernte er den Stopfen aus dem kleinen Gefäß und träufelte zwei Tropfen der milchigen Flüssigkeit auf seinen Handrücken. Er atmete nochmals tief durch, dann leckte er die Flüssigkeit ab. Für einen Augenblick durchlohte ihn ein Feuer, so heftig, wie er es noch in keiner Speise erlebt hatte. Es verbrannte seine

Zunge, fraß sich seine Speiseröhre hinab, traf seinen Magen wie ein Tritt und ließ ihn um Luft ringen, während ihm Schweiß aus allen Poren zugleich brach und Wasser in seine Augen schoss. Noch bevor er allerdings den Schrei herausbrachte, der sich in seiner Brust aufbaute, verschwand der Schmerz, so schnell er gekommen war, und hinterließ nichts als ein taubes Gefühl auf der Zunge und den Schweiß, der seine Haut kühlte. Der Schrei verwandelte sich in ein Keuchen, und für eine Weile stand er lediglich da und beobachtete das angenehme Gefühl der Taubheit, das sich in seinem Körper ausbreitete, so als hätte er zwei Becher zu viel vom schweren armitagischen Wein getrunken. Schließlich betastete er behutsam seinen verletzten Oberschenkel. Der Schmerz, an den er sich in den letzten Tagen beinahe schon gewöhnt hatte, war plötzlich verschwunden, und als er einen vorsichtigen Schritt machte, begrüßte ihn erstmals kein heftiger Stich. Auch das Zittern in seinen Muskeln war gewichen, hatte einer wattig-weichen Taubheit Platz gemacht. »Warum konntet ihr mir das Zeug eigentlich nicht vorher geben?«, murmelte er vor sich hin. Abermals sah er aus dem Fenster, wo die Fackeln jetzt hinter den Uferbäumen verschwanden. Dann verstaute er das Fläschchen sorgsam im Beutel an seinem Gürtel und sah sich in seinem Zimmer um. Nein, es gab hier nichts weiter, was er mitnehmen konnte. Die Kleider, mit denen er das Macouban erreicht hatte, waren schon entsorgt gewesen, als er das erste Mal aus seinem Fieber erwacht war, und sonst besaß er buchstäblich nichts, was ihm gehörte. Schließlich waren nicht einmal die Kleider an seinem Leib seine eigenen. Allerdings hatte er nicht vor, sie deshalb zurückzulassen. Leise öffnete er die Zimmertür und spähte hinaus. Auch hier brannte eine Fackel, doch im Gegensatz zu früher am Tag war keine Wache zu sehen. Der Gang lag verwaist vor ihm. Vorsichtig trat er hinaus und schloss behutsam die Tür, bevor er sich nach links wandte. Auf seinem Weg nach unten sah er lediglich eine der Metis-Bediensteten, die mit einem Bündel in den Armen in einer Tür verschwand, ihn jedoch nicht bemerkte. Das gesamte Gutshaus wirkte wie ausgestorben, und nach einer Weile beschlich ihn das Gefühl, er sei tatsächlich die letzte Person im fürstlichen Landsitz. Der Weg, den ihm Xari beschrieben hatte, führte ihn tatsächlich auf den Stallungshof hinter dem Haus, ohne dass er einer weiteren Seele begegnete. Das Stalltor war lediglich angelehnt, und an einem der Pfosten im vorderen Bereich war ein gesatteltes Pferd angebunden. Das braune Tier war kleiner, als er es von den Pferden gewohnt war, die den Schwertleuten in Berun zur Verfügung standen, doch es war kräftig und schien kein Problem damit zu haben, mitten in der Nacht von einem Fremden belästigt zu werden. Er tätschelte dem Braunen den Hals, prüfte die Riemen und Gurte von Sattel und Zaumzeug, dann nahm er die Zügel und führte das Tier aus dem Stall in die Nacht. Noch immer wirkte das Gut vollständig verlassen, auch wenn im Hof noch eine frische Fackel flackerte. Kopfschüttelnd zog sich Marten in den Sattel. Ein letztes Mal sah er sich um. Vor ihm führte der breite Fahrweg verlassen nach Richtung Süden, doch jetzt fiel ihm auf, dass er in Richtung Meer noch immer das Blinken von Fackeln zwischen den Bäumen sehen konnte. Marten schniefte. Er sah hinauf zum Nachthimmel, der ausnahmsweise nicht wolkenverhangen war, sondern im brillanten Glanz von Myriaden Sternen erstrahlte. Die Sterne im Bild des Reisenden Adzahir funkelten, als zwinkerten sie ihm zu. Adzahir der Weise – der Herr des Wissens und der Geheimnisse. Marten erschauerte unwillkürlich. Er sollte machen, dass er davonkam. Wenn schon die Bewohner des Guts flohen … Aber flohen sie tatsächlich?

Unschlüssig sah Marten in beide Richtungen des Wegs. Schließlich fletschte er die Zähne und ließ das Pferd wenden. Was konnte es schaden, wenn er nachsah, wohin die Fürstin flüchtete, bevor er sich auf den unbekannten Weg nach Tiburone machte? Immerhin war er Gast ihres Hauses – und gehörte es sich etwa, einen Gast zurückzulassen, wenn ein Feind anrückte? Selbst wenn der Feind derselben Seite angehörte wie der Gast? Vermutlich konnte man das tatsächlich derart rechtfertigen, doch Marten verdrängte den Gedanken. Eines war ja wohl halbwegs sicher: Die Fürstin kannte das Land besser als er, und sie und ihre Tochter würden kaum zu einem Ort fliehen, der sie das Leben kostete.

Oh, und sie ließen ihn zurück. Marten verzog das Gesicht. »Ihr könnt mich mal«, murmelte er verdrossen, »ich werde nicht hier warten. Ganz sicher nicht.« Er trat dem Tier in die Flanken und lenkte es hinaus auf den kaum sichtbaren Karrenweg in Richtung Süden.

Eine Meile später hielt er an. Irgendwo in den Wäldern hinter den Feldern des Guts hatte eine Trommel zu schlagen begonnen, ein stetiger, düsterer Rhythmus, der sich mit dem allgegenwärtigen Gesang der Zikaden vermischte und weit in die Nacht hinaus trug. Marten legte den Kopf in den Nacken und sah hinauf zu Adzahirs Sternen, bevor er den Blick weiter zu einem unscheinbareren Sternbild lenkte, das man nur den Wanderer nannte. Niemand kannte den eigentlichen Namen des Wanderers … oder zumindest benutzte ihn niemand. Wozu auch – er hatte ja noch nicht einmal einen eigenen Orden. Adzahir mochte der Schirmherr der Geheimnisse sein, doch der Wanderer war der, der über die Neugierigen wachte, die Spieler, die Kinder, die Glücksritter und die Narren. Er war der, der Geheimnisse aufdeckte. Nicht wegen des Wissens, sondern weil man manchmal einfach nicht anders konnte. Er war jener der Reisenden, dem sich Marten noch am meisten verbunden fühlte. Immerhin hatten seine Sterne den Anstand, nicht zu blinken. Der Wanderer hatte das nicht nötig. Seine Anhänger waren schon neugierig genug.

Marten senkte den Blick und seufzte. Dann wendete er das Pferd und trieb es den Weg zurück, dem Klang der Trommel entgegen. Er war sich sicher, dass er nicht der Einzige war, der ihrem Ruf folgte.

# 34

## GEZEICHNET

Sie kommen«, murmelte Henric. Der grauhaarige Mann war der älteste der versammelten Ordensritter. Außer ihm saßen noch fünf weitere Ritter in der vergitterten Kammer des Kerkers, von den beiden Knappen ganz abgesehen. Der Raum lag im grauen Fels unter der Festung in einer langen Reihe weiterer, gleichartiger Zellen, deren vergitterte Fronten auf einen düsteren Gang wiesen und nicht die geringste Gelegenheit boten, sich zu verstecken. Auch sonst boten die großen Kammern nicht viel. Wände und Böden waren aus dem Fels gehauen, und nur Reste alten Strohs bedeckten den Boden. Es gab einen Eimer für die Notdurft und eine Fackel in einer vergitterten Halterung auf der gegenüberliegenden Seite des Gangs, die ein wenig Licht spendete; aber damit hatten sich die Annehmlichkeiten auch schon erschöpft. Die meisten der Ritter saßen bereits seit drei oder vier Tagen hier, die letzten beiden waren heute Morgen erst zu ihnen gebracht worden. Keinem von ihnen hatte man mehr als Hose und Hemd gelassen, und obwohl das Macouban für seine schwüle Hitze bekannt war, kroch ihnen langsam, aber unaufhaltsam die Kälte in die Knochen.

Die übrigen Ritter sahen auf und horchten. Am entfernten Ende des Gangs wurde eine Tür geöffnet, und eine Fackel beleuchtete einen Trupp gerüsteter Knechte in den Farben des berunischen Kaiserreichs. Henric verzog angewidert das Gesicht und spuckte aus. »Ich rede«, stellte er knapp fest.

»Was gibt es da zu reden?«, warf Cunrat düster ein. »Es sind Verräter, und sie wollen unseren Tod. Das ist offensichtlich.«

»Halt dein Maul, ad Koredin«, knurrte ein anderer Ritter, etwas älter als der Angesprochene. Sein Kiefer war vor Jahren nach einem Bruch schief verheilt, und die hässliche Narbe wurde von einem struppigen Backenbart nur unzureichend verdeckt. »Hätten sie vorgehabt, uns zu töten, wären wir bereits tot. Niemand lässt Rittern des Flammenschwerts genug Zeit, sich zu formieren und einen Plan zu entwickeln.«

»Oh, ein Plan, Herre Dolen? Wir haben einen Plan? Da bin ich jetzt aber ungemein erleichtert«, murmelte Jans düster. Er saß neben Cunrat an der Wand und kratzte mit einem Steinchen Muster auf den Boden. Grimmig stemmte er sich auf die Füße.

Der Ritter namens Dolen ignorierte ihn und stand ebenfalls auf. »Los, auf die Füße. In Reihe angetreten«, befahl er und stellte sich in die Mitte der Zelle. Die übrigen Männer nahmen neben ihm Aufstellung, während die beiden Knappen den Abschluss der Reihe bildeten und Henric einen Schritt vor ihm eine Armlänge vom Gitter entfernt stand, die Hände auf dem Rücken verschränkt.

Stumm erwarteten sie die Ankunft ihrer Wächter und wurden mit befremdeten Blicken belohnt.

Der Anführer der Männer, ein dunkelhäutiger Kriegsknecht im Panzer eines Vibel und mit einem sorgfältig gewachsten Schnauzbart, musterte die akkurate Aufstellung der Ordensritter interessiert, bevor er breit grinste. »Warum so formell, meine Herren? Es ist nicht so, als würde der Kaiser zu Besuch kommen, also entspannt euch.« Er wedelte nachlässig mit der Rechten, doch keiner der Ritter rührte auch nur einen Muskel. Der Vibel zwinkerte ein wenig verwirrt. »Na gut, wie ihr wollt. Unser Herr bittet jedenfalls für die entstandenen Unannehmlichkeiten der vergangenen Tage um Entschuldigung und verspricht, dass dieser Zustand noch heute ein Ende finden kann.«

Henric schnaubte. »Das heißt, dass euer Herr aufgibt und sich der Gerichtsbarkeit Seiner Majestät und der Reisenden überantwortet?«

Der Schnurrbärtige starrte ihn an. Dann lächelte er. »Humor. Das ist gut. Das macht Hoffnung. Hier ist das Angebot: Ihr schwört Neutralität. Wir wissen, dass es vergebene Mühe wäre, danach zu fragen, dem Kaiser abzuschwören und euch unserer Sache anzuschließen. Aber schwört ihr einen heiligen Eid auf die Reisenden, euch nicht in unsere Sache einzumischen, nicht die Sache des Kaisers zu vertreten und den Fürsten seine Angelegenheiten selbst regeln zu lassen, so wird euch gestattet, das Macouban bei nächster Gelegenheit zu verlassen. Darüber hinaus bietet der Fürst eurem Orden an, das Ordenshaus in Gostin weiter zu betreiben. Natürlich ohne die Anwesenheit von Rittern. Es gibt in dieser Stadt und im Macouban genug

Anhänger der Reisenden, die die Führung durch eure ...
Gemeinschaft zu schätzen wüssten.«

Henric sah den Mann ausdruckslos an. »Einen Heiligen
Eid?«

Der Schnurrbärtige nickte. »Ein Eidbinder wird euch den
Schwur abnehmen, wenn ihr bereit seid, ihn zu leisten.«

Der Ordensritter rümpfte die Nase. »Eidbinder. Was
bringt euch auf die Idee, wir würden uns diesem Aberglau-
ben beugen?«

»Ihr wärt nicht die Ersten«, sagte der andere.

»Tatsächlich. Wie viele Ritter haben euch diesen Schwur
bereits geleistet?«

Der Schnurrbärtige zögerte einen Moment zu lange,
und Henric nickte. »Keiner also. Und ihr glaubt, ihr hättet bei uns mehr Glück? Was wollt ihr tun, wenn wir uns
weigern?«

Der Vibel zuckte mit den Schultern. »Diese Kerker sind
tief, und es ist gut möglich, dass in den kommenden Wochen
nicht viele Leute Zeit finden werden, hier hinabzusteigen,
um Fackeln zu wechseln oder gar überflüssige Mäuler zu
füttern.«

Cunrat fletschte die Zähne. »Ihr würdet es wagen, uns
hier verrotten zu lassen?«

Henric warf ihm einen düsteren Blick zu. »Niemand hat
Euch erlaubt zu sprechen, ad Koredin«, knurrte er.

Der Schnurrbärtige schüttelte den Kopf. »Es ist kein großes Wagnis. Krieg kommt, und im Krieg passieren hässliche
Dinge. Ein Wagnis wäre es lediglich, euch ohne den Eid aus
dieser Zelle treten zu lassen. Jeder Mann, der Edrik nicht
abschwört, der nicht zumindest Neutralität schwört, ist
gegen uns.«

»Ihr wisst, dass euer Aufstand zum Scheitern verurteilt ist. Kaiser und Orden werden alles in Bewegung setzen, um das Macouban im Reich zu halten. Es spielt dabei keine Rolle, ob wir leben oder nicht. Es wird lediglich die Vergeltung der Reisenden umso gründlicher ausfallen lassen, wenn wir zu Schaden kommen«, stellte Henric fest.

Der Vibel winkte verächtlich ab. »Das wäre sicherlich der Fall gewesen, wenn der alte Löwe noch auf dem Thron Beruns sitzen würde. Sein Erbe jedoch ist schwach. Die Zeit der Stürme beginnt. Auf Wochen hinaus wird kein Schiff aus dem Norden mehr nach Berun kommen. Und wenn sie vorbei ist, wird Edrik mehr als genug zu tun haben, um sich um dieses Ende der Welt zu kümmern. Das Macouban ist schon jetzt für Berun verloren. Es liegt bei euch, ob das auch für die Orden der Reisenden gilt.« Der Schnurrbärtige betrachtete die einsame Fackel an der Wand des Zellengangs. »Überlegt es euch und ruft nach uns, wenn ihr eure Wahl getroffen habt. Diese Fackel wird nicht ewig brennen. Und es wird keine neue geben.« Er musterte die Reihe der schweigenden Ritter, bevor er Henric wieder ansah. »Wählt weise.«

Der ältere Ordensritter verzog das Gesicht. »Was ist mit den übrigen Rittern geschehen?«

Der Vibel wandte sich bereits zum Gehen, hielt jedoch inne und sah die Ritter ein letztes Mal an. »Sie haben nicht weise gewählt«, stellte er nüchtern fest. Ohne weitere Worte machte er kehrt und marschierte mit seinen Männern in die Dunkelheit davon.

Für eine Weile schwiegen die Ritter.

Dann räusperte sich Dolen. »Ein Eidbinder? Können sie das tun?«

Henric wandte den Blick von dem jetzt dunklen Gang ab. »Wenn sie einen haben – möglich. Man sagt, selbst die Reisenden mussten sich einst einem Schwur beugen, den ihnen ein Eidbinder abnahm. Nur so konnten sie die Götter des alten Reichs überwinden. Wenn das der Wahrheit entspricht, was könnten wir dem entgegensetzen?«

»Unseren freien Willen?«, warf Cunrat ein.

Henric seufzte. »Freier Wille ist ein frommer Wunschtraum. Dinge gehen immer aus anderen Dingen hervor. Keine Tat bleibt ohne Folgen; jede Entscheidung ist nur ein unvermeidlicher, weiterer Schritt auf einer langen Reise, und am Ende ist die Entscheidung, die wir treffen, die einzig mögliche gewesen. Weigern wir uns, diesen Schritt zu tun, beenden wir die Reise. Am Schluss bleibt uns nichts anderes, als unsere Pflicht zu tun und dem Weg der Reisenden zu folgen. Er hat uns hierher geführt, und das ist nicht grundlos geschehen.«

»Ach ja, der Weg. Hatte ich schon wieder vergessen«, murmelte Jans, ließ sich wieder auf dem Boden nieder und hob sein Steinchen auf, um erneut Zeichen auf den Fels zu malen. »Es würde mich nur noch ein klein wenig mehr ermutigen, wenn ich wüsste, wohin er führt, der Weg.«

»Die Wege der Reisenden sind unergründlich«, zitierte ein anderer Ritter leise aus den Schriften.

Jans schnaubte. »Und der Vorrat an Sinnsprüchen unerschöpflich. Wie können wir einen nächsten Schritt tun, wenn wir hier eingeschlossen sind? Noch ein Sinnspruch vielleicht? Die wahre Reise findet im Kopf statt?«

Dolen seufzte und lockerte die mächtigen Schultern. Er trat neben den Sitzenden, zog ihn hoch und schickte ihn mit einem Fausthieb wieder zu Boden. Jans rollte einen Schritt weit und blieb mit blutiger Lippe liegen. »Es reicht. Wage es nicht nochmals, die Wege der Reisenden infrage zu stellen, Ritter.« Dolen wandte sich ab und sah den Anführer der Ritter an. »Tun wir den nächsten Schritt, Herre Henric?«

Der alte Ritter betrachtete die Fackel, die vielleicht noch eine weitere Stunde brennen würde. »Lasst uns anfangen. Wibalt – wir brauchen zwei Messer und die Dose.«

Wibalt, ein sehniger Ritter, der Cunrat beinahe noch um eine Handbreit überragte und sich bislang durch seine Schweigsamkeit ausgezeichnet hatte, nickte und öffnete sein Hosenband.

Mit wachsendem Unverständnis beobachtete Cunrat, wie der Ritter seinen rechten Oberschenkel freilegte und über die haarige Haut massierte. Nach wenigen Augenblicken zeichnete sich auf dem Bein ein unförmiger Umriss ab, der sich nach außen drückte, als Wibalt die Muskeln anspannte. Dann teilte sich die Haut, und der mit Draht umwickelte Griff eines kleinen Messers trat aus der Öffnung. Mit zusammengebissenen Zähnen packte der Ritter die Waffe und zog sie mitsamt einer eisernen Scheide aus seinem Bein. Entsetzt beobachtete Cunrat, wie sich die Haut hinter der Waffe spurlos schloss, ohne dass ein Tropfen Blut ausgetreten wäre. »Was bei den Reisenden …? Das ist Hexerei!« Er sprang auf und wich, die Fäuste erhoben, an die Wand zurück.

Die übrigen Ritter sahen auf und starrten ihn verblüfft an.

Dann seufzte Henric. »Ach je. Sagt mir nicht, ad Koredin ist noch nicht eingeweiht?«

Dolen zuckte mit den Schultern. »Jetzt, wo du's sagst. Soweit ich weiß nicht. Es hatte sich nicht ergeben.«

Henric schüttelte den Kopf. »Nicht ergeben. Ts. Er ist seit mehr als sechs Wochen Ritter des flammenden Schwerts, und es hat sich nicht ergeben? Das glaubt ihr doch selbst nicht.«

»Wovon bei den Gruben sprecht ihr?«, fragte Cunrat, die Fäuste erhoben. Er klang mittlerweile etwas panisch, als ihm bewusst wurde, dass außer ihm keiner der Ritter etwas bei Wibalts Vorführung fand – noch nicht einmal Jans, der ungerührt weiter den Boden bemalte.

Der alte Anführer der Ritter musterte ihn, dann zuckte er mit den Schultern. »Wir haben nicht viel Zeit, also die kurze Version. Und sobald wir hier fertig sind, werden wir uns ausführlicher unterhalten. Vor allem wir, Dolen.«

Der Angesprochene hob seinerseits die Schultern. »Wenn wir das hier überleben, wird es mir ein Vergnügen sein.«

»Das bezweifle ich, Dolen.« Henric wandte sich wieder Cunrat zu. »Kurzfassung: Jeder Ritter des Flammenden Schwerts trägt das Mal. Wir alle sind gezeichnet. Genau genommen ist es eine der Voraussetzungen dafür, dem flammenden Schwert als Ritter dienen zu können.«

»Das ist eine Lüge!«, fauchte Cunrat. Seine Augen huschten zwischen den Rittern hin und her. Die einzigen, die sein Entsetzen zu teilen schienen, waren die beiden Knappen. »Ich wurde zum Ritter des Schwerts berufen, weil ich mich als bester Krieger meines Jahrgangs ausgezeichnet habe. Jeder weiß das.«

Zwei der Ritter schnaubten, ob spöttisch oder belustigt, war nicht zu sagen. Wahrscheinlich wohl beides.

Henric winkte ab. »Das war hilfreich, aber das allein hätte dich nicht zum Ritter gemacht. Ohne das Schandmal wäre dir diese Ehre nie zuteilgeworden. Der Kaiser kann

Ritter und Schwertleute ohne Talent gut brauchen – die Orden nicht.«

»Aber ich bin kein Gezeichneter!« Cunrats Stimme hatte einen schrillen Klang angenommen. »Ich lebe, um Gezeichnete zu jagen!«

»Tatsächlich?« Henric lächelte schmal. »Du bist während deiner Ausbildung mehrfach getestet worden. Es besteht keinerlei Zweifel daran. Sonst hättest du den Ritterschlag in den Orden nicht erhalten, sondern wärst ein Reichsritter, ein Schwertmann, ein Kriegsknecht oder irgendetwas anderes geworden. Wir alle haben das Mal. Nur sprechen wir nicht darüber.« Er warf einen Blick zu Wibalt, wandte jedoch die Augen wieder ab, da jener gerade seine Hose gänzlich fallen ließ und sich aufrichtete. »Wibalt, das ist nicht hilfreich. Die Minute hätten wir jetzt noch gehabt.« Henric trat ans Gitter und spähte in die Dunkelheit. »Sag mir, Cunrat, womit findet und jagt man einen Wolf am besten?«

Der junge Ritter starrte ihn lediglich an, und schließlich war es Jans, der antwortete: »Mit Bluthunden, Herre.«

»Richtig. Und was sind Bluthunde anderes als Wölfe, die einem Herrn dienen – zu einem ganz bestimmten Zweck?« Henric sah Cunrat an. »Und womit jagt man wohl einen Gezeichneten am besten?«

»Mit uns«, antwortete Wibalt an Cunrats statt und kratzte sich den haarigen Bauch. Er war so behaart, dass man ihn im Halbdunkel tatsächlich für einen Wolfsmenschen halten konnte.

Henric neigte den Kopf. »Wir, ad Koredin, sind die Bluthunde der Reisenden. Die Wölfe, die die anderen Wölfe da draußen jagen, um die unwissende Herde vor ihnen zu schützen. Wir sind gezeichnet, ja. Aber uns ist vergeben, denn wir dienen nicht den alten Göttern; wir jagen ihre Diener, wie es die Reisenden lehrten. Drei der Reisenden selbst waren Gezeichnete. Wir führen ihr Werk mit Stolz fort.« Er deutete auf Wibalt. »Sein Talent ist es, dass Eisen seinen Körper passieren kann, ohne sein Fleisch zu verletzen. Es ist nicht unfehlbar, doch es bietet einen gewissen Vorteil im Kampf. Vor allem aber ermöglicht es Wibalt, den einen oder anderen Trumpf im Ärmel zu haben. Oder im Bein, wenn wir es genau nehmen.«

»Mach dir keine falschen Vorstellungen«, sagte Wibalt. »Es ist verdammt unangenehm und verursacht ziemliche Schmerzen. Aber es ist nützlich.« Er reichte eine kleine Dose an Henric weiter und gab Dolen eines der beiden Messer, die er jetzt in der Hand hielt.

Henric nickte dankend und deutete auf Dolen. »Herre Dolens Talent ist es, Holz zu verformen, mein eigenes, jede gesprochene Sprache zu verstehen, als wäre es meine eigene.«

Cunrat starrte die Ritter mit offenem Mund an, bis sein Blick schließlich auf seinem Freund Jans hängen blieb. »Und du? Du auch?«

Jans zuckte mit den Schultern und nickte. Er hob den Stein, mit dem er bislang auf dem Boden gekratzt hatte, mit zwei Fingern und drückte zu. Der Stein bröselte, verfärbte sich weiß wie Asche und rieselte als feiner Staub zu Boden. »Ist kein großes Talent«, sagte er gleichmütig. »Mehr als dieses Steinchen schaffe ich nicht. Aber es reicht, um mich als Ritter zu qualifizieren.«

Dolen schnaubte. »Warte ab, bis du darin ausgebildet bist.« Er klopfte gegen das Gitter, das im Fels eingelassen war. »Vermutlich könntest dann du uns hier rausholen.«

Cunrat sog den Atem ein. Abwesend stellte er fest, dass Blut von seinen Händen zu Boden tropfte, so fest hatten sich seine Nägel in seine Handflächen gegraben. »Warum weiß ich nichts von alldem?«

»Weil wir gewöhnlich nicht darüber sprechen, vor allem nicht vor Menschen, die nicht zu uns gehören. Es geht niemanden etwas an, dass wir gezeichnet sind und welche Flüche wir mit uns tragen. Nur unsere Brüder im Orden wissen das, und niemand erfährt es, bis er aufgenommen wurde.« Dolen warf einen Seitenblick zu den beiden Knappen, die sich kalkweiß in eine Ecke gedrückt hatten. »Und ihr beiden hütet dieses Geheimnis mit euren Leben. Herzlichen Glückwunsch übrigens – auch ihr zwei tragt das Schandmal. Man hat euch deshalb handverlesen, uns hier im Macouban zu dienen. Leistet weiter gute Arbeit, und ihr könnt auf einen Platz im Orden rechnen.« Er wandte sich Cunrat zu. »Hast du noch irgendwelche Fragen?«

Der junge Ritter starrte ihn an. Er sah aus, als müsse er sich übergeben. »Ich ... was sollte mein Fluch sein?«

Wibalt kratzte sich am nackten Hintern, betrachtete das Eisengitter und lockerte die Schultern. »Talent, Bursche. Wir reden von Talent. Dass du dein Talent noch nicht entdeckt hast, heißt nicht, dass du keins hast. Es ist halt was, das sich nicht auf den ersten Blick zeigt.«

Henric öffnete die kleine Dose, die ihm der Nackte gereicht hatte. »Es gibt viele Menschen«, erklärte er, während er sorgsam eine Spur blassbläulichen Pulvers auf seinem Handrücken ausstreute, »die ihr Talent nie entdecken. Wie sollte ein Mann, der in den Bergen lebt, je erfahren, dass er in salzigem Meereswasser atmen könnte? Geduld, ad Koredin. Wir finden schon noch heraus, wie dein Mal beschaffen ist. Aber jetzt haben wir Dringlicheres zu tun. Bist du bereit, Wibalt?«

Der Angesprochene atmete tief durch und nickte. Dann trat er vor Henric, beugte sich über den dargebotenen Arm und leckte das Pulver in einem Zug weg. Gleich darauf verzog er das Gesicht, kniff die Augen zusammen, als würde er plötzlich von einem mächtigen Kopfschmerz heimgesucht, und stolperte rückwärts gegen das Gitter. Gänsehaut wanderte über seinen gesamten Körper, als er keuchend nach Luft rang. Endlich schien der Schmerz nachzulassen. Wibalt öffnete die Augen und grinste Cunrat schief an. »Das war der angenehme Teil. Ganz im Ernst.« Er straffte die Schultern, wandte sich um, streckte die Arme durch das Gitter und den Kopf durch eine der Lücken. »Ich habe mal den Kopf durch eine Eisenstange gedrückt«, sagte er. »Konnte zwei Wochen lang nicht klar denken und war auf dem rechten Auge blind. Nicht zu empfehlen.« Er atmete tief durch und lehnte sich mit aller Kraft gegen das Gitter. Mit Entsetzen sah Cunrat zu, wie sich die eisernen Streben in das Fleisch des Ritters gruben, tiefer und immer tiefer, bis sie vollständig im Körper des Mannes verschwunden waren. Dann ging ein Ruck durch den nackten Ritter, und er fiel, Gesicht voran, gänzlich durch die eiserne Barriere und schlug auf dem steinernen Boden vor der Zelle auf. »Dreimal verfluchte Scheiße«, keuchte er und wälzte sich auf den Rücken. »Das hat wehgetan. Knochen«, grunzte er. »Die Knochen tun am meisten weh.« Schwerfällig richtete er sich auf, rieb sich die Brust und rang nach Luft. »Ehrlich, ich hasse das. Meine Hose, bitte.«

Dolen reichte ihm das Kleidungsstück nach draußen, und Wibalt kämpfte sich schwerfällig hinein. Dann nahm er eines der Messer entgegen und schob es in den Hosenbund. »So, ich bin dann mal einen Schlüssel besorgen. Lauft nicht weg.« Grinsend verschwand er in der Dunkelheit.

Cunrat starrte dem Ritter hinterher. »Und was jetzt?«, fragte er schließlich.

Dolen ließ sich auf dem Boden nieder und lehnte sich an das Gitter. »Jetzt hoffen wir das Beste. Und warten.«

# 35

## FLÜSTERS WELT

Der Kolnorer war wirklich ein Hüne. Er überragte sogar Flüster noch um einen halben Kopf, und das war etwas, das der schweigsame Riese erst ein einziges Mal in seinem Leben gesehen hatte. Der Kerl damals war allerdings ein Strich in der Landschaft gewesen, während sein heutiger Gegner ein völlig anderes Kaliber zu sein schien. Seine muskulösen Schultern ließen keinen Zweifel daran, dass er es gewöhnt war, schwere Lasten zu heben, und die zahlreichen Narben an den von schwarzen Zeichnungen überzogenen Armen legten den Verdacht nahe, dass er über eine Menge Kampferfahrung verfügte.

Flüster trat mit erhobenem Schwert auf ihn zu, täuschte einen Schlag von links über den Kopf an, drehte die Klinge in der Luft herum und schlug von rechts zu. Odoin ließ sich davon nicht täuschen und hob seinen Schild schräg in die Höhe, um den Schlag abgleiten zu lassen. Zeitgleich fuhr seine Axt hart nach unten. Geschickt drehte sich Flüster zur Seite fort, ließ das Schwert nun auf halber Höhe herumfahren und zwang den Kolnorer, sich hinter seinen Schild wegzuducken. Krachend schlug die Klinge eine Delle in den stählernen Rand. Odoin revanchierte sich mit zwei schnellen Axthieben. Den ersten wehrte Flüster mit der Parierstange ab, während er den zweiten harmlos an seinem Schulterschutz abrutschen ließ. Er wich ein paar Schritte zurück und senkte das Schwert. Das erste Abtasten war vorüber. Sie hatten sich einander vorgestellt.

Der Kolnorer war ein starker Gegner und offenbar auch recht wendig, so viel war sicher. Ein Mann, der wohl eine Menge Erfahrung mit tödlichen Kämpfen besaß und sich nicht scheute, etwas zu riskieren. Allerdings schien er es nicht gewöhnt zu sein, gegen einen voll gepanzerten Gegner anzutreten, der das Schwert mit beiden Händen führte und keinen Schild besaß. Ein erfahrener Schwertkämpfer hätte nicht nach seinem Schulterschutz geschlagen. Reine Zeitverschwendung.

Brüllend stürmte Odoin nach vorn, den Schild hoch vor dem Körper erhoben, und ließ ein paar mächtige Schläge auf Flüster niederprasseln, die der schweigsame Riese einen nach dem anderen abwehrte oder ins Leere laufen ließ. Brüllen und Augenrollen konnte sicherlich einem Anfänger Furcht einflößen, gegen einen erfahrenen Gegner sparte man sich den Atem besser. Während der Kolnorer ziellos nach der Luft schlug, tat Flüster nur das Nötigste, wehrte bedächtig ab und ließ ihn sich austoben, so wie er das auch bei Sara immer gemacht hatte.

Langsam ging er rückwärts, vermittelte den Eindruck, als wäre er vom Kampf erschöpft, und ließ für einen kurzen Augenblick die Arme hängen. Odoin nutzte die Gelegenheit und machte einen Satz nach vorn. Sein Schild knallte mit Wucht gegen das Schwert und drückte es kraftvoll nach unten, während seine Axt von oben auf Flüsters Kopf herabsauste. Der schweigsame Riese fing den Hieb geschickt mit dem Panzerhandschuh ab, was der Kolnorer mit einem erstaunten Gesichtsausdruck quittierte.

Jedenfalls nahm Flüster das an. Er war nicht sehr gut in solchen Dingen. Er hatte schon immer Schwierigkeiten gehabt, die Gefühle anderer Menschen an ihren Gesichtern abzulesen. Ob sie lachten, weinten oder zornig waren, hatte sich ihm nie so recht erschlossen. Odoin grunzte und knurrte, und Speichel benetzte seinen schwarzen Bart, während er mit aller Kraft versuchte, die Axt nach unten zu drücken und Flüster gleichzeitig mit dem Schild zu Boden zu stoßen.

Auf diese Dinge verstand sich Flüster schon sehr viel besser. Schubsen und Stoßen auf engstem Raum, das hatte er als Kriegsknecht in den zahlreichen Schlachten des Kaisers gelernt. Dann, wenn die Schlachtenreihen nach dem ersten Zusammenprall aufeinander geschoben wurden und sich die Gegner Nase an Nase gegenüberstanden, sich anspuckten, in die Gesichter knurrten und schrien, während sie darauf warteten, einen tödlichen Stich in den Bauch zu erhalten oder wieder Luft, um zu atmen, und ein wenig Raum, um die Waffe einsetzen zu können. Das war Flüsters Welt.

In enger Umarmung tanzten sie über den Platz, während Odoin mit verzerrter Miene versuchte, seine Axt frei zu bekommen und gleichzeitig das Schwert zwischen seinem Schild und Flüsters Körper eingeklemmt zu behalten. Mit jeder Minute, die verging, schnaubte und knurrte der Kolnorer mehr. Das hatte Flüster oft genug bei stolzen Rittern erlebt, die von ihrem hohen Ross gezerrt und von allen

Seiten mit Spießen bedroht worden waren. Sie fühlten sich dann wie Bären im Käfig, und die Hilflosigkeit kratzte an ihrer Ehre und versetzte sie in rasende Wut.

Eine Reaktion, die Flüster auch nicht so recht verstand, denn wenn das Gemetzel erst mal vorüber war, dann waren sie doch ohnehin alle gleichermaßen tot. Wen interessierte es dann noch, ob sie ehrenhaft gekämpft hatten oder nicht?

Er riss den Panzerhandschuh zurück, und Odoin, der noch immer mit aller Kraft zudrückte, schrie überrascht auf und stolperte ungeschickt an ihm vorbei.

Flüster hatte ihn richtig eingeschätzt. Wie so viele Menschen hatte der Kolnorer geglaubt, dass das lange Schwert nur für die mittlere Distanz geeignet war und im engen Raum nicht mehr eingesetzt werden konnte. Er hatte sich geirrt. Flüster musste nur noch die Hand nach oben reißen, um ihm mit dem Knauf einen Hieb gegen das Kinn mitzugeben.

Odoin grunzte, verdrehte die Augen und taumelte rückwärts. Es gelang ihm gerade noch, den Schild zu heben, als Flüsters Schwert auf ihn niederfuhr, das Holz in tausend Splitter schlug, seinen Arm zertrümmerte und ihn brüllend zu Boden schleuderte.

Flüster war sich im Klaren darüber, dass er den Kampf gewonnen hatte. Es war sicherlich eine beeindruckende Leistung, sich gegen einen solchen Gegner zu behaupten, und er fragte sich, wie es war, in so einem Augenblick ein Gefühl des Triumphs und des Stolzes zu erleben, von dem andere Krieger immer erzählten. Kurz lauschte er in sein Inneres und zuckte mit den Schultern. Nichts. Er hatte eine Aufgabe zu erledigen gehabt, und die hatte er gewissenhaft ausgeführt. Beinahe jedenfalls, denn eine Sache blieb noch zu tun. Er klemmte die Zungenspitze zwischen die Zähne, hob sein Schwert über den Kopf und zielte sorgfältig auf die Halswirbel seines Gegners. Es war von größter Bedeutung, dass er sie mit einem einzigen Schlag durchschlug, denn nur so war gewährleistet, dass der Tod sofort und ohne unnötige Schmerzen kam.

Er vernahm den Schrei einer Frau und hatte den Eindruck, dass er verzweifelt klang. Vielleicht auch wütend. So richtig konnte er das nicht unterscheiden, aber zumindest ein Freudenschrei schien ihm unpassend für den Ort zu sein, an dem er sich befand. Er würde sich gleich Gedanken darüber machen, denn zunächst hatte er eine Arbeit zu beenden. Sein Schwert fuhr herab, in einem tausendfach geübten und perfektionierten Bogen.

Aus dem Augenwinkel bemerkte er eine Bewegung. Etwas flirrte durch die Luft, und als er nach unten blickte, befand sich Odoins Kopf noch immer an derselben Stelle zwischen seinen Schultern. Irritiert schaute er auf sein Schwert und stellte fest, dass es vor ihm auf dem Boden lag und seine Hand noch immer den Griff umklammert hielt.

Das passte alles nicht so recht zusammen und verursachte in ihm ein Gefühl der Unzufriedenheit. Stirnrunzelnd hob er den Arm und betrachtete ihn. Offenbar hatte irgendjemand mit einer scharfen Klinge die Hand abgeschlagen. Es musste äußerst viel Kunstfertigkeit dazu gehören, genau die Stelle zu erwischen, an der Unterarmschiene und Handschutz durch ein schmales Gelenk miteinander verbunden waren. Wer immer das getan hatte, war wohl ein Meister seines Fachs.

Oder eine Meisterin. Eventuell die blonde Frau, die ihm jetzt gegenüberstand und ihn anstarrte. Ihr Gesicht war verzerrt. Das konnte bedeuten, dass sie stolz auf ihre Arbeit war ... oder vielleicht auch wütend auf irgendetwas. Jedenfalls hielt sie ein Schwert in der Hand, das durchaus geeignet zu sein schien, Hände von Armen zu schneiden. Es besaß eine lange Klinge aus dunklem Stahl und funkelte im Licht der Sonne, als es wie eine Schlange auf ihn zuschoss und in seine Seite fuhr. Genau an der Stelle, wo zwischen den Schnallen seines Brustpanzers eine schmale Lücke übrig geblieben war. Viel zu schmal für die meisten Waffen, aber nicht für diese.

»Oh.« Flüster griff nach unten, und sein Panzerhandschuh schloss sich fest um die Klinge. Es war nicht ratsam, sie wieder herauszuziehen. Sie konnte an dieser Stelle eine Ader verletzt haben oder ein lebenswichtiges Organ. Wie oft war es schon vorgekommen, dass ein unbedacht gesetzter Stich in diese Region einen verurteilten Verbrecher viel zu früh in den Tod befördert hatte. Man musste vorsichtig sein in diesen Dingen.

Andererseits wollte er die Klinge aber auch nicht in seinem Körper behalten, denn es tat verdammt weh. Er kniff die Augen zusammen und stieß ein gequältes Schnaufen aus. Das war alles so verwirrend, und er hatte doch noch seine Arbeit zu erledigen. Er blickte auf die blonde Frau hinab, deren Miene er nicht deuten konnte, und dann zu Sara hinüber, die in einiger Entfernung auf dem Platz lag und deren Gesicht blutüberströmt und ebenso rätselhaft war. Er bekam es ein wenig mit der Angst zu tun, so wie immer, wenn er etwas Neuem gegenübertrat und ihm keiner sagte, was zu tun war. Dann gaben seine Beine unter ihm nach, und er stürzte zu Boden.

Sara versuchte stöhnend, sich aufzurichten, doch sie hatte kaum noch genug Kraft, um den Arm zu heben. Ihr Gesicht brannte wie Feuer, und das Blut quoll in dicken Tropfen durch den klaffenden Spalt in ihrer Wange. Sie konnte nichts tun, als hilflos mit anzusehen, wie die kolnorische Prinzessin ihr Schwert tief in Flüsters Seite rammte und den massigen Mann regelrecht aufspießte.

Nachdem sie die Klinge wieder aus ihm herausgezogen hatte, musterte Ejin regungslos ihren Geliebten, der sich stöhnend den zertrümmerten Arm hielt. Dann fuhr sie herum und verzog das Gesicht zu einer Grimasse unbändigen Zorns. »Ihr habt ihn zum Krüppel gemacht«, zischte sie, während sie das Schwert hob. Die dünne Klinge blitzte im Sonnenlicht. »Dafür wirst du büßen, du Miststück!«

Sara blinzelte und schüttelte den Kopf. Sie dachte daran, im Dreck nach ihrem Schwert zu suchen oder irgendetwas anderes zu tun, um das Unausweichliche abzuwenden. Es gab doch immer noch eine letzte Chance, oder nicht? In den Geschichten wussten die Helden doch immer einen Trick, mit dem sie das Ruder noch herumreißen konnten. Sie versuchte, die letzten Kräfte in ihrem Inneren zu sammeln, doch sie fand nichts. Es war nichts mehr übrig.

Sie biss die Zähne zusammen und stemmte sich auf die Knie. »Na los doch, du Miststück«, knurrte sie. »Bring die Sache endlich zu einem Ende.«

Ejin neigte den Kopf zur Seite und trat einen Schritt auf sie zu. Ihre Augen funkelten vor tödlicher Wut. Doch dann hielt sie in der Bewegung inne, runzelte die Stirn und senkte ihre Waffe. Knurrend stieß sie Odoin mit dem Fuß in die Seite, woraufhin sich der massige Kolnorer stöhnend in die Höhe stemmte und seine Axt aufhob. Ejin bleckte die

Zähne und fixierte Sara mit kaltem Blick. »Wir werden uns wiedersehen, früher oder später. Und das wird der Tag sein, an dem dein Leben ein unvergleichbar grausames Ende findet. Das verspreche ich dir und schwöre es bei allen Göttern.« Und damit wandte sie sich um und verschwand mit Odoin zwischen den Bäumen.

Keuchend starrte Sara ihnen hinterher. Dann hörte sie knirschende Schritte auf dem Kies und das Klappern von unzähligen Waffen und Rüstungen.

# 36

## DAS ENDE DES NEUMONDS

Marten hatte den Fürstenhof noch nicht wieder erreicht, als er glaubte, im Dunkel vor sich Bewegungen wahrgenommen zu haben. Lautlos zügelte er das Pferd und lauschte. Für einige Momente hörte er nichts, was nicht in das Konzert aus Zikaden, Trommeln, dem Wind in den Gräsern und dem leisen Rauschen des nahen Meeres passte. Gerade als er zum Schluss kam, sich getäuscht zu haben, hörte er ein dumpfes Pochen, gefolgt von einem unterdrückten Fluch und dem unverkennbaren Aufeinanderprallen eiserner Rüstungsteile. Ein zweiter Mann knurrte etwas, mehr Eisen schabte aufeinander, dann fauchte eine dritte Stimme einen scharfen Befehl, und es kehrte wieder Ruhe ein. Marten runzelte die Stirn. Er hatte den Befehl deutlich gehört, doch nicht verstanden. Was immer diese Menschen dort vor ihm sprachen – es war nicht die Handelssprache und keiner der ihm bekannten Dialekte Beruns. Mit Sicherheit war es aber auch nicht der melodische Singsang, mit dem sich die Einheimischen des Macouban unterhielten. Er griff nach seinem Schwert und stieß gleich darauf einen stummen Fluch aus, als seine Hand ins Leere ging und ihm erst jetzt klar wurde, dass er weder über ein Schwert noch eine sonstige Waffe verfügte. Marten biss die Zähne zusammen, wütend auf sich selbst. Wie konnte er nur so dämlich gewesen sein, nicht mal ein Messer aus der Küche mitzunehmen. Schöner Schwertmann. Stumm blieb er auf seinem Pferd sitzen und flehte die Reisenden an, dem Tier Geduld zu schenken. Es erschien ihm wie eine halbe Ewigkeit, bis die leisen Stiefelschritte und das gelegentliche Klicken von Kettenhemden und Rüstungsteilen verstummt war. Vorsichtig atmete Marten durch und tätschelte das Pferd. Die unbekannten Bewaffneten waren aus dem niedriger gelegenen Buschland östlich des Wegs gekommen. Jetzt marschierten sie auf dem Damm des Karrenwegs direkt in Richtung Landgut. Er hatte keine Ahnung, wie viele Männer es gewesen sein mochten. Verdammt, er hatte ja nicht einmal etwas gesehen! Ein Dutzend? Zwei? Mehr? Auf jeden Fall zu viele, um ihnen unbewaffnet hinterherzureiten. Männer des Fürsten? Kaum. Niemand rannte ohne Licht durch diese Nacht, der nicht triftige Gründe hatte, unbemerkt zu bleiben. Bewaffnete, die heimlich im Schutz der Nacht auf eine Siedlung zumarschierten, hatten in der Regel nur einen Grund dazu. Und das war nur sehr selten Rücksicht auf die Nachtruhe der Bewohner. Aber was sollte er allein dagegen tun? Alarm schlagen? Wie bei den Gruben sollte er das bewerkstelligen? Missmutig sah er sich in der Dunkelheit um, und seine Anspannung übertrug sich auf das Pferd, das unruhig zu tänzeln begann. Abermals klopfte er den Hals des Tiers. Der Rhythmus der Trommeln wehte noch immer über das Land. Inzwischen war er komplizierter und schneller, fiebriger geworden. Marten war sich nicht sicher, doch er glaubte, dort, wo sich das flache Waldland mit dem Meer vermischte, war das rötliche Flackern von Feuer zu erkennen. Auch an anderen Stellen tanzten Lichter im Wald, jedoch bläulich und grünlich, und ein schwach leuchtender Schleier stieg wie Nebel über den Niederungen auf, in denen Tümpel und Wasserläufe das Licht der Sterne reflektierten. In diesem Teil der Welt leuchtete das Land selbst, wenn der Mond sich versteckte. Doch bislang war dieses Leuchten immer mit Tod verbunden gewesen. Wenn er nach dem gehen konnte, was er über das Macouban wusste, war dieser Nebel dort vermutlich ein tödlicher Insektenschwarm. Es war schlicht Schwachsinn, hier den Weg zu verlassen, wenn man sich nicht auskannte. Aber der Wanderer hatte ja ein besonderes Auge auf Schwachsinnige. Marten straffte die Schultern. »Du bist doch hier geboren«, murmelte er dem Pferd zu, dessen Haut nervös unter seiner Hand zuckte. »Du wirst wissen, wie man dort rüberkommt, ohne zu ersaufen, oder?« Das Tier schnaubte, und Marten beschloss, das als Zustimmung zu werten. Entschlossen trieb er das Pferd vom Dammweg hinab in das Gestrüpp der feuchten Senke, auf das Feuer und die Trommeln zu.

Vielleicht war es ja tatsächlich wahr, dass der Wanderer über die Wagemutigen wachte. Vielleicht war es auch einfach Glück oder den Instinkten seines Pferds zu verdanken, aber irgendwann stellte Marten fest, dass sie tatsächlich die andere Seite der Niederung erreicht hatten. Von hier aus war das Flackern des noch immer verborgenen Feuers deutlicher in den Kronen der Bäume zu sehen. Das Rauschen des Meers war hier wesentlich näher, dafür klangen die Trommeln inzwischen ruhiger, gedämpfter. Ein Chor aus vielen Stimmen begleitete die dumpfen Schläge mit einer ihm unbekannten Melodie aus unverständlichen Worten. Was immer hier passierte, er konnte tatsächlich nicht weiter als einige Dutzend Schritte davon entfernt sein. Vorsichtig blickte sich Marten um, bevor er absaß und das Pferd an einem Gestrüpp am Rande des Sumpflands festband. »Keine Sorge. Ich komme wieder«, murmelte er dem Tier zu. *Falls ich dich wiederfinde.*

Vorsichtig schob sich Marten durch das feuchte Gestrüpp. Die Reisenden wussten, welche der Pflanzen, die hier im Dunkeln auf ihn warteten, giftig waren, ihn fressen wollten oder unbekannte Krankheiten für ihn bereithielten, von unsichtbaren Insekten und Schlimmeren ganz zu schweigen. Einige Schritte weiter hatte er die ersten Bäume erreicht und tauchte in das absolute Dunkel des Waldes ein. Es stellte sich glücklicherweise als nicht ganz so absolut heraus: Irgendwelche Dinge, vielleicht Pilze, glühten schwach auf den Stämmen und den Stängeln der Pflanzen, kaum wahrnehmbar, doch gerade genug, um Umrisse und Hindernisse erahnen zu können, wenn er sich konzentrierte. Außerdem wies ihm der unstete Feuerschein den Weg. Es stellte sich heraus, dass er richtig gelegen hatte. Er stolperte nicht lange im Wald herum, bevor die Bäume zurückwichen und den Blick auf eine breite Senke freigaben, deren linke Seite von schwarzem Wasser begrenzt war, das träge an einem rötlichen Kiesstrand leckte. Genau genommen war alles in rötliches Licht getaucht, da direkt am Ufer ein Feuer brannte, dessen Flammen mehr als doppelt mannshoch in die Nacht schlugen.

»Was bei den ...?« Marten duckte sich hinter einen der Büsche, als er die Metis entdeckte, die rings um das Feuer standen. Es waren vermutlich an die hundert, und genau genommen standen die wenigsten einfach nur. Der überwiegende Teil wiegte sich im Rhythmus der Trommeln, die von einem halben Dutzend schweißglänzender Männer geschlagen wurden. Die meisten der Tänzer hatten sich bis zu den Hüften entkleidet und stampften mit bloßen Füßen über die vibrierende Erde. Martens Augen wurden größer, als ihm klar wurde, dass ein Gutteil der Tänzer Frauen waren. Alte Frauen mit faltiger Haut tanzten neben Mädchen, die die volle Reife noch lange nicht erreicht hatten, muskulöse Arbeiter neben dürren Greisen. Alle hatten die Körper mit heller Farbe bemalt, die sich in seltsamen Ornamenten über ihre fahlbraune Haut zogen und sich im Rhythmus ihrer Bewegungen wie Schlangen zu bewegen schienen. Und alle sangen. Die Worte waren fremdartig und weich und woben einen Klangteppich, der Marten gleichzeitig einlullte und aufputschte. Schließlich gelang es ihm, den Blick von den Tänzern loszureißen. Er zwinkerte mehrmals und schüttelte den Kopf. Am Rande der Versammlung standen einige Wächter. Auch sie waren halb nackt, bemalt und trugen nicht die Hellebarden und Rüstungen des berunischen Fürstenhauses, sondern primitivere Lanzen, die zwei oder drei Spitzen aufwiesen. Allerdings hatten zwei oder drei nicht auf ihre Schwerter verzichtet, und die berunischen Stahlwaffen wirkten jetzt seltsam fehl am Platz. Vorsichtig sah sich Marten weiter um und entdeckte erst jetzt, dass zwei der Wachen auch ganz in seiner Nähe standen. In einer von ihnen meinte er den zu erkennen, der früher am Tag vor seinem Zimmer Wache gehalten hatte. Vor seiner Zelle, wie ihm jetzt klar war, und er duckte sich tiefer in das betäubend duftende Dickicht. Der Saft dieser Pflanze war möglicherweise ungesund – von einem dieser Männer entdeckt zu werden, war es mit Sicherheit. Er richtete seine Aufmerksamkeit wieder auf das Geschehen in der Senke. Am Rande des Wassers ragten jetzt vier hünenhafte Männer auf, deren Bemalungen beinahe von selbst zu leuchten schienen. Ihre Köpfe waren jeweils mit einem Tuch umwickelt, das sich als seltsamer Kopfschmuck hoch auftürmte. Jeder von ihnen trug einen dreizackigen Speer. Direkt vor ihnen stand eine der Frauen. Auch ihr Kleid war bis zur Hüfte hinabgestreift und ihr üppiger Körper bemalt, wenn auch mit deutlich komplizierteren Mustern als die übrigen Metis. So war auch ihr Gesicht weiß bemalt, und im Flackern der Flammen schien es gelegentlich eher das einer großäugigen Echse oder eines ähnlich fremden Wesens zu sein. Ihre Haare waren offen und wurden nur notdürftig durch ein schmales Stirnband gebändigt. Sie rief etwas, und die Tänzer wichen von Wasser und Feuer zurück, ohne einen Moment den Takt zu verlieren. Marten hielt den Atem an und lehnte sich unwillkürlich vor. Diese Stimme... für einen Moment meinte er, eine Spur von Sandelholzduft wahrzunehmen, und er schluckte. Die Metis ließ den Blick über die Menschen wandern, und Marten hatte das widersinnige Gefühl, dass sie auch einen Moment auf ihm ruhten. Xari. Die Dienerin der Fürstin war eine ... was? Eine Wilde, die einem garantiert verbotenen Kult angehörte?

Erneut rief Xari mit klarer Stimme einige Worte, und der Gesang verstummte schlagartig.

Einer der Hünen hinter ihr ließ das stumpfe Ende seines Dreizacks auf den Uferkies fallen, und das Klicken der Kiesel übertönte seltsam scharf das Grollen der Trommeln und das Stampfen der Füße.

In diesem Moment tauchte ein bleicher Schemen hinter ihm auf, direkt in der Lücke zwischen Feuer und Wasser. Die Gestalt zeichnete sich scharf gegen den Nachthimmel ab und schien so hell, dass Marten zuerst keinerlei Details wahrnahm. Erst als die Figur einen weiteren Schritt vortrat, erkannte er die Gestalt einer weiteren Frau, deren gesamter Körper bemalt zu sein schien. Lediglich einige dunkle Ornamente zogen sich über ihren schlanken Leib und ihre Gliedmaßen und ließen sie wie das Gegenstück Xaris wirken. Sie bewegte sich anmutig, fast fließend, doch irgendetwas an ihren Bewegungen ließ Marten einen unangenehmen Schauer über den Rücken laufen. Dann warf sie ihre langen Haare schwungvoll zurück und ließ den Blick ebenfalls über die versammelten Menschen schweifen. In diesem Moment erkannte Marten sie.

»Emeri?« Das Wort rutschte ihm heraus, bevor er es zurückhalten konnte. Erschrocken duckte er sich tiefer, doch der Wächter vor dem Gebüsch schien ihn nicht gehört zu haben. Was bei allen Reisenden war das hier? Was machte die anständige Fürstentochter hier bei dieser barbarischen Zeremonie, die wer weiß was bedeuten mochte? Und das – Marten hob den Kopf und sah genauer hin – splitterfasernackt? Emeris Körper war nicht weiß bemalt, er war im Vergleich zu den Metis einfach hell. Die einzigen Bemalungen waren die dunklen Linien darauf, die plötzlich obszön auf Marten wirkten. Was wohl die alte Fürstin jetzt sagen würde?

In diesem Moment trat eine weitere Gestalt hinter dem Feuer hervor, und dieses Mal verschluckte sich Marten beinahe. Auch sie war bleich, noch schlanker und hochgewachsener als Emeri, und auch sie war vollkommen nackt, wenn

543

man von den stilisierten Schlangen auf ihrem Körper absah. Und selbst jetzt wirkte die Fürstin hoheitsvoll, als sie mit gemessenen Schritten das Feuer umrundete und vor die versammelte Menge trat. Als sie den Mund öffnete, verstummten die Trommeln, und auch die Tänzer standen wie versteinert. Einzig Emeris Körper bewegte sich noch immer in leichten, schlangenartigen Wellen, gerade so, als sei sie sich dessen überhaupt nicht bewusst. Imaras Worte waren leise, doch in der plötzlichen Stille konnte auch Marten sie deutlich hören. Gemessen und ernst wandte sich die Fürstin an die Metis, und was immer sie sagte, schien ihren Zuhörern nahezugehen, denn die verschwitzten Gesichter der Männer und Frauen wurden zusehends ernster. Hier und da bleckte jemand die Zähne oder spuckte auf den Boden, doch noch immer sprach niemand, zumindest, bis die Fürstin plötzlich die Arme hob und einen Ruf ausstieß, in dem Marten zumindest ein Wort zu verstehen glaubte. Duambe.

Der Schlangengott? Der mit dem Garten? Die Zuhörer nahmen den Ruf auf und wiederholten ihn mehrfach donnernd, während die Fürstin die Arme senkte und beiseite trat. Fasziniert beobachtete Marten, wie Xari ihr eine sich windende Echse reichte, die Imara mit unerschütterlichem Griff im Nacken packte. Xari legte ihr inzwischen ein langes, dünnes Messer in die andere Hand. Imara trat hinter ihre Tochter, die noch immer stumm zu einem inzwischen unhörbaren Rhythmus zu tanzen schien. Dann hob sie die Echse über den Kopf der jungen Frau, stieß mit einer schnellen Bewegung das Messer in den Bauch des Tiers und zog es mit einem Ruck wieder heraus. Ein Sturzbach schwarzen Bluts schoss über Emeris Körper und malte dunkle Ornamente, die sich zu verweben schienen, bis sie ein Netz bildeten, das an ihren Beinen zu Boden rann. Emeri strich sich mit den Händen über die besudelten Haare. Dann drehte sie sich um, hob die Arme und streckte die Handflächen über das Wasser nach Nordosten aus. Dabei rief sie mit klarer Stimme einen langen und kompliziert klingenden Satz. Noch während sie sprach, begannen die Linien auf ihrem Rücken in einem durchdringenden Blau zu leuchten. Wie vorher das Blut lief jetzt das blaue Feuer ihren Körper entlang und zeichnete die vorher dunklen Linien nach, die den größten Teil ihrer Haut bedeckten. Gerade als das Feuer ihre Handflächen erreichte, beendete sie ihre Worte mit einem hellen Ausruf und schleuderte die blaue Glut von sich in die Flammen des Feuers. Schlagartig lohte der Brand auf und verfärbte sich binnen eines Lidschlags ebenfalls zu strahlendem Blau, bevor die Flammen wieder in sich zusammensanken. Und wie ein Herzschlag, langsam und dröhnend, nahmen die Trommeln wieder ihre Arbeit auf. Emeri deutete immer noch über das Wasser, und als Martens Blick ihren Armen folgte, sah er die schmale, hauchdünne Sichel des Mondes aus dem Wasser steigen, die das Ende des Neumonds verkündete. Ein neues Jahr begann im Macouban.

# 37

## GUTE UND SCHLECHTE NACHRICHTEN

Ich habe euch doch gesagt, dass ich meine Stadt nicht in die Hände von Barbaren fallen lasse«, krächzte Hilger und schob sein Schwert zurück in die Scheide. »So etwas würde mir ganz und gar nicht gefallen. Keine Tischsitten, zu viele Körpergerüche und Bärte, in denen Vögel ihre Nester bauen könnten.« Er schüttelte sich. »Ich habe gehört, dass selbst ihre Frauen Bärte tragen.«

»Wenn das alles ist, was Euch Sorgen macht...« Sara legte Flüster die Hand auf das Gesicht und versuchte, die Augen zu schließen, so wie sie es bei anderen gesehen hatte. Es gelang ihr nicht. Sie seufzte. »Er war ein guter Mann.«

Hilger blickte auf den Toten hinab. »Jedenfalls ohne Zweifel ein guter Fleischermeister. Einer der besten. Mehr Leben hat vielleicht nur die Blaufäule auf dem Gewissen. Wenn man in seinem Fall überhaupt von einem Gewissen reden kann.«

Sara blickte zu ihm auf. »Ich glaube schon. Er war nur ... anders. Wisst Ihr, wie ich seine Augen verschließen kann?«

Hilger zuckte mit den Schultern. »Manche beschweren

die Lider mit Münzen, obwohl so etwas auf dem Schlachtfeld nur selten funktioniert. Das Trossgefolge würde sie stehlen. Ich empfehle, ihn auf den Bauch zu drehen. Dann kommst du auch besser an seine Geldbörse.« Er warf einen Blick über die Schulter und breitete die Arme aus. »Henrey Thoren! Ich hatte schon befürchtet, dass Ihr es nicht schafft. Wie geht es der Kaiserinmutter?«

Thoren nickte. »Sie ist in Sicherheit, den Reisenden sei Dank. Eure Schwarzraben sind gerade noch rechtzeitig eingetroffen. Wie ist die Lage?«

»Unübersichtlich, wie immer im Krieg. Aber wir haben den Feind überraschen können. Zuerst die verdammten Verräter aus Lytton. Als meine Männer ihnen in den Rücken fielen, sind sie auseinandergeflattert wie aufgescheuchte Hühner. Darin haben sie ja eine ganze Menge Übung, wie Ihr wisst. Die Barbaren waren da schon ein ganz anderes Kaliber. Sind wie die Verrückten auf uns eingestürmt. Zum Glück nur unkoordiniert und ohne Plan. Ehe sie wussten, wie ihnen geschah, hatten wir sie schon halb überrannt und den Zugang zum Kastell freigekämpft. Wir halten das Tal von hier bis hinauf zu den Hügeln und haben es uns dort oben bequem gemacht.«

»Mit anderen Worten: Wir befinden uns in einer Pattsituation.«

»Das ist die gute Nachricht.«

»Und die schlechte?«

Hilger grinste und wandte sich um. Seine Kriegsknechte hatten das Kastell unter großen Verlusten zurückerobert. Auf den Türmen wehte das Banner der Schwarzraben, und an den Mauern wurden einer nach dem anderen die gefangen genommenen Kolnorer aufgeknüpft. Der Innenhof der

Festung war so voller Schwerverletzter und Toter, dass es kaum möglich war, einen Schritt zu gehen, ohne über zerbrochene Waffen oder blutiges Fleisch zu stolpern.

Sara humpelte seltsam unberührt zwischen ihnen hindurch. Sie konnte ihnen ohnehin nicht helfen. Sie presste die Hand auf den Spalt in ihrer Wange und war dankbar, dass der stechende Schmerz in der Zwischenzeit einem dumpfen Pochen gewichen war.

Unten im Tal und auf halbem Weg zu den Hügelkuppen wurde noch immer heftig gekämpft. Spieße reckten sich in den Himmel, Banner flatterten im Wind, und winzige Körper fielen zu Boden und wurden von Hunderten Füßen zertrampelt. Die Schlachtenreihen waren zerfasert und ausgefranst, und eine nach der anderen zerfielen sie in Zweikämpfe, Mann gegen Mann. Einheiten brachen auseinander, Menschen flohen Hals über Kopf die Hänge hinab und wurden von ihren Verfolgern auf Pferden niedergeritten. Es war ein heilloses Durcheinander aus Schlachten und Morden, und Sara konnte nicht sagen, wer die Oberhand behielt oder wer diesen Kampf verlieren würde.

Hilger deutete nach Süden, wo sich im strahlenden Licht der Sonne die winzigen Umrisse von Pferden und Lanzen vom Horizont abhoben. Es schienen eine ganze Menge Reiter zu sein, die sich dort oben versammelt hatten.

Thoren kniff die Augen zusammen. »Kennen wir sie?«

»Leider ja. Es sind Panzerreiter, und auf ihrer Fahne prangt ein flammendes Schwert auf rotem Grund. Wenn Ihr mich fragt, etwas dick aufgetragen, aber durchaus beeindruckend.«

»Cajetan ad Hedin.« Thoren ballte die Hände zu Fäusten. »Dann ist es also wahr. Der Drecksack spielt in diesem

Spiel eine Rolle.« Er kaute auf seiner Unterlippe herum und runzelte die Stirn. »Aber wieso greifen sie nicht an? Auf was warten sie noch?«

»Er müsste durch die Reihen der Kolnorer reiten. Sie stehen ihm im Weg. Ich vermute, er wartet ab, bis wir sie niedergekämpft haben.«

Thoren schüttelte langsam den Kopf. »Cajetan ist nicht dumm. Er weiß, dass er mit seinen Panzerrittern nicht mehr viel ausrichten kann, wenn sich Eure Kriegsknechte erst einmal hinter die Mauern des Kastells zurückgezogen haben. Pferde haben Probleme damit, Leitern zu ersteigen.«

»Was sollte er denn sonst tun?«

Thoren starrte finster auf die Hügelkuppe hinauf. »Angreifen.«


Cajetan ad Hedin kniff die Augen zusammen, um besser erkennen zu können, was sich in dem malerischen Tal zu seinen Füßen abspielte. Confinos lag unter einer dichten Glocke aus schwarzem Rauch verborgen. Unzählige Häuser waren bis auf die Grundmauern niedergebrannt. Überall loderten Flammen in den Himmel hinauf, und die Straßen waren übersät von Toten.

Besonders schlimm sah es am Fuß des Kastells aus, das auf einer kleinen Hügelkuppe über der Stadt thronte. Vor den Toren der Festung wimmelte es von Kolnorern und lyttischen Kriegsknechten. Es sah ganz so aus, als hätten sie ordentlich bluten müssen, bis es ihnen gelungen war, die Tore der Festung einzuschlagen und in den Burghof vorzudringen. Weiter waren sie nicht gekommen, denn im Westen sahen sie sich einem neuen Gegner gegenüber, der sie zwang, ihre Kräfte aufzuteilen. Den Farben ihrer Banner nach handelte es sich um die Schwarzraben, einen üblen Söldnerhaufen, der Henrey Thoren treu ergeben war. Trotz seines Hasses auf diese Ausgeburt der Gruben musste Cajetan dem alten Drecksack im Stillen Tribut zollen. Seine Söldner hatten das sichere Ende des Kaiserreichs in eine Pattsituation verwandelt. Zumindest für einen kurzen Augenblick.

Vorsichtig hob Cajetan die Schulter, und das Eisen seiner Armröhren erzeugte ein schabendes Geräusch. Schmerzhaft verzog er das Gesicht. Die Verletzungen, die ihm Danil ad Corbec mit dem Messer zugefügt hatte, waren verheilt, aber es tat noch immer verdammt weh. Vielleicht war es aber auch die Scham darüber, dass ihm sein Fluch das Leben gerettet hatte. Der Fluch, der dafür gesorgt hatte, dass auch der sechste Finger nachgewachsen war, dessen sanfter Druck unter dem Eisenhandschuh ihn nun wieder jeden Augenblick des Tages daran erinnern konnte, was er wirklich war.

»Hübsch«, sagte Grimm, dessen Rüstung vom Straßenschlamm braun gesprenkelt war.

Cajetan warf ihm einen finsteren Seitenblick zu, doch sein Gehilfe interessierte sich überhaupt nicht für ihn. Er schaute nach Osten zu der gewaltigen Steinbrücke hinüber, die den Korros überspannte und vor deren südlichem Ende sich die Leichen besonders hoch stapelten.

»Die Brücke«, sagte Grimm. »Sie fügt sich sehr harmonisch in das Gesamtbild ein.«

Cajetan runzelte die Stirn. Meistens schien seinem grobschlächtigen Gehilfen kaum ein Gedanke durch den Kopf zu gehen, doch gelegentlich überraschte er einen mit bemerkenswert philosophischen, dabei aber völlig unpassenden

Betrachtungen. Der Ordensfürst bewegte den Kopf und ließ seine Halswirbel knacken. »Was meinst du, Grimm? Sollen wir jetzt sofort angreifen oder lieber noch ein wenig die Steinmetzkunst vergangener Jahrhunderte bewundern? Vielleicht gelingt es unseren kolnorischen Freunden ja noch, Henrey Thoren auf seine letzte Reise zu schicken.«

Grimm zuckte mit den Schultern. Ob Thoren lebte oder starb, schien für ihn genauso wenig von Interesse zu sein wie das Schicksal des Kaiserreichs oder der restlichen Menschheit.

Cajetan klopfte mit den gepanzerten Fingerknöcheln auf das Schwert an seiner Seite. Im Grunde wusste er die Antwort bereits. Henrey Thoren gehörte ihm. Ihm ganz allein. Ihr Aufeinandertreffen war vorherbestimmt wie der Pfad der Reisenden. Es stand fest von dem Tag an, als sie sich das erste Mal begegnet waren. Möglicherweise war heute sogar der Zeitpunkt, an dem es sich entschied. Er konnte nicht zulassen, dass jemand anders das Schicksal für ihn änderte.

Nachdenklich blickte er zum Kastell hinunter, wo die Schlacht noch immer in vollem Gang war. Jetzt, wo es möglicherweise endlich so weit war, seinen Schwur zu erfüllen, spürte er eine gewisse Unsicherheit. War das wirklich der rechte Augenblick?

»Verdammter Mist«, brummte er und richtete sich im Sattel auf. Zögern brachte ihn auch nicht weiter. Wenn die Zeit gekommen war, dann war sie es. Er konnte nichts mehr daran ändern. »Gib das Zeichen zum Angriff, Grimm.«

Schnaufend riss der grobschlächtige Mann den Blick von der Brücke los. Mit geübtem Griff löste er seinen Streitkolben von der Befestigung am Sattel und streckte ihn in die Höhe. Mehr als zehn Dutzend in glänzenden Stahl gehüllte Panzerreiter richteten ihre Lanzen in den Himmel und wandten ihm ihre Aufmerksamkeit zu.

»Vorwärts!«, brüllte Grimm. Der Befehl pflanzte sich in den Reihen fort. Visiere wurden heruntergeklappt, Schilde gerade gerückt und Fersen in die Flanken der Pferde gedrückt. Schnaubend und vor Aufregung zitternd setzten sich die schweren Schlachtrösser eines nach dem anderen in Bewegung.

Seufzend klappte Cajetan das Visier nach unten, und die Welt verengte sich auf den schmalen Sehschlitz seines Helms.

Es war ein perfektes Feld für diesen Angriff. Ein sanft absteigender Hügel ohne Bäume und störendes Wurzelwerk. Das Korn auf den Feldern war bis auf ein paar Stoppeln abgeerntet, und der Feind war viel zu sehr mit sich selbst beschäftigt, um sich noch rechtzeitig auf die neue Gefahr einstellen zu können. Schnaubend und wiehernd galoppierten die Schlachtrösser den Hang hinab, wurden schneller und zielstrebiger, streckten die Hälse lang, bis sie in einer breiten, unaufhaltsamen Linie auf die Masse der Kämpfenden zuhielten.

Der Wind zerrte an Cajetans Rüstung. Er hörte das Trommeln der Hufe auf dem Boden, das Klagen der Hörner und das vielfache Klappern der schweren Panzer um ihn herum. Die Kämpfenden kamen näher und näher, bis sie sein schmales Gesichtsfeld vollständig ausfüllten.

Zuerst Hilgers Schwarzraben. Cajetan sah ihre Gesichter, bärtig und müde und voller Dreck und Blut. Männer, die seit Tagen gekämpft und mühsam die Stellung gehalten hatten, in der Hoffnung, dass das Schlachten und Morden irgendwann ein Ende finden würde.

*Wie ihr euch geirrt habt, ihr Narren. Ihr hättet euch nie-
mals darauf einlassen sollen. Krieg ist nie gerecht, und
Krieg kennt niemals Gnade.* Cajetans Atem ging stoßweise.
Über dem Dröhnen in seinen Ohren konnte er kaum seine
Stimme hören, kaum die Rufe der anderen, die den Schlacht-
ruf der Ordensritter brüllten. »Für Kazarh!«

Kurz fragte er sich, was das für ein Gefühl sein würde,
die Pferde weiter geradeaus preschen zu lassen, direkt in die
Reihen der Kriegsknechte hinein, die soeben erst zu begreifen schienen, was von den Hügelkuppen her auf sie zustürmte. Sie einfach zu überrollen wie eine Sturmflut und
dem Kaiserreich hier und jetzt ein Ende zu bereiten. Doch
noch bevor er sich diesen Gedanken in allen blutigen Ein-
zelheiten ausmalen konnte, beschrieb die Masse der Panzerreiter einen sanften Bogen nach rechts, und Cajetan ließ
sein Pferd mitlaufen, direkt auf die Reihen der Kolnorer zu,
die der eigentliche Feind waren. »Für Kazarh!«, brüllte er
aus vollem Hals. »Für den Kaiser!«

Mit mächtigem Donnerschlag schlugen die Panzerreiter
in den Kolnorern ein. Stachen, spießten, zertrampelten und
schoben die Barbaren vor sich her wie Schlachtvieh. Fraßen
sich durch sie hindurch wie ein Feuer durch ein ausgedörrtes
Getreidefeld.

Cajetans Lanze stieß in den Kopf eines Kolnorers, ließ
ihn aufplatzen wie eine überreife Melone, riss einen zweiten und dritten Gegner einfach auseinander und zerbarst in
tausend Splitter. Etwas krachte hart gegen seinen Helm,
und ihm wurde für einen Moment schwarz vor Augen. Er
schwankte im Sattel und schüttelte den Kopf. Die Spitze
eines Speers schrammte über seinen Brustpanzer hinweg,
und das Blatt einer Axt streifte sein Bein. Brüllend warf er

die Reste seiner Lanze nach dem Angreifer und riss sein Schwert aus der Scheide. Schwang es in weiten Bögen nach beiden Seiten und schlug Köpfe ein, zerhackte schützend in die Höhe gerissene Schilde und zerschmetterte bärtige Gesichter. Gesichter, die an Götter glaubten, die ihnen nicht beistanden, weil sie ihn viel zu sehr fürchteten. Ihn, Cajetan ad Hedin, die Flamme des Ordens.

Vor der Lawine aus Stahl und Pferdeleibern zerfielen die Kolnorer wie Asche im Feuer, verpufften und verschwanden im Nichts. Es war eine bedauerlich kurze Schlacht. Eher ein Schlachten, dem die Barbaren nichts entgegenzusetzen hatten. Wer nach dem ersten Ansturm noch stand, warf seine Waffen weit von sich und suchte sein Heil in panischer Flucht.

Cajetan bleckte die Zähne, riss die blutige Schwertklinge weit über den Kopf und wies dann nach vorn, den Fliehenden hinterher. »Tötet sie! Tötet die Götzenanbeter! Treibt sie zurück über den Fluss!«

# 38

## FÜR DEN MOMENT

Tötet sie«, befahl eine Männerstimme mit starkem novenischem Akzent. Messer hielt inne. Genau genommen war es ein cortenarischer Akzent, so dick wie Blutsuppe. Es klang nicht mal, als gebe sich der Sprecher Mühe, deutlich zu sprechen. Er verzog das Gesicht und ging vorsichtig bis an eine Gangbiegung weiter. Hinter der Ecke entdeckte er eine Gruppe von acht Männern. Einer von ihnen, ein dunkler Typ mit einem scheußlichen Schnurrbart und der Rüstung eines berunischen Vibel, schien mit der gerade erteilten Anordnung nicht einverstanden zu sein. Er stand stocksteif und starrte einen kleineren, fülligen Mann mit stark pomadiertem Haar an. »Bei allem Respekt, Heetmann, aber die Anordnung des Fürsten war, den Rittern Zeit zu geben, sich zu entscheiden.« Auch der Schnurrbärtige hatte einen novenischen Akzent, obwohl er wesentlich dezenter und bei Weitem nicht so unangenehm war. Veycarisch, vermutlich.

Der Pomadierte winkte ab. »Was glaubt ihr denn? Sie haben sich bereits entschieden. Und ich bin mir sehr sicher, dass sie sich entschieden haben wie alle übrigen. Wir verschwenden Zeit.«

Schnurrbart räusperte sich. »Die Anordnung Antrenos war, die Ritter für diesen Fall unter Verschluss zu halten, um ein Druckmittel gegen Berun in der Hand zu haben«, wandte er vorsichtig ein.

Der Pomadierte war schneller, als Messer es angesichts seiner Statur für möglich gehalten hätte. Er überbrückte die drei Schritte bis zum Schnurrbärtigen in einem Lidschlag, und in seiner Faust lag ein verziertes Schwert mit dünner Klinge, dessen Spitze jetzt an der Kehle des Schnurrbärtigen lag und seine Haut ritzte. »Ich habe einen Befehl gegeben. Ich wusste nicht, dass ich meine Befehle mit euch ausdiskutieren muss, Vibel. Tut es.«

Der Schnurrbärtige schluckte. »Wir wissen nicht, womit diese Ritter gezeichnet sind. Wir hatten keine Zeit, sie einzuschätzen, Heetmann Fuolare. Sie könnten Schwierigkeiten machen, wenn wir versuchen, sie zu hängen.«

Für einen Moment sah es so aus, als würde der Pomadierte dem Vibel das Schwert in den Kehlkopf rammen. Dann ließ er es zur Seite zischen und atmete affektiert durch. »Kein Mensch hat etwas von hängen gesagt. Nehmt ein paar Armbrüste und erschießt sie. Die wenigsten Gezeichneten sind dagegen geschützt. Und wenn einer überlebt – erschießt ihn mit etwas anderem. Bei Kasha, das ist doch wohl nicht so schwer zu begreifen!«

Die Männer hinter dem Vibel sahen sich unsicher an. »Das ist aber nicht ehrenhaft«, murmelte einer von ihnen. Messer betrachtete sie genauer. Auch sie trugen die Rüstungen einfacher berunischer Kriegsknechte, aber zumindest drei von ihnen hatten auch die dazu passenden Gesichter.

Die anderen drei sahen ebenfalls eher nach novenischen Söldnern aus.

»Ich scheiß drauf«, knurrte der Pomadierte, ohne ihnen auch nur einen Blick zu gönnen. »Und das solltet ihr auch. Merkt es euch: Selbst eine Handvoll Ordensritter könnten uns mehr Ärger machen, als wir im Moment ertragen. Diese Ärsche kennen keine Gnade und sind besser als jeder einzelne von euch. Und was ihren Wert als Druckmittel angeht – der verfickte Kaiser nimmt keine Geiseln. Es ist ihm scheißegal. Der lässt sich nicht mit ein paar Ordensschwertern erpressen, wenn er noch Hunderte mehr davon hat.« Er drehte den Männern den Kopf zu und brüllte unvermittelt: »Bewegt euch! Tötet sie, bevor ich euch umlege und es selbst mache!«

Die sechs Kriegsknechte zuckten zusammen und hasteten zu einem Tisch am anderen Ende des Raums, an dem drei Armbrüste lehnten. In der Zwischenzeit hatte der Schnurrbärtige einen Schlüssel hervorgeholt und entriegelte das Gatter, das eine tiefer nach unten führende Treppe versperrte. Die Männer griffen nach zwei Fackeln und hasteten die Treppe hinab. Hinter ihnen verschloss der Schnurrbärtige das Gatter sorgsam wieder, ließ sich mit einem Seufzen auf eine der Bänke am Tisch fallen und schenkte zwei Becher Wein ein. »Ich hoffe nur, das ist gut überlegt, Fuolare.«

Der Pomadierte zuckte mit den Schultern und ließ sich auf der anderen Bank nieder. »Es ist beschlossen, lohnt sich also nicht, darüber nachzudenken.« Er grunzte und nippte an seinem Becher. »Trotzdem werde ich mich erst entspannen, wenn die Hexer der Tiefen hier sind.«

Messer legte den Kopf schief. Es schien ganz so, als liefe ihm soeben die Zeit davon. Er konnte eine Handvoll Ordensritter gut gebrauchen – allerdings nicht, wenn sie tot waren. Leise holte er seine Schnupfpulverdose aus der Tasche und schniefte geräuschvoll eine Prise bläuliches Pulver. Am Tisch fuhren die beiden Männer alarmiert herum, und der pomadierte Heetmann war auf den Füßen, noch bevor sein Kumpan fertig damit war, seinen Becher umzustoßen. Messer trat mit beschwichtigend erhobenen Händen aus dem Schatten des Durchganges. »Nur die Ruhe, Herre«, sagte er mit unbeteiligter Stimme. »Ihr müsst wegen mir nicht aufstehen. Ich möchte Euch gar nicht stören. Ich wollte nur kurz nach den Rittern sehen, die wir für Antreno gefangen haben. Vielleicht ein oder zwei Fragen stellen, die den Fürsten interessieren. Fragen, ob sie sich vielleicht schon entschieden haben, bei dieser kleinen Unternehmung mitzuwirken. Ihr wisst schon. Antreno ist ungeduldig.« Bei den letzten Worten hob er den Kopf ein wenig, da das Schwert des Pomadierten inzwischen unter seinem Hals lag.

»Wer bei den verschissenen Reisenden bist du Scheißer?«, fauchte der Pomadierte.

Messer schielte kurz auf die Klinge an seinem Hals, dann lächelte er dünn. »Messer ist mein Name. Meister Messer. Und ich denke, der Fürst wüsste auch gern, wer genau es war, der beschlossen hat, seine Befehle zu missachten. Das könnte nämlich durchaus unangenehm werden.«

Der Pomadierte fletschte die Zähne. »Das geht dich einen Scheiß an«, knurrte er. »Die Ritter …«

Ein Schrei von unten unterbrach ihn, und Messer konnte gerade noch zurückzucken, um zu verhindern, dass ihm die Klinge den Hals durchtrennte. »Zu spät«, stellte er bedauernd fest.

Irgendetwas krachte auf der Treppe. Irgendjemand gurgelte, zwei Männer schrien Anweisungen, deren Wortlaut Messer entging, eine Armbrust krachte, und irgendeine Klinge schlug klirrend auf Gestein.

Der Pomadierte wirbelte herum und starrte Messer an. »Was bei allen Reisenden geht hier vor?«

Der Vogelmann zuckte sein Vogelschulterzucken. »Das wüssten wir alle gern.«

»Hilfe!« Einer der berunischen Kriegsknechte kam die Treppe wieder heraufgerannt und prallte gegen das wieder verschlossene Gatter. Panisch rüttelte er an der eisernen Tür. »Bitte!« Er quiekte beinahe, und Messer fand, dass das zu seinem Gesicht passte. »Lasst mich raus!«

Der Schnurrbärtige hatte sein Schwert gezogen und war schon halb beim Gatter, als der Pomadierte Einspruch erhob. »Es bleibt zu!«, bellte er mit erstaunlich lauter Stimme. »Wage es nicht, diese Scheiß-Tür zu öffnen!« Hinter dem Kriegsknecht schepperte erneut etwas, irgendjemand gurgelte.

Der Vibel hielt inne und sah seinen Vorgesetzten fragend an. »Aber er scheint …«

Der Pomadierte fletschte die Zähne. »Er ist aus dem Kampf geflohen. Er ist genau dort, wo er hingehört«, knurrte er düster.

»Was?« Jetzt kreischte der Kriegsknecht. »Herre! Der Ritter dort unten …«

»Der Ritter?« fiel ihm der Heetmann ins Wort. »Ein Ritter? Nur ein verschissener Ritter?« Er deutete mit dem Schwert auf den Schnurrbärtigen. »Siehst du, genau das habe ich gemeint. Ein einziger Ritter, und diese Trottel sind unfähig, ihn aufzuhalten. Und Antreno will sie am liebsten alle am Leben lassen.« Er schnaubte abfällig und richtete seine Klinge wieder auf Messer, der gerade Anstalten machen wollte, die Hände zu senken. »Und was hast du Stück Scheiße vor, hm?«

Messer sah den Heetmann gekränkt an. »Ihr benutzt dieses Wort ziemlich oft«, sagte er vorwurfsvoll. »Ich bin nur hier, um dringend benötigte Hilfe zu rekrutieren. Oh.« Er sah an dem Pomadierten vorbei und verzog anerkennend das Gesicht. Der Mann konnte offensichtlich nicht anders – sein Blick zuckte zu dem, was Messers Aufmerksamkeit abgelenkt hatte. Hinter dem panischen Kriegsknecht am Gatter war jetzt ein halb nackter Mann aufgetaucht. Er war barfuß, lediglich mit Hosen, einem Dutzend alter Kampfnarben und einer unangenehmen Menge Körperbehaarung bekleidet und über und über mit Blut besprenkelt. In den Händen hielt er ein Messer und ein Schwert, das wohl bis gerade eben einem der Wachleute gehört hatte, und auf seinem Gesicht lag ein düsteres Grinsen. Der Kriegsknecht schien ihn im letzten Moment gehört zu haben, denn er wirbelte herum und schlug mit seinem Schwert nach dem blutigen Mann. Der jedoch stand noch vier oder fünf Stufen tiefer und musste sich nur geringfügig ducken, um dem wilden Hieb zu entgehen. Dann hechtete er vor, stieß sich mit der Dolchhand von einer Stufe ab und rammte dem Kriegsknecht das Schwert unter den Panzer und bis beinahe zum Heft in den Leib.

»Das«, kommentierte Messer, »ging entschieden zu schnell. Mit solchen Leuten bewacht man keine Ritter.« In seiner eigenen Hand lag plötzlich ein schmales Messer. Noch bevor der Pomadierte reagieren konnte, drehte sich Messer an dessen Schwertspitze vorbei und stieß ihm die Klinge durch den Hals. Mit einem weiteren Seitschritt wich

Messer dem spritzenden Blut aus der durchtrennten Halsschlagader des Mannes aus, zog die Klinge wieder heraus und hob sie tadelnd. »Und vor allem lässt man sich nie, nie ablenken, wenn man jemanden mit einem Schwert bedroht, der Messer heißt. Meine Güte.« Er schüttelte den Kopf und stieg über den am Boden Liegenden, der sich entsetzt den Hals hielt, im vergeblichen Versuch, die sprudelnde Flut zurückzuhalten. »Ja, das war nicht ehrenhaft. Aber darauf scheißt er ja. So, mir scheint, dieser Mann hier ist etwas vernünftiger.« Messer nickte dem Schnurrbärtigen zu, der auf halbem Weg zum Gatter erstarrt war. »Zumindest spricht es für ihn, dass er seine Befehle infrage stellt. Wenn du keine Dummheiten machst, könnte es sein, dass du die nächsten Minuten überlebst. Andernfalls wird das schmerzhaft für dich.«

Der Schnurrbärtige öffnete den Mund, doch Messer kam ihm zuvor. Er stieß einen dürren Zeigefinger in die Luft. »Ah!«, sagte er und nickte sein Vogelnicken. »Jetzt etwas zu sagen wäre ziemlich sicher eine Dummheit. Ich bin kein netter Mensch. Behalte das im Kopf.« Er wandte sich dem Mann zu, der jetzt hinter der Gittertür stand und Messer interessiert beobachtete. »So. Ein Ordensritter, nehme ich an?«

Der Halbnackte nickte. »Wibalt ad Schwartzthal, Ritter des Flammenden Schwerts.« Er sah auf den Sterbenden hinter Messer. »Und Ihr seid?«

»Wie ich dem Mann da gerade schon erklärt habe – man nennt mich Meister Messer, und ich bin hier, um die Dienste der Ritter seiner Kaiserlichkeit in Anspruch zu nehmen.« Messer zuckte erneut mit den Schultern. »Ich schätze, das war nicht in seinem Sinne. Ich hoffe, es ist in Eurem.«

Der Ritter sah ihn nachdenklich an, bevor er sich mit dem Unterarm über den Vollbart wischte und dabei das Blut großzügig verteilte. »Ich habe noch nie von Euch gehört, Meister Messer.«

Messer neigte den Kopf. »Ich nehme das als Kompliment, Wibalt. In meinem Gewerbe ist es von Vorteil, wenn Leute wie Ihr nichts von Leuten wie mir gehört haben. Aber wir haben einen gemeinsamen Bekannten.« Er zog ein Band aus seinem Kragen, an dem ein alter Siegelring hing. »Ich glaube, Ihr erkennt ... Ach je.« Während er dem Ritter den Ring zur näheren Inspektion hinhielt, hatte der Schnurrbärtige versucht, die Ablenkung zu nutzen, um in den Gang zu kommen. Messer streckte die Hand aus, und ein kaum sichtbarer Puls durchfuhr die Luft. Als er den Vibel traf, schrie der Mann gellend auf. Alle Muskeln in seinem Körper schienen sich gleichzeitig zu verkrampfen, und dann wurde das Schreien durch ein seltsames Krachen abgelöst. Der Schnurrbärtige presste die Zähne so fest aufeinander, dass seine Zähne splitterten. Seine Arme und Beine knirschten, und mit einem hohlen Winseln bog er sich schier unmöglich weit nach hinten durch. Blut schoss aus seiner Nase und gleich darauf auch aus seinen Ohren. Adern traten auf seinem Gesicht und Hals hervor, als wollten sie jeden Moment bersten, dann brach sein Rückgrat mit einem Übelkeit erregenden Krachen nach hinten durch, und er sackte in sich zusammen.

Messer entließ zischend den Atem und senkte den Arm. Dann holte er tief Luft und nickte dem Ritter zu, der ihn alarmiert anstarrte. »Schmerz«, erklärte Messer. »Mein Talent. Ich mag ihn nicht, aber er erweist sich gelegentlich als äußerst wirkungsvoll.« Er seufzte. »Ich hatte ihn gewarnt, oder? Also gut.« Er beugte sich zu dem zerbrochenen Leichnam hinab und holte den Schlüssel zum Gatter aus seiner Tasche. Nachdenklich betrachtete er das eiserne Werkzeug und dann den Ritter. »Jetzt schaut nicht so, Wibalt. Ich bin ein Gezeichneter, ja. Aber das seid Ihr auch. Und am Ende dienen wir denselben Herren. Also können wir uns darauf einigen, dass wir hier andere Probleme haben als unsere unterschiedlichen Ansichten zum Einsatz von Talenten?«

Wibalt verzog das Gesicht und riss den Blick von den blutigen Überresten. »Ihr seid ein gefährlicher Mann, Messer.«

»Sagt der nackte Mann, der im Blut von sechs Männern gebadet hat«, gab Messer zurück. Er hob einen Becher vom Tisch, nippte daran und schnitt eine Grimasse. »Genug Komplimente gewechselt: Ich brauche Eure Unterstützung, und wie es aussieht, könnt Ihr auch meine Hilfe brauchen, stimmt Ihr zu?«

Der Ritter zögerte, und die Abneigung stand deutlich in seinem Gesicht, bevor er seine Miene verschloss und nickte. »Es sieht so aus. Und wenn Ihr tatsächlich diesem Herrn dient, dessen Ring Ihr tragt, dann ist es … angemessen, mit Euch zusammenzuarbeiten. Für den Moment.«

»Für den Moment«, wiederholte Messer. »Natürlich. Gut.« Er warf Wibalt den Schlüssel zu. »Holt Eure Kameraden. Da draußen wartet ein Krieg auf uns.«

# 39

## EIN PAKT

**D**ort drin wartet hoffentlich Geld auf uns«, stellte Vibel Brender fest, sah den fremden Kriegsknecht und seine Begleiter misstrauisch an und deutete auf eine beschlagene Holzkiste auf dem Tisch vor ihnen.

Der Wortführer der Männer Antrenos war ein dürrer, hoch aufgeschossener Mann. Seine Haare waren so licht, dass der von Muttermalen übersäte Schädel deutlich sichtbar war. Dennoch trug er die übrig gebliebenen Strähnen schulterlang und offen. In seinem Gesicht prangten weitere Muttermale, und die Warze am Kinn machte ihn auch nicht attraktiver. Aber darum ging es ja selten bei Kriegsknechten. Ungerührt zuckte der Mann mit den Schultern. »Das ist die Abmachung, und Fürst Antreno hält sich an sein Wort. Zumindest, wenn ihr eures haltet.«

Vibel Brender sah sich betont auffällig nach dem Dutzend Männer um, die an einer Seite der Halle standen und schussbereite Armbrüste – nun, nicht direkt auf sie gerichtet hatten, sie aber zumindest so hielten, dass sich das binnen eines Lidschlags ändern konnte. Dann richtete er den

Blick wieder auf den Wortführer. »Das bedeutet jedoch nicht, dass ihr uns vertraut«, stellte er fest.

»Das bedeutet nicht, dass wir euch vertrauen«, stimmte der Wortführer zu. »Das können wir erst, wenn ihr eure Unterschriften unter dieses Dokument hier gesetzt habt.«

Brender sah auf den dicht beschriebenen Bogen Pergament auf dem Tisch vor ihnen. Eine Weile schwiegen alle. Schließlich räusperte sich der Wortführer. »Wir können es euch auch vorlesen lassen.«

Brender sah auf. »Nicht notwendig. Amric? Sieht das für dich in Ordnung aus?«

Der Schreiber sah ebenfalls hoch und nickte. »Im Grunde steht es dort wie besprochen. Ich sag's mal, wie's ist: Jeder der Unterzeichnenden stellt sich als Kriegsknecht in Antrenos Dienst und sagt sich damit von Edrik und Berun los. Es wird eine Unterschrift akzeptiert oder ein Daumenabdruck. Außerdem erhält er auf Wunsch das Bürgerrecht in einer der Siedlungen des Macouban und ...«

»Geschenkt«, warf Ness ein. »Was steht dort über das Geld?«

Amric seufzte. »Doppelten Sold für jeden.«

Ness zog die Brauen hoch und nickte zufrieden. »Na dann. Nachdem ich ja jetzt schon doppelten Sold bekomme, lohnt sich der Scheiß hier auf meine alten Tage ja doch noch. Wo soll ich unterzeichnen?«

Der Schreiber warf ihm einen düsteren Seitenblick zu. »Soll ich jetzt vorlesen, oder was?«

Der Vibel seufzte. Er richtete sich auf und sah den Mann mit den Muttermalen an. »Ich glaube, das können wir überspringen, Amric. Wenn du nichts auszusetzen hast, sind wir zufrieden.«

Im Gesicht des Schreibers zuckte es. Dann schüttelte er den Kopf. »Nein, Vibel. Alles bestens.«

»Fein.« Brender griff nach der bereitgelegten Feder, tauchte sie in das Tintenfass und krakelte seine Unterschrift zu dem Dutzend anderer, die bereits auf dem Pergament standen. Amric folgte seinem Beispiel, danach verzierten der Rosskopf und Hammer den Bogen mit ihren Daumenabdrücken, bevor Ness zur Feder griff und ein angedeutetes Gesicht auf das Blatt kritzelte.

Der mit den Muttermalen starrte ihn stirnrunzelnd an. Er stützte sich auf den Tisch, als er sich nach vorn lehnte. »Was soll dieser Mist?«, knurrte er ungehalten.

Ness grinste ihn an. »Mein Zeichen«, sagte er leichthin.

»Unterschrift oder Daumen«, bellte der andere.

Der kleine Schütze zuckte mit den Schultern. »Ich mache das seit mehr als zwanzig Jahren so, Mann. Selbst Kaiser Edrik hat eines davon bekommen. Dann muss das auch für Antreno reichen.« Ness musterte sein Gegenüber abschätzend. Der Mann war ein alter Kriegsknecht, und Ness und seine Begleiter wussten aus eigener Erfahrung, dass es nur einen Weg gab, ein alter Kriegsknecht zu werden: Man musste wirklich gut sein. Er sah hoch ins Gesicht des Wortführers. »Du bist schon ziemlich lange dabei«, stellte er fest. »Wie heißt du?«

»Borzko«, sagte der andere argwöhnisch.

Ness nickte. »Ich bin Ness Rools. Also, Borzko: Du hast sicherlich von der Schlacht von Fridland oben im Norden gehört. Ist zehn Jahre her oder so.«

Borzko nickte zögerlich.

»Wir waren dort, der Vibel, Hammer, der Rosskopf, ich. Die Schildbrecher. Wir haben gegen Edriks Männer gekämpft, bis dieser ganze stinkende Haufen Dung, der sich Aufstand nannte, in sich zusammengebrochen ist. Nicht der Aufstand gegen Kaiser Harand übrigens. Auch nicht der davor. Wenn etwas in Dumrese besser wächst als bekackter Winterkohl, dann sind es Aufstände. Das gehört wohl zur Volksbelustigung dort. Egal. Jedenfalls, wir waren die verdammt Letzten, die noch gekämpft haben, so lange, bis seine hochwohlgeborene Schwammigkeit von Kaiser gezwungen war, entweder ganz Dumrese niederzubrennen oder einen Friedensvertrag zu akzeptieren. Und das, obwohl wir verloren haben! Was lernst du daraus?«

Die umstehenden Kriegsknechte hatten innegehalten und hörten aufmerksam zu. Borzko sah ihn fragend an, und Ness breitete die Hände aus. »Erstens: Wir machen das schon lange genug, um zu wissen, wann es besser ist, auf der Siegerseite zu stehen. Zweitens: Wir tun unser Bestes, solange man uns bezahlt. Und drittens«, Ness' Grinsen verschwand, »geh mir nicht auf den Sack mit Kleinlichkeiten. Ich könnte dir auf dein Blatt rotzen, und mein Wort würde trotzdem gelten.«

Borzko und Ness starrten sich über den Tisch hinweg an, und schließlich war es der Kriegsknecht mit den Muttermalen, der zuerst blinzelte. Missmutig kratzte er sich den Schädel. »Du hast Edrik wirklich diese Fratze da auf seinen Vertrag gesetzt?«

Ness' Grinsen kehrte schlagartig wieder zurück. »Auf seinen Scheißfriedensvertrag, ja. So wahr ich hier stehe.« Er trat zur Seite und blickte die Reihe der hinter ihm wartenden Kriegsknechte seiner Quartere an. »Na los, macht hin, ihr Säcke! Willkommen im glorreichen Heer von Fürst Antreno, lang möge er leben und tief mögen seine Taschen sein! Unterschreibt endlich! Ich brauche jetzt dringend ein Bier.«

Der Rosskopf trat neben Hammer und Brender. »Das wäre erledigt«, sagte er leise, während sie dem Rest der Männer beim Unterzeichnen zusahen. »Damit haben wir uns gerade in die Gruben verkauft. Was ist der nächste Schritt, Vibel?«

»Als Nächstes müssen wir einen Weg finden, Thoren zu benachrichtigen«, murmelte Brender, ohne ihn anzusehen. »Er sollte wissen, was sich hier unten zusammenbraut.«

»Ich schätze, das spricht sich rum«, sagte der Rosskopf.

»Vermutlich. Aber der Heetmann weiß so etwas gern aus sicherer Quelle.«

Hammer nickte nachdenklich. »Sollten wir ihm bei der Gelegenheit sagen, dass wir seinen Goldjungen verloren haben?«

Der Vibel seufzte. »Ich würde sagen, das kann noch etwas warten. Ich fürchte, wir werden hier bald trotzdem alle Hände voll zu tun haben.«

# 40

## JEMAND ANDERES

Langsam verschwand das Blau aus den Flammen des großen Feuers, und die normale Färbung kehrte zurück, während der Rauch wie Nebel zerfaserte und sich langsam über die gesamte Lichtung legte. Würziger Geruch wie aus Agetpfeifen kroch in Martens Nase. Unter ihm nahmen die Trommeln wieder an Schwung auf, und die Tänzer begannen erneut, ihrem Rhythmus zu folgen. Marten schüttelte leise den Kopf und grinste. Dieses Land hielt wahrlich Überraschungen bereit, die ... ihm wurde bewusst, dass sich die Fürstin umgewandt hatte und ihre blinden Augen direkt in seine Richtung starrten. Ihre Nasenflügel blähten sich, und sie zog die Lippen zurück wie ein Tier, das soeben eine Witterung aufgenommen hat. Noch ehe er reagieren konnte, streckte sie einen Arm aus und deutete in seine Richtung. Ihr Ruf übertönte die Trommeln, und was immer sie rief, es enthielt das Wort Berun!

Marten wollte schon aufspringen, als von hinten, kaum eine Armlänge über seinen Kopf hinweg, etwas mit dem charakteristischen Summen eines Armbrustbolzens angeflogen kam, Blätter auf ihn herabregnen ließ und in das Gesicht des Wächters direkt vor ihm schlug, der sich gerade erst umdrehen wollte. Der Mann wurde weiter herumgerissen, verlor das gerade gezogene Schwert und stürzte rücklings hinab in die Senke. Weitere Bolzen zischten auf beiden Seiten über Marten hinweg. Der zweite Wächter in seiner Nähe fiel ebenfalls, und eine ganze Reihe der Tänzer wurde niedergemäht, bevor sie auch nur etwas von dem ahnten, das soeben über sie hereinbrach. Marten hörte das Brechen von Unterholz, als von hinter ihm Stiefel auf ihn zutrampelten. Kettenhemden klirrten, und direkt neben ihm hieb eine Schwertklinge einige Zweige des Gebüsches beiseite. Einer der Angreifer lief so dicht an ihm vorüber, dass er ihm beinahe auf die Hand trat, und als er vom Schein des Feuers erfasst wurde, sah Marten die ihm nur zu gut bekannte Rüstung im Stil der Beruner Kriegsknechte, auch wenn deren Rot im Licht des Feuers nur zu erraten war. Die Hosen und Stiefel des Mannes waren zerschlissen und schlammverkrustet, doch das Schwert glänzte im Schein der Flammen, als er im Vorbeilaufen die Klinge in einem der gefallenen Wächter versenkte.

Von überall her brachen jetzt Kriegsknechte durch das Gestrüpp und trieben die vollkommen überrumpelten Metis in Richtung Ufer. Wer nicht schnell genug lief, wurde niedergemacht, und als die ersten der Tänzer endlich Anzeichen von Gegenwehr zeigten, waren schon mehr als zwei Dutzend von ihnen gefallen. Vor Entsetzen gelähmt sah Marten zu, wie die Berunier die Metis einfach abschlachteten. Der Hüne unten hinter der Fürstin war einer der wenigen Bewaffneten, der ernsthafte Gegenwehr zeigte. Er rammte einem der Angreifer seinen Dreizack durch den

Hals und riss ihn gleich darauf mit einem Klumpen Fleisch wieder heraus, um das andere Ende der Waffe so heftig gegen den Helm eines anderen prallen zu lassen, dass der wie gefällt zu Boden ging. Der Anblick riss Marten endlich aus seiner Erstarrung, und er krabbelte so schnell er konnte rückwärts aus den Büschen, nur fort von hier.

Ein Geräusch hinter ihm ließ ihn herumfahren, gerade rechtzeitig, bevor er gegen die Stiefel eines weiteren Kriegsknechts stieß, der damit beschäftigt war, seine Armbrust zu spannen. Verblüfft starrte der Mann auf ihn herunter, bevor er die erst halb gespannte Armbrust losließ und nach seinem Seitschwert griff. Marten sprang auf, fasste nach der Waffenhand, bekam sie zu packen und schmetterte dem Mann gleichzeitig den Ellbogen gegen den Nasenschutz seines Helms. Heftiger Schmerz durchzuckte seinen Arm, als der Mann zurückstolperte, doch er ließ die Schwerthand seines Gegners nicht los. Dann jedoch hatte sich der andere erholt und packte mit einem Brüllen nach Martens Hals, während er wütend an seiner blockierten Hand zerrte, um endlich sein Schwert frei zu bekommen. Sein Knie ruckte nach oben und traf Martens Oberschenkel. Selbst durch den Schleier von Xaris Trank hindurch fuhr der Schmerz so heftig in sein Bein, das es nachgab und Marten hintenüber fiel. Vom Erfolg seines Angriffs überrascht, stürzte der Kriegsknecht mit ihm und landete schwer auf Marten. Sein Aufschlag presste Marten die Luft aus der ohnehin schon zugeschnürten Kehle. Funken begannen vor seinen Augen zu tanzen, als er an der Schwerthand des anderen Mannes zerrte, die jetzt zwischen ihnen eingeklemmt war. Sein Gegner lag mit gefletschten Zähnen über ihm, und Blut troff von seiner Nase auf Martens Gesicht herab.

Panisch versuchte Marten den Kerl von sich zu wälzen, als seine freie Hand gegen den Griff eines Messers im Gürtel des anderen stieß. Mit einem Grunzen riss er die Klinge aus ihrer Scheide und trieb sie so heftig er konnte in den Unterleib des anderen Mannes, zog sie heraus und stieß wieder und wieder zu. Der andere Mann gurgelte, seine Hände verkrampften sich so stark, dass Marten fürchtete, er würde ihm die Kehle herausreißen, dann bäumte er sich auf und fiel schlaff auf dem jungen Mann zusammen. Warmes Blut tränkte Martens Kleider, und der metallische Geruch von Blut stach ihm in die Nase.

Keuchend schob er den schweren Mann von sich, stemmte sich auf die Ellbogen und sog die Luft in tiefen, rasselnden Zügen ein, bevor er sich übergab. Erst jetzt bemerkte er, dass das Schreien und die Kampfgeräusche noch immer nicht aufgehört hatten, und ihm wurde klar, dass nur wenige Augenblicke seit Beginn des Angriffs vergangen waren. Also wuchtete er sich auf die Füße und betrachtete den Dolch in seiner Hand, von dem noch immer das Blut des fremden Kriegsknechts tropfte.

So war das also. Da lernte man fast fünfzehn Jahre den Umgang mit Kriegswerkzeugen, und doch gab es nichts, was einen auf diesen Augenblick vorbereitete, in dem man tatsächlich einen Mann tötete. Die Säure ließ Marten den Speichel im Mund zusammenlaufen, und er spuckte aus. Dann sah er auf den Leichnam hinunter, der im Gras zu seinen Füßen lag. Kalte Wut überkam ihn. »Das ist deine Schuld, du blödes Arschloch!« Er trat gegen den Toten, doch das war so befriedigend, wie gegen einen Sack Sand zu treten. Erneut spuckte er aus. Schließlich wälzte er den Mann herum, dankbar, in der Dunkelheit das Gesicht nicht sehen zu müssen, tastete ihn ab und fand schließlich den Schwertgurt.

Hastig schnallte er sich die Waffe um, zog die Klinge aus der Scheide und warf einen letzten Blick auf den Kampfplatz, gerade rechtzeitig, um zu sehen, wie Emeri ihre Rechte auf eine Gruppe der Angreifer richtete. Noch immer glühten die Muster an ihrem gesamten Körper blau, und ihre Linke schien Flammen aus dem Feuerplatz zu saugen. Dann schoss eine blaue Flammenlanze aus ihrer Rechten und hüllte die Männer ein, die prompt zu schreien begannen, um sich schlugen, sich in das dunkle Wasser stürzten oder auf dem Boden wälzten. Die Hünen bluteten inzwischen aus mehreren Wunden, doch sie und Xari hatten die Fürstin in die Mitte genommen. Xari hatte das lange Messer in der Hand, und zusammen schienen sie für einen Moment die Kriegsknechte auf Abstand halten zu können. Einer der Angreifer warf sein Schwert beiseite, schüttelte den Schild vom Arm und ging mit ausgestreckten Händen auf Xari zu, nur um ihre Klinge in den ungeschützten Hals zu bekommen. Die Metis rief zwei weiteren der Kriegsknechte etwas zu, und die beiden knurrten sich plötzlich gegenseitig an wie tollwütige Hunde, bevor sie übereinander herfielen. Währenddessen bekam einer der Riesen einen unvorsichtigen Kriegsknecht am Rand des Brustpanzers zu fassen und warf ihn mit brachialer Gewalt in den Scheiterhaufen. Die übrigen Männer und Frauen hielten sich nicht so gut. Die meisten waren sichtlich nicht kampferfahren und versuchten zu fliehen, wurden jedoch zurückgetrieben und mit blitzenden Klingen in Stücke gehauen. Das war nicht die Arbeit von Schwertleuten oder auch nur ordentlichen Kriegsknechten, wie man sie Marten gelehrt hatte. Hier ging es nicht um den Sieg über die Einheit eines Gegners. Das hier war einfach nur schlichtes Abschlachten!

Marten stellte fest, dass ihn seine Beine den Hang hinab auf die Masse der Kämpfenden zutrugen, ohne dass er eine bewusste Entscheidung getroffen hatte. Er fletschte die Zähne und brüllte dem nächststehenden Kriegsknecht etwas Unverständliches entgegen. Der Mann drehte sich um, und Marten schlug ihm den Schwertknauf ins Gesicht. Ein anderer hob seine Klinge in einer hastigen Parade, die Marten durchbrach und ihm den Arm beinahe von der Schulter hackte. Der Mann schrie auf und stieß eine Reihe von Flüchen aus, die absolut nicht berunisch klangen. Seine Überraschung brachte Marten beinahe um. Ein dritter Kriegsknecht hatte den unerwarteten Angreifer entdeckt und hieb mit seiner Axt nach ihm. Marten konnte den Schlag im letzten Moment noch ablenken, doch der Axtmann riss ihm dabei sein Schwert aus der Hand, und der Rückschwung hätte Martens Brustkasten zertrümmert, hätte er sich nicht direkt auf dem Mann geworfen. Noch im Fallen trieb er dem Kriegsknecht den Dolch unter dem Panzer hindurch in die Nieren, dann schlugen sie auf, und der Fremde blieb mit weit aufgerissenen Augen liegen.

Das war kein Beruner Gesicht. Marten starrte auf die Rüstung, und endlich fielen ihm die Kompanieabzeichen auf. Dieser Kerl trug die Rüstung der 11. Kronkompanie. Wie war das möglich? Die Elfte gehörte mit einem halben Dutzend anderer Kompanien zu denen, die die nordöstliche Grenze Beruns in Dumrese bewachten, dort, wo sein Bruder stationiert war. Dumresische Kriegsknechte? Er hatte zu wenige Dumreser gesehen, um das sagen zu können. Genauso gut konnte der Kerl aus Lytton oder einer der nördlichen novenischen Städte wie Skellvar sein. »Was bei den Gruben wollt ihr hier?«, murmelte er. Dann stemmte er sich hoch, griff die Axt des Gefallenen und schleuderte sie einem anderen Kriegsknecht in den Rücken. »Wer seid ihr Drecksäcke?«, rief er lauter, zog dem Axtmann den Schild vom Arm und schmetterte die eiserne Kante in die Beine eines vorbeirennenden Angreifers. Der Mann fiel, Marten ließ ihm den Schildrand ins Genick krachen und fing das Schwert auf, bevor es zu Boden gefallen war. Er sah sich wild um.

Für den Moment schien keiner der Angreifer auf ihn zu achten, doch zu seiner Rechten waren die Hünen und Xari in ein wüstes Handgemenge verstrickt, und weitere Kriegsknechte stürmten auf sie zu. Marten konnte nur noch drei der riesigen Metis sehen, und einer von ihnen blutete aus einer langen Schnittwunde am Kopf und schien sich kaum noch auf den Beinen halten zu können. Ein Kriegsknecht rammte ihn mit dem Schild beiseite und hieb mit einer Axt nach Emeri, doch einer der anderen beiden Riesen stieß ihm seinen Dreizack so heftig in den Hals, dass er beiseite geschleudert wurde wie eine Lumpenpuppe. Andere Kriegsknechte nahmen sofort seinen Platz ein.

»Für Berun!«, donnerte eine Stimme über den Kampflärm und die Schreie.

Marten fuhr herum. Hinter den Kriegsknechten war ein Mann in der Rüstung eines Ordensritters aufgetaucht. Er deutete mit dem Schwert über das Schlachtfeld, und selbst in diesem Licht meinte Marten, unter seinen Augen dunkle Ringe zu erkennen. Wind kam auf, und Marten schüttelte verwirrt den Kopf. Er folgte der Richtung, in die der Ordensritter deutete, und sah, dass das Schwert direkt auf das Feuer gerichtet war. Im selben Augenblick fuhr ein

Windstoß von dem Ritter aus in ihre Richtung. Ein Kriegsknecht, der direkt zwischen Mann und Feuer stand, wurde wie von einem unsichtbaren Schwert getroffen, und sein Oberkörper wirbelte über die Köpfe der anderen davon, während seine Beine noch für einen Moment stehen blieben. Der Wind traf auf die lohenden Flammen, und Feuer, Holz und Glut stoben in alle Richtungen auseinander, als hätte das Geschoss einer Kriegsschleuder mitten in der Feuerstelle eingeschlagen. Armdicke Scheite mähten Verteidiger nieder, Brände entzündeten die Kleider von Metis und Angreifern gleichermaßen oder fraßen sich zischend in bloße Haut.

Mit einem Fluch rollte sich Marten auf die Füße, trat dem nächsten Kriegsknecht so hart zwischen die Beine, wie er konnte, und brachte seinen Schild hart unter dessen Kinn, als jener sich zusammenkrümmte. Er sprang über einen weiteren Mann hinweg, der schreiend auf dem Boden kniete und an einem rauchenden Holzsplitter zerrte, der aus seinem Gesicht ragte. Dann fand er sich plötzlich Xari gegenüber. Die Metis erkannte ihn im selben Moment und fletschte die Zähne. »Du!«, stieß sie hervor. »Du hast sie hierher gebracht!«

Marten zuckte zurück – gerade rechtzeitig, um dem Messer zu entgehen, mit dem die Metis nach ihm stach. »Was? He, Moment!« Er wehrte ihre Klinge mit dem Schild ab, wich erneut zurück und schüttelte heftig den Kopf. »Ich kenne diese Arschlöcher nicht mal!« Ein Schwert stach nach seinem Gesicht, und Marten fing es mehr aus Reflex ab, drehte sich zur Seite und schlug dem Mann seine Klinge ins Gesicht. Knochen splitterten. »Siehst du? Ich wollte euch warnen! Ich…«

Sandelholzduft traf ihn wie eine Welle, spülte über ihn hinweg und ließ seine Gedanken erlahmen, als hätte er einen tiefen Zug aus einer Malhorynpfeife genommen. Plötzlich war das Einzige, was er wahrnehmen konnte, die entblößten Brüste der Metis, überzogen von Schweiß und verschmierter Farbe, die Brustwarzen dunkel und hart. Jetzt war es an ihm, die Zähne zu fletschen. Ein Grollen stieg unwillkürlich in seinem Hals auf, und das Schwert entglitt seiner zitternden Hand. Der Schild rutschte unbeachtet von seinem anderen Arm, als er einen Schritt auf Xari zumachte, ohne ihre Klinge zu beachten, die jetzt einem grinsenden Kriegsknecht den Hals aufschlitzte. Der Mann machte nicht mal Anstalten, sich zu wehren. Er streckte seine Hand aus, und … ein Schild traf ihn am Kopf und schickte ihn in den Morast, als ein anderer Kriegs-knecht an ihm vorbeidrängte, um zu Xari zu gelangen. Die Axt in der Faust eines der Metisriesen enthauptete den Mann mit einem Hieb. Marten kam irgendwie auf Hände und Knie und robbte auf Xari zu, ohne selbst zu wissen, warum. Doch plötzlich war Emeri da, packte die Metis am Arm und riss sie herum. »Nein! Nicht ihn!«

Xari bleckte die Zähne, und für einen Moment sah es so aus, als würde sie ihr Messer in die Brust des schlanken Mädchens stoßen. Dann jedoch neigte sie widerwillig den Kopf. Der Sandelduft verflog so schnell, wie er gekommen war. »Er ist gefährlich!«, fauchte sie.

Emeri sah Marten an. »Das hoffe ich! Wir müssen Mut-ter hier wegbringen! Sie ist die Vairani. Sie ist wichtiger als wir alle!«

Benommen schüttelte sich Marten und stemmte sich auf die Füße. »Ich habe keine Ahnung, wovon ihr redet, aber *weg hier* klingt gut«, murmelte er und spuckte blutigen Speichel aus.

Xari war so schnell neben ihm, dass er zusammenzuckte. Ihr bloßer Körper glänzte, und Marten schluckte, als ihm klar wurde, dass es weniger Schweiß als Blut war. Sie schnitt eine Grimasse. »Du hättest auf mich hören sollen, Sabra!«, fauchte sie. »Du befolgst nicht gern Befehle, was?«

»Das macht mich so liebenswert.« Marten nahm am Rande wahr, dass er aus einer Platzwunde in der Braue blutete. Das Blut stach in seinem Auge, und er blinzelte, als die Kriegsknechte erneut angriffen.

Da schickte ihn einer der Hünen beinahe wieder zu Boden, als er sich an ihm vorbeiwarf, direkt in den Weg des Ordensritters. Der hatte die kurze Ablenkung genutzt und erneut die Hände gehoben. Er bellte einen erneuten Befehl, und ein erneuter Windstoß jagte auf sie zu und fetzte zwei der Kämpfenden beiseite. Der Riese erreichte die Fürstin einen Lidschlag früher und stieß sie beiseite, bevor der Wind ihn mit der Gewalt eines Hammers traf und ihm den Kopf von den Schultern riss. Blut spritzte über den weißen Körper der Fürstin, die lang hingeschlagen war. In ihrem Gesicht rangen Wut und Panik, als sie um sich tastete und mit aufgerissenen Augen ins Nichts starrte. »Ad Berun?«

Ein massiger Kriegsknecht lief in sein Blickfeld. Er hatte eine kurze Hellebarde in den Fäusten, deren Spitze auf den Rücken der knienden Frau gerichtet war. Fluchend taumelte Marten vorwärts. Er war nur noch zwei Schritte von der Fürstin entfernt, als der Mann zustieß. Marten brüllte auf, warf sich auf den Kriegsknecht und riss ihn zu Boden. Er packte den Helm des Mannes und schlug ihn mit aller

Gewalt auf den steinigen Boden. Der Schaft der Hellebarde entglitt dem Kerl, der unverständliche Flüche bellte, während er nach Marten griff. Der schlug die Hände beiseite und ließ den Kopf des Kriegsknechts nochmals auf den Boden krachen, ein drittes und dann ein viertes Mal, so lange, bis der Mann unter ihm erschlaffte. Ein Aufschrei ließ ihn herumfahren. Die Fürstin war zur Seite gefallen und starrte ihn mit weißen Augen an. Blut quoll aus ihrem Mund, lief ihr schwallweise über Wange und Kinn.

Erst jetzt bemerkte Marten die Spitze der Hellebarde, die über der rechten Brust aus dem Körper der Fürstin ragte. »Nein! Verdammte Scheiße, nein!«

Emeri fiel neben ihrer Mutter zu Boden, packte die Hellebarde, die noch immer aus dem Rücken der Frau ragte, und versuchte schluchzend, sie herauszuziehen. Xari fiel ihr in den Arm.

»Es hat keinen Sinn!«, bellte die Metis.

Emeri versuchte, Xari abzuschütteln, doch die andere packte sie in den Haaren und zog sie auf die Füße. »Du kannst ihr nicht helfen! Du bist jetzt die Vairani. Du musst weg hier!«

Emeri schrie auf und schlug nach der Metis. Xari versetzte ihr einen Fausthieb, der sie zusammensacken ließ. Dann stieß sie das Mädchen in Martens Richtung. »Schaff sie hier weg. Sie muss überleben, hörst du? Sie ist jetzt wichtiger als alles andere.«

»Was?«

Xari rollte frustriert mit den Augen. »Hau ab!«, brüllte sie. »Bewach Emeri! Flieht!«

Marten hob die Ohnmächtige auf die Arme. »Aber was ...?«

»Verschwinde, Marten!« Xari richtete sich auf. »Du solltest gleich nicht hier sein!«

»Ich sollte überhaupt nicht hier sein«, murmelte Marten wie zu sich selbst. Eine neuerliche Wolke Sandelduft hüllte ihn ein und ließ ihn nach Luft schnappen. Er starrte Xari an. Ohne sein Zutun bleckte er erneut die Zähne, und wieder hatte er das überwältigende Bedürfnis, diesem Weib die Reste ihres Kleids vom Körper zu reißen und über sie herzufallen, um Dinge mit ihr zu tun, die …

Xari rammte ihm die Faust so fest ins Gesicht, dass er seine Zähne knirschen hörte. »Lauf, du dämlicher Sabra!«, brüllte sie ihn an, und die schmerzhafte Geilheit verschwand so schnell, wie sie ihn überkommen hatte. »Lauf! Ich verschaffe euch Zeit!«

Marten blinzelte erneut und schnappte nach Luft, als ihm jetzt Blut aus der geplatzten Oberlippe in den Mund rann.

Xari nickte ihm zu und wandte sich wieder in Richtung der Kriegsknechte, die ebenfalls ins Straucheln gekommen waren, breitete die Arme aus und lächelte.

Marten riss seine Augen los, packte die noch immer leblose Emeri fester und stolperte davon. Der Schmerz in seinem Oberschenkel kehrte zurück und fuhr bei jedem Schritt wie ein Messerstich durch sein Bein. Ein Kriegsknecht hinkte an ihm vorbei, ohne auf ihn zu achten. Sein Blick war einzig auf Xari gerichtet und glänzte fiebrig vor Lüsternheit. Marten drehte sich nicht um. Hinter ihm begann Xari zu lachen, laut und grauenerregend. Er biss die Zähne zusammen und wankte mit dem Mädchen auf den Armen in den nachtschwarzen Sumpf.

# 41

## GETRENNTE WEGE

Es war ein goldener Herbstmorgen auf einem idyllischen Flecken Land. Die Sonne schien, eine Handvoll Schäfchenwolken zeigte sich am blauen Himmel, und der Wind ließ die Fahnen auf den Türmen des Kastells wehen.

Es waren die Fahnen des Kaiserreichs, und das war schon irgendwie erstaunlich, wenn man bedachte, wie es vor Kurzem noch in Confinos ausgesehen hatte.

Sara stützte sich mit den Händen auf dem Fensterbrett ab und blickte in das Tal hinunter. Bunte Farben, so weit das Auge reichte. Von den Wäldern im Norden bis hin zu den sanften Hügelkuppen im Westen, über die die Panzerreiter des Flammenschwertordens geritten waren, um das Reich gegen den Feind aus Kolno zu verteidigen.

Wo ihre Hufe den Boden aufgewühlt hatten, zog sich eine breite braune Linie den Hügel hinab, wie ein frisch gepflügter Acker, in dessen Furchen noch immer Unmengen von zerbrochenen Waffen, zertrampelten Schilden und zerrissenen Bannern lagen. Den verstümmelten Leichen beider Lager hatten die Trossbegleiter bereits Rüstungen, Schuhe und alles anderweitig Verwendbare abgenommen und waren nun dabei, große Holzhaufen aufzuschichten, um sie auf die letzte Fahrt zu den Reisenden zu schicken oder zu ihren Göttern oder wer sonst noch auf die Unglücklichen wartete, die diesen schönen Herbsttag nicht mehr genießen konnten.

Sara richtete den Blick nach unten auf die Stadt, die zu großen Teilen niedergebrannt und zerstört war. Hilgers Stadt, die der Anführer der Kriegsknechte sich redlich verdient hatte. Ob er sich darüber freuen konnte?

Zumindest Flüster hätte einen Grund zur Freude gehabt, wenn er die lange Reihe der Galgen erblickt hätte, die das Ufer des Korros unterhalb der Brücke säumten. Eine unüberschaubare Zahl hastig errichteter Pfähle, an denen nun ein Großteil der gefangen genommenen Kolnorer baumelte. Immer drei an einem Seil, so wie es ihm gefallen hätte.

Geistesabwesend fuhr sie mit der Hand über den Verband, der ihr halbes Gesicht bedeckte. Die Wunde, die ihr die kolnorische Prinzessin zugefügt hatte, war ziemlich tief gewesen, und es hatte eine Menge schmerzhafter Nadelstiche bedurft, um sie wieder einigermaßen zusammenzuflicken. Sie mochte sich das Resultat gar nicht vorstellen, aber was Ejin ihr angetan hätte, wenn sie nicht vorher Flüster umgebracht hätte, wäre wohl um einiges schlimmer gewesen. Außerdem konnte es ihr egal sein, wie sie aussah. Die Reisenden hatten ihr in den letzten Tagen deutlich zu erkennen gegeben, dass der Pfad der treusorgenden Ehefrau und Mutter nicht für sie vorgesehen war.

Sie spürte die Erschöpfung in den Knochen und im ganzen Körper. Die Schnitte, Blutergüsse und Kratzer konnte sie schon gar nicht mehr zählen, und bei jeder Bewegung traten ihr die Tränen in die Augen, und sie hätte am liebsten geschrien. Trotzdem biss sie die Zähne zusammen und gab keinen Ton von sich, als sie sich umwandte.

»Die Kolnorer sind mit beinahe fünfhundert Kriegern über den Fluss gekommen«, sagte Thoren gerade. Er stand über den schweren Eichentisch gebeugt, der beinahe die gesamte Mitte des Rittersaals einnahm und auf dem eine Landkarte der Region ausgerollt war. Hilger lümmelte auf einem der hochlehnigen Stühle des Grafen und polierte mit einem Lederstück die Klinge seines Schwerts. Auf einem weiteren Stuhl saß die Kaiserinmutter. Sie wirkte mitgenommen und übernächtigt. Ihr Haar hatte sie streng nach hinten gebunden, und man sah ihr die Lebensjahre deutlicher an als je zuvor.

Sara seufzte. *Ein ziemlich trauriges Grüppchen, das sich hier zusammengefunden hat. Von den Beschützern des Reichs scheint nicht mehr allzu viel übrig zu sein. Flüster ist tot, Danil ist in der Hauptstadt in die Fänge des Ordens geraten, und der Narr hat sich als äußerst unzuverlässig erwiesen. Vielleicht sogar als Verräter.*

»Unterstützt wurden sie von zwei- bis dreihundert Mann leichter Reiterei aus Lytton.« Thoren deutete auf das obere Ende der Karte. »Die Besatzung des Kastells haben sie beinahe vollständig aufgerieben. Graf Ulin ist tot und mit ihm seine gesamte Ritterschaft. Der Großteil von Confinos ist in Flammen aufgegangen, drei Viertel seiner Bewohner wurden erschlagen. Das Kastell ist zur Hälfte zerstört, und Hilgers Schwarzraben haben große Verluste zu beklagen.«

Ann Revin nickte. »Unsere schlimmsten Befürchtungen sind wahr geworden. Kolno hat sich als der zähnefletschende Wolf entpuppt, den wir schon immer in ihm gesehen haben.

Nur wollten wir es bislang nicht wahrhaben. König Theoder scheint die Lust an der Diplomatie verloren zu haben und besinnt sich wieder auf die Lebensweise seiner Vorfahren. Lytton genauso. Wir hätten es kommen sehen müssen, aber wir waren zu sehr mit dem Macouban beschäftigt. Eine geschickte Ablenkung, wie wir jetzt wissen. Zum Glück war der Angriff nicht sehr geschickt durchgeführt. Die Kolnorer hatten wohl nicht mit so viel Widerstand gerechnet und waren kaum auf eine Belagerung vorbereitet. Diese Barbaren verstehen sich zwar auf Überfälle aus dem Hinterhalt, aber nicht auf die hohe Kunst der Kriegsführung.«

»Unter anderen Umständen wäre das durchaus ausreichend gewesen. Ohne das Mädchen wäre niemand zur Stelle gewesen, um mich zu beschützen.« Ann Revin blickte zu Sara und lächelte. »Ich bin dir zu tiefstem Dank verpflichtet. Es ist nicht leicht, einem Untertanen zu begegnen, der sich als so treu und selbstlos erweist wie du. Viele Männer haben dem Kaiserreich schon die Treue geschworen, aber wenn es darauf ankam, haben sie sich zu oft als betrügerisch oder feige erwiesen. Den wahren Charakter eines Menschen erkennt man erst in größter Gefahr, und deiner hat sich in den vergangenen Tagen als tadellos erwiesen. Ich hoffe, wir können auch in Zukunft auf deine Treue zählen?«

»Ja, Euer Majestät.« Sara neigte den Kopf. »Ich habe aber noch eine Sache zu erledigen.«

Die Kaiserinmutter schaute sie fragend an.

»Feyst Dreiauge«, erklärte Thoren an Saras Stelle. »Der Drecksack, der versucht hat, mich umzubringen. Er hält eine Handvoll Straßenkinder als Sklaven gefangen.«

Ann Revin nickte. »Wir werden dir in dieser Sache alle Unterstützung zukommen lassen, die in unserer Macht steht.« Sie sah zu Thoren hoch. »Wie ist es dir gelungen, Cajetan ad Hedin auf unsere Seite zu ziehen, Henrey?«

Thoren zuckte mit den Schultern. »Gar nicht. Manchmal sind die Wege der Reisenden wirklich unergründlich. Der Ordensfürst hat erst durch Danil von der ganzen Verschwörung erfahren. Die Beweggründe für seine Hilfe kennen wir nicht.«

»Erstaunlich. Wenn ich mir in einem Punkt ganz sicher war, dann darin, dass der Orden in diese ganze Sache verstrickt sein muss. Zumindest hatte ich geglaubt, dass Cajetan jede Möglichkeit nutzen würde, uns zu schaden. Vor allem dir, Henrey.«

»Seine Treue zum Kaiserreich muss wohl größer sein als der Hass auf mich.«

»Es scheint so, ja. Manche Wendungen der Geschichte sind doch erstaunlich. Aber wenn er nicht der Verräter ist, wer dann?«

»Der Narr des Kaisers«, sagte Sara. »Das ist der Grund, warum er heute nicht bei uns ist.«

»Jerik?« Ann Revins einziges Zeichen der Überraschung war die hochgezogene Augenbraue. »Was bringt euch zu der Annahme?«

»Er war der Einzige, der wusste, dass Danil und ich zu diesem Theaterstück gehen würden. Zunächst hatte ich an einen Zufall geglaubt oder dass Cajetan ad Hedin mich verfolgen ließ. Im Nachhinein bin ich mir aber sicher.«

»Jerik hatte uns auf Baron Beltran ad Iago gehetzt«, sagte Thoren. »Die falsche Spur, die in das Macouban führte und der wir bereitwillig gefolgt sind. Er hatte uns auch die angeblichen Beweise präsentiert, die Beltran als Verschwörer entlarvt haben. Außerdem hat er Dornik umgebracht und dank seiner besonderen Fähigkeiten ein falsches Geständnis aus dem Mund von Feysts Sohn Schramm hervorgezaubert.«

»Wie überaus praktisch.« Ann Revin lachte leise. »Jerik war es ja auch, der auf das Treffen mit der kolnorischen Prinzessin gedrungen hat. Der Kaiser hat sein Ohr und lässt sich gern von ihm beraten.«

»Der Narr entpuppt sich als nicht halb so närrisch, wie er sich gibt. Er scheint ein überaus gefährlicher Mann zu sein. Zu nahe an der Macht, um dadurch nicht korrumpiert zu werden. Ich hätte daran denken müssen.«

Ann Revin sah ihn an und nickte. »Jerik ist ein gefährlicher Mann. Das wussten wir aber schon, als wir ihn in unsere Dienste nahmen. Es hat keinen Zweck, sich jetzt darüber Vorwürfe zu machen. Es ist nun mal, wie es ist.«

Thoren ballte die Hände zu Fäusten. »Gebt mir den Befehl, Majestät, und ich werde mich um den verlogenen Drecksack kümmern.«

»Nein. Er steht immer noch unter dem Schutz des Kaisers, und ich glaube nicht, dass der uns glauben wird.«

»Wir können es wie einen Unfall aussehen lassen.« Hilger blickte von seinem blank polierten Schwert auf. »Ein durchgehendes Pferd auf der Heimreise. Eine Kutsche, die bedauerlicherweise in eine Schlucht stürzt. Vielleicht auch ein Überfall von desertierten Kriegsknechten. Der Kaiser wird keinen Verdacht schöpfen.«

Ann Revin seufzte. Sie schüttelte den Kopf. »Wir wissen noch nicht alles über diese Verschwörung. Zu viele Dinge sind noch unklar. Galt dieser ganze Aufwand nur mir, oder ist das gesamte Kaiserreich in Gefahr? Wer steckt noch dahinter? Kolno ist ein großes Reich. Es sollte Theoder doch mit Leichtigkeit gelingen, weit mehr als fünfhundert Krieger aufzubieten. Wo befindet sich also der Rest? Was haben sie vor? Solange der Narr noch nicht weiß, dass wir ihm auf die Schliche gekommen sind, können wir über ihn vielleicht mehr herausbekommen.«

»Solange dieser messerstechende Drecksack noch frei herumläuft, seid Ihr aber auch in größter Gefahr«, knurrte Thoren. »Wir können uns ein Zögern nicht leisten.«

Sara musste ihm im Stillen recht geben. Sie hatte zeit ihres Lebens nur gezögert, und was hatte es ihr eingebracht? Sie verzog das Gesicht, als der Schmerz erneut ihre Wange hinaufzog. Schnell handeln und keine Gnade zeigen. Das war die einzig richtige Option.

Ann Revin hob die Hand. »Wie heißt es so schön? Halte dir deine Freunde nah und deine Feinde noch näher. Es steckt eine Menge Wahrheit in diesem alten Sprichwort. Jerik kann uns noch nützlich sein, und deshalb entscheide ich, dass er am Leben bleibt. Wenn wir herausgefunden haben, wer noch alles hinter dieser Sache steckt, kann er immer noch bei einem Unfall ums Leben kommen.«

Hilger grinste und neigte den Kopf. »Wir werden ihn nicht mehr aus den Augen lassen.«

Sara räusperte sich. »Und was … was wird aus Danil?«

Thoren schnaubte. »Er ist zwar kein Verräter, aber er hat sich auch nicht unbedingt als vertrauenswürdig erwiesen. Ich denke, dass seine Dienste nicht mehr benötigt werden.«

»Er hat den Ordensherrn angegriffen«, sagte Ann Revin bedauernd. »Sein Schicksal liegt nicht mehr in unserer

Hand. Er ist der Gnade des Ordens ausgeliefert. Nicht mal der Kaiser könnte ihn jetzt noch retten. Selbst wenn es ihn interessieren würde, was mit Danil geschieht.«

»Aber er ...«

»Er hat nicht nur dich, sondern uns alle in große Gefahr gebracht. Selbst wenn gerade das dazu geführt hat, dass die Verschwörung aufgedeckt wurde, hat er trotzdem eine Schuld auf sich geladen, die er nicht tilgen kann. Ich weiß, dass er dir einmal etwas bedeutet hat, mein Kind, aber du musst ihn vergessen.«

Saras Zunge stieß gegen die Wunde in ihrer Wange, und sie zuckte zusammen, als der Schmerz durch ihren Kopf fuhr. Sie kniff die Augen zusammen und atmete tief durch. »Das hat er nicht verdient«, murmelte sie.

»Und die Bürger von Confinos haben es nicht verdient, in Massengräbern verscharrt zu werden«, knurrte Thoren. »Es ist aber nun mal geschehen, und wir können es nicht mehr rückgängig machen. Wir müssen jetzt nach vorn blicken, unsere nächsten Schritte planen.« Sein Zeigefinger fuhr die Linien der Landkarte entlang. »Wie es scheint, ist Berun nun von allen Seiten von Feinden umgeben. Kolno, Lytton, Fürst Antrenos undurchsichtige Machenschaften ... Und über die Ziele des Novenischen Städtebunds wissen wir auch nicht viel. Nur so viel, dass er uns nicht gerade freudestrahlend zur Seite stehen wird, wenn wir in Bedrängnis geraten.«

»Was schlägst du also vor?«, fragte Ann Revin.

»Ihr müsst der Welt zeigen, dass das Kaiserreich immer noch stark ist. Stark genug, um mit jedem Feind fertigzuwerden, der es wagt, Euch herauszufordern.« Thorens Züge verhärteten sich. »Ihr müsst Euren Sohn und die Fürsten davon überzeugen, dass es jetzt nur einen Weg gibt, Eure Stärke unter Beweis zu stellen.«

»Und das bedeutet?«

»Krieg«, knurrte Thoren und ballte die Hand zur Faust.

»Krieg«, murmelte Ann Revin und sah stirnrunzelnd auf die Landkarte herab.

»Krieg«, krächzte Hilger, und sein Blick wanderte beinahe liebevoll die Schwertklinge entlang. »Am Ende führt es doch immer nur zu dem Einen.«

# epilog

## BLAUSTEIN

Lebrec zitterte unkontrolliert, durchgerüttelt von abge-
hacktem, trockenem Husten. Vielleicht hatte er wieder
Fieber, vielleicht war es auch nur die Kälte des Wassers, in
dem er hier am Boden des undichten Fischerboots lag. Aber
vielleicht war es auch die Kälte des Blausteins, die seine
Knochen nicht mehr verließ. Seine ausgezehrten Finger waren um den Beutel gekrampft, der den kümmerlichen Rest
Aget enthielt, der ihm noch verblieben war. Mit schmerzenden Augen sah er in den wolkenverhangenen Himmel und
stellte verwundert fest, dass es Tag sein musste. Das war
seltsam. Er hatte doch nur gezwinkert, und davor war es
noch Nacht gewesen. Mühsam stemmte er sich hoch auf
die Ruderbank und sah sich um. Irgendwann zwischen diesem Lidschlag und dem letzten musste ihm die Kontrolle
über das Boot entglitten sein, und die Wellen hatten ihn
abgetrieben. Immerhin war er noch immer in Sichtweite
des Ufers, auch wenn er sich nicht erinnern konnte, dieses
Stück Küste schon einmal gesehen zu haben. Aber das bedeutete nur, dass ihn die Strömung in die richtige Richtung

getrieben hatte. Er setzte sich auf die Bank und rieb sich die Nase. Sein Schädel schmerzte, und Spinnweben hatten sich auf seinem Gesicht niedergelassen, doch als er versuchte, sie wegzuwischen, blieb seine Hand leer.

Lebrec seufzte, schüttelte sich einen erbsengroßen Krümel Blaustein auf die Handfläche und schob ihn sich zwischen die Zähne. Es knirschte, als er zubiss, und ein seltsamer Schmerz durchzuckte seinen Kiefer. Er schob sich zwei Finger in den Mund und zog einen geschwärzten Zahn hervor. Nachdenklich betrachtete er den Backenzahn und stieß mit der Zunge behutsam einen der anderen an. Der wackelte ebenfalls bedenklich. Blut füllte seinen Mund, doch der erwartete scharfe Schmerz blieb aus. Gleichgültig ließ er den Zahn fallen und kaute vorsichtig. Die Kälte des einsetzenden Agetrauschs spürte er inzwischen kaum noch. Außerdem kostete es ihn nur noch wenig mehr als einen halben Gedanken, um das Boot erneut über das Wasser treiben zu lassen. Zusammengesunken hockte Lebrec auf der Bank, sah zum langsam näher kommenden Ufer hinüber und versuchte seine Gedanken zu ordnen. Die Spinnweben auf seinem Gesicht störten dabei, und er kratzte sich die Wange. Seinem Bart nach musste er bereits weit mehr als zwei Wochen unterwegs sein. An die Hälfte davon konnte er sich nicht erinnern, aber zwölf Tage war auch nicht richtig. Es sollte nicht so lange dauern. Er hätte schon vor zwei oder drei Tagen Tiburone erreichen müssen oder doch wenigstens das Gut des Fürsten, das irgendwo vor ihm am Meer liegen sollte. Genau wusste Lebrec das nicht. Er war noch nie so weit im Westen gewesen, doch den Erzählungen nach war das Gut Antreno so groß, dass er es unmöglich übersehen haben konnte. Es sei denn …

Lebrec sah auf und schüttelte irritiert den Kopf. Wenn er ehrlich war, hatte er keine Ahnung, wie groß seine Erinnerungslücken waren. Vielleicht groß genug, um am Gut vorbeigetrieben zu sein? Er musterte das wilde Ufer erneut. Hier gab es keine Mangrovenwälder, in die das Meer Hunderte Schritte weit hineinströmte, bevor es sich mit den Sümpfen und Flussläufen im Inland verband. Hier war das Ufer steil, karstig und schien zum Großteil aus zerklüfteten Kalkfelsen zu bestehen. Oben auf den Felsen wucherte weiterer Wald, in dem Dunstfetzen hingen wie zerfledderte Wolken. Beim Näherkommen erkannte er schmale Bäche, die aus steilwandigen Schluchten kamen. Die Klippen waren von Höhlen durchlöchert, doch nirgendwo konnte Lebrec ein Anzeichen von menschlicher Besiedlung entdecken. Etwas schabte am Boden des Bootes, dann rumpelte sein Gefährt gegen ein Hindernis im Wasser, fest genug, um ihn beinahe über Bord zu werfen. Lebrec krallte sich an der Bordwand fest und starrte auf die Wellen. Jetzt, wo er darauf achtete, entdeckte er überall felsige Spitzen, die kaum aus dem Wasser ragten, und die Schatten von mehr Felsen dicht unter der Oberfläche. Ein größeres Boot als seines wäre längst auf dieses tückische Riff aufgelaufen. Lebrec befahl dem Wasser, sein Boot stillstehen zu lassen, und sah sich um. Weiter nach Westen? Oder war er zu weit? Zurück nach Osten? Er war versucht, mit den Zähnen zu knirschen, doch er fürchtete, weitere zu verlieren. Er musste sich umsehen. Vielleicht, wenn er einen der Wasserläufe hinauf…?

Ein neuerliches Husten schüttelte ihn und ließ ihn zitternd und zusammengesunken zurück. Seine Lunge fühlte sich an, als wäre auch sie mit Spinnweben gefüllt. Er kam keinen der Wasserläufe hinauf, das musste er sich eingestehen. Nicht ohne mehr Aget, als er noch besaß. Und wenn er noch eine Chance haben wollte, den …

Unschlüssig hielt Lebrec inne, wischte sich erneut übers Gesicht und schüttelte den Kopf. Er wollte irgendetwas. Warnen. Er wollte warnen. Irgendjemanden vor irgendjemandem. Rot. Aber was bei allen Geistern war rot?

Der Blausteinsucher stellte fest, dass er nicht aufgehört hatte, den Kopf zu schütteln. Das gelang ihm erst, als er beide Hände zu Hilfe nahm. Er brauchte Aget. Mehr Blaustein, um die Schmerzen zu besiegen, um den Kopf zu klären, um Kraft zurück in seine Arme und Beine zu bekommen, um denken zu können. Um atmen zu können! Er …

Die Sonne unterbrach jäh seine verworrenen Gedanken. Sie war durch einen Riss in der Wolkendecke getreten und beschien das Meer rings um ihn. Die Strahlen durchstießen das Wasser bis zum Meeresgrund. Hinter dem Riff schien der Meeresboden vor allem mit Sand bedeckt, doch die Sonne ließ ein oder zwei der vereinzelten Steine dort unten in jenem charakteristischen Blau leuchten, das Lebrec nur von einer einzigen Sorte Gestein kannte.

»Aget!« Verblüfft lachte der Blausteinsucher auf und starrte über die Bordwand. Jetzt, wo er wusste, wonach er Ausschau hielt, entdeckte er noch mehr der bläulich glimmenden Steine unter sich. Dort unten lag mehr Aget, als er jemals gesehen hatte. Mehr, als ein Agetsucher in einem ganzen Leben fand! Lebrec streckte die Hand aus, und das Wasser begann, den ersten der Klumpen an die Oberfläche zu tragen, bis er auf der leichten Dünung tanzte wie ein Korken. Das Grinsen des kleinen Mannes wurde breiter, ein Lachen stieg in seiner Kehle auf. Ein faustgroßer Klumpen – beinahe so viel, wie er seit Beginn seiner Flucht verbraucht hatte. Andächtig griff Lebrec danach und drehte den Brocken hin und her. Er war klar, massiv, nahezu ohne Verunreinigungen und die übliche Kruste, die Blaustein für das ungeübte Auge wie gewöhnlichen Stein wirken ließ. Außerdem hatte er scharfe Bruchkanten, gerade so, als sei er erst kürzlich von einem größeren Brocken abgebrochen.

Noch größer? Lebrec runzelte die Stirn und sah auf. Wenn das so war, war das hier der größte Fund, der seit Menschengedenken gemacht wurde. Er legte den Brocken auf den Bootsboden, zog sein Messer und hieb mit dem Knauf ein daumennagelgroßes Stück aus dem Blaustein. Gierig schob er sich das Bruchstück zwischen die Zähne und zuckte zusammen, als ihn die Kälte des Aget aufkeuchen ließ. Dieses Aget war so rein, dass es zwischen den Zähnen klebte und einen weiteren seiner Backenzähne aus dem Kiefer zog. Lebrec spuckte ihn ins Wasser und kaute weiter, während der einsetzende Agetrausch seine Schmerzen vertrieb und seine Sinne schärfte. Es bestand kein Zweifel – er hatte den Ursprung des Aget gefunden!

Zum ersten Mal seit Tagen klärte sich sein Kopf. Woher kam das Aget? Es musste seinen Ursprung ganz in der Nähe haben. Vorsichtig ließ er das Boot vorwärts gleiten, während er die Oberfläche des Meeres glättete, bis sie ihm einen ungehinderten Blick nach unten bot. Mehr Agetklumpen. Das Wasser mochte täuschen, doch sie schienen alle mindestens so groß wie eine Faust, manche sogar so groß wie ein Kopf zu sein. Es gab so große Klumpen. Sie wurden weit im Westen und Süden gefunden, auf der anderen Seite des Meeres, noch weiter entfernt als Cortenara, sagte man. Im Macouban? Soweit Lebrec wusste, noch nie.

Er kniff die Augen zusammen. Täuschte er sich, oder war da tatsächlich ein bläuliches Leuchten im Sand? Ein Schatten schob sich über ihn, und er hob den Kopf. Über ihm ragte die zerklüftete, graue Felswand auf, durchbrochen von dunklen Höhlen und gelegentlichen Flecken von Vogeldreck, wo irgendwelche Seevögel einen Vorsprung für ein Nest genutzt hatten. Ein Stück weiter rechts entdeckte er einen schmalen Spalt, kaum eine Handbreit über der Wasseroberfläche. Lebrec wischte die Spinnweben aus seinem Gesicht und schob das Boot näher. Er täuschte sich nicht. Ein blaues Glimmen trat aus dem Spalt. Er starrte ins Wasser. Es war kein einfacher Spalt. Unter der Oberfläche erweiterte sich der Riss zu einem weit gähnenden Höhleneingang, dessen Boden ebenfalls voller Sand und Blausteinbrocken lag. Lebrec schielte durch den Spalt, und was er sah, ließ ihm den Atem stocken. Beinahe direkt hinter dem Riss hob sich die Höhlendecke an und öffnete sich zu einer Kaverne, die mit Leichtigkeit ein ganzes Fischerboot samt Mast aufnehmen konnte und sich dann in der bläulichen Dunkelheit verlor. Der Blaustein am Grunde des Höhlensees reflektierte genügend Sonnenlicht, um Lebrec sehen zu lassen, welcher absurde Schatz an Blaustein dort unten lag. Beinahe der komplette Boden war mit glühendem Aget bedeckt. Ohne nachzudenken, rollte sich Lebrec über die Bordwand und ließ sich ins Wasser gleiten. Eine sanfte Welle trug ihn durch den Spalt und in die Höhle hinein. Etwa in der Mitte des kleinen Höhlensees hielt Lebrec inne. Das Wasser war hier so klar, dass es beinahe unsichtbar schien, und das Leuchten des Bodens warf tanzende Lichter an Wände und Decke. Wie lange sich Lebrec so treiben ließ, verzaubert von der Schönheit des Anblicks und berauscht von der Menge an Reichtum, wusste er nicht. Schließlich jedoch verschwand draußen die Sonne wieder hinter der nächsten Wolkenbank, und das Leuchten verblasste zu einem dämmrigen Halbdunkel. Lebrec drehte sich um und schwamm langsam tiefer in die Höhle hinein, bis an ihr hinteres Ende. Hier wurde das Wasser flacher und ging schließlich in einen steinigen Strand über. Ein unterirdischer Bach mündete hier. Vermutlich war er für die Höhle und einen Gutteil des Gerölls hier verantwortlich. Der Agetsucher zog sich auf den Uferkies und stand auf. Die Höhle bot genügend Platz, um aufrecht darin zu stehen, und war weit genug, damit selbst mehrere Männer nebeneinander hätten gehen können. Lebrec holte einen Kerzenrest aus seiner Tasche und entzündete ihn, bevor er auf seine Füße hinabsah. Das Geröll, auf dem er stand, war Aget. Er kicherte. Ein Strand voller Blaustein. Einfach so. Kopfschüttelnd wanderte er den Strand hinauf und folgte dem Bachlauf, der sich zwischen Kalksteinblöcken und Brocken von Aget seinen Weg suchte.

Dann hielt er inne. Wieder hatten sich Spinnweben über sein Gesicht gelegt, doch als er sie wegwischte, blieben sie an seiner Hand kleben. Verwundert sah er auf seine Finger, und sein Lachen erstarb. Ein leises Geräusch ließ ihn herumfahren, schnell genug, um aus dem Augenwinkel ein Huschen zu sehen. Leises Kratzen wurde von den Wänden zurückgeworfen, und Lebrec blinzelte in die Dunkelheit hinter seiner Kerze. Erneut kratzte etwas, und er trat einen Schritt zurück. Es war nicht nur ein Kratzen, es waren mehrere. Kälte kroch den Rücken des kleinen Mannes hinauf, die sich anders anfühlte als die klare Kühle des Aget. Erneut drehte er sich um und ging weiter in die Höhle hinein.

Aget rollte unter seinen Füßen, rutschte und verschwand mit leisem Platschen im Wasser. Ein erneutes Huschen ließ ihn zusammenzucken, doch der Schein der Kerze vertiefte die Dunkelheit eher noch und ließ ihn nichts erkennen, was weiter als zwei oder drei Schritte entfernt war. Lebrec stolperte zur Wand, lehnte sich daran und atmete tief durch. Er sollte umkehren. Krabben, Höhlenspinnen, Schlangen – Duambe wusste, was hier drin lebte. Er hatte das Aget gefunden. Er konnte genug mitnehmen, um einer der reichsten Männer des Macouban zu sein, er konnte sogar wiederkehren, um noch mehr zu holen. Viel mehr. Genug, um eine Armee zu bezahlen. Eine Armee ...

Er schüttelte den Kopf und blinzelte. Das war es gewesen, richtig? Es gab bereits eine Armee. Eine Armee aus roten Rüstungen. Es gab bereits einen Krieg. Lebrec starrte in die Dunkelheit.

Schließlich trat er einen Schritt vor und noch einen. Er konnte nicht anders. Niemand wusste, woher das Aget kam. Niemand außer ...

Er blieb stehen. Vor ihm öffnete sich der Gang in eine gewaltige Kaverne. Ein Teil der Decke am entfernten Ende war eingestürzt und ließ einen schrägen Sonnenstrahl einfallen. Wo er auf den Boden und das herabgefallene Geröll traf, strahlte das Blau des Aget zurück und erleuchtete die Grotte. Wohin der Schimmer auch fiel, schälten sich weitere Schemen aus dem dämmrigen Halbdunkel. Als sich Lebrecs Augen an das Licht gewöhnten, erkannte er gerade Kanten, behauene Steine, dunkle Torbögen, Wege aus steinernen Platten, flache Treppen, die Reste von Gebäuden, die in der Größe der Halle beinahe verloren wirkten und sich weiter erstreckten, als Lebrec sehen konnte. Die Ruinen ähnelten jenen, die man tief in den Sümpfen fand, den verborgenen, verbotenen Orten, die so alt waren wie die ältesten Gebäude Gostins. Jene, die schon gestanden hatten, bevor der erste Berunier den Boden des Macouban betreten hatte. Das hieß, auch dieser Ort hier war alt. Uralt und groß genug, um Lebrecs gesamtes Heimatdorf aufzunehmen und noch genug Platz für die Felder zu lassen.

Seine Augen schmerzten beinahe so heftig wie sein Kopf, und erst mit einiger Verzögerung wurde ihm bewusst, dass jede Oberfläche bläulich schimmerte. Lebrecs Kiefer sackte nach unten. Aget. Alles hier war mit einer Schicht Blaustein überzogen, hauchdünn an manchen Stellen, an anderen in dicken schimmernden Krusten.

Er schluckte, beugte sich hinab und hob einen Brocken Blaustein auf. Andächtig wandte er ihn hin und her und bewunderte fasziniert das sanfte Schimmern in seinem Inneren. Er hatte nicht einfach nur Reichtum gefunden. Das hier, das war Macht. Unbegrenzte Macht! Wer diesen Ort hier besaß, brauchte keine Armee mehr, um sich das Macouban untertan zu machen!

Das Macouban? Er kicherte. Die ganze verdammte Welt.

Er sah sich erneut um. Vielleicht hatte ihn Duambe, der Herr über die Wasser, deshalb gerettet, deshalb seine Flucht beschützt, deshalb hierher gebracht: um ihm diesen heiligen Ort zu zeigen. Denn hiermit konnte er die Welt von den Rotkitteln befreien. Mit diesem Schatz würde er …

Lebrec hielt inne und wischte sich erneut Spinnweben aus dem Gesicht. Irgendetwas stimmte nicht. Er kniff die Augen zusammen.

Das Grauen kam plötzlich und schlug wie eine Welle über ihm zusammen. Überall, auf jeder Oberfläche, konnte er Bewegungen sehen: bräunliche, vielgliedrige Kreaturen, die auf verwachsenen Gliedmaßen geschäftig hin und her krabbelten, manche klein wie Katzen, andere groß wie Bluthunde und auf stangenartigen Beinen, länger als der Arm eines Mannes. Beinahe unfähig, sich zu bewegen, drehte er den Kopf und betrachtete die Höhlenwand neben sich. Eines der Tiere, das aus der Nähe beinahe wie eine grotesk große Ralld-Spinne aussah, saß kaum eine Armlänge von ihm entfernt auf der Wand und starrte ihn mit kleinen, dunklen Insektenaugen an. Dann begann es zu zirpen. Ein weiteres der Insekten nahm den Laut auf, dann noch eines und noch eines, und im Handumdrehen war die Kaverne von einem ohrenbetäubenden Lärm erfüllt. Lebrec schrie und stolperte zurück. Seine Füße landeten im Rinnsal, und ohne nachzudenken, riss er eine Lanze aus Wasser aus dem Bach und schleuderte sie auf das Tier. Der Wasserstrahl durchbohrte den aus Horn und Dornen bestehenden Panzer des Spinnentiers, und sein Zirpen riss in einem schrillen Ton ab. Schlagartig verstummte auch das Lied der übrigen Insekten. Mit leisem Rascheln und Schaben krochen mehr und mehr der spinnenartigen Kreaturen zwischen den Steinen hervor und bedeckten jede Oberfläche. Er wirbelte herum, nur um zu sehen, dass auch der Gang hinter ihm von braunen, knorrigen Leibern erfüllt war, mit klappernden Klingenbeinen und mahlenden Mandibeln.

Lebrec fletschte die Zähne. Das hysterische Lachen stieg erneut in ihm auf und ging in ein schmerzhaftes Husten über, als eine Welle durch die Masse der Leiber ging. Alle Tiere begannen, sich auf denselben Punkt zuzubewegen.

# PERSONENVERZEICHNIS

Amric – Schreiber und Zahlmeister der 43. Kriegsknechtskompanie Beruns

Ann Revin ad Armitago – Kaiserinmutter und Witwe von
Harand Revin

Ansgr Nor – Jarl des kolnorischen Königs

Antorf – dumresischer Schläger im Dienst Thorens

Antreno – Fürst des Macouban, oberster Verwalter des
Protektorats

Barnard Lisst – Militärschreiber im Kastell Arneck

Batizor – Blausteinsucher und Färtenleser einer Armee,
Bruder Lebrecs

Beltran ad Iago – Baron, fürstlicher Botschafter des Macouban

Borzko – alter Kriegsknecht im Dienst von Fürst Antreno

Cajetan ad Hedin – Ordensfürst des Flammenschwertordens
von Berun

Cunrat ad Koredin – junger Flammenschwertritter auf dem
Weg ins Macouban

Dammer – ein Gauner und Mietschläger in Berun

**Danil ad Corbec** – junger Schwertmann des Kaisers, bester Freund Martens

**Dolen ad Lhota** – Flammenschwertritter in Gostin

**Dornik** – Schläger im Dienst Feysts

**Dwale** – Metissklave auf Gut Barradeno


**Edrik Revin ad Berun** – der aktuelle, junge Kaiser Beruns

**Ejin Rigmar** – kolnorische Prinzessin

**Emeri** – Tochter des Fürsten Antreno und dessen erster Frau Imara

**Emmert** – Feldscher und »Sprecher der Reisenden« der 43. Kompanie


**Fabin ad Born** – fetter, junger Adeliger, Erbe des Hauses Born

**Feyst Dreiauge** – Wirt des *Roten Bären* und Unterweltkönig von Berun

**Flüster** – Handlanger Thorens und Henker

**Flynn** – Hasenfuß, ein Straßenjunge und Freund Saras

**Friedmann Gorten** – Bannwart des Hauses Born, zum Tode Verurteilter


**Griet** – Gaunerin im Dienst von Feyst

**Grimm** – Ordensdiener, Cajetans Gehilfe

**Grill** – Koch im kaiserlichen Palast und ehemaliger Tross-Vibel


**Hammer** – Kriegsknecht unter Vibel Brender, Schildbrecher

**Harand Revin ad Berun** – »der alte Löwe«, ehemaliger Kaiser Beruns, verstorbener Mann von Ann ad Revin

**Henric** – Anführer der Flammenschwertritter in Gostin

**Henrey Thoren** – Leiter einer Spezialeinheit des Kaiserhauses, Vertrauter der Kaiserinmutter

**Heygl** – zweitältester Sohn von Feyst, Unterweltschläger

**Hilger** – hochgewachsener Schläger im Dienst Thorens

**Imara Antreno** – erste Frau des Fürsten Antreno, Fürstin und Gutsherrin

**Jans** – junger Flammenschwertritter, Freund Cunrats

**Jerik** – der Hofnarr des Kaisers und ein Vertrauter Thorens

**Jochum** – ein alter Gauner in Berun

**Johen ad Rincks** – Stadtvogt von Berun und Reichsverweser in Abwesenheit des Kaisers

**Kalder Einohr** – Vibel der 28. Kriegsknechtskompanie

**Lebrec** – Blausteinsucher und Färtenleser einer Armee

**Marten ad Sussetz** – Schwertmann des Kaisers

**Messer** – Söldner und ehemaliger Feldscher, Auftragsmörder

**Mto** – ehemaliger Metiskrieger, jetzt Sklavenjäger

**Naevus** – ehemaliger Tempelfürst und Flamme des Ordens, Cajetans Vorgänger

**Neko** – junger Kriegsknecht in der 43. Kompanie

**Ness Rools** – alter Kriegsknecht, Bogenschütze unter Vibel Brender, Schildbrecher

**Odoin Nor** – Krieger des Kolno, Bruder von Jarl Ansgr Nor

**Oloare** – Heilerin im Dienst von Fürstin Antreno

**Rikkert ad Born** – alter Graf des Hauses Born, Vater von Fabin

**Rodrik Brender** – Vibel der 43. Kriegsknechtskompanie, Schildbrecher

**Rosskopf** – Kriegsknecht unter Vibel Brender, Schildbrecher

**Rulf** – junger Flammenschwertritter, Freund Cunrats

**Sara** – Straßenmädchen in Berun, Metis aus dem Macouban

**Sael** – Metissklave auf Gut Barradeno

**Santros** – Heetmann, Anführer der 43. Kriegsknechtskompanie von Berun

**Scheel Einohr** – ältester Sohn von Feyst

**Scheydt ad Erskin** – Graf aus dem Hochadel Beruns

**Schramm** – Feysts zweitjüngster Sohn, Schläger

**Theoder Rigmar** – der aktuelle König des Kolno

**Thurwieser** – ein Gauner und Mietschläger in Berun

**Tilmann Arn** – ein Verschwörer

**Ulin ad Confino** – alter Graf der Grenzstadt Confino im Nordosten Beruns

**Veit ad Gillis** – Patriarch des Flammenschwertordens

**Wibalt** – Flammenschwertritter in Gostin

**Xari** – Metis, Gesellschafterin Emeris auf Gut Barradeno

# DANKSAGUNG

Das ist sie also. Eine völlig neue Welt mit völlig neuen Regeln und Gesetzen, unbekannten Regionen und fremdartigen Geschichten. Wir wären wohl ganz schön aufgeschmissen, wenn wir diese Reise nicht ohne eine Handvoll tapferer Leute angetreten hätten, die uns heldenhaft den Rücken freigehalten haben.

Unser Dank geht an alle, die uns unterstützt und mit Rat und Tat zur Seite gestanden haben. Vor allem unseren Agentinnen Natalja Schmidt und Julia Abrahams, unserer unermüdlichen Lektorin Catherine Beck und schon wieder Sebastian Pirling, der nach wie vor mit seinen Mitarbeitern bei Heyne dafür verantwortlich ist, dass wir unsere Bücher in den Buchhandlungen wiederfinden.

Außerdem danken wir unseren Testlesern Eva Bergschneider, Gregor Mango, Michael und Tina Stockhammer sowie Carsten Pohl, die in der Kürze der Zeit auch diesmal wieder ihr Bestes gegeben haben. Wenn in diesem Buch etwas nicht optimal ist – es ist nicht ihre Schuld. Vermutlich haben sie uns darauf hingewiesen und wir haben es ignoriert.

Und schließlich möchten wir uns bei all den großartigen Autorinnen und Autoren, den Verlagsleuten, Buchhändlern, Rezensenten, Buchbloggern, Veranstaltungshelfern und den sonstigen Wahnsinnigen der deutschen Phantastikszene bedanken, denen wir in den vergangenen Jahren auf Messen, Cons, im Internet und gelegentlich in heimischen Wohnzimmern begegnen durften, und die uns mit jeder Menge Spaß, Aufmunterung hilfreichen Ideen, bescheuerten Einfällen und dem einen oder anderen Bier versorgt haben. Allen voran natürlich dem Lit Pack um Carsten Steenbergen, Stephan Bellem, Bernard Stäber und Falko Löffler.

Tom dankt seinen Söhnen für die abendlichen Vorleseübungen vor kritischem Publikum (aus den Büchern anderer Leute) und seiner Frau – dafür, dass sie seine Frau ist und es mitträgt, dass er abends noch am Rechner sitzt, um Bücher für andere Leute zu schreiben.

Und Stephan dankt auch diesmal wieder seiner Rollenspielgruppe, die noch immer nicht den Kampf gegen das Böse aufgegeben hat, allen die noch nicht namentlich Erwähnung gefunden haben und natürlich Judith, für die er auch noch sein letztes CD-Fach opfern würde.

# Brian Staveley

Drei Erben, ein Reich und eine mörderische
Intrige – der Beginn eines atemberaubenden
Fantasy-Abenteuers

»*Game-of-Thrones*-Fans werden
begeistert sein!« *Library Journal*

978-3-453-31661-4

Leseprobe unter **www.heyne.de**